目 录
CONTENTS

19 七夕河灯 /1
20 二爷回府 /20
21 剖腹取子 /38
22 阴沟翻船 /56
23 金蕊盛宴 /77
24 未婚有孕 /94
25 好戏连台 /111
26 计设连环 /130
27 情难自禁 /150
28 美人心计 /170
29 五彩凤玦 /188
30 杖打杜荭 /207
31 倾家荡产 /226
32 蝗虫来袭 /243
33 共同灭蝗 /262
34 胭脂名马 /279
35 殿前退婚 /294
起 /310
承 /314
转 /321

19　七夕河灯

"不能打!"紫苏赶紧死死抱着她的手臂,"他是小姐的未婚夫,平昌侯府的小侯爷!"

"未婚夫是什么?"初七一脸好奇。

"就是小姐未来的夫婿。"紫苏快速而低声地解释,怕她不懂夫婿是何意,鸡婆地又加了一句,"夫婿,就是相公。"

初七很奇怪:"相公就相公,干吗要说未来的?"

"因为小姐还没成亲,所以他现在还不是小姐的夫婿!应该是未婚夫!"紫苏气急败坏。

"那他到底是不是小姐的相公?"初七给她绕糊涂了。

紫苏无语望天。

夏风眼中闪过疑惑:"她是新来的……护卫?"

"初七她……这里有点,嘿嘿,"紫苏伸出一根手指,指了指脑袋,挤了个尴尬的笑容,"小侯爷,您多包涵。"

"夏风。"沉而冷的男声,微带几分诧异,"缘何立在门口,在等谁?"

杜蘅的眸色变了变,立刻恢复如常。

初七煞白了脸,条件反射地趴在桌上,护住所有碗盘:"不准动,全是我的!"

夏风嘴角一抽,忍不住想笑。

南宫宸走过来,见到这诡异的一幕,诧异至极:"这是在做什么?"

紫苏低着头,不敢搭腔。

夏风正要解释,初七忽地指着南宫宸,问:"他也是小姐的未婚夫?"

南宫宸惊讶至极,眉毛一挑:"什么意思?"

夏风很是尴尬,干笑两声:"嘿嘿,好巧,在这里遇到。"

正常来讲,这事就该水过无痕地揭过去了。

岂料初七的性子,却是打破砂锅问到底的,见没有人回答,有些不耐烦:"到底是不是?"

南宫宸似笑非笑,望向杜蘅。

杜蘅若无其事,看着初七:"这位是燕王,以后见了他,记得要叫王爷。"

没看到意料中的羞涩和窘迫,南宫宸微感失望:"这位是……"

"阿蘅新找的护卫。"夏风说到这,停下来看一眼杜蘅。

"初七。"杜蘅淡淡道。

夏风点点头，继续道："初七的性格有点……不羁。"

"不是坏人？"初七却不管什么王爷不王爷，只关心会不会伤她。

杜蘅沉默。

紫苏勉强答了一句："不是。"

初七立刻放下心来，注意力被桌上的菜肴吸引："好饿，可以吃饭了吗？"

紫苏生恐她惹祸，忙不迭点头："当然可以。"

初七立刻坐下来，笑逐颜开，抓起一只鸡腿就啃："好吃！"

杜蘅看着初七，忽然间好生羡慕。

她的眼里只有好人和坏人，人生简单得非黑即白，没有暧昧不明，没有灰色地带。

南宫宸上下打量着旁若无人，大快朵颐的初七，眉头不易察觉地蹙了蹙："从哪找来的？"

杜蘅低头喝茶，佯装没有听到。

夏风再次把话题岔开："王爷跟谁一起来的？"

南宫宸看一眼桌上简单的四菜一汤，嘴角微翘，嘲讽："俸银不够花，跟我说一声！"

夏风不以为然，笑了笑："我带雪儿来的，过来打声招呼。"

南宫宸微微一笑："这间雅室不错，视线很好。"

夏风却不敢替杜蘅做主，遂向她望去，轻声道："难得有缘相聚，一起吃顿饭？"

杜蘅侧身福了一礼："王爷若喜欢这间雅室，我让给你便是。"

夏风的心情很矛盾，松了口气的同时，又有些不是滋味，依旧维持着良好的风度："那，你慢用。"

转过身邀请南宫宸："我的包间就在隔壁，街景一览无遗，王爷若有兴趣，不妨与我一起？"

南宫宸冷着脸，越过他径自进了雅室，大剌剌在椅上坐下："二小姐对待恩人的方式，未免太过无情了些？"

"恩人？"夏风一怔，眼里升起狐疑。

杜蘅眼里升起愠怒，面上却含着微笑："看来，王爷更喜欢这里。紫苏，我们走。"

初七从食物中抬起头来："我还没吃饱呢。"

南宫宸怒极反笑，一掌击向桌面："岂有此理！"

"砰"地一声，上好的楠木桌子，竟然生生被他拍碎。

哗啦，盘子掉了一地。

初七猝不及防，只来得及抢出一盘红烧狮子头，眼睁睁看着另几只盘子滑落，汤汁

溅了一地，愕然抬头："做什么？"

南宫宸眸光一冷，叱道："滚！"

"坏人，还我鸡腿！"初七大怒，抄起盘子朝他头上扣去。

"大胆！"陈泰大怒。

"放肆！"陈然大惊。

"不可！"夏风骇然。

三条人影，从三方冲了过来。

陈泰陈然直扑初七。

夏风抬手，弹出一枚铜钱，将盘子撞偏数寸，从南宫宸的头顶飞过，咣当一声飞出窗外，落入人群中，洒下一片肉雨，引来一片哗然。

初七随手抄起一把椅子，用力朝陈泰砸过去；纵身一跃，跳上窗台，双手攀着窗框，像猴子似的荡了起来，飞起一脚踢飞扑过来的陈然。

陈泰一拳击碎了椅子，然后再次扑上去，被倒飞而来的陈然砸个正着。

陈泰不敢趋避，只好抱住了他，被巨大的冲击力撞得连退数步，两个人搂抱着交叠摔在一起，只听得咣当，哗啦之声此起彼伏，桌椅板凳碎了一地！

初七从窗台上掠了过来，直扑冷眼旁观的南宫宸，一把揪住他的衣领："你还不还？"

"放手！"南宫宸冷声道。

"不放！"初七怒目圆睁，声音大得盖过了楼下的喧闹，"除非你把鸡腿还我！"

南宫宸面黑如墨，冰冷的目光，像针一样扎在她的脸上，一字一顿："我说，放手！"

初七恶狠狠地瞪回去，火气比他还大："不放！"

"找死！"南宫宸杀机陡起，右手一抬握住了她的肩，立刻施以分筋错骨手。

"不见得！"初七嘴角一撇，肩膀忽地一沉，泥鳅似的滑出他的掌控。

"住手，快住手！"杜蘅心急如焚。

南宫宸抬眸看她一眼，一掌拍向初七的后背，叱道："去！"

初七便如断线的纸鸢猛地向窗外飞去。

"初七！"杜蘅惊呼。

却见初七半空中一个奇怪的扭转，身子倏地穿了回来，南宫宸只觉颈间一凉，一柄寒光闪闪的长剑，已架在了他的脖子上！

这一下兔起鹘落，变故迭起，众人惊得目瞪口呆。

杜蘅生怕初七愤怒中真的杀了他，喝道："初七，不可无礼！"

南宫宸诧异地抬眸望她一眼，满心愤怒中莫名地生出一丝愉悦。

初七委屈地红了眼眶："他打翻了我的鸡腿！"

谁也没料到，这么紧张的时刻，她竟会冒出这么一句！

场面十分诡异，然而南宫宸命悬一线，没有人敢笑！

"他不是故意的，"杜蘅说着，朝南宫宸使了个眼色，"而且，他已经知道错了。"

"真的吗？"初七半信半疑。

南宫宸双手环胸，双腿优雅地交叠："一起吃饭？"

杜蘅有些着急，更多的却是生气，狠狠剜他一眼："先把剑移开，杀人是犯法的，要坐牢！"

初七满不在乎："师兄会救我！"

"你师兄是谁？"夏风乘机套话。

初七鄙视地白他一眼："就是师兄咯，你真笨！"

夏风被她噎得半天说不出一句话。

"三哥，"轻柔的女声，拖着长长的尾音，娇俏里含着一点点媚，"原来你在这里，叫我好找！"

夏雪的来临，如静夜里升起一轮明月，光华瞬间照亮了整座酒楼。

一时间，所有食客的目光都吸引过来。

紫苏忍不住用眼角余光，偷觑南宫宸的表情。

"雪儿来了？"夏风松一口气，乘机转了话题，"来，给你介绍一下，这位是三哥的好友，南宫宸。"

"雪儿给王爷请安。"夏雪终于得偿所愿，不禁又惊又喜，不敢往他的方向望去，眼波流转之间，面上浮起一抹淡淡的红霞，敛衽盈盈一拜。

美人含羞，说不尽的万种风情，激滟千里。

饶是夏风身为兄长，亦不禁呆了一呆。

"不必多礼。"南宫宸很随意地抬了抬手，浑然不介意颈间还架着一柄长剑，威仪不失，尊贵尽显。

不过，自夏雪进门后，初七的注意力已明显转移了，长剑一指，脱口道："坏人！"

夏雪正芳心鹿撞，猛听到这熟悉的声音，不觉一怔。抬头一看，一柄寒光闪闪的长剑直指着自己眉心，不禁花容失色："啊！"

"雪儿不必害怕。"夏风本能地将她挡在身后，温言安抚，"她是阿蘅的护卫，天真直率了一点，却没恶意。"

"阿蘅？"夏雪狐疑地转头。

"这位，"夏风俊颜微微一红，略有些不自在和紧张，"就是你杜伯父的掌珠，杜蘅。"犹豫一下，加了一句，"你的，准三嫂。"

夏雪望向杜蘅的目光，不自觉加了几分探究和好奇："二小姐。"

嫡女风华 ////////// 4

杜蘅波澜不兴，淡淡点了点头："幸会。"

这让夏雪很是不忿："三哥，二小姐抢了我的河灯！"

她生得美艳，声音又天生带着媚态，即便是挑衅的话，从她嘴里说出来亦变成了小女生的俏皮，无人察觉异样。

常安甚至还很有同感地频频点头。

他早看出来了，二小姐似乎对小侯爷漠不关心，一点身为别人未婚妻的自觉都没有。

当着小侯爷的面，跟燕王眉来眼去，实在欺人太甚！

夏风伸手，轻捏她的鼻尖，呵斥："胡说！阿蘅怎会抢你东西？定是你不讲理。"

语气爱宠多过苛责。

夏雪一跺脚："不管，你得赔我！"

"好好好，"夏风无奈地道，"一会儿下去，给你买。"

"不成！"夏雪盯着初七身上的老虎灯，"我就要那只小老虎！"

"我的！"初七立刻如临大敌，两眼瞪得像铜铃。

夏风一脸为难："干吗非要这盏？一会儿给你买十盏别的，成不成？"

"呸！我要那么多河灯做什么？"

"那你要怎样？"夏风拿她没辙。

夏雪转嗔为喜，抱着他的臂摇晃，眼睛却望着南宫宸，半是撒娇半是请求："我要三哥陪我去放河灯。"

南宫宸自幼在深宫中长大，这种伎俩自是不陌生，面上含着得体的微笑，眼睛却望着杜蘅。

"好好好，"夏风一边说，一边偷看杜蘅，"待会儿一起去放河灯，好不好？"

杜蘅但笑不语，似乎是羡慕他们兄妹情深，又似乎夏雪怎么样都与她无关。

但在垂下的大袖里，她十根手指攥成拳，紧得几乎滴出水来。

她怎会不知道呢？

夏雪的美貌，夏雪的娇气，让她成为夏家的中心，全家人都围绕着她转，是名符其实的掌上明珠。

前一世，她就是凭着这些武器，轻易地虏获了南宫宸的心，轻飘飘几句撒娇的话，就将她打入人间地狱，痛得死去活来……

南宫宸将她脸上细微的表情收入眼底，心道：原来她不是不在乎夏风，只是掩饰得太好。

紫苏下意识地靠近杜蘅，给予她无声的支持。

杜蘅回以笃定的微笑。

夏风见她没有反对，心中雀跃，眼里满是柔情："阿蘅……"

初七等得很不耐烦，打断他："到底要不要吃饭？"

夏雪眼里闪过一丝轻蔑，嘴里却道："这里太吵，饭菜也没什么新意。不如，咱们到画舫上去，边游河边吃，那才惬意呢！"

杜蘅歉然道："出门时没有知会父亲，不好回得太晚。"

夏雪暗含喜悦："这样啊，那就没办法了。"转过身，拉了夏风的手："三哥，我们走。"

夏风不死心："一会儿我送你回家，嗯？"

杜蘅笑了笑，摇头："下次吧。"

"今天七夕，"夏风眼里闪过失望，脸上的笑意有些涩，"若知道你与我一起，伯父当不至怪责于你。"

"哎呀，三哥，"夏雪嗔道，"人家不愿意，你又何必强人所难？"

夏风自嘲一笑："那好，我送你。"

杜蘅婉言谢绝："马车就在街尾，走过去不过盏茶时分。"

夏雪巴不得与南宫宸独处，忽然间热情无比："怎能让三嫂独自夜行？三哥，还不快去！"

杜蘅嘴角微微一翘，眼中闪过一丝嘲讽，随即垂眸掩去。

她这一变化细微且迅速，旁人未及捕捉便已消失，却已尽收南宫宸眼底。

稍早之前，他还以为她对夏风有情，只碍于礼教，以及天生内敛，才会表现得云淡风轻。

可现在看来，她似乎真的对他避之唯恐不及，并不像其他女人，口是心非，玩欲迎还拒的小把戏。

忽然间，他很想知道——什么样的男人，才能走进她的世界，让她心生爱慕？

好吧，不管她在玩什么把戏，他承认，她已成功挑起了他的好奇心兼征服欲。

"既然你坚持，"杜蘅微微一笑，"那我只好却之不恭了。不过，只送到马车那就行了。"

夏风黯淡的眸光突然一亮："好，我送你上马车。"

"三哥。"夏雪又是吃惊，又是不忿。

"王爷，"夏风已顾不到她的情绪，满怀兴奋地道，"烦你照顾下雪儿，我去去就来。"

南宫宸含笑调侃："想撇开我们，跟二小姐单独相处，这可有点不太厚道哦？"

夏风被当面拆穿心事，面上一热，含笑看一眼杜蘅，索性大方承认："我倒是想，可惜不放心把雪儿交给你。"

南宫宸似笑非笑，睨一眼夏雪："怎么，怕我把你如花似玉的妹妹给吃了？"

夏雪娇羞无限，扭着腰道："好好的，怎么拿我说起嘴来？讨厌！"

杜蘅面无表情，转身朝楼下走去。

夏风紧走几步，与她并肩，将她护在身侧，以免人多发生碰撞。

一行人出了酒楼，顺着街道往回走。

"不吃饭了？"初七很是奇怪。

"咱们买河灯去。"紫苏忙哄她。

"好啊，好啊！"初七信以为真，"我还想要那只小银狼，刚才没来得及说……"

夏风满脸懊恼，压低了声音道："都是我不好，害你连饭都没吃。"

杜蘅淡淡道："我不饿，是初七想吃。"

夏风本想提议到船上用些点心，听了这话倒不知如何接茬了。

街上游人如织，两人的交谈淹没在各种喧闹声中，却逃不过南宫宸的耳朵。

见夏风连连碰壁，心情突然好得无以复加，竟连那些嘈杂的叫卖声，也觉得格外动听。

他含笑四顾，怡然而乐："有美同游，滋味果然不同。"

夏雪雪颈绯红，一双美眸更是含羞带涩，眼波流转，顷刻间引得无数人心肝乱颤。

"你骗人，没有河灯了！"初七一声吼，顿时大煞风景！

"今天人多，已经卖光了吧！"紫苏颇为遗憾。

那家的灯谜，可不是一般的难猜，价格也有些小贵，哪有这么容易卖光？

杜蘅心中有数，冷冷看向夏雪。

只不过是没让她如愿买到那盏河灯，便迁怒于人，砸了人家饭碗，骄横可见一斑。

夏雪被她看得一阵心虚气闷，没好气地嚷："看我做什么？"

杜蘅微微一笑，驻足停步："我到了，多谢几位相送。"

夏风依依不舍，不觉脱口而出："呀，这么快！"

"咻！"紫苏笑出声来，立刻察觉不妥，忙攥拳捂住嘴巴。

南宫宸戏谑道："这么舍不得，如何忍到三年后？我看，不如干脆禀告了侯爷，早些娶回家得了！"

杜蘅俏脸一沉，当场就要发作。

夏风虽有此想法，看她表情却也知绝无可能，抢着道："王爷休要取笑！我既答应了阿蘅，莫说三年，就是十年，也一定会信守承诺。"

紫苏生怕节外生枝，忙撩起了车帘："小姐，上车吧。"

杜蘅一声不吭，搭了她的手踏上脚踏，弯了腰往马车上钻。

忽见石南大马金刀地坐在车里，冲她弯唇而笑。

她微微一怔，动作不停，继续钻进马车，淡定端坐。

石南咧唇，冲她竖了个大拇指。

杜蘅瞪他一眼，撇过头去。

紫苏紧接着跳上来，见了石南，来不及惊叫，已被石南拽了进来。车帘垂下来，隔断了所有视线，马车绝尘而去。

"好大的架子！"夏雪目瞪口呆，怒道，"一言不合，竟然拂袖而去！"

"是本王无礼在先，不怪她生气。"南宫宸淡淡道。

"玩笑都不能开了，她以为自己是谁？"

夏风怔怔地目送着马车驶离，渐渐消失在人海之中，再开口时神情冷淡："她是你三嫂。"

"才不是呢！"夏雪大发娇嗔，"只要她一天没嫁三哥，我就不认！"

夏风却没再看她，快步朝码头而行："不是说要游河？走吧。"

夏雪有心想赌气回家，又舍不得好不容易盼来的与南宫宸相处的时光，犹豫片刻，夏风已去得远了。

她又气又羞，一跺足，追了上去："三哥，等等我呀。"

马车拐过弯，紫苏用力挣脱石南的禁锢，圆睁了双目骂道："少爷，你自己不想活了，也别连累我家小姐！这是什么地方，竟敢胡来！"

石南笑嘻嘻地摊开手："早知道二小姐有夏公子和燕王相陪，我才不会巴巴地来自讨没趣呢！"

紫苏怒道："我们小姐跟他们没有半点关系，你别胡说八道，污我们小姐清白！"

石南望着杜蘅，意味深长一笑："跟燕王没关系就算了，小侯爷却是二小姐明正言顺的未婚夫，这样说，未免太无情了吧？"

"有情也好，无情也罢，关你什么事？"紫苏没好气地呵叱。

石南脸上分明挂着看好戏的表情，嘴里却故作同情："是不关我的事，我只是替小侯爷不值。可怜他一片痴心，恐怕终将要付诸流水……"

从头到尾，他的声线一直压得极低，一副做贼心虚的模样。

紫苏狐疑瞄他一眼："你做什么鬼鬼祟祟？"

石南指了指外面的车夫，笑而不语。

杜蘅眼里闪过嘲讽，忽地提高了声音："初七！"

"小姐！"初七箭一样射了过来。

石南阻止不及，索性掀开车帘跳下去，张开双臂，笑得一脸的春光灿烂："初七，看看谁来了！"

紫苏还未回过神，就听初七"哎呀"一声大叫，一头扎进石南怀里，搂着他的脖子又叫又跳："师兄，师兄，师兄……"

显然，这丫头已欢喜得不知如何表达了！

杜蘅目瞪口呆。

嫡女风华 ////////// 8

紫苏张大了嘴，看这两人毫无廉耻地当众拥抱："这，这，这……"

路人全都被初七毫不作伪的笑容感染，发出会心微笑。

"丫头，想师兄了没有？"石南弯着腰，轻点她的鼻尖。

"想。"初七点头，眼睛却恨不得黏在路边卖面人的小摊上。

石南失笑，很自然地牵了她的手走过去："喜不喜欢？"

"喜欢！"初七拼命点头。

"随便挑。"

"真的？"初七两眼放光。

"师兄什么时候骗过你？"石南微笑，百忙中抽空回头，冲杜蘅眨了眨眼睛。

杜蘅脸一红，悻悻缩回车中。

"他，他们认识？"紫苏抖着手，指着街旁手牵手，亲亲热热的那对。

杜蘅轻哼。

这不是秃子头上的虱子——明摆的事么？

初七欢天喜地："我要这个，这个，这个，还有这个，啊，那个也好看，给我！"

"只要初七喜欢，哪怕是天上的星星，师兄也帮你去摘！"石南慨然许诺。

初七歪着头看他："我不要星星，可不可以把捏面人爷爷买回家？"

摊主被她天真的话惹得笑起来："这丫头，真可爱。"

石南差点被口水呛到："这可不成。"

"师兄骗人！"初七鼓起了腮帮子。

"哈哈！"紫苏拍掌大笑起来，"该！谁叫你夸海口来着？"

杜蘅抿着嘴，笑了。

石南忽然转头，一双眼睛灼灼如炬："看我吃瘪，有这么高兴？"

杜蘅被他看得一阵心慌，垂下眼帘。

石南嘿嘿一笑，勾着初七的肩："走，师兄带你去吃好吃的。"

紫苏傻了眼："他们走了，咱们是回去还是也跟着去？"

杜蘅叹了口气："你说呢？"

流波河上游人如织，船只画舫多如天上繁星，不停穿梭往来，密如蛛网。

石南带着杜蘅三个登上岸边一艘中等大小的画舫，解开缆绳，如银河中的一颗小星星，悄无声息地汇入江面无数的船只之中，顺流而下。

上船就闻到一股酸菜鱼的香味，初七欢呼一声，冲进舱去大快朵颐。

紫苏探头探脑，好奇地四处查看。

杜蘅立在甲板上，背靠栏杆，面有愠色："把我们骗到这里，是何用意？"

石南狡黠一笑："你猜？"

"别兜圈子！"

石南笑眯眯："今天这种欢乐的日子，除了吃喝玩乐，还能干什么！"

杜蘅冷哼一声，掉头就走。

石南也不拦她，幽幽一叹："看来，美食只能我一个人吃，好戏也只能留着自己看了。"

杜蘅霍然转身。

石南很笃定地看着她，漆黑的眸子闪闪发亮："改主意了？"

杜蘅冷着脸，良久，冒出一句："我不吃鱼！"

石南眼睛一亮："你想吃什么？不是吹牛，我这里天上飞的，地上跑的，水里游的，应有尽有，只要你说得出来………"

紫苏溜达了一圈，不知道从哪里冒了出来："除了鱼，什么都好。"

"哦。"石南很是失望。

河面上，一艘豪华的双层画舫与他们擦身而过。

南宫宸，夏风并肩立在甲板上，看万家灯火，群星闪耀。

南宫宸忽地轻咦一声，身形一僵。

"看到熟人了？"夏风不以为意，顺口取笑，"还是，被哪位美人勾了魂？"

南宫宸不答，目光穿过河面，落到一抹纤细的身影上。

几乎是一眼，他就认出来，那是杜蘅。

刚刚拒绝了他们的邀约，转眼却出现在别人的船上，这意味着什么？

他微微眯眼，眸光锐利，向暗处招了招手。

陈泰悄无声息地过来："王爷。"

"去查一下，那艘船是谁家的？今晚船上有什么人。"南宫宸低声吩咐。

"是。"

"看到谁了，这么严肃？"夏风心生疑惑，顺着他的目光朝对面船上望过去，却见甲板上空空如也，舱门紧闭，连窗户上都悬着薄薄的窗纱。

只看到影影绰绰的人影在晃动，却瞧不真切。

南宫宸调开视线，淡淡道："没什么，认错人了。"

夏风也不揭穿，只默默记下了这艘船。

"三哥，"夏雪站在顶层甲板上，惬意地享受着凉风，扶着船舷，弯腰冲着下面的人嚷，"快上来呀，上面好舒服！"

"走。"两人对视一眼，心照不宣，双双登上舷梯。

初七左手举着七八个形状各异的面人，右手拿着一串糖葫芦，眯着眼睛舔着山楂上淋着的糖汁，笑得一脸幸福："师兄，真甜！"

"怎么样，"石南歪着脑袋，笑眯眯地道，"师兄没有骗你吧？"

初七用力点头："师兄是好人！"

石南笑得合不拢嘴，伸手摸摸她的头发："乖乖在这边吃，不要乱跑哦！"

"嗯。"初七点头如捣蒜。

"听师兄的话，怎么样？"石南伏低身子，压低声音问。

"有糖吃！"

"聪明！"石南赞了一声，朝杜蘅努了努嘴，又看一眼紫苏，接着问，"师兄想跟二小姐说话，你该怎么做？"

初七舔着糖葫芦，走到紫苏身边，把面人往前一递："拿着！"

紫苏受宠若惊："给我？啊……你干什么？"

下一秒，初七已伸手捉着她的衣领，老鹰捉小鸡似的把她提溜到了角落："乖乖在这坐着，不要乱跑。"

"乖。"石南很是满意，冲她竖起大拇指。

杜蘅惊呆了。

石南打了个响指："回魂啦！"

"石少爷，"紫苏由衷地道，"你实在是我见过的……"

石南得意扬扬，很是臭屁地道："聪明？机智？善良？勇敢？哈哈哈！"

紫苏气得发抖："你是我见过的，最无耻，最卑鄙，最不要脸的人！"

杜蘅补充："而且是前无古人，后无来者。"

石南哈哈一笑，并不着恼："能够把无耻演绎得这么赏心悦目，也是一种本事！"

杜蘅"噗"的一声，满口的汤喷了出去。

石南反应迅速，唰一下展开折扇："你是不是跟我的扇子有仇？买一把毁一把！"

"抱歉，抱歉，"杜蘅手忙脚乱地掏出手帕，要帮他擦，想了想，终是不妥，捏紧了手帕，"我赔给你就是。"

"和三亲笔所画，没处买去！"石南眼疾手快，一把抢过手帕，还真不客气地在自个袍子上擦，"不敢劳动大小姐，我自己来……"

杜蘅脸一红，讷讷道："还我。"

"已经脏了。"石南带着几分得意，眉眼弯弯望着她，狡黠地低笑。

杜蘅没遇过这种无赖，咬着唇，明显不知所措。

"无耻！"紫苏跳起来就往这边冲。脚还没跨出去呢，就被初七拎了回来："不许动！"

"初七！"紫苏吼。

"来了！"石南忽地站起来，三步并作两步，跨到舷窗旁，掀起窗纱朝外看了一眼。

"石少爷，你可别太过分！"紫苏愤怒地低吼。

女子的手帕，岂是随便乱给的？

石南转过脸，江面上游船如织，他背着光，面目模糊，一双眼睛在暗夜里亮得惊人："来，到这里来。"

杜蘅看不清他的神情，只觉得他不似平日的吊儿郎当全没正形，声音更是温柔缥缈，像一团柳絮，荡漾着没个抓挠处……

心脏蓦地漏跳两拍。

见她站着不动，石南有些纳闷，冲她招了招手："来啊。"

杜蘅定了定神，缓缓走过去站到了另一扇窗前。

"啾啾啾"婉转的鸟鸣声起，石南含笑道："这边窗户宽些，视野更好。我去外面，跟船夫交代一声，别跟丢了。"

说着，若无其事地离开，转过身脸上的笑容便隐了下去。

杜蘅不放心地瞅他一眼，张了张嘴，终是什么也没说。

船舱外垂手站着个身着黑色水靠的男子。

"什么事？"

"咱们的船给人暗中跟上了。"黑衣男子略有些紧张。

石南冷哼，扫了一眼河中心那条十分显眼的华丽双层画舫。

"你跟着我，几年了？"脸上那抹懒洋洋的笑容极冷，"这种小事，还用得着请示？"

黑衣人被训得不敢作声，半晌，讷讷分辩："那些人，是平昌侯府的府军。"

"哼！"石南轻哼一声，眼神并不如何锐利，唇边甚至还挂着浅浅笑意，说出来的话却带着说不出的森冷和倨傲，"管他是谁，该怎么办，就怎么办！"

"是。"黑衣人快速走到船舷，攀着船板，悄无声息地下了河。

水面上很快泛起大量水泡，最终化成几朵红色浪花，转眼消失不见。

石南扶着栏杆，隔着数十丈的河面，与双层画舫上向这边眺望的温润男子视线相撞，挑衅地勾唇一笑，转身步入船舱。

杜蘅依旧立在小窗旁，双手搁在窗台上，微微寒着脸，注视着对面。

石南干笑两声："初七，还剩一盘烤鸡腿，要不要带回去吃？"

"要！"初七欢呼一声，"师兄最好啦！"

"石少爷，我可以坐下了吗？"紫苏没好气地问。

"请，请，"石南故态复萌，嬉皮笑脸，"我是为你好，刚才的画面，儿童不宜，嘿嘿。"

"你才儿童！"紫苏恨恨地瞪他。

"我倒是想，"石南无限惆怅，"可惜，时光一去不复返啊。"

紫苏憋不住，笑了。

"好多河灯，好漂亮！"初七忽然欢呼一声，冲到甲板上，对着河面手舞足蹈。

"没出息！"紫苏叹息一声，追出来，"高兴成这样，别人看了，还以为你是第一次看河灯呢！"

初七吱溜一下跑进舱，吱溜一下又跑了出来，举着她的老虎灯，想要放下河，又有些舍不得，急得抓耳挠腮，直喊："师兄！师兄！"

石南一步三摇，慢吞吞地晃出来："干吗？"

"我要放河灯，放河灯。"初七巴着他的手臂，不停摇晃。

"放啊，谁还拦着你不成？"石南故意逗她。

初七噘着嘴："不行，老虎是我的！"

"哈哈！"石南伸手刮她鼻子，"小滑头，自个的收着，师兄的就可以随便扔河里，是吧？"

"师兄，坏！"初七见此路不通，立刻转过头去眼巴巴地瞅着紫苏。

"别看我呀，"紫苏举起手，"我的玉兔灯，刚才给你打架，打坏了！"

"师兄，师兄，师兄。"初七又去摇石南，像只小狗不停地绕着他转。

转得杜蘅都不忍心了："别逗她啦，怪可怜的。"

"好吧，"石南偏过头来看她一眼，笑眯眯地竖起一根手指，"叫声好听的，才给放。"

杜蘅脸一红，轻啐一声，转过头去。

初七跳起来："师兄最帅，师兄文韬武略，师兄天下第一！"

紫苏："……"

杜蘅："……"

石南哈哈大笑拍拍双掌："放灯！"

不知从哪钻出来几个黑衣人，默默地把一盏又一盏的河灯拿出来，很快摆满了甲板。

杜蘅惊讶地瞥他一眼，见他含笑望着初七，眸中是浓得化不开的宠溺……

"放河灯咯。"初七兴高采烈，欢呼雀跃。

河灯一盏接着一盏，不停地顺流而下，渐渐地在船尾连成一条线，远远望去，就像一串串火红晶亮的珍珠……

杜谦照例每天卯时三刻起床，身边周姨娘却睡得浑然忘我。

柳姨娘被逐出府，中馈重新回到周姨娘手中，加上顾氏的七七也过了，杜谦身边不能没人侍候，乘着七夕之便，好好地温存了一番。

不料，她竟恃宠而骄，赖起床来。

杜谦颇有不悦，轻咳一声，抬手欲推，却发现满手的头发。

他惊骇得瞪圆了眼睛，蓦然扭头："你！"

周姨娘嘤咛一声，慵懒地睁开眼睛一瞧，杜谦满脸惊骇地瞪着她。

"呀！"她一骨碌爬起来："老爷，妾身该死，睡得太死竟忘了时辰。"

随着她的动作，所有头发，竟然生生从头上剥落，就像一只无形的手，将它撕裂，只剩下一颗光秃秃的头。

"你，你，你……"杜谦神色仓皇，跟跄着连退了几大步，绊到椅子，扑通摔了个四脚朝天。

"老爷！"周姨娘大惊失色，连忙跳下床，伸手去扶他。

"别，别过来！"杜谦指着她，厉声呵叱。

"你怎么啦？"周姨娘莫名其妙。

听到动静，连翘急忙打了热水进来伺候二人梳洗。

谁知道掀开帘子，入眼的就是一颗亮堂堂、还冒着热气的大光头！

她骇得魂不附体，手中铜盆咣当滚落地面，水溅了周姨娘一身。

她掉头就跑，无奈双腿发软，身子软倒在地上，仍然拼了命地，手脚并用往外爬。

一边爬，一边尖嚷："鬼，有鬼，有鬼啊！！！！！！！"

声音凄厉，划破了清晨的宁静，扰得枝头的鸟儿，簌簌乱飞。

"死丫头！"周姨娘横眉冷目，上前狠狠踹了她一脚，大声呵叱，"大清早鬼吼鬼叫，作死！"

转过头来，冲杜谦妩媚一笑："老爷，你别生气，这丫头笨手笨脚……"

"啊！"杜谦大叫一声，晕死过去。

"老爷，老爷？"周姨娘吓了一跳，正想过去扶他，目光无意间掠过妆台上的铜镜，却见铜镜中映出一抹鬼影，身着白色中衣，顶着颗光秃秃的头。

周姨娘倒抽一口凉气："我的天啊……"

眼前一黑，咕咚栽倒在地。

听到惨叫声，院子里的婆子们冲了进来，屋里情景却叫人目瞪口呆。

一时间，尖叫声，惊呼声，奔跑声响起一片。

"快，快把老爷抬出来！"

"快，去给老太太报信！"

"快，去请鹤年堂的掌柜，不！请二小姐……"

刹那间，杜府鸡飞狗跳。

消息传到杨柳院，杜蘅正在梳洗。

送信的小丫头吓得不轻，好不容易结结巴巴，颠三倒四地把事情说了一遍。

"哎呀！"白前蓦然变色，脱口嚷道，"这是鬼剃头啊！中元节快到了，周姨娘一

嫡女风华 ////////// 14

定是撞邪了！"

她这一嚷，一屋的丫头都惊得花容失色，纷纷尖叫了起来。

紫苏狠瞪她一眼："胡说！"

白前讪讪地抽了自己一嘴巴："看你这臭嘴，还敢不敢瞎说！"

"父亲怎样了？"杜蘅定了定神，问。

"不知道。"小丫头哆嗦着嘴，摇头。

"祖母呢，可有人送信过去？"杜蘅再问。

"不知……"小丫头刚要摇头，给紫苏一瞪，忙改口，"应该是有的。"

"糊涂！"杜蘅跺脚，"祖母这么大年纪了，身体又不好，大清早的听了这事，受了刺激怎么好！走，去瑞草堂。"

"二小姐，"小丫头直愣愣地问，"你不管老爷和周姨娘了？"

杜蘅也懒得跟她解释，拔脚就朝外走。

刚到花园，正遇着锦绣，锦屏扶着老太太，颤巍巍地过来。

杜蘅急忙紧走两步，搀着她的手："祖母。"

老太太望着她，眼中浮起泪光："咱们家这是怎么啦，接二连三地出事！我看，真该请个道士来做场法事，驱驱邪！"

杜蘅轻声道："祖母莫急，父亲只是受了点惊吓，应该没有大碍。"

"你这不肖子！"老太太摔开她的手，大声呵叱，"什么叫没事，都晕过去了还叫没事，是不是非得翘了辫子才算有事，嘎？你眼里，究竟还有没有你爹！"

杜蘅垂了头："祖母息怒，蘅儿一时口快，说错话了。"

"老太太，"郑妈妈劝道："二小姐也是心疼您，怕你急出毛病来，这才借词宽慰。哪里是不心疼老爷？却是你错怪她了。"

老太太轻哼一声，拐杖朝地上重重一戳："女生外相！"

杜蘅一声不吭，默默地跟着老太太进了怜星院。

不出所料，杜谦此时已然醒转，坐在花厅里发呆。

"我的儿，"老太太见了他，抱住了便哭，"吓死娘了。"

杜谦手足无措："娘，我这不是没事吗？"

一边拿眼瞪人："谁要你们惊动老太太的？也不会好好说，把娘吓出病来，一个个全都打了板子赶出去！"

老太太道："照你这么说，出了事都该瞒着我，合着我是纸糊的，蜡做的，当个活死人就称了你的心？"

"娘，我不是这个意思。"杜谦连忙赔小心，说了好一阵话才把老太太哄得息了怒，问起周姨娘的情况："人呢，传进来我瞧瞧。"

杜谦哪敢让她看啊,周姨娘那瘆人的模样,死人都要给吓尿,要是老太太吓得归了天,可了不得!

连忙阻止道:"事情还没弄清,也不晓得这病传不传人,还是小心些为好。"

一听会传染,老太太也不敢强求:"那你说说,到底是咋回事?"

"一时半会也说不清,"杜谦斟酌着字眼,小心翼翼地道,"娘还是先回瑞草堂,等查明白了,我再来给您回话。"

老太太只要儿子没事就落了心,周姨娘是死是活倒是不怎么在意,千叮万嘱:"你自个要小心,能治最好,若是不能治,赶紧抬出去,别沾了晦气!"

"是是是。"杜谦连声答应,把老太太送出门,这才松了口气,重新回到院子里,望着卧室方向发呆。

"父亲。"

杜谦回过神:"什么事?"

"我想见见周姨娘。"杜蘅轻声道。

想起早上见到的情形,杜谦面上浮起厌恶之色:"有什么好看的?"

"周姨娘突遭横祸,父亲难道不想弄清楚原因?"杜蘅唇边浮起一丝讥嘲。

那是他的枕边人,十几年同床共枕,为他生儿育女。

大难临头,竟头也不回仓皇而逃,实在令人齿冷!

杜谦面色阴沉:"我是怕你受到惊吓。"

"我不怕。"杜蘅坚持。

杜谦点点头:"你随我来。"

父女两个一前一后,默默进了卧室。

周姨娘被抬到了门板上,一头青丝还遗留在枕头上。

床上的被褥还不曾整理,凌乱地堆着。

天气炎热,尽管房里摆了四只香炉,熏了重重的薰香,依旧掩盖不了空气里弥漫着的浓浓臭味。

苍蝇闻腥而来,在周姨娘的头部嗡嗡乱飞。

两个粗使的婆子跪在她身边,手执团扇,不停地替她挥赶苍蝇。

尽管早已有了心理准备,杜蘅还是被周姨娘的惨状给恶心到了。

杜谦面色苍白,勉强看了周姨娘一眼,立刻退了出去,扶着墙大声呕吐起来。

杜蘅把连翘唤到一旁,仔细询问:"姨娘最近是不是更换了头油,或是洗发的皂角,又或者是香粉……等等外用的物品?"

"没没。"连翘惊魂未定,惨白着脸连连摇头。

"别急着否认,"杜蘅皱眉,淡声提醒,"仔细想想,想好了再说。"

连翘啜泣着道:"姨娘的洗漱用品,一向都是直接从库房里支领了来用,从不曾另外花银子买。"

杜府的规矩,每月除月例银子外,另外还配给胭脂花粉,头油皂角等零碎的物品,由外院采购一总买了,再分发到各个院子里去。

只不过,这东西经了买办的手,数量虽是一样,质量上终是要次一个等级。

粗使的丫头婆子们用了,称心如意,姨娘主子们用着,却是没有满意的。

一般都会另支了银子,差人去买了来。

唯有周姨娘,想多存些体己银子,将来苓姐出嫁时给她添箱,拿出手时也体面些。

因此,不舍得每月另花费这二两银子,将就着用着公中的配给。

为此,不知给杜荇笑话过多少回,苓姐气得直哭,她每次都是当面应承,转过身照旧用。

这件事,杜蘅其实也是心知肚明。

只不过见周姨娘最近掌了一个月的中馈,慎重起见,多问一句罢了。

听了连翘的回答,并不意外:"有没有外人进过姨娘的房间?"

连翘答道:"除了四小姐,再没有其他人来。"

"最近,姨娘身边有没有特别的事?"杜蘅沉吟片刻,又问。

连翘想了想,摇头:"每天都差不多,也没什么特别啊……对了,姨娘最近头发掉得比较厉害,不知道算不算特别?"

"掉头发?"杜蘅精神一振,"从什么时候开始,有多厉害?"

"具体从什么时候开始,记不清了。"连翘蹙着眉,努力回想,"约摸总有大半个月了吧?一开始掉得不多,慢慢地随手一抓就是一绺,弄得到处都是头发,每天不停地收拾,捡完又出来,捡完又出来,总也弄不完。"

杜谦吐完了,漱了口重新走进来:"别问了,再问也是白搭。都成这样子了,治不好了!"

吩咐两个婆子:"别扇了,赶紧把人抬出去!"

"是。"两个婆子巴不得,立刻答应了,把人抬起来就走。

周姨娘的手软软垂下来,腕间玉镯撞到门板,发出叮的一声脆响。

杜蘅一眼扫过去,白玉中隐隐夹了点粉红,心脏蓦然狂跳起来,脱口唤道:"等等!"

几步抢上去,握了周姨娘的手腕,抬起来一瞧,果然是一串白玉嵌珍珠的手串。

正是那套,她顺手转送给周姨娘的白玉嵌珠头面中的一件!

"你做什么?"杜谦喝道。

"姨娘,"杜蘅喉咙干涩,半天才挤出一句,"一直戴着这套头面?"

连翘奇怪地看她一眼,又仔细看了看周姨娘腕间的镯子,摇头:"这套头面,姨娘一直不舍得戴，只拿回来那天，在房里试戴了一回。直到昨儿个才正式戴出去。"

周姨娘也算是谨慎的了，心知这套头面是老太太给杜蘅制的妆，若是贸然戴出去，恐会惹来柳姨娘的不满，到时拨弄几句，老太太心里不舒坦，对她自然没有好脸色。

是以一直小心收藏着，直到柳姨娘被逐出府，刚好又是七夕，她没了顾忌，这才拿出来用。

却不想，只戴了一天，就成了这般模样！

杜蘅起身，拉开妆台的抽屉，果然一眼就见到了那套白玉嵌珠的头面。

她小心翼翼地取了条丝帕，包了手，把耳坠和梅花簪子取出来，仔细地观察。

杜谦心知有异，凑了过来："发现了什么？"

杜蘅面色惨白，忽地拿起簪子，在桌角上轻轻一敲。

叮当一声，簪子应声而断，一撮极细的灰白色粉末飘落在桌面上，不仔细看，几乎分辨不出来。

杜蘅把剩下半截簪子，极小心地送到鼻间闻了闻，道："是知羞草。"

她呆呆地瞪着那支梅花簪，冷汗涔涔而下。

不敢想象，这支簪子若没有送给周姨娘，而是戴在了自己头上，会有什么后果？

杜谦当场变色："是谁，下此狠手？"

知羞草虽有清热利尿，化痰止咳，止痛散瘀之功效，却含有毒性，不可单独使用，误食或接触过多都易引至毛发脱落。

那人把簪心弄成中空，藏毒其中，毒性通过皮肤慢慢渗透身体，随着时间的推移容貌尽毁，却又神不知鬼不觉。

偏偏周姨娘前几天恰好被杜芍用花瓶打破头，伤口未愈合得十分好，毒药却是通过血液直接进入身体，比通过皮肤接触慢慢渗透，效果强了十倍！以致一夜之间，脱皮落发，美人变枯骨，上演了惊魂一幕！

杜蘅双眸微垂，神情木然，低声道："那人要害的，本来是我。"

"你说什么？"

杜蘅涩然一笑："这套头面，本来是祖母给我的，我转赠给了周姨娘。"

杜谦勃然大怒："胡说，娘怎么会做出这等禽兽不如之事？"

"我不是怀疑祖母，"杜蘅摇头，只觉无限疲倦，"只不过，有人欲借祖母之手除掉我罢了。"

"没有根据，岂可胡乱猜测？"杜谦愣了许久，语声无奈而苍凉。

杜蘅惨笑："证据摆在眼前，父亲还打算自欺欺人吗？"

"蘅儿，"杜谦沉默了许久，轻声道，"爹知道你委屈。好在，周姨娘替你挡了一灾，追究下去，弄得家宅不宁，又有什么好处？不如……算了？"

嫡女风华 ////////// 18

"父亲，"杜蘅抬眸，静静地望着他，突然轻轻地笑了起来，那笑声衬着窗外的阳光，竟然透着悲凉和哀伤，"有人要我的命，你却劝我……算了？"

杜谦心中涌起一丝羞愧，狠狠地垂了眸，不敢与她对视，语气里却带着几分歉意和无奈："都是一家人，打断骨头连着筋，不劝你算了，难道眼睁睁地看着你们斗得死去活来？你一个人委屈，换来全家的安宁，不好吗？"

"哈哈，"杜蘅咬着牙，笑得眼泪都流出来，"父亲考虑得果然周全。女儿不孝，只顾着自身的安危，置家族利益于不顾，果然……该死！"

杜谦皱眉："我不是这个意思。"

"我明白。"杜蘅点头，转身迅速离去。

回了杨柳院，立刻吩咐："去查一下，上次老太太给我置办的头面首饰，是谁经的手，在哪家银楼定做的？"

"是不是你送给周姨娘那套头面，真的有问题？"

杜蘅不愿意详谈："簪子里藏了毒，我估计耳坠里也有。"

"好狠毒的心思！"紫苏一阵后怕，"幸而小姐防得紧，没有着道。"

"都怪我。"杜蘅轻咬唇瓣："若是早点提醒她一声，周姨娘也不至……"

当初她以为，首饰中藏毒，多半是妨碍子嗣。周姨娘已有苓姐傍身，又多年未育，妨不妨碍，已经没所谓。

后来见那么久没有动静，柳姨娘又被逐出了府，便以为终归是自己多心。

没想到……

"分明是那人狠毒，怎么能怪小姐疏漏？"紫苏很是不忿。

杜蘅叹了口气："不管怎么说，周姨娘这次是被我连累。"

"老爷怎么说？"紫苏问。

杜蘅自嘲一笑："父亲劝我息事宁人。"

"他是不是老糊涂了！"紫苏义愤填膺，"都被人欺到这分上了，居然还要你忍气吞声？"

"我不会就这么算了！"杜蘅眸光冰冷，低低道。

就算只为了周姨娘，也不能！

老太太给她添妆，这事瞒不了人，事情很快便有了眉目，结果却让紫苏气炸了肺。

这批头面，是柳亭经手，在阅微堂订购的！

"好你个王八羔子！当面笑嘻嘻，背后捅刀子！"紫苏暴跳如雷，恨不得立刻冲去把阅微堂砸个稀巴烂！把石南那兔崽子的脸，打成猪头！

杜蘅始终一脸平静，平静得让人有些害怕。

"小姐，"紫苏终于发泄够了，筋疲力尽地瘫在圈椅里，"你怎么一点也不生气？"

"生气？"杜蘅冷冷微笑，反问，"我为什么要生气？"

"他假装把小姐当朋友，各种帮忙，各种热心，背地里却搞这种小把戏，欲置小姐于死地，简直卑鄙无耻到极点！"紫苏越说越气，越想越伤心。

杜蘅不慌不忙地问："他算哪根葱，哪根蒜，跟他生气，犯得着吗？"

紫苏鼓着腮帮子。

怎么犯不着，很犯得着！

她没有小姐那么好的胸襟气度，她可是心胸狭窄，锱铢必较的！

姓石的，有本事这辈子别再出现在她面前，否则——要他好看！

"这事，就这么算了不成？"见杜蘅一直不吭声，实在忍不住，问。

"算了？"杜蘅冷然一笑，"怎么可能算了？先记下，慢慢跟他算账！"

某人正喝着酒，忽地激灵灵打个寒战，默念："怪了，大热的天，哪来的一股妖风啊？"

20　二爷回府

杜荇一夜未归，直到未时方偷偷摸摸溜了回来，前脚刚踏进门，后脚杜荏就赶到了。

杜荏轻蔑地瞥她一眼："拜托你偷吃也要擦干净嘴巴，弄出这么大的痕迹到处招摇，不怕捉去沉塘！"

"你什么意思？"杜荇半是心虚，半是气愤。

杜荏直接捧过铜镜，往她面前一竖："自个瞧！我都没脸说。"

杜荇狐疑地瞄了一眼，惊见脖子上青青紫紫遍布着大大小小的瘀痕，尖叫一声，扑过去掩她的眼睛："闭眼，不许看。"

杜荏啐道："呸，你以为谁喜欢看？"

"怎么办？"杜荇惊慌失措。

刚才一路走来，也不知多少人看到了！要是传了出去，可就糟糕了！

"疯起来倒是胆子挺大，这会子知道怕了！"杜荏白她一眼。

"是你要我不择手段，抓住他的！"

"我要你不择手段，没要你不知廉耻！"杜荏骂。

"你！"

嫡女风华　////////// 20

"做都做了，后悔有什么用？"杜茌狐疑地瞄她，"该不会这么快就玩腻了，被他甩了吧？"

"呜呜。"杜荇气得直掉眼泪。

"行了行了，别哭了！"杜茌心一软，"大家的注意力都在周姨娘身上，谁耐烦盯着你的脖子看？"

要不然，她一夜未归，早有人禀到老太太跟前去了，哪这么容易过关？

"真的？"杜荇半信半疑。

杜茌遂把周姨娘中知羞草之毒，头发脱落，如今被放置在柴房等死的事说了一遍。

杜荇登时破涕为笑："该！以为把娘挤对走了，就可以独揽大权？我呸！这回让你到阎王殿去争宠！"

杜茌冷笑一声："可惜，又让那贱人逃过一劫！"

"那贱人诡计多端，比鬼还精！"杜荇骂道。

杜茌狠狠瞪她一眼："若不是你对夏风心存幻想，一心一意要当狗屁的侯府夫人，早就把她弄出去了，哪还轮得到她今日在此耀武扬威？"

杜荇脸一红："现在也不晚呀！谁拦着你不成！"

杜茌冷冷剜她一眼："谋划，是要讲究天时地利人和的，少一样都不成！很多时候，机会只有一次，稍纵即逝，永不再来！"

"分明是你自己没本事！"

"总之，"杜茌冷冷道，"以后你负责搞定和三，我负责想办法对付那个贱人！咱们姐妹齐心协力，早日把娘接回来，主持大局！"

"嗯！"杜荇郑重点头。

只要柳姨娘一日不扶正，她们的身上就要打上庶女的烙印。

老太太对嫡庶虽然还算一视同仁，可出嫁的时候，嫡庶的区别可是大大不同！

远的不提，她不把庶字换成嫡字，就永远别想嫁进和府，做和三的正妻！

她付出这么多，怎么甘心一辈子做个妾室？

杜蘅绞尽脑汁替周姨娘配药驱毒，竭力想挽救她的性命。无奈毒气入脑，加上天气炎热，伤口溃烂严重，终是无力回天。

周姨娘痛苦不堪，日夜号泣，其音凄厉，闻者变色。

勉强拖延了三天，终于死在了柴房。

杜谦听到消息，只叹息数声，命人置了上好的楠木棺材，葬了了事。

周姨娘一死，杜谦身边只剩下个身怀六甲的陈姨娘。

无奈之下，陈姨娘只得挺着大肚子出来主持中馈。

老太太不放心她肚子里的孙子，特地拨了郑妈妈坐镇，帮着她料理些琐事。

杜谦身边没有人侍候，顾氏又死了百日不到，也不好立刻迎娶新人。

老太太便做主，给锦绣，锦屏开了脸，送到烟霞院做了通房。

虽说只是通房，但府里的人心里都明白。

这两个都是老太太身边得脸的大丫头，绝不会委屈着做一辈子的通房，抬为姨娘是早晚的事，眼下不过碍着规矩，为堵外人的嘴罢了！

因此，虽只是娶通房，各个院的管事妈妈们，还是很识趣地轮流过去给二人道贺。

老太太借这个机会，把几个少爷小姐、杜谦、陈姨娘、锦绣、锦屏都叫到一块，大家一起吃饭。

锦绣锦屏两个是通房，按理别说坐，连站着伺候吃饭的资格都没有。

可老太太破了例，不仅让两人入了席，还赐了座。

只不过，锦绣锦屏终归是老太太一手调教出来的，懂规矩，识大体。

象征性地夹了一筷子，立刻便站起来，伺候一大桌子人吃饭。

虽同样是侍候，身份换了，心境自然也不一样了。

两人自始至终，红着脸，垂着头，安静得像影子。

老太太看着一大桌人，老怀大慰，露出了半个月来的第一个笑容："哎，家里还是要添新人，这才像个家。"

"老太太，二老爷来了。"环儿忽地走进来，大声道。

"什么？"老太太只当听岔了，怔在当场。

"二老爷进京了，如今船已到了流波河码头，正等着府里派车去接呢。"

杜谦接口询问："有多少人，多少行李，得派多少车？"

环儿一愣："这，奴婢倒是没有问……"

老太太急道："是谁来送的信？把人叫进来问问清楚。"

杜谦起身道："娘坐着，我去办。"

老太太哪还吃得下饭，胡乱扒了几口，便撤了桌。

回到房里，杜谦已经打发了岳管事带了二十几辆小油车去码头接人了。

原来杜二爷此次入京，竟是举家搬迁，打算傍着大房，在京城做买卖，不走了。

老太太喜不自胜，一个劲地念叨着二房的几个孙子，又说杜二爷可怜，离乡背井独自在外飘泊；如今举家来投靠大哥，让杜谦万不可有轻视之心，定要宽容接纳云云。

杜谦自是诺诺连声，不敢有所违拗。

等到申时末，前面院子里传来骚乱，一会儿工夫，就听得下面人飞跑来报："二老爷，二太太来了。"

老太太早已坐不住了，从炕上站了起来，向外面张望。

门帘一晃，杜诚走了进来，他一身石青色的长直裰，脚下踏着云头履，容貌极像老

太太，白净的面皮，单眼皮，虽有些风尘仆仆，却显得十分精神。

进了门，屈膝就是一跪："娘，不孝子诚儿给您请安。"

老太太含着泪，弯腰去扶他："好，好，回来就好。"

"儿媳给母亲请安。"许氏跟着进来，跪地请安。

她身上穿的是松绿的通袖长衫，外罩樱草色缠枝菊花褙子，下面是条玉色的八幅裙，头梳端庄的大圆髻，插了一支缠丝赤金嵌红宝石的凤凰簪。

看得出来，许氏刻意打扮过，这一身装扮庄重又不失大气，很有当家主母的气派。

她的容貌并不算出挑，甚至可以说有些普通，因此并不在"美艳华丽"上下工夫，只往庄重上靠。

老太太很是满意，拉了她的手，一个劲地嘘寒问暖。

许氏也大方，问什么都答得清清楚楚，不多添一分，也不减一分，口齿又是伶俐的，老太太越发喜欢了。

"老太太，"郑妈妈凑到老太太耳畔，轻声提醒，"几位孙少爷，孙小姐还等着给您请安呢。"

老太太这才蓦然醒悟，于是又把二房的几位少爷，小姐依齿序叫进来。

依次给老太太，杜谦请安；这边大房的几位少爷小姐也都进来，给杜诚夫妇请安。

之后兄弟姐妹之间相互介绍，因为两家住得远，消息往来并不便宜，索性约定各按各家，于是，还得重新序齿。

二房有二位少爷，三位小姐，大小姐出嫁从夫并未跟来。

底下依次是大少爷杜仲，十七岁，与杜松同年；二小姐杜芙，十四，在杜蘅和杜茳之间；三小姐杜蓉，年十二，在杜茳和杜苓之间；二少爷杜修，今年五岁。

序完齿，又是给见面礼，又是送土仪人情，热热闹闹，差点把老太太的屋子给掀翻了。

晚上就在瑞草堂开了四桌，老太太和许氏一桌；杜家两兄弟并两位少爷一桌；几位小姐一桌；几位姨娘通房们也开了一桌。

大家围在一起吃饭，杜家好久不曾如此热闹过。

老太太高兴得嘴都合不拢，周姨娘惨死带来的阴影一扫而光，精神焕发得很。

二房拖家带口，冷不丁来了这几十号人，一时间住处成了难题。

少爷们倒是没有问题，外院只住了杜松一个，宽敞得很，多加一个杜仲根本不算事。

周姨娘死了，怜星院空出来，正好给杜诚，许氏夫妻俩带着杜修住。

柳姨娘去了清州，竹院没人，二房的两位姨娘搬进去也是刚刚好。

剩下杜芙，杜蓉两姐妹倒不好安排起来。

按理几位小姐住到一个园子，又便宜，又热闹。

杜茳，杜苓两姐妹捯饬到一个院子，腾出一个给她们两姐妹住就算完事了。

可杜荇、杜荭都是刺头，陈姨娘不敢惹。

杜蘅？整个杜府都是她的，她一声不吭把房子让出来给这一大家子住，已经是仁至义尽，怎么好再往她的院子里塞俩人进去？

杜苓眼下无依无靠，年纪又小倒是好说话，可她那院本来就小，三位小姐恐怕挤不下来。

就这么犹豫着呢，还是把杜荇惹怒了。

"我娘只是暂时回了清州，又不是永远不回来！你把竹院给了别人，我娘回来住哪？鸠占鹊巢也没有这样的！"

陈姨娘赔着小心："老太太说了，叫账房里拨银子立马加盖新房，等柳姨娘回来，房子早盖好了……"

杜荇一听大怒，上去就推了她一把："你哄谁呢！等房子盖好，猴年马月的事了！你安的什么心，巴不得我娘永远不回是不是？"

陈姨娘挺着八个月大的肚子，站着都吃力，哪经得她这一推？

幸得青蒿手快，扶了她一把，这才没有跌倒。

"我不管你怎么安排，反正不准动竹院的东西！"说罢，扬长而去。

陈姨娘没了法子，只好禀到老太太跟前。

老太太一听便怒，拍着炕桌直叫："反了她了！这个家还轮不到她做主！"

许氏正好在老太太跟前，面上讪讪地说："都怪我想得不周，只挂着老太太的身体，仓促间做了决定，立马就进了京。本该先托人寻了房子才是正理。"

"这是什么话？"老太太着了恼，"以前在乡下，就三间茅草屋我带着谦儿两兄弟，不也和和美美？如今这么大的园子，倒住不下了？"

"我看你的安排挺好，"老太太转过身子，对陈姨娘道，"荇儿荭儿整一块，给芙儿蓉儿住。孟氏和丁氏住竹院。"

陈姨娘站着不敢动："奴婢没那个本事，怕是劝不动大小姐和三小姐。"

郑妈妈在一旁，忍不住小声嘀咕："四进里最宽敞的，就属杨柳院了。要不，让四姑娘挪一挪，跟二小姐做个伴，腾出几间屋子来安置二房的两位小姐？"

"不成。"老太太想也不想，就否决了。

"哟，看来老太太最疼的还是蘅姐儿。"许氏初来乍到，不清楚府里的具体情况，就借着玩笑，旁敲侧击。

"手心手背都是肉，哪有什么最疼不最疼？"老太太叹了口气。

也是因为这段时间事太多一直憋得慌，好容易逮着个想听，又有资格听的，遂把事情原原本本说了一遍，末了道："你说，让我怎么跟蘅姐儿张这个口？"

老太太虽然精明，到底不曾当家理过事，有些事情一时却是想不到。

　　许氏却不同，他们夫妻俩到杭州做丝绸生意，两头老人都不在，家里她一个人说了算。

　　只一听，立刻便发现不妙。

　　"老太太，"许氏道，"按你的说法，东西都给了蘅姐儿，清州那边的产业又全都卖掉了，只剩下祖宅和祖坟田，这一大家子几百口人没有进账，吃什么？"

　　"以前能过，以后还怕过不下了？再说了，不还有谦儿的俸禄嘛！"

　　"大哥的俸禄有几个钱？"许氏急了，"以前府里的花销，靠的是田里的地租，铺子的收益，药店的盈余。现在这些都成了蘅姐儿的，岂不是绝了财源，只能坐吃山空？"

　　给她一说，老太太愣住了。

　　郑妈妈一想，脸上变了颜色："二太太一说，还真是这个道理。"

　　"依你，该怎么办？"老太太没了主意。

　　"先盘一下账，看看账上还有多少现银。"许氏想了想，道，"明天就派人去置办铺子和田产，这可不能省钱，得挑好地段，肥田。"

　　怕老太太不懂，又解释道："银钱若是光出不进，金山银山也得败光！就得让它流动起来，利滚利，钱生钱，才会取之不尽，用之不竭。"

　　"对，是这个理。"郑妈妈连连点头。

　　老太太满意地笑了："到底是当过家，理过事的，办起事来跟姨娘们果然不一样。"

　　杜荇大发雷霆后，回到青荇院，就被杜茳骂了个狗血淋头。

　　"那些贱人太可恶！"杜荇满腹委屈，"娘才离开家几天？一个个恨不得把咱们踩在脚底向那贱人表功！急吼吼地来收房子，这不是咒娘永远不能回来么？"

　　"你个猪脑子！"杜茳骂，"只要老太太肯让娘回来，还怕没有地方住？拆了盖新的，还是把人赶出来，不都是一句话的事么？偏要在这个节骨眼上闹腾，冷了老太太的心，娘才真的永远别想回来了呢！"

　　见杜荇还是一副不开窍的样子，不禁长叹一声，道："大姐，你怎么还不明白？别看老太太一直夸爹光宗耀祖，替杜家长脸，可她心里最舍不得的，还是二叔！常念叨二叔孤身在外，没亲没故无依无靠的，最可怜！好不容易一家团圆，心里正热乎着，你倒好，兜头一瓢冷水淋下去，把她浇个透心凉！"

　　杜荇一想，还真是这么回事，自己这回的确有些冲动了。

　　嘴里却不肯服输，嗫嚅道："那，做都已经做了，还能怎么办？"

　　"不止啊，明知道老太太最看重子嗣，陈姨娘挺那么大的肚子，你居然还敢去推她！"杜茳越想越生气，恨不能再扇她两耳光，把她打醒，"这万一有个好歹，我看你怎么收场！"

　　这要是以前，柳姨娘掌权的时候，莫说只是推一把，就是把人打死了，也能掩过去！可今时不同往日，还认不清形势，跟以前一样嚣张就是找死！除了夹紧尾巴做人，努力讨老太太欢心，没有第二条路可走！"

"她，她不是没事么？"杜荇有些心虚，讷讷地道。

"那是你运气好！"杜茬冷笑一声，"陈姨娘但凡有一丁点心计，只需捂着肚子嚷声疼，老太太立马就会把你剃光了头发往庵子里送！嫁进和府？做梦！"

杜荇唰地一下惨白了脸："我，我该怎么办？"

"现在知道怕了，"杜茬恨铁不成钢，"当时怎么不考虑后果！你脑子是长着好看的啊？"

"你快想想办法！我一定要嫁进和府，做三少奶奶！"杜荇尖叫。

"办法倒是有，却要委曲求全，你可愿意？"杜茬斜眼看她。

"快说！"

"找老太太，就说不止竹院让出来，你也愿意搬来跟我一块住，把青荇院腾出来，让给芙儿和蓉儿。"

杜荇愣住，随即尖叫："她们算什么东西！凭什么她们一来，我就要给她们腾地方！"

"那你就等着被老太太厌弃，一辈子嫁不出去，老死在杜家好了！"杜茬懒得跟她多费唇舌，掉头就走。

"我……"杜荇心里惶急，一把拉住她的袖子，"她们要住多久？"

"看这架势，恐怕搬进来，就不打算走了。"杜茬冷笑。

杜荇心一凉。

那岂不是意味着，嫁人之前，都得跟杜茬挤在这个院子里？

"真的，再没别的法子了吗？"

"你要是有更好的法子，我不拦你。"

杜荇流下泪来："我，我搬还不成吗？"

她已经认定了和三，再没有任何退路。

前面哪怕是火海，也只能闭着眼睛往下跳了！

"老太太，大小姐和三小姐来了。"环儿挑了帘子进来，道。

"哼！"老太太脸一沉，"来做什么？"

许氏略带了几分不安，极小心地道："谁没有个年轻气盛的时候？知道错就成了，您可别罚她。要不，媳妇的脸可没处放了。"

"怎么着？"老太太越发怒了，"她还无法无天了！让她进来，我看她想怎么样！"

杜荇在外面听见老太太发怒，脸色已经不好看。

进了门，见老太太歪在炕上，许氏紧挨着炕沿，坐在老太太身侧，越发地恼怒。

柳姨娘在的时候，那个位置一向都是柳姨娘的，就连顾氏，都极少有这个殊荣！

嫡女风华 ////////// 26

许氏一来，不止要占柳姨娘的房子，还抢了柳姨娘的位置！

偏偏，她还得奉承着，还得主动把自己的房子让出来，给二房的两个妹妹住！

她杜荇，几时这么卑微过？

她刚转过身，杜茳忽地伸手握住了她的，手心都冰凉，沁着层薄薄的细汗。

杜荇心一惊，抬头便看到杜茳的一双眼睛，利若刀剑，冷若冰霜，静静地看着她。

登时，杜荇就像被戳破的皮球，全身的气势，一下子全泄了！

"给祖母请安。"杜茳迈着轻快的步子，笑盈盈地行了礼，"二婶也在呢？"

许氏忙笑："陪老太太说会闲话。"

杜茳面上露出愧色："还是二婶想得周到，这一路舟车劳顿的，定然极是辛苦，竟不顾疲累，来陪祖母。"

"我倒是想让她早点去歇着，可住处不还没安排好么？"老太太板着脸，讥刺。

杜茳越发小心："是吗？那可巧了，我们正是为此事来的。"

说着，轻推一下杜荇。

杜荇垂了头，声若蚊蚋："祖母。"

"怎么，"老太太越发着恼，"在陈姨娘面前耍威风还不够，特地跑来警告老太婆来了？"

"荇儿不敢。"杜荇扑通一声跪在地上，一半是真觉得屈辱，一半是做作，泪水扑簌簌直落。

她本就生得美貌，这一哭，越发是梨花带雨，我见犹怜了。

杜茳便在一旁，软软解释："祖母，你误会大姐了。"

说着，看一眼站在一旁的陈姨娘："二叔二婶一家来了，大姐不知多高兴，还跟我说，以后又多了几个伴，不止家里热闹些。兄弟姐妹们一同孝顺祖母，祖母心里高兴，定会长命百岁……"

她声音本就软糯，又是刻意撒娇，虽知这话奉承的成分居多，并没有几分真心，老太太听在耳里，还是渐渐地平了些怒气。

"大姐是见下人们粗手笨脚，碰坏了柳姨娘的几件东西，这才发了脾气，并不是不愿意让两位姨娘住竹院。"

说到这，她停下来，轻轻推了推杜荇。

杜荇便哽咽着，道："芙儿妹妹和蓉儿妹妹来了，我高兴还来不及，哪里会嫌弃？我刚还跟茳儿商量，打算搬到茳蓼院去，把青荇院让给两位妹妹住呢。"

老太太正为这事烦恼，一听这话，比三伏天吃了酸梅汤还舒畅，顿时觉得在儿媳面前长了脸，笑道："好孩子，难为你想得周到。"

"哎呀。"许氏连连摇手，"这可不成！怎好让大小姐受委屈？老太太，就让芙儿和蓉儿跟我们住一个院里得了。我去瞧过，怜星院还挺宽敞，比我们在杭州的房子还大呢，够住了！"

这就是许氏精明的地方了！

她从不曾在老太太面前，说过一句丈夫的不是，更不曾叫过一句苦。

只需轻轻一点，便道出了这么多年的辛酸。

老太太是个精明人，自会替二房多做打算，根本不需要她出面争什么。

果不其然，老太太一听，她们一家几口，挤在那么小的地方，心里顿时难过起来。

要拉拔二儿子的决心，也更坚决了！

"这些年，真是苦了你们了！"她抬起袖子，抹泪，"本该早就接你们过来的……"

可那时顾氏还没死，她不想让人在背后戳儿子的脊梁骨，说杜氏一门都吸着顾家的血！

"祖母别难过，如今不是一家团圆了吗？"杜茬乖巧地道。

"老太太，别难过了，"许氏深深地看了一眼杜茬，道，"老话说得好，吃得苦中苦，方为人上人。年轻时吃苦，是福。"

"祖母，"杜茬见老太太眼眶红红，还沉浸在伤感中，索性往她怀里一扑，"你可不能因为芙儿姐姐和蓉儿妹妹来了，就不疼我了，那我可不依。"

"死丫头！"老太太拍了她一巴掌，破涕为笑，"就你是猴儿精！"

白前把打听到的消息，一五一十告诉杜蘅。

"这可真是奇了，莫非大小姐真转了性子，主动提出搬出青荇院，替老太太解决一件棘手的大事。"紫苏嘟囔着嘴，大感不解。

杜蘅冷笑一声："看这样子，杜茬打算笼着老太太的心，联合二房来对付我了。"

紫苏愣了愣，表示怀疑："我瞧着，二太太也是个精明人，会听凭她一个小孩子摆布？"

"跟年纪有什么关系？关键要看三儿能开出什么样的条件。"

杜蘅的阴冷狠戾，前世领教得多了，回想起来仍忍不住牙齿打战。

紫苏想了想，道："要不，咱们抢先跟二太太把关系打好吧？"

"我才懒得花时间跟她周旋。"杜蘅淡淡道。

人的欲望是个无底洞，有些人是不能惯的，越惯只会越嚣张，而她也不打算当散财童子。

紫苏忧心忡忡："我知道小姐不爱搭理闲人，可老太太的心明显偏到了二房。若让三小姐抢了先，把她们全聚到一块，拧成了一股绳，小姐的处境就危险了。"

杜蘅笑了："杜茬有这个本事？"

这群人，每个人心里都有自己的小九九，能齐得了心才是怪事！

紫苏摇头:"不怕一万,就怕万一……"

"没有万一,等着看好戏就成。"杜蘅神态轻松。

不管她们要什么把戏,冷眼旁观就好。

这些人不来惹她便罢,万一不长眼敢打她的主意,她不介意一起收拾干净!

夜里,烟霞院的门忽然被人砰砰地敲得震天响,来人带着哭腔嚷:"快开门,禀告老爷,陈姨娘见红了……"

守门的婆子起初还骂骂咧咧的,听了这句,吓得魂飞魄散,急忙打开了门,一面派人飞跑着去送信。

"老爷,不好了,不好了!"

杜谦新婚燕尔,正是最要紧的关头,猛地被人打断,老大不高兴,喝道:"什么事?"

"不好了,陈姨娘见红了!"决明看着窗上交叠的人影,心里发苦,硬着头皮道。

杜谦一愣,登时便爬了起来。

锦绣顾不得羞涩,爬起来服侍他穿衣:"老爷,这可是大事,耽搁不得。"

杜谦匆匆穿了衣服出门,问:"临盆还有些日子,怎么这么快见了红?"

决明垂着手,含糊道:"详细的不清楚,许是这些日子主持中馈太累了,加上白天跟大小姐吵了一架,受了惊吓……"

杜谦脚步一顿:"又是荇儿?"

决明闭紧了嘴,不敢接话。

杜谦加快了脚步:"最好保佑陈氏没事,不然……哼!"

等到了桂花院,这里已是灯火通明,丫头婆子们乱成一团,有胆小的甚至已在嘤嘤低泣。

"老爷来了!"不知谁一声喊,闹哄哄的院子,立时安静下来。

杜谦心一凉,三步并作两步,走进内室。

陈姨娘冷汗涔涔,秀发凌乱堆在枕上,越发衬得一张脸惨白如纸,没有半点血色。

见了杜谦,眼眶通红,才一开口声音已然哽咽:"老爷。"

"别说话。"杜谦抢到炕沿坐了,二指搭上她的腕脉,一边问,"好好的,怎么突然见了红?"

青蒿含着泪低嚷:"白天为了二房两位姨娘住竹院的事,大小姐发了脾气,推了陈姨娘一把……"

"青蒿!"陈姨娘低叱。

"什么?"杜谦大怒,"这个畜牲!好大的胆子!"

"这不怪大小姐,是奴婢考虑不周……"陈姨娘细声细气道。

"还好,"杜谦松了口气,"虽然动了点胎气,倒没什么大的妨碍。"

陈姨娘眼中立刻淌出泪来："真的？"

"阿弥陀佛，谢天谢地！"青蒿欢喜得直念佛。

杜谦顺手帮她把濡湿的发捋了捋，道："我开服药给你，让青蒿煎了。中馈的事，暂时别管了，安心养胎最重要。"

"嗯。"陈姨娘含着泪，点头。

青蒿磨好墨，杜谦开了药方，交给青蒿去拣药。

等青蒿把药煎好，喂陈姨娘喝了，杜谦又陪着说了几句话，叮嘱了一些注意事项，这才回了烟霞院。

锦绣迎了上来："老爷，陈姨娘怎么样了？"

"怎么还没睡？"杜谦一愣。

"我担心陈姨娘，哪里睡得着？"

"动了点胎气，还好没大碍。"

锦绣吁了口气，上前帮他宽衣："真是老天保佑，老太太盼这个孙子盼得眼睛都要穿了，这要是没了，不知多伤心呢！"

杜谦见她如此温柔不禁心里一热，顺手搂了她的腰，压到炕上："不如，咱们努努力，多生几个？"

锦绣含羞带涩："老爷……"

杜谦心神荡漾，一时冲动，许诺："只要你争气，给我生个大胖小子，我便扶你做正室。"

锦绣面上发烧，一句话也不敢吭声，心里却充满了喜悦。

"陈氏养胎，中馈暂时也不能管，"杜谦一边享受着她的温柔，一边盘算，"看来，暂时得让你跟锦屏两个接管了。"

锦绣一呆："这怎么成？"

杜谦捏着她的下巴，轻笑："你们两个早晚都要抬姨娘，又是娘亲手教出来的，明天跟娘说一声，没有不成的。"

锦绣又惊又喜。

一想到很快就要熬出头，心中的兴奋难以言表，服侍得越发殷勤。

杜谦只觉得这辈子都没这般快活过，直累得精疲力竭才沉沉睡去……

虽然刻意瞒着没报，天一亮，陈姨娘夜里见了红的事，还是传到了老太太的耳里。老太太挂心未出世的孙子，亲自到了桂花院，赏了一堆的补品补药，又把杜荇叫来，狠狠责备了一通。

许氏也得了消息，忙带着补品去看望，说了好多体己话，又传了些安胎的经验，这才离开。

紧接着，丁氏和孟氏也都去探了病，各自送了补品。

几位小姐得了信，也都先后过去探望。

一时间，平日冷冷清清的桂花院里反倒是人来客往，络绎不绝了。

中馈的事，杜谦亲自出面提议，加上除了这二人，眼下实在也找不出更像样的人接手，老太太虽有些不愿意，倒也没有反对。

其实，经过昨天一席谈话，老太太倒是更属意许氏。

只不过，二房才刚进门，连气都没喘匀，立刻便管了大房的中馈，传了出去倒像是特地来谋夺大房的家产似的。

碍着这层关系，老太太把到了嘴边的话，硬生生咽了下去。

反正二房这次来了，就再也不会离开，慢慢谋划，寻个最适当的时机把中馈交给许氏就是。

这么一想，便也不着急了。

乘着交接的当口，索性把账房里的管事杨宁叫了进来，当着许氏的面，盘问起了账上还有多少现银。

"回老太太，"杨宁噼里啪啦一通算，最后道，"账上还有七十五万七千八百二十九两五钱。"

许氏听得倒吸一口冷气：好家伙，早听说杜家是清州首富，没想到富到这种程度！光现银就有七十五万两之多！

这要是再加上其他存银，房产，田庄铺子，那得有多少钱！

老太太同样大吃一惊，却是嫌钱太少："怎么只剩这么点？"

当初离开清州的时候，可是把顾家所有的财产全变卖光了，她听说现银就卖了二百多万，怎么才一年的工夫，去了一多半？

"老太太有所不知，"许氏忙道，"这里说的是现银，只是财产中的一部分，应该是专门留着应急用的。"

"是这样吗？"老太太问杨宁。

"二太太说得对，"杨宁点头，"这只是存在钱庄里，随时能拿出来用的。不过，马上到月底，光是月例银子，就得开支三万多两。还有，订的那批秋衣料子马上要结账；冬衣料子也得付一部分订金；铺子里，也要拿钱进货，真正能动用的⋯⋯"

他低了头，噼里啪啦一阵算，这才接着道："五十万两左右。"

许氏立刻问："为什么铺子里进货，要到账上支银子？"

杨宁恭敬地道："以前在清州的时候，进出货是各家铺子自行掌管，半年结算一次盈余。自去年搬到京城后，柳姨娘便改了规矩。每月的浮利必须二十五号交到账上。如需进货，再总列了单子，下月初一到账上支领⋯⋯"

这么一解释，许氏便明白了。

虽然麻烦一点，但可以随时监管银钱货物的流向，防止别人做手脚。

今天已是二十九，铺子里一个月浮利全交上来了，当然要到账上支领银子去进货。

"这一部分，一总得支多少银子？"许氏问。

杨宁又算了一阵，答："如果不包括酒楼扩建，是四万七千五百两。"

"酒楼扩建也要府里出银子？"许氏问。

"酒楼跟铺子不一样，"杨宁答，"每天都需支大量现银买菜，每天的菜价也不相同。因此，它是自行结算，每月月底上交盈余。因生意极好，柳姨娘一直想将它扩大，苦于没有地皮。刚巧前阵子隔壁一家铺子不做了，掌柜的便打算把铺面盘下来，把酒楼规模扩大一倍。"

"这一项，得多少银子？"许氏随口问道。

"因地段极好，光盘下铺子就要十五万，若再加上装修费用，要三十万左右。眼下，先支盘铺子的费用。"杨宁答。

许氏倒吸一口凉气："这么大一笔费用，全是府里贴完了，再把酒楼送给二小姐？"

杨宁躬身道："酒楼生意确实极好，每月光盈余，就有两万多两。光今年就已上交了十几万……"

"这么说，"许氏沉吟片刻，在心里大概算了一笔账，抬起头问，"账面上能动的钱，实际只有三十几万？"

"是。"杨宁点头。

"除了铺子，田庄，酒楼，府里还有哪些进项？"许氏问。

"二分的利，存了一百万到永通钱庄，光这一项，每年有二十万的进项。"

"存了多少年？"这么高的利，显然时间不会短。

"三十年，提前支领的话，要赔双倍利钱。"

许氏哑然。

现在已存了一年有多，利钱双倍归还的话，等于最多只能拿回六十万。若是对方硬要把这半年的利钱也算上，那就只剩下四十万了……

已经到手的银子，哪有再还回去的理？

这一百万，相当于不能动用了。

往好处想，再等三年半就能收回本金。

每年固定有二十万收益，至少铺子全收走后，一家人照样能活得挺滋润。

"剩下的钱，花在哪了？"老太太算了算，至少还有五十万两对不上数。

"搬家的费用，新房粉刷，年节送礼，人情往来，以及各位姨娘小姐的头面首饰，四季衣裳，这些是大头，共计二十七万五千余两。"杨宁对答如流，"另外，夫人的葬

嫡女风华 ////////// 32

礼，前前后后，共花用了五万多两。剩下二十万，柳姨娘支走了……"

换言之，这二十万是被柳姨娘私下挪用的，成了一笔烂账，已经查不清了。

"老太太，媳妇有几句话，不知当讲不当讲？"许氏问。

"都是自家人，有什么不当讲的，说吧。"

许氏看一眼杨宁，杨宁立刻识趣地起身告退。

"当家理财，归根结底是四个字：开源节流。"许氏侃侃而谈，"昨天说的是如何开源，今儿就得说说节流的事了。老太太刚才也听到了，原本两百多万的家财，一年的光景，就不见了五十几万。这么下去，能撑几年？更不要提，还有这么多少爷小姐等着要嫁娶！那可是一笔不小的花费！"

"道理谁不知道？"老太太叹了一口气，"可听杨管事的话，似乎每一项开支都是必不可少，没法省啊！"

"这位管事做事只图轻快便宜，不是个真心替东家着想的人。"许氏嘴一撇，轻蔑地道，"老太太可别被他三言两语糊弄过去了。"

"怎么说？"老太太一惊。

"说句不好听的，那烂了的二十几万，谁知道是柳姨娘支走了，还是他自个贪了去？"

老太太一想，也是这个理，脸上登时就不好看了。

"不能吧？"锦绣在一旁，讷讷说了一句，"杨管事若是手脚不干净，也不能在杜家做了三十年……"

许氏立刻反驳："是在顾家做了三十年吧？"

"有区别吗？"

"哼！"许氏冷笑，"本来是没区别，可眼下出了二小姐这档子事，谁知道他是不是二小姐的心腹，私下联起手来抽空公中的银子？"

夏家出面替杜蘅讨回财产，本就是老太太心里一根刺。

眼睁睁看着偌大的家业，冷不丁分去了一大半，谁不心疼？

老太太面上若无其事，半夜里想起来，气得觉也睡不着。

锦绣服侍了老太太这么久，哪会不明白她的心事？

因此，许氏一提这个茬，锦绣立刻就不吭声了。

且不说她的前程还捏在老太太手心，有朝一日真做了杜谦的填房，当起家来，手里抓的银子越多，办起事来也越便宜。

"好了，"老太太被戳了心窝子，明显不高兴，"别净挑些有的没的讲，直接说哪些银子可以省吧。"

"首先，酒楼扩建这三十万绝对不能给！"许氏道，"俗话说一朝天子一朝臣，酒楼既然归了二小姐，要不要扩建，建成啥样，本就不是咱们该操心的事！"

她一开口就省了三十万，老太太听了岂有不动心的？

可再一想，酒楼的盈余都按月交上来了，如今一声换了人就撒手不管，似乎有点不仗义。

传出去，怕是名声不好听。

许氏何等精明，一瞧老太太的表情，就猜到她的心思，典型的又想当婊子，又想立牌坊。

"哎呀！"脸上笑盈盈道，"就算不扩建，酒楼也不是经营不下去，每月有二万多的盈余呢，足够二小姐花销的了！"

郑妈妈频频点头："说得是，没有为了她一个，让一大家子人节衣缩食，忍饥挨饿的理。"

"还有呢？"老太太默了片刻，问。

这句话一出口，这事，便算是敲定了。

许氏松了口气，便又接着往下讲："至于铺子，我做了这么些年的买卖，大概也知道，断没有哪家铺子是把货卖得一点都不剩，再去进的，必然有存货。有些买卖做得大的，便是预存下一年半载的，也不稀奇。"

"这话在理。"郑妈妈接话，"我记得上个月，鹤年堂就支了五万两，预备的贵重药材，有些一两年都未必卖得完。"

"所以说，"许氏说得口有些干，喝了口茶润了润嗓子，接着往下道，"铺子的进货款这项，应该能省下个五万左右。"

锦屏算了算："照这样，不是只剩下二万多的月银，和七千多的衣料钱了？"

许氏笑："衣服料子，是给全府预备的秋冬衣裳，万没有让二小姐一个人承担的理，这笔钱该给。"

"二太太的意思，月银也要省？"锦绣的眼皮跳了跳。

这会不会太狠了？

"不是我狠，"许氏看透她的心理，冷笑一声，"只是给银子得有个说头。那些铺子，田庄，酒楼既然都是二小姐的私产，凭什么开起月银来，倒要走公中的账？"

锦屏本能觉得哪里不对，张了张嘴，一时却找不着话来驳。

许氏又道："咱们能把府里下人的月银给全了，就算是厚道的了！再好的房子，若长期不住人，没有人来打理，都得破败了去。就算咱们不住，二小姐一样要雇人。现在这笔银子，公中替她出了，二小姐每月能省下几千两呢！"

给她这么一说，似乎还真是这么个理。

锦绣几个听她噼里啪啦一阵算，一下子省出几十万两，不禁深深感慨。

二太太这二十年的家，果然不是白当的！

见老太太还有些犹豫，许氏铆足了劲劝道："老太太也听见了，在京城要想盘一间好点的铺子，没有几十万的本钱下不来。账面上只有这么点银子，总不能全都花光！老太太底下，也不是只有二小姐一个。光指着那二十万的利钱，别说嫁娶时风风光光，怕是弄到最后连汤都喝不上！"

郑妈妈原以为凭着杜家这样殷实的家底，就算什么事都不做，三代内都不愁吃喝。

可是给许氏这么一算账，竟忍不住犯起了嘀咕。

怎么一两百万的家底，到了皇城根下，竟然什么都不是呢？

稍有点盘算不周，立马要去睡大马路了！

实际上，大齐朝就算亲王一年俸银也不过一万两白银，再加一万斛禄米，折合银子两千两。算上京官领双俸，一年也就是两万五千两。

杜府每年有二十万利银，实在是一笔很可观的收入。

只不过，人心总是不足。

谁不想过得富足殷实，金玉满堂？

许氏眼见杜蘅拥有十来间田庄铺子，每月坐在家里就有好几万的进项，日后嫁进侯府，还有数不尽的荣华富贵等着她。

回过头来，再看看杜府账面上的这几十万两，实在是上不得台面。

又欺侮杜蘅是个没出阁的小姐，不懂庶务，随便几句话一糊弄，就能省下几十万。

日后，拿着这笔银子盘间像样的铺子，每月又能多出一二万的进项，岂不是美？

老太太迟疑半响，道："让我想想……"

许氏心知这事不能拖，迟则生变，必须趁热打铁："还想什么？犹豫下去，等人家把银子都支走了花光了，再想讨回来可就难了！二小姐又不缺钱花，还能跟咱较这个真？"

架不住她左缠右磨，老太太终于点了头："把蘅姐儿叫来，你跟她说。"

许氏立刻推脱："这是大房的事，我出面怕是不合适吧？"

"大房如今没有正经的女主子，再没有比二太太更合适的人了。"郑妈妈奉承。

"是啊，再没有比二太太更合适的人了。"锦屏连声道，"我们又不懂，到时二小姐来了，总得有个说头，是吧？"

"那我就，试试？"许氏蹙眉，做出副勉为其难的样子，道。

锦绣松了口气："嗯。"

说实话，她有点怕二小姐，尤其是那双眼睛，好像能看到你心里去，大热的天都能让人激灵灵打寒战！

于是，打发了人去把杜蘅叫了过来。

杜蘅进了门，先给老太太请了安，又问了许氏好。

老太太问了她的饮食，又说了一会闲话，兜来绕去，终于落到了正题上。

许氏便避重就轻,先把账算了一遍,撇开永通钱庄那一百万存银,每年二十万的进账只字不提,只说她把铺子全部收走之后,家里靠着杜谦一人的俸禄,难以为继。

为免一大家子人坐吃山空,喝西北风,当务之急必须凑一笔银子,置办田产和铺子。紧接着摆出那套杜家有十几个孩子,不能为她一个,全家人勒紧了裤腰带的理论,拉拉杂杂地说了一遍。

末了道:"府里上上下下住了两三百来人,除去各房侍候的,还有近百来号吃闲饭的。按理,房子既然是二小姐的,这些人的月银,也该是二小姐来给。可老太太体恤姑娘,坚持要走公中的账。二小姐真是好福气,遇着这么个菩萨心肠的祖母。"

杜蘅似笑非笑地看了她一眼。

许氏被她锋利逼人,嶙峋凌厉的眸光一瞧,登时便头皮发麻。

不自觉地垂下眼睛,避开她的视线。

心中暗忖:怪了,这么小的孩子,怎么能有这样锐利的眼神?

她苦口婆心,讲得口干舌燥,那边厢硬是一句话没有,不禁生了焦躁,冲郑妈妈使了个眼色。

郑妈妈会意,道:"二太太都说了这么多了,二小姐也别干坐着,成与不成,好歹给句准话。"

杜蘅端起茶杯,慢条斯理地啜了一口,这才开口道:"二婶说得这么明白,既然祖母点了头,做晚辈的除了听着,还能怎样?"

老太太不禁老脸一红:"这不是跟你商量着吗?又没做最后决定。"

许氏见她果然不谙庶务,轻易便松了口,心里早乐开了花。

暗悔当初该索性连府里下人的月银也省了,一月也能省两三千呢!

听老太太这么一说,生怕她临时改主意,生出变故来,忙把她夸到天上,几顶高帽子不要钱地压下来:"二小姐不愧是世家出身,识大体,知进退,与那些见钱眼开的无知村妇,果然是天壤之别。"

"每日在家里锦衣玉食地过着,竟不知家里已是如此艰难。"杜蘅睫毛颤动,万分难过地道,"古人能割肉侍母,我难道要为了阿堵之物,与兄弟姐妹撕破脸面,争个头破血流么?"

"可不是这个理?"许氏眉开眼笑。

老太太也只觉得通体舒泰:"好孩子,难为你想得通透。"

杜蘅话锋一转:"不过,蘅儿眼下也有件为难事……"

只要她不计较那几十万两银子,别的都是小事情,老太太便打了包票:"说吧,只要祖母能做到,立马便办了。"

杜蘅红着脸,从袖子里拿出一本红通通的本子来:"祖母请看。"

老太太还纳闷呢，这玩意看着怎么这么像是嫁妆单子呢？

接到手里一瞧，果然是顾氏的嫁妆单子，不禁愣住。

这个时候，她把顾氏的嫁妆单子拿出来，是什么意思？

就见杜蘅垂着头，双手平放在膝上，温温柔柔地道："这是母亲当年的嫁妆单子，里面红纸黑字，写明当初母亲嫁过来时，放有二十万的压箱银。可是如今，却是一文也没有了。"

老太太蓦地睁圆了眼睛："什么？"

"这事，"杜蘅依旧是温温柔柔，不急不缓的语调，"我本不欲跟祖母提。可是，酒楼要扩建，铺子要入货，还有几百人等着我开月银。而我，实在调不出这笔银子来。"

许氏反应快，立刻道："你有那么多的田产，铺子，随便卖掉两间铺子，绝对用了还有多。"

杜蘅抬起眸，直直看着她："二婶这话说得可真轻巧。"

许氏被她看得心虚气促，恨不得把她的眼睛给挖出来！

那么黑，那么亮，一眨不眨地盯着你，目光像钢针一样，坚定而锐利，戳得人鲜血淋漓。

不等她答话，杜蘅敛了容，冷冰冰地道："顾家百年望族，如今只剩下这么一点家业，说什么也不能让它败在我手上。"

许氏给她噎得哑口无言。

"当然，"杜蘅刺了她一句，重又恢复乖巧柔顺的模样，柔声细气地道，"若实在为难，我也不会勉强，只好找小侯爷支借一些，渡过难关。"

老太太瞪着她，气得呼呼直喘气。

找夏家借银子，这不是拿平昌侯府来压她吗？

到时，夏家又找上门来闹一回，她这张老脸要往哪放！

许氏心知肚明，这事本就上不得台面，万万不能让夏家知晓。

可到了手的白花花银子，就这么被她要回去，无论如何也不愿意。

正咬着唇，拼命地想法，老太太已经发了话："胡说！哪有女子还没出嫁，就先到夫家借银子使的？杜家眼下虽确实周转困难，还没落魄到向人借贷的地步！"

"老太太。"许氏大感不妙，正想要劝。

"不必说了，"老太太冷声道，"通知杨宁，拨二十万两给蘅姐。"

"是。"锦绣小声应了。

杜蘅又是一副云淡风轻的模样："另外，除了田庄铺子酒楼的伙计月银归我负担，以后园子里上夜，外院的买办……等凡不属各院侍候的下人的月银，包括杨柳院的月银费用，也一并不再走公中的账了。"

这话，等于宣布她放弃了公中的那份财产了。

许氏听到这，总算又舒了口气。

还好，不是血本无归。

21 剖腹取子

"真不要脸！"紫苏咬着牙，骂，"浮利她们收走，开支却要小姐负担，这跟强盗有什么区别？"

杜蘅也不生气，淡淡道："既然她喜欢玩，那就陪她玩玩，又何妨？"

前世，许氏跟她见面的次数屈指可数，甚至连容貌都模糊不清。

重生后，命运轨迹发生改变，二叔拖家带口回到京城，打算依附杜府生活，她也从未想过，要去为难许氏。

可惜，许氏却要来为难她。

紫苏忿忿地道："我就不明白了，现在的生活不够好么？锦衣玉食的，比杭州的日子不知强了多少倍！偏偏不肯安生，非要挑唆着老太太来算计小姐！顾家的家业给杜家霸了一多半，就剩下这么点东西，还想着捞些好处！"

"谁让大房缺个正经的女主子呢？"杜蘅嘲讽地弯起唇角，"有人看到了希望，当然要竭力表现。而某人失去太多，总想挽回点什么。自然一拍即合，狼狈为奸。"

"打二房的进这个门起，我眼皮就一直跳。"紫苏咕哝着，"果然是来了一窝白眼狼！"

杜蘅被她逗得笑起来："哟，这么厉害，怎么不去天桥摆摊算命？"

"小姐真坏，净拿我寻开心！"紫苏不高兴了。

"好啦，别生气了！先去账房把银子支了。"杜蘅说着，把嫁妆单子拿出来，漫不经心地扔进抽屉里，"顺便通知各管事，初一巳时，到飘香楼碰头。"

顾氏当年的嫁妆里，的确陪嫁了二十万两，不过不知是何原因，柳姨娘并没有动这笔银子。

杜蘅随口栽赃到柳姨娘身上，老太太即使有所怀疑，也无从查证。

"好的。"紫苏正要出门。

"等等，"杜蘅犹豫片刻，道，"联系一下石南，看他什么时候得闲，抽空见一次面。"

紫苏立刻炸了毛:"那种小人,还跟他见什么见,直接一刀两断就是!"

"叫你去就去!"杜蘅瞪她一眼。

紫苏嘬着嘴:"谁爱去谁去,反正我不去!"说着,摔帘而去。

杜蘅目瞪口呆:"这丫头,给我惯坏了,竟敢给我脸色看了!"

无奈,只好打发白前去。

白前去了不过个把时辰,回来禀道:"石少爷说:'我随时有空,挑二小姐方便的时间,到她觉得方便的地点见面就是。'"

杜蘅暗骂一句狐狸,想了想,吩咐:"那就初一未时,邀他飘香楼一聚。"

白前只好再跑一趟,这回得了一个字:"好。"

紫苏直到擦黑才回,除了带回各家掌柜、管事的回话,还带回二十万两银子的存票。

杜蘅看过后,一并交给她存进匣子里。

算了算,现在手里的现银,已经有七十几万,足够她做一些事情了。

杜蘅心情愉悦,日子过起来飞快,眨眼就到了初一。

她一大早起来,梳洗毕,用过早点,先去老太太房里请安。

紧接着便是府里的管事来支月银。

早两天就命紫苏去各处把名单抄了,银子分别包好,来了只发,一炷香时间就完事,带着紫苏优哉游哉地出了门,直奔飘香楼去。

比照之前府里定的月银,每人都是双份,领到银子的,各个喜得合不拢嘴,暗自高兴跟了个大方慷慨的主子。

而其他各房侍候的,听着这边不时发出的欢声笑语,羡慕得眼珠子都直了。

有心思活络的,便开始想法子,托门路,削尖了脑袋换到杨柳院,或是外院去当差。

消息传到瑞草堂,老太太心里百般不是滋味。

许氏在一旁撺掇着:"二小姐这是什么意思?几天前才在这里哭穷,眨眼间就给下人涨了月银,一涨还涨一倍!这不是明摆着跟老太太唱对台戏,用钱砸人吗?"

老太太阴沉着脸,一声不吭。

许氏喋喋不休:"没这样寒碜人的!不能就这样算了,得让她知道……"

"好啦!"老太太喝道,"这才多大点事,你有完没完?"

许氏挨了骂,下不来台,讪讪地道:"我这不是替娘抱屈吗?"

"有什么好委屈的?"老太太冷冷地道,"蘅姐儿没当家理过事,怕罩不住底下那帮子人,便想着上来先用银子笼络一下,也是人之常情。"

"哎呀,"许氏一瞧形势不对,立刻见风转舵,装作愧疚的样子,"我怎么没想到这点呢?还是娘高瞻远瞩,思虑周详!"

"你身为长辈,理该多多体谅晚辈,不能事事往坏处想,更不可挑唆得我们祖孙关系弄僵，这对谁都没有好处！"老太太板着脸，厉声训斥。

"是，"许氏唯唯诺诺，"娘教训得是。"

老太太见她服了软，气略消了些："我知道，你眼热蘅姐儿手里的财产，想要掌这个家……"

"娘。"许氏冷不丁被她戳破心思，不禁面红耳赤。

老太太面沉如水，语气僵硬："有句话叫做，命里有时终须有，命里无时莫强求。有些事，只能顺其自然，强求是求不来的！"

那天被许氏一番话，撺掇得她一时脑袋发热，做了这辈子最瞧不起的事。

事后冷静下来，追悔不迭。

虽然只是一瞬间的贪念，却毁了她苦心维持了一辈子的形象。

其实冷静分析一下，杜府的财产，未必就到了许氏说的那么不堪的地步。

想当年，她带着两个儿子，靠着给人缝补浆洗，一月不足一两银，不照样活下来了，且过得有滋有味？

可现在，不提账上的现款，光永通钱庄那笔存银，每年就有二十万银子的进项。

这样庞大的财产，只要她愿意，可以拿到死的那一天……

几百万的家财都舍了出去，结果听了几句危言耸听之词，对几十万起了贪念，给孙女鄙视！

她越想越寝食难安，好几次都想把蘅姐儿叫过来，告诉她，那些银子，不用她掏，走公账！却始终是没有这个勇气。

于是对许氏，莫名生出一股怒火。

可是这几日许氏常带着杜修过来，一待就是整天。

五岁的孩子，天真，稚嫩，活泼，可爱，尤其是笑起来，不知道多讨人欢喜。

听着他咯咯的笑声，看着那张无邪的笑脸，到了嘴边的训斥又咽了回去，

就这么摇摇摆摆，反反复复地煎熬着，焦虑着，挨过一天又一天，终于揪着这个机会，爆发！

许氏暗悔不该操之过急，惹恼了老太太，煮熟的鸭子怕是要飞了。

环儿一路惊嚷着，慌慌张张地跑了进来："不好了，不好了！"

老太太正憋了一肚子火，一股脑发泄到她身上："慌慌张张成何体统！拉出去打五板子再来说话！"

"老太太，"环儿又是害怕，又是惊吓，跪在地上哭道，"您快去瞧瞧吧，陈姨娘活不成了……"

老太太噌地一下站了起来："你说什么！"

"陈，陈，我，我……"环儿见她形象可怖，吓得结结巴巴，越发说不清楚了。

许氏一眼扫到摆在床脚的冰盆，二话不说，端起来对准环儿兜头淋了下去。

哗啦一声响，环儿淋成落汤鸡，连打了四五个喷嚏。

"快说，陈姨娘怎样了？"

环儿可怜兮兮地道："桂花院的小梅来送信，说陈姨娘突然血崩……"

老太太眼前一黑，身子晃了一晃。

"老太太！"郑妈妈心惊肉跳，忙抢上去抱住她的腰。

一边拿脚踹环儿："糊涂东西！不知道老太太年纪大了，受不得刺激？这种事，你悠着慢慢说也不见得受得住，这般竹筒倒豆地说出来，怎么成？"

环儿吃痛，也不敢嚷，一个劲地哭。

"娘，恕媳妇不敬了。"许氏朝老太太作了一个揖，挽起袖子，伸手对准老太太的人中，狠狠掐了下去。

"哎呀，"老太太悠悠吐出一口气，缓过神来，"这是怎么说的？昨天早上还来请了安，说是已经大好了，怎么突然又血崩了？"

"娘，您别着急！"许氏安慰道，"这丫头笨嘴拙舌，话都说不清，许是听岔了也说不定。待媳妇先过去看看，得了准信再来回您。"

许氏急匆匆赶往桂花院，里面丫头婆子乱成了一锅粥。

"死蹄子，赶紧给我去找，找不到，你也别回来了！"尖厉的呵叱声，蓦然从里屋传出。

小梅含着眼泪，低着头急赤白脸地往外冲。

"陈姨娘怎么样了？"钱妈妈忙揪住了她问。

"二太太。"小梅的泪一下掉下来，哆嗦着唇，拼命摇头。

"算了，"许氏道，"都到了这里，自个进去瞧就是，别耽搁她办事。"

"大夫还没来吗？"钱妈妈多嘴问了一句。

"蔡大夫来了，说太迟了，"小梅点了点头，紧接着又摇头，大大的眼睛里满是惊恐之色，"青蒿姐命我去寻二小姐。可二小姐一早便出了门，谁也不知去了哪里……"

"大伯呢？"许氏的心直往下沉，"赶紧派人去太医院，请大伯回来啊！"

"今儿初一，"小梅不停地抹着泪，"老爷进宫当值去了，最早也得明日中午才能回。"

"姨娘。"尖锐的哭声忽地传来。

许氏心一紧，撇开小梅，三步并作两步进了内室。

刚一撩开帘子，立刻便心生后悔，不该逛能来蹚这浑水！

屋里满目艳红，刺鼻的血腥味熏得她几欲作呕。

她伸手扶着门框，勉强稳住身形，见陈姨娘奄奄一息地躺在床上，面色惨白如纸，已是出气多，进气少了。

青蒿悲痛欲绝，跪在床头，拼命号泣。

丫头，婆子围成一堆，个个神色惊惶，哭声此起彼伏。

地上，床上，到处都是鲜血，以及被血染得通红的被褥，床帐……

蔡田满头大汗，神色惶恐地站在帘子后，对着满地鲜血，束手无策。

许氏强忍了恶心，提高了声音喝道："哭什么，人还没死呢！"

里头的婆子见了许氏，都跪下来："二太太。"

"全杵在这里做什么！"许氏大声吩咐，"还不去准备热水和干净的布？产婆请了没有？没有赶紧去请，都给我动作快点，谁敢懈怠，仔细我揭了她的皮！"

丫头婆子都愣愣地看着她。

陈姨娘眼瞧着就是不行了，把产婆请来有什么用？

"还不快去！"许氏大喝一声。

丫头婆子们一哄而散，各自分头办事去了。

蔡田见了她的打扮和气度，已猜到是许氏，忙躬身行礼："小人蔡田，见过二太太。"

许氏径直走到他身边："陈姨娘什么情况，孩子怎样？"

蔡田两手垂在身侧，满面愧色："小人无能，陈姨娘……怕是回天无力了！"

生孩子本就是个凶险的事，见了这个场景，许氏心里也有了准备，听了这话也不觉得意外，只问："孩子呢，孩子能保住吗？"

"这个……难说。"

许氏把脸一沉，目光利若刀剪："鹤年堂请了你来，莫非就是要你推卸责任的？我不管你有多难，大人和孩子，最少给我保一个！"

这是许氏聪明的地方。

明知陈姨娘已是不治，却不肯说出那句"保子弃母"，就怕事后遭人诟病，落个心肠恶毒的名声。

蔡田抬起袖子，擦了把汗："如今的情况，若想保全孩子，唯有剖开陈姨娘的腹部，将孩子取出来……"

许氏手一挥，打断他的话："我一个妇道人家，对医术一窍不通，别跟我讲这些废话！我不管你用什么法子，最要紧是保住一条命。大伯回来，我对他也算有个交代！"

"可是，"蔡田额上的汗冒得更急，脸色更是涨得通红，"小人，小人从未施过剖腹术……这个，这个只是听人说起过。"

"意思，你做不到？"许氏面沉如水。

蔡田的脸红了又白，白了又青："请恕小人，无能为力！"

陈姨娘虽已活不成，毕竟还有一口气，要他生生剖开她的肚子，取出婴儿，这跟要

他亲手杀了陈姨娘有什么区别?

他这一生,从未遇过这种难题,光是想象,已觉得战栗不已。

"姨娘!"青蒿在一旁听着,越发悲从中来,失声痛哭。

钱妈妈壮着胆子过去摸了摸陈姨娘的肚子,猛地抬头:"太太,得赶紧做个决断了!再拖下去,这孩子怕也挺不住了。"

"蔡大夫!"许氏大喝一声,"还不动手?"

"不,"蔡田下意识地退后一步,死命摇头,"我做不到!"

"做不到也得做!"许氏说着,目光在房中扫了一遍,见床头搁着一把剪子,抄起来不由分说塞到蔡田手中,"快!"

蔡田身不由己,被推得踉跄往前靠近炕边,拿着剪子的手,不停地发抖。

"你要做什么?"青蒿猛地抬起头,惊恐万分地瞪着那把雪亮的剪子,鼓起了所有的勇气,张开双臂挡在了陈姨娘的身前,"不准,我不准!"

"青蒿姑娘,"钱妈妈皱了眉,劝道,"你这是做什么?别挡着蔡大夫的路!耽搁了时间,万一小少爷再有个三长两短,你我谁也担待不起。"

"姨娘还没死,她还有气!"青蒿拼命摇头,哽着嗓子嚷道,"只要撑到二小姐回来,就还有救!我不会眼睁睁看着你们把她杀了……"

"我……"蔡田本就害怕,被她一番质问,几乎握不住手里的剪刀。

许氏其实心里也直打鼓,可她此时已没有了退路,冲钱妈妈使了个眼色。

"青蒿姑娘,太太不是铁石心肠之人,若不是没了法子,谁愿意做这种事?"钱妈妈叹了口气,"这都是陈姨娘的命啊。"

说着,指挥两个婆子上前架着青蒿的臂,把她拖出了内室。

"姨娘,我不走……"青蒿拼命攀着炕沿,终是架不住两个长年做粗活的婆子的力气,被拖了出去,她挣扎着回过头,凄厉哀嚎:"你们这样做,会有报应的……"

外面候着的婆子、丫环不知出了什么事,纷纷驻足观望,见她鬓发散乱,声嘶力竭,个个不知所措。

"堵上她的嘴!"钱妈妈匆匆喝道。

"你们……会……报应……唔唔……"青蒿的声音很快被破抹布堵在了喉间。

然而她发自肺腑的怒嚎,却在各人的脑海里不断回响。

你们会有报应的……

有报应的……

报应……

报应……

蔡田手一软,剪刀当啷掉在地上。

许氏激灵灵打了个寒战，惨白着一张脸，厉声喝道："动手！"

蔡田硬着头皮，捡起地上的剪刀，走近陈姨娘。

陈姨娘因为流了太多的血，已经没了说话的力气，就这么张大着眼睛，安静而无声地躺着，眼睛里没有恐惧，竟有几分企求的意思。

蔡田慌忙移开视线，一狠心，一咬牙……

一炷香后，一个不足月的男婴，被满身是血的蔡田抱了出来。

孩子面色青紫，哭声极其微弱。

许氏背过身子，捏紧了帕子不敢看。

钱妈妈喜不自禁，顾不得脏污，从蔡田手里接过婴儿，送到许氏眼前："恭喜二太太，是位小少爷。"

许氏长长地松了口气："阿弥陀佛。"

蔡田定定站在炕头，盯着死不瞑目的陈姨娘，神情僵木，脸上表情似喜似悲，嘴唇不停地翕动着。

走近了，才听到他不停在念叨："陈姨娘，我也是逼不得已，到了阴曹地府，你可别怨我……"

钱妈妈轻轻叹了口气，扯过染满了血迹的薄被把陈姨娘的遗体盖了起来。

转过身，高声喝道："送热水，给二少爷洗洗。"

"快去，给老太太报喜。"

"来人，把陈姨娘抬出去。"

钱妈妈抱着洗净血水，包在襁褓中的初生婴儿，看着他憋得青紫的小脸，莫名一阵心惊肉跳："太太，二少爷，应该能活下来吧？"

许氏沉默。

良久，传来一声若有似无的叹息："只要，活过今日就成。"

辰时末，一辆青幔云头车，缓缓停在飘香酒楼之前。

车夫把脚踏放下，紫苏从车里跳下来，转过身挑起帘子。

杜蘅弯着腰，从马车里钻出来，搭着紫苏的手，踩着脚踏下到地上。

飘香楼恰好位于龙蟠路和榆树街交汇处，地理位置绝佳，楼高三层，视野极为开阔。

大堂宽敞明亮，刚一踏进去，立刻就有伙计迎了上来。

他好修养，初七穿着黑色劲装，身背长剑，竟是目不斜视，面不改色："小姐，几位？"

杜蘅微微一笑："谢掌柜在吗？"

伙计一愣，仔细打量她一脸，神色立刻变得极为恭敬："原来是东家小姐，谢掌柜在画屏阁恭候多时，小姐请随我来。"

穿过店堂，眼前竟是一泓碧水，几名青色衣裙的少女手撑竹篙，驾着几叶轻舟在水面上捕鱼。

她们素手轻扬，银白的渔网高高飞起，划出一个极美的弧度，整张网都泛着银光，衬着水面上阳光反射的点点金光，炫人眼目。

她们进门的时候，恰好有一个少女拉起了手中的网。

几尾鲜鱼在网中翻转跳跃，溅起的水花给阳光一照，好像整个水面都耀起了七彩的光华，衬着少女柔软的腰肢，苗条的身材，俏丽的容貌，无疑已是一场豪华的视觉盛宴。

杜蘅不禁暗暗喝彩，如此别出心裁，难怪生意火爆，赚得盆满钵满。

随着伙计穿过水榭，往前又走了二进院子，这才进到画屏阁。

眼前风景，又是不同。

如果说前面看到的是温柔旖旎的江南水乡，那么现在她已置身于朗阔大气，厚重沉稳的北地庭院。

如此美丽的景致，尽管是人工打造，却着实令人生出向往之心——不得不承认，在这样的地方吃饭，实在是种极致的享受！

难怪每月盈余达二万之多，如此大的手笔，这样精美的设计，已完全颠覆了她对酒楼的固有概念。

吱呀一声，门开了，从雅室里，走出一位五旬的老者，青色长衫，相貌清癯，步伐十分稳健。

杜蘅还来不及说话，眼前黑影一闪，初七已经挡在了她的面前："走开！"

"初七！"紫苏忙拽住她的手腕，低声呵叱，"不是跟你说过了吗，不许惹事！"

初七虽不情不愿地挪了两步，眼睛仍瞪着谢正坤，神色里满是警惕。

杜蘅打量他的同时，谢正坤也在暗地里打量着她。

天水碧的缠枝花长衫，月白色的滚二指宽翠色边的褙子，同色的碎花百褶裙，头上梳了简单的发髻，插着一支通体翠色的碧玉簪。

素雅中有一股出尘的气质，令人不能忽视。

"小人谢正坤，给小姐请安。"

杜蘅微微颔首："谢掌柜客气。"

"几位管事已经恭候小姐多时，请随我来。"谢正坤微微退到一旁，示意杜蘅先行，自己落后半步，跟在她身后，缓步徐行。

到达门边时，快走几步，抢到她身前，亲自拉开门："小姐，请。"

屋里八个男子或坐或站，本来正低头相互交谈，听到声音，忽地齐刷刷站了起来："给东家小姐请安。"

初七吓了一跳，猛地蹿到杜蘅身前，将她护在身后。

几人都是一愣，杜蘅却习以为常，含笑安抚："这几位都是朋友，不碍事。"

紫苏俏脸微红，狠狠瞪了她一眼："再不听话，饿你三天！"

初七嚷道："不可以，饿肚子很难受！"

众人更加吃惊，眼睛都瞪得铜铃似的。

紫苏越发觉得难堪："闭嘴，再说一句，饿七天！"

"我……"初七刚说了一个字，被她一瞪，意识到犯了错误，猛地捂住嘴巴。

"乖乖的，安静地坐到结束，回头奖你一盘鸡腿。"紫苏忍住笑，道。

初七喜出望外："好啊！"

"初七的脾气率真，不会胡乱伤人。"杜蘅含笑解释。

"哈哈。"几人相视一笑，纷纷道："小姐这位护卫，倒是有趣得紧。"

"天真未泯，难得难得……"

原本有些尴尬紧张的气氛，一扫而空。

"小姐请上座。"谢正坤恭敬地请杜蘅入座。

杜蘅也不客气，落落大方地居中坐了，并无丝毫扭捏之态："几位也别站着，都坐着吧。"

几位管事暗地里交换了一下眼神，很有默契地，各自找了座位坐下。

杜蘅暗中观察，发现这九个人相互之间竟似十分熟稔，根本不需推让，都是直奔座位，直接落座。

杜蘅心中有数："几位通常多久聚一次？"

谢正坤眼里极快地掠过一丝惊讶，下意识向鹤年堂的掌柜佟文冲瞄去。

佟文冲知他心中所疑，轻轻摇头，示意并非自己泄露。

知道他们九人相识并不难，稍加留心就能看出。但在这么短的时间里，就能发现他们九个人定期聚会，且语气如此笃定，却是十分难得了！

可惜是闺阁千金，稍嫌纤弱了些，不知能否担当大任？

心里转着念头，面上却不露分毫，恭恭敬敬地答："三个月一次。"

"是外祖在时就定下的规矩，还是外祖逝后，你们才开始聚会？"杜蘅又问。

如果是顾洐之生前定下的规矩，在他身死之后，无人监管的情况下，这九人仍然能严格遵守八年，则这份忠诚已经令人敬佩。

反之，如果是在顾洐之身死之后，九人瞒着主子私下做的决定，则有暗地勾结，欺骗主子的嫌疑。

谢正坤又惊又喜猛地抬眸，眼里闪着激动的光芒，大声道："是老爷子生前定下的规矩。"

如果说之前的杜蘅表现得差强人意，只因为她冠着顾洐之的姓氏，令人不得不从之，

那么在这一问之后，谢正坤已经认可了她的能力，不仅从内心里真正接受她做自己的主子，而且对她抱有极大的期望。

杜蘅点头："辛苦诸位了。"

没有一字虚词夸赞，却道出了几人数年坚持的艰辛。

九个人心里俱是一热，两两对视，都从对方的眼里，看到了对主子的认可，八年的等待总算有了结果，遂挺起胸膛，齐声道："不辛苦！"

末了"哈哈"一笑，气氛真正松快起来。

"初次相见，大家伙都来自报家门，也算是在小姐面前混个脸熟吧！"谢正坤笑道。

"我先来！"一名书生模样，年纪四旬上下的男子忙站起来："小人傅江淮，在通江路经营一家雍雅阁，主营古玩字画。"

另一穿灰色长衫的男子紧接着站起来，道："小人成宇翔，在秋涛路经营香茗居，是卖各种茶叶的。"

九个人依年龄顺序，依次做了一番简单的介绍。

杜蘅来之前对九人的印象，都只源于薄薄一张纸上的文字。

这一轮之后，那些文字都找到了各自的主人，对号入座，瞬间立体鲜活了起来。

她发现，顾家虽以医术闻名于世，名声最响的也是鹤年堂，但是九人里却是以谢正坤为首，唯他马首是瞻。

这其中，似乎不仅仅因为他年龄最大，亦不像是因为飘香楼的盈利最高。

内里，应该还有别的隐情。

因此，杜蘅环顾众人一番，目光最后落到谢正坤身上。

淡淡道："今日召集大家一起见面，主要有几件事情，要同大家商量一下。"

她话说得极客气，语气却不容置疑。

谢正坤经营酒楼多年，识人无数，自然不会听不出言外之意："请小姐示下。"

"第一件事，是想跟大家打个招呼，也借这个机会让你们相互认识一下，以后大家就是一家人，要拧成一股绳，力往一处使。"说到这，杜蘅顿住，微微一笑，"这一点，其实大家已经做得很好。"

众人相视而笑。

"第二件事，带来了这个月的月银，已经按花名册上的名单，分处包好，几位点算之后，如果没有出入，则到紫苏处签字认领。"

杜蘅这边话刚落，紫苏立刻从初七肩上，卸下一个包裹，从里面掏出九只荷包。

每只荷包上，分别绣有店铺，田庄的名字。

九个人这才知道，敢情这位傻乎乎的初七姑娘，竟然随身携带了几万两银子，大剌剌地挂在肩上到处乱走！

紫苏随便拈起一只荷包,念出店铺名,掌柜的便上前,打开,里面放着一叠银票,外加一张字条。

字条上列出名单,每人月银,末尾统计出人员总数,以及银钱总额。

一眼扫去,清清楚楚。

紫苏每递出一个,都要认真问:"看看对不对,有没有错漏?"

"很清楚,没有一丝错漏。"每个人都是心悦诚服,然而点算银钱,立刻吓了一跳,"错了错了,银子整整多了一倍。"

紫苏便抿唇一笑:"没错,小姐说了,第一次月银发双俸,算是给大家的见面礼。"

几个掌柜面面相觑,暗叫一声乖乖,一出手就赏出上万两,不愧是顾沨之的孙女,好气魄!

只不知,她从哪里弄来这许多现银?

想归想,面上依旧不显山不露水,异口同声:"多谢小姐赏赐。"

"第三件事,"杜蘅等紫苏把月银分发完毕,接着道,"听说飘香酒楼要扩建,总共需费三十万?"

谢正坤立刻站起来:"小姐不必忧心……"

杜蘅打断他:"我不担心,不过,你必须列出一张详细清单,把扩店所需各项费用,包括盘店,人工,材料等等预算,写得清清楚楚,让人一目了然,连同飘香楼最近三年的账本,三日内交到我手里。"

谢正坤微怔:"审查之后呢?"

杜老太太连月银都不肯付,已彻底绝了她的后路,难不成她能凭空变出三十万白银来?

"若核实无误,确实有再投资的必要,我自然会拨银给你。"杜蘅答得轻描淡写。

话落,房里鸦雀无声,静得针落可闻。

"怎么,没信心?"杜蘅挑眉。

谢正坤咽了口口水,小心求证:"小姐,这可是三十万,不是三万两!"

他知道顾氏的嫁妆已经交到了她的手上,但经过柳姨娘这么多年的掏弄,值钱的物件定然早就变卖一空,剩下的,只怕都是些不好变现银的,笨重的器木家什了。

她上哪去弄这笔巨款?

杜蘅微笑睨了他一眼,这一笑如前温柔,然而在温柔之外,却突然生出几分刚毅凌厉的气韵!

似玩笑,更似警告:"所以,谢掌柜的预算,最好能做到精准无误,真实无欺,而且还能说服我,让我相信你的这份报告,的确值三十万两!"

在座的都不是蠢人,闻弦歌知雅意。

这番话，明面上是警告谢正坤不得弄虚作假，虚报高报金额。

明确表示，她不会只听口头说辞，要看账本，确认酒楼的业绩，凭数据说话！

同时，也是最主要的目的，是正告在座诸位：她并不是个绣花枕头，蒙混哄骗这一套，趁早收起来！

谢正坤又惊又喜，垂了手连声称："是。"

见他服软，杜蘅心里悬的那颗石头，才轻轻地落了下来，露出进门第一个真心轻松的笑容，语气也越发客气了起来："这第四件事，就是想听听诸位叔叔伯伯们的意见，以往有任何做得不到，或不对的地方，才好加以改进。"

众人唬得又连忙站了起来，齐声道："不敢当。"

"没有不到之处，不需改。"绝大多数人如是道。

香茗居的掌柜，犹豫一下，道："能否像以前一样，货款，月银由各处自行统筹发放，每季度上交一次盈利和账册？"

不等杜蘅作答，解释道："是这样，茶叶不比别的货物，并非全年随时可进。尤其是特贡新茶，有时几天就哄抢一空。如果提前报备，再由小姐拨款，最快也要两个月，恐怕会错过时机。由店铺自行掌握，既可缩短进货周期，盘活资金，又能减轻小姐的负累。"

市场的需求是随时变化的，谁也无法预知哪一种茶叶一定畅销。

提前预算，存下大批货物，如果销不出去，必然会造成物品积压，从而延缓资金回笼速度。

当然，谁也不能保证每次投资都正确，总有积压的时候，不过是多少而已。

而茶叶不比丝绸，更不比瓷器，一旦积压变成陈茶，质量和价格都直线下跌。

全部销毁无疑是浪费且增加成本；降价销售，则会给店铺声誉造成负面影响。

如果由店铺根据当月销量，配合市场需求，随时调整屯货的种类和数量，则每次所需资金也少，回笼的速度也大大加快，最大限度地减少了物化的积压。

杜蘅也知，柳姨娘定下这个规矩，的确有手续繁琐，周期延长，资金囤积等等弊端。

但另一方面，却有效地防止了各掌柜自做主张，从中牟利，及时监管资金和货物流向，从侧面掌握店铺的经营动向。

在不熟悉几位掌柜的品行，摸不清他们的底细时，这样做无疑是最保险，稳妥的。

佟文冲觉得不妥，直觉想要反驳。

谢正坤递了个眼色给他，示意他少安毋躁，看杜蘅如何应对。

杜蘅显然已有成竹在胸，道："盈利每季度交一次倒无妨，但是账本，我会不定期，随时抽查。一旦查出问题，严惩不贷！"

所以，别以为可以蒙混过关。

有胆量，又有这个本事承担后果，尽管做手脚！

佟文冲松了口气，近乎惊喜地道："这个主意好！"

谢正坤欣慰地笑了。

"对了，"农场管事曹闻清忽地起身，"最近有个小道士，整天在京郊转悠，家家户户游说，说今秋有大旱，需早做预防，挖深井抗旱……"

"你也听说了？"罗旭惊讶地道，"是不是十四五岁，单单瘦瘦，很清俊的一个小道士？"

"对对对，"曹闻清连忙点头，"就是他！"

"那人也去过我们田庄，大家都把他当疯子看，成天被人赶呢！"罗旭哈哈大笑。

"你觉得不可信？"曹闻清问。

"若真的有大旱，钦天监自会早做预告，工部屯田司亦会发文公告，命百姓早做准备。"罗旭笑道，"一个疯道士的话，当真才是傻子！"

曹闻清摇头："我倒觉得，小道士的话，颇有几分道理。入夏至今雨水明显少于往年，流波河水位降了十数尺，花溪部分河道几近干涸断流。"

"花溪哪年不断流？"罗旭反驳，"秋季汛期一到，自然又会溢满河道，何需杞人忧天？"

"不是啊，"曹闻清隐有忧色，"我就怕等朝廷的公文到了，再挖井就迟了。"

为政绩着想，官员们都习惯报喜不报忧，等实在瞒不住了的那天，通常都无法挽救了。

"打一口深井，最少得花百八十两银子。"罗旭掰着手指，算起经济账，"一口井能灌二十五亩地，我那有一百顷地，得打四百口井，你算算，这得多少银子？有这笔银子，我都可以再买七八顷良田了！"

杜蘅忽地插了一句："找自家佃户打，咱们只负责提供工具和伙食，最少可节约一半成本。"

罗旭一愣。

曹闻清惊喜："小姐的意思，是支持打井？"

杜蘅点头："这种事，宁可信其有，不可信其无。"

罗旭眨了眨眼："就算节约一半，也得一万六千两白银。曹管事那边地少一点，也有四十顷，需几千两。"

"两万两买个安心，不亏。"杜蘅淡淡地道，"再者，这几百口井打下去，以后咱们的地再也不愁用水，子孙后代都能受益。"

罗旭摸摸鼻子，不吭声了。

紫苏从包裹里再摸出两个荷包。

曹闻清眼里闪过惊讶："今秋大旱，难道不是谣言？"

九个人，十八只眼睛，齐刷刷望着她。

杜蘅笑了笑："若是再没有其他事，你们可以回去了。"

几人见她不肯吐实，只得无奈起身，告辞而去。

"谢掌柜，请留步。"杜蘅见众人都走得差不多，忽地出声招呼。

谢正坤停步回头，恭敬地道："小姐有何指示？"

杜蘅慢慢道："我约了个朋友未时在飘香楼见面……"说到这里顿住，抬眸看他。

谢正坤立刻会意，道："小姐放心，客人来了小人会引他直接到画屏阁来。在此之前，保证不会有任何闲杂人等靠近。"

"嗯。"杜蘅满意点头。

"画屏阁后面，有座水榭，景色清幽，小姐用完膳后，可去那边小憩片刻。"说到这里，谢正坤亦停下来，望着她，"不知小姐喜欢何种口味？小人吩咐厨下，精心烹调了送过来。"

"饮食方面，小姐并无特殊喜好，"紫苏笑吟吟地指了指初七，"最要紧的是，烧鸡一定要香酥滑嫩，如果饭后再加上几串糖葫芦，那就更完美了！"

"哇，太好了！"初七一听，兴奋得手舞足蹈，"有烧鸡，还有糖葫芦！"

紫苏冲她翻了个大大的白眼："出去了，千万别说是杜府的！"

"我本来就不是杜府的呀！"初七瞪大了眼，一副她很奇怪、很傻瓜的表情。

紫苏："……"

初七笑得眉眼弯弯："要是师兄也在就好了。"

杜蘅似是习以为常，八风不动地端坐着，喝茶。

谢正坤莞尔一笑，轻轻带上房门，躬身退出。

穿过庭院，佟文冲等人如意料中一样，并未散去，聚在花园里翘首以待。

见他过来，呼啦一下涌上来，把他围住："老谢，你怎么看？"

"是个可造之材。"谢正坤眉眼间有掩不住的喜悦。

"我也觉得不错！"曹闱清神情兴奋。

佟文冲不停拈着颔下短须，"嘿嘿"傻乐："我早说过，二小姐不是平庸之辈，是个人物。"

别的不提，光那一身出神入化的医术，就已尽得了顾老爷子的真传！

这群人里，他是唯一能天天接触到杜家，从而更直观全面地了解杜蘅的人！

罗旭摸着头："只见了一面，现在谈这些，会不会为之过早？"

"所以，我打算观察个一年半载，再跟她交底。"谢正坤做了结论。

石南进了门，远远就听到初七在那里大呼小叫："看你往哪跑？哈哈，抓到你了！"

然后就是紫苏极其愤恨的声音："你要赖！"

初七得意扬扬："我就是比你厉害！"

石南眸中浮起一丝笑意，扔下谢正坤，穿过曲径，走向水榭。

紫苏拿着一根竹竿蹲在溪边垂钓，脚边放着一只鱼篓，看去空空如也。

再一看初七，好家伙，裤子高高挽到大腿上，直接站在溪水里，弯着腰虎视眈眈地盯着水面。

腰间绑着一只竹篓，看起来收获不小，鱼儿不停地跳跃，溅起的水花，弄得整个腰部都湿淋淋的！

石南不着痕迹地四周扫视了一遍，终于在横跨小溪的水榭的圆形柱子旁，找到了一抹若隐若现的天水碧的身影。

看起来，像是扶着栏杆观看二人捕鱼，但从她格外慵懒放松的曲线来看，应该是睡着了……

下边这么热闹，亏她也能睡得着？

心里虽这么想，脚底略一踌躇，步伐一顿，转向了溪边。

初七手里也不知道扣着什么，只要有鱼儿打身边游过，立刻手指轻弹，水面随即浮起一条肚皮朝天的锦鲤……

石南嘴角一抽。

可怜的谢正坤，可怜的锦鲤……

"哈哈！"初七欢呼一声，抓起胜利品，冲紫苏得意地嚷，"看到没，我又捉到一条……"

忽地瞧见石南，大喜过望，捧着那条锦鲤冲他狂奔了过来："师兄，我请你吃鱼。"

石南灵活地侧身，避过她的熊抱。

初七扑了个空，也不生气，兴高采烈地转过身，把腰间鱼篓摘下来，献宝似的呈给他看："师兄，你看！我抓了好多鱼！"

石南瞟了一眼，不禁再次替谢正坤掬一把同情的泪。

这么名贵的珍稀品种，也不知花了他多少时间和心血搜集，好容易养到这么大，就这么毁于一旦……

"我很厉害吧！"初七把他的沉默当成奖赏，喜滋滋地亮出手中暗器。

竟然是一把啃得乱七八糟的鸡骨头！

石南的嘴角抽得更厉害了。

初七放下竹篓，转身又朝溪中跑："继续！"

紫苏悻悻地把竹竿往岸上一扔："不玩了！"

她脑子给门夹了，才会同意跟她比赛钓鱼！

本意是想骗得她安安静静地坐下来，还小姐一个清静，哪里晓得她钓鱼的法子这么奇特？

"为什么？"初七眨巴着眼睛，很是诧异。

"初七，"石南含笑，"师兄不爱吃鱼，所以，饶了这些鱼吧。"也，饶了谢正坤吧。

"哦。"初七抱着竹篓，随手一倒，篓中鱼儿摆了摆尾，倏地沉入水底。

紫苏瞪大了眼睛，石南解释："初七只用暗器把鱼打晕了，放回去还能活。"

紫苏冲他翻了个白眼，重重哼了一声，脖子一扭，快步进了水榭。

石南顿时啼笑皆非："初七，赶紧把衣服换了，仔细着了凉。"

初七笑眯眯："没事。"

紫苏板着脸，从水榭上探出头来："磨磨蹭蹭地，到底上不上来！"

石南心道：我怕你家小姐尴尬，特地留出时间给她收拾，这也错了？

嘴里也不辩解，笑眯眯地进了水榭，远远冲杜蘅抱拳一礼："大半个月不见，二小姐变得更漂亮了。"

紫苏怒道："再敢油嘴滑舌，信不信我赶你出去？"

石南微愣，摸摸鼻子，心里直犯嘀咕。

不对啊，这丫头不像是迁怒，倒像是跟我有仇！到底哪得罪这小姑奶奶了，给我脸色看呢？

再朝杜蘅望去，却是一脸平静："石公子，坐。"

转过头盼咐紫苏："上茶。"

紫苏气呼呼地抄起茶壶，斟了一杯茶，用力往石南面前一搁。

砰地一声响，茶水溅了出来。

饶是石南城府深，也禁不住心里有气，脸一沉，抬眸向她望去。

紫苏竟是不闪不避，紧紧地盯着他，两眼中怒火熊熊，一副恨不得吃了他的模样。

王八蛋，做了这种猪狗不如的事，还敢装若无其事的样子来见小姐，呸！

石南心知有异，挑眉望向杜蘅："二小姐，这是何意？"

"抱歉，最近天气炎热，紫苏这丫头有点上火。"杜蘅容色平静，嘴里道着歉，眼里却无丝毫歉意。

不对劲，一定发生了什么事情是他不知道的。

七夕之后，他还以为二人已经达成默契，就算做不到无话不谈，起码已经是朋友。

可她今日无论是眼神、态度，还是语气，都透着股淡淡的疏离和冷漠——她其实掩饰得极好，外表看不出任何异常。

但他还是感觉到了，那份她隐隐散发出的敌意以及比他们初次在静安寺见面，还要强烈的戒备！

"发生什么事了？"没有绕弯子，直奔重点。

杜蘅垂眸："无事。"

"我说！"他一改平日嬉皮笑脸之态，忽地越过桌面，握着她的手，沉着脸，冷冷地盯着她，"发生什么事了？"

杜蘅用力抽回手，未果，不耐烦地答："没有。"

"你做什么，放开小姐！"紫苏尖叫着冲过来，试图去掰他的手。

"接住。"石南只抬了抬手。

紫苏"啊"地一声，往后倒飞出去，如陨石般向溪水中坠落。

"好咧！"初七快若闪电，蹿了出去，在紫苏跌入溪水前一瞬间，将她抄在手中，轻松跃向对面草坪。

"紫苏！"杜蘅猛地站起来。她很着急，平静的脸上有了裂痕。

"坐下！"石南低叱。

杜蘅挣扎着扭头朝外看，直到确认初七抱着紫苏平安落在草坪，这才怒而追问："你把紫苏怎样了？"

"我再问最后一遍，"石南的眼睛是冷的，手底重重一握，一字一句地问，"发生什么事了？"

这不是她熟悉的那个石南。

那双永远笑意盈盈，春风拂柳的眼睛，此刻满是寒霜。

压迫，森冷，令人不寒而栗，亦，微微刺痛。

杜蘅微微垂下眼帘，心里涌进委屈，低声而冷漠地道："放手！"

"好！"石南不再追问，干脆利落地放手，"我会去查，最好真的没事，否则……"

杜蘅不说话，两手在桌子下面交握，轻轻地揉着右腕。

他好像真的很生气，力道很大，这么一会工夫，手腕已经又红又肿了。

石南看在眼里，后悔到底孟浪了些，嘴上却冷冷地讽刺："二小姐专程找我来，不是只为赌气吧？"

杜蘅这时已经改变决定，淡淡道："是初七想见你。"

"狗屁！"石南蓦然大喝一声，"把人找来却说没事，耍我呢？"

杜蘅脸一红，但话已出口，没有再改的道理，遂咬着唇，不吭声。

"好！"石南冷笑一声，站起来，"既然你不说实话，咱们之间的合作便到此为止！"

杜蘅眼睁睁地看着他头也不回，大踏步离开水榭，双手在桌子底下绞扭成拳，心底微微慌乱起来。

本想挽留，张了张嘴，却没有发出声音。

他是神机营的刺客，留他做帮手很多事情的确便利许多，但凡事有得必有失，伴随着利益而来的是极大的危险。

就这么一拍两散，也好。

从此像前世一样，老死不相往来……

石南从水榭出来，一眼就看到紫苏躺在树荫下，初七正百无聊赖地练飞镖。

听到脚步声，初七兴奋地回过头，扬起手中铜钱："师兄，跟我一起玩？"

"玩什么？"石南心不在焉，回头看一眼水榭里那抹纤细的身影。

她依然维持着刚才的姿势，垂眸望着桌面，背脊挺得笔直。

"石南王八蛋！"初七眉飞色舞。

"你说什么？"石南一怔。

"石南王八蛋！"初七指向草坪尽头那棵参天古柏。

石南顺着她的手指看过去，才发现柏树的树干上，钉着一块巴掌大的木牌。上面画着一个猪头，用朱笔赫然写着"石南王八蛋"五个鲜红的大字。

他不禁啼笑皆非："谁帮你画的这个？"

"紫苏姐姐啊！"

石南慢慢走过去，紫苏口不能言，身不能动，毫不畏惧地冲他龇牙咧嘴，横眉冷目地表达愤怒和鄙视。

他蹲下去，随手解了她的穴道："给我一个理由。"

"呸！"紫苏狠狠地啐了他一口，跳起来就往楼上冲。

石南也不拦，转头望向初七："府里出了什么事？"

初七眨巴着眼睛："什么叫出事？"

"……"

"算了，"石南抚着额角，"指望从你嘴里问出什么话，本身就是傻子。"

"闹鬼算不算？"初七忽然问。

"闹什么鬼？"石南微愣。

初七立刻变得很兴奋，比手画脚："有个阿姨，头发掉光光，脑袋是白色的，流着血还冒热气，呵呵，好好玩。"

石南想象她描绘的场景，顿时无语。

这么恐怖的事，也只有初七才会觉得好玩。

"那个人还在杜府？"石南问。

"不见了。"初七摇头。

石南点头，伤到这个程度，活下来的机率的确很小。

不知府里又有哪个人遭了殃，可以肯定的是，杜蘅把这笔账算在了他的头上。

"师兄，到底玩不玩？"初七见他问东问西，却不陪她玩，不耐烦了。

"你们小姐要走了。"石南抬起下巴，朝水榭方向努了努嘴。

"师兄再见！"初七扭头，果然见杜蘅和紫苏两人下了楼，箭一般蹿过去，把木牌摘下来，揣进腰里，飞也似的跑了过去。

目送着这三人目不斜视地离去，石南苦笑一声，慢慢回到水榭，弹了弹手指。

一名灰衣人悄无声息地现出身形："爷。"

"查一下，七夕之后杜府发生了什么事；另外，找人盯着她，看她最近见什么人，做什么事，巨细无遗，全部向我报告。"石南淡声下令。

"是。"灰衣人再次无声无息地消失。

石南又坐了一小会儿，这才悄然离去。

22　阴沟翻船

杜蘅回到府，听到一个惊人的消息。

陈姨娘血崩，剖腹产下一个男婴；男婴生下后只活了不到一个时辰，断了气……

紫苏闻言，倒吸一口凉气，猛地扭头去看杜蘅。

杜蘅大惊："怎么会这样？"

前世，陈姨娘就是因难产一尸两命；但这一世，柳姨娘已被她驱逐出府，周姨娘也先她离世，府里再也没有人与她争宠。

按道理，她应该平安无虞，顺利产下男婴才是。

这样一个与世无争，娇娇怯怯的小妇人，却依旧逃不过噩运，在花一般的年纪倏然凋零。

为什么，命运还是悄然回到了历史的轨迹？

杜蘅顾不得回屋换衣服，立刻赶往桂花院。

青蒿见了她，本已干涸的眼中，重又凝满了泪："二小姐，你上哪去了？奴婢找得你好苦！"

杜蘅又愧又悔，无词以对。

"他们好狠！说是要保二少爷，姨娘还没死呢，就被活生生地剖开了肚子……"青蒿伏在地上，泣不成声，"结果，二少爷还不是……呜呜，姨娘的命，好苦啊！"

"别哭了。"紫苏眼眶发热，蹲下去轻拍她的肩。

青蒿转身，抱着她号啕大哭："我没用，救不了姨娘！眼睁睁地看着他们行凶，却阻止不了……"

紫苏骇了一跳，忙掩住她的嘴："别瞎说！让人听去了，连性命都不保！"

"横竖是死，还怕什么？"青蒿咬着牙，神情悲愤，"这些人昧着良心，早晚要遭报应！"

杜蘅示意紫苏，把青蒿带到房里。

屋子里虽然已收拾干净，所有被褥、床单都已撤换，连地面都冲刷得干干净净，那股子浓浓的血腥味和死亡的气息，却始终萦绕在心头，挥之不去。

"青蒿，"杜蘅待她情绪稍稍稳定之后，轻声问，"经过几日调理，陈姨娘的身体不是已见起色，胎也稳住了吗？怎会突然血崩？"

"我不知道。"青蒿抽泣着，眼神茫然。

"你仔细想想，"杜蘅耐心启发，"可曾不慎跌倒，或是扭伤，或是闪了腰，甚至是搬了重物？"

"不可能！"青蒿连连摇头，"姨娘前几日刚见了红，老爷千叮万嘱，一定要静养。奴婢们不敢怠慢，服侍得格外小心，连如厕都有两个人跟着，就怕有个闪失，哪里敢让她搬重物！"

"饮食方面呢？"杜蘅又问，"有没有吃错东西，或者不小心……"

"这更不可能了！"青蒿哽咽着，道，"姨娘的吃食，都是在厨房里单做，有专门的菜谱，专人料理，送到桂花院后，由我亲自服侍，绝不可能弄混！"

杜蘅望着她不语。

青蒿心中猛地一悸，蓦地抬起头来："你怀疑……"

紫苏轻声道："如果在这里无隙可寻，那就很可能在饭菜送过来时，已经做了手脚。"

"厨房里那么多人看着，怎么做手脚？"青蒿怔怔的，一脸不敢置信。

"人多眼杂，说不定下起手来更方便。"紫苏低声道。

"陈姨娘几时发作的？"杜蘅一边问，一边冲紫苏使了个眼色。

紫苏会意，出门去厨房查看。

"吃过早饭，在院子里散了会步，姨娘觉得有些乏了，就去榻上躺了会。之后就开始肚子疼，没多久就开始见红，血止都止不住……"青蒿回忆起早上惊魂的一幕，浑身止不住地开始哆嗦。

"好了，都过去了。"杜蘅柔声劝慰，"眼下最要紧的，就是查出真相，还陈姨娘一个公道。"

青蒿忽地想起一事，猛地一僵，蓦然抬起头来："锦……"

话刚出口，立刻捂住了嘴，惊惶地瞪大了眼睛。

"是不是想起什么异常的事？"杜蘅忙问。

"不，这不可能。她不是这种人……"青蒿喃喃低语，泪水滑下眼眶。

杜蘅也不逼问，静静地看着她。

青蒿哭了好一会儿，才整理好思绪，垂眼看着自己的手指，轻声道："锦绣来过，姨娘的药是她亲手端上来的……"

"姨娘的药，平日也是锦绣熬的？"杜蘅心一跳。

"不是。"青蒿摇头，"她如今是老爷跟前的红人，怎么敢劳动她？便是以前，她伺候着老太太，也没有人敢支使她。"

杜蘅等着她解释。

青蒿想了想，道："她来的时候，姨娘正在用饭。便在外间等了会，许是刚好见到炉子上在熬药，顺便就把药端进来了。"

"药呢，还在不在？"杜蘅皱眉，直觉这里面有问题。

锦绣若然真要在药里做手脚，又怎会蠢得自己把药送过来，给人抓到把柄？

"我，我找找看。"青蒿站起来，许是跪得久了，膝盖一软，差点跌倒在地。

杜蘅忙扶了她一把："你不要紧吧？"

"没事。"青蒿摇摇头，走了出去。

药罐很快拿了进来，因要煎两道水，因此药渣还在，并未被倒掉。

青蒿心细，还把余下几服药也拿了进来。

杜蘅还来不及仔细瞧，门帘一晃，紫苏走了进来。

"怎么样？"

紫苏两手一摊："姨娘只吃了几口，余下的赏了人，碗盘也全都洗干净了。"

杜蘅反正也没抱多大希望，因此并不失望，转过头问青蒿："药方在吗？"

"我进去找找。"青蒿说着，进了里屋，没多久拿出一张药方。

杜蘅低了头先把药罐里残余的药汁倒在茶杯里，闻了闻，没察觉出什么异样，继续把药渣倒出来。

紫苏找了一张宣纸，裁成小块，一张张摆放在桌上。

杜蘅把各种药材一一分拣出来，这个过程进行得很慢，很仔细，每样药草都反复检查，唯恐有错漏。

每分出一样，紫苏就在纸上标注上名称，一炷香之后，终于把所有药渣都分好。

对照着药方，把药渣复核一遍，看有无更换或是遗漏，添减。

"雁来红二钱，雁来红……"杜蘅反复默念了几遍，眉心轻挑，快步走到桌子前，把标着雁来红的那张小纸片找出来。

低下头，反反复复地察看。

紫苏想起老太太晕厥之事，心一紧："小姐，是不是雁来红这味药给人换了？"

杜蘅唇边浮起一丝冰冷的笑意："雁来红还是雁来红，没有错。只不过……"

"分量添减了？"青蒿面色铁青。

"不止，本应该是茎叶，这里却是根。"杜蘅冷冷地道，"子宫轻微出血时用雁来红茎叶可以止血；然而雁来红的根，作用却完全相反，能促使子宫收缩，导致流产。"

陈姨娘本来就见了红，胎象不稳，再服雁来红的根，难怪会血崩不止，胎落人亡！

青蒿身子一晃："姨娘到底做错了什么，竟要用这样的手段来对付她？"

"好歹毒的心肠，好巧妙的心思！"紫苏咬牙切齿。

杜蘅面色阴晴不定："此人对药草的习性了若指掌，似还在我之上，屡屡剑走偏锋，化腐朽为神奇，绝非平庸之辈！"

不是她目中无人，这个世上医术比她高明的，屈指可数。

顾泠之算一个，可是已经离世；太医院院正钟翰林也算一个，可是他的身份杜府没有人支使得动他；第三个应该是慧智的师傅，但那种世外高人，怎么肯自降身份做这种勾当？

除此之外，还真想不到有谁能超越了她去。

这样的人，如果入世行医，必成一代大家，受世人敬仰；为何偏偏甘于平凡，藏身幕后做这种偷鸡摸狗的勾当？

除非，那人有逼不得已的理由，或者跟杜家有不共戴天之仇？

一念及此，心中忽地一动，有什么东西在脑子里一闪而逝，快得来不及反应，等再要想清楚些，却怎么也抓不住了！

紫苏惊呼："比小姐还厉害，这怎么可能！"

杜蘅淡淡道："人外有人，天外有天。"

"青蒿，"杜蘅郑重地看着她，"兹事体大，切勿声张。"

"是。"她鲜少如此郑重，青蒿不禁紧张了起来。

杜蘅吩咐紫苏把桌上的药渣都包了起来："走，看陈姨娘去。"

青蒿眼中掉下泪来："我们姨娘还……二小姐还是别去看了，我替姨娘谢谢你的好意……"

杜蘅淡淡道："我是大夫，什么场合不曾见过？带路吧。"

青蒿领着她们去了耳房，推开门，立刻一股浓浓的香烛味，混和着血腥味和淡淡的腐臭的味道，扑面而来。

房里简单地架着两张长春凳，上面搁着一块门板，陈姨娘躺在门板上，身上盖着一块白布，血迹斑斑，干涸成了褐色。

一群苍蝇停在白布上爬来爬去，听到脚步声，嗡的一声四散飞逃。

紫苏下意识地掩住了鼻。

青蒿面上微微一红，不安地道："熏着二小姐了。"

杜蘅没吭声，直接走到陈姨娘身边，伸手揭开白布。

紫苏冷不防看到陈姨娘肚皮大开，五脏六腑全露在外面，吓得倒退一步，尖叫起来："啊！"

青蒿急匆匆地跑上来，捏着白布盖住陈姨娘的尸身。

"扶她出去。"杜蘅面不改色，轻声吩咐，"另外，打些热水来帮她擦干净身子，再把针线拿进来。"

青蒿一愣，等想明白她要针线做什么，不禁激动得热泪盈眶："二小姐。"

"去吧。"杜蘅看一眼面青唇白的紫苏，叹了口气。

青蒿把紫苏扶起来，刚一出门，紫苏立刻蹲在墙角，呕得惊天动地。

青蒿吩咐小丫头捧了水来，侍候紫苏漱口。

急匆匆找了针线，返回耳房。

热水也已经送来，两个婆子，一个扶着，另一个强忍了恐惧拧了巾子帮陈姨娘擦拭身体。

本想应付了事，无奈杜蘅和青蒿守在房里，虎视眈眈地盯着，两人不敢偷懒，倒是认认真真地做了一回。

杜蘅便细细挑了丝线，一针一针帮陈姨娘把肚子缝合起来。

缝完了，再命那两个婆子帮她擦了一遍，换上一身干爽的衣服。

直到杜蘅满意了，这才示意紫苏每人赏了五两银子。

那两个婆子之前还满心不乐意，这时猛地得了赏银，顿时眉开眼笑，千恩万谢地出了门。

"姨娘，让奴婢最后再服侍你一回。"青蒿跪下，恭恭敬敬地叩一个响头。

伸手打散了她的发髻，秀发垂到铜盆里，一片乌云似的堆着，沉沉地压得人心里直泛酸。

杜蘅叹了口气，带着紫苏轻轻地退出来，匆匆往瑞草堂而去。

老太太毕竟年纪大了，喜抱金孙，谁知还没来得及高兴，转眼喜事变丧事，大喜转为大悲，受不了打击，躺下了。

杜蘅过去时，许氏守在床边，杜荇、杜荏、杜芙、杜蓉几姐妹都围在房里。

"二姐姐来了。"见她进门，杜芙杜蓉连忙起身，甜甜唤道。

杜荇轻哼一声，理都没理。

杜荏欠了欠身："二姐。"

"大家都在呢，"杜蘅给许氏请了安，笑着打了招呼，"倒是我来晚了。"

"家里谁不知道，二妹是大忙人？"杜荇冷笑一声，"见天往外跑，连个人影都瞧

不见。"

杜蘅心知她故意挑衅，也不理她，只问许氏："二婶，大夫来看过了吗？"

"蔡田来过，开了服安宁益气的药，现如今还在偏厅，等着随时候传呢。"许氏说着，抬袖抹了把汗。

算她倒霉，刚一进杜府，就遇上这么大的事。偏偏杜谦还进宫侍值，连个推诿的余地都没有。

"辛苦二婶了。"杜蘅走过去，探了探老太太的脉息，见没什么大碍，这才松了口气。

"辛苦我倒不在乎，"许氏苦笑一声，"就怕大伯回来，怪我没能保住二少爷。"

"二婶已经尽了心，"杜蘅轻轻道，"父亲感激还来不及，又怎会怪二婶？"

"只怪他没这个福气。"杜荇尖刻地道。

正说着话，忽听外面一阵骚动，夹杂着女子慌乱的哭叫声。

环儿挑了帘子进来："二太太，人拿住了，看要如何发落？"

许氏猛地站起来，往外走："我倒要看看，谁有这么大的胆……锦绣姑娘？"

杜蘅眉心一蹙：纸包不住火，锦绣终究是躲不过这一劫。

"二太太，"锦绣又羞又气又惊吓，哆嗦着道，"冤枉啊！我是好心去看看她，你相信我，我真的没有害陈姨娘！"

她掌着中馈，想着陈姨娘身子不适，这才赶早过去瞧她，本是小献殷勤，哪里想到会出事？

许氏定了定神，道："是不是冤枉，我说了也不算，还是等大伯回来再发落吧。"

"真的不是我，"锦绣又是委屈又是害怕，"我服侍老太太这么多年，为人怎样，大家有目共睹，平日就是杀只鸡也是不敢的，哪有这个胆量害人！"

她刚刚接手中馈，老爷又许诺了她，只要生下男孩子就扶她做正室，大好前程在等着她，傻了才去加害陈姨娘！

但是，这种床笫之间说的私房话，怎能宣之于口？

"知人知面不知心，"杜荇冷哼一声，"表面装得善良，谁晓得背地里竟做出这等勾当！锦绣，我真是错看了你！"

"大小姐，你……"锦绣气得发抖。

"我怎样？"杜荇冷笑，"你既做得出来，还怕人说吗？"

"你，你血口喷人！"

"多说无益，还请锦绣姑娘委屈一二。"许氏使了个眼色，示意婆子上前绑人。

但锦绣这么多年跟着老太太，莫说几个婆子，就是管事们见了她也是恭恭敬敬的。

再加上她素来又是个有口德之人，府里人缘极好；许氏虽说是二太太，身分上高出锦绣好几重，到底初来乍到，又是二房的人。

那些婆子们心里对她并不服气，这便生出了几分犹豫之心。

只迟疑得片刻，许氏已觉下不来台，抬手就是一个巴掌扇了过去，喝道："混账东西，打量我是二房的人，使不动你们了是不是？"

那婆子挨了打，还得赔着笑脸："二太太说哪里话？奴才不是不听二太太的调度，只是人老了，手脚不灵便，一时没反应过来……"

许氏截断她："既是老了，那便家去歇着罢！府里也用不着你！"

"二太太！"那婆子一愣之下，立刻跪倒在地，"我猪油蒙了心，要打要罚都随你，千万别赶我家去！"

"拉下去！"

钱妈妈一挥手，许氏带过来的几个婆子便上前把那婆子拉了下去。

"二太太，你不能赶我走啊！"那婆子杀猪似的嚎了起来，"锦绣姑娘，你说句话……"

许氏缓缓环顾众人："还有谁不服，站出来！"

众人都知道许氏这是杀鸡儆猴，借势立威。

谁也不会蠢得为了个婆子去得罪二太太，满院子人都闭了嘴，跟闷葫芦似的。

许氏暗自满意，转头望向锦绣："姑娘，你是自个儿去柴房待着，还是要让人绑着去？"

锦绣凄然一笑："不用绑，我自个儿会走。"

杜蘅在一旁瞧着她神色不对，暗地里便留了心。

锦绣忽地疾走几步，一头朝柱子上撞了过去！

"啊！"满院的人都惊叫了起来。

许氏更是惊得三魂七魄都离了窍，差点没晕过去！

杜蘅蹿出去，锦绣刹不住脚，一头撞到她怀里。

杜蘅"哎哟"一声，抱着锦绣一同倒在了地上。

"小姐！"紫苏唬得魂飞魄散，急忙跑了过来。

"二小姐何必拦我，让我死了算了。"

杜蘅眼里烧着两簇怒火："清者自清，你若没有做过，自不惧任何流言！为这一丁点委屈便寻死，即使今日救了你，以后也是活不长的。罢了，你要死便死，与我何干？"

锦绣刚才寻死觅活不过是逞一时的血气之勇，也并不是真心想死，劲头一过，再要她去撞柱子，却是没了勇气，啜泣着，去了柴房。

紫苏心疼得不得了："我看看，撞到哪了？"

"老天保佑，千万别撞成了残废。"杜荘在一旁，冷嘲热讽。

"那我可要叫三妹失望了。"杜蘅微微扶了紫苏的手，缓缓站了起来。

"没事就好，没事就好！"许氏回过神，直念阿弥陀佛，连声道，"快扶二小姐回房去休息。"转过头，道："没什么事，大家都散了罢。老太太这，有我守着就成了。"

杜荇几个巴不得有这句话，立时便做了鸟兽散。

杜芙，杜蓉两个本也想回去，被许氏一个瞪眼，噘着嘴悻悻留下。

"娘！"杜蓉年纪小，肚子里藏不住话，"我们留在这里，又帮不上忙，干吗不让走？"

"死丫头！"许氏一指戳上她的额，"又不用你端茶递水，侍奉汤药，就只在这里坐坐，晚上在榻上睡一觉，便能得个孝顺的名头，还可博老太太欢心！何乐而不为？"

"哦。"杜蓉满脸不情愿。

杜芙到底大了两岁："轻些，小心隔墙有耳。"

许氏看她一眼，笑道："外面是钱妈妈守着，再没旁人。"

杜蓉打个呵欠："困了，我去歪一会儿。"

许氏又气又恨又无奈："你呀，就是个棒槌！"

杜芙含笑道："妹妹年幼，正是贪睡的时候，今儿又闹了一整天，岂有不困的？左右这屋里也没外人，祖母这有我看着呢，让她睡一会儿也不打紧。一会儿晚饭得了，再叫她起来便是。"

"二姐最好了！"杜蓉欢呼一声，爬到榻上往迎枕上一歪。

夜，浓墨一样黑。

一灯如豆，烛光轻轻摇曳，光影一暗复明，房里已多了一条人影。

暗影递上一纸卷宗。

石南展开，好奇地瞄了一眼，忽地坐直了身体，屈起手指，轻敲桌面："毒杀区区一个姨娘，竟然动用了四堂的人。这事，耐人寻味呀。"

不对！这批首饰，最初可是要给杜蘅的。

换句话说，那人的目标，本来是阿蘅。

他抬起头，眸中掠过一丝冷厉："可有查到，具体是谁负责？"

暗影眉眼不动："属下无能。"

石南低低地笑起来："有意思。"

与神机营相关，暗影却查不到，那就只有一个可能——暗影的权限不够。

亦就是说，只有神机营五个堂的堂主，他，以及老头子和皇上有可能介入此事了。这么大的动作，他却一点风声都没收到，五位堂主基本可以排除在外。

那就只剩下唯二的可能：老头子，皇上。

又不是亲王谋反，皇子篡位，对付区区一个太医府上的小姐，需要劳动他二位，亲自下令吗？

沉沉的暗夜，几道微绿的萤火在草丛中闪烁。

窗纸上映着一位老者，身材瘦削，须发皆白，似是极畏寒，这么热的天，竟然披着件雪色貂裘，相貌清癯，立在桌前挥毫作画。

微风过处，树叶簌簌而落。

萧乾手腕微微一顿，笔尖墨汁滴下，迅速在纸面皴染，一幅拈花仕女图立时做废。

他皱眉："既然来了，为何藏头露尾？"

石南大笑着从窗户里跳进来："老鬼！耳朵还是这么尖。"

萧乾搁下笔，无限惋惜："弄坏我的画，看你用什么赔？"

"得了，就这么一幅破画，我用脚丫子都画得比你好！"看一眼画上的仕女，露出意味深长的笑，歪着头，痞痞地道，"望梅止渴是不行的！有这时间临风洒泪，倒不如出去风流快活。"

"去！"萧乾回头，桌上纸镇脱手飞出，"又在胡说八道！"

石南抬手，将镇纸老实不客气地揣到怀里："哟，这么润的田黄冻石用来做纸镇！嘿嘿，正好最近手头有点紧，没收了！"

萧乾捧了搁在桌旁的暖手炉，缓缓窝回圈椅中，轻咳数声："你个死小子，又找借口顺我老头子的东西，还不给我放下！"

"小气！"石南说着，从怀里摸出一份卷宗甩过去，"喏，用这个跟你换，总成了吧？"

萧乾接过卷宗，展开，脸笑成一朵菊花："办得好。"

"切！"石南轻哧，"这种小事，下回指派二堂的人去就成，别再劳动我亲自出马。"

萧乾深深看他一眼："我已经很多年不管营里的事了。"

"少来！"石南说着，啪地再甩出一份卷宗，"这是什么？"

萧乾并未看卷宗，淡淡道："听说，你最近跟杜家的二小姐走得挺近？"

石南一下子笑了："这样，也叫不管事很多年？"

"是不是？"

石南笑嘻嘻："男未婚，女未嫁，有什么问题？"

"你别忘了，她跟平昌侯府的小侯爷自小就有婚约！"萧乾态度趋于严厉。

"有婚约又如何？只要我想，别说是小侯爷，太子爷来了都没用。"

"你，真的喜欢她？"萧乾眼中闪过忧虑。

石南目光闪闪，不答反问："我不能喜欢她吗？"

"京中名媛那么多，为什么偏偏是她？"

"如果我说贪图她的美貌，你信不信？"石南歪着头，吊儿郎当地问。

萧乾一脸愠怒："我是老了，偶尔会老眼昏花，可还没瞎！"

"情人眼里出西施。"石南嬉皮笑脸。

"杜蘅不行！"萧乾一脸严肃。

"为什么？"

"她绝非你的良配。"

石南眉毛一挑："你怎么知道？"不等他开口，立刻又道，"别跟我搬出那套门当户对，身份背景之类的大道理来唬人；你知道这说服不了我，我也不在乎这些。"

"京郊最近谣言四起，说今秋大旱，你可知道？"

"是不是谣言，你心里应该比我更清楚。"

"不错，"萧乾目光一凝，神色冷峻，"钦天监和水部上报的折子，都不容乐观。但皇上已将此列为绝密之事，暗地里派人解决，她如何得知？"

不等石南开口，抢先堵死他的退路："别跟我说，你不知道那小道士是受她支使？"

"也许她懂得星相？"

"哼！"萧乾冷声道，"扰乱民心，是何居心？"

"她并未攻击朝政，相反却在努力劝人打井抗旱，做着本该由朝廷出面做的事。"说实话，这一点石南也很难理解，猜不透她那小脑袋瓜子里，到底想些什么。

萧乾何等精明，将他的心思尽收眼底："那女人是祸水，杜家的事，你别插手。"

"顾老爷子对我有恩。没有他，说不定我早死在哪个犄角旮旯里了，哪还有今天。"

"这不是你该管的事。"

"奇了，"石南跳上窗户，侧着半边屁股坐着，一条腿盘着另一条挂在窗沿，吊儿郎当地晃来晃去，"你要我接手神机营，却又不许我管杜家的事，瞒着我在背后耍手段，什么意思？"

"你要认祖归宗，接手神机营吗？"萧乾不答反问。

"免了！"石南眼含讥讽，"现在这样挺好，无拘无束，自由自在，傻了才往自个身上套个枷锁呢！"

"那你就别管杜家的事。"萧乾眼中闪过一丝失望，神色越发地清冷。

"我没打算管，"石南耸耸肩，不是很认真地道，"只是不喜欢被欺骗，想知道这到底是你的意思，还是那个人的意思？"

"有区别吗？"

"有，至少可以看出，你是否真的数十年如一日，忠于皇上。"

"死小子！"萧乾神情一肃，不怒而威，"这是做儿子的跟爹该说的话吗？"

"我倒想问一句，你们两个老头联起手来，耍着我玩，是不是觉得挺乐呵？"石南神情阴郁，拖长了声音，"啊，这不叫耍，是天将降大任于斯人也，对不对？"

"你！"萧乾瞪着他，气得胡子一翘一翘，"你这是大不敬！万一传到圣上耳中……"

"传就传咯，"石南满不在乎，"大不了一刀把我咔嚓了。"

"要诛九族！"

石南懒洋洋地道："这你就不必担心了，我一人吃饱全家不饿。"

"你……"萧乾眼中露出痛楚之色。

"别来这套，"石南跃下窗台，"这跟你不搭，对我也没用。"

"离杜家二小姐远点！"萧乾提高了声音，强调。

石南脚下一顿，回过头："说实话，我本来对她没什么兴趣。你再三强调之后，我忽然很想试试看，娶了她，你们两个老头会是什么反应？"

"绝儿！"萧乾蓦然变色。

石南只觉畅快无比，哈哈大笑，踏风而去。

杜谦没想到，入宫侍值回来，等着他的会是如此噩耗，站在桂花院外，半天都没有勇气迈进去一步。

"老爷，你一定要为姨娘做主啊。"青蒿伏在地上。

杜谦两眼茫茫。

两个月的时间，身边的人亡的亡，丧的丧，竟然凋零若此。

"老爷，"决明轻声提醒，"咱们得快些，老太太那，还等着回话呢。"

"哦。"杜谦回过神，进了小院，穿过门廊走向耳房。

陈姨娘的尸身还孤零零地摆在门板上，因天气炎热加之又剖了肚腹，内脏腐烂，屋子里弥漫着一股浓郁的尸臭。

杜谦不敢进门，隔着窗户往里瞟了一眼，便急急退到院中，挥手道："赶紧找副棺木殓了！找个好日子葬了吧。"

"是。"决明垂手应道。

杜谦转过身，便往外走。

"老爷！"青蒿高声呼喊。

杜谦停步，有些不安地看着她："还有什么事？"

青蒿满腔悲愤，定定地看着他："老爷就这么走了？"

杜谦有些生气，更多的是狼狈："老太太还躺在床上，我得去请安了。"

出了桂花院，正要往瑞草堂去，白前噔地蹿了出来："奴婢给老爷请安！"

杜谦吓了一跳，定睛一看，竟是个小丫头，不觉恼了："你哪房的，怎么这么没有规矩！"

"奴婢白前，奉二小姐的命来传话。请老爷在见老太太之前，务必先见一下二小姐，关于陈姨娘的死，二小姐有话要说。"白前口齿伶俐，一口气说完。

"什么事？"

"二小姐说，老爷不见她也没关系，将来府里再出什么事，别后悔就成。"

"混账！"杜谦大怒。

白前扑闪着大眼睛,笑嘻嘻地看着他:"老爷,二小姐还等着奴婢回话呢。"

决明上前一步,低声道:"老爷,要不先回烟霞院,换身衣服?"

杜谦轻哼一声,转身往外院走去。

决明忙向白前使了个眼色,加快脚步跟了上去。

一炷香后,杜蘅已经进到烟霞院的花厅里,杜谦已换过一身轻便的家常服,脸拉得老长:"到底什么要紧事?"

"父亲请看。"杜蘅也不跟他绕弯子,直接递了个油纸包过去。

杜谦打开见是一包药渣,不禁满眼疑惑:"这是什么?"

"陈姨娘昨日早上服的药。"杜蘅淡淡道。

杜谦勃然大怒:"你怀疑是我的药不对症,害死了陈姨娘?"

"不,"杜蘅摇头,"我的意思,父亲能否做到,不换掉其中任何一味药物,神不知鬼不觉地取人性命?"

"这怎么可能?"杜谦愠怒。

"事实上,有人做到了。"杜蘅说着,示意杜谦仔细查验纸包中的药渣。

杜谦耐性全无,把纸包往桌上一扔:"别兜圈子!"

"父亲可还记得,药方中,有一味雁来红?"

"雁来红用来止血,有什么不对?"杜谦反问。

"是对症之药,"杜蘅道,"可是,有人就钻这个空子,把雁来红的茎叶,换成了根。雁来红还是雁来红,却把救命药变成了催命符!"

杜谦还有点蒙:"就算是根,那也是雁来红,最多功效差点,怎会造成这么大的后果?"

杜蘅眼里闪过讶异:"雁来红的根,能促使子宫收缩,使人流产。"

杜谦顿时面红耳赤:"雁来红都是采摘茎叶,谁会连根采集?"

杜蘅也不点破:"我一开始也未想到,但有一点可以肯定,下手之人医术高明,堪称一代名家,绝对不是锦绣能做到的。"

杜谦如释重负,连声道:"我知道,我也不相信锦绣会做这种丧心病狂的事。"

"父亲,"杜蘅有些生气,"你难道还不明白?"

"我明白,"杜谦点头,"难为你了,这种时候,还能如此冷静。"

"有人躲在背后虎视眈眈地盯着杜府,伺机一个个除掉我们!"

杜谦勉强挤了个笑容出来:"不会的,我一生行医,从未与人交恶,怎会有人故意加害?"

"祖母昏厥,是因药中加了一味藜芦;周姨娘身亡,只因头面首饰里藏了知羞草;陈姨娘流产,又是因为雁来红的叶换成了根……短短两个月时间,发生了这么多事情,岂是巧合两个字解释得通的？"

"咱们家开药铺，在府里待得久了，懂些药理也不稀奇。"杜谦目光闪烁。

杜蘅索性戳破这层窗户纸："父亲七岁起跟随外祖学徒，行医三十余载，官至太医，尚且不知雁来红的药性。如今却想让我相信，仅仅在府里做几年下人，耳濡目染之下，医术竟然能比父亲还高明？"

杜谦被她堵得哑口无言。

涨红了脸瞪了她半天，开口赶人："好啦，我知道了，以后会严加管束，不许人轻易接近药房。你不要胡思乱想，危言耸听！"

"父亲！"杜蘅静静看着他，目光深幽，暗如子夜，"你知道的，对不对？"

"什么？"杜谦坐不住了。

杜蘅眼中浮起讥诮之色："你心知肚明，却一直装糊涂，任由人把我们一步一步逼向死亡，对不对？"

"胡说！"杜谦霍地站起来。

"是不是胡说，父亲心里清楚！"杜蘅也站起来，屈膝向他行了一礼，"父亲不肯说，不要紧，我自己去查！一定会查个水落石出，还姨娘一个公道！"说罢头也不回地出了烟霞院。

满以为即便只为了阖府的安危，父亲也会与她推心置腹，同心协力。

然而，他再一次让她失望了！连妻儿的死都激不起他一丝的血性！

她看到的，依然是懦弱，是逃避，是畏缩，是言不由衷……

杜谦伸出手，想要叫她，终是颓然放下。

陈姨娘的死，最终还是被处理成了一场意外。

杜家给了陈姨娘一个隆重的葬礼，将她葬在了顾氏的坟旁，与夭折的二少爷合葬。

她死得虽然惨烈，悲壮了些，死后母子能在地下团聚，已算是能告慰她的在天之灵。

随着陈氏的入土，这场惨剧也落下了帷幕。

锦绣虽然洗脱了嫌疑，中馈却在那几日葬礼中自然地被许氏接管了过去。

杜谦面子浅，不好利用完弟妹之后，再一脚将她踹开，把中馈权交回给自己的通房；又见她办事老练，的确比锦绣几个强出数倍；老太太也有意拉拔二房，索性便装聋作哑，默认了。

许氏倒也会笼络人心，杀猪宰羊在园子里摆了几桌酒席，把府里得脸的婆子，体面的丫头，管事娘子，甚至外院的管事，账房的先生等等，一并请了来。

众人心里也都明白，前一段时间，府里频频出事，中馈走马灯似的换来换去，到今日之后，就算是正式定下来了。

许氏这席酒，相当于就职仪式。

陈姨娘的葬礼后众人识得了许氏的精明厉害，从她对付青蒿的狠辣中，又晓得了她的手段。

倒也没有人敢怠慢，早早把事情交待了，往园子里来。

上了桌，才发现身边少了许多老相识，多了几张生面孔。

外院的大管事原是柳亭，二管事是赵妈妈的男人岳叔华，柳亭失踪之后，便由他顶了上来。

如今这位岳大管事也不见了踪影，换成了一个笑弥勒佛似的中年男子。

又如，原先总管着外院巡夜的管事，是老太太的一个远房亲戚，如今也换成了个四十左右，虎背熊腰，不苟言笑的壮汉。

又比如，外院的买办原先是柳姨娘的娘家族兄，现如今，已摇身一变，成了个中年文生……

仔细一瞧，走的全都是柳姨娘的心腹以及杜家的亲戚朋友，来的是一帮不知底细的陌生人……

看来，许氏在忙活陈姨娘的葬礼，牢牢掌握中馈权力时，二小姐也没闲着。

她把杜府上上下下凡是要害部门管事，通通换成了自己的人。

各人心照不宣，默默地喝酒吃菜。

吃饱喝足后，每人还领了一吊赏钱。

许氏自觉很是体面，哪里知道这些个管事，婆子早被丰厚的油水养大了胃口，区区一吊钱，还真没放在眼里。

心里只当是个笑话，面上也不说破，各人含笑道了谢辞去。

长得一张弥勒佛的圆脸，见人笑眯眯的外院管事，人还没走出园子，顺手就将这吊钱扔给了守门的婆子："辛苦了，拿去打酒吃。"

许氏臊得满面通红，却又发作不得。

眼角余光瞄到账房管事杨宁正要离开，忙开口唤道："杨管事，请留步。"

"二太太有何吩咐？"

"我正托人打听铺面，一旦有合适的，就会盘下来。所以要劳烦杨管事开出十万银票，以备随时取用。"许氏嘴里说得客气，终是免不了一副颐指气使的态度。

杨宁客客气气地道："府里的账目，在下已经整理好，二太太随时可派人来交接。"

许氏一愣："交接什么？"

"二小姐说了，本月起，在下不再兼管府中账目。"杨宁解释，"本该初一交接，只是陈姨娘去了，二小姐恐二太太不便，嘱我帮到今日为止。明日起，两处账目便不能由我们一块办理了，省得万一出了差错，说不清白。"

许氏满脸通红："你突然撒手不管，我一时半刻，上哪里找账房？"

又不是一点半点，几十万两，要她如何放心交给一个不知底细的陌生人？

当下忍了气："你帮我到这个月底，待找到了合适的人，再交接也不迟，嗯？"

杨宁仍然是客客气气："二小姐临时接手这许多店铺，不熟悉情况，交代下来要把账目全部整理出来。二太太若是能等又信得过在下，帮二小姐整理完账目之后，倒也是可以抽出些时间来替你打理一二。"

"要多久？"

杨宁想了想，道："快则两个月，慢则三个月。"

许氏肚皮差点气炸，尖着嗓子嚷道："三个月，黄花菜都凉了！"

"那在下就没有办法了。"杨宁两手一摊，恭恭敬敬地道，"毕竟，在下的东家是二小姐，总不能撇开东家的事不做，先帮二太太。"

"好！"许氏咬着牙，狠狠道，"不做便不做！我还不信，没了你这事就不成了！"

"二太太若没有别的吩咐，在下告退了。"杨宁点了点头，扬长而去。

许氏气得胸口发疼，悻悻地回了屋。

第二日给老太太请过安，便打算出门去看铺面，打发了小丫头莺儿去吩咐马房套车。

哪知去了半天，竟是没有回音。

她等着焦急，正要再打发人过去再催一遍，却见那莺儿涨得一脸通红地回来了："马房的管事说人手不够，怕一会儿二小姐要用车，死活不肯来。"

"府里这许多马车，哪里就少了二小姐坐的！"

"马车是有好几辆，马夫却只有四个，白天夜里轮着来。大小姐一大早便坐了车出门，剩下这个死活不肯动了。"莺儿解释。

"怎会只有四个马夫，别是管事的糊弄你吧？"

莺儿道："二小姐做主辞了，就这四个，还是怕老太太要用车，特地给留下的。"

响鼓不用重锤，昨天是账房，今日是马房，许氏是个聪明人，立刻便悟了。

怪不得二小姐那么容易便松了口，原来是在这等着她呢！

如今除了园子里留在各个院子里侍候的人，余下的全都捏在二小姐手里。

再要办事跑腿，就得使钱另外寻人了！就连出门，也得看她脸色！

本想算计二小姐口袋里的银子，哪里晓得反过来被她掐住了脖子，打折了腿，顺带还戳瞎了眼睛！

她不费吹灰之力，就把几个院子变成了几座孤岛，所有人的行动都逃不过她的耳目，全都掌控在她手里！

想明白了这一层，许氏气得直发抖。

就算想到老太太跟前告她一状，也是不能！

谁要当初，这个辙是她想出来的呢？那不等于打自己的脸吗？

钱妈妈还犯着糊涂，一个劲地高声喝骂莺儿："糊涂东西！二小姐这不没出门吗？去，就说二太太要用马车，叫他们立刻套上车。二小姐若责怪下来，叫她……"

"不用了，"许氏冷着脸，淡淡地道，"打发人去外面雇一辆。"

"二太太？"

"快去！"

"是。"

杜蘅歪在迎枕上，白皙如玉的掌心躺着一枚黄澄澄，小巧玲珑，寸许来长的金钥匙。

她有一种直觉，身边发生的所有事情都因它而起。

不把它的秘密发掘出来，只怕永无安宁之日！

回想起来，与南宫宸成亲之初，包括杜荭嫁进燕王府之后的头两年，他从未在她面前提过钥匙一词。

从苗疆回来之后，两人关系开始融洽，一度还曾如胶似漆。她以为终于守得云开见月明，正憧憬着美好未来的时候，他，却忽然变了！

旧日的伤口被无情地揭开，一股撕裂的疼痛，从心脏开始通过血液向四肢百骸漫延。

她心口疼痛，耳鸣如鼓，心跳如雷而汗出如浆，忽地伏在炕上，对着冰盆狂呕起来，仿佛要把深埋在心底的所有痛苦的记忆都从胃里倾倒出来……

那段时间夏雪忽然受宠，他们出双入对，他上哪儿都带着她，对她呵护备至。为了她一句心口疼，甚至可以扔下手头的公务，守在床头，亲侍汤水。

那是她人生中最难熬的一段时光。

到手的幸福化为灰烬，亲眼看着自己的丈夫跟别的女人缠绵悱恻，被逼缩到清秋阁那一方小小的天地。

他却不肯放过她，常常带着一身的酒意半夜三更闯进来，却什么话也没有，倒头就睡。

偶尔，会乘着酒兴跟她温存，却总会在她清醒之前，悄然离去。

以致弄得她精神恍惚，常常会怀疑，所有的温存和美好，都不过是她幻想出来，只存在于自己脑海中的梦境，虚无而空茫……

然后突然有一天，她发现自己怀孕了。

她以为，有了孩子，一切就都会安定下来。

因为她坚信着，他也许不是最多情的夫君，却一定会是个最合格的父亲。

可是，她错了，噩梦从此开始……

她蹙着眉，努力克制住内心深处泛起的恶心和痛楚，把一些从前从未深思过的问题，一一翻检，换个角度，重新思考。

夏雪跟南宫宸，算不上青梅竹马，却也因夏风的关系，彼此间并不陌生。

就算在他们夫妻关系最恶劣的时候，他也从未特别关注过她。却在他们从苗疆回来后，夫妻关系最融洽，最甜蜜的时候，忽然间对夏雪生出了兴趣，不止大张旗鼓迎娶回府，并且成了他的心头肉，掌中宝。

前世，她一直认为是夏雪的绝世姿容，吸引了他的目光，博得了他的爱宠。所以自惭形秽，自伤自怜，一再退让！

想到这，杜蘅哂然而笑：南宫宸又岂是会被美色冲昏头脑的人？

从头到尾，不过是在做戏！

他态度转变，看似是因为夏雪，但追根究底，是为了钥匙！

换言之，他娶夏雪是因为一场交易，也意味着顾家钥匙的秘密夏家也知情。

这也是为什么夏风以小侯爷之尊，却放弃了京中无数名媛，跟千里之外的她定亲的理由！

想通了这一点，之后所有的事情就都变得很好理解了。

夏风悔婚另娶，是因为前世柳姨娘成了杜家的当家主母，夏家认定钥匙理所当然握在柳姨娘的手中，因此毫不犹豫舍弃她，选择了杜荇。

夏雪把这个秘密透露给南宫宸，因为平昌侯府通过数年观望，最终在几位皇子里选择了燕王。

南宫宸则是为了那把椅子，放弃了他们母子！

她双目赤红，狠狠地握紧了拳头，钥匙深深刺入掌心。

在这场权力追逐的游戏里，几乎所有人都心知肚明，也都得偿所愿。被牺牲和践踏的，是从头到尾蒙在鼓里，一腔热血，傻乎乎地爱着他的她！

鲜血潺潺滴落。

紫苏啜泣着，小心地将钥匙拔出来，默默地替她清理伤口，再仔细包好。

杜蘅不耐烦地抽回手："套车，我要出门。"

一路沉默着进了阅微堂。

掌柜的脸色很难看："我们少东家不在，你看，是不是可以改日再来？"

"我等，"杜蘅抬起眸，一双眼睛温润亮泽，"多久都等。"

石南诧异地抬起头："她真这么说？"

"是。"伙计垂着手站在门边。

"有意思。"石南摸着下巴，漂亮的眼睛微微眯起，锐利如鹰。

"是不是请她进来？"

"不，"石南笑了，漫不经心地道，"让她等。"

"是。"伙计眼中闪着迷惑，躬身退出。

时间一分一秒流逝，日头从东往西，渐渐落下山谷，红霞满天变成万家灯火，熙来攘往的人潮渐渐散去。

紫苏等得火冒三丈，偏杜蘅却像是吃了秤砣铁了心，八风吹不动，稳坐钓鱼台。

渴了吩咐上茶，饿了打发她出去买吃食，一直等到夜深人静，掌柜的过来："杜小姐，我们要打烊了……"

"打扰了，"杜蘅也不着恼，站起来优雅地往外走，"请转告贵东家，我明天再登门拜访。"

"杜小姐，请留步。"伙计快步进来，"少东有请。"

石南负着手立在书桌边，似乎在欣赏挂在墙上的一幅泼墨山水画，听到脚步响，转过身来，含笑道："来了？"

"石少爷贵人事忙，兜圈子什么的还是省省，直接说重点，如何？"

石南饶有趣味地看着她："听说，二小姐等了我一整天，不知有何指教？"

以她的骄傲的性子，他以为最多坚持半个时辰，没想到竟能忍一整天！倒教他刮目相看，亦对她即将说的话，产生了浓厚兴趣。

"指教不敢，提议倒是有一个。"杜蘅神色冷淡。

石南斜靠在书桌上，懒洋洋地望着她："我记得，那日在画屏阁已经说得很清楚了，咱们一拍两散，已经终止合作了。"

杜蘅咬着牙，忍住一巴掌扇他脸上的冲动："你听听看，有兴趣咱们继续合作，若是没兴趣，我绝不纠缠。"

"若我说没兴趣，"石南瞳孔微缩，"你是不是就另寻合作对象？"

杜蘅沉默。

石南眉眼凝成冰，双手环胸，抬起下巴，语气嘲讽中隐隐夹着一丝不易察觉的恼怒："让我猜猜，你的下一个目标，是夏风抑或是南宫宸？"

"那是我的事，与石公子无关。"杜蘅硬邦邦地道。

该死的，又是这句话，与他无关！

杜蘅垂眸掩住心底的不安，快速道："我已经找到了那枚金钥匙，你只要帮我做一件事，钥匙就是你的。"

"这段日子，你一直用这个为借口，支使我帮你做了很多事，如今又……"

杜蘅忽地走了过来。

石南脸上不羁的笑容在看到她的脸那一瞬，凝结了。

老天，她苍白得像个鬼！

到嘴的嘲讽咽了回去，他不自觉地站直了身子："发生什么事了？"

杜蘅没有说话，却做了一个动作。

她解开衣领，从颈间拉出一条黄澄澄的钥匙！

石南看着颈间那一抹若隐若现的雪白肌肤，不自觉地心跳加速，蓦然转开眼光："该死！"

"验一下就知道，我有没有骗你。"杜蘅说着，将钥匙递了过来。

钥匙在她白嫩的掌心越发金光灿然，一丝若有似无的香气，透过她的指尖，弥漫在空气中，在鼻间萦绕。

石南目不转睛地盯着那枚钥匙，怒气蹿起来，在胸中迅速膨胀！

如果，他拒绝了，这一幕是不是就会在夏风和南宫宸面前重复上演？

想到这一点，莫名地开始口干舌燥，心脏更是不听指挥，在胸腔里怦怦地狂跳着，全身的血液涌上头。

石南心绪激动，猛地拽住她的手腕，用力扯入怀中，强硬地一揽，毫无预兆地将她锁在了双臂之间，黑眸危险地眯了起来，炙热的呼吸烫着她的脸。

杜蘅全副心神都放在钥匙上，他刚一动，立刻合拢手掌，将钥匙死死地捏在掌心中。

她防卫的动作落入他眼中，越发气不打一处来。

"糊涂！"伸出手指抬起她的下巴，强迫她与他对视。

她整个人都在他怀里，只要他稍有坏心，立刻就会被啃得尸骨无存。

这种时候，她居然只想护住钥匙？

这么纤细的手掌，一招就碎，起得了什么作用！

杜蘅神情镇定："钥匙是假的，真的那把藏在一个安全的地方，你永远都找不到！"

石南低声咒骂："这个时候，你担心的不该是钥匙，而是贞操！"

"你只要帮我灭了平昌侯府就好。"杜蘅竟无丝毫羞赧之色，淡然自若地道："你看，这对你，并不算难事，是不是？"

石南一脸阴沉："扔一把破钥匙，就想灭掉平昌侯府！"

心里，不是不讶然。

平昌侯府是她的夫家，两家又是世交，她一开口就要灭掉，这该有多大的仇？

但是，在惊讶之余，悄然浮起一丝莫名的喜悦，眼神自然而然地变得柔和了几分。

杜蘅松了口气："开出你的条件。"

风水轮流转，上次是他登门要求合作，被她勒索；这次换她主动，他乘机加价要挟，也是人之常情。

只要肯坐下来谈就好，就怕他什么都不听，直接拒绝。她其实并没有他想象中那么多的选择。

"如果，"石南舔着牙尖，沉沉一笑，像一头荒原里捕猎的狼，"我要的是你呢？"

杜蘅退后一步："你开什么玩笑？"

"你觉得这像是玩笑吗？"他冲她轻佻地眨了眨眼。

杜蘅望着他，满眼困惑："我又不是绝色，而且绝不温柔。"

石南失笑："你倒有自知之明。"

"所以，"杜蘅按捺着性子，"别兜圈子行吗？"

"我决定了，就要你了。"

"不行！"杜蘅斩钉截铁，"换别的！"

他摆明了就是在戏耍她，想看她失控，看她抓狂，她不会上当。

他极为得意，黝黑的眸子闪着愉快的光芒，咧着一口白牙，近乎挑衅地看着她："虽然不温柔也不是绝色，好歹是个'女'人！"

"我不会出卖自己！"她拉下脸，一字一句地道。

他嬉皮笑脸，半真半假地道："小侯爷反正已给你灭了，与其做个寡妇，不如我就勉为其难，接收了算了。"

杜蘅二话不说，扬起巴掌扇了过去。

"教你一件事。"石南黑着脸，握住了她的腕，高高举起，"不要随便对男人挥掌！这是以卵击石……"忽地话音一顿，鹰隼般锐利的目光，盯着她手掌上缠绕的绷带，生硬地挤出一句："怎么回事？"

难怪一直觉得哪里不对，原来她左手一直垂在身侧，藏在袖子里！

杜蘅拼力挣扎："放开我！"

他猛力一拉再一推，将她按在桌上，禁锢在身体和桌面之间，却又巧妙地控制着力道，既不至让她挣脱，又不让两人身体太过贴近，以免让她产生被人轻薄的屈辱感。

腾出一只手解开绷带，瞪着那血肉模糊的掌心，声冷如冰："谁干的？"

"小姐！"紫苏在门外，听得里面尖叫，心急如焚。

暗影身形一晃，挡在她身前："请留步。"

"初七！"紫苏厉喝。

初七一声不吭，抽出背上长剑，不由分说一剑砍了下来。

暗影听得脑后风响，顺手弹出一枚铜钱，身子往后一仰，剑锋擦着头皮掠了过去。

紫苏拔腿就往里冲："这里交给你了！"冲到一半，咕咚一声倒下。

暗影轻笑一声，纵身跃上树梢，几个起落之间已在数丈之外。

"别跑！"初七大怒，拔腿就追，转眼间两人便消失在黑暗中。

石南瞪着掌心那个血洞，皱起了眉："你自个弄的？"

杜蘅狠狠地抽回手："不关你的事！"

"真是的，"石南啧啧叹息，松开手放她自由，"怎么下得去手！"

杜蘅捡起散落在桌上的绷带，胡乱缠绕上手掌。

石南眼角抽了抽，忍住了把它拆了重包的冲动，小声咕哝："啧！猪都比你包得好看！"

杜蘅不答，单手打了个结，低下头去用牙齿系紧。

"你是不是女人啊？"石南实在看不过眼了，一把将她拉过来。

粗鲁地拉开抽屉，找出干净的布条，并指如剪，轻轻一挑，就将她包成粽子的手掌解救出来，把带血的绷带扔到地上。

"不用你管！"

"闭嘴！"石南眸光一冷，凶巴巴地道，"再多说一个字，信不信我把你的手掌切下来给初七当点心？"

想象着初七举着手掌当鸡爪啃的样子，杜蘅一下忍不住就想笑。

嘴角刚一上翘，立刻觉得不妥，用力咬住了，别过头去。

石南明明低着头在熟练地处理伤口，却像头上长了眼睛似的："想笑就笑，干吗忍着？"

杜蘅不理。

石南把她的手包好，仔细地打了个结，满意地端详："跟着我有很多好处的，起码受了伤有个人帮你包扎。你看，我包得多漂亮！"

杜蘅偷眼一瞄，惊得差点闭过气去。

这人，竟然在她手背上系了个蝴蝶结……

她立刻伸手去拆，被他一把握住了，她急了："放手啊！"

他将她的双手合在掌心，很认真地盯着她，专注的眼神，让人恍惚："你好好考虑考虑，什么时候想明白了，再来找我，我不着急。"

杜蘅愣了很久，才明白他指的是什么。

脸上一热，难堪地垂下头："这么耍人，很好玩吗？"

"夜深了，"石南微微一笑，放开她，"我让人送你回去。"

杜蘅默了许久，艰难地挤出一句："为什么是我？"

石南转过脸来看她，声音似穿旧了的麻衣，干净温和中带了一点点粗糙："你说呢？"

"砰！"书房门被人一脚踹开，初七举着剑旋风般冲了进来："小姐，对不住，我把你忘了！咦，师兄也在啊。"

初七立刻由歉疚变得兴高采烈，看看这个，再瞧瞧那个："你们在玩什么，我也要玩！"

"下次再陪你玩。"石南微笑着摸摸她的头，"太晚了，送二小姐回去。"

"哦。"初七噘了嘴，忽地想起一事，懊恼地一拍额头，冲了出去从草丛里把紫苏拎出来，拍打穴道："姐姐，我们回家了。"

石南跟出来："初七。"

"嗯？"

石南语速极慢："以后再遇到这种情况，不要去追，要留在小姐身边，明白吗？"

"哦。"初七点头。

紫苏一声冷笑："贼喊捉贼！"

看到杜蘅，一脸紧张地走过去："小姐，他没有对你怎样吧？"

杜蘅脸上一热，低叱："瞎说什么呢？"

23 金蕊盛宴

白芨从里屋捧出一套衣裳，搁到炕沿上。

杜蘅一瞧，竟是一套三品朝服，不禁微微一愣："怎么把它拿出来了？"

"昨晚小姐不在，老爷打发了决明哥过来，说中秋皇上在宫中设金蕊宴，邀京中三品以上大员及家眷进宫赴宴。"白芨解释。

"这么说，祖母也要去？"杜蘅皱眉。

每年中秋，皇后娘娘都会举办金蕊宴，发帖遍邀京城中的皇公贵族中年轻一辈的公子小姐们进宫聚会。

名为赏菊，实则隐含了替几位皇子挑选皇妃的意思。

京中权贵子弟众多，非通家之好，内眷通常不能得见。借这个机会，彼此若都中意，回去便下定下聘的也不在少数。

因此，那些上了年纪的诰命，一般都会找借口推辞不去，省得年轻人不自在。

杜谦因初入京城，并不知其中关窍，若当真带着老太太进宫赴宴，反会成了笑话。

"老太太身体不适，老爷替她上了答谢折子。"白芨答。

杜蘅点头："这就是了。"

"听说大小姐想要顶替老太太的名额，缠着老爷很是闹了一回呢！"白芨挑了帘子进来，道。

"父亲答应了？"

"没有。"白前捂着嘴笑，"被老爷训了一顿，发了顿脾气，气鼓鼓地走了。"

杜蘅冷笑。

她也不想想，皇宫是什么地方，稍有行差踏错，脑袋都保不住！

幸好杜谦还不算糊涂，没有答应了她！

宫宴岂是你随便拿张帖子就能混进去的？每张帖子上面都写着各自的名字，列出品秩，年龄，籍贯，入宫时要逐项检查的！

这要是给查了出来，轻者沦为京中笑柄，重则治你个图谋不轨之罪，锁进天牢也是有的！

"金蕊宴？"紫苏练完拳进门，接过话头，"那小姐可得多吃点，省得一会儿饿肚子。"

白前几个就笑："紫苏姐姐真是，怕人不知你从乡下来的么？宫中赴宴，多的是山珍海味，哪会饿着小姐！"

紫苏笑了笑，也不辩驳。

杜蘅吃过早饭，换过衣服先去给老太太请安，在瑞草堂跟许氏碰个正着。

许氏耷拉着脸，脸色要多难看有多难看。

杜蘅也不戳破，跟老太太聊了几句便告辞了出门，坐了车出门。

夏雪尚未及笄，这是她第一次参加宫宴，正式在大齐所有的高门贵胄，士子千金们面前亮相。

为了一鸣惊人，她天不亮就起了床，香膏沐浴，梳妆打扮。光挑衣服，配首饰就折腾了一个多时辰，好不容易装扮妥当，揽镜一照，自觉明艳不可方物，这才奔了朱雀门。

侍卫恭敬地弯腰："请出示名帖。"

琉璃一怔："什么名帖？"

"你没带名帖？"夏雪俏脸一沉。

"侍卫大哥，"琉璃软了声音求道，"我们是平昌侯府的，一时忘带名帖了。你瞧，马车上有侯府的徽记，这绝错不了的！麻烦大哥通融一下。"

"抱歉，没有名帖不得入宫。"

琉璃急了："这可怎么办？"

"麻烦让一下，别挡着入宫的路。"侍卫客客气气地，示意轿夫把轿子抬到一旁的空地。

"小，小姐，"琉璃汗出如雨，结结巴巴道，"要，要不，咱们先，再，等，等一下。打发人快马回去取名帖……"

夏雪狠狠瞪她一眼，忽地挑了帘子，柔声唤道："大人。"

她容颜绝世，清丽胜雪，声娇如燕，婉转似莺。

侍卫见了她的人，已经惊若天人，再一听这声音，已是三魂去了二魄。

"出门匆忙，一时忘带名帖是我的错。"夏雪看一眼天上的太阳，再垂下眼睑，一副羞怯柔弱之态，"家母的轿子随后就到，家兄已入宫随侍皇上身边，还望大人通融。"

侍卫虽骨头已酥了一半，但还剩有一丝理智，不敢为个美人，破了宫规，砸了饭碗

是小，掉了脑袋可不是闹着玩的。

因此，虽是万分不舍，也只能十分抱歉："宫规如此，小人无能为力。"

夏雪见他居然油盐不进，不禁大为光火，俏脸一沉："好大的胆子，平昌侯府也不放在眼里？"

那些候检的哪个不是名门贵眷，见这边挡着路半天也不走，就鼓噪了起来，闹着要先行。

眼见要惹起众怒，夏雪无奈，只得寒着脸命人把轿子挪到一旁，打发人回去取名帖。

忽听一阵急促的蹄声响起，一骑快马疾驰而至，马上之人金冠束发，玉带缠腰，身上紫色四爪蟠龙朝服，脚蹬黑色云纹靴，清俊飘逸，风采翩翩。

夏雪喜出望外，连忙掀了车帘，娇唤一声："燕王爷。"

南宫宸正欲长驱直入，冷不防有人唤，带了马缰，转头察看。

"宸哥哥，这里！"夏雪见他半天没看到自己，只好探出半个身子向他挥手。

南宫宸上下打量她一眼，眼里升起狐疑之色："你是？"

"我是夏雪，"夏雪无奈，只好自报家门，见他仍是一副没印象的表情，咬了下唇瓣，委屈地加了一句，"夏风的妹妹，七夕节见过的。"

南宫宸恍然："是你啊，有事吗？"

在后面候检的紫苏一个没忍住，"扑哧"喷笑出声。

给杜蘅一瞪，忙掩了嘴，耸着肩闷笑。

南宫宸素以喜怒无常著称，在他面前连大臣都小心翼翼，那些贵妇更是不敢招惹，这一声笑便显得极为突兀。

南宫宸眉一挑，拨了马便朝这边来了，试探地唤了一声："阿蘅？"

杜蘅无奈，只好隔着车帘，道了声："给王爷请安。"

"你来参加金蕊宴？"南宫宸不自觉扬起了唇。

"嗯。"

南宫宸放缓了速度伴着马车往前走："这么早？"

"嗯。"

"一个人？"

"嗯。"

"……"

南宫宸又岂是个主动跟人攀谈的人？

几句话一问完，立刻便冷了场。

好在他倒是很习惯这种气氛，也不觉得尴尬。

夏雪被晾在一边，心里早燃着一把火，忙提高了声音："宸哥哥。"

"什么事?"南宫宸颇不耐烦。

"是这样的，"夏雪红了脸，眸中水光荡漾，"雪儿出来匆忙，忘带名帖。侍卫不肯放行……"

不等她说完，南宫宸已明白了缘由，看一眼侍卫，吩咐："她是夏风的妹妹，让她进去。"

"是。"

夏雪很是高兴："谢谢宸哥哥。"

满心以为可以乘此机会跟南宫宸多聊几句，哪知他竟然一夹马腹绝尘而去！

"宸哥哥，宸……"夏雪气急败坏，狠狠撕扭着手中锦帕，"给我盯紧了，看看那辆车里，坐着的是哪家不要脸的狐媚女子！竟敢勾引宸哥哥！"

侍卫验过后放行，马车驶入华清宫，紫苏等随侍的丫环便不能再往里进了。

杜蘅打个呵欠，下了车在此换了宫中软轿，由执事宫女分批引到凤翔宫，在此等候皇后娘娘召见。

"小姐，是她！"琉璃看清来人，不禁目瞪口呆。

"谁？认识的？"杜蘅今日身着朝服，与那日的轻便罗衫截然不同，夏雪一时没认出来。

琉璃喃喃道："是，准三少奶奶。"

夏雪一怔，随即大怒："不知羞！都已跟三哥订了婚，还敢勾三搭四，真不要脸！"

杜蘅无心与那些虚伪的名门贵女们联络感情，进了凤翔宫便离了人群，穿过花园直奔偏殿，找到最角落的窗户，搬了张圆凳，厚重的帷幕一拉，靠着墙闭目小憩。

迷迷糊糊也不知睡了多久，听得一阵杂沓的脚步声伴着喧闹嬉笑，由远及近，呼啦一下涌进了偏殿，声音猛地放大了数倍。

看看窗外的日头正烈，估摸着午时刚过不久，离皇后娘娘召见，还有个把时辰。

昨天被石南那厮晾了一天，几乎一夜没睡，早上只对付着胡乱吃了一口，此时腹中空空，难受得紧。

殿堂上自然不乏精致可口的点心糕饼，但她不想挤出一脸假笑在一群陌生人中间，接受那些贵妇们的品头论足，打量拷问。

杜蘅的目光落在了不远处的飞檐上——那是沂庆宫，与凤翔宫只有一墙之隔，每年的金蕊宴，都是在那里举办。

离宴会还有两个时辰，所有人都聚在了凤翔宫，沂庆宫肯定空无一人，溜进去偷吃几盘点心，应该问题不大。

沂庆宫里张灯结彩，数千盆怒放的秋菊被搬入园中，就着园中原来的景致，摆放出各种造型，高低错落，相映成趣。

园中开了一百多席，男女各半，以玉溪为界，分列两旁。

此刻殿中只有数十个翠衣宫女穿梭其中，忙着在每张桌上摆放瓜果，点心。

她觑了个空，从桌上取了一碟杏仁脆葺卷，一碟金丝烧卖，想了想又拿了一串紫晶葡萄，看看没地方放，犹豫了一下，掀起裙摆，直接兜进去，飞快地溜走。

挑了个偏僻之处，坐在树荫底下。

眯着眼睛，慢慢地吃着，满足得直叹了口气。

"喝口水。"一只杯子忽地伸了过来。

杜蘅一个激灵，猛地张开眼睛，夏风含笑立在身侧，眼里满是促狭之意。

"呃。"她一脸愕然，本想要质问他，却打了个嗝，忙伸手捂住嘴。

"快喝水，看噎着了！"夏风一脸焦急，不由分说把杯子凑到她唇边。

就着他的手，把水喝了还是无济于事，杜蘅按着胸口，愤怒地瞪着他。

"对不住，吓着你了。"夏风一脸懊恼。

一进来就看到某人像只小老鼠似的躬着腰在花园里灵活地穿行。

初时还以为是哪家的千金迷了路，走近了一看，竟然是杜蘅。

只好偷偷蹑在她身后，打算跟到无人处，再跟她打招呼，把她领到凤翔宫去。

万万没想到，她竟然偷吃点心！

这与他心目中那个冷静淡漠，拒人千里的杜蘅，简直是两个人！

看着她为了几个杏仁葺，几只金丝烧卖，露出那么幸福的表情，开心得像个孩子。

视线不受控制地落在她身上，心不由自主地被她吸引，为她陷落，为她绽开的每一朵笑花，微笑，雀跃……

杜蘅连着喝了好几杯茶，总算缓过劲来，瞪着他："你怎么会在这里？"

夏风看一眼自己腰侧的刀："我，当值。"

"你不是御前带刀侍卫？"她气势汹汹。

"今天人多，临时抽调。"他一脸歉然，一副犯了死罪的表情，可眼里却漾着笑。

杜蘅怄得要死，拍拍手，冷着脸气呼呼地往回走。

夏风强忍着笑，闲庭信步地跟在她身边："我送你回去吧。"

"不用！"

前面传来说话声，她猛地停步，猫起腰往树后钻，动作迅速一气呵成。

夏风忍俊不禁，莞尔而笑。

"好，好俊。"迎面走来一群宫女，一看夏风这笑容，发出阵阵花痴似的吃吃傻笑。

"你喜欢啊？"

"难道你不喜欢？"

"别瞧了，人家夏大人已经定亲了！"

"不能吃，看看还不行？"仗着人多，也分不清谁是谁，宫女们肆无忌惮地调笑。

夏风俊颜微微一红，偷偷瞄她一眼。

杜蘅心急如焚。

除了身前这棵树，最近的藏身处也有两三丈远，只要这群人过来，立刻就逮个正着！

若一开始光明正大地走过去还好，偏偏她躲起来，这要是给人撞破，跳到黄河也洗不清了！

一群人推推挤挤，一名胆大的宫女一个踉跄，被人推了出来，站到他面前，一脸局促，满面绯红地道："夏大人。"

"有事？"他不着痕迹地往左走了一步，将她挡在身后。

"嗯，嗯。"宫女绞着十指，扭扭捏捏地道，"能不能请你帮个忙？"

"抱歉，我要巡宫。"夏风婉言拒绝。

杜蘅一急，蹲在地上冲他打手势：去，快去！

"不会耽搁你很久，真的！"宫女的脸越发红得厉害，"司苑大人说，假山顶上也要摆花，太高了，我们上不去……"

夏风不置可否，负手在背后，冲杜蘅比了个手势。

帮忙可以，得答应我三个条件。

杜蘅恨得牙痒痒，瞪着他不吭声。

夏风也不着急，气定神闲地站着。

宫里的人都知道，夏侍卫温文尔雅，脾气最好，也最乐于助人。

因此，被拒绝了仍然不死心："夏大人，帮帮忙吧，求你啦。"

脚步声越来越近，眼见那群宫女就要围上来，大有不顾他的意愿强行拖走之意，杜蘅急了，比出一根手指：最多一件，多了免谈！

夏风举步迎了上去："好吧，我试试看。"

"夏大人最好了！"宫女们欢呼着，簇拥着他离去。

杜蘅松了口气，慢慢从树丛后站了起来，夏风百忙中回过头来，冲她挤了挤眼睛。

杜蘅还他一个白眼，夏风一怔，哈哈大笑，引得一众宫女尖叫不已。

"有病！"杜蘅低咒一声，挑着偏僻的路，七弯八拐往凤翔宫走。

没走几步，忽听得一阵喧哗，再次涌进来一批宫女，指挥着太监们把食盒放下，再分批把果碟往桌上摆。

杜蘅暗叫倒霉，忙躲到假山之后。

其中一名宫女神情很是紧张，从食盒里取出果碟，每次都要把碟子稍稍抬高一下，瞧一眼碟子底部，再往桌上摆。

不多一会工夫，所有东西摆放完成，宫女们收拾了食盒，鱼贯而出。

那位宫女临走时，仍忍不住拿起碟子看了一眼，似在确定什么，这才离去。

来参加金蕊宴的，大多都是未婚的千金小姐，本身并无品级，若按各自父辈或祖父辈的品秩，又太过复杂繁琐。

加上，金蕊宴本来就是以相亲为目的，比寻常的宫宴要随意得多，可根据各自的喜好，自行选择座位。

但是，有几个座位却是固定的。

比如，皇上，皇后，梅妃，瑾妃，丽妃和肃亲王及王妃，恭亲王及王妃等等。

如果没记错，那个人负责的，就包括了皇后娘娘的专座。

杜蘅心生疑惑，放轻了脚步，溜过去看了一眼。

桌上摆着的几碟点心和时鲜的水果与别桌并无什么不同，就连碟子都是一式一样，瞧不出有何分别。

低了头分别在几碟点心和水果上闻了闻，没有发现异样。

她不死心，又学宫女的样子，把碟子一一举高，查看底部，除了官窑印记，并无别物。

又把相邻几张桌子上的碟子通通拿起来检查了一遍——还是一无所获。

怪了，难道摆放瓜果时看一眼碟子底部，是那位宫女的特殊嗜好？

不，她不相信。

"吉时到。"太监特有的尖细悠长的嗓子，把闹哄哄的凤翔宫压得鸦雀无声。

各命妇千金迅速按品级年龄高低列队站好，司宾从内殿出来，依照手中卷轴唱名。

凡被点到名者，屏气凝神，二十人一批，依次随着指路宫女，循着左边的石阶上殿，遥遥朝着正襟危坐的皇后行叩拜之礼。礼毕，从右边的石阶退出。

先是宫中贵妃，接着是公主，再然后是王妃郡主，最后才是命妇。

如此，一批接着一批，整个过程枯燥乏味，大半个时辰才全部召见完毕。

所有人在玉阶前跪下，聆听完皇后的懿旨之后，冗长的仪式才算结束。

皇后在一众嫔妃的簇拥下离开凤翔宫，带路的宫女将一众女眷引到隔壁的沔庆宫。

彼时，男宾的一百席基本已座无虚席，众女宾入园，立刻引来一阵热烈的掌声，口哨声。

遇到认识的，站起来隔着溪水打声招呼，彼此寒暄几句。

未婚女子大多面皮薄，各个粉颈低垂，目不斜视地匆匆而过。

挑挑拣拣了半炷香，各人总算都找到了满意的位置。

杜蘅并不想跟人搭讪，在拐角处，挑了个最偏僻，最不起眼，却又能看到帝后专席的位置坐了，专心致志地吃自己的葡萄。

正吃得津津有味呢，一道脆生生的声音在头顶响起："喂，这里可以坐吗？"

杜蘅起初没注意，那人又问了一遍，这才抬起头，微愕："问我？"

少女五官并不精致，皮肤不同于一般闺阁千金的苍白，而是健康的蜜色，衬着一双圆圆的大眼睛，越发显得精神焕发。

"请便。"杜蘅微微一笑，继续享用美食。

少女粲然一笑，高兴地嚷："看，我说什么来着？快坐！"

也不管杜蘅愿不愿意，很高兴地把手伸过来："我叫陈婷婷，京卫营参将陈平之女。"不等她说话，又道："我认识你，平昌侯府小侯爷的未婚妻，杜蘅，对不对？"

杜蘅不习惯陌生人如此热忱，更不喜她把自己跟夏风的名字扯在一起，因此只礼貌地颔了下首，并不与她相握。

陈婷婷也不觉得尴尬，顺手就把呆站在一侧的两名少女拽过来，分别按在座位上："这是王敏，这是高倩。"

杜蘅胡乱点了下头，继续嗑瓜子。

陈婷婷性子最为豪爽，不止跟本桌聊，还跨界跟前后左右的邻居热络地打起了招呼——虽然，大多都碰了壁。她却不以为意，依旧乐此不疲。

有她在，几个女孩间最初的那点生涩和尴尬很快便烟消云散，渐渐便被宴会的气氛所感染，开始叽叽喳喳地聊起来了。

说到高兴处，便哈哈大笑，引得四周侧目，她却浑然不觉。

杜蘅不禁莞尔，倒有些羡慕她的爽朗大方，不拘小节。

忽听得尖叫声起，因隔得远听不真切，却可清楚看到皇帝大声呵叱着什么，高台之上宫妃乱成一团，还看到夏风不知何时站到了帝后身边。

陈婷婷最是心急，跳起来就要冲到前面去看个究竟。

杜蘅抬手拽住了她的袖子，低叱："不要乱动！"

几乎是在立刻，数百名甲胄分明的侍卫急匆匆地涌进了园子，将沂庆宫围得水泄不通。

偌大的沂庆宫，安静得针落可闻。

前排靠近帝后的席位，可以清楚地看到，卫皇后素日最为爱宠的波斯猫，四肢僵硬地躺在地上，两名宫女瑟瑟发抖地跪在地上。

"传太医！"太康帝面沉似水，喝道。

张炜做了个手势，立刻有小太监飞奔过去送信。

很快，当值太医大汗淋漓地过来，杜蘅一看，巧了，都是熟人：陈朝生和许良将。

"陈爱卿，"太康帝面无表情，"珍珠突然暴毙，你且查查是何原因。"

陈朝生恭声称是，蹲到地上，极小心地用衣袖包了手，把死猫抱起来，搁到桌上看了看，"回娘娘，珍珠是中毒而亡。"

"哦？"卫皇后凤眸微眯，冷声道，"你可看出，珍珠中毒有多久了？"

陈朝生再仔细看了一下，道："依微臣愚见，当不超过一个时辰。"

金蕊宴至今，已有一个多时辰。也就是说，珍珠是在沔庆宫里，金蕊宴上中的毒。也意味着下毒之人，就在宫中，很可能就是他们当中的任何一人！

此话一出，所有人都是悚然一惊。

"能否验出是何种毒？"太康帝又问。

陈朝生鼻子上渗出汗珠："微臣无能，尚无法确定。"

许良将上去，把死猫翻来覆去地查了一遍，亦是面露愧色："目前只能确定，不是砒霜，至于具体是什么毒药，还有待进一步斟酌。"

卫皇后冷冷一笑，忽地轻启朱唇："皇上，臣妾有个提议。"

"说。"

"杜二小姐医术精湛，恰巧今日又在园中，不如传她来跟两位太医相商，如何？"

太康帝眉毛微拧："陈爱卿和许爱卿都无法得出结论，她一个小女娃，又有什么办法？"

"她自幼跟随顾泞之，尝遍百草，颇识药理。本宫听说，杜家药圃遍植奇花异草，说不定恰好认得也未可知。"卫皇后含笑道。

"陈爱卿，你意下如何？"太康帝看向陈朝生。

陈朝生不但不恼，反而十分欢喜："二小姐医术高明，尚在微臣之上，有她来再好不过。"

此言一出，当场令数千人大跌眼镜。

一旁的许良将，虽面上火辣辣地发烧，却也无法反驳——谁让自己没本事，一时半刻内瞧不出是什么毒呢？

"宣杜蘅。"太康帝点头。

"传，舞阳县主杜蘅觐见。"

陈婷婷又是欢喜又是羡慕，瞪大了眼睛看着杜蘅："妹妹，叫你呢！"

杜蘅站起来整了整衣服，在数千人的注目下，从容地来到高台上，款款下拜："臣女杜蘅，叩见皇上、娘娘。"

夏风暗自焦急，不停拿眼睛去瞄她。

杜蘅却只当没有看到，正眼也不看他一眼。

"免礼平身。"太康帝含笑看她一眼，指了指地上死猫，"你且去瞧瞧，能否辨得出来是何种毒物？"

"遵旨。"杜蘅躬身又施了一礼，这才走到桌前，仔细查看了死猫。

她看得极仔细，从毛发，到瞳孔，再到指甲，最后道："皇上，娘娘，恕臣女无礼，恐怕要剖开猫腹取出肚肠才能验出是何毒。"

"啊！"众嫔妃惊叫出声，有几个胆小的，已经捂着嘴要吐起来。

"准。"

太监引了杜蘅，陈朝生，许良将三人到一间空屋。

陈朝生怕她女孩子家家的，看不得血腥，自告奋勇帮她执刀。

杜蘅笑了笑，也不跟他争。

等把肚肠拿出来，里面还有尚未消化的食物，用银针试并不变色。

"二小姐，你可有把握？"许良将心情很是复杂，既盼她解决疑难，又怕她真的知道，失了颜面。

"如果没猜错，应该是毒堇。"杜蘅神情淡定。

许良将半信半疑，陈朝生却是欣喜若狂："我就知道，杜二小姐必不负圣上所望！"

于是三个人重又回来，把结果禀告太康帝。

今晚宫中盛宴，御膳房的就不说了，光是负责上酒菜的就有二百多人。再加上洒扫的，摆放花卉的，席上侍候的，礼乐的……若再算上园中宾客，有数千人之众。

可说人人有机会，个个有嫌疑，要想找出下毒之下，与大海捞针何异？

太康帝大怒，袍袖一挥："王正熙，聂寒何在？"

王正熙乃光禄寺卿，宫宴由他负责统管，出了事情，自然第一个拿他开刀！

聂寒是金吾卫都指挥使，宫中安全由他负责，一样难辞其咎。

杜蘅忽地越众而出："皇上，臣女有一个办法，或可不牵连无辜，当场把凶手揪出。"

此言一出，众皆哗然。

在场数千人，刑部，大理寺，左右督都，临安城尹……可说人才济济汇聚一堂，闭着眼睛挑一个人都比她经验丰富，尚且无人敢夸此海口。

她一个小女娃娃，从未断过案，竟敢大言不惭，要在数千人里当场把凶手找出来？

太康帝讶然挑眉："此话当真？"

杜蘅一脸平静："不敢欺瞒皇上。"

"若找不到呢？"太康帝问。

夏风急得冷汗直流，频频给她使眼色，恨不得当场把她拖走！

杜蘅躬身："臣女甘愿受罚。"

太康帝眼里闪着趣意的光芒："如果，朕要你的脑袋呢？"

众人不禁倒吸一口凉气。

夏风失声嚷道："皇上！"

杜蘅淡淡道："君要臣死，臣不敢不死。"

太康帝轻哼一声："没有金刚钻，别揽瓷器活。"

"愿赌服输，"杜蘅微微一笑，竟是气定神闲，"臣女绝无半句怨言。"

南宫宸眉毛一蹙，忍住了没有吭声。

"后生可畏！"太康帝定定看了她许久，忽地朗声大笑，"好！朕就等着看你如何捉鬼！"

"在抓人之前，臣女还有一个不情之请。"杜蘅道。

"讲。"

"请皇上下令，所有人都在原处，不得挪动一步。"

"准了。"

"恕臣女无礼，"杜蘅向卫皇后恭敬地行了一礼，"今晚珍珠的饮食，由谁负责的？"

"是，奴婢。"碧玉伏身在地，颤声作答。

"你可记得，今晚都喂它吃了什么？"杜蘅问，不等她作答，又补了一句，"你的答复，关系到能否顺利捉到凶手，一定考虑清楚再答。"

碧玉想了想，道："珍珠口味极刁，所吃不过四五样。"

"哪几样，你且找出来。"杜蘅道。

碧玉便从皇后的玉案上，找出那几碟食物来。

杜蘅把这几只碟子找出来，仔细地翻检，片刻后指着桌上的莲子糕道："就是它。"

陈朝生忍不住问："这毒无色无味，遇银针也不变色，你是如何确定的？"

杜蘅一笑："请皇上寻一只木箱来，若没有，食盒也行。"

立刻便有人把箱子找来。

杜蘅示意人把箱子侧放于地，箱盖打开朝着帝后的方向，将碟子放进去，慢慢把盖子盖上，只留一条缝隙。

"麻烦张公公，取一面琉璃镜来。"杜蘅转过头，冲张炜微笑。

琉璃镜取来，对着碟子一照，就见糕点上发出莹莹绿光。

"啊！"帝后，宫妃皆啧啧称奇。

"这是怎么回事？"陈朝生不禁目瞪口呆，"老夫行医数十年，还从未听说过毒会发出荧光！"

杜蘅微笑："之前已经说过，这是毒蕈之毒。这种毒蕈生于野外，长在坟头，靠汲取腐尸汁液为生，剧毒无比。无色无味银针试之不变色，唯有一点，黑暗中以琉璃镜一照，就会发出微弱的莹绿光芒。且，这种莹光洗不掉，必须用酒液反复浸泡三天三夜。"

"我明白了！"陈朝生喜不自胜，"只要把人抓来，用琉璃镜一照，凶手立显原形！"

"原来如此。"众人皆恍然大悟。

难怪她之前要求各人不许随意走动，原来是怕凶手乘乱把毒沾到其他人身上。

"办法虽然有点笨，总比牵累无辜好。"杜蘅淡淡道。

"来人！"不必太康帝下令，张炜已先命人取了十几面琉璃镜，打算先从今晚负责宫宴的宫女们查起。

数百名宫女,排成十队,接受检查。

忽听一声尖叫,一名宫女冲出人群,冲着杜蘅疾冲过来:"妖女,我杀了你!"

"护驾!"夏风眼尖,已瞧见她垂下的广袖中有寒光一闪而逝,立刻飞身上去,大喝一声,一掌将她击飞。

刹那间,无数兵刃架在她的脖子上。

"是秋菊!"碧玉吃惊地低嚷。

"阿蘅,你怎样,有没有受伤?"夏风将杜蘅护在身后,焦急询问。

"我没事。"杜蘅冷静地拂开他的手。

"带下去,交内惩处细细盘查!"太康帝面色铁青。

秋菊发鬓散乱,神情癫狂,仰躺在地上,双目赤红,如地狱爬出的幽灵,愤怒地盯着卫皇后:"卫芷兰,你会有报……呜呜……"

聂寒生恐她当着众人面说出什么不中听的话,一指点了她的哑穴,骂声戛然而止。

几名侍卫一拥而上,将她押了下去。

太康帝若无其事,含笑举杯:"诸位爱卿,不要被这贱婢坏了心情,继续饮宴。"

"吾皇万岁万岁万万岁!"千人同贺,声震屋瓦。

聂寒领着禁军退出,沂庆宫很快又是一派升平气象。

从杜蘅自动请缨,到凶案告破,前后不到半个时辰。

"皇上,本宫乏了,想先行告退。"卫皇后意味深长地看了杜蘅一眼,向皇上请辞。

"你受惊了,好好歇着。"太康帝也不挽留,转过头望向杜蘅,"舞阳县主,你想要什么赏赐?"

杜蘅含笑躬身一礼:"替皇上分忧是臣女分内之事,不敢讨赏。"

"哈哈哈!"太康帝心情十分愉悦,大笑着连赞了三声好,"好!好!好!才华横溢却不恃才傲物,聪慧灵秀又不惧强权,替朕分忧却不居功自傲!若朕的臣子都能像你一般,则朕可高枕无忧矣!"

这番话,听得底下群臣个个面色如土,作不得声。

"诸位大臣都是国之栋梁,有安邦定国之策。臣女不过恰巧比他们多懂一些药理,这才侥幸成功。若论真才实学,委实不值一提。"

太康帝忽地睨了身边夏风一眼:"夏侍卫,你说说,朕要赏她些什么才好?"

夏风欠身:"臣不知。"

"你小子就装吧!"太康帝心情极好,半是玩笑半是试探地问,"要不要朕下旨,赐你们近期完婚?"

夏风一愣,忽地心脏咚咚狂跳,竟不敢看杜蘅一眼,一张俊颜顿时涨得通红。

如果皇上赐婚，杜蘅就再没有了推脱的理由！

杜蘅敛了笑，淡淡道："臣女曾发誓，要替母守孝三年，如今母亲百日忌都未过，求皇上收回成命。"

太康帝原本不过是试探，这时一笑改了话题："既是如此，朕倒不好勉强。可你封县主不过月余，再升似乎不合适。若是什么也不赏，又显得朕小气。不如这样，你自己说，要什么？"

杜蘅低首思忖。

这个礼不能太贵重，显得她贪婪，但也不宜太轻，不然失了天家颜面。

一时间，倒还真不好办。

正在为难时，忽见碧玉过来，向皇上行了一礼："皇上，娘娘想召二小姐进去说话。"

"去吧。"太康帝颔首。

"臣女告退。"杜蘅悄然松了口气，屈膝向太康帝行了礼，便随着碧玉出了沂庆宫。

夏风满腹惆怅，不由自主转过头，目送着那抹纤细的身影渐行渐远，消失在人群中。

杜蘅进了坤宁宫，就听得寝宫内传来哐当一声响，像是茶杯之类的瓷器坠了地，显然卫皇后正大发雷霆。

"在这等着，我先去通禀一声。"碧玉嘱了她一句，径自入了内，不多久唤她进去。

"臣女参见皇后娘娘，娘娘万福金安。"杜蘅垂眉敛目，神情恭谨。

卫皇后看了她许久，半晌道："今日之事，你做得很好。"

"是娘娘的布局精妙，臣女不敢居功。"杜蘅恭恭敬敬地道。

"哼！"卫皇后轻哼一声，"你不必自谦，若不是你事先提醒，又献策于本宫，设下这个局引她入彀，也揪不出这条毒蛇。"

杜蘅垂了眸："娘娘教训得是。"

卫皇后冷眼斜睨着她："你两次救了本宫，想要什么赏赐？"

杜蘅恭声道："臣女只是尽了本分，不敢求赏。"

卫皇后脸一沉，不怒而威："你这是要逆本宫之意了？"

"臣女不敢。"杜蘅抬起头，眸光清澈坦荡，"臣女只是觉得举手之劳，不该贪功。若娘娘执意要赏，臣女只好受之有愧了。"

卫皇后这才缓了颜色："这还差不多。说吧，要什么？"

杜蘅叹了口气，神色很是苦恼："娘娘和皇上都执意要赏，可惜臣女见识浅薄，真的不知该讨什么赏才好。"

"你倒是个老实人。"卫皇后笑出声来，"既然这样，那本宫就做主了。"

对她疑心又去了几分，想了想，道："你家财万贯，赏再多金银也没有意思。这样吧，本宫赏你几匹贡缎，那可是江南织造局专为宫中贵妃娘娘准备的，有钱也买不着。"

其实就算是贡缎，也并不是真没有人穿，只不过能用上的，寥寥无几。
她一个五品官家的女儿，就算有这份闲钱，也断然没这个胆量去跟那些权贵之女一争高下。
杜蘅吓了一跳，忙道："既是宫中娘娘专用，臣女如何敢收？"
卫皇后笑道："本宫既然赏了你，谁敢多说？只管放心大胆地穿就是。"
杜蘅无奈，只好道了谢，辞了卫皇后。
出了坤宁宫，杜蘅停了步："碧玉姐姐请留步，我自个走回去。"
"你记得路？"
"放心吧，"杜蘅含笑，"真要记不住了，找个人一问便知。"
"那我回去了。"碧玉高高兴兴地扔下她走了。
杜蘅心知今夜是那些名门千金各自施展才艺，博人眼球，一鸣惊人的大好时机，她没兴趣蹚这浑水，刻意放慢了脚步，独自在御花园里漫步。
"这是个圈套，对不对？"清冷幽寂的男声，如冰盆里互撞的薄冰，带着丝丝寒意。
杜蘅心神一震，脚下却未停顿，继续往前走。
"这是你跟皇后联手设的一个局，根本就没有什么会发荧光的毒药，对不对？"南宫宸冷笑着继续质问。
杜蘅依旧不吭声，只加快了脚步。
"本王问你话呢！"南宫宸身形一晃，抢到前头，挡住她的去路。
杜蘅若继续往前，势必撞到他怀里，无奈停步："王爷已经有了答案，还要我说什么？"
"你可以反驳，也可以解释。"南宫宸面沉如水。
"没必要。"杜蘅淡淡地道，"因为王爷说的都是事实。"
南宫宸看了她许久，眼里有晦暗难明的光芒一闪而逝："本王竟不知，你何时成了皇后的人。"
杜蘅面无表情："中秋夜宴，若皇后中毒身亡，天子震怒，必然血流成河。我只是，不想看到无辜的人丧命，尽了医者的本分。"
"啧啧，"南宫宸轻哼一声，语气极具讽刺，"没想到，二小姐竟如此悲天悯人！"
"自保而已。"
"狡辩！"南宫宸轻哧，"既然发现有人下毒，何不当场喝破，防患未然？偏要故弄玄虚，当着数千人众，卖弄才学，沽名钓誉，还说什么医者本分！"
杜蘅懒得跟他多说，转身欲绕道而行。
南宫宸快她一步，复又挡住去路："怎么，被本王戳中要害，心虚了？"
杜蘅皱眉，语气冷硬："夜深人静，孤男寡女，王爷还请自重！"

"自重？"南宫宸眸光一冷，忽地伸手揽住她的纤腰，轻松地带入怀中，"自己送上门来，反过来却怪本王不自重？"

"你胡说什么？"杜蘅又惊又气，奋力挣扎，却哪里敌得过男人的力量？

"这里是宸佑宫，"南宫宸二指捏着她的下巴，将她的脸扭向门楣上的牌匾，"本王在宫中的寓所。"

"宸佑宫"三个金漆大字赫然入目，杜蘅心中一凉，下意识地停止了挣扎。

她，竟不知不觉走到宸佑宫来了，为什么？

难道她心里，还刻着他的影子，残留着对他的痴迷？

他杀了他们的孩子！她恨不得食其髓，喝其血！又怎么可能重蹈覆辙，再次踏上一条不归路！

不会的，这不可能，她绝不会允许！

她狠狠地咬着唇，仿佛心底的悲痛绝望都快破堤而出，一双幽黑双瞳浸着蒙蒙水雾，宛如古井里掀起了惊涛骇浪！

"松口，你松口！"眼见她转瞬之间咬破了唇，鲜血沥沥而下，南宫宸急了，慌乱去捏她的下颌，"你做什么，不过一句玩笑，真要寻死不成？"

他从未见过一个女人的眼里，有如此深切的绝望，仿佛世界在一瞬间坍塌！

他更不解，随口说的一句话，为何能让一贯冷静自持，波澜不兴的她，瞬间处于崩溃的边缘！

他更不懂，为何看她流血，看她受伤，心会如此慌乱？

杜蘅死死地瞪着他，幽深的瞳眸里满满的全是蔑视和仇恨，一字一句地道："把你的脏手拿开！"

"脏？"南宫宸怒极反笑，一把抓住她的双腕反手扣到背后，另一手狠狠扣着她的后脑勺，头一低，薄唇刻意刷过她染血的樱唇，表情暧昧，语气却极森冷，"你竟敢嫌本王脏？"

"你敢！"杜蘅满心愤怒，眼里要滴出血来。

不知是她轻蔑的态度激怒了他，还是她唇上那抹艳红的血渍激起了潜藏在心底的兽性。

"这世上，还没有本王不敢做的事！"南宫宸冷笑着，惩罚性地咬上她的唇。

杜蘅慌了，躲闪不掉，便用力闭紧嘴巴，不许他入侵。

南宫宸也不急，含着她的唇瓣，狠狠地辗转，蹂躏！

娇嫩如花瓣的红唇哪里经得起他的摧残？殷红的血液倏地冒出来，被他吞入腹中。

良久，他终于抬起头，薄唇沾着她的鲜血，银白的月色下，魅惑邪狞如妖！

他眼中闪着噬血的兴奋光芒，脸几乎贴到她脸上，慢慢地一个字一个字地道："教你一件事，永远不要激怒男人，否则后果你承担不起！"

"无耻！"杜蘅愤怒得全身都在颤抖，胸膛剧烈起伏着，啐地一口血痰吐到他脸上。

她眼中的泪和着唇边的血，衬着白得几近透明的肌肤，有一种触目惊心的哀伤凄艳的美。

南宫宸身份尊崇，几时受过这种污辱？

怒火噌地一下蹿上来，烧光了理智，烧掉了心底残存的歉疚。

脑子里只剩下一个念头：征服她，打败她，占有她！把自己刻进她的心底，一辈子都抹不掉他的痕迹！

"无耻？本王今日就让你看看什么是真正的无耻！"他一把将她推倒在花丛上，身子往下一压，衔住柔唇辗转厮磨。

杜蘅见势不妙，顾不得羞赧，大声呼救："来……"

嘴一张开，立刻被他乘机蹿入了口腔深处，温热滑腻的舌头如蛇般肆意地横扫着她的唇齿，吮吸轻挑，翻卷勾弄……

杜蘅瞪大了眼睛，空洞而无神地仰望着天上一轮皓月。

苍天无眼！她杜蘅究竟上辈子做错什么，接连两世都逃不过命运的捉弄，注定了要做个未嫁失身，清白被毁，名誉扫地的女子，受尽世人唾骂和指责？

恐惧和绝望如潮水般淹没了她……

她是夏风的未婚妻，南宫宸要收拢夏家为己用，自然不愿意为个女人得罪了夏风，进而令平昌侯府倒向竞争对手。

原意不过是逗弄她一下，以示惩罚，倒并没有真的存着要了她的心思。

不料这一吻下去，味道竟是出乎意外的甘甜，仿佛连呼吸都透着香。

他欲罢不能，吻得如醉如痴。

情欲勃发之下，手下动作越发粗狂，攥住衣服下摆便撕。

无奈她身着的朝服，并非普通的丝绸，用力扯了几次，竟然撕不开。

砰地一声响，一颗石头正中后脑。

南宫宸闷哼一声，身子一软，扑倒在了杜蘅身上。

石南怒火中烧，狠狠地踹了南宫宸几脚，这才蹲下去，把她抱起来，目测衣裳完好，悬着的心放了下来。

幸好来得快，不然……

见杜蘅愣愣的，气不打一处来，劈头就是一顿骂："你傻啊！半夜三更连个侍女也不带，在宫里乱走！孤男寡女也不加提防，你当天下的男人都跟老子一样啊？活该……"

见她目光呆滞，叹了一声："你没事吧？"

杜蘅努力想要装作若无其事，却双腿发软，怎么也站不稳，抖得像风中的树叶。

石南这时才发现她红唇破裂，惨不忍睹，心中一把无名火立时噌地蹿了起来："遇着个王爷就失了魂，平日对付小爷的那些狠劲和机灵劲哪去了？"

越想越窝火，转过来又踢了南宫宸几脚："畜牲！没见过女人啊，瞧把人糟蹋成啥样了？"

早知道这样，他……

哎呀，真是气死了！

羞耻的泪在眼眶中打转，杜蘅咬着唇："多谢公子。"

"算了，"见她抖得厉害，石南心一软，伸手去扶她，"吃一堑长一智，下回见了这个畜牲，记得绕道走。"

杜蘅退了一步，避开他的碰触："你是谁？"

石南愣了一下，才会过意来，没好气地瞪她一眼："你说我是谁？"

杜蘅再退一步，眼里满满的全是狐疑。

眼前之人弱冠年纪，一袭轻软的白袍，丰神俊秀，斯文儒雅。

她确定，之前从未见过他。可他说话的口气，是如此熟稔，像极了石南。

"猪！"石南骂道。

"石少东？"杜蘅半信半疑。

"这么笨，难怪被人欺侮！"

杜蘅神情一变，转过身默默往回走。

"喂，"石南心生后悔，顺脚把南宫宸踢进花丛，拔腿追上去，"生气啦？我也是为你好……"

杜蘅不答，走得更疾。

"你这个样子，莫非还想去参加宫宴？"石南一把抓住她，哇哇怪叫。

"我，"杜蘅咬牙，抬手整理散乱的发鬓，"就说不小心摔了一跤。"

"要不要给你一面镜子，瞧瞧自个的德行？"石南嗤笑，"这种话，就是骗三岁小孩子都不灵光！"

杜蘅蓦地抬头，黑眸里是熊熊的怒火："说够了没有？"

石南一愣："干吗冲我发火？"

杜蘅一窒，别过头去："你走吧，不要管我。"

石南瞪着她的后脑勺，半天说不出一句话，气得恨不能掐死她！

不管她？

如果可以扔下她不管，还用得着在这跟她干耗，受这闲气？

他气冲冲地走过去，一把扳住她的肩，恶狠狠地扳过来："你有没有良……"

清冷的月色下，她脸上血色全无，白得像一尊没有生命的瓷娃娃，樱唇哆嗦着，眼神无助而茫然，长长的眼睫扇动几下，凄美地倏然闭上，一颗清泪缓缓滑下……

石南一呆。

印象中的她，一直是坚强的，冷静的，永远知道自己要的是什么。

尖锐有之，狠辣有余，从不曾如此脆弱，哭得如此无助，如此的凄惶，如此的肝肠寸断，如此的勾人魂魄，像个迷途的孩子。

"哭！"强捺下心底那丝悸动，皱了眉数落，"事情已经发生了，哭顶什么用？"

郁结在心中，一直找不到出口的情绪，突然间像火山爆发一样喷涌而出。杜蘅像个受尽委屈的孩子，抱着臂蹲在地上低低啜泣了起来。

她心中悲楚，又不敢放声大哭，只能隐忍着低低地啜泣着。偏是这样压抑的哭声，最是惹人心疼，勾人心伤。

"喂！"石南唬了一跳，满腔的愤怒烟消云散，整个人忽然间就像戳破的气球，瘪了。

本能地想抱她入怀，手伸到一半，终是讪讪地垂下，无措地搓了搓手："你别哭呀，奇怪了，平时不是脸皮挺厚实的嘛？再说了，他，他也没把你怎么样嘛！你，你就当是给狗咬了就是……"

杜蘅的悲愤无可抑制，压低了声音怒斥："你走开！"

石南苦笑："你确定，我走之后，自己能顺利出宫？"

"你，可以带我出去？"

"废话！"石南跩得二五八万。

"可，"杜蘅咬着唇，略显犹豫，"皇上还等着我回去。"

石南阴阳怪气地道："怎么着，还等着邀功请赏呢？"

杜蘅默然垂眸，良久才轻轻道："我不能跟你走。"

石南怒极反笑："好，你爱出风头，我不拦你！"

噌地站起来，掉头就走。

24 未婚有孕

杜蘅咬唇，也不解释，只默默地低头整理着衣裳，努力使自己看起来趋于正常——尽管，她心里明白，这几乎是不可能。

石南走到一半，终是放心不下。

一边暗骂自己没骨气，明明是只不会感恩的白眼狼，对她再好也是无知无觉，偏还要去管她的死活；一边心不甘情不愿地折返回去寻她。

不料一眨眼的工夫，她又不见了！他一惊，只道又出了意外。

结果，她倒好端端坐在太湖石上，借着月光，临水而照。

一头乌黑的青丝被她打散了，如瀑布般流泻而下，披在肩上。

纤细的十指轻灵如雀，灵活地在发丝间穿梭。

月色清幽，流水潺潺，花香扑鼻，临流照影，美人梳妆……

此情此景，就算只一个背影，已经足以让世间任何一个男人遐想万分，血脉贲张！

"该死！"石南浑身的血液全都涌上脑袋，低咒一声，忽地大踏步冲过去，一把攥住了她的腕，"你有没有脑子！"

"啊！"杜蘅冷不防给他一吓，手一松，原本已近完工的发髻散了，满头青丝流云似的披泻而下，滑过肩膀，拂过他的手，拂上他的脸，拂乱了他的心湖……

石南呼吸一窒，刹那间俊颜通红，向来能言善道、油嘴滑舌的他，像被人拔掉了舌头，怔怔地看着她俏脸含霜，满眼愠怒地低喝："你做什么？"

他不自觉地别开目光，半天，瓮声瓮气地骂："我才要问你，想做什么？明知道今夜宫宴，青年才俊会集宫中，你疯了，敢在这种地方梳妆？"

她这副模样，简直就是引人犯罪！

"你有病啊！"杜蘅气得要发疯！

"我有病？"石南咬牙切齿，眸中全是熊熊的怒火，"这么说，你方才在南宫宸面前，也是这副模样？我是不是应该跟你道歉，不该打断你的好事？也许，他玩得高兴了，会赏你个燕王妃的头衔……"

"闭嘴！"杜蘅羞愤难当，一巴掌甩了过去。

石南抬手便攥住了她的手腕，黑亮的眸子里燃着两簇火："被我说中了，恼羞成怒了？"

杜蘅心伤难抑："是！所以，请你走开！"

石南的眸光一沉，眼神里没有愤怒，满满的全是失望，失望到绝望，紧紧地盯着她，一字一顿地道："你！真！贱！"

说罢，他放开了她的手，转身离去。

杜蘅张了张嘴，却终是没有唤出声。

她知道，这一次他是真的走了，再也不会回头。

泪水汹涌而出，滑出眼眶，流进嘴唇，满满的全是苦涩。

她抹了又抹，抹了又抹，却是越淌越多。

从事发到现在，一直在强装镇定，假装若无其事。可，天知道，那种恐惧有多么深刻，多么强烈，她有多么害怕，多么无助？

前世佛堂那惨烈而耻辱的一幕，如刀凿斧刻般铭在心头，不曾有片刻遗忘！

尤其是重生后她亲眼看到那个曾经强暴她的男人，那个浑身散发着酸臭味，形容猥琐的乞丐，一遍又一遍地在脑海里回放，折磨得她几近发疯！

可不论她怎么掩住耳朵，那淫荡邪恶的笑声，依旧如附骨之疽，缠着她在耳边一遍遍嚣张地回响。

他肮脏的嘴里喷出的浓浊的臭味仿佛还在她的周身弥漫，挥之不去——即使，她把自己剥了皮，削了骨，死后重生，那噩梦依旧追逐着她，不曾远离……

她瑟缩着身子蜷成一团，对着草丛狂呕，几乎连胆汁都吐出来，却还在拼命地吐，恨不能把五脏六腑，心肝肠肺全都吐出来……

"够了！"一双手，忽地攀上她的肩，"再吐下去，你会死的！"

杜蘅浑身寒毛直竖，瞳孔蓦然放大。

他轻轻一指，按上她的唇："嘘，是我！"

杜蘅惊魂稍定，目光在他的脸上游离着，艰难地拼出一张熟悉又陌生的脸。

石南弯下腰跟她面对面地瞪视着，直到确定她的瞳眸里有自己清晰的影像，这才淡淡地问："看清楚了，知道我是谁了？"

杜蘅不语。

石南烦躁地扒了扒头发，嘟囔一句："别看我，我也不知道干吗要回来，搞不好是鬼上身！"

换了以前，换了任何一个女人，哪怕是九天仙女，他也会掉头就走，管她去死！

偏偏，对她做不到。他，舍不得，放不下，抛不开！

叹了口气，递过去一条帕子："擦擦。"

杜蘅哭得一哽一哽，低低逸出一句。

石南没听清，凑过头去："什么？"

杜蘅头垂到胸前，低低重复一遍："我有。"

石南暴怒，那种浓浓的无力感再次涌上心头："放心，我的胃口还没这么奇怪，对一个又脏又臭的疯婆子下手！"

杜蘅的脸红了，终是没有作声，乖乖地接过帕子，抹泪。

一只水囊递到面前。

她愕然抬眸：又不是行军打仗，干吗还随身带着水囊？

"放心，没用过的！"石南会错意，冷笑一声。

"谢谢。"杜蘅垂了眸，接过水囊，含了一口水，一丝清冽甘甜的味道，立刻冲淡

了满嘴腥臭之味。

泪水再次涌进眼眶，她侧过身，避开他的视线，一小口一小口地漱了起来。

石南松了口气，绷着脸踱到一旁。

轻微的窸窣声响起，石南转过身。

杜蘅不知所措地看着他，一手捏着帕子，一手拿着水囊，怯生生地道："脏了。"

石南心中一荡，把水囊夺过来，往腰里一别："你还知道脏！"

杜蘅粉颈一红，垂下头不敢作声，手里的帕子扔也不是，收也不是，揉成了菜叶。

石南佯装看不到，啪一声打了个响指。

杜蘅还没会过意，就见一名宫女悄无声息地走了出来，定睛一瞧，竟然是碧玉！

瞬间，她手足冰凉，心提到了嗓子眼！

石南缓缓转身，一双眼睛摄人魂魄地冷，隐隐透着股森冷和阴鸷："皇上那，知道怎么回话？"

杜蘅惊疑不定，目光在石南和碧玉之间来回游移。

"知道。"碧玉神色恭敬，悄无声息地没入黑暗。

石南若无其事，笑着去牵她的手："好啦，现在可以放心走了？"

杜蘅浑身一颤，下意识地退了一步。

石南愣了一下，忽地哧地一笑，嬉皮笑脸地道："假的！真的我哪支使得动。"

杜蘅自然不信，却聪明地保持了沉默。

许氏连着在街上转悠了七八天，一间称心的铺子也没寻着，反吃了一肚子的气。

"夫人，你说笑话吧？"掌柜的颇不耐烦。

"你休要欺我一个妇道人家，"许氏一副精明的模样，"我打听过了，这周围的铺子，基本都是二万五。三万两，已经很公道了。"

杜二爷在杭州做了十几年的丝绸生意，如今进了京，为稳妥起见，头一间铺子还是想从老本行干起。

许氏见这间铺子地段好，又正好是做绸缎生意的。

把铺子盘下后，稍加装饰，进些货，立马便可开张大吉。

闹得好，还能把这家铺子以前的熟客给接收过来，这才一咬牙，往上涨了五千。

岂知，这人竟还不知足，想要更多！她又岂会让他如愿？

"既是如此，"掌柜的皮笑肉不笑，冷冷地将她请出了店铺，"夫人且去别家打听，小店还要做生意。"

许氏气冲冲地出了门，狠狠啐了一口："呸！就这么间破店，我还不稀罕呢！"

钱妈妈小心翼翼地道："夫人，咱们也转了这么多天了。三万两，怕是真的买不着。"

要不，咱再加两千？"

许氏气不打一处来，冷笑一声："你倒是大方，开口就是两千！有本事，这两千两你来掏？"

钱妈妈老脸一红，讪讪地住了嘴。

杜蘅冷冷地目送着主仆二人远离，这才带着紫苏过去："走，看看去。"

伙计见有客人光顾，堆满了笑迎上来："小姐，买衣料呢？"

掌柜的热忱地将她迎到里间："小店新到一批云罗，质料轻软，颜色素雅，最适合年轻的小姐做秋装了。"

他见杜蘅一身素雅，知她不喜张扬，便把那些华丽的织金、缂丝等等都略过不提，一力向她推荐云罗。

杜蘅抿唇一笑："掌柜的，先别忙。我来，不是买料子的。"

掌柜的一愣：不买衣料，你来凑什么热闹啊？

只不过，在生意场上混，早练就圆滑融通的性子，心里有不悦，面上依然是堆着热情的笑："不买也没关系，看看，若是瞧得上，以后有空务必关照小店的生意。"

紫苏扑哧一笑："你倒是个伶俐的。实话跟你说了吧，我们小姐是要跟你谈笔生意，却不是几匹云罗，而是上万的大生意。"

掌柜的精神一振："小姐想要多少货？不是吹牛……"

杜蘅打断他："你这铺子，多少钱？"

掌柜的笑容僵在脸上，愣了一愣，道："不知小姐从何处得来的风声？小店没打算……"

真是奇了怪了，他分明没贴转让的条子，怎么大家都来买铺子？

"多少都没关系。"杜蘅再次打断他，"你开个价。"

"对不住，"掌柜的皮笑肉不笑，"小人只负责经营，卖不卖的，小人做不了主……"

"十万！"

"十万？"掌柜的倒吸一口冷气。

这已是这家铺子价值的四倍！这样一家绸缎铺，顶了天一年也就能净赚个五千两。十万两银子，二十年才能回本，前提还是年年保持最高额的利润，哪个傻子会买？

杜蘅淡淡地道："麻烦你跟贵东家说一声，就说我有意购买。"

"为什么？"掌柜的疑惑了。

"几日可以听到答复？"杜蘅再问。

"呃，"掌柜的还有些回不过神，愣愣地道，"明，明天。"

杜蘅说着，站起来："那好，我明日此时再来。"

掌柜的愣在椅子上，竟连送她出门都忘了。

第二日，杜蘅果然如约而至。

掌柜的十分殷勤地把她迎到内堂，不等她开口就捧了张契约出来："小姐请看，契约都准备好了。"

紫苏便从袖子里拿出一摞银票，搁在桌上："这是永通钱庄的银票，每张一万，共十张，掌柜的点算一下。"

"要不了这许多，"掌柜的笑眯眯地伸出三根手指，"三张就够了。"

紫苏深感诧异，哪有人嫌钱多？

杜蘅眉一扬："冒昧问一句，贵东家是哪位？"

"我们东家日理万机，这种小事哪需劳动他？"掌柜的笑眯眯地拿出印泥，恭敬地递到她面前，"契约已经立好，小姐验完若是无误，就请在此按上手印。"

"小姐，"紫苏拉住她的衣袖，"要不咱先别急着买，回去再商量商量？"

"也好。"杜蘅想了想，起身往外走。

"小姐万勿疑心，"掌柜的满头大汗，急忙追了出去，"小人在此经商十几年，街坊邻居都认识，做生意从来都是童叟无欺！不信你可以去打听打听！喂，你别走啊……"

杜蘅却是头也不回，直接走了出去。

掌柜的傻了眼。

这叫什么事？

一个可着劲地要加价，一个拼了命地要还钱，他夹在中间倒里外不是人了！

"没用的东西！"石南低咒一声，从里间走了出来，抄起桌上的契约揣到怀里，追了出去。

"少东家，"掌柜的哭丧着脸，"这不能怪我啊！小人已经按您的吩咐，按最合理的价钱卖给她了。是她嫌便宜，不肯买啊……"

"掌柜的，"伙计小声提醒，"少东家，早就走了。"

掌柜的抬眼一瞧：可不是？人早走得没了影子了！

石南追了半条街，忽见杜蘅站在街角，一双秋水似的眸子，冷冷地望着他。

他竟有些不自在，愣了好一会才走过去："真巧，在这遇上了。"

杜蘅安静地站着，漆黑的眸子里燃着两簇小火苗，一声不吭。

仿佛在说：编，你再使劲编！

紫苏扑哧一笑："可不是巧吗？"

石南脸一热，知道瞒不过她，讪讪地道："我，不是想帮你吗？"

事实上，这段时间她一直闭门不出，他真怕她想不开。

"我没请你帮。"她硬邦邦地道。

石南轻咳一声，很快镇定下来，恢复了原来的痞气，摸出那张店契，在手里摇得哗哗响，笑嘻嘻地问："好吧，我承认是有点狗拿耗子。铺子你还要不要？"

"送上门的东西，干吗不要？"杜蘅杏眼一瞪，夺过店契，转身就走。

"喂！"石南眉开眼笑，拔腿就追，"光天化日之下，你抢劫啊？"

八月二十六日是顾氏百日忌。

虽说只是亲人间举行个小仪式，并不需大肆铺张，三牲果品却是必不可少。

这也是许氏掌家以来，第一件搬得上台面的大事情，一心要让老太太瞧瞧她掌家的能力和手段，因此格外的上心。

早早地便拟了单子，先送给老太太过目，得到许可了，再分派了人手去备办。

因与顾氏有关，这一回外院的那些人倒并未刁难，爽快地办了来。

夏风下了朝便赶着过来，刚好在门口与杜谦碰上，两人便一同进了门。

杜谦没想到，夏风对杜蘅如此上心，连顾氏的百日忌都记在心里，下了朝巴巴地过来。

两人先去瑞草堂给老太太请安，这时杜蘅几个已经在了。

听得夏风来了，慌得杜芙，杜蓉几姐妹忙起身避到了屏风后面。

老太太经过一连串的打击，精神已大不如前，说了几句话，便显了疲态。

杜谦便领着夏风到了花厅里叙话，不多会工夫，杜仲从学堂里回来，也陪在了一块。

这是杜仲第一次见夏风，很是好奇，免不了问东问西。

杜谦不好拘束，好在夏风性子本就谦和，并不以为忤，几乎有问必答。

这样一来，三个人倒也算相谈甚欢。

夏风心里记挂着杜蘅，有些心不在焉。

中秋夜宴发生的一连串事情，有很多疑点，本想找机会单独问她，不料她被皇后召去后，竟然以托辞先出了宫，连皇上的赏赐也没要。

坐了一会儿，忽听得小厮来报："老爷，石少东来了。"

"快请。"杜谦微微惊讶。

夏风随口问了一句："哪个石少东？"

"阅微堂的少东家，烟萝下葬之时，他在碧云庵帮忙。"

"是他，"夏风脑子里浮起一个模糊的人影，下意识地皱了皱眉，"他来做什么？"

杜谦叹了一声，道："这倒是个有情有义之人。故岳父于他有救命之恩，养在顾府六年，想必是来送烟萝最后一程。"

正说着话，那边小厮已引着石南走了进来。

"杜世叔。"石南给杜谦执了晚辈之礼。

上回在碧云庵，好像他称的杜大人，怎么这回变世叔了？

杜谦微微一愣，心中闪过怪异之感，这时也不及细思，指了杜仲道："这位是二弟

长子杜仲。"又对杜仲道:"快叫石大哥。"

"石大哥。"杜仲规规矩矩地行了一礼。

石南哈哈一笑:"你就是杜仲了?有时间,一块喝酒。"

杜谦微有不悦,面上却不好显露,委婉地道:"仲儿在私塾念书,怕是没有时间出来应酬。"

石南也不恼,转过头随随便便冲夏风点了点头:"小侯爷也来了?"

夏风心里隐隐有几分不舒服,但他向来温和,淡淡笑了笑:"久仰大名。"

阅微堂在京城可说是家喻户晓,下辖几十家店面,涵盖了钱庄、银楼、绸缎庄、成衣铺、酒楼,甚至还有几家青楼……

经营范围如此之广,涉猎如此之多,实力雄厚可见一斑。

可正因为如此,阅微堂的名声,这么多年一直也是毁誉参半,各执一词。

夏风素来认为堂堂男子汉,就该走仕途,或从文或习武,报效朝廷,保家卫国。

骨子里,是很有些瞧不起那些蝇营狗苟,与民争利的商人,自恃身份不屑结交。

因此,在京城商界石南虽然是个跺跺脚,临安也要震三震的人物,夏风今次却还是头一回正式跟他打交道。

石南充分发挥商人长袖善舞的优势,不过盏茶时间,已经跟杜仲混得烂熟,如鱼得水。

小厮过来传话:"二太太请各位老爷,少爷,小侯爷去祠堂。"

等到了祠堂,杜诚和许氏已经在场,见了夏风,少不得又是一番厮见。杜诚和许氏,又特别向石南道了谢。

夏风这才知道,石南这小子滑得很,竟然每人都送了份礼物。

心里便有些后悔,早知如此,也该带些礼物才是。以后就算再补,也已被石南抢了先,终归是不美。

姓石的也真是,这么上赶着巴结,比准女婿还殷勤,什么意思?

这时杜松领着杜家几姐妹以及两房的几位姨娘都到了祠堂,男左女右,分两列站好,杜谦在中间主持仪式。

杜蘅不经意地抬了头,对面一排高高低低的男子中,石南赫然在列,不禁微微一怔。

石南笑嘻嘻冲她挤了挤眼睛:嘿嘿,我来了!

杜蘅皱眉:你来做什么,添乱!

石南笑得很无辜:老爷子对我有恩,夫人百日,我岂可不来?

杜蘅知他无赖的性子,越是生气着急,只怕越合他心意。不理不睬,说不定他觉得无趣,待一会自己就找借口走了。

这么一想,便垂眉敛目,不再理他。

石南悻悻地撇了撇嘴:真无情,我大老远跑来,连多瞧两眼都不肯!

调开目光，冷不丁与夏风冰冷而略含警告的视线相撞。

石南被他捉到，不仅不慌张，反而咧唇一笑，示威似的把目光依旧黏在杜蘅身上。

怎么，未婚夫了不起啊？我就看了，你能把我怎么样？

夏风气得捏紧了拳头，若不是碍着杜谦的脸面，当场就要揍他个鼻青脸肿了！

这边暗地里刀光剑影，那边杜谦的祷词已经说完，站过一旁。

杜诚因住得远，顾氏葬礼，七七都没赶上，这次百日忌自是再不能怠慢。

跪在地上，恭恭敬敬地给顾氏磕了九个响头。

只因顾氏这些年，对他仁至义尽，照顾有加。

每逢年节，许氏打发人送节礼，柳姨娘掌着中馈，所回的礼，每每都是他们送的数倍至十倍。但每回见了面，言词间总有一股盛气凌人之态。

顾氏却不然，她身子不好，一年里有半年躺在床上。仍寻了空隙，亲手做些小衣物，小鞋袜，再悄悄地夹一些银票在里面，借着许氏生产之机，不声不响地命人送来。

杜诚不是木头人，顾氏的情，他记在心里，对这位大嫂，是发自内心的敬重。

老太太常抱怨，是因为顾氏心狠，才会把他放逐到杭州。他却隐隐觉得，大房若是顾氏当家，也许他的日子会比现在过得更好。

杜诚之后，接下来便是杜松，紧接着是杜仲，杜修，再然后是夏风，最后是石南。

男子行完礼之后，再由许氏领着一众女子行礼，按尊卑长幼，年龄齿序，依次到顾氏的灵前上香叩头，这就算完事了。

轮到杜荇叩拜完毕，接过丫头递过来的香，插到香炉中时，却捂着嘴，干呕了起来。

"大小姐，你怎么啦？"许氏唬了一跳，忙上去扶她。

"许是中午积了食，胃有点不舒服。"杜荇面色苍白，额上冷汗涔涔。

杜蘅心中一动，抬头扫了一眼石南。

石南挑了挑眉：你猜？

夏风敏感地捕捉到两人之间微妙的互动，心中升起一丝疑惑：阿蘅跟他，好像很熟？

"让我看看。"杜谦说着，走过去打算帮她扶脉。

杜蘅敏捷地踏上一步，挡在了杜谦和杜荇之间，道："还是我带大姐到里间，帮她仔细检查一下吧。"

杜谦这时才意识到还有外人在，遂改了口："也好。"

"我来扶大姐吧！"杜荏抢到前面，扶住了杜荇的腰。

三人进到隔壁的房间，扶杜荇在椅子上坐下，杜蘅道："大姐，把袖子捋起来。"

"不用你假好心！"出了祠堂，没了那股浓浓的檀香味，杜荇的胃已没有先前翻涌得厉害，遂愤愤地一把推开她。

杜莛也挡在她身前，似笑非笑地道："二姐姐什么时候，对大姐这么关心了？"

杜蘅淡淡道："既是大姐不领情，那就算了。"

说罢，扔下两人返身进了祠堂。

杜荇冷笑一声："打量我真是傻子呢！想利用我在夏风面前出乖卖好，呸！"

"大姐，"杜莛神情紧张，压低了声音问，"你不会是有了吧？"

"有了什么？"杜荇莫名其妙。

杜莛狠狠地瞪她一眼，以手指了指小腹。

"呸！"杜荇臊得满面通红，条件反射地啐道，"你胡说什么呢？"

"不是就好。"杜莛长吁了一口气。

"这才多长日子，怎么可能……"

杜莛目光冰冷，低声警告："你可不能糊涂，以后千万莫再让他沾你的身！"

"我，我知道……"杜荇讷讷地垂下了头。

杜莛瞧她的神情，已知她是阳奉阴违，心里恨她无用："我把话撂在这里，听不听由你！"

恰好许氏在里面唤她，遂推门进了祠堂。

留下杜荇独自坐在椅中，思索着杜莛的话，心里也犯起了嘀咕。

她不是傻子，女子未婚先孕，后果有多严重，岂会不知？

再往细一想，自己的小日子似乎有些时间没来了，屈指算了算，竟然迟了半个月！

窗外艳阳高照，秋高气爽，她却如坠冰窖，感觉霜风阵阵，冷入骨髓！

夏风几次想找机会跟杜蘅单独说话，无奈她并无此意，处处回避，态度很是冷漠。

他面皮薄，又不好意思直接向杜谦提出跟阿蘅私下谈，怕坏了她的名声，更怕她以后在姐妹间难做人，只得收了心思。

石南瞧在眼里，乐在心里，一餐饭吃得很是欢乐。

杜诚对石南极尽巴结之能，就盼着打好了关系，做起生意来如鱼得水。

夏风看了越发觉得堵心，气闷之下越发少言寡语。

只听得石南妙语如珠，左右逢源。

他倒也未刻意地冷落排挤夏风，反而处处照顾他，不时找话与他聊。

但就是这份面面俱到，越发让夏风郁结万分——到底谁是杜家的准女婿？你说你一个外人，在杜家的家宴上，蹦跶得这么起劲，是啥意思啊？

不知情的人看了，还以为他是不相干的外人，石南才是杜家的准女婿呢！

念头才一闪过，夏风猛然一怔。

不对啊，这小子莫不是真瞧上了阿蘅？

众人各怀心思，面上却是客客气气，这顿饭勉强也算是宾主尽欢。

说来也巧，第二日杜诚夫妻两人上街，竟然发现之前看中的那间绸缎铺挂出了"东家返乡，旺铺转让"的红纸。

夫妻二人商量着假做不认识，分成两拨。杜谦打头，尽力把价格压低，她再去加些钱，事情多半就谈成了。

等进了门，夫妻两人傻眼了，就见铺子里坐了一圈人，竟都是来买铺面的！

正不知所措呢，内室的门一开，一个中年男子走了出来，垂头丧气的，显然没有谈拢。

许氏推了杜谦一把，杜谦连忙跟了出去，打听他出什么价。

这一听，又唬了一跳：他出到四万，掌柜的仍然不松口。

再往店面里一瞧，等着谈价的，还有十几家，而看到消息正往这里来的，还不知有多少。

夫妻两个一合计：这么多人在争，价格肯定水涨船高，三万两银子盘下这间铺子，只怕是不成了。

他们两个人生地不熟的，人家未必肯卖他的面子，除非比别人高出很多，这却不划算。

可这一个月来，夫妻二人把临安城走遍了，也没寻到一家合适的铺子。

不是地点偏了，就是价格不合适。尤其是能把铺子开在这种繁华路段的，谁没有点身家背景？轻易谁又会把铺子盘出去！

左思右想，便备了份薄礼，觍着脸找到了阅微堂，求石南帮忙。

石南很是热情地接待了两人，听他们把前因后果说了一遍，便道："替你们引荐倒是不难，只是做买卖讲究的是你情我愿，我也不能强迫人家多少银子成交，这不厚道，也不符我做人的原则。"

杜诚连声道："那当然，石少东肯帮忙引荐，让我们公平竞争，杜某已是感激不尽。哪里还敢仗着您的脸胡作非为？"

于是，石南便带了夫妻二人折回绸缎铺。

他一进门，还没说话呢，屋子里坐着的那十几个买家，脸色立马就灰了："石少爷，你也有意盘这间铺子啊？"

"得，"还有人更加干脆，直接揖了一礼，掉头就走，"石少爷都出面了，咱们还跟人争啥？别浪费时间了，走吧！"

呼啦一下，十个里倒走了九个。

一下子少了这么多竞争对手，许氏自是十分欢喜。

掌柜的亲自迎了出来，又是让座，又是奉茶，殷勤得不得了。

石南大刺刺地居中坐了，端着茶盏，含笑道："这两位是我的亲戚，初来京城，想做点小本生意。陈得贵，你给我交个底，这间铺子到底要价多少？"

掌柜的显然对许氏还有印象，尴尬地道："石少爷，既是你的亲戚，要开什么店那

还不是一句话的事，何必为难小人呢？"

石南脸一沉："怎么，不给脸？"

"不敢。"掌柜的脸上淌下汗来，"实在是，这二位出的价……"

许氏急忙道："妾身初来临安，不懂行情，掌柜的千万不要跟我一般见识。今日我们当家的在这里，一切由他做主。"

掌柜的便缓了脸色，伸出一个巴掌，道："实不相瞒，东家的意思，最少要卖到这个数。"

许氏的脸一下便青了起来。

石南皱了眉："陈得贵，就你这么间铺子，卖五万会不会太贵了？"

"石少爷，"掌柜的苦着脸，"旁人不知，您还不知道吗？别看这铺子不大，一年少说也有小二万的进项。五万，两三年就能回本。若不是东家急着回乡，别说五万，就是十万也不舍得卖呢！"

许氏一听一年有两万的进项，眼睛里立刻放出光来。

杜诚却是做惯了绸缎生意的，不禁流露出怀疑的神色。

杭州好歹也是富庶之乡，富商巨贾不知凡几，生意也未见得好成这样。

石南却没有再说，只转了头来看他："二叔，你看？"

杜诚来之前把话说得太满，这时不好自扇嘴巴，可要他拿五万盘下这间店，又着实有些不愿意，面上便显出几分犹豫来。

石南微微一笑，压低了声音问："杜二叔可是手头有些不便？若是如此，我倒是可以先借些与你周转一二。"

杜诚听了这话，倒不好意思说不买了："不是，够了够了！"

如此，双方便签了店契，一手交钱，一手交店。

掌柜的倒也大方，把店里卖剩下的布料，一同送与了杜诚。

这样，只要稍加粉刷，重新定做一块匾额，再进些新货，就可以择期开张了。

杜诚夫妻忙活了一个月，终于拥有了一家属于自己的店铺，按下手印的那一刹那，忍不住长长地吁了口气。

"你们忙，我还有事，先走一步。"石南起身告辞。

杜诚夫妻千恩万谢，将他送到门口，目送他离开，这才返回去，点算货物，定做匾额……直忙到天黑才回府。

石南出了绸缎铺，回过头透过橱窗看着夫妻二人忙碌的身影，缓步离开。

一辆青幔云头车，与他擦身而过，马上车夫瞧着眼熟得很，石南不禁驻足观望，见马车是往相国寺的方向疾驰而去。

他不禁勾唇一笑："今天真是好日子，好戏连台呀。"

杜荇被杜茳点醒，一夜辗转不得眠，爬起来便往外跑。

她怕被人认出，不敢在北城找大夫，命车夫七弯八拐去了南城，找了一间不起眼的药铺。

小蓟先进门，伙计见生意上门，笑脸相迎："姑娘，要买点什么？"

小蓟的眼睛在药店里扫了一眼，落在角落一个五旬老者身上。

杜家本身也是开药铺的，这一眼自然就分辨出那必是坐堂的大夫了。

她就直接朝老者走了过去："我家小姐来京投亲，得了急病，要请大夫扶脉。想问一下，贵店有没有静室？"顿了顿，又补了一句，"当然，诊金双倍。"

掌柜的瞧小蓟穿着体面，猜度必是哪个大户人家的小姐，不方便抛头露面，这也可以理解，于是道："内堂安静，小姐若不嫌弃，可以里面请。"

杜荇便戴着帽帷，扶着大蓟的手下了马车，鬼鬼祟祟地进了门，直接就进了内室。

老头一扶脉，心里便有了数，含笑道："恭喜小姐，是喜脉。"

兜头一瓢冷水浇下来，浇灭了杜荇最后一线希望。

她像一缕游魂似的飘了出来，回到车上，半天说不出一句话。

"小姐，现在怎么办？"大蓟扭着手帕，害怕得心揪了起来。

小蓟也慌了神："不管怎样，先瞒了再说。"

大蓟惶然："能瞒多久？"

小蓟张了张嘴，终不敢建议小姐找这老先生开些药方，把孩子流掉。

"要不然，"大蓟捏紧了手中的帕子，轻声道，"小姐去找三公子商量吧？孩子是他的，总不能眼睁睁地看着不管吧？"

一言点醒梦中人，杜荇霍然而醒：对，她肚子里怀的是和三的种！就算天塌下来，和三也会替她顶着！

这么一想，杜荇重又振作起来，立刻做了决定："对，去找三郎！"

于是，马车掉头，直奔相国寺。

两个人见了面，和瑞也不避着大蓟小蓟就在旁边，直接搂住了就往唇上亲。

杜荇臊得满面通红，忙不迭推开他，轻声喝道："别闹，有人看着呢！"

"怕什么？"和瑞温柔地挽着她的腰，挽着她上了自己那辆舒适的豪华马车，"我和自个的娘子亲热，碍着谁的事？"

杜荇不禁又惊又喜："三郎。"

和瑞捏着她的下巴，额头轻碰她的额头，低声调笑："怎么，你不想嫁给我？"

杜荇心头一热，垂着头，红着脸，鼓起极大的勇气："三郎，我，有件事要告诉你。"

"你说？"和瑞见她无限娇羞，心里就跟猫抓似的，哪里还忍得住，伸手将她推倒在软垫上。

杜荇低囔："三郎，我怀孕了。"

和瑞一呆，猛地推开她坐了起来："你说什么？"

杜荇被他下了一跳，眼泪瞬间冲进眼眶，怯生生地道："你，生气了？"

"你确定？"和瑞一脸严肃。

杜荇不敢看他的脸，声音细若蚊蚋："嗯。"

"太好了！"和瑞猛地一把抱住了她，"我立刻去禀告父母，找人上门提亲！"

杜荇激动得投入他的怀抱："三郎，你真好！"

许氏想着盘店的那五万两，总是忍不住肉痛，索性连粉刷都省了，直接把匾额挂上，从杭州带来的随从里挑了几个机灵的做伙计，三十日就开张了。

陈得贵并未吹牛，这间绸缎铺子的确是间旺铺。

杜诚做了近二十年的绸缎生意，还是头一回做得如此轻松顺畅。

早上打开门开始，登门的客人络绎不绝，店里五六个伙计，裁布裁得手磨出了血泡，上货下货，忙得连坐下来喝盅茶的时间都没有。

打完烊，杜诚把算盘拿出来，噼里啪啦一打，除去本钱，净赚了二百三十多两。

他心里也明白，这里头新店开张是一部分，石南的面子是一部分，杜蘅请的舞狮队又是一部分，三样凑一块，才能有这样高的利润。

刨开这些特殊的原因，每日赚个七八十两，应该不成问题。

屈指一算，一个月赚两千，一年赚个小两万，确实大有可能。

如果，能死死地巴住石南，通过他的关系介绍些大客商，一年赚个三万也不难。

这么一想，夫妻俩顿时欣喜若狂，走路脚下都带了风。

加之顾氏百日已过，虽不能请戏班进园子大事热闹，家人聚在一起喝几杯小酒已是无妨了。

当天晚上，许氏便在怜星院里备下酒水，请了老太太，杜家两兄弟，几位少爷小姐，就连几位姨娘也都坐了席。两房人，把怜星院挤得满满当当。

杜家好久不曾出现过如此热闹的场景，老太太最盼的就是阖家团圆，儿孙满堂，见了这场景，自是喜得合不拢嘴，连病痛都轻了许多。

老太太破例吃了几盏酒，把许氏好好夸奖了一番，又鼓励杜谦努力钻研医术，以求出人头地；杜诚好好经营，为杜家的锦衣玉食提供保障；要求几位少爷努力读书，小姐们勤习女红……

说着说着，不知怎地话锋一转，绕到了锦绣，锦屏两人身上。

如今大房没有正室，几位姨娘也相继去世，杜谦身边没有个正经的女人，趁热打铁，把锦绣和锦屏两个抬了姨娘。

许氏忍不住偷眼向杜蘅看去。

顾氏是她的生母,百日刚过,杜谦立刻就娶姨娘,而且一次娶俩,心里最过不得的应该是她。

杜蘅却是神情自若,看不出半丝不妥。

杜荭阴冷一笑:从装傻充愣,到牙尖嘴利,再到如今的喜怒不形于色,二姐的道行更深了!

杜谦脸一红,略有些不自在:"娘,这事不急,缓缓再说。"

"怎么不急?"老太太眼一瞪,"你都三十七,近不惑之年的人了,再不抓紧,难道等到五十再生儿子?"

杜松面色惨白,手是银筷叮地一声落到桌上。

虽只轻轻一响,却似是石破天惊。

"松儿,"老太太这时也发觉话说得有点急,没顾及这个长孙的脸面,顿了顿道,"你也这么大了,有些事不想面对也得面对。不是祖母不疼你……"

杜松猛地站起来,生硬地打断她:"你们慢用,我这个瞎子就不在这碍你们的眼,先告退了。"

说罢,推开椅子就走,才一抬步就撞到桌脚,幸得萱草手快扶了他一把,才不至跌倒。

"滚!"杜松越发暴怒,一脚将她踹倒,独自跌跌撞撞地往外走。

杜松眼盲后功名利禄全都成了泡影,满腹诗书全无用处,一改平日的严格自律不近女色,每日里足不出户,只与婢子厮混。

老太太怕他一时想不开走了绝路,再加上也着实没心力去管他,索性睁只眼闭只眼。不过是几个婢女,杜府还养得起!

杜松早已不是那个风度翩翩,玉树芝兰的锦绣少年。

如今的他,性子乖戾暴躁,说话残忍尖刻,折磨起人来更是花样百出。

"大哥喝醉了,我去扶他。"杜仲连忙推开椅子追了上去。

老太太一时下不来台,瞪着他半晌没有说话,欲待责骂,看着他跌跌撞撞的身影,心痛如刀割,哪里张得开口?

说到底,这毕竟是她捧在掌心呵护疼爱了十七年的金孙啊!

一时满园清寂,无人作声。

杜荭笑靥如花,端起酒杯:"恭喜爹爹,恭喜二位姨娘。"

园子里重又热闹起来,方才那点不快和尴尬,像水面掀起的一个小浪花,转瞬不见踪影。

一席酒总算是宾主尽欢,直吃到月上中天方才散去。

第二日便是初一,杜蘅照例带了紫苏,白前去静安寺。

拜祭完顾氏,烧完纸钱后,去看了新盘的店面,又去另外几间铺子里转了转,走了

一大圈回到杨柳院时，天已擦了黑。

好在如今外院管事，巡夜的都是她的人，许氏拘管不到，老太太更是鞭长莫及，就算彻夜不归，也没有人敢说什么，自由得很。

她进了门，洗了澡换了家常的衫子，因白天走了太多的路，脚有些疼，便脱了鞋歪在炕上，紫苏坐在脚踏上给她捏着。

白芨掀了帘子进来："小姐，大蓟姐姐来了。"

大蓟一进门，扑通一声就跪在了地上："二小姐，求求你救救奴婢吧！"

杜蘅吓了一跳，忙坐直了身体："出什么事了？"

大蓟看着杜蘅只是流泪，也不说话，也不起来。

白前冷着脸斥道："你做什么，有事说事！给人瞧见，还以为我们小姐怎么着你了！"

大蓟伏在地上，以头叩地，叩得地板砰砰响："二小姐，若不答应奴婢，奴婢就不起来了！"

"呸！"白前怒火填膺，冲上去拖她，"还赖上了！怎么着，小姐上辈子欠了你啊？想死只管去，别在这触我们小姐的霉头！"

"白前，"杜蘅轻声喝止，"你们都出去。"

"准是大小姐又闯了什么祸，想拖你当垫背的呢！甭理她！"白前瞪大了眼。

"小姐在呢，轮不到你发话！"白芨将她强行拽了出去。

杜蘅端了茶，揭开杯盖，轻轻地拨着茶水上的浮沫，轻啜了一口，这才慢条斯理地看她一眼："说吧，什么事？"

大蓟跪在地上，往炕沿膝行了几步，挨到她身边，压低了嗓子道："今天晚上，大小姐要私奔。"

杜蘅猛地抬起头，手中的杯盖"叮"地一声，撞到杯沿："你说什么？"

大蓟低了头，嘤嘤哭泣。

杜蘅放下茶杯，喝道："哭什么！还不赶紧给我把事说清楚了！"

"前些日子，大小姐认识了一位公子……"大蓟抽泣着，断断续续把事情说了一遍，末了道，"和公子倒是有情有义，一听大小姐身怀有孕，立刻便一口应承要回去请人上门提亲……"

"糊涂！"杜蘅蹙起了眉尖，"就算和府真的上门提亲，两家议妥婚事，从下定到迎娶，最快也得四五个月！大姐怀着五六个月的身孕，如何瞒得过人？"

大蓟垂着眼，嗫嚅道："顾不得那么多，想着反正是冬天，多穿几件衣服，也能遮掩得过去。"

"好，"杜蘅冷笑，"就算过门时给你遮掩过去了，可孩子总要生吧？过门三四个月，便生了孩子，该怎么解释？和府杜家，两家的脸面且先不说，大姐要如何自处？到时流言满天飞，光是唾沫星子就能把她淹死！"

大蓟张大了嘴巴，瞪着杜蘅，半天，苦笑："那，也比私奔要强。"

"和三公子既然答应了迎娶大姐，为何还要私奔？"杜蘅捺着性子，问。

"和府根本不同意，说两家门不当户不对，大小姐又是个庶的，做姨娘都不够资格！"大蓟说着，眼泪流下来，"和三公子当天就被软禁了，好不容易逃出来。与大小姐相约，今夜私逃……"

杜蘅冷笑。

杜荇倒是会挑日子，知道今天初一，杜谦入宫侍值，整晚都不在家。

既是她自己找死，不推她一把，岂不是白瞎了十几年的姐妹情谊？

大蓟含着泪央求："求二小姐看在姐妹情分上，拉大小姐一把。奴婢愿肝脑涂地，报答二小姐。"

杜荇若真私奔了，这一辈子就全毁了。

同样的，杜府的名声也完了，杜府剩下的几个女儿的名声也蒙上了污点，以后想要许人都难。

老太太盛怒之下，必会将她和小蓟拉出去打死。

就像柳姨娘犯了错，玄参和丹参被卖；陈姨娘惨死，青蒿只不过说了几句公道话，最后却失了踪……

她还年轻，不想步这几人的后尘！

"大姐现在在哪？"杜蘅定了定神，问。

大蓟神情尴尬，讷讷地道："已，已经出了府了。"要不然，她也不敢来见杜蘅。

"走了多久？"杜蘅眉尖一挑。

大蓟忙道："没多久，最多半炷香。"顿了顿，小声补了一句，"和公子的马车在门外等她，这会子应该没走多远。"

"知道她要去哪吗？"杜蘅屈指，轻轻敲着桌面。

"只听说要去投靠和公子的亲戚，具体上哪，奴婢不知道。"大蓟绞紧了十指，"不过，大小姐把所有的头面首饰，私己银子，甚至连金器都踩扁了，通通打包带走了。"

杜蘅不动声色："祖母年纪大了，受不起惊吓，先瞒着。二婶对临安不熟，手下也没几个人，索性就别惊动她了。省得动静闹大了，声张出去，反而不美。"

"我听二小姐的！"大蓟心生感激，拼命点头。

杜蘅看她一眼："把眼泪擦干净，千万别露出痕迹给人瞧出来就不好了。"

"我明白。"大蓟千恩万谢，抹干眼泪出了门。

紫苏便掀了帘子进门，见杜蘅低了头在趿鞋，忙赶上去扶着她的臂："有事只管支使我们就是，做什么又下来走动？"

"大姐要私奔。"杜蘅简洁道，眼中闪着冰冷的火焰，"我可不能让她如愿。"

紫苏倒吸一口凉气："她疯了？"

"狗急跳墙而已。"杜蘅淡淡道，"没了柳姨娘在背后撑腰，加上许氏又掌了中馈，便生出了紧迫感和危机感。她倒是天真，以为只要把生米煮成熟饭，就能如愿嫁进逍遥王府！"

"自古娶为妻，奔为妾。"紫苏叹一口气，"大小姐连这个道理都不明白，以为只凭美貌就可以所向无敌，真是可悲！"

"我得去问问石南，到底怎么回事，顺便查一下两人今晚在何处落脚。"

"这种小事，打发白前跑一趟就行了。"紫苏说着，把杜蘅按回炕上，"怕走漏了风声的话，就写封信交初七带过去，小姐安心在家等消息。"

杜蘅的脚确实疼，大半夜的也不想去见石南。

想了想，把初七唤进来："师兄那里，你认得路吧？"

"认得。"

紫苏便磨了墨，杜蘅写了封短信，交到初七手里："把它交给你师兄，记住，只能给师兄，其他任何人都不可以。"

"嗯！"

"乖，"杜蘅笑道，"回头我给你吃糖炒栗子。"

"真的？"初七眼睛里闪出光来。

"我什么时候骗过你？"杜蘅笑了。

"好！"初七拿了信，嗖地一下就跃上屋顶，眨眼不见了人影。

25　好戏连台

第二日，杜蘅天不亮便起了床，洗漱完毕，急匆匆便往瑞草堂跑。

老太太还没起身，只是老年人觉轻，听得外面有响动，便叫了人进来问："什么事？"

"二小姐来了。"环儿打起帘子，杜蘅直接进到了寝房，扑通跪在地上，"蘅儿擅做主张，特来领祖母责罚。"

老太太吓了一跳："大清早的，这是做啥？"

杜蘅先给老太太磕了个头，抬了头却不说话，拿眼睛看着环儿。

环儿也是机灵的,忙寻了个借口:"我去看热水得了没有。"挑了帘子出去了。

杜蘅便把杜荇如何结识和三,两人情投意合,杜荇珠胎暗结,和府如何反对,最后两人迫于无奈携款私奔一事,择其概要,简单地说了一遍。

老太太如听天书一般,直愣愣地瞪着杜蘅:"这是哪的话?荇丫头性子虽暴躁了些,却是个知耻懂礼之人!万不会做出此等辱及先人、祸延家人之事!你莫要含血喷人!"

杜蘅垂着眸:"我原也不信,若不是大蓟昨晚偷偷来告诉我,谁能想得到?可大姐如今已不在府里,卷了所有的头面,私己银子跟和三公子跑了!这是事实,由不得不信!"

老太太眼前一黑,差点一头栽倒在炕上。

"祖母!"杜蘅赶紧抱住她,摸出金针扎了她的人中。

"哎……"老太太幽幽地叹了一声,缓过气来。

"发生这样大的事,偏偏父亲又不在家!不得已,我只好擅做主张,连夜派了人去找。好在今早送了信来,说是人如今在城郊的客栈里。"杜蘅低声道,"咱们得快点,抢在她跟和三动身之前,把她找回来。"

"大蓟在哪,传她来见我!"老太太拍着炕桌发怒,"我倒要问问,她是怎么侍候的!好好一个小姐,给她教唆得成了荡妇淫娃!"

"祖母,"杜蘅轻声道,"眼下不是追究责任的时候,最要紧的是赶紧把大姐弄回来,等闹得满城风雨就晚了!大姐不会听我的劝,只请祖母亲自走一趟。"

她犹豫一下,道:"二婶那边,我琢磨着,还是不让她知道的好。"

私奔又不是什么光彩的事,自然知道的人越少越好。

老太太脸上显出刚毅之色:"这事,你办得极好。"

杜蘅亲自侍候老太太穿衣,叫了环儿进来,匆匆梳洗了一番,就套了车直奔城郊去了。

等许氏收拾妥当过来请安,老太太已经到了北城门。

马车走了大半个时辰,终于到了青云客栈。

紫苏赶上来,打起帘子,杜蘅亲自挽了老太太的胳膊,两人下了马车,正要往客栈走。

就见从里面急匆匆走出一个男子,正是负责巡逻守卫的管事,聂宇平。

他一脸焦急地迎上来,在杜蘅身前,低声说了几句。

杜蘅眉毛一挑,露出诧异之色:"咱们来晚了,大姐一盏茶前已经跟和三公子走了。"

"这如何是好?"老太太身子一晃,郑妈妈和紫苏连忙将她扶住。

聂宇平说着,拍马朝前走了:"老太太和二小姐先在这里等着,我去找找看。"

老太太哪里等得,立即上了马车,又往东面赶。

走了不到半刻钟,见聂宇平拐进了路边的林子,不过片刻,就听得他在里头惊呼:"找到大小姐了!"

几个人忙下了马车，簇拥着老太太进了林子。只见地上到处都是脚印，还散落着几把钢刀，众人瞧得心惊胆战，几乎两腿发软。

杜荇靠在一棵大树上，身子塞进麻袋里，只露出一颗头，眼睛蒙着黑布，嘴里塞着一只破鞋。

"快，把荇丫头放出来！"老太太又气又怒又心疼，忙喝道。

紫苏刚走了一步，初七一个飞身过去，抓住麻袋用力一扯。

"嘶"一声响，一团雪白的大肉团应声滚落地面。

定睛一瞧，杜荇赤身露体，浑身没有一根纱！曲线玲珑，在阳光下亮得几乎刺瞎了老太太的眼！

"孽障！"老太太眼前一黑，晕死在了郑妈妈的怀中。

杜蘅傻了眼。

石南只说有好戏，谁晓得他出手竟是这般的狠！

紫苏臊得满面通红。

郑妈妈双手搂着老太太，慌得手脚都打战，连道："这可怎么是好，这可怎么是好？"

初七眨了眨眼睛，疑惑地问："她做什么脱得精光，难不成要在这里洗澡？"

聂宇平早有准备，立时便背过身去，却见车夫伸长了颈子看直了眼。

他狠狠瞪他一眼，喝道："还看，不要命了？"

一言喝醒梦中人。

杜蘅脚下像踩着棉花般软绵绵走过去，纤指哆嗦着伸到盘扣上，解了几下却没解开。

"我来！"紫苏动作快，抢到前面，把自己的外裳脱了，胡乱披到杜荇身上，仰头望着初七："帮忙把大小姐抱到车上。"

"哦。"初七双手一夹，把杜荇扛到肩上，几个起落到了马车旁，闪身便钻了进去。

只听得"咕咚"一声响，马车晃了晃，初七又蹿了出来。

"聂管事，"杜蘅定了定神，道，"这附近可有农家？烦你买一套衣裳来。"

"是。"聂宇平领命去了。

"二小姐，"郑妈妈到底上了年纪，一个人撑不住老太太的体重，慌得喊，"快来搭把手！"

紫苏急忙过去，两个人合力把老太太给扶进马车里。

老太太本来略有好转，看着横躺在地上的杜荇，又是一阵天旋地转："冤孽啊冤孽！"

郑妈妈唬得抱紧了她的腰："老太太，您可要多保重，千万不可气坏了身子！您要是倒下去了，这一大家子人也全都完了！"

老太太一阵气，一阵恨，老泪纵横："杜家怎么养出这么个不知羞耻的东西！"

杜蘅跪在地上："祖母，事情已经发生了，气也没用，您得拿个主意。"

她这一跪，紫苏自然也不敢站着，陪着跪在地上。

"还拿什么主意？"老太太心痛得无以复加，"事情弄到这个地步，唯有铰了头发往姑子庵里送！省得大家伙被她拖累，给人在背后戳脊梁骨，变成临安城的笑话！"

话虽是这么说，到底是捧在掌心疼了十九年的长孙女，哪里舍得？

郑妈妈见她哭得这么伤心，也禁不住一阵心酸："老太太，您别把事情想得太绝。万幸的是，二小姐及时发现，知道的人不多。"

她抬眼朝马车外睃了一眼，声音越发低不可闻："只要把大小姐拘严了，把下面人的嘴封严实了，还是大有可为。"

响鼓不用重锤，老太太静下心来一想，立刻便明白了她的意思。

别的都好，就只这聂管事，瞧着不像个普通人，封他的口怕是不容易。

郑妈妈侍了老太太几十年，主仆间的默契自是寻常人可比。

身子前倾，贴到老太太身边，轻声道："这也不难，既是二小姐的人，便交给她去处理。但有一点风声漏出，唯二小姐是问便是。"

老太太皱眉。

这话乍一听是不错，可若是蘅丫头一个处理不当，风声泄露出去了，再追究蘅丫头的责任有什么用？

正在犹豫间，聂宇平已经回来了，手里拿着一套蓝粗布碎花衣裙："附近没有成衣铺，只能买到这样的。"

"辛苦了。"杜蘅接过衣服，聂宇平便远远地退到十几丈外。

杜蘅揭起帘子，把衣服递进去。

"大小姐怎么还不醒？"郑妈妈这时才觉得不对劲。

"给人点了穴了。"杜蘅淡淡瞥了一眼，道。

初七没头没脑，忽地插了一句："要不要我把她弄醒？"不等老太太说话，捡了颗石头弹出去。

咚地一声，杜荇应声跳了起来，双手抱头："好汉饶命，好汉饶命，别杀我，别杀我，啊……"

老太太气恨难当，怒叱一声："闭嘴！"

杜荇睁眼一看，老太太坐在跟前，一愣之后大喜，扑进老太太怀里，号啕大哭："祖母！快去救三郎，他给强盗拖走了！"

老太太又气又恨，一巴掌狠狠扇了过去："你还有脸哭！"

杜荇捂住脸，哭道："祖母，我跟三郎是真心相爱的，你就成全了我吧……"

"你，你……"老太太气得直哆嗦。

"大姐,"杜蘅叹了口气,"都到这分上了,你与和三公子,还有可能吗?"

"要你管!"杜荇看到她,怒火中烧,厉声喝道。

杜蘅也不恼,淡淡地道:"你还是先把衣服穿上吧。"

她本来披着紫苏的外裳,此刻因为激动,衣服早滑到了地上,春光乍现,一览无遗。

"什么意思?"杜荇一低头,惊得差点晕过去,"怎么会这样,啊!"

那些强盗,竟不止是贪财,竟然还……天啊,她的孩子!该不会,该不会……

她惊恐万状,下意识地伸手按向小腹。

杜蘅眉心微蹙,朝紫苏递了个眼色。

紫苏立刻把衣服捧过去,不着痕迹地隔断了众人的视线:"大小姐,荒郊野外,只能委屈你先凑合一下了。"

"滚开,滚!"杜荇双手抱胸,身子蜷成虾状,愤怒地尖叫着,"贱人!不用在这装好人!我杀了你,我一定要杀了你!"

老太太斥道:"要不是蘅丫头,你连命都没了!"

"是她,一定是她!"杜荇发了疯似的尖叫,"我跟三郎私奔根本没人知道,要不是她找人来堵,我早已跟三郎双宿双栖,怎么可能落到这个田地?"

"你,你还有脸说?"老太太痛心疾首,气得直喘粗气,"明明是你自己不知耻,跟男人私相授受在先,携款私逃在后!竟还有脸来怪别人!我,我怎么养出你这么个不知廉耻的东西!"

杜荇哭道:"我没有,是她妒忌我要嫁进王府,怕我压她一头,所以才故意设计害我!"

"冤孽!"老太太心灰意冷。

杜荇心慌气促,手忙脚乱地穿好衣服,跪地哀求道:"祖母,三郎为了救我,把强盗引走了!求你大发慈悲,派几个人去救他!"

好在,她还有最后的一丝理智,不敢把身怀有孕之事宣之于口。

老太太知道了,为保全杜家的名声,肯定会一碗滑胎药,湮灭所有证据。

"既是和府三公子,自然有和府去救,你操的什么心?"老太太大喝一声,骂道。

杜荇把心一横:"我已是三郎的人,除了他,这辈子也不会再嫁别人。祖母若是不肯帮,我自个去寻!祖母就当是没我这个孙女!"

说着,竟然掀开车帘就往车外跳。

"你,你……"老太太一口气提不上来,一张脸憋成青紫色。

"老太太!"郑妈妈唬得不轻,又是掐人中,又是抚胸,好容易才把人给救转来。

杜荇气势汹汹:"不找到三郎,我决不会回去!"

"大姐要走,我自然不敢拦。"杜蘅气定神闲,淡淡反问,"可你一个弱女子,身无分文，孤身一人又能上哪去呢？"

杜荇一呆，脚下像坠了千斤巨石，再迈不动一步。

她自小锦衣玉食，过惯了衣来伸手饭来张口的生活，连喝杯水都不曾亲手倒过。没有银子傍身，没有丫头侍候，和三又没了踪迹，她独个儿怎么生活？

杜蘅也不催她，走过去跟聂宇平低声说了几句。

聂宇平跳上车辕，扬鞭一抽："驾！"

杜荇呆了片刻，一跺脚，追了上来："等等我。"

紫苏嘴一撇，眼里浮起一丝讥笑……

马车驶回杜府，直接进到青荇院，老太太下了禁足令，不许杜荇出门，连带许氏都被老太太训了一顿。

提心吊胆了几天，府里风平浪静，并没有风言风语传出来，老太太总算是松了口气。

便盘算着要赶紧替杜荇挑户人家，门户低些，家境清寒点也没关系，只要长得周正，人品敦厚老实的就成。

可这里不是清州，她一个老太太，每日里足不出户的，哪里有什么人选？

思来想去，只好把许氏叫来，让她帮着留意。

许氏一听老太太的条件，心里便犯起了嘀咕，嘴里却道："大小姐心高气傲，不是勋贵之家，她怎么可能嫁？"

老太太最顾脸面，也最在乎名声，可这次为什么急着要把还在守孝的荇姐嫁出去呢？难道，是荇姐儿做了什么事，逼得老太太不得不赶紧把她处置了？

"胡说！"老太太脸一沉，"女儿家的婚事，凭的是父母之命，媒妁之言，哪里轮得到她挑三拣四！"

许氏见老太太发怒，忙道："既然老太太主意已定，儿媳便去打听便是。"

杜诚乘着闲暇，把这几日店铺的流水账翻出来看，忍不住心花怒放。

京城果然是个销金窟，照这个势头下去，很快可以着手准备盘第二家铺子了。

他是个稳妥精细的人，大房虽然有几十万的流水银子给他们做后盾，也不肯莽莽撞撞一次全都押上。夫妻俩商量好了，一次只开一间铺，等经营上了轨道，再去发展第二家。虽然花的时间长点，但胜在稳妥。

"客官，想买点什么？"伙计热情的迎客声，把杜诚飘远的神思给拉了回来。

抬头，见店中立了个四十左右的中年男子，一身青色的长衫，中等身材，进门就在架子上四处逡巡，精明干练的样子，一瞧就是个管事的模样。

"要雪缎不？"那人直接盯上了杜诚。

杜诚一愣："本店的存货已经够了。"

"价钱绝对优惠。"那人说着，凑到杜诚跟前，很小心地伸出手向他比了个手势，

"这个价。"

杜诚一惊，抬眼看他。

一匹雪缎进价是二百两，拆零卖二两六一尺，一匹可赚六十两。

他卖了几天，差不多一天可以卖一匹。

如果打六折，则进价只有一百二十两，一匹可赚一百四十两！

那是多么可观的利润，他想都不敢想！

"要不要？"

杜诚眼中闪过狐疑之色："为什么卖这么低的价格？"

铺子开了七八天，销得最火爆的就是雪缎，织金缎和云罗这三样。其中又以雪缎最为紧俏，之前没有准备，因进价太贵，他不敢积压太多，只进了十多匹。

很快便销得见了底，若不是石南帮忙，差一点进不到货。

雪缎这么紧俏，其实是因为金蕊宴，几位娘娘穿了贡缎亮相，引得京中名媛趋之若鹜，纷纷效仿。

而雪缎是最接近贡缎的衣料，花色却比贡缎多出数十种。

可以毫不夸张地说，如今京里几乎已经卖断了货！

不乘机抬价，反而用这么低的价钱卖给他，若说没有猫腻，打死他也不信！

"当然是有条件的。"中年男子伸出一个巴掌，"我有三千匹，你得一次性全部吃下，这桩生意才可以谈。"

杜诚倒吸一口凉气，不禁连手都有些颤起来。

三千匹，那就是整整三十六万！

"要不要？"中年男子略有些不耐烦地催促。

"你怎么会有这么多货？"杜诚很是吃惊。

"这你就别管了，只说要不要？"

"我，"杜诚艰难地咽了咽口水，"我没有这么多本钱，能不能只买五百匹？"

"你以为我是傻子呢？现如今，京里绸缎铺里卖得最火爆的就是雪缎！"中年男子冷笑，"若不是急等用钱，谁会忍痛割肉？要就全买，不要拉倒！给句痛快话！"

杜诚不敢冒险，可又不愿把到手的财富推出去，很是挣扎。

"算了！"中年男子转身就走。

"等等！"杜诚终于下了决心，把他叫住，伸出一个巴掌，"这个价。"

中年男子一愣："你也太黑了吧？"

杜诚把心一横："卖不卖随你，我并不着急。"

他料定他是贼赃，一定急于脱手，哪知中年男子竟是二话不说，掉头走了！

杜诚一阵后怕，浑身虚软地靠在桌上，背上冷汗涔涔。

没做成也好，也好……

这一整天，杜诚都魂不守舍，脑袋里盘旋着三千匹雪缎和三十几万两银子，一时觉得庆幸，一时又觉得惋惜。

许氏实在忍不住了，便问："老爷，何事心烦？"

这些年夫妻二人相依为命，杜诚养成了事无巨细跟许氏商量的习惯，因此并未隐瞒，把事情原原本本说了一遍，末了道："三千匹实在太多了些，就算价格压低些，一天卖两匹，也得几年才出得清存货。加之积压货款实在巨大，因此未敢答应。"

许氏不知厉害，嗔道："老爷怎地如此死脑筋？京城雪缎卖得脱销，老爷有三千匹雪缎，留一些自家零卖，剩下的批发售予其他的绸缎铺子就是。一转手就赚十几二十万两，千载难逢的机会，竟然往外推！"

杜诚苦笑："你以为我没想过？只是这批货价格如此之低，必是来路不正。突然卖出大批雪缎，给官府知道，不仅赚不到钱，还得吃官司！"

"还是老爷想得周到。"许氏给他一分析也吓得够呛，"既是来路不正，这银子不赚也罢。为几文钱，把身家性命搭上了，反倒不值。"

杜诚不作声。

常言道，富贵险中求，他规规矩矩地做了二十年生意，也只勉强混了个殷实之境，富裕都谈不上，跟钟鸣鼎食更是搭不上边。

如果抓住这次机会，打个漂亮的翻身仗，从此在杜谦面前说话也能硬气几分，旁人亦不敢轻易说他依附大房，岂不美哉？

便是几个儿女的身价亦跟着水涨船高，议亲时可以挑选的对象，也能提高些层次。

"早点休息，平昌侯府递了帖子，邀咱们阖府重阳过府小宴，品蟹赏菊，共度佳节。"许氏很自然地跟他谈起琐事，感叹，"没想到，托大伯的福，咱们这辈子也有进侯府开眼界的时候。"

杜诚一愣："也邀了我们？"

许氏笑："两家是姻亲，明知咱们投奔了大伯，断没有撇开咱们二房，单请大房的理。"

杜诚正色道："夏家是勋贵之家，规矩礼仪定是极大的。你好好拘束仲儿，芙儿和蓉儿，尤其是蓉儿，万不可口无遮拦，任性妄为！自个失了体面事小，连累得蘅姐儿在夫家抬不起头，罪过就大了。"

许氏有些不以为然，嘴里却道："这哪用老爷说，早就交代下去了。再说了，妾身瞧着小侯爷平易近人，并不是高不可攀。"

"小侯爷性子温和，不代表侯府其他人个个好说话。"杜诚再三叮嘱，"总之，小心谨慎些没有错。"

许氏不胜其烦,索性熄了灯睡觉。

第二日一早,杜蘅去瑞草堂,刚进院子,就听得阵阵银铃似的笑声从里屋传出来。

喜儿远远见杜蘅来了,忙替她打起帘子,道:"老太太,大二小姐来了。"

杜家大房二房各自序齿,因此有了两位二小姐,为了区分,便唤杜蘅为大二小姐,杜芙为小二小姐。

里面笑声一顿,齐齐扭头往外看来。

杜蘅进了门,见老太太坐在炕上,杜茝腻在她怀里;杜荇虽未挨着老太太,却也是紧挨着炕沿坐着。倒是杜苓,一个人远远地坐在角落,眼睛望着窗外,神思游离,不知想些什么。

"祖母早。"杜蘅给老太太请了安。

老太太脸上神色略有些不安,目光自她脸上一掠而过,并不与她对视。

夏府请杜府阖府赴宴,若是找借口单把杜荇留下,恐会惹起猜疑,反而不美。

老太太思来想去,只能硬着头皮把杜荇带上。打定了主意到时找人盯紧了,绝不给她闹事的机会。

只是,却有些对不住蘅姐儿。

杜蘅也未在意,笑着跟其他人打招呼:"大姐,三儿,四儿,你们来得真早。"

"咱们又不需卖弄风骚,不必刻意打扮,自然来得早些。"杜荇一双眼睛,毒蛇似的盯着她。

她这么一说,所有人的目光都集中到了杜蘅的身上。

只见她着一件折枝白玉兰斜襟长衫,滚着二指宽的粉色亮缎,一条软银轻罗百合裙,梳着弯月髻,簪了一支碧玉簪,简洁明丽又不失高雅大方。

"今日平昌侯府宴客,二姐是主角,原就该隆重些。"杜茝半笑半讽。

"老太太,我来晚了,一会自罚三杯请罪。"许氏带了杜芙,杜蓉几个进门,一下子把屋子里塞得满满当当,僵冷的气氛这才缓和了。

"侯府不比自家,到了那里,万事需小心,不要肆意走动,更不可失了仪态,给杜家脸上抹黑,给人说三道四……"老太太不放心,再交代一句。

"行了,"杜荇颇不耐烦,"不过是个小小的侯府,又不是龙潭虎穴!咱们这般如临大敌,瞧在别人眼里,反而是个笑话!"

老太太给她抢白了一句,气得脸都青了。

许氏忙打圆场:"侯府的规矩大,老太太也是怕大家说错话以后蘅姐儿难做人。这才事先提点几句,求个稳妥。"

一行人分乘四辆马车,浩浩荡荡往平昌侯府去。

夏风等在大门前,亲自迎着老太太一行人。

领着众人过了抄手游廊，再穿过一个小花园，又有府里的小油车过来，二人一辆，分乘了往二门去。

丫头们都跟着车子走，婆子们则由管事嬷嬷客客气气地领到耳房去奉茶。

众人冷眼瞧着，侯府里的规矩竟是大得很！

平日里，大家在杜府住着，已觉得高门华屋，锦绣堆金，富不可言。哪知今天进了侯府，方知人外有人，天外有天。

平昌侯府到底是世代簪缨的勋贵之家，一砖一瓦，一草一木都透着朗阔大气，厚重沉稳之态，杜府拍马难及。

众人默默地穿行其中，来时心里暗藏着的那点子不服气，立时烟消云散，不知不觉都神态端严了起来。

一行人被引到了花园，远远看到亭子里全是人，才晓得，除了杜府，夏家还请了别的客人。

"亲家老太太，一路上辛苦了。"侯夫人许太太含着笑，迎了过来。

她穿着一件玫红万字不断头织金闪缎褙子，十二幅的凤衔花湘裙，梳着金丝八宝攒珠髻，一支赤金凤尾玛瑙簪，垂着细细的金丝流苏，底部坠着红珊瑚，越发显得通身的气派！

许氏不自觉地心一紧，便有些自惭形秽，下意识地往后退了半步。

"亲家夫人辛苦。"老太太不敢托大，回了一礼。

毕竟，侯夫人是一品的诰命，比她要高出一级。

这时，便有丫头过来："夫人，老夫人听说亲家老太太来了，特命奴婢来请亲家老太太入内叙话。"

老太太便随着丫头去了内室。

许氏几个便轮流给侯夫人见礼，一通厮见之后，侯夫人的目光极自然地停在了杜蘅身上，嘴里笑道："到了这儿，就跟自个家一样，大家不用客气，请随意。"

许氏心里有数，忙道："侯夫人只管去忙，不必管我们。"

说罢，领着杜荇几姐妹往最近的亭子走去，留下杜蘅和侯夫人好说话。

"你便是蘅丫头了？"平昌侯夫人很仔细地打量着她。

杜蘅垂着头，适当地表现出娇羞。

侯夫人不禁略略有些失望，面上却未表现出来，温和道："顾夏两家是世交，我与你娘又是旧识。到了这里，就跟自个家里一样，不必太拘谨。"

印象中那个瘦弱得像棵豆芽菜的黄毛丫头，如今长成了清雅娟秀，明丽端庄的少女。可也就只是如此而已，比不上夏雪的一半风姿，虽不似以前的懦弱胆怯，依旧失之木讷。

真不知道，夏风到底看中了她哪一点？

总不会是被她精湛绝伦的医术打动了吧？

想到这里，侯夫人不禁哂然一笑："我还有事，你慢慢逛，有机会再聊。"

杜蘅松了口气，巴不得她离去，恭恭敬敬地辞别了她，转身就带着紫苏往园子里去了。

秋高气爽，接近正午的阳光很有些毒辣。

走了盏茶时分已是香汗淋漓，杜蘅左右张望一下，见树荫深处隐隐露出一角飞檐，依稀记得那个地方有座小亭子，便对紫苏道："走，进去歇会吧。"

穿过花径，绕过假山，却发现亭子里赫然坐着一人。

简单的一袭青衫，却穿出了通身的风流气韵，尊荣华贵。只是一抹淡然的背影，却硬生生给人一股指点江山千万里，横贯日月纵古今的高贵霸气之感。

杜蘅猛地刹住脚步，心脏不受控制地怦怦狂跳了起来。

身后的紫苏刚转过弯，没有看到亭中情形，自然料不到她为何突然停步，一个收不住势直直撞到她的背上："哎呀。"一声嚷。

杜蘅心知不好，立刻转身便走。

来不及了，南宫宸已被惊动，风声飒然，一道青影已经翩然立在身前。

狭长的凤眸，深深地凝视着她："杜二小姐可是做了什么亏心事？"

杜蘅只得深吸口气，缓缓抬头，勉强挤了个笑容出来："给王爷请安。"

"否则，为何见了本王便逃？"南宫宸牵起一抹冷笑，却不想被她绕过去。

杜蘅硬着头皮："我只是不敢惊扰王爷。"

"不敢？"南宫宸心中怒恼，冷哼一声道，"你连本王都敢打，还有什么事不敢做？"

那日宫宴，他莫名其妙被人打晕，虽没伤筋断骨，身上却被人踩了无数脚，脸更肿得像个猪头，被逼得在王府里养了数日，不敢见人。

杜蘅咬紧了牙关，冷着脸道："那也是王爷自找的！"

南宫宸怒不可抑："放肆！"

紫苏见状，立刻张开双臂，拦到杜蘅身前："王爷，请你自重！不然，我要喊人了！"

"喊啊，"南宫宸冷笑一声，"本王倒是要看看，你把人叫来，大家是相信本王对你无礼，还是相信你意图对本王投怀送抱？"

"你！"紫苏气得冒烟。

杜蘅不自觉地捏紧了帕子，她不能在这时跟南宫宸翻脸，否则之前所有的努力都将付诸流水。

可是，她也不能示弱，否则他当她好欺侮，以后会纠缠不清。

她冷着脸把紫苏拉到一旁，迎着南宫宸的视线，淡淡地道："上次的事，是王爷欺人太甚，我逼不得已才选择了武力。朋友妻不可戏，王爷与小侯爷是至交好友，便该尊重于我，主动避嫌，而不该苦苦纠缠。"

说罢，她转身就走，丝毫也不停顿。

"等等！"南宫宸猛地拽住她的手腕。

杜蘅俏脸一凝，冷声警告："我并不想惹事，可是王爷若真逼急了我，我亦无惧！大不了拼个鱼死网破，两败俱伤！"

她这番话，说得声色俱厉，便是南宫宸也禁不住心头一凛，下意识地松开了握着她的手臂。

然而，他却没有让开路："那天是谁？"

那日他虽暂时失了理智，却还知道石头是从远处飞来！而此后，她也没再回到洐庆宫，而是直接出了宫。

此人能力不容小觑，敢向他出手，还能在重重守卫下，把杜蘅带出宫去，且查不到任何端倪！

南宫宸问得没头没脑，杜蘅却也听懂了，她抿着唇道："我不知道。"

"你当本王是傻子？"南宫宸气急败坏，"他若与你没有关系，又岂会甘冒杀头的危险，在宫中公然袭击本王？"

杜蘅冷冷道："这足以证明王爷丧心病狂，行为令人发指！"

南宫宸俊颜一红，恨声道："若不是你勾引本王在先，本王又何至失了理智？"

"欲加之罪，何患无辞！"杜蘅气极反笑。

"你敢说对本王没有半点好感？"南宫宸怒了，"如若不然，你为何深夜流连在宸佑宫外？为何你看着本王的眼中，含着那么深切的哀怨？为何你会那么熟稔地唤着本王的名字？"

"你，你胡说！"杜蘅气得满面通红，唇止不住地哆嗦起来。

南宫宸往前踏了一步，伸手攫住了她的下巴："究竟是我胡说，还是你撒谎，试试便知道。"

杜蘅黑玉似的瞳仁里闪着两簇冰冷的火花，忽地望着他身后："你来了。"

南宫宸一愣，手底下意识便松了力道，转头去看。

电光石火的一刹那，杜蘅不退反进，低了头狠狠往上一撞。

"哎哟！"南宫宸猝不及防，下巴被她撞个正着，牙齿咬到舌尖，痛得差点飙出泪来！

"走！"杜蘅昂着头，带着紫苏越过他扬长而去。

南宫宸嘴里轻轻发出"咝咝"之气，望着杜蘅消失的方向，一丝怒意浮上眼底。

很好，果然够胆色！

这辈子，还没有哪个女人敢对他如此！一而再，再而三地挑衅，将他的尊严踩在脚底！

他敢肯定，假如她手里有刀，定会毫不犹豫地戳进他的胸膛！

南宫宸凤眸微眯，心中五味杂陈。

能在这么短的时间里迅速地扭转逆势，甚至成功地袭击了他，靠的却不仅是"胆色"二字！

他竟微有些妒忌：夏风，捡到宝了。

夏雪呆立在假山之后，双手紧紧地绞扭着，死死地盯着杜蘅消失的方向，一双翦水双瞳里燃烧着熊熊的怒火。

不过是个小小的太医之女，上辈子烧了高香才能与平昌侯府结亲。有了三哥这样文武双全，温润如玉的男子竟还不知足，背着他跟燕王王爷纠缠不清！

她怎么敢？凭什么！

而南宫宸与三哥是好友，她这么做，把平昌侯府置于何地，把三哥又置于何地？

她愤怒得浑身都在颤抖，慢慢地站直了身体，从假山后走出来。

不远处的花丛后，杜蘅紧张地蹲在地上，两手扒开花枝，眼里闪着激动的火花。

杜蘅甩开众人朝这园子里来，她就觉得有问题。

找了个借口尾随而来，却不料她果然胆大包天！竟然在夏府的花园里跟燕王私会！

南宫宸望着她背影的目光，如针刺入了她的心里。

只因这种眼神，她并不陌生——夏风看杜蘅时，几乎与他一模一样！

所以，她盼着夏雪冲出去，把事情闹开，闹得越大越好！

最好是撕破了脸，杜蘅名誉扫地，夏雪也别想嫁进燕王府！

然而，从林荫小径上迎面走来了两个年轻的男子。左手那人，身着宝蓝直裰，腰系兽头墨玉腰带，金冠束发，笑得温雅谦和，正是小侯爷夏风。

右边那个，一身月白色隐形团花的锦袍，一头黑发只用一条碧色丝带松松地系着，白玉围腰，腰间垂着碧色丝绦，系着块翡翠环形玉佩，行走间衣袂翩然，端的是俊雅如仙。

夏风含笑加快了脚步："抱歉，一时脱不开身，让王爷久等了。"

白衣男子笑着调侃："他最擅长的就是自得其乐，扔在这一个月，估计也没感觉。"

"和瑞！"南宫宸沉了脸，不悦地道，"你不去江南偎红依翠，跑这来做甚？"

杜蘅正要离去，听得这一声唤，不禁一怔，猛地回头望去。

原来他就是大名鼎鼎的和三公子！

难怪大姐被他迷得神魂颠倒，不顾一切跟他私奔！

可，他不是在私奔那日被强人掳走，不知所终吗？

若是已安然脱险，便该想方设法跟大姐取得联系，就算见不到面，一封信总是可以送的！

这么多天过去了，他却毫无表示，像人间蒸发了一样！

而且，以一个路遇盗匪，导致私奔无疾而终的男人来说，他未免太潇洒了一些！

杜荏仔细地观察着，想从他的脸上找到哪怕是一丝憔悴，落寞的痕迹。

离得太远，无法看清，然而耳边不时传来的肆意的笑声中，却不难听出他的恣意和愉悦。

该死的！

他根本就是在玩弄大姐，偏那个蠢货一口咬定两人真心相爱，不过是和家不许她进门！

为了这个负心汉，像个困兽般终日茶饭不思，坐立难安！

仔细想来，疑点不是一两处。

怎么会有盗贼这么大胆，在天子脚下白日行抢，持刀杀人！

堂堂逍遥王府的三公子遇害，临安城却风平浪静，连海捕文书都没贴一张！

况且，事情牵扯到了杜蘅，她怎么想都觉得不那么简单，总觉得这是个圈套！

只不过，杜蘅与和瑞没有交集，她想破脑袋也想不明白，杜蘅能用什么方法，指使和瑞演了这场戏？

直到这一刻，这才总算明白过来！

杜荏被这几个人联手给耍了！

怒火在心中狂燃，她恨不能冲出去，把和瑞砍成十七八段！

太欺侮人了！五品官家的庶女，难道就不是人么？就能任他们这么作践，糟蹋！

可是，她不能！

亭子里恣意谈笑的三个年轻男子，她一个也惹不起！

任何一个都只需一根手指就能把她捻死。

就算她把所有事情都掀出来，也没有人会信她的话。

退一万步，就算信了又如何？对和瑞，不过是多添一桩风流韵事，没有任何损失；而杜荏却会变成临安城的笑话，身败名裂！

所以，她必须忍！她也只能忍！

杜荏强忍了怒气，深呼吸数次，弯了腰慢慢地退到安全距离之外，这才站起来，加快了脚步朝外面走去。

等回到院子里，却发现院子里冷冷清清没剩几个人，问了侍候的婢女，才知道夏府请了戏班子，众人都听戏去了。

按着丫头的指引，顺着曲廊找到雅风阁。远远就听到丝竹器乐之音，夹杂着咿咿呀呀的唱词。

转过一道回廊，就见高台上立着一名男子，一袭白衣如弱柳扶风，明艳端丽，行腔

如酒。

"袅晴丝吹来闲庭院,摇漾春如线。停半晌整花钿,没揣菱花偷人半面,迤逗的彩云偏……"

声音柔媚婉转,字字醉人,风情万种,令人心旌摇动,神魂颠倒。

一瞬间,满院寂寂,不闻半丝人声,只余微风拂过树梢,发出沙沙轻响。就连头顶的秋阳也变得宛如春日般和煦温暖,如醉如痴……

杜荭下意识停了步,依着廊柱倾听。

"啊!"身后发出一声短促的低囔。

杜荭蓦然回头。

杜荇站在身后,脸上没有一丝血色,美目圆睁,死死地盯着台上,惊疑、震惊、惶恐……各种情绪纷乱地闪过。

"大姐?"杜荭心一紧,竟有些害怕这样的她,"你,你怎么了?"

杜荇张了张嘴,却发不出声音,泪水似断了线的珍珠,不停地滚落。

眼里是濒死般的绝望,死死地握着她的腕,如落水之人攀住了救命的稻草。

杜荭吓了一跳,左右张望一下,幸得所有人都被那戏子精湛的唱腔吸引,心无旁骛,并未发现长廊上两人的失态。

急急把她拖到一个僻静之处:"出什么事了?"

"三郎……"杜荇才吐出两个字,已然泣不成声。

杜荭一惊,脱口问道:"你见着和瑞了?"

杜荇蓦地抬头,又惊又惧:"你,跟踪我?"

杜荭气不打一处来,狠狠戳她一指:"他跟燕王和小侯爷在一起,这么明显的事,还用得着跟踪你才知道?你当所有人都跟你一样傻啊?"

杜荇的心一凉,猛地掐住她的颈子:"你,你说什么!"

杜荭被她掐得透不过气,奋力去掰她的手,哪知她的力气大得惊人,竟是怎么也掰不开,一时涨得面红耳赤,挥舞着拳头拼命打她:"放开,放开!"

好容易挣脱开来,猛咳几声,骂道:"做什么,想要谋杀亲妹妹不成?"

"快说,在哪见到三郎?"杜荇面目狰狞,近似疯狂。

杜荭激灵灵打个寒战,伸手指了指后园方向:"在,在花园的石亭里。"预感到不妙,反问一句:"难道你不是?"

"什么时候?"怀抱着最后一线希望,杜荇颤着嗓子问。

"就刚才啊,"杜荭想了想,道,"应该不到半刻钟?"

心中最后一丝希望破灭,杜荇发出尖锐高亢的厉叫:"你说谎,你骗我!这不可能!"

半刻钟的时间，绝对不够从花园里回到戏班，上装换装，登台演唱。

所以，台上的和三和石亭里的和三，绝对不可能是同一个人！

杜茳心惊胆战，扑过去捂住她的嘴："你疯了！嚷这么大声，是不是想把所有人都引来，看你闹笑话？"

"哈哈哈，"杜荇状若癫狂，"笑话，果然是天大的笑话！"

堂堂杜家大小姐，心比天高，竟然被个戏子骗财骗色！

可怜她满怀憧憬，自以为从此飞上枝头变凤凰，一心盼着王府的花轿进门，将不可一世的杜蘅踩在脚下！

可现在，王孙公子突然变成了最低贱的戏子，她从云端跌入了泥潭！

世上还有比这更荒谬，更可怕的事情吗？

"大姐？"杜茳皱眉，"你冷静些！还不到绝望的时候。"

杜荇咬着唇，泪水疯狂滑落。

"哭什么！"杜茳又气又急，压低了嗓子呵叱，"都到了这个时候，哭有什么用？"

杜荇一动也不动，神情呆滞，若不是大大的眼里不停涌出的泪，杜茳几乎以为她成了石像！

这样的杜荇，是她以前不曾见过的！

杜茳心一软："别哭了！天无绝人之路，事情总会解决的！"

说着，她的态度又强硬了起来："他和家再有权有势，也不能一手遮天！你好歹是个官家的小姐，又不是无父无母的孤女！更不是花街柳巷的烟花女子，给人欺侮了，只有忍气吞声的份！他沾了你的身子，就要对你负责！天底下的事，总抬不过一个理字！"

杜荇越发地绝望，恐惧和惶惑涨满了胸腔，死死地瞪着她，张着嘴发不出声音。

她想骗自己，方才不过是眼花，台上那个浓妆艳抹的妖娆男子根本不是她的三郎！

可恨那秋风，把他柔媚的声音断断续续地吹来，不断地提醒她这个残酷的事实！

她爱上一个戏子，怀了他的孩子！

她以后怎么见人，还有什么脸面活在世上？

"大姐，"杜茳见了她的模样，一个闪念猛地钻进脑海，不禁倒吸一口凉气，惊得猛然站了起来，"你，你，你该不会……"

杜荇面如死灰，一下接一下捣着小腹。

速度越来越快，力量也越来越大，脸上的神情更是越来越疯狂！

不，她不能留下这个孽种，那只会令她成为天下的笑柄！她不能，她拥有如花的美貌，本应该有大好的前程，带着它只会去地狱！

"大姐，你别吓我！"杜茬到底只是个十几岁的女孩子，见了这副模样，不禁手足无措。

有笑语声伴着脚步声向这边接近，眼看就要被人发现，顿时心急如焚，霍地站了起来："好，你想死只管去，别拖累了我！"

一句话，成功地止住了杜荇的疯狂行为。

杜荇当然不是真的想死，可她也知道，要想越过这个坎，没有杜茬的帮助，绝对不能。

因此收了泪，侧了身子，假装欣赏远处的景色，以手支颐挡住旁人的视线。

来的是几个丫头，抄小路往雅风阁里送点心，瞧见二人在这，遂拿了一盘点心："两位小姐请用。"

"多谢。"杜茬勉强挤了个笑容出来，站起来挡在杜荇的身前接过碟子。

"不客气。"丫头们说说笑笑，继续往前去。

杜茬松了口气，压低了声音快速道："先别绝望，有孩子也不见得全是坏事。他和府总不能任自个的血脉流落在外！孩子生下来，就有了实实在在的证据，不怕被人戳脊梁骨，就要迎你进门！"

杜荇心中悲苦，眼泪再次流下来。

"走吧，我扶你回去。"杜茬轻叹一声。

两人刚走出林子，迎面夏风走了过来，两下里躲闪不及，碰个正着。

夏风眼里满满都是惊讶："出什么事了？"

杜荇一惊，立刻把头伏到杜茬肩上。

"没什么，"杜茬往前踏了一步，挡到杜荇身前，"大姐前些日子感了风寒，园子里人多，太阳又大，有些不舒服罢了。"

她睁着眼说瞎话，夏风却好风度地没有戳破："可要请大夫扶脉？"

"不用了，"杜茬挽着她的腰，淡淡道，"我正要送大姐回去休息。小侯爷若是方便，代我们向老夫人，侯爷，侯夫人说声抱歉。"

"三小姐客气了。"夏风转头吩咐常安："让马车在二门等着。"

"是。"

"告辞。"杜茬扶着杜荇加快了脚步。

夏风目送着两人远去，眸中一抹深思："瑞安，你去查一下，除了杜家两位小姐，刚才还有谁来过这里？"

"是。"瑞安不敢怠慢。

夏风从林中出来，踏上长廊，却见杜蘅依着栏杆远眺，微风拂来，裙角翻飞，直欲乘风飞去。

他不禁心神一荡："阿蘅。"

杜蘅回过头:"小侯爷。"

"怎么出来了?"夏风眼里闪过一抹失落,强掩了情绪,站到她身旁,却与她保持着二臂的距离,安适地问,"是唱得不好,还是戏不合你的口味?"

"里头太闷,"杜蘅似乎心情很好,难得地解释了一句,"这儿敞亮,既赏了景,又听了戏,一举数得。"

前一刻还低迷的情绪,瞬间飞扬了起来,夏风含笑道:"下次你来,戏台子改搭到这?"

杜蘅抿唇一笑:"戏台子若搭在这,莫非大家全站到屋檐上去听戏不成?"

杜蘅对他,从来都是正经严肃,极少玩笑。

这一笑,黑玉似的眸子粲然生辉,仿佛把满天的艳阳都吸到了她的眸子里,竟是明艳不可方物。

夏风呼吸一滞,顿时心怀激荡,胸口扑通扑通地跳着,涨满了喜悦!

她笑了!

原来她笑起来,竟是这么的好看,这么的夺人心魂!

"阿蘅。"夏风情难自抑,上前一步握住她的手。

杜蘅不料他突然有此举动,不及闪避被抓个正着,心生恼怒:"小侯爷,请你自重。"

南宫宸与和瑞并肩拾级而上,刚踏入长廊,就瞧见二人在走廊上纠缠不清。从他的角度看不到杜蘅的脸,却清楚地看到二人交握的双手,胸中升起一丝莫名的不快:"咳。"

夏风下意识地转头去看。

杜蘅乘机挣脱了他,退了一步拉开两人之间的距离。

这一微小的动作,落在南宫眼里,心中那丝不快竟奇异地消失无踪了。

和瑞冲夏风促狭地眨了眨眼睛:"想不到,小侯爷也有热情奔放的一面,失敬失敬。"

夏风顿时窘得满面绯红:"瑞兄休要取笑,这位是阿蘅,杜家二小姐。阿蘅,这是和瑞,逍遥王府的三公子。"

"啊,"和瑞极为好奇地瞥了杜蘅两眼,拖长了语调,"这位就是大名鼎鼎的法灸神针,杜家二小姐?"

"见过和三公子。"杜蘅侧身福了一礼,抬头一看,心中怒火顿生,瞳孔微微一缩,剜他一眼。

和瑞是性情中人,说话不喜拐弯抹角,见杜蘅瞪他,很是惊奇,脱口道:"二小姐可是不满和三打扰了你与小侯爷?"

夏风生怕惹恼了杜蘅,急忙呵斥:"和瑞,休要胡说八道!"

南宫宸却觉得诧异，忍不住看了和瑞一眼："两位以前见过？"

和瑞也深感好奇，偏了头去瞧杜蘅，看她如何回答。

"和三公子名扬天下，小女子如何识得？"杜蘅心里有气，冷冷道，"几位慢慢聊，失陪。"

夏风也不敢留，就这么眼睁睁地看着她扬长而去。

"小侯爷，"和瑞取笑，"你完了，娶了个小辣椒，以后有你受的。"

夏风但笑不语，目光追逐着杜蘅的身影，眸光如水温柔。

南宫宸心里莫名泛酸："啧啧，有人甘之如饴，你操什么心？"

屈肘撞了和瑞一肘："你真的没见过杜二小姐？"

和瑞心中一动，突然想到一个可能，面上不动声色："我虽风流成性，却也知朋友妻不可戏的道理。她是小侯爷的未婚妻，我没事去见她做甚？"

该死，准是那臭小子，又冒了自己的名头去干些见不得人的勾当。

只不知他如何得罪了杜家二小姐，这黑锅却让他来背！

他越是撇得干干净净，南宫宸的疑心越重，笑了笑，忽然问："金蕊宴那日，为何中途走了？"

和瑞含糊道："临时有事，莫怪莫怪。"

夏风很是惊讶："你不是最不喜出席这些宴会么？说什么名门千金，大家闺秀最是无趣。个个眼睛长在头顶上，多说几句话便闹着失了名节，非君不嫁。一向敬而远之的么？"

和瑞猜不准当天情况，不敢把话说得太实，只好模棱两可，嘿嘿干笑："凡事都有例外的嘛。"

"喂！"夏风不疑有他，当胸一拳打过去，"你也太不够意思！既然来了，为何招呼都不打一声？到底有没有当我是兄弟！"

南宫宸原不过出语试探。

他查过当日宫门的登记名册，并没有和瑞，因此从未怀疑到他身上。

现在他亲口承认去过金蕊宴，那么当日将他打晕，把杜蘅带出宫的神秘人，必是他无疑了。

想着当日狼狈万分的模样，凤眸一眯，眉目如笼薄冰，一字一句地道："果然是我的好兄弟！"

和瑞感受到他字字夹枪带棒，却不知缘由，偏生还不敢追问，更谈不上辩解，只得苦笑着连连拱手："对不住，改天小弟做东，飘香楼备酒水一桌给两位谢罪还不成？"

夏风俊颜一红："不想请客直说便是，何必把阿蘅扯进来？"

"咦？"和瑞满眼疑惑，"这跟杜二小姐又有什么关系？"

"飘香楼，是阿蘅的。"夏风见他表情不似做伪，讷讷解释。

和瑞大笑："哈哈，做贼心虚了吧？二小姐的店怎么啦？咱们又不是不付银子，有什么不能去的？我还非去不可呢！"

26　计设连环

夜渐渐深了，街道上行人渐渐稀少，平昌侯府门前却是依旧灯火通明。

各式各样的车马软轿，从街头排到了街尾。

一乘青油小车，孤零零地停在靠墙的阴影处，与黑夜几乎融为一体，若不是仔细瞧，几乎看不出来。

杜荇神色木然，双手搁在膝上，安静得如一尊雕像。

打娘胎里出世以来，还是头一回如此安静，沉稳。

她想过了，不能仅凭猜测，就定了"和三"的罪，也定了自己的罪！

她要亲眼看看，杜茳所见的和瑞，跟她这些日子疯狂迷恋的"和三"究竟是不是一个人？

她要亲口问他，为什么要骗她？戏要了她的感情，骗了她的心还不够，为什么竟连最后的尊严都要踩在脚底！

他跟她，上辈子到底有什么仇，为什么要这么残忍地对她？

她杜荇，究竟哪里对不住他！

"来了！"大蓟忽地站起来，轻轻挑起了车帘。

杜荇猛地坐直了身子，枯井一样的眸子里忽如刀锋般锐利。

平昌侯府的大门处，立着三个年轻的男子，个个卓尔不凡。

杜荇的目光急切地从夏风和南宫宸的脸上掠过，落在了那个白衣飘飘的男子身上。

从心灵深处蔓延出的绝望，一丝丝地渗透到四肢百骸，令她浑身冰凉，牙齿打战。

和瑞，果然是丰神俊逸，人中龙凤，却绝对不是这些日子与她耳鬓厮磨的"和三"。

她的和三，白肤比他白皙，五官比他柔媚，个子比他略矮几分，身材也瘦削一些……

他们，果然是两个人！

杜荇控制不住地颤抖了起来，泪水再次泉涌而出，滴在手背上，一滴一滴再一滴。

"大姐，"杜茳伸手轻轻覆住了她的，轻声道，"不要哭！更不能慌！你要是乱了

阵脚，就只能坐以待毙！那个贱人就会得偿所愿。所以，再难再痛也给我撑下去，绝不能让她得逞！"

"她太狠了！这是把我往死路上逼啊！"杜荇泪如雨下。

杜茳冷冷地道："有赌不为输，不到最后一刻，结果谁也不知道！"

"事到如今，还能有什么办法？"杜荇绝望之极。

"吃一堑长一智，以后多长点心眼，以大姐的美貌，何事不可为？"杜茳望着她，细柔的嗓子在深秋微凉的夜色里显得分外的阴鸷和森冷，"在这之前，需得把后患先除了。"

杜荇不自觉地打了个寒战："什么后，后患？"

杜茳没有看她，目光转向平昌侯府的高墙大院，眼里浮起一丝诡异的讥诮之色："喏，这不是来了吗？"

杂沓的马蹄声，由远及近，越来越清晰，只见从平昌侯府的侧门里驶出数辆大车来。

大蓟从暗处走出来，挡在最前一辆马车前："请问，林月仙林老板在吗？"

车夫先是吓了一大跳，定睛一瞧，见是个穿着体面的俏丫头，眼里升起狐疑之色："你找月仙做甚？"

"我们二少夫人方才有事，未曾打赏。特命奴婢拿些赏银与林老板。"大蓟笑道。

车夫一听有赏，忙堆了笑道："难为二少夫人想得周到，月仙在后面的车里呢。"说着，亮开嗓子朝后面嚷了一声："月仙，有人找！"

就见走在最后面的那辆马车帘子一掀，探出一颗头来，清雅的嗓子夹着几分柔媚地抱怨："又喝多了，拿我开涮呢？"

"谁跟你玩笑！"车夫喝道，"二少夫人有赏，还不快去！"

大蓟忙退了一步，隐到暗影中。

众人望过去，见树下果然影影绰绰站着个丫头，顿时有人嘻嬉笑起来："良辰美景，佳人有约，妙哉妙哉！"

轰地一声，众戏子都笑了起来。

班主脸一沉，叱道："这是什么地方，由得你胡说？"

众人这才想起对方的身份，吐了吐舌头，不敢再闹。

"月仙，快去。"班主转头吩咐。

林月仙掀了车帘，跳下来朝大蓟躬身行了一礼："来的是哪位姐姐？月仙有礼了。"

大蓟垂了头，压低了嗓子："跟我来。"说着，也不等他答话，掉头就走。

林月仙摸不清头脑，只得跟着去了。

眼见戏班的马车离去，大蓟将他引到路边一辆极不起眼的小油车旁，忽地抬起头，眼里射出愤怒的光芒："三爷。"

林月仙见了大蓟吓了一跳，下意识便要逃。

从暗处蹿出两个粗壮的家丁，一左一右将他扑倒在地。

"救……唔……"林月仙刚要嚷，吐里已塞入了一团破布。

"三爷，"大蓟冷笑道，"我们小姐要见你，跟我走一趟吧。"

两辆马车一前一后驶出巷弄，在胡同里七弯八拐地走了二刻钟，停在一座小山脚下，四周黑黢黢的，全是树木的影子。

家丁一脚将他踹下马车，林月仙疼得嚷出声来："哎哟！"

"很疼吗？"细柔的女声，突兀地响起。

林月仙挣扎着坐起来，左右张望了一下，才发现声音是从一辆马车里传出来的。

"这一点点疼，比起大姐为你所受的伤害，算得了什么？"杜茝冰冷的视线，透过车窗如刀锋般割在他身上。

林月仙瑟缩一下，低下头："小生该死。"

"你，为何要骗我？"看着心上人跪在身前，杜荇的泪再次决了堤。

"是我对不起你，可，我对你是真心的！"

"真心？"杜茝怒了，"你还好意思谈真心？就你这种狼心狗肺的东西，也配有心？"

"我……"

杜茝喝道："你到底受谁的指使，编造谎言诱骗大姐？"

"没有，真的不是！"林月仙惶恐辩道。

"还敢嘴硬，给我打！"杜茝一声令下，家丁上来，一顿拳打脚踢。

林月仙被打得满地乱滚，哀叫连连。

杜荇不忍卒听，拉着杜茝的手求道："别打了，再打要出人命了。"

"说，到底受谁指使？"杜茝一个手势，家丁住了手，退到一旁。

"小生真不是故意的，"林月仙哭道，"小姐花容月貌，比寻常大家闺秀多了几分率真，小生真心爱慕。可那日送小姐回府，见杜家门庭高大，气派非凡。小生自惭形秽，因常在逍遥王府唱堂会，与和三公子相熟，鬼使神差随口说了他的名讳……"

说着，怯怯抬头看她一眼："本是一时贪慕虚荣，后来与小姐互生情愫，两人情投意合，越发不敢说出真相。再加上……"

"再加上什么？"杜茝大喝一声。

林月仙猛地抬头，一脸惶恐地道："小生多方打听，知道杜府虽只是太医，却是清州首富。因此，因此起了贪念……小生想着，若能与小姐结为秦晋之好，从此再不受这腌臜罪，也算是苦尽甘来。所以……"

"你当我是傻的？"杜茝冷笑，"若没有人在背后支持，区区一个戏子，如何能任

意出入和府？七夕日游河的双层画舫，又是从何而来？"

林月仙垂着头，声细如蚊蚋："实不相瞒，小生，乃和三公子的入幕之宾……"

"你，说什么？"杜荇惊得几乎背过气去。

林月仙不敢看她，越说越快："小姐怀了身孕，小生十分高兴，骗得小姐私奔。心想等生米做成熟饭，再带了孩子回来，杜府也不会不认。哪里知道，在京郊被人打得半死，钱财也洗劫一空。小生好容易逃得一命，哪里还敢回去找小姐？"

"你说的，全是真话？"杜荇半信半疑。

"事到如今，小生不敢求小姐原谅，更不敢再有半字虚言。"林月仙诚挚万分。

"走。"杜荇深吸一口气，冲着丁做了个手势。

家丁冲上来，一脚将他踹翻，抽出雪亮的匕首朝他腹部用力捅了过去。

"啊呀！"林月仙一声痛嚷，身子弯曲如虾，双手握着刀柄，痛苦地翻滚着，终于不再动弹，鲜血洒了一地……

"三郎！"杜荇蓦然一惊，猛地扑到了车窗旁。

杜荏眸光森冷地望着她："你想跟他做对苦命鸳鸯，一辈子见不了光，我不拦你。"

杜荇顿时似泄了气的皮球，一下子瘫在了座位上。

家丁将林月仙抬起来往路边的水沟里一扔。

"回府。"杜荏冷漠地放下车帘，马车前行，迅速消失在夜色中。

青油小车缓缓驶入红蓼院，杜荇面色惨白，被大蓟和小蓟两个半搀半抱地弄进了屋子。

刚服侍着净了手脸，还没来得及换衣裳，门帘一晃，杜荏走了进来。

"三儿，"杜荇一惊，忙坐直了身子，"还，有事？"

杜荏递了个青花的小瓷瓶过来："吃下去。"

"是，是什么？"杜荇一个哆嗦，竟有些不敢去接那个小瓶子。

"番红花。"杜荏也不瞒她。

"不！"血色唰地从杜荇脸上褪得干干净净，手下意识地抚上腹部。

杜荏低而冷的声音，像巨石般沉沉压下，迫得杜荇喘不过气："要想翻身，必先除去后患。林月仙是一个，你腹中的孽种是另一个！"

"我，我不敢……"杜荇蜷着身子，瑟缩着不敢去看那个瓶子，仿佛那里面是洪水猛兽。

"要想成功，就一定要狠！"杜荏把瓶子强行塞到她手上，"不止是对敌人狠，对自己更要狠！不然，你就等着一辈子给人踩在脚下，烂在泥里！"

夜凉如水，深蓝的天幕下，银白的月光洒下淡淡的柔和的光。

一只乌漆抹黑的手忽地攀上路基，紧接着浑身裹满了淤泥的林月仙从阴沟里爬了出来。

叮当，扔掉手中的匕首，在胸前蹭了蹭，大步朝北而行。

魅影轻叩房门。

"什么事？"石南打着大大的呵欠，满眼困倦地从床上爬了起来。

"月仙来了。"

"让他进来。"等了片刻，不见动静，不觉恼了，"做什么，还要爷亲自去请不成？"

"呃，"魅影含蓄地道，"他，有些不方便，还是爷出来的好。"

"都是大老爷们，有啥不方便的？"石南不耐烦地推门而出，一股酸臭之味扑面而来，立刻掩住了鼻，骂道："你丫掉茅坑里了？"

魅影嘴角一抽："爷，您真神了！"

石南脱了鞋掷过去："王八蛋！不会先到河里洗洗再来？弄脏小爷的屋子，回头扒了你的皮！"

林月仙怯生生地道："我这不是怕误了爷的事么？"

"还敢犟嘴！"石南眼睛一瞪，喝道，"让他清醒清醒！"

魅影抬起下巴，朝他努了努："瞧见没？那边有池塘，自个跳进去。"

扑通一声，水面溅起半尺高的水花，石南懒洋洋地蹲在石桥上："说吧，啥事连天亮都等不了，大半夜地摸来了？"

"是……"林月仙游过来，魅影立刻一竹竿将他戳开，"滚远点，爷耳朵好使得很！"

林月仙只得浮在水里，露出一颗头，把今日发生的事说了一遍。

"等等，"石南忽地站了起来，"你说和三那小子进了平昌侯府了？"

"是。"

"臭小子，准是银子又花光了，不在江南眠花宿柳，倒跑来坏我的事！"石南跺脚大骂，"老子明儿见了他，揭了他的皮！"

"呸！"一声冷笑忽地响起，"你打着本公子的旗号到处招摇撞骗，本公子没找你算账，你倒有脸来揭我的皮？"

一抹修长的身影自墙头飘然而下，转眼便到了石桥上。

"你小子的风流韵事多不胜数，多一两件有什么区别？"石南毫无愧色。

"放屁！"和瑞怒眼圆瞪，全没了白天的优雅和飘逸，"本公子风流却不下流，从不逼良为娼！"

石南诧异地望着他："难道这么多年，你一直是卖艺不卖身？"

"扑！"魅影一个没憋住，笑出声来。

和瑞一个利眼扫过去，他连忙闭了嘴。

"你破坏我的形象！"和瑞指控。

石南撇嘴："你有形象吗？"

和瑞大怒，抓起一颗石子，咚的一声，林月仙头上已被砸出一个包，正觉得莫名其妙，和瑞在那边哇哇大叫："这种不男不女的东西，也配当本公子的入幕之宾？"

石南哈哈大笑："这容易，下回给你配个好的！"

"还有下回？"和瑞咬牙切齿，扑过去搂他的肩膀，"信不信本公子现在就办了你？"

"滚，"石南一脚将他踹开，"小爷是有媳妇的人了，给老子放尊重点！"

"我呸！跟本公子这装啥小绵羊，还尊重，我尊重你个……"骂到一半忽然觉得不对，张大了嘴巴瞪着他，傻了，"你小子娶媳妇了？"

石南得意之极，回他一连串奸诈的笑："嘿嘿嘿嘿。"

和瑞颤着手指着他："老实交代！她是何方人士，姓甚名谁，芳龄几何，啥时勾搭上的……"

"她还不知道。"石南一句话，把他一长串的问题堵在了喉咙。

"……"八字没一撇的事，显摆个屁啊！

"不过，她跑不了，你准备好银子，等着喝喜酒就是。"石南笑得眉眼弯弯，一口白牙，亮得刺瞎了和瑞的眼。

和瑞把他的话细细琢磨了一番，惊得下巴掉下来："敢情，你小子玩暗恋啊？"

他激动了："到底是谁，竟有这样大的魅力？"

"想知道啊？"石南侧着头看他。

和瑞头点得跟鸡啄米似的。

不止他，魅影和林月仙都伸长了脖子，拼命点头，表示很想知道。

"滚！"石南两眼一瞪，脚下石子应声而飞。

这一回林月仙有了防备，见势不妙，吱溜一下潜入水中，一口气游到对岸才敢冒出头："干吗都欺侮我？"

"立刻滚出临安，三天内赶到江南三堂分处报到。"

"是。"林月仙快快不乐，爬上岸走了。

"别想岔开话题，快说！"和瑞凶神恶煞。

"咳咳，"石南清了清喉咙，笑眯眯，"我不告诉你。"

"啊啊啊啊，"和瑞惨叫一声，左右勾拳，飞毛腿旋风腿齐上，"你不把我当兄弟，我跟你没完！"

石南三蹦两蹿，嗖地一下跳到屋檐上："时机没到，说也没用。"

眼前倏地浮起一张含羞带恼的俏脸，和瑞脑中灵光一闪，猛地刹住脚："杜二小姐？"

"你怎么知道？"石南微讶，随即紧张起来，"她跟你说什么了？"

和瑞原只是随便乱猜，不料他竟承认了，眼里闪过一丝惊讶："她可是小侯爷的未婚妻。"

"很快就不是了。"石南不以为然。

"大丈夫何患无妻？"和瑞皱了眉，一脸严肃地道，"女人多的是，何苦非要夺人之妻，跟平昌侯府为敌？"

"区区一个平昌侯府，小爷还没看在眼里。"

"你就狂吧！"和瑞横他一眼，不无担心，"到时摆不平，可别哭着来找我！"

"切！"石南嗤笑，"色字摆中间，利益放两边，这可是你常挂在嘴边的话，今日怎么说起我来了？"

和瑞斜他一眼，冷笑："我可从不沾染良家妇女，也绝不会坏人名节。"

石南凛容："别人想坏她名节，还得问小爷答不答应呢！"

和瑞见他不似玩笑，好奇心顿起："我瞧着也不是什么绝色，值得你这般拼命？"

石南想了想，微笑："其奈风流端正外，更别有，系人心处。"

和瑞激灵灵打个寒战，猛搓手臂："你饶了我吧。"

"哈哈哈。"石南大笑。

"等一下，"和瑞忽地想起一事，"刚才你们在讨论的，好像是杜家大小姐？"既然对二小姐有意，为何还设局诱骗杜家大小姐？

石南笑容可掬："没办法，我抢了他的女人，总得还人家一个吧？"

和瑞倒吸一口冷气，一时骂他都找不着词："你……"

临近中午，一个中年发福的男子进了店，张口就问："掌柜的在吗？"

杜诚立刻从里间迎了出来："小人就是。"

"在下龚实梁，"男子微微一笑，递过一张名帖，"是千金坊的管事，负责采买布料。"

杜诚接过名帖，一时有些茫然："龚管事大驾光临，有何指教？"

"有雪缎吗？"

杜诚脸上表情有些羞赧："本店的雪缎有十几款颜色，每款颜色都只有三四匹。"

龚实梁伸出二根手指，道："不管你有多少，我全都要。不过，价格比零卖需低二成。"

"龚管事，你跟我开玩笑吧？"

"若不是要得急，我直接从江南调货，价格还会再低一成。"龚实梁满脸讥嘲地道，"又岂会到你这种小店里进货？"

这倒是实话，不过今年大旱，花溪已经断流，流波河的水位也下降了三四丈，临安禁航，没有通天的本事，大货船根本不能进入京城。而且，旱情还在继续，水位仍在持

续下降。

换言之,在相当长的一段时间里,江南的雪缎很难进入京城,也意味着价格将会水涨船高。

"不好意思,"杜诚心中冷笑,面上仍客客气气地道,"只能下回再跟龚管事您做生意了。"

龚实梁微愣:"这可是一二万两的大买卖。"

"买卖再大若无利润可图也是白搭。"杜诚神色依然恭敬,语气却透着冷淡。

"减一成半?"

杜诚摇头。

"好,"龚实梁瞪了他半天,见他无丝毫转圜之意,只得一咬牙,伸出一根手指,"咱们各退一步,打九折就行,再加已不可能。"

杜诚拱手道谢:"多谢龚管事,以后还请多多关照。"

龚实梁似笑非笑地望着他:"杜掌柜寸步不让,在下心有余悸,可不敢跟你打交道。"

杜诚笑道:"不是小人厉害,实在是雪缎太紧俏了,整个临安都进货无门。"

龚实梁起身付账:"雪缎的数都没凑够,还差二千匹云罗,不知上哪去找?"

杜诚附和道:"来场大雨就好了,航道通了,江南的货才运得进来。"

"眼下整个临安城,怕只有石少东手里有现货了。"龚实梁叹道,"可惜,我们和阅微堂是同行,他就算有货,也绝不会卖给我们。合同已经签了,若是到时交不出货,得按三倍的价钱赔。东家四处奔走,磨得脚都起了泡……"

说到这,忽地意识到失言,猛地住了嘴,干笑两声:"嘿嘿,中午多喝了两杯,瞎扯,瞎扯。"

杜诚心中一动:"我这倒有十几匹,可惜是杯水车薪。"

龚实梁忙道:"怎不早说?有多少赶紧卖我,价格好商量。"

当下,杜诚又把十几匹云罗以比零售价还高一成的价格卖了。

数着厚厚一叠银票,乐得嘴都合不拢。

想着,要是能从石南手里弄到二千匹云罗,岂不发了一笔横财?

越想越坐不住,交代了伙计一声,拔腿就出了铺子,直奔阅微堂。结果却扑了个空,伙计告诉他,石少东去了飘香楼会客。

于是又赶往飘香楼,因走得急,在通往画屏阁的小径上,差点与人撞个满怀。

"没长眼睛呢?"

"对不住。"杜诚忍了气,连声道歉,抬了头一瞧,不禁一呆。

这不是卖雪缎的那位吗?

真是踏破铁鞋无觅处，得来全不费功夫！

杜诚喜出望外，眼见两人就要错身而过，顾不得失礼，追上去抓住他："请留步。"

"有事？"那人上下打量他一眼，满脸狐疑。

"小人杜诚，是瑞祥绸缎铺的掌柜。前些日子，你上门来推销雪缎，还记得吗？"

那人恍然："原来是杜掌柜。"

"请问贵姓？"

"免贵姓陈，你叫我陈三就行。"

"上次真是对不住了，"杜诚生拉活拽，将他拖进一间雅室，"不知那批雪缎……"

"卖完了。"陈三呵呵笑，比了个手势道，"幸亏那笔买卖没成交，以八折的价，一次性卖给千色坊了。"

煮熟的鸭子飞了，杜诚心里颇不是滋味，怔了半天，问："你那有云罗吗？"

陈三奇道："杜掌柜消息真灵通。我手里可不刚好有两千匹云罗，约了石少东，这就要去谈价钱呢。"

杜诚忙道："石少东出什么价，按这个价格卖给我，另外再给你两千辛苦费，如何？"

"这……"陈三略感为难，"不是我不给杜掌柜面子。实在是我跟石少东价钱都谈好了，只剩最后付款，对不住，咱们下次再合作吧。"

杜诚也知道，石南在临安商界的地位，那叫一个呼风唤雨，陈三断不会为两千两开罪石南。

他一咬牙，道："两万！我给两万辛苦费！"

在商言商，面子再大也大不过银子。

芸芸众生，每日奔波忙碌，为的不就是多挣些银子么？

果然，陈三的眼睛亮了，犹豫了一下道："石少东给的价钱很公道，每匹一百六十。"

通常一匹云罗进价是一百五，零卖也就是一百八。一百六十两的价格，一口气进两千匹云罗，还得给两万好处费，实在有些太冒险了。

想着龚实梁给出的超高价格，以及如今临安城里云罗，雪缎供不应求的现况，杜诚刚刚动摇的心，立刻又坚定了起来。

杜诚忙道："我是赚信誉，稍微有点利润，不亏本就行，大家交个朋友。"

"那好，"陈三也是个爽快人，立刻道，"我这就去回了石少东。"

"多谢。"杜诚在雅室里焦急地等待，只觉时间格外漫长。

过了一刻钟，终于见到石南和陈三从画屏阁里出来，站在门口不知道说些什么。石南忽地转过头，朝这边看了一眼，脸上神色似乎很不高兴的样子。

杜诚做贼心虚，立刻把头缩了回来。

惴惴不安地等了半盏茶，陈三终于进来，愁眉苦脸地道："为两万两银子，把石少东开罪了，也不知是福是祸。"

"放心吧，"杜诚言不由衷，"做生意本来讲究的就是愿买愿卖，石少东见惯大场面，这点小事哪会放在心上。"

"事已至此，也只好如此想了。"陈三一脸唏嘘。

为怕夜长梦多，杜诚立时便拉着他去验货。

一路出了临安城，在郊外一座四合院里，见到了堆了满满几间屋子的云罗，随机抽取了一百匹，确实都是正品。

"这里是一千匹，还有一千匹，十天后才到。"陈三道。

"不要紧，那就十天后，再来取货也不迟。"

当场签字画押，交了两万定金，约定了交货时间。

杜诚魂不守舍，辗转了一晚，天还没亮就起了床，连早饭也没吃，直奔千金坊。

递了名帖进去，龚实梁很快便出来："杜掌柜？可是昨天的买卖计算有误，或是银钱上出了差错？"

杜诚连忙道："银货两讫，再无错漏。"

"这就好。"

杜诚搓着手："龚管事，冒昧问一句，贵坊还需要云罗吗？"

"杜掌柜这么快便找到货源了？"龚实梁笑道，"佩服，佩服！还是昨天的价，有多少，我全都收了。"

杜诚屏了呼吸："实不相瞒，我这刚进了二千匹。"

"我跑遍了临安都没找到货源，杜掌柜真是好手段。不知供货的是……"龚实梁好奇探问。

杜诚含糊道："一个朋友。"

龚实梁微微一笑，转了话题："货在哪，带我去验货。"

杜诚展了笑颜："在货仓里，不过眼下只有一半，另一半得十天后才到。"

龚实梁拿出纸笔，立了份买卖契约，签字画押后，把笔交给杜诚："有件事得提醒杜掌柜，到时若交不出货，是要赔三倍的货款的。"

杜诚一愣，心里便打起了鼓。

龚实梁笑道："杜掌柜若没把握，不如先签一千匹，余下的等货到了，再签也不迟。"

杜诚生怕他跟陈三见了面，反把他给撇到一边去了，签了契约后就不怕他反悔，当下把心一横："我签！"

紫苏跳下车，好奇地打量着眼前这幢三进的大院子，青砖青瓦，算不得气派，看上去倒还干净整洁。

一条青石板路蜿蜒在身后，两旁全是一望无际的稻田，青黄的稻穗，散发着谷子特有的清香。

院子里养了数条狗，听到有陌生人的声息，大声吠叫着狂奔了出来。

"初七，把狗制住了。"紫苏心里有些发怵，尖叫道。

初七弯腰，捡了几颗石子，随手就把狗群给放倒了。

紫苏冲她竖起了大拇指："在这里等着……"

话还没说完，从院里奔出几个身穿短褐衣服的男子，怒冲冲地喝道："什么人，敢来我张家塞田庄闹事？"

门口停着一辆青油小车，车旁站着个十二三岁的小丫头，另一个十六七岁的少女，身穿紫色劲装，背上一个长条形包裹，明显藏着一柄长剑，登时一愣。

"罗旭在不在？"紫苏抢先发问。

"姑娘是谁，找罗管事有什么事？"那人虽是庄户人打扮，说话做事却透着精明干练，并不鲁莽。

紫苏有些不耐烦："在便叫他出来，哪这许多啰唆？"

其余人见四五只大狗东倒西歪地躺在地上，登时怒不可抑。

"哪里跑来的野丫头，还没进门，先把主人家的狗给打死？"

初七突然囔了一句："狗肉，好吃！"

"死丫头，你说什么？"几个年轻的后生，气得颈上青筋都冒出来了，冲上来就要打人。

初七只随便抬了抬手，就听"扑通""扑通"几声，接连数人都被她扔进了稻田。

罗旭急匆匆地奔来："瞎了你们狗眼，东家小姐来了，不好生伺候着，竟动起了手！"

原本闹哄哄的院子，一下子安静了下来。

有个愣头青湿淋淋地从稻田里站起来，摸着后脑勺："她们一上来就打死了咱们的狗，谁晓得是东家小姐？"

"闭嘴！"罗旭瞪他一眼，走到油车旁，躬着腰垂着手，一脸的愧色，"乡下人粗鄙没见过世面，有冒犯之处，还望小姐原谅。"

就听清清润润的声音从马车里传出来，带了几分笑意："说到冒犯，倒是我们无礼多些。"

罗旭神色尴尬："小姐，屋里请。"

开了大门，马车直进到院中，这才亲自挑了车帘。

紫苏扶了杜蘅的手，从马车里走了下来。

一身天水碧的雪缎缠枝梅花长衫，滚着二指宽的粉色亮缎，葱绿的十二幅湘裙，裙

边绣着云纹，行走间云飞霞涌，别有一番韵味。

乡下地方，几曾见过穿着打扮得这么漂亮精致的女子，登时一个个都看直了眼。

"滚！"罗旭一声喝，众人作鸟兽散。

将杜蘅引到正厅，在上首坐了，罗旭歉然道："乡下地方，没有好茶，只好请小姐将就些。倒是这些瓜果，都是新摘的，可以尝个鲜。"

紫苏怕不干净，拿出去亲自重洗了一遍，切好装在盘子里再给杜蘅送上来。

"不知小姐今日来……"罗旭试探着问。

杜蘅也不拐弯抹角："一是探望柳姨娘；二来今秋大旱，听说不久将有蝗灾，不知罗管事如何打算？"

罗旭笑道："谣言竟传到京城里去了么？"

杜蘅淡淡道："罗管事认为只是谣言么？"

罗旭听她的语气，竟是有七八分信的，心里虽不苟同，面上却维持了恭敬，小心翼翼地道："虽说民间的确有'久旱必蝗'的谚语，可谚语毕竟是谚语，且这个'久旱'要如何定义，也是说不好的。再者说，就算真有蝗灾，也不知它何时会来。总不能因'可能'，就吓得什么事都不干了吧？"

"我怎么听说，蝗灾会在十月中旬来临，罗管事为何说无法预测？"杜蘅挑眉。

"那不过是传言，如何当得真？"

"万一要是事实呢？"杜蘅冷声反问。

"这……"罗旭一时接不上话。

"我瞧着，那小道士倒有几分道行。"杜蘅淡淡道，"钦天监和工部屯田司未曾发布公文之前，他便预言今秋将有大旱。亏得有他，咱们才能提前打井预防，也才有了今年的好收成。"

"不过是瞎猫碰着死耗子罢了，"罗旭有些不以为然，"再者，小人活了半辈子，从没听说蝗灾亦可早做预言的！"

"田里的稻子还有多久成熟？"杜蘅懒得跟他解释，索性指着窗外，直接问。

"稻子熟了约有七成，全熟大约还需半个月左右。"罗旭道。

"地里所有的稻子收割进仓，需要多长时间？"杜蘅再问。

"从收割到脱粒，再到翻晒，约摸二十天。"

杜蘅冷笑："这么说，稻谷最快也要到十月底才能入仓，若蝗灾属实，到时岂不是颗粒无收？"

罗旭想了想，委婉地问："那依小姐，要如何处置？"

"提前二十天，收割水稻。务必要在十月中旬前，保证所有的稻谷全部进入仓库。"杜蘅没有丝毫犹豫，"不止是你，四季红的曹管事那，也要比照办理！"

罗旭张大了嘴:"小姐,水稻还未全熟,米粒并不饱满。提前收割,不止产量会锐减,米质亦会下降许多!"

"那也比颗粒无收的好。"杜蘅一句话,把他的退路堵死。

"不是,"罗旭急了,"庄户人一年到头,就指着地里的庄稼。别家都因干旱减产,只有咱们打了井,长得最壮实。眼瞅着再等半个月,便是一个大大的丰收年。不能眼睁睁地被一个谣言给毁了!"

杜蘅淡淡道:"凡在下月中旬前稻谷进仓的,免收一年租。拖延不收割的,加倍收租!"

罗旭傻了眼。

杜蘅瞥他一眼:"你要是不听调度,或是觉得安排不下去,现在就可将管事一职卸了。"

"我……"罗旭气得发抖。

"总之,"杜蘅不由分说,做了结论,"明天起,四季红和张家塞,都得开始收割晚稻。"

罗旭憋了一肚子气,脸色很不好看:"既是小姐发了话,小人照办就是。"

田庄是她的,莫说只是提前割稻,就算她要一把火烧了,于他又有何干?!

杜蘅看他一眼,忽地带了几分笑出来:"想骂就骂出声来,憋着容易生病。"

罗旭脸一红:"小人不敢。"

"咱们没有米行,大批屯货就不必了。"杜蘅淡淡道,"见着谢掌柜,记得告诉他,多买些米粮备着,别到时蝗灾来了,临时乱了手脚。"

罗旭见她安排得如此之细,不禁生了狐疑:"小姐似乎很确定,蝗灾真的会如期而来?"

"买几袋米,也多花不了几个钱。"杜蘅笑了笑,并不正面作答,"也许我是杞人忧天,这种事,我是宁信其有,不信其无的。"

罗旭不由腹诽:女人胆子就是小。

嘴里道:"小姐多虑了,就算真有蝗灾,还怕临安没有米卖不成?"

杜蘅微微一笑:"每年十月初五,是临安百官发放禄米的日子。京郊米仓里的米会发放一空。而今年大旱,流波河水位下降得厉害,大楼船根本开不进来。如果蝗灾属实,米价必然推高。"

罗旭一愣:是哦,他倒真忘了这一点。

杜蘅也未再在这个话题上纠缠,转了话题:"柳姨娘呢?"

"在柴房。"罗旭忙站起身,"小姐稍候片刻,容小人安排人替她沐浴更衣了再带过来。"

"不用了，"杜蘅淡淡道，"我只有几句话，说完就走。"

罗旭面上露出尴尬之色："嘿嘿，她，有点……臭……"

杜蘅想了想，道："那就，用水冲一冲。"

"是。"罗旭赶紧去安排。

杂沓的脚步声响起，杜蘅抬头一望，一口茶顿时喷了出来。

柳姨娘被人泡在水缸里，连人带一大缸水，就这么给抬了进来！

"小姐慢慢问。"罗旭朝杜蘅躬身行了一礼，带着人都退了出去。

"啊啊啊！"柳姨娘眼里射出愤怒的光芒，嘴里不断发出低哑难听的声音。

杜蘅起身，慢慢走到水缸边，俯瞰着像个婴儿似的蜷缩在缸里的柳姨娘："姨娘瞧上去，似乎有些清减了呢？怎么，这里的伙食不好，还是下人们待候得不好？"

顿了顿，忽地露出笑容："啊，我忘了姨娘如今有口难言了。这样也好，省下许多力气，说不定能多熬几年。"

"啊啊啊啊！"柳姨娘拼命地想站起来，无奈双脚无力根本支撑不住，只弄得水花四溅，不断发出哗哗的声响。

杜蘅往后退了一步，笑道："姨娘何必气恼？今日我来，一是顺便看望姨娘，二来也是有两个消息特地要告诉姨娘。嗯，姨娘喜欢先听好消息，还是先听坏消息呢？"

想了想，道："都说人逢喜事精神爽，咱们就先说喜事吧。"

伸出一根手指："首先，要恭喜姨娘，大姐怀孕了。"

柳姨娘猛地一惊，眼睛瞪大到极致，大张着嘴巴，叫得越发地急了："啊，啊，啊！"

"我就知道姨娘一定高兴，瞧你欢喜得都不知该说啥了！不必感谢我，这都是大姐的福气。"杜蘅踱回到桌边，拿起杯子喝了口茶。

这才转过身来，慢条斯理地道："坏消息是，大姐被骗了。孩子的爹根本不是和府的三公子，而是长生班的当家小生，林月仙。"

说到这里，话锋一转："大姐对他一片痴心，被迷得神魂颠倒，竟卷了所有积蓄与他私奔。可惜，两人刚出京城便遇着强人打劫，不但所有财物被洗劫一空，还被剥光了衣服塞在麻袋里，差点连命都丢了！"

"姨娘不要担心，瞧见大姐身子的，最多只有七八人，祖母下了封口令，消息被及时封锁，绝对不会影响大姐的闺誉。至于以后，姨娘请放心，只要有我在一天，必会替大姐细细谋划，找一个门当户对的好人家。"

"啊，啊，啊！"柳姨娘目眦欲裂，拼命叫嚷，整个人扑到缸沿，其状十分可怖。

杜蘅颇为遗憾地叹了口气："还有个不好的消息，大姐小产了。可惜，还以为再等八个月，能抱小外甥来见你了呢！"

她蹙了眉，很是担心地道："就怕她们不懂药理，又不知厉害，乱用虎狼之药。这般藏着掖着，也未能好好调理，伤了身子就麻烦了。"

"不过姨娘也别着急，大姐还年轻，夏风又是个通情达理之人，成亲后好好解释，慢慢调理，也不是没有机会。"

柳姨娘蓦地一惊，猛地瞪大了眼珠子。

杜蘅笑了："姨娘为何如此吃惊？这么多年，你一直处心积虑，想要帮大姐谋夺这桩婚事。如今终于能达成所愿，为何并不欢喜？"

"不过是为个男人，姨娘却几次三番要取我性命。"杜蘅脸上的笑容变得极冷，"从今儿起，咱们便擦亮了眼睛，好好看看，大姐嫁到平昌侯府，能有多风光？"

从田庄里出来，杜蘅一直靠着软垫闭目养神，连一个字都不愿意多说。

紫苏也不敢去惊扰，只不时以眼角余光，悄悄瞄她一眼。

"还是觉得，委屈了小侯爷，是不是？"杜蘅突然出声。

紫苏辩道："倒不是怕委屈了小侯爷，是太便宜了杜荇。"

"傻丫头，"杜蘅忽地睁开眼睛，无奈地道，"就算我肯罢手，你以为她们就会乖乖地待着，不惹是生非吗？"

紫苏一愣："小姐的意思？"

"你以为，这些日子三儿天天往外跑，频频给平昌侯府递帖子，为的是啥？"

紫苏不屑地道："自然是眼红你得到恭亲王府的邀请，去参加秋狩，想方设法跟着去呗。"

"她又不会骑射，削尖了脑袋往里钻，是何目的？"杜蘅叹了口气，问。

"你是说……"紫苏眨着眼睛。

"围场打猎，人多眼杂，刀箭无眼，有个损伤意外或是林中迷路走失，岂不是再正常不过？"杜蘅斜睨着她，唇边一抹冰冷的笑，"你还能找出，比这更好的接近小侯爷的机会吗？"

紫苏恍然大悟，怒道："真不要脸！到这个地步了，还不死心！小姐既然知道，为何不及时阻止或提醒小侯爷呢？"

杜蘅淡淡道："他们夫妻缘分未尽，我何必妄做小人？至于夏风，我有什么义务去替他谋划？再者，你怎知杜荇此举，不是正中他的下怀呢？"

紫苏忿忿地道："别的不敢保证，小侯爷对小姐一片丹心，却不是作假。"

"一片丹心？"杜蘅冷笑，"你还真是高看了他！好感或许是有一点，可惜忒不牢靠，经不起一点波折。"

紫苏涨红了脸："小姐先入为主，不肯给他机会罢了！"

"要不要打个赌？"杜蘅瞧她气呼呼的样子，忍不住笑了。

"赌什么？"

杜蘅漫不经心地道："如果夏风此次围场打猎能逃过一劫，我便给他一次机会。如何？"

"小姐得保证，只许旁观，不得推波助澜！"紫苏越想越不放心。

"这次输了，以后都不得再就我的婚事啰唆！"杜蘅也加了条件。

"成交！"

九月二十八，黄道吉日。

天还没亮，杜蘅几姐妹就起床，匆匆用了些早点，套上马车直奔平昌侯府先与夏风等人会了面，再一块去恭亲王府。

等到了恭亲王府，才发现那边已聚了一大堆人，把整条胡同都挤满了，火把通明照得一条街都亮如白昼。

紫苏趴在窗口，数着外面的马车，不时发出啧啧的赞叹："我的天，这么多人涌到别院，到时住哪？"

杜蘅忍不住笑："实在不成，把你吊在树上便是。"

紫苏嗔道："小姐就会取笑我！"

初七背着长剑，雄赳赳气昂昂地跨着一匹乌骓，浑身毛发都黑得发亮，唯有四只马蹄上各裹着一簇雪白的毛。

"四蹄踏雪。"男人路过她身旁，总忍不住停下来细细打量一番，眼里露出几分惊艳之色。

初七见了这么多人，十分兴奋，一直笑嘻嘻地睁着大大的眼睛，好奇地东张西望。

"阿蘅，"夏风骑了马过来，"马上就要出发了，我在队伍的前面，有事打发初七叫我一声。"

杜蘅轻哼了一声。

杜荘在后面的马车上探出头来，笑嘻嘻地道："姐夫，有这么多人呢，你就放心吧！"

一声"姐夫"，惹来周围无数调侃的眼神，夏雨跟着凑趣："就是，咱们几百人守着还怕老虎叼走了三嫂不成？快走吧，再挨下去，天黑可到不了富阳了！"

夏风俊颜一红，拨转了马头，在众人善意的哄笑声里，落荒而逃。

富阳距临安一百多里地，一直到戌时正才抵达目的。

别院的管事训练有素，早早把名单取了去，按照名单分配好住处，到了地头把名字一报，自然有人领着去各自的院落休息。

杜府只是个五品太医，分得的院落比较偏僻，却正合了杜蘅之意。

难得的是杜荇竟然没有抱怨，甚至主动提出把正房留给了杜蘅，她与杜荘分住在两边厢房。

紫苏很是高兴，嘴里哼着轻松的小调，开始动手整理行李。

"阿蘅，你睡了吗？"

"小侯爷，快进来。"紫苏一阵惊喜，跑去开门。

夏风神色略有些局促，犹豫了一下，这才走了进来，一眼见杜蘅只穿着件薄薄的袄子，眉毛便不易察觉地皱了起来。

紫苏笑道："小侯爷请坐，我去泡茶。"

"你，没带毛衣来？"夏风轻声问。

杜蘅朝衣箱努了努嘴："都在箱子里搁着呢，反正要睡了，懒得折腾了。"

"山里不比京城，夜里是极冷的。"夏风眼里含着宠溺的温柔，"宁可麻烦些，真不爱穿，披着也是好的。冻出毛病来，受苦的可是你自个。"

"嗯。"杜蘅垂下眼帘，不与他视线相接。

夏风好脾气地笑了笑："困了？"

"姐夫！"杜茋忽地推门而入，探进半颗头，笑嘻嘻地望着他，"原来你在这呢，让我好找！"

夏风尴尬地偷瞥杜蘅一眼，见她面无表情，微微一笑，似春风拂面："茋儿，别胡说！"

杜茋笑得天真无邪："你早晚要跟姐姐成亲，茋儿哪有胡说？小侯爷是不喜欢我唤你姐夫，还是不想做茋儿的姐夫？"

"别顽皮！"夏风轻声训斥，语气却并不严厉，甚至透着几分愉悦，"找我什么事？"

杜茋不过是见他与杜蘅深宵独处，怕生出什么变故，令她的计划落了空，特地来搅局的。

见夏风追问，灵机一动："姐夫，这里好大又好黑，茋儿害怕。"

夏风微微一怔，望向杜蘅的眼里，便多了几分担忧："要不要我找恭亲王，帮你们换个院子？"

杜蘅淡淡道："咱们来做客，本已打扰太多，岂可再给主家添乱？"

夏风其实与恭亲王走得不算太近，换房也并无把握，闻听此话，暗自松了口气，顺势道："那就先住着，实在不行再说。另外，我再调几个侍卫过来。"

"不用，"杜蘅一口拒绝，"别院戒备森严，再安全不过，再说我有初七。突然调几个侍卫过来，旁人不知内情，反易生出事端。"

夏风倒没想过这一层："是我想得不周。"

杜茋装出一副内疚的样子："都怪我多嘴，害得姐夫跟二姐吵架。"

"茋儿多心了，"夏风红了脸分辩，"这点小事，哪用得着吵？"

"夜深了，你在此多有不便，早点回去休息吧。"杜蘅下逐客令。

"姐夫，我送你！"

"好。"夏风只得跟着杜蘅出门。

"真不要脸!"紫苏气得脸都青了。

"你第一天认识她?"杜蘅笑了,"有时间生闲气,不如把行李整理好,早些安置。"

杜蘅心无挂碍,睡了个好觉。

天刚亮便起床,梳洗完毕,步出院子,四下安静无声,远处群山在层层白雾的缭绕中,若隐若现。

她惬意地伸了个懒腰,正要找棵树倚着,看初七舞剑。

就听"叮"的一声轻响,发丝一颤,来不及反应,身前已站了个人。

"呀!"杜蘅下意识地退了一步,看清来人,不禁大为吃惊,"石南?"

石南弯腰,从地上拾起一朵珠花,冲着初七就吼:"你脑子进水了?看到暗器来了,也不挡!刚才我若再偏半分,现在她已是一具尸体了!"

初七提着剑,莫名其妙地道:"不是没有偏吗?"

石南更气了:"教过你多少遍,暗器来了一定要挡!"

"难道师兄也要杀小姐吗?"初七大吃一惊。

"当然不会!"石南凶巴巴。

"那我为什么要挡?"初七眨巴着眼睛,很不理解。

石南气结,瞪着她好一会儿答不出话。

闭上眼,深呼吸几遍,好容易按捺住脾气,耐心教导:"坏人不会在额头上刻字!围场打猎羽箭乱飞,危险更是随时有可能发生,所以你一定得时刻提防着!"

"射不中的也要挡?"初七嘟着嘴,颇不乐意,"那我岂不是要忙死?"

"你!"石南气得吐血。

"扑!"杜蘅实在忍不住,笑出声来。

"都是你惹出来的,还好意思笑!"石南狠狠瞪她一眼,自个倒忍不住先笑了!

"你怎么会来?"杜蘅有些好奇,"事前没听你提过。"

"嘿嘿,"石南笑着摇了摇手上的珠花,"特意不告诉你,就为了给你一个惊喜。"

杜蘅轻哧,嘴角微微往上一翘:"什么惊喜,惊吓还差不多!"

"吓到你了吗?"石南一怔,立刻道歉,"对不起!"

"还好啦!"

"阿蘅!"

杜蘅眉心几不可察地蹙起来,转过身:"小侯爷,早。"

夏风一脸狐疑地走过来,温柔地道:"怎么不多睡会?"

远远就看到杜蘅跟一个男子在一起交谈,走近了一瞧,竟然是石南。

他心中不喜,面上依然温和有礼:"石少东也来了?"

石南耸了耸肩，满不在乎地道："呵呵，闲着无聊，来凑个人数。"

夏风心知肚明，别院里起码有一半以上都未获正式邀请，靠着别人的关系"蹭"来的。

事实上，他就擅自做主带了杜荇杜苤进来。

"早上霜重，怎么不多穿点？"夏风说着，很自然地解了自个的披风往杜蘅肩上披去。

石南眼睛微微一眯，含笑望向杜蘅，不无嘲讽："小侯爷真是心细如发，二小姐好福气。"

杜蘅闪身避开："我这就进屋去。"

夏风也不坚持，提高了声音叮嘱："辰时进山，跟杜荇和杜苤说一声，别误了时辰。"

"回见。"石南摇了摇手，晃悠悠地进了相邻的院落。

夏风心中一动，脱口道："石少东请留步。"

"小侯爷有何指教？"石南停步回头。

"你，住在这里？"夏风上下打量着他。

"有问题？"石南笑觑着他，黑眸里闪着莫名的火花。

"我住在北院邀月阁，"夏风抬起手朝北边指了指，道，"能否请石少东行个方便，与我交换住处？"

富阳别院分东南西北四个大院，唯有最尊贵的皇室宗亲或是外姓王爷才有资格入住南院。接下来依次是北院，东院和西院。

虽然格局和陈设都相差无几，却是身份地位的象征。

石南眼中精光一闪而逝，笑了笑："为什么？"

夏风有些着恼，按捺了性子："阿蘅是我的未婚妻，住到一起，方便照料。"

看着他明明不喜欢自己，偏还要装出风度翩翩的样子来，石南觉得有趣地笑了起来。

忽地往前踏了一步，向他勾了勾手指。

夏风不疑有他，下意识地倾身过去，语气仍然十分的温和，却隐含了鄙夷之意："石少东有何需求？"

"老实说，"石南诡秘一笑，"你想跟阿蘅住一起，不是为了方便照料，是为了方便偷窥吧？"

"你！"夏风勃然变色。

石南却已哈哈大笑着离去，看都懒得再看他一眼。

紫苏端了饭菜进门，一件件往桌上摆，听到熟悉的笑声传来，惊疑不定："咦，我耳朵好像出毛病了，这笑声怎么那么像石少爷！"

杜蘅取了一粒汤包，慢条斯理地咬了一口，道："没错，就是他！"

"你们见过？"紫苏一愣，手顿在半空。

"早上出去散步，才知道他也来了。"她早该想到的，连金蕊宴都能混进去，区区一个富阳别院，还真拦不住他。

笑声此时方歇，紫苏摇头："笑得这么嚣张，不晓得又在拿哪个倒霉鬼开涮。"

杜蘅不吭声，眼里闪过一丝笑意。

如果猜得不错，那个倒霉鬼一定是夏风。

奇怪的是，夏风被石南刁难，她一点也不觉得难堪，反而觉着痛快。

紫苏默默地观察了她好久，冷不防问："小姐好像很高兴？"

"哪有。"杜蘅回过神，迅速否认，"只不知那两个人起来没有。"

不过，石南出现后，紧绷的情绪倒是一下子便放松了。

他这人就是有这种讨人厌的本事：就算天塌下来，也浑不当回事，照样嬉笑度日。

常常让她恨得牙痒痒的同时，又生出种奇怪的安心感。

似乎，只要有他在，天大的事也能解决。

紫苏没有多想："我去看看。"

杜荇和杜苤起得迟，此时尚在梳洗，杜蘅穿戴整齐便先出去等候。

一声响亮的口哨传来，循声望过去，见石南靠在墙上，脚边一个包裹，双手环胸，偏着头一脸痞痞地望着她。

见她看过来，石南笑嘻嘻地道："哟，二小姐穿得这么漂亮，是去赴宴呢，还是去听戏？"

听出他话里有话，杜蘅皱了皱眉，坦然承认："我反正没打算进林子。"

所以，即便穿得累赘点，也没什么。

石南一脸鄙夷："都已经到了围场，连林子都不进，你也好意思？"

"我什么都不会，进去只会添乱。"杜蘅摇头。

"胆小鬼！"石南激将不成，改为怂恿，"有初七呢，怕什么？实在不行，我委屈点，给你当个临时保镖，怎么样？"

"我怕折了寿！"杜蘅不客气地道。

石南哈哈大笑："接着！"

杜蘅下意识便接在手里，低头一瞧，原来是他扔在脚边的包裹，打开一看，竟是一套猎装！

大红团花猞猁皮加毛领的袄子，冰蓝色镶银狐皮裙，紫貂毛的昭君套，甚至还搭配了一双精致可爱的鹿皮靴子。

杜蘅疑惑地抬眸。

"换上。"石南吐出两字，转身踱了回去。

杜蘅摸着光滑柔软的皮毛，一时有些怔忡。

紫苏见她捧了个包裹进来，立刻便迎了上来："咦，哪来的？"

杜蘅轻描淡写地道："石南送的，先收着，找个机会还他。"

紫苏打开一瞧，喜欢得两眼放光："好歹是人家的一番心意，搁着岂非浪费？"

"无功不受禄……"

"得了，"紫苏取笑："石少东哪在乎这些？"

杜蘅一想也是，收都收了，不穿岂非矫情？

于是，换上。

"小姐，这里！"初七骑着四蹄踏雪，正等得不耐烦，见杜蘅出来，招手唤道。

杜蘅慢慢走过去，却不见石南，微微松了口气的同时，略有些失望："你一个人？"

"握紧了。"初七说着，伸了手给她。

"做什么？"杜蘅一脸莫名，只觉身子一轻，整个人失了重——"啊！"惊呼声未绝，人已上了马背。

初七一手环住她的腰，另一手握着缰绳："走了。"

"喂，喂！"杜蘅身子一晃，往后靠在了初七的怀中，"等等……"

初七哪里肯听？双腿一夹马腹，箭似的射了出去。

"小姐，小姐！"紫苏猝不及防，等反应过来，两人一骑已经不见了踪影。

她气得猛跺脚："你们走了，我怎么办啊？"

"你留在这里看房子。"后面跟来的石南大笑着翻身上马，绝尘而去。

27　情难自禁

别院的大广场上，男人们跨着骏马，身背长箭，三五成群聚在一起，场面十分热闹。

随行的女眷虽不下二三十人，最引人注目的是夏雪和杜荇。

看得出来，今日杜荇刻意打扮过，身着百蝶穿花大红织锦毛边锦袄，洒金的石榴红凤尾裙，梳着漂亮的弯月髻，头戴嵌大红宝石的金凤步摇，整个人娇艳华丽，犹如盛放的牡丹，艳光四射，美得惊人。

反观夏雪，一身冰蓝的劲装，镶着纯白的银狐毛，身披宝蓝出毛大氅，银狐的昭君帽，越发衬得肌肤胜雪，明艳中透出清丽，眼波流转之间，更是楚楚动人，有股说不出的神韵，让人移不开眼。

这二人，一人富贵浓艳似盛开的牡丹，一人却清雅绝伦，如空谷幽兰。

忽听一阵泼雨似的马蹄声，一道黑色闪电倏然而止，却在惊呼声乍起时，戛然而止。

这两人一出现，立刻抢走了夏雪和杜荇两人的光芒，吸走了所有人的视线。

马上端坐着两名女子，初七刚劲婀娜，杜蘅清新俏丽。

夏风又惊又喜，拍马迎上去："阿蘅，原来你会骑马？"

"我不会，"杜蘅苦笑，"初七强迫我的。"

她不止会骑，骑术还算不错。

只不过，她如今的身份是杜府的二小姐，还是低调些好。

"你穿这身，真好看。"夏风凝视着她，眼里是掩不住的热烈。

杜荇和杜荘，万料不到杜蘅竟然以这种方式出场，登时又恨又妒。

夏雪瞪着目不转睛盯着杜蘅看的南宫宸，眼中喷出怒火："这就是你们所宣称的，万无一失？"

杜荘咬着牙，冷声笑道："不要紧，七天时间长得很，慢慢陪她玩。"

宿营地选在一片极开阔的山谷，两边高山耸立，古木森森，四周建了高达两丈的栅栏。

营地里搭建了数十座帐篷，按照别院的住所标注了名称，众人抵达后便有侍女引领，各自对号入座，很是便宜。

营地的规模虽已不算小，跟别院的房子比起来，自然相距甚远。

杜蘅骑马，加上踏雪是万里挑一的神驹，虽驮了两个人，脚程仍是快得出奇，足足比杜荇一行人早了大半个时辰。

正打算到帐篷里休息片刻，肩上忽地搭了一只手："二小姐，还记得我吗？"

杜蘅回首，看清来人，含笑道："陈小姐。"

陈婷婷大为高兴："太好了，你还记得我！终于有个能说得上话的人了！"

后领忽地一紧，没等她反应过来，已给人拎起来，扔到一旁。

幸得她自小随父亲习武，身手矫健，立时便一个鲤鱼打挺，站了起来。

初七喝道："离小姐远点！"

"初七，不得无礼！"杜蘅吓了一跳，忙走过去把陈婷婷衣服上的草屑拍掉，连声道歉，"对不住，初七性子有些急，我替她赔罪。"

初七眨巴着大眼睛："好人？"

"好人！"杜蘅点头。

"哇，"陈婷婷一脸兴奋，"妹妹这个侍卫身手了得！"望着初七，跃跃欲试："喂，咱俩比画比画？"

"别，"杜蘅骇笑，急忙制止，"她出手没有轻重，伤了骨头可不是好要的。"

陈婷婷倒也有自知之明，道："那就等狩猎完之后，再找个时间比试。"

杜蘅松了口气:"这就对了。"

陈婷婷搭了杜蘅的肩:"你住哪儿?"

"西院落花阁。"杜蘅抬起下巴,朝近在咫尺的帐篷指了指。

这里紧靠着栅栏,若是运气不好,有野兽闯入,第一个遭殃的就是西院了。

"真的?"陈婷婷大喜,"我也住西院,浣花阁,跟你只隔着两座帐篷!我跟我哥一块来的,正好一个人无聊,晚上去找你玩啊!"

杜蘅笑而不语。

陈婷婷一拍脑袋:"瞧我这脑子!你自然是跟小侯爷一块来的!"

忽地涨红了脸,期期艾艾道:"呃,我去找你,不会打扰到你和小侯爷吧?"

杜蘅轻咳一声,把话题引开:"我第一次来围场,咱们去别处逛逛吧。"

"好!"陈婷婷只当她害羞,也不戳破,"你想先从哪里参观起?"

初七手一抬,毫不犹豫地指着远处袅袅的炊烟。

营地上烧了十几堆篝火,支了好几个大铁锅,架子上烤着三只全羊,两只獐子,还有一头梅花鹿,肉香四溢,引得人食指大动。

初七闻到香味哪里还按捺得住,冲过去围着架子,垂涎欲滴地嚷嚷:"好香!"

杜蘅掩住脸,恨不得地上突然裂个洞,钻进去。

果然,初七转过身,拼命冲她招手:"小姐快来,有肉吃!"

天真率直,毫不作伪之态,让人忍俊不禁,惹来一片哄堂大笑。

女眷极少有骑马的,这时营地里的女子寥寥可数,笑声一起,立时便有人朝这边走了过来。

"小妹妹,肉还没熟。"侍卫好心提醒。

"初七,"杜蘅轻轻拉着她的袖子,"咱们先去别处玩,啊?"

初七摇头,直愣愣地杵在架子前,不肯走:"我等。"

"肉一时半会也不能熟,在这干等着,多没意思。先去别处逛一圈,熟了再来,啊?"陈婷婷加入劝哄的行列。

"不要,"初七眨巴着眼,一副"我很聪明,你休想骗我"的表情,"一会儿人多,不够吃。"

陈婷婷:"……"

南宫宸实在忍不住,"扑"地笑出声来:"你从哪找来这么个活宝?"

"王爷!"侍卫转头,猛地见了他,吓得个个垂手肃立。

"活宝是什么?"初七好奇地反问。

南宫宸一愣,一时不好解释。

初七却已明白过来,怒道:"你骂我,坏人!"

杜蘅生怕他责骂初七，忙拉着她往后退了一步，屈膝行了一礼："参见王爷。"

南宫宸眼里的笑容敛去，冷着脸踱到一旁。

夏风忙打圆场："初七孩子心性，说话率直，王爷莫怪。"

"本王没瞎！"南宫宸冷哼一声，拂袖而去。

陈婷婷放柔了声音，试图安抚初七："王爷没有骂你，他跟你开玩笑呢！"

"他都没有笑，他是坏人！"初七坚持。

陈婷婷："……"

夏风叹了口气，轻声道："你要带她来，怎么不跟我商量？"

杜蘅眉一挑，不客气地道："你带人也没见事先征求我的意见？"

夏风一怔，忙解释："这怎么一样？杜荇和杜茳是你的亲姐妹，大家是一家人。再说，我也是怕她给你惹祸。"

"不劳费心。"杜蘅冷笑，"有这闲工夫，小侯爷还是多担心担心自己吧！"

"什么意思？"夏风挑眉。

杜蘅抬起下巴，朝远处集结地指了指："他们在等你了。"

夏风心知她故意转移话题，苦笑一声，道："我先去抽签，一会再过来。林子里有猛兽出没，十分凶险，你千万不要乱跑，知道吗？"

杜蘅不答，转过身望着远处连绵起伏的山脉。

"初七天真率直，我其实也很喜欢她。"夏风忍不住为自己再辩解一句，"只不过，这种场合并不适合她。"

杜蘅懒得跟他啰唆，索性走到另一个架子旁去。

"小侯爷，小夫妻的悄悄话留着晚上再说，先过来抽签！"有人大声调侃。

夏风无奈，只好先过去抽签。

参加狩猎的有近一百人，刨开二十几个女眷，还剩七八十人。

按惯例，这七十几人分成四大组，恭亲王、燕王、赵王、魏王各领一队，余下众人抽签。根据每天所猎猎物，折算分数，得分最高的一队获胜。

猎物的分数，按其凶猛、多寡，捕获的难易程度等等条件，折算的分数也不同，难度越高，得分也越高。

获胜的一队，有权力指定垫底的一队，做任何事。

男人们抽签分组完毕，女眷的车队也陆续抵达。

很快到了巳时，饭菜装在食盒里，分发到各个帐篷。

杜蘅把自个盘子里的烤鹿肉，羊肉，獐子，一股脑全都拨给初七："哪，吃吧！"

"还有我的，也都拿去！"陈婷婷大方地道。

初七咽了咽口水："全给我，小姐吃啥？"

"哟，这小丫头还挺有良心！"陈婷婷乐了。

杜薇温柔地摸摸她的头："你吃吧，我不太喜欢吃肉。"

"真的？"初七大喜，不再迟疑，开始大快朵颐。

"恭亲王有赏。"

杜薇一愣，这打猎还没开始呢，怎么就赏上了？

掀了帐帘出去一瞧，门外站着一排侍女，每人手里端着一个盘子。

黄澄澄，香喷喷的各种肉食，堆得小山似的，香气四溢。

"燕王有赏！"

这还没回过神呢，那边又来一排侍女，每人也端一个大托盘，盘上还是各种肉。

再过一会，夏风也来了，提着一只食盒，见了这场面，笑道："我来晚了。"

杜薇傻眼了。

陈婷婷笑抽了："完了！接下来的几天，天天打猎，肉多得撑死你！"

初七喜得手舞足蹈："肉多，好！"

就见她席地而坐，也不用筷子，左右开弓，一口气吃了七八盘，这才停了手，拍着鼓胀的肚皮，心满意足地道："饱了！"

杜薇早就看呆了："初七啊，这些日子，真委屈你了！"

陈婷婷叹为观止："我的天，我真怀疑这家伙是不是有五个胃！"

杜荏回过神来，撇撇嘴，进出两字："丢人！"

杜薇根本懒得理，找了张油纸出来，包了一大块鹿肉递到她手上："留着，一会儿到山里吃。"

"嗯嗯，"初七喜不自禁，"小姐最帅，小姐文韬武略……"

杜薇一把掩住她的嘴："行了行了，赶紧去看看，别让人乘乱把踏雪给牵走了。"

"那可不行！"一听有人偷她的踏雪，初七不干了，跳起来就往外冲。

陈婷婷一脸趣味："初七刚才说啥？"

"小孩子胡言乱语，哪当得了真？"杜薇说着，推着她出了帐篷，"快走吧，要出发了！"

"你不去？"

"我什么都不会，就不凑这个热闹了。"

"有初七和我呢，你怕什么？"

"我只会拖后腿，岂不扫兴？"

陈婷婷瞟一眼帐篷："你就当是去爬山，总好过留在这跟人斗嘴皮子。"

杜薇想了想，还有几天时间，一直避着也不是办法："去就去，别后悔就成。"

"嘿嘿，绝对不会！"陈婷婷二指伸进嘴里，打了个响亮的呼哨，一匹枣红色的骏

马应声飞奔而来。

初七跨着踏雪，弯腰将杜蘅拉上马背："走！"

三人两骑，绝尘而去。

杜荇和杜荏这才从帐篷里出来，望着远去的身影，杜荇咬牙："姓陈的从哪里冒出来的？挑唆得她进了山，这下想要除掉她就难了！"

杜荏轻哼："能进山的女人不多，正是她勾三搭四的好机会，又岂会放过？不过你放心，我都计划好了，不管她进不进山，都是死路一条！"

"满山都是人，她不会有这么大的胆子吧？"

杜荏剜她一眼："刚才的情形你还没看明白？这么多女眷，哪个不比她身份高贵？恭亲王和燕王为什么单单只赏她，还是当着小侯爷的面！"

杜荇立刻不吭声了。

"暂时还得留她一命。"杜荏咬着手指踱了几个来回，做了决定，"先把小侯爷拿下。"

"都布置好了，干吗又改？"杜荇不同意。

"你傻啊？"杜荏白她一眼，"她若是死了，狩猎立刻就会中止。小侯爷还有什么心思跟你风花雪月？"

"这次不行，就等下次。"杜荇一窒，道，"总之先杀了她再说！"

"当断不断，反受其乱！"杜荏冷笑，"咱们以前就坏在'下次'三个字上！总想着下次还有机会，瞻前顾后,结果浪费了一次又一次的机会，被她迫到如此艰难的境地！"

杜荇默然半晌："事成之后，一定要除掉这个贱人。"

"不为你，也为娘，这个仇一定要报！"杜荏眼里射出仇恨的光芒，"这片林子就是她的埋骨之处！"

一大群人呼啦啦涌进林子，直到天黑才陆续返回，清点战利品，统计分数完毕，第一天恭亲王队以三十分的优势险胜。

胜了的豪情万丈，输了的斗志昂扬，发誓一定会后来居上。

晚餐就在嬉笑怒骂声中，围着篝火结束。

杜蘅虽然不用动一根手指头，可跟着初七在山里颠了一下午，也着实累得够呛。

胡乱吃了点东西，要了热水洗漱完毕，就回帐篷睡觉了。

陈婷婷精力充沛，兴致勃勃跑来，隔老远就嚷嚷："阿蘅，阿蘅！"

进了门，见只有她一个人，奇道："咦，她们两个呢？"

"谁知道？"杜蘅打了个呵欠，"许是出去玩去了吧。"

"快，我们也走吧！"

"我要睡觉，你自个去玩吧。"杜蘅兴趣缺缺。

"很好玩的，好多节目呢。"

"我如果去了,明天铁定进不了山。"杜蘅两眼无神。

"那,"陈婷婷权衡利弊,遗憾地走了,"你好好休息。"

陈婷婷回到篝火旁,无意间发现夏风跟着一个女子急匆匆地离开营地。

那女子身量矮小,还没长开,分明就是杜荭。

看两人走的方向,却是要进山的样子。

她咕哝了一句:"奇怪,这么晚了,到处乌漆抹黑的,跑林子里做甚?"

"婷婷!"陈定因不见她,找了过来。

"大哥!"陈婷婷没有多想,转身跟着陈定走了。

"荭儿,什么事这么急?"夏风跟着杜荭一直走到营地栅栏边上,停下来,问。

"姐夫,不好了!"杜荭惊慌失措,扑通一声跪在地上,"求求你,救救姐姐吧。"

"这是做什么?有事慢慢说。"夏风吃了一惊,忙伸手去拉她。

"大姐和二姐吵架,一气之下跑到山里去了。"杜荭跪在地上不肯起来,抽抽搭搭地道,"天这么黑了,她还没回来,我怕她出事。"

"谁跑到山里去了?"夏风心一紧,忙问,"是杜荇,还是阿蘅?"

"是大姐!"杜荭哭得一抽一抽。

夏风松了口气:"别急,我去通知王爷,立刻派人进山去找。"说着,转身就要走。

"姐夫!"杜荭一把抱住他的手臂,苦苦哀求,"此事万万不能声张!大姐还没许人家,这要是传扬出去了,她的名声就全毁了!她又是个烈性子,这般大张旗鼓地去寻,就算找了回来,也宁肯一头撞死!"

夏风脸上显出为难之色:"这……"

"姐姐是个弱质女流,又不熟地形,我猜她一定走得不远。"杜荭言词恳切,语带悲声,"求姐夫看在二姐的分上,救救大姐吧!"

"可是……"

"荭儿已经没了娘,大哥也盲了双目!姐夫难道忍心让我再失去大姐么?"杜荭泣不成声,白嫩的脸蛋在月光下,显得越发楚楚可怜。

夏风心一软:"好,我帮你去找,你先回帐篷等消息。"

"谢谢姐夫!"杜荭垂头,眸中一丝兴奋一闪而逝。

"回去,这里离林子太近。"夏风挥了挥手。

"嗯。"杜荭乖顺地往回走了一段,转过身见夏风已经越过了栅栏,进入到黑黢黢的林子。

得意一笑,迅速回到篝火旁,加入到狂欢的人群之中。

夏风进入密林,没多久便听到了脚步声,从声音的方向判断脚步声是往山顶的方向去了。

"谁？"他试探着唤了一声，不料那脚步声竟是越发地疾了，一丝不安从心底涌起。

来参加围猎的，绝大多数是年轻男子，品性良莠不齐，不能完全排除个别人色欲熏心，被杜荇惊人的美貌冲昏了头脑，做出猪狗不如之事。

杜荇是他带来的，出了事，他如何向阿蘅，以及杜家交代？

这么一想，他不禁更加着急了，抄小路朝山顶狂奔，很快便听到了清晰的奔跑声，以及树枝摇动发出的沙沙声。

夏风纵身跃上树梢，发现杜荇正被两个蒙面的黑衣人扛在肩上朝着前面疾奔！

刷地拔出腰间长剑，大喝一声："贼子，看剑！"

"走！"那人反应迅速，将杜荇往前面一抛，不进反退，从两树之间穿了出来，只听"哧"地一声响，臂上已经挨了一剑，瞬间血流如注。

前面那个黑衣人竟然不顾同伴，扛着杜荇往前狂奔。

夏风顾不得恋战，拔腿便追："哪里跑？"

"小子，别多管闲事！"受伤的蒙面人，狞笑着挥舞一柄钢刀挡住了夏风的去路。

岂料夏风竟是虚张声势，半空中突然一个转折，倏然落向左前侧的树梢，几个纵跃已经疾若流星般拦截了前面黑衣人的去路："把人放下，饶你不死！"

蒙面人应变也快，立刻抓了杜荇的双足，把她做了肉盾，直接去挡夏风的宝剑。

夏风这一招仍然是虚招，不等击实，中途已经变招，变刺为削，剑锋沿着杜荇的手臂平平削了下去，直切蒙面人的双手。

迫不得已，蒙面人只得撒手自保，抬脚将杜荇踹了过去："给你！"

这样一来，杜荇由原本的平躺变成了直立，夏风迫得撤剑回防。

砰的一声，杜荇倒在地上"哎呀"痛呼出声。

这时受伤的黑衣人已经赶到，两个人一前一后夹击夏风。

夏风怕激战中剑风波及杜荇，且战且走，一边大声喝道："杜荇，快走！"

杜荇爬起来，哭道："小侯爷，不要管我……"

"老子送你们去地府做对苦命鸳鸯！"蒙面人面目狰狞，竟不追夏风，却执着刀双双朝杜荇扑了过来。

夏风大惊，只得赶过来拦截。

"啊！"杜荇惨叫一声，忽像一截烂木头沿着陡坡一路往下翻滚而去。

"杜荇！"夏风厉吼一声，俯身一个疾冲，疾若流星地掠了过去，捉住了她的一片衣角。

"小侯爷！"杜荇仰头，美眸中满是惊惶。

"别怕……"安抚的话尚未出口，腰间一麻，人已失了知觉。

杜荇似断了线的纸鸢向下翻滚。

两个黑衣人面面相觑，各自都从对方眼中看到了惊疑。

耳边传来一阵轻笑，颈间忽地一凉，咕咚一声，两个黑衣人栽倒在地。

一条人影从暗处走出来，捡起地上钢刀，在夏风左臂上轻轻一划，叹道："小侯爷，美人不是什么人都能救的。"

飞起一脚，将夏风踹下陡坡。

也不知过了多久杜荇才悠悠醒转，睁开眼睛一看，头顶是灰蒙蒙的苍穹，四周是参天的大树，鼻边充塞的是腐烂的味道。

杜荇心惊胆战地爬了起来，手指触到冰冷的硬物，摸起来一看，竟是把锋利的匕首。

"啊！"她尖叫一声，慌乱地把匕首扔出老远，这才发现，除了她坑底还躺着一个男人。

定睛一瞧，不是小侯爷夏风是谁？

她又惊又喜，慌乱爬过去，这才发现他整条左臂都被血浸红了。

"小侯爷，小侯爷！"杜荇吓得浑身发抖，哆嗦着把手伸到他鼻下试探。

温热的气息拂到指尖，她长长地吁了口气。

一咬牙，爬过去捡起匕首，割开裙子，慢慢地缠上他的手臂。

她缠得极认真，极仔细，一圈又一圈，当最后一圈结束，系上死结。

她清楚地知道，从今天起，她的命运便像这绷带一样，将会一辈子与夏风紧紧地联系在一起。

从夏风听从杜荘的话，踏进林中寻她的那一刻起，她便知道，她赢了！

做完这一切，耗掉了她最后的力气，杜荇背对着他，轻轻一笑，放心地沉入黑暗……

"阿蘅，快醒醒！"杜蘅好梦正酣，忽然被一阵剧烈的摇晃惊醒。

睁开眼一看，陈婷婷蹲在身旁，焦灼地俯瞰着她。

杜蘅茫然地望着她："这么快就天亮了？"

"出事了！"陈婷婷压低声音道。

给她一提，才发现帐外人影幢幢，马嘶人喊，闹哄哄一团。

"有野兽跑到营地来了吗？"

"小侯爷不见了！"

"会不会是趁夜上山打猎去了？我听说，晚上猎狐是最好的，有好多人都……"

陈婷婷摇头，一脸同情："已清点过人数，除了小侯爷和……你大姐，所有人都在。"

"三儿呢？"杜蘅立刻问。

"恭亲王叫她去问话，这会应该还在王爷的大帐里。"陈婷婷犹豫了一下，极快地道，"其实，我从你这里出去时，好像看到三小姐跟小侯爷往栅栏那边走。"

"你跟王爷说过没有？"

陈婷婷咬着下唇，有点内疚地道："当时光线很暗，人又多，我怕是眼花看错了，反而误导了大家，不敢乱说话。"

杜蘅以最快的速度穿戴整齐，起身到矮桌上倒了杯茶，递给她："喝口水，坐下来等消息。"

"你不打算去看看？"陈婷婷惊讶地问。

"好个没心没肺的冷血女人！"帐帘一晃，夏雨闯了进来，指着她厉声喝骂，"三哥生死未卜，你竟然无动于衷！"

陈婷婷吓得跳起来："你做什么？"

杜蘅安坐不动，淡淡地道："我不懂武功，不熟路径，既不能帮着寻人，又不能出谋划策。这个时候，照顾好自己，不给别人添麻烦，就是在帮忙。"

夏雨咬牙切齿："借口，全都是借口！"

杜蘅不慌不忙地道："有恭亲王，燕王，赵王等几位王爷主持大局，又何需我来置喙？"

陈婷婷仗义执言："我说要去，都被大哥阻止了，要我来陪着阿蘅……"

夏雨怒道："平昌侯府的事，轮不到你说话！"

杜蘅神色冷淡："四少爷与其浪费时间在这里指责我，倒不如把精力用来寻找小侯爷。"

"等找到三哥，回头再跟你算账！"夏雨狠狠瞪她一眼，一跺脚，扭身冲了出去。

"他打不过我。"初七瘪嘴。

杜蘅撩起帘子走到帐外，只见蜿蜒的山道上，无数火把连成一条条长龙，不停地朝着密林深处延伸。

"小侯爷！"

"夏风！"

呼声此起彼伏，在群山中回荡。

"别担心，"陈婷婷跟出来，"小侯爷吉人天相，定会平安无事。"

杜蘅弯唇，勾出一抹冷笑。

他当然平安无事，不止无事，只怕此刻正软玉温香抱满怀，享受着飞来的艳福呢！

夏风是被漫山遍野的呼声给惊醒的，睁开眼，自己置身一个天然形成的大坑里："杜荇！"

下一秒，他愣住，瞳孔张开。

杜荇就在身前，离他不足一丈远，脆弱得如只受伤的小鹿，安静地蜷缩在落叶上。

"杜荇！"他扑过去，轻拍她的脸颊。

杜荇羽睫轻轻颤了颤，缓缓睁开双眼，"啊"地尖叫起来。

"别怕，是我。"夏风忙安抚。

看清来人，杜荇神情激动，大大的眸子里迅速漾起层层水雾，猛地扑进他怀中："吓死我了，呜呜……"

夏风神情尴尬，触电似的将她推开，保持一臂的安全距离，柔声安慰："没事了，别怕。"

这一看，才发现她的袖子被荆棘钩破了，沾满了青色的苔藓，雪白的手肘和绝美的脸蛋上纵横着深深浅浅的瘀痕——显然是从坡上翻滚而下时擦伤的。

令人惊惧的是，她身上那条漂亮的凤尾裙，凤尾已经完全消失了，露出里面浅粉色的衬裙。

他心一悸，撇过头看到了自己的手臂。

银白的猎装上染满了鲜血，比鲜血更艳的，是那一圈圈细细绕在臂间的缎带。

忽然间，他知道杜荇的凤尾裙去了哪里。松了口气的同时，心内五味杂陈。

似乎是歉疚，又似乎是感激，当然也不能否认有一丝男人的骄傲。然而，更多的却是惶恐和茫然。

漫山遍野的呼声，意味着想要悄然掩盖已经不可能。

杜荇显然也意识到了这点，绝美的脸蛋上，有着深深的绝望。

她轻咬着唇瓣，忽地捡起地上的匕首，就往自己脖子上抹。

"你做什么！"夏风猛地握住她的手腕，将匕首夺下，"好容易救下你的命，岂可轻易寻死？"

杜荇扑过去奋力抢夺："让我死，除了死，还有什么路可走？"

"你别傻，那些人并没有把你怎样！"

"那又如何？"杜荇哀痛欲绝，珠泪滚滚而下，"世人根本不管真相，他们只信自己看到的！况且，我……"

就算昨夜的贼子没有得逞，可她衣衫不整与他独处了整整一晚。

除非他肯娶她，否则，世上谁会相信他们之间是清白的？

"呜呜，"杜荇低着头，伤心地啜泣着，"让我死！与其一辈子让人戳脊梁骨，还不如死了干净！"

夏风的手握成拳，又松开，松开又握紧，内心反复挣扎着。

不想看着杜荇羞愤自尽，就必须站出来承担责任。

可他也清楚知道，这势必会成为横在他和阿蘅之间的一道坎。

他不想失去阿蘅，任何人都不可能替代阿蘅在他心目中的地位。

是冷漠地置身事外，一辈子受良心谴责；还是冒着与心爱之人失之交臂的危险，捍卫他恪守一生的行为准则？

杜荇低泣着，偷眼觑着他，心提到嗓子眼。

她的命运，全系在他一念之间了！

"小侯爷的剑！"常安咋咋呼呼的惊嚷近在咫尺。

"血，这里有血迹！"

"让我死！"杜荇一咬牙，作势去抢匕首，整个人不顾一切地扑到他怀中，"我不想连累小侯爷，求求你，让我死吧！"

刹那间，软玉温香抱满怀，女性特有的馨香幽幽地蹿入鼻端。

她瞪着迷蒙的眼睛望着他，香肩颤抖，脸上写着一丝决然的凄怆。

他一阵心软，推开她，轻声道："交给我，我来解决。"

"怎么解决？"

夏风一咬牙："等回了临安，我便去杜府求亲。只是我已与阿蘅定亲……"头顶的脚步声越来越近，越来越响，他顿了顿，加快了语速，"只好，委屈你……"

杜荇含泪哽咽："小侯爷是为救我，才出此下策。荇儿不敢说委屈，委屈的是小侯爷……"

话未完，头顶那片天空呼啦一下，出现了十几颗脑袋。

杜荇忙掩紧了衣衫，急步躲到夏风身后。

常安一个虎扑，跳下深坑，抱住他号啕大哭："少爷，可找到你了！呜呜……"

"咳咳。"夏风被他抱得喘不过气。

"小侯爷冻了一晚，先把本王的大氅披上。"南宫宸解下大氅，抛了下来。

"谢了。"夏风接过大氅，转过身轻轻披到杜荇身上。

常安这时才看到杜荇，也发现了夏风臂上的血迹，愣愣地张大了嘴："少爷，你，你受伤了？"

"皮外伤，不碍事。"夏风垂着眸，掩掉所有的情绪。

"快，把小侯爷拉出来！"从坑上垂下来一根麻绳。

夏风弯腰将她打横抱在怀中，借着绳索的拉力，踏着坑壁，几个纵跃出了深坑。

"你小子……"南宫宸挥拳欲打，瞧清他怀里抱着的女子，动作和声音戛然而止。

夏风也并不解释："多谢王爷和众位兄弟，这份恩情，夏风铭记在心。"

南宫宸摸摸下巴，微笑："人已寻到，通知其他各组，下山。"

"呜呜"的号角声起，半炷香后，所有搜寻的队伍都回到了营地。

夏雪在栅栏处等待，见夏风抱着杜荇回来，惊得瞪圆了眼睛："三哥，这是怎么回事，你怎么会跟她在一起？"

"小侯爷！"杜荇掩着嘴，惊慌失措地哭道，"大姐她，她怎么啦？"

"我先送杜荇回帐篷休息，一会再跟你们解释。"夏风抿着嘴，表情冷肃。

"不，我要你现在就说！"夏雪踏前一步，恶狠狠地质问。

夏风神情一冷，淡淡道："那好，你听清楚了，我要娶杜荇。"

杜荇满脸娇羞，将头紧紧地埋在他的胸前……

原本站在人群之后的杜蘅，瞬间成了所有人关注的焦点，数百道视线唰地一下集中到她身上。

夏风力持镇定，望着杜蘅的目光里带着几分愧意："阿蘅，我……"

杜蘅一脸冷静，淡淡道："在山里冻了一晚，这会子一定又冷又饿，先去泡个热水澡，喝口热汤，等缓过劲来再说。"

夏风垂眸，掩去心底的失望："好。"

"小侯爷真是好福气！娇妻美妾，娥皇女英，夫复何求？"

"小侯爷，大家伙为你累得人仰马翻，你倒好，自个躲起来风流快活，也忒不仗义了吧？"

一时间，口哨声，尖叫声，笑闹声响成一片。

夏风窘迫万分，红着脸抱着杜荇匆匆离去。

"三哥，三哥！"夏雪气急败坏，脚一跺，跑回帐中生闷气去了。

南宫宸眼里闪过一丝饶有趣味的微笑。

她似是早已料到这一幕会出现，怪不得夏风失踪，她半点也不担心，甚至一直在帐篷里连面都不肯露。

明知有人算计夏风却不动声色地冷眼旁观，究竟是甘心退让，还是另有打算？

恭亲王喝道："没事了，都散了，该干吗干吗去！"

瞥一眼看似一脸平静的杜蘅："你还好吧？"

杜蘅摊开手："没缺胳膊没缺腿，吃得饱睡得香，你说我好不好？"

恭亲王眼里闪过欣赏之色，微笑道："这就好。"犹豫一下，补了一句："有什么问题，随时可以来找我。"

"王爷能负责解决初七吃的肉，就已经阿弥陀佛了，哪里还有脸再去麻烦王爷？"杜蘅一副感激不尽的样子。

恭亲王一怔之后，哈哈大笑："好，本王保证负责到底！"

杜蘅不想听夏风解释一堆废话，索性揣了一大包肉脯，跟陈婷婷打了声招呼，带着初七直接进山去了。

陈婷婷只当她心里难受，又知初七武艺高强，也不敢拦，只同情地目送两人消失在密林中。

初七忽然瞧见一头梅花鹿，心血来潮，非要活捉，策马狂奔，爬高蹿低地追了三四条岭，总算把它给逮着。

她高兴得嗷嗷叫，杜蘅却给她颠得七荤八素，连滚带爬地从鞍上滚下来："不行了，我得找个地方歇会。"

初七跳到树梢上看了看，指着一处山坳道："那边有片草坪。"

"你悠着点骑。"

"梅花鹿咋办？"

"先拴在这，把我送下去，回过头再来取。"

"还是小姐聪明！"初七连连点头，等把杜蘅送到山谷中的草坪后，才发现不对头。师兄千交万代，进了林子必须时刻守在杜蘅身边，不得离开半步。

返回去找梅花鹿，就势必要扔下杜蘅一人；守着杜蘅，又怕梅花鹿被人牵走，或是射杀。

看她纠结成苦瓜的小脸，杜蘅扑哧一笑："我试试看能不能设个阵，把这条山谷隐起来。你自去林子里玩个痛快，等太阳下山的时候，记得来这里找我。"

"什么是阵法？"

"记得静安寺，我拉着你跳崖的那一回吗？"杜蘅一边解说，一边观察地形，顺便在溪边挑了块大石做阵眼。

"小姐又要我跳崖吗？"

"不是，"杜蘅微笑，"那个阵法太复杂，我还不会。"她眯起眼睛，看着山谷上缭绕的山岚，微笑："弄些障眼法，应该还成。"

就地取材，指挥初七帮她砍了几棵小树，插在指定的位置，再搬了十几块大石头摆好。

杜蘅蹲在地上，随手拿了根树枝画了张地图，交代她阵法启动后，如何入阵。

等初七熟记于胸，这才把最后一块石头放到阵心，初七只觉眼前景色蓦然一变，眼前出现一片浓密的树林，再无丝毫痕迹可循。

"哇，好厉害！"初七拍掌欢呼。

这两天带着杜蘅进山打猎，诸多不便，正感觉憋得慌。

发现可以不用担心杜蘅，顿时兴高采烈，骑着马心急火燎地走了。

初七刚走，石南就寻了过来。石南其实并不知道杜蘅在这里，他只是走得累了，觉得有些渴，于是循着记忆中的路线来找水喝。

谁知道走过来一看，那条山谷竟然消失了！

换成别人，也许就绕了路。

偏偏石南是个犟脾气，对自己的记忆力向来颇为自傲，绝不相信自己会出错。

转悠了半天，还真让他看出了点异常。

原来竟然有人在这鸟不拉屎的地方布阵！手法虽然稚嫩了些，想法却是极大胆的，最大限度地利用了天时地利，怪不得连他都差点被骗过去。

石南在林子里左插右绕，穿过一片半人深的茅草，绕过巨石，然后看到了一生都难忘的画面。

杜蘅散着长发，坐在一块大石上，双手撑在身后，裙子高高挽到膝上，露出一截雪白的小腿，正一晃一晃地拍打着水花。

淡淡的金色的阳光映着她的脸庞，那总是淡漠得仿佛笼着一层轻纱，看不到喜怒，鲜有起伏的脸上，漾着的是全然不设防的，纯净的笑容。

如此的美，如此的撼人心弦！

世界在这一瞬，安静了！

天地间仿佛只剩下她和他，风吹过草丛，拂过树梢发出温柔的沙沙声响，小溪欢快奔涌的哗哗声……以及，他怦怦的心跳，一下一下，那么急，那么快，仿佛心都要冲出胸腔！

数秒过后，他忽然间意识到，即便是这样的注视，也是一种亵渎。

他慌忙垂下头，无意间却瞥到她踏在青石上的双足，玉白如雪，圆润光洁。

他呼吸一窒，刹那间俊颜通红。

自诩泰山崩于前而色不变的他，竟吓得落荒而逃。仓促间却踩到一截枯枝，发出一声脆响。

这静谧的一刻，听在杜蘅耳里，不啻一声惊雷，她蓦然转身，惊骇质问："谁？"

惨，这下死定了！

石南低咒一声，深吸口气，回过头扬起灿烂的笑："好巧……"

杜蘅猛地站了起来："又是你！"

石上长满了青苔，她赤着脚，又沾了水，立足不稳，身子晃了两晃。

"小心！"石南飞身跃上大石。

"走开！"杜蘅失去平衡，从石头上直直地摔了下来。

"阿蘅！"石南慌忙一个虎扑，疾冲下去，抢在她落地前的一瞬间，将她抱在怀中，顺势一个侧翻，垫在了她的身下。

哀哀叫："好重，压死我了。"

杜蘅脸涨得通红，手忙脚乱地爬起来，不料忙中出错，一脚踩到裙摆，扑通再摔个狗吃屎。

石南正要坐起来，冷不防黑影压来，避之不及，被她结结实实地砸回地面，柔软温热的樱唇准确无误地啃上他的唇。

他一愣，尚未来得及做出任何反应，杜蘅已经以迅雷不及掩耳之势，撑着他的胸，一跃而起，踩着他的手臂，飞快地蹿到大石的另一边。

石南"嗷"地一声惨叫："你谋杀啊？"

杜蘅心跳得飞快，双手更是颤抖得厉害，试了几回都无法套上鞋袜，不由得逸出低咒："该死！"

石南懒洋洋地躺在地上，双手枕在脑后，两条修长的腿悠闲地交叠着，眯着眼睛微笑。

回味着方才惊鸿一瞥的"吻"……好吧，他承认，说是"吻"有点言过其实。

不过那滋味，啧，真正是难描难绘，美妙无比。

等一下，那丫头穿鞋子的时间，未免也太长了。

该不会，羞愤过度，投河自尽了吧？

他一惊，猛地跳起来，三步并作两步绕到石块那一边："阿蘅！"

"滚！"

石南笑嘻嘻地道："怎么，吃干抹净，想不认账啊？"

"你胡说八道什么？"杜蘅蓦然抬头，眸光冰冷如刀。

"喏喏，铁证如山！"石南挑起下巴，唯恐她看不见似的，噘着嘴唇往她眼前凑，一脸委屈地道，"是瞎说还是事实，你自己看！"

他薄唇染血，娇媚似妖，杜蘅心一颤，颊上浮起一丝不自然的红晕，长睫如受了惊的蝶飞快地忽闪着，羞怯地呵斥："这，这只是意外……"

石南脸一垮，竟是十足的可怜情态："意外也好，故意也罢，我的清白都被你给毁了，你怎么可以翻脸不认人！"

杜蘅瞠目。

闷了半天，终于迸出一句："你想怎样？"

石南歪着头："论财产，我比你多；论家世，我比你强；论相貌，我比你帅；论武功，你连我一根手指头都比不过。唯有医术，还勉强能看，不过这年头花点钱连太医都能请，也就算不得什么优势了……"

"少废话，说重点！"

石南咧着嘴，龇牙一乐："反正你也没人要了，不如做我媳妇好了！"

杜蘅瞪大了眼，恨不得一砖将他拍死。

石南脸上的笑容扩大，嘴角微微上翘，笑得像只偷了腥的狐狸："我不管，你亲也亲了，抱也抱了，这辈子我就是你的人了，你得对我负责才行！"

杜蘅深吸了口气，努力抑住脾气。

不气不气，早知道他是个无赖加混蛋，跟他生气只会显得自己像个傻瓜。

"好。"

"别看我成天吊儿郎当，其实很纯洁的，而且也很脆弱。你若是始乱终弃……"石南越编越顺溜，巴啦巴啦说了一堆，才意识到她说了什么，猛地怔住，"你说什么？"

"好。"

"你答应了?"石南几乎不敢相信自己的耳朵,手还顿在半空,以一个极其古怪的姿势,睨着她。

"是。"

"你肯嫁我?"狂喜涌上心头,黑曜石般的瞳仁,瞬间变得光彩奕奕,亮得让人不敢直视。

"嗯。"

"阿蘅!"他冲过来,作势欲抱。

杜蘅伸出一根手指:"一个条件。"

"你说!"

"看到山谷中的那一大片的小白花吗?"

"你想要?"

"知道它叫什么名字吗?"

"小白花。"

"它叫天茄花,也叫曼陀罗。"

"曼陀罗?"

杜蘅忽地眉毛一扬,原本冷淡的神情里夹了一丝轻蔑和嘲讽:"吃一千朵,我就嫁给你。"

"好!"石南深深看她一眼,二话不说,跨过小溪,弯腰采了一朵,扔进嘴里大嚼,"味道还不错,挺香!"

他一边说话,手脚并不停歇,边走边摘,随摘随吃,很快吃了三四朵。

"你疯了!"杜蘅大吃一惊,猛地提起裙摆追了上去,"曼陀罗有毒,吐出来,赶快吐出来!"

"你说要一千朵,还差得远。"石南居高临下,斜睨着她。

杜蘅踮起脚尖,奋力去抢夺他手中的曼陀罗花:"你傻啊?明知会送命还去吃!"

"吃了未必会死,不吃却一定会失去你。"石南说得漫不经心,"答案,不是显而易见吗?"

"……"杜蘅一窒。

"嘿嘿,我就知道,我媳妇心疼我,一定舍不得我死!"石南忽地龇牙一乐,觑着她,眉梢眼角都是飞扬之色。

"你!"杜蘅又羞又气,双手紧握成拳。

仔细一瞧,不止是脸颊红了,就连那对漂亮柔软的耳朵也浸着薄薄的红晕,似两块半透明的血玉,玲珑剔透,晶莹润泽。

石南不敢再逗了,怕一个闹不好,弄巧成拙,到手的媳妇跑了。

"好好好，不说就不说。"很快收敛了笑容，话题也转到了别处，"我不知道，你除了医，还对阵法感兴趣。"

"要你管！"

石南也不生气，摸着下巴道："其实吧，你这个阵想法还是挺不错。但是有几个地方，我感觉改一下可能更好……"

说到这里，故意停顿下来，偷眼去觑她脸上的神色。

杜蘅撇过头去，避开他的视线。

"既然你不想谈，那就算了。"石南叹了口气，一脸遗憾。

杜蘅轻哼一声。

她刚开始学，有破绽是正常的，大不了回去问慧智去，谁稀罕他来教？

见她不上当，石南只好绞尽脑汁，寻找新的话题："喂，你还没谢谢我帮你解决一个大麻烦。"

不等她问，其实也是明白她根本就不会问，他径直往下讲："我跟你说，女人做事真的不靠谱！既然要劫色，好歹多花点钱，请几个一流的高手啊！居然找几只三脚猫，差点被夏风杀了。要不是我派人盯着，这出戏早就黄了！小侯爷想要抱得美人归，还有得等！"

杜蘅双手环胸，冷冷觑着他。

石南搓了搓手臂上突然泛出来的小疙瘩："呃，干吗这样看我，好像要吃人？"

"走开！"杜蘅伸手，狠狠将她推开，"我又凶又丑，何不找你的美人去！"

石南猝不及防，跟跄着往后退了几步，差点掉进溪中。

他愣了愣，咧开嘴，笑着追了上去："别生气，最多我不嫌你丑，不就得了？"

"媳妇，逛了这么久，脚不疼？"

"媳妇，都晌午了，肚子饿不饿？"

"媳妇，太阳这么大，不觉得晒得慌？"

"媳妇……"

"够了！"杜蘅霍地停步转身，眸中怒火熊熊，"你有完没完？"

石南眉开眼笑："嘿嘿，除非我死了，否则咱俩永远完不了。"

杜蘅瞪着他："可不可以求你件事？"

"看看，生分了不是？你是我媳妇，你的事就是我的事，用得着求？一个吩咐下来，水里水里去，火里……"

杜蘅打断他："离我远点！"

"没问题，"石南说着，往后退了一步，"够远了吧，都拉不着你的手啦。"

杜蘅忍住气，指着山谷外："不够，得走出我的视线才行。"

"这可不成。"石南一口拒绝。

他看着她的眼睛，无比认真地道："看不见你，我会生病。相思病！"

杜蘅气得发抖："你，你无耻！"

"说实话而已，怎么无耻了？"石南理直气壮地道，"你是我媳妇，不给碰就算了，连看都不给看，是不是太过分？再说了，我看不见自个的媳妇，自然会着急，一着急就容易担心，一担心就茶饭不思……"

"闭嘴！"杜蘅忍无可忍，怒道，"再叫一声媳妇，信不信我毒哑了你！"

"你答应嫁我，当然是我媳妇……"

杜蘅恶狠狠地吼："我是答应了，可你没做到！"

"是你不让我吃的！"

"不管什么理由，你没有完成，是事实。"

石南二话不说，立刻转身去摘曼陀罗。

杜蘅冷冷地抱着臂，打定主意，这次绝对不拦，就不信他真的肯去死。

石南果然不肯。

他才没那么傻！死了还怎么娶媳妇？

他解了身上的大氅，把曼陀罗一股脑地塞进去，一边摘，一边大声数数："三十五，三十六……二百九……五百七……一千！"

摘够了数，这才转过身来，慢条斯理地道："看清楚了，这里刚好是一千朵曼陀罗。你要不要过来数一数？"

杜蘅不吭声，眼里露出狐疑。

"我带回去，每天吃十朵，"石南笑嘻嘻地道，"一百天后，你乖乖嫁给小爷当媳妇！"

杜蘅瞪大了眼睛。

石南得意扬扬："你只说要我吃一千朵，可没限时间，也没说得一次吃下去！"

杜蘅一口气接不上来，差点憋死。

石南歪着头，笑得带有几分邪气："你注定是小爷的媳妇，早晚而已。"

"能不能别再叫媳妇！"杜蘅失控地尖叫。

"可以啊，"石南忍住了笑，一本正经地道，"你不爱听，当然要换。你希望我叫你什么？"

杜蘅恶狠狠地道："我希望割了你的舌头！"

"原来，"石南不怀好意地往前踏了两步，暧昧地轻笑，"你喜欢我的舌头。早说呀，喏，拿去……"

杜蘅瞪大了眼睛，看着他轻舔着牙尖，露出像逗弄着捕食到的猎物的狼一样狡诈的笑容。

灼热的呼吸随着他的低语越来越近，独有的气息笼罩全身，那是种青草沐浴在阳光下的清爽的味道，混合着曼陀罗独有的甜腻花香，熏人欲醉。

然后，下一瞬，唇上微微一热，似乎是碰到了，她心脏蓦然狂跳，脸上的血色褪得干干净净，猛地跳开三尺远："你，下流！"

石南脸一热，抓着她的手，竭力补救："我逗你玩的，又没亲到，真的！我以后，再也不敢了……"

杜蘅甩开他的手："别碰我。"

石南有些焦急："我真不是故意轻薄于你。我只是，只是……"他平日皮粗肉厚，言语无忌，可对着她，"情不自禁"四个字，竟羞于启齿。

嗫嚅了半天："对不起，我以后再不会这样了。"

"你保证？"

"除非你允许……"

杜蘅咬着唇不吭声。

石南垂头丧气："我保证。"

杜蘅松了口气，一时不知该说什么好。

她不吭声，石南也一反常态地保持着沉默，不再像之前绞尽脑汁地寻找话题。

然后，她发现，静下来之后，再无法恢复之前面对他的淡定和坦然。

仿佛有一丝看不见的暧昧不明的情绪在两人之间流淌着，心跳的频率变得忽快忽慢，空气和身体的热度也在缓慢地攀升。

低头假装整理衣服上的褶痕，胡乱找了个话题："你不用打猎？"

"我没抽签，不属于任何一组。"

杜蘅惊讶之极："我以为，只有女人才不分组。"

"谁会要一个占着茅坑不拉屎的累赘？"

杜蘅沉默了。

半晌，轻声道："你其实大可不必如此，我有初七。"

"跟你没关系，小爷只是不喜拘束罢了。"

杜蘅并不习惯主动与人攀谈，于是，再次冷场。

若是以前，别说枯坐个把时辰，就是干坐上几天几夜，也不会有任何问题——反正当他是空气，不存在就好了。

可是现在，不行。

他就坐在她面前，他的呼吸会打乱她心跳的节奏，他的气味随风散在空气里，弥漫在四周，甚至他的影子照在她身上，都会令她生出莫名的压迫感……

她万般不自在，再无法维持一贯的冷静和淡然。

"别乱走，我去弄些柴火，很快回来。"石南忽地站起来，头也不回地大步离开。

杜蘅松了口气，慢慢走到溪边。

水面倒映着一个少女，盈盈俏立，羞生双颊，晕染两靥，眼波流转间光彩照人。

这，是她吗？

她呆望着水中人影，一时竟瞧得有些痴了。

不知过了多久，身后有脚步声传来。

她慌忙弯腰，猛地掬起冰冷的溪水拍在脸上，水面人影立时搅得支离破碎⋯⋯

28　美人心计

从山谷里出来，初七已经牵着马等在路口，看到杜蘅露出个大大的笑容："小姐，我今天打了好多猎物！"

"初七好厉害！"杜蘅冲她竖起了大拇指。

初七咧开嘴，笑得见牙不见眼："我打得最多！"

她把杜蘅抱上马背，高兴地道："要是明天能遇着老虎就好了！"

杜蘅绷紧了心弦，鼓了勇气偷偷往身后觑了一眼，才发现石南不知道什么时候走了。

或许，他早就看穿了她的心思，才会悄然离去？

瞬时，释然，感激，惆怅⋯⋯各种滋味涌上心头。

"阿蘅。"

杜蘅猛地抬头，见夏风立在栅栏边，神色局促，也不知在这等了多久。

她叹口气，主动上去打招呼："今日收获如何？"

夏风愣了愣，老实道："不好。"

"我打到好多！"初七逮到机会，立刻亮出那一串耳朵。

饶是夏风心情沉重，也给她逗笑了："嗯，了不起！"

初七很是高兴，慷慨地把麻绳往前一递："我的都给你。"

"多谢，"夏风温声解释，"不过要自己打的才行，别人送的不算数。"

"这样啊。"初七半懂不懂，想了想，"那我明天帮你去打。"

夏风眼睛一亮，忍不住看一眼杜蘅。

"小侯爷行事一向光明磊落，你可别给他添乱。"她一句话把他的希望掐灭。

夏风掩住失望，轻声道："阿蘅，给我个机会解释。"

杜蘅委婉地提醒："可否容我先整理了仪容，再谈？"

看着周围射来或隐晦或张扬的各种窥探的目光，夏风霍然醒悟。

"好，我过一会儿再去找你。"退了一步，让开通道。

"嗯。"杜蘅点头，匆匆离去。

初七把鞍卸下，牵着踏雪去马厩。

杜蘅掀了帘子进帐篷，杜荇和杜苼并肩坐在软垫上说着什么，见她进来，两人相视一笑。

"二妹妹，"杜荇趾高气扬，"你不恭喜我吗？"

杜蘅不动声色："喜从何来？"

"二姐姐没听到吗？"杜苼插言，明显幸灾乐祸，"小侯爷当众宣布，要娶大姐！"

杜蘅轻描淡写："娶个妾而已，有什么大惊小怪的？"

"你！"杜荇气得说不出话。

杜苼立刻挺身而出："小侯爷唯恐委屈了大姐，亲自上门提亲，这份情谊可是千古难逢，对大姐的珍爱可见一斑。何况，她与二姐到底是亲姐妹，又岂是普通的姨娘可比？"

杜荇立刻又骄傲起来，眼中闪过异样的神采。

杜蘅微微一笑，未置可否。

姐姐，她配么？

有哪个做姐姐的，会像她一样，处心积虑谋夺妹妹的夫婿，挖空心思跟妹妹争宠？

"小侯爷！"初七兴高采烈地嚷，"你来看小姐么？"

杜苼神色一变，立刻拧了杜荇的腰一把。

杜荇吃痛，眼中倏地蓄满了泪，扑通跪在了杜蘅面前，低眉敛目，含悲带戚地低嚷："不关小侯爷的事，是我对不起你！你要怪，就怪我。求求你，不要生小侯爷的气。他，是真的喜欢你……"

夏风掀帘进来，刚好看到这一幕，不禁怔住。

想要退出去，已是来不及，尴尬地立在门边，进退不得。

"你放心，我会像影子似的安静，绝不会挡在你和小侯爷之间，更不会去破坏你与小侯爷的感情。"杜荇伏在地上，哭得悲悲切切，"若是，二妹依然不能容我。我，我铰了头发到姑子庙里，长伴青灯古佛便是……"

杜蘅瞪着她，有些哭笑不得。

如此卖力演出，想要在她和夏风之间煽风点火，自己若不帮着加点柴火，岂不是枉做了二十几年的姐妹？

一把抄起笸箩里的剪刀，扔在她脚下："别光说不练，真把头发铰了，再跟我说话！"

"好……"杜荇心中暗喜,低声啜泣,颤抖着去拾剪刀。

"不可!"杜茳尖叫一声,扑过去抱住她的手臂,扭头冲着杜蘅大叫,眼角余光却在偷瞄夏风,"二姐,你太狠心了!男人三妻四妾很平常,何况姐夫还是小侯爷!非要逼大姐出家,不等于要她去死吗?"

"活着受人猜忌,还不如死!"杜荇说着,推开杜茳,抄起剪刀就往脖子上抹。

"不可!"夏风三步并作两步,从杜荇手里把剪刀抢下,"你既如此轻贱性命,我何苦费力救你?"

杜荇痛哭失声:"活在世上累己害人,不如死了干净!"

"胡说!"夏风叱道,"阿蘅只是气头上,说了几句气话而已。你寻死觅活,置我于何地,置阿蘅于何地?"

杜蘅冷笑:"我可不是一时之气!有她没我,有我没她,你自个看着办!"

夏风一脸歉然:"阿蘅,是我对不起你。可当时,杜荇的命危在旦夕,我别无选择。我跟她之间,是清白的!"

心里隐隐生出一丝欢喜。

相比早上的若无其事,波澜不兴,他倒宁愿她跟他闹。

"好一个别无选择!"杜蘅冷笑一声,"你敢摸着良心说真的不曾被大姐的美貌吸引,纯粹是救人,没掺半点私心杂念?"

"事到如今,我说什么你都不会信。"夏风脸上的笑容带点苦涩,语气十分诚挚,"可我对你,是真心的,任何人都无法替代你在我心里的位置。这一点,请你一定要明白。"

看一眼杜荇,轻声道:"对不起。"

杜荇心中刺痛,强挤了笑容出来:"我明白的。我只求有个容身之地,从没想过要跟二妹争。"

"俗话说,易得无价宝,难得有情郎。"杜茳一脸艳羡地道,"小侯爷待你如此情深意切,大姐委曲求全,一退再退,二姐还有什么不能满足的?你的地位无人可以动摇,为什么你还要这样咄咄逼人,连自己的亲姐姐也容不下?"

瞧瞧这话说得,多有水平!

杜荇委曲求全,夏风情真意切,杜蘅若是再不答应,岂不是变成心胸狭窄,不能容人的妒妇?倘若杜荇有个三长两短,那她就是罔顾姐妹亲情,无情无义的冷血之徒!

这样的人,有什么资格占着平昌侯府侯夫人的位置?

夏风定定地看着她,似在索取一个承诺,一个肯定。

杜蘅默了片刻,转身淡淡道:"你我尚未婚配,要娶谁,原就不必问我的意见。"

杜荇眼睛一亮。

"二姐,这是答应了?"杜茳生怕她反悔。

"阿蘅……"夏风释然的同时，越发感到愧疚。

望着远去的人影，夏风独自倚着栅栏，视线穿过漆黑的夜，望向神秘的山林，脸上神情若有所思。

他记得当时自己与两名黑衣人交手，本已稳占上风，却突遭暗算，被点了穴道。

说明两个黑衣人还有后援，且身怀绝技。

可如果是这样，为何他们最后没带走杜荇，也没有杀自己？

若说不是黑衣人的同伴，那他为何要出手暗算自己？

如果说，他也是看中了杜荇的美貌，等自己与黑衣人拼个两败俱伤这才出手捡便宜，那他为何不乘机把杜荇劫走，却任她与自己独处了一晚？

事发后他命人暗中排查，随队人员中竟然无一人受伤——换言之，黑衣人并不在围场之中，而是由外部潜入！

杜荇只是区区太医之女，谁会这么傻，甘冒着杀头之险，潜到围场来劫她？

一只手臂忽地搭上他的肩："齐人之福，滋味如何？"

"和瑞，休得取笑。"夏风神色尴尬。

"兄弟可是真心羡慕，怎敢取笑？"和瑞半是玩笑，半认真地调侃，"杜家两姐妹，大的美貌，小的聪慧，娶其一已是幸事，你小子何德何能，竟能兼收并蓄？"

夏风淡淡道："再美的容颜，也不过是副皮囊。"

和瑞上下打量他几眼："你既对二小姐情有独钟，缘何要去招惹大小姐？"

夏风苦笑："换成你，会怎么做？"

"我？"和瑞哈哈大笑，"今宵有酒今朝醉，明日愁来明日愁！"

夏风露出羡慕之色："我能有瑞兄一半潇洒就好了！"

和瑞挽着他的肩膀，笑："你就是想得太多，需知机会是稍纵即逝的！瞻前顾后，错失良机，悔之晚矣！"

他与石南相识不久却因脾性相投立成莫逆。夏风却是打小一块长大的，眼瞧着他被石南算计，撬了墙脚尚不自知，忍不住想出言点醒他几句。

夏风并未深想，苦笑道："我何尝不想如瑞兄一样，潇洒来去，快意恩仇？"

他身上系着整个平昌侯府的荣辱，自小便被教导要冷静沉重，遇事先顾大局，凡事从侯府利益出发……

任性，于他实在是太过奢侈的字眼！

和瑞劝不动他，长叹一声，拍拍他的肩，转了话题："闹了这一出之后，不会还想让她们几个住一顶帐篷吧？"

夏风眼露狐疑之色。

"杜家两位小姐为了你闹翻，大小姐跪地苦求，二小姐扔剪刀逼她出家，已传得沸沸扬扬。"和瑞叹了一口气。

夏风俊颜通红，脸上青红交错："我……"

营地不比别院，并无多余的帐篷。

就是他自己也跟夏雨挤在一起，不然早就腾出来让给阿蘅了。

夏雪那就更不用考虑，也不能为这事去找恭亲王，要求单独为她再搭建一顶帐篷，明知她受委屈，也只能瞧在眼里，疼在心里……

"石少东住西院，又是一个人。我叫他跟我挤挤，腾出帐篷给二小姐住？"和瑞臭着脸。

夏风眼睛一亮，立时又生出犹豫："这，不太好吧？"

"迂腐！"和瑞骂道，"帐篷是恭亲王府的，又不是他阅微堂的！再说了，姓石的那小子，昨夜喝醉了赖在我那睡的，压根就还没住过！有什么打紧？"

"这……"

"算了！"和瑞甩袖就走，"我懒得理你这些破事，你等着闹出人命来后悔去吧！"

"瑞兄！"夏风忙叫住他，拱手一揖，"我与石少东并不熟，贸然要他搬家，怕是不肯……"

和瑞跺脚，自认倒霉："我跟他说。"

得，还真让那只狐狸得逞了！

杜蘅巴不得，二话不说便搬了出去。

新住所跟杜荇的帐篷只隔了几丈远，紧挨着栅栏，里面布置与她现在住的并无不同，铺盖被褥都更换了新的，干净清爽，十分整洁，没有一丝住过的痕迹。

杜蘅躺在床毡上，才知道看似一模一样的被褥，实则内里大有乾坤。

铺盖皆是天蚕丝，轻柔软绵却又无比暖和，躺在上面犹如睡在云端，舒适至极。

意识到定然是石南暗中做了手脚，顿时睡意全无。

"初七。"

"嗯？"

"有没有闻到什么味道？"为什么她总觉得，帐篷里满满地全是他的气息，那丝若有似无的青草香萦绕在鼻端，挥之不去？

"好香，"初七耸耸鼻子，含糊地问，"外面在烤鹿肉还是獐子？"

杜蘅哑然。

她傻了才去问初七，这丫头除了吃，还对什么上心？

披了件翠纹织锦镶银鼠皮的大氅，悄悄走出帐外。

夜已深，篝火边仍然围着很多狂欢的男人，只是热闹程度已大不如昨日，绝大多数人已回到帐篷沉入梦乡。

杜蘅沿着栅栏，漫无目的地往前走，直到身上那股子莫名的燥热消散，感觉到一丝凉意侵袭，这才发现她已远离了营地，四周一片漆黑，只有山风吹得树木猎猎作响。

女子嘤嘤的低泣，夹在风里，隐隐约约地传来。

她激灵灵打了个寒战，下意识地加快了脚步。

身后，有急促的脚步声，紧接着是男子的轻叱："别哭。"

清冷如冰的声音里透着点微微的凉薄，是如此熟悉。

杜蘅一怔，再无法迈出一步。

竟然是南宫宸！

簌簌的脚步声，逐渐向这边走来，隔着及膝深的草丛，已能看到两个影影绰绰的人影。

"嘤嘤。"女子似是努力控制情绪，默默地垂泪，不时发出一两声抽泣。

"好啦！"南宫宸伸手轻拭她的眼泪，轻声道，"这么大的人还哭，羞不羞？"

他背着她，光线又极暗，杜蘅看不到他脸上的表情，却能从声音里听出他的温柔。

"表哥，"女子情绪重又激动起来，忽地握住了南宫宸的手，贴在自己颊上，哭道，"你让我回到你身边好不好？我不求名分，只要能……"

杜蘅心脏"咚"地狂跳起来，忽然明白了那女子的身份。

冷心妍，恭亲王府的冷侧妃！

南宫宸抽回手，叱道："六叔待你一往情深，你还有什么不满足！"

"可是，我爱的是你！"冷心妍绝望地低嚷。

"咔"地一声轻响，杜蘅脚下枯枝应声而断。

"什么人？"南宫宸低叱一声，利若鹰隼的目光倏地朝这边射来。

杜蘅脸一白，下意识就要站起来。

一双手忽地从后面伸过来，捂了她的嘴，身子被揽入一个温暖的怀抱，灼热的呼吸拂在耳畔："是我。"

杜蘅惊魂未定，瞪大了眼睛瞠着身边如鬼魅般冒出来的石南。

石南冲她微微一笑，猫着腰在草丛里疾蹿，速度快得像流星，难得的是，竟然未发出半点声息。眨眼之间，蹿出了七八丈远，伏在了一片杂草丛中，立刻静止不动。

几乎与此同时，南宫宸已经奔到了杜蘅之前藏身的地方，机警地四下观望了一阵，目光精准地落在两人藏身的这片草坡，举步缓缓走了过来。

一步一步，近了，更近了！

他已近到她能清楚地看到他那双薄底的鹿皮靴子上的黑色云纹了！

完了，就算想逃也没机会了！

杜蘅绝望地闭紧了眼睛，心跳快得几欲蹦出胸腔。

她必须咬紧牙关，才能压抑住心底的那份惊骇，没有失控地尖叫出声。

一只大掌悄无声息地覆住她的手，轻轻地捏了捏，然后放开。

"表哥。"冷心妍面色惨白，跟跄着走了过来，"有，有人看到了吗？"

"你若不想我和六叔反目成仇，就安安静静地回去！"南宫宸脸色铁青，冷哼一声，扔下她大踏步离去。

"表哥，表哥……"冷心妍追了两步后蓦然醒悟，蹲在地上掩着脸啜泣了起来。

她心中悲楚，又不敢放声大哭，只能隐忍着低低地啜泣着。

杜蘅感同身受，心里像是燃着一把火，猛烈地烧灼着，心口疼，脑子疼，四肢百骸没有一处不疼，偏偏想哭还不敢哭出来，眼泪凝在眼眶里，憋得整颗心像要炸开来一样。

初见燕王时的怦然心动，新婚时的那些艰难的岁月，与他一起奔赴疆场抵御外侮的同仇敌忾，怀孕的欣喜，直到最终的惨死……

十年间与他共同经历过的桩桩件件，如同走马灯似的在脑子里闪现，轮回……

"好啦，可以走了。"石南唤了她两声，没有回应，觉得不对，倾身过来定睛一瞧，不禁吓了一大跳。

她面色惨白，牙关紧咬，整个人如同着了魔障了似的。

石南握着她的手，在虎口用力掐了掐，焦急地唤："阿蘅，阿蘅！"

杜蘅转了转眼珠，有些呆滞地望着他："为什么，你要这么残忍？"

石南心中一动，顺着她的话哄道："对不起，你告诉我哪错了，以后一定改。"

杜蘅绝望地摇头，眼中凝着的泪，终于落下来："没用的，太迟了……"

石南小心翼翼："我们还年轻，总还有机会。"

杜蘅却只是摇头："不会再有机会了，永远不会了……"

他终于按捺不住，低吼出声："该死的，是不是燕王负了你？那小子对你始乱终弃，对不对！"

"什么人？"这一声喝，立刻引来了好几条人影。

石南抱起杜蘅飞身跃过栅栏，几个起落消失在浓浓的夜色中。

"等等，你要带我去哪？"

石南猛地顿住脚步，冷冷地瞪着她："你是不是应该有话跟我说？"

"说什么？"杜蘅这才回过神来。

石南臭着脸，摸出一条丝帕往她面前一递："把眼泪擦了再说！"

杜蘅本想拒绝，伸手往腰间一摸，才发现出来得匆忙竟未带手帕，迟疑了一下，只得接过他的，低头轻拭眼泪。

拭完泪之后，问题又来了：帕子上沾着自己的眼泪，就这么还给他似乎不妥；可是

收在身上似乎更不妥……

石南看在眼里,越发生气:"他就那么好?"

杜蘅垂着眼不看他,轻声道:"这里好冷,我要回去。"

石南咬紧了牙关,明知道她是在回避问题,可看着她单薄的身子,在山风里瑟瑟缩着的双肩,他心里满满的,竟然不是生气,而是不舍!

转过身,背对着她蹲下去,粗声粗气地道:"上来!"

杜蘅面红过耳:"我,我自己走!"

石南扭过头,恶狠狠地道:"你是自己乖乖爬上来让我背回去,还是逼我动手把你扛回去?"

杜蘅张大了眼,不知所措。

"我数到三!"石南咬牙切齿,"不上来,我可要动手啦!一!二!"

杜蘅生怕他怒起来,真的把自己当成沙包扛回去,犹豫再三,终是把眼一闭,往前走了半步。

"三!"石南数到三,见她还不动,火了,猛地站了起来。

杜蘅避之不及,被撞到下巴,牙齿咬到舌头,"啊"地一声痛叫出声。

"谁叫你磨磨蹭蹭的?"石南傻眼了,忙凑过去,"撞哪了,给我看看。"

杜蘅哪里敢给他看,拼命往后躲,躲不过被他捏住了下巴,情急之下一把捂住了嘴,可怜兮兮地瞅着他。

石南见她大大的眼里含着泪,那点子愤怒和妒意早飞到九霄云外,长叹一声:"你可真是个磨人精!"

再度转过身,蹲下去:"夜里黑,林子里的路不好走。栅栏又这么高,你绝对……"话没说完,一双纤细的手臂怯生生地环上了他的脖子。

石南呼吸一窒,声音戛然而止。

杜蘅脸上烧得厉害,垂下眼睫不敢看他,轻轻趴到他背上,心跳声大得像是在擂鼓。

石南全身的血液像是凝住了,流不动,双膝发软,差点一跤跌倒在地。

"啊呀,"杜蘅被晃得差点掉下来,吓得抱紧了他的脖子,嗔道,"你,喝酒了吗?"

"嘿嘿,只喝了几杯,不碍事。"石南咧开嘴,摇摇颤颤地站了起来,像踩在云端,飘飘然,醺醺然,高一脚低一脚地往前迈。

"什么几杯?"杜蘅捶了他一拳,骂道,"我看最少有几斤!"

"放心吧,媳妇,"石南只觉这一捶舒服无比,十分受用,得意忘形,嘻嘻笑道,"就算我摔断了脖子,也绝舍不得摔疼你。"

杜蘅立刻闭紧了嘴巴不说话了。

石南有些后悔说得孟浪了,见她并未生气,甚至没再反驳,心中一悸,猛地停步,扭过头去看她。

黑如曜石的眼里，有无数细碎的星光在闪，甜蜜而温柔："阿蘅。"

"别，别看我。"杜蘅只觉他炯炯的目光凝在脸上，不由得面上发烧，心如擂鼓，猛地伸手蒙住他的眼睛。

石南笑出声来，果然转过头去不再看她。

不知名的花香弥漫在鼻端，喜悦盈满了胸腔，心头酥酥麻麻，似荡起了一圈圈的涟漪。

两个人都不说话，隔着衣衫传来的体温熨烫着两个人的心，一时间二人不禁都有些心神恍惚，只盼这条路永远没有尽头……

"不好了，出事了，出大事了！"陈婷婷一路狂奔，闯进杜蘅的帐篷。

"别着急，坐下来慢慢说。"

"哎呀！"陈婷婷急得直跺脚，"初七的脑袋都要搬家了，你还有闲心喝茶！"

"可是初七跟赵王杠上了？"

恭亲王、燕王多少跟她有交情，且都喜欢初七，这两组人马自然不会为难初七。

魏王这一队有夏风，剩下就只有赵王这一组了！

可是，这两组一个在东山一个在西山，中间隔了十几座山，按理连面都碰不着。

她也是考虑到这点，才放心把初七交给陈婷婷带着。

谁知道人算不如天算！

"这么准，你可以去摆地摊算卦了！"陈婷婷愕然地张大了嘴。

杜蘅咬牙："夏风干什么吃的？一个初七还看不住！"

"她见了猎物玩命似的往前冲，有几个人追得上！"陈婷婷说着，拖着她往外跑，"谁知道她突然去了东山？等收到消息，她已经被赵王的人团团围住，打伤了七八个侍卫了！"

杜蘅跟跟跄跄地跟着她往前跑："可有人给恭亲王送信？事闹大了，得恭亲王出面才行。"

"小侯爷已经派了人去请恭亲王和燕王，我是偷溜下山来找你的。"陈婷婷翻身上马，伸了手给杜蘅，表情略有些局促，"我的骑术没初七好……"

杜蘅却绕过她，径自跑向了侍卫："有没有温顺的马驹，借我一匹代步。"

"有，二小姐请稍候。"侍卫很快地牵了匹胭脂马过来。

杜蘅抓紧了马鞍，踏上马镫，翻身上马，一夹马腹，疾驰而去。

陈婷婷看傻了眼，愣了一下，才道："阿蘅，等等我！"

杜荇又是惊诧又是艳羡："几天时间，竟然让她学会了骑马？"

"不必羡慕，会得越多，死得越快！"杜茳冷笑一声，幸灾乐祸，"这回，我看她

如何脱身。"

杜荇不以为然："她不会蠢到为个傻子搭上自己的命。"

"弃车保帅？"杜茳笑得一脸阴鸷，"那就先吃了车，再灭帅！"

杜荇心领神会："等我成了侯夫人，一定给你谋个好姻缘。"

姐妹二人相视而笑。

杜蘅策马入山，半道上与闻讯赶来的恭亲王相遇。

恭亲王见了她，脸当即黑了一半，叱道："胡闹！你来做什么，回去！"

陈婷婷脸一红，心虚地垂着头，缩着肩往后躲。

"祸是我闯的，没道理让别人收拾。"杜蘅淡淡道。

恭亲王见劝不动她，记挂着局势，遂点头："跟着我，不要乱说话。"

远远只见人影幢幢，林子里黑压压一片，到处都是人，马蹄印把地面的落叶踏成了烂泥。

再一看，却是壁垒分明，各自护着各自的主子，横眉冷目地对峙着。

初七被围在中间，身边东倒西歪地或坐或躺着十几个受伤的侍卫，各个脸上神情复杂，愤怒，羞惭，畏惧……交织混合，难描难绘。

十几个大男人，制不住一个傻大姐，反而被她打得落花流水，以后还怎么在侍卫营里混？

何况，赵王是出了名的好大喜功，刚愎自用，你让他丢人，他定然会叫你丢命！

本以为跟赵王杠上的是夏风，谁知走近了一瞧，却是南宫宸的人马。

他跨着一匹青骢，穿着一袭暗红绣四爪金龙的蟒袍，内穿一件银色锁子甲，头戴银盔红色的璎珞垂下来，更衬得他闲雅飘逸，丰神俊朗。

赵王则是一身金色战袍，内披金色锁子甲，黄金盔，马背上横着一条金色长枪，整个人金光闪闪。

夏风单膝跪地，恳切地道："初七心智未开，不可能刺杀王爷，求王爷明鉴。"

赵王冷笑："一个傻子，又怎能习得一身绝技？"

初七大怒："你才是傻子！"

"大胆！"内侍甲喝道，"竟敢当众辱骂王爷，来人，把她拉下去打五十大板！"

"是！"底下众侍卫应和，却无人敢近身。

燕王这边一众侍卫大声讥刺："孬种！你倒是上去抓人啊！"

"你们的功夫，是在天桥练的吧？"

"哈哈哈！"众侍卫哄然大笑。

赵王喝道："还不动手？"

他亲自下令，侍卫不敢怠慢，数十人一拥而上。

初七自然不肯束手就缚，执剑攻了过去，只听一片叮叮当当响得好不热闹。

这边没有燕王的命令，不敢动手，可也没闲着。

鼓掌的，跺脚的，吹口哨的，时不时还阴阳怪气地冒出一句："几十个男人打一个女娃娃，要不要脸？"

"五军营好威风呀，好威风！"

夏风夹在中间，顿时左右为难："王爷，可否看我薄面，饶初七一命？"

"哼！"赵王一脸狠戾，"本王的十几个侍卫，难道就白打了么？"

南宫宸淡淡道："那是他们学艺不精，怨不得别人。"

"你说什么？"赵王勃然大怒。

"初七并未主动攻击，且出手极有分寸，并未伤及性命。"南宫宸坦然自若，"倒是皇兄，处处咄咄逼人，五军营众将士个个凶神恶煞，欲杀她而后快。"

"他们忠心护主，何错之有？"

"护主？"南宫宸不屑地撇了撇嘴，"不是本王瞧不起五军营的将士，初七若真有心要杀皇兄，皇兄纵有十颗脑袋，怕也不够她砍！"

"少在这里惺惺作态！"赵王恼羞成怒，手中金枪一挑直指南宫宸的咽喉，"打量本王真不知道，整件事就是你指使的！"

"保护王爷！"南宫宸身后的护卫，呼啦一下涌上来，纷纷拔出武器指向对方。

场上气氛剑拔弩张，一触即发。

"做什么，想造反啊？"恭亲王赶到，大喝一声，"都给本王把刀放下！"

"恭亲王！"众侍卫迟疑着，把目光望向各自的主子。

"六叔。"

"六叔。"

恭亲王把眼一瞪："别叫我六叔，本王丢不起这个人！"

"阿蘅！"夏风看到杜蘅骑在马上，微微一愣。

恭亲王乘机骂道："连个孩子都看不住，也好意思做御前侍卫？我要是你，立刻就拔刀自裁了！还敢觍着脸叫阿蘅！"

在场的谁都不是傻子，恭亲王这话明着是骂夏风，实际则是把事情定了性。

初七就是个孩子，胡闹是胡闹了点，刺客、谋逆之事完全搭不上边！

夏风立刻配合地低头认错："王爷教训得是，是臣的疏忽，愿领责罚。"

赵王不高兴了："她闯到我的猎区，见人就打，把我的人打伤十几个，这事又该怎么算？"

"惊了王爷是初七不对，"夏风立刻道，"我替她向王爷及各位兄弟赔罪。众兄弟的医药费，营养费，也都着落在我身上。"

"赔罪就行了？"

"有钱了不起啊！"

"让她给我们打一顿，再说句对不起，成不？"

五军营的人不干了，闹将起来。

这边也不示弱："想打她？成！你得有这个本事呀！"

"你有本事，你跟她单挑看看！"五军营的怒了。

"我有自知之明，打不过人家光明正大认输就是！不像某些人，打不过人就群殴，群殴占不到便宜，就给人家栽个谋逆的罪名！不要脸！"

两边唇枪舌剑，一下子又对上了。

"王爷，"杜蘅盈盈施了一礼，"初七是民女的侍女，冲撞了王爷，民女替她赔罪。"

赵王眼睛一翻："来人，把行刺本王的妖女拿下！"

恭亲王道："你连六叔的面子都不给了么？"

"王爷在东山打猎，初七随小侯爷去了西山，缘何会出现在东山？"杜蘅瞅准机会，立刻发问。

恭亲王皱眉："此事，本王自会查处，你不必多管。"

"哼！"赵王冷哼一声，"问得好！西山与东山，隔着十几座山头，总不能是不小心过了界！除了受人指使，刻意刺杀本王，图谋不轨，还能作何解释？"

"事有蹊跷，请容民女问初七几句话。"杜蘅也不反驳。

"好，看在六叔的分上，给你一个机会。"赵王一想，当着几百人的面，谅她也不敢耍花样，不如卖恭亲王一个人情。

"初七，你过来。"杜蘅松了口气，微笑着向她招了招手。

初七委屈地瘪着嘴："他们不讲理，老虎明明是我杀的，非要来抢！抢不过我，就围上来打！我记着小姐的话，不能乱伤人。我没有杀他们。"

"我明白，初七是乖孩子，不会乱杀人。"杜蘅爱怜地摸了摸她的头发，问，"给我瞧瞧，有没有受伤？"

"没有，"初七立刻很骄傲地一挺胸，大声道，"他们都打不过我！"

一句话，当场让五军营的将士们个个脸上火烧火燎。

常安忍了笑，故作严肃："初七姑娘，做人要厚道！你这样揭人短处，让这帮大老爷们脸往哪里放？"

初七吃了一惊："脸也可以到处放的吗？"

"哈哈！"

"嘻嘻！"

众人跟炸了锅似的，轰地一声笑开了。

赵王脸上阵青阵红又阵白："问完没有？"

"初七，"杜蘅急忙抓紧时间，问，"我叫你跟着陈姐姐，为什么不听话？"

"她慢死了！"

陈婷婷当即脸一红，不只她，夏风也是一脸尴尬。

常安笑嘻嘻："嘿嘿，初七神勇无敌，大伙都只有望尘兴叹的份！"

她不只武功高，耳朵、鼻子都尖得出奇，十里之外就听到了猎物的脚步声，闻到了猎物的味道，一马当先冲在前面，箭术还准得要命！

幸好她不是对所有猎物都感兴趣，不然大伙只有跟在后面捡的份！

"怎么跑到东山来了？"杜蘅再问。

"这边有老虎！"初七答得理所当然。

杜蘅知道她天赋异禀，却也不信她强到隔着十几座山也能听出老虎的行踪："你怎么知道东山有老虎？"

"我听别人说的啊。"初七眨了眨眼，道。

这话一出，南宫宸、赵王、恭亲王、夏风，脸上都是一变，各人对看一眼，脸上的神情变得十分微妙。

很明显，有人刻意诱导初七闯入赵王的猎区，以挑起事端，引发矛盾。

倘若初七出手再重些伤了人命；倘若夏风不能克制脾气；倘若赵王态度再强势一些；倘若恭亲王没有及时赶到，则很可能赵王和燕王一言不合，引发一场血战！

怕再问下去，初七口无遮拦，说出更惊人的内幕，恭亲王立刻制止："好了，这事先到这里。回临安后，夏风摆酒给赵王及一众将士压惊。"

"好，看在六叔的分上，本王可以不追究二小姐的责任。但是初七必须给本王留下！"赵王一声令下，几个五军营的人就要来绑初七。

"且慢！"杜蘅上前阻止。

"别给脸不要脸！"赵王怒道。

杜蘅淡淡道："王爷要的是真相，还是只胡乱杀几个人泄愤便算了？"

"大胆！"

杜蘅竖起三根手指："请王爷给我三天时间，三天内若无法追查出真相，则民女任王爷处置，绝无怨言！"

"阿蘅！"夏风低叫。

杜蘅并不理他，冷静地看着赵王："狩猎还有三天结束，王爷并无任何损失，不是吗？"

赵王冷哼一声，拂袖而去。

"多谢恭亲王。"夏风松了口气，抱拳施了一礼。

恭亲王看着杜蘅，叹了口气："二小姐太冲动了。"

杜蘅垂着眸，敛衽施礼："多谢王爷仗义执言。"

南宫宸若有所思，看杜蘅一眼，带着人离去，暗地里吩咐亲信彻查。

夏风轻声道："你放心，我一定发动所有人手彻查此事。"

"小姐！"初七兴高采烈地扛着那头老虎，"你看，把皮剥下来可以给你做张褥子了！"

杜蘅心里涌过一道暖流，轻声道："这褥子垫着，一定很暖和！"

初七咧开嘴，笑得十分开心："呵呵，小姐垫着它，再也不会着凉了！"

"阿蘅，你生病了？"夏风吃了一惊，伸过手往她额上探。

"喝了药，已经好了。"杜蘅偏头避开他的碰触，翻身上马。

夏风手尴尬地停在半空，讪讪收回："那就好。"

陈婷婷略有些同情地看他一眼，赶紧追上杜蘅。

回到营地，刚掀开帐篷的帘子，一个黑影忽然冲过来，撞进了她的怀里。

"你好狠心！"雨点似的拳头落下来，砸在她的肩上，"呜呜，竟然把我一个人扔在那鸟不生蛋的鬼地方，自个跑这里风流快活！呜呜……"

杜蘅又是吃惊，又是欢喜，又是好笑："紫苏！"

紫苏铺好了床褥，正打算招呼杜蘅休息，听得"叩叩"两声闷响，下意识扭头朝门望去，帐帘纹丝未动。

帐篷下方忽然伸进来一只手，没等她反应过来，石南那张大大的笑脸探了进来："嗨！"

"石少爷！"紫苏吓了一大跳，猛地往后退了一大步，忙看向杜蘅，生怕她受惊尖叫。

杜蘅连眉毛都没动一下，淡淡道："来了？"

紫苏吃惊地瞪大眼："你，你们……"

"冷死了，给爷倒杯热茶。"石南笑嘻嘻。

"哦，好。"紫苏忙去泡茶，一边泡茶，一边不断拿眼角偷瞄两人。

"不进来，趴在那好看还是咋的？"杜蘅冷冷道。

"嘿嘿，"石南漫不经心地道，"趴着舒服啊！"

杜蘅瞥一眼桌上的蜡烛，再看一眼帐篷上映着的两道人影，低声吩咐："把那件灰鼠皮的大氅拿过来。"

紫苏一愣："这么晚了，小姐还要出去？"

"我不冷。"石南笑了。

"石少爷，请喝茶。"紫苏似乎有些明白了，把大氅搭在臂弯，把茶盘端过来，搁到地上。看一眼杜蘅，又看一眼石南，犹豫不决。

杜蘅一把抢过来，道："睡你的觉去。"

紫苏丈二和尚摸不着头脑，只得走到门边，挨着初七和衣躺下去，眼睛却骨碌碌地瞧着她，不知她葫芦里卖的什么药。

石南咧开嘴，笑得见牙不见眼："嘿嘿。"

"不进来，等着八抬大轿抬不成？"杜蘅狠狠瞪他一眼，把大氅扔过去。

"还是我媳……"触到她凶狠的眼神，话到嘴边，临时拐了个弯，"我习惯了，习惯了，哈哈。"

利落地爬了进来，顺手把大氅披上，大毛的昭君帽翻上来连头都裹住，贴着帐篷坐好。

他身材高大，即使坐着也比杜蘅高出一截，只能盘着双腿，努力哈着腰，看起来像只大灰熊，笨拙又可笑。

杜蘅眼里掠过一丝笑意："能帮我查个人吗？"

石南捧着茶杯，慢条斯理地啜了一口，道："找出那个人倒是不难，怎么把幕后的人揪出来，才是问题吧？"

"我要找的不是他，是另外一个。"杜蘅淡淡道。

"哦？"石南眉一扬。

杜蘅垂了眸，慢慢道："宋小之，年纪三十二三，只知目前在别院做事，具体做什么，我不太清楚。"

石南眼中闪过一丝异色："你们怎么认识的？"

赵王大婚前，曾经有个名唤红叶的宠婢，二人如胶似漆感情极好。可惜赵王妃善妒，皇后为示之以诚，在赵王大婚前，亲自下令将她逐出赵王府，并派人暗中截杀。

却不知红叶其实是神机营的密探，奉命入府为婢，接近赵王。

当时她身怀六甲，老爷子派出去接应的人因事耽搁，略到得晚了一会，性命虽然留下，孩子却没保住。事后，老爷子帮她改名换姓为宋小之，进入恭亲王府别院做事。

宋小之进入别院后，几乎与世隔绝。

杜蘅十四岁前在清州，来临安一年，这是她第一次狩猎。

怎么想，两个人都是八竿子打不着的人，怎么可能认识？

"这个，"杜蘅轻咬唇瓣，"以后有机会再告诉你。"

"你找她做什么？"石南点头，换了个问题。

杜蘅犹豫一下，道："若记得不错，她在进入恭亲王府别院之前，曾是赵王府的婢女，正确地说，她曾是赵王的宠妾。赵王大婚之前，被逐出王府，辗转到了别院。"

石南心中"咚"地一响，望着她的目光里带了几分研判。

杜蘅硬着头皮道："不要问我怎么知道的。总之，你先帮我找到这个人。"

"找人当然没有问题，包在我身上。"石南笑眯眯地看着她，"但是找到之后，你打算怎么做，总得跟我通个气吧？"

杜蘅瞥一眼初七，表情有些挣扎。

"现在，雷都打不醒了！"石南立刻弹指，一缕劲风破空，封了初七的穴道的同时，顺便把紫苏的睡穴也给点了。

杜蘅咬着唇。

她有些着恼，恼他总是能轻易看穿她的心思，在她开口之前，把一切安排得妥妥帖帖。然而在恼火之外，又不得不承认，他的这份贴心，让她生出几丝甜蜜。

不管前世还是今生，从不曾有人像他这样，细致入微地照顾着她的情绪，令她恍然有种被人捧在掌心的错觉……

"不能告诉我？"石南弯起嘴角，牵出一抹嘲讽的笑，"还是也要等以后有机会再说？"

杜蘅摇摇头："不是，这件事还需要你的配合。"

石南笑了，几分得意，几分开心，忽地握住了她的手："说吧，我洗耳恭听。"

杜蘅一惊，下意识地朝紫苏望去，竟忘了在第一时间挣脱。

石南笑得越发欢畅，一双眼睛漆黑如夜，幽亮如晨。

待到她意识到不对，想要把手抽回来时，他哪里还肯放？

她心脏咚咚狂跳，压低了声音叱道："放手！"

石南低笑："好媳妇，就这么坐着说会话不好么？我保证不会有别的动作。"

杜蘅脸红心跳，挣扎得越发用力了。

"嘘，"石南压低了声音，半哄半吓，"你这样，别人还以为撞邪了呢！"

杜蘅果然不敢再乱动，恨声指责："你，你不守信用！"

"拉个手也不准？又没有人看见！"石南极委屈地瘪着嘴，触到她急怒的目光，眸中亮光黯下去，"好吧，如果这真是你希望的……"

那声音飘若柳絮，幽幽地拖曳出一个令人心颤的尾音，每一个婉转起伏间，都勾着她的心。

她心一软，感觉到他手掌力道的放松，温热的触感在远离，指间微微一颤，竟鬼使神差地攥住了他的手指。

"阿蘅。"石南立刻反手握住了她的，常年握剑磨出的厚茧按在她柔腻的掌心，轻轻一碰，竟让她浑身战栗了起来。

这令她觉得羞赧，正要不顾一切地推开他站起来，他忽然开口："说吧，你的计划是什么？"

杜蘅深吸口气，努力忽视心底不断涌出的异样之感："我记得你说过，初七是孤儿吧？"

"那又怎样？"

"宋小之,她曾经怀过赵王的孩子,年纪跟初七差不多大。所以,我想……"

"你想把初七,变成宋小之跟赵王的女儿?"

晨曦微露,山色空濛。

霍香急匆匆摇醒了沉睡中的杜茳:"二小姐那边有动静了。"

"什么情况?"杜茳睡眼惺忪,不耐烦地喝道。

霍香有些紧张,压低了声音道:"好像,有男人。"

杜茳立时睡意全消,一骨碌爬了起来:"你看清楚了?"

杜荇也是一脸紧张:"该,不会是小侯爷吧?"

"肯定不是小侯爷。"

"那会是谁?"杜荇好奇了,"恭亲王,燕王,赵王,还是魏王?"

"外面站着个黑衣的侍卫,我不敢靠得太近,怕被发现了。"霍香讷讷道,"加上,早上雾大,瞧不清楚。"

杜荇一脸的鄙夷:"贱人!在小侯爷的眼皮子底下,也敢偷腥!真丢光我们杜家的脸!"

"她自以为攀上了高枝,已经目中无人了,还有什么顾忌?"杜茳一脸兴奋,急匆匆地穿戴整齐,抓了件大氅就往外走。

"你干什么?"杜荇奇道。

杜茳不怀好意地道:"至少要知道奸夫是谁,关键时刻才能给予迎头痛击吧?"

杜荇:"不如,咱们冲出去直接喝破了,让她身败名裂!"

"不可,"杜茳阻止道,"没有确实的证据,他们大可找各种借口狡辩。"

"她那么狡猾,哪里有证据留下!"

"雁过留声,"杜茳冷笑,"只要用心找,一定找得到!"

"别去!"杜荇吓了一跳,"侍卫跟着的,万一被发现,把你灭口了怎么办?"

"这里可是营地,想不惊动其他人就灭我的口,没这么容易!"杜茳步伐轻快,说着话已掀开帘子没入浓雾中。

出了门,她并不直接朝杜蘅的帐篷走,反而兜了一个大圈,贴着栅栏的方向再绕了回来。

她身量本就矮小,再刻意放轻了脚步,踩着被露水凝湿的草地,像只小野猫一样悄无声息地摸了过去。

见帐篷外果然站着个佩刀的侍卫,壮硕如熊,颊上一条刀疤,分外狰狞。

她心里发怵,不敢靠得太近,紧紧地贴在大树干后,小心翼翼地露出一只眼睛朝那边张望。

杜蘅整个人裹在一件灰鼠皮的大氅里,只露出下面绯色的裙摆。

她对面那个人，被侍卫挡得严严实实，从她的角度看过去，除了一片在风中翻飞的金色袍角，竟是什么都看不到。

只能从杜蘅站立的姿势推测，两个人正手拉着手在说话。

杜茳心里骂了一句"浪货！"一边伸长了脖子努力想要看清那人的长相。

石南依依不舍地道："真不想走。"

"你快走吧，一会给人瞧见，我跳进黄河也洗不清了！"

"洗不清更好，老老实实做我媳妇。"

"又开始浑说了！"杜蘅斥道，"东西给我，走你的吧！"

石南不情愿地从袖子里摸出一块玉，搁到她掌心："东西比我还重要！"

杜茳在树后，只见杜蘅忽地退了一步，再一看，她掌心里多了一样东西。

隔得远，也瞧不真切，只觉得翠绿一片，想必是件玉器。

杜茳心一跳，脑海里立刻闪过四个字：定情信物！

忽听得一声轻快的笑声传入耳膜，低醇悦耳，分明是年轻男子无疑！

杜蘅返身进了帐篷。

杜茳心知那人马上会离开，生怕被他撞到，急忙往树后一缩，本想着找机会追在他们身后，跟踪到他住的帐篷，从而弄清他的身份。

谁知一眨眼的工夫，那男子连同侍卫已经消失得无影无踪。

"咦？"杜茳急忙从树后跑了出来，四下张望，终是一无所获，只得悻悻地回了帐篷。

杜荇立刻冲上来问："那贱人真的跟男人鬼混了一晚？"

"可惜没瞧见脸，只看到一片金色的衣角。"

"金色？"大蓟一怔，脱口道，"难道是赵王？"

杜茳眼睛一亮，猛地一拍掌："我说怎么这么眼熟呢！原来是他！"

杜荇咬牙切齿地骂："之前是跟燕王眉来眼去，这才几天的时间，居然又勾搭上了赵王！怪不得她不把夏风放在眼里，原来真是攀了高枝了！"

"想当皇后？"杜茳笑得优雅而冷漠，"还得问咱们答不答应。"

"你有办法？"杜荇惊喜。

"赵王给了她一块玉佩，"杜茳说着，望向大蓟，冷冷道，"你去把它偷来。"

"我？"大蓟心惊肉跳，"我，又没见过，怎么，偷？"

"赵王所赐，必是宫中之物。"杜茳眸光转厉，"你跟在大姐身边这么久，又管着她的头面，不会这点眼力都没有吧？"

"我，"大蓟只觉浑身发软，"我，跟紫苏也不熟，怎么去？"

"你们不熟？"杜茳笑了，阴恻恻地道，"大姐私奔，你为什么别人不找，只找她？"

"我……"大蓟脚下一软，跪在地上，身子抖得像筛糠，"我……"

"贱人！"杜荇当场变色，抬手就是一个耳光，"竟敢出卖我！"

大蓟捂着脸，哭道："我没有！我……"

"我不管你用什么法子，"杜荇截断她，冷漠地道，"总之，今天之内，把玉给我偷到。如若不然……"

她弯下身子，轻轻抬起大蓟的下巴，望着她森然一笑："围场里山高林密，刀箭无眼，谁知道会出什么事？"

大蓟瞪大了眼睛看着她，吓得连哭都不敢，抹干了眼泪，从笸箩里挑了一块素色手帕，径直进了杜蘅的帐篷。

紫苏正在打络子，见了她，很是讶然："大蓟，什么风把你吹来了？"

"找你借个花样子。"

"随便坐。"紫苏放下手里的络子，转过身便去开箱笼，"小姐和初七都进了山，我一个人闲得无聊，正想找人聊天呢！你来了可真好。"

大蓟装作好奇，四下打量："这跟我们那，布置得都差不多呢。"

"帐篷可不都是一样，还能摆出花来？"紫苏头也不回，把衣服一件件掏出来，摆在脚边，"奇怪了，明明带了花样，搁哪了？"

大蓟把目光投向了自己身下的坐毡和叠得整齐的被褥，不动声色，一寸一寸地四处摸索，终于在枕头的夹层里摸出一块圆形玉玦。

"找到了！"紫苏欢呼一声，从箱子底找出一叠花样，满心欢喜地捧到她眼前，"喏，喜欢哪种，自个挑就是。"

大蓟心咚的一跳，额头上渗出汗来，双手背在身后，佯装镇定地瞧着那叠花样。

紫苏笑道："你慢慢挑，我把衣服整理一下。"

大蓟松了口气，飞快地把玉玦揣到怀里，胡乱抽了一张花样，起身就走："我描好了再还你。"

紫苏讶然回头："不多坐会儿？"

"不了，"大蓟急匆匆地掀帘出去，"一会儿小姐找不着人，又该挨骂了！"

29　五彩凤玦

"怪不得赵王这么轻易就放了初七！原来这两人暗地里早勾搭上了！"夏雪绝美的

脸庞上流露出轻蔑,眼睛盯着那块圆形玉玦,语气三分冷酷,三分不屑,还夹着几分愤怒,"可怜三哥对她痴心一片!竟不知她竟是个淫荡无耻之徒!"

"本来只想捉二姐的把柄,想不到会牵出赵王。"杜荭故意装出害怕的表情,瑟缩着肩,小小声道,"咱们最好重新考虑,切不可轻举妄动,以免惹祸上身。"

"呸!"夏雪眼里满是讥诮,伸手去拿玉玦,"我就不信,赵王会为了她,弃了锦绣前程!"

杜荭把手一缩:"过往的恩怨,一笔勾销?"

夏雪美眸一凝:"凭你也配跟我谈条件?"

杜荭强抑了心中的怒气,微微一笑:"上次的事,的确是凑巧,并非我存心设计。况且,我也没有那个本事。女儿家的名声比命还重要,希望你高抬贵手,放我大姐一条生路。"

"你最好好自为之!"夏雪轻哼一声,拿起玉玦揣到兜里,扬长而去。

她不信杜家姐妹没有野心,但她却也相信单凭杜荭还没这个能力去设计夏风!

三哥身手不弱,在大内之中也算数一数二的高手,寻常的侍卫,七八个根本困不住他。连他也吃了瘪,可见对方是个绝顶高手。

这样的人,她自问都支使不动,又怎会听从杜荭的指令行事!

"喂,"杜荞有些担心,"她这么闯出去,不会闹出什么事来吧?"

杜荭微微一笑,眼中狠戾一闪而逝:"就怕她不闹,事情闹得越大,那贱人死得越惨。"

与此同时,夏雪披着的那张温柔甜美的面皮,也会被狠狠撕下,再也装不了高贵娴雅。

"去,"夏雪吩咐琉璃,"看看三哥在做什么,跟谁在一起?"

"是。"琉璃领命而去。

夏雪独自坐在帐中,盘算着如何处理。

把玉玦直接交给夏风,依他的一贯处事风格和对杜蘅的感情,搞不好会忍气吞声,替她遮掩,只私下退婚了事。

若是这样,杜蘅说不定还真能顺利地嫁进了赵王府!万一以后赵王登了基,岂不是对平昌侯府大大不利?

不行,一定要让她身败名裂,在临安无法立足!

正想得入神,琉璃回来禀报:"小侯爷和燕王在帐中喝酒。"

"只他们二人?"夏雪一喜,起身就往外走。

"四小姐,"常安守在帐外,见夏雪过来,忙上去阻拦,"小侯爷和燕王有要事相商,任何人不得打扰。"

"走开!"夏雪杏眼一瞪,喝道,"我找三哥,还用得着你批准?"

夏风在里面已听到声音,掀帘走了出来,柔声道:"雪儿,三哥真有事,你去别处玩。"

"说来听听，什么了不得的大事，连我都不见了！"夏雪冷笑一声，不管不顾地掀了帘子闯进去。

南宫宸冷声讥刺："堂堂侯府竟教出这等不知礼仪，不敬兄长的女儿，真真让人大开眼界。"

夏雪羞得粉颈通红，嗔道："宸哥哥，雪儿今天的确任性了些。可若不是被气得很了，也不至顶撞三哥。"

"哦，"南宫宸扬起眉，"谁敢给你气受？"

夏风略感好笑，随口附和："你不去气别人已是好的！"

"除了你那位好未婚妻，还能有谁？"夏雪恨声道。

"阿蘅？"夏风敛了笑，严肃地道，"你又跑去欺侮她了是不是？"

夏雪恼了，冷笑道："三哥眼里，就只有未婚妻，没有妹妹么？"

南宫宸眼里闪过一丝凌厉，转瞬即逝，含了笑，仿若漫不经心地问了一句："初七的事，是不是你做的？"

事发在西山，当时夏雪也在场，支使个把侍卫把初七骗走的能力，还是有的！

最重要的是，她看阿蘅不顺眼，绝对有动机！

夏风吃了一惊："不会的，雪儿是跟阿蘅有些不对盘，绝不至如此恶毒！"

夏雪俏脸一下变得惨白。

夏风不禁一呆："雪儿。"

夏雪定了定心神，广袖垂下来遮住纤手，飞快地掐了自己的大腿一把。再抬头，美眸中已是珠泪盈盈，哽着嗓子道："好！就算我是个歹毒的女子！你觉得，杜蘅值得我拿侯府几百条人命去跟她斗吗？"

南宫宸不发一语，洞若观火的黑眸冷冷望着她，犀利而冰冷。

夏雪强忍住心底的恐惧，硬着头皮与他直视，眸中波光粼粼，晶莹的泪滑下眼眶。

"不是最好。"南宫宸收回目光，淡淡道。

夏风柔声安抚："好了好了，王爷也不过随口一问，并未说就是你做的！既是没什么事，先回去。一会儿三哥忙完了，再去瞧你。"

夏雪抹了一把泪，从怀里摸出一块玉玦，往他手里一塞，转身就走。

"这是什么？"夏风不禁莫名其妙，"干吗给我？"

"问你的阿蘅去！"夏雪鼓着颊回了一句，扭头就朝门外走。

"站住！"南宫宸浑身一震，猛地站起来，从夏风手里将玉玦抢过来，用力捏在掌心，"这东西，怎会在你手里？"

"都说了是杜蘅的！"夏雪赌着气，不肯回头。

夏风心一沉:"怎么,是王爷的?"

"说!"南宫宸厉声呵叱。

夏雪骇了一跳,嗫嚅道:"杜荇无意间在二小姐房里看到,觉得好看,就私下拿了来问我,是不是三哥送给二小姐的。我一看,这根本不是咱们家的东西。就,就想来问问三哥……"

这番话,她虽说得含含糊糊,意思却表达得十分明白。

杜荇怀疑杜蘅与别的男人有染,所以才会拿了证物来给夏雪看。

至于,杜荇这样做的动机,就更不言而喻了!

这就是夏雪的高明之处了,没有指责任何人,却清楚地把杜蘅的不贞,杜荇的阴刻,以及杜家姐妹之间的不和展示得淋漓尽致。

两个男人都不是傻子,自然听得出来。

"此话当真?"南宫宸面沉似水,黑眸犀利如坚冰,嗖嗖冒着寒气。

修长的手指,紧紧地捏着这块圆形的龙凤佩,太过用力,指节都泛白了!

夏风见他如此模样,心中一动,细瞧那块玉玦,竟是龙凤呈祥的图案,凤尾上隐隐还有血色透出,不禁骇然变色,声音都颤了起来:"莫非……"

夏雪害怕了,禁不住往后退了一步,咽了咽口水,指着南宫宸指间的玉玦:"这,是什么?"

为什么,他的表情那么可怖,好像要吃人?

"出去!"南宫宸黑眸闪烁不定,低而沉的声音不带丝毫感情。

"宸哥哥?"夏雪不知所措。

"乖,你先出去。"夏风压低了声音。

夏雪咬着唇,不情不愿地出了帐篷,却不远走,就在外面站着。

"拿酒来。"南宫宸冷声吩咐。

夏风取了酒杯,同时找出了数支蜡烛,一一点燃,在桌上摆成一个圆形。

南宫宸从腰间解下玉佩,以丝绦穿过手中的玉玦,提在掌中,缓缓浸入酒中,再轻轻提起。

原本色泽碧绿的玉玦,在烛火和水光的折射下,仿佛吸尽了天地的精华,周身蕴着五彩的华光,在离开水面的瞬间,一条五彩凤凰和五色金龙,蓦然腾空而起,周身有五彩祥云冉冉而升。

凤舞龙蟠,衬着四周摇曳的烛光,整个大帐内都有了七彩的光华,端的绚丽夺目,华美异常!

夏风不自觉地屏住了呼吸,半晌,艰难迸出一句:"五彩龙凤玦!"

如果说传国玉玺是帝位传承的象征,那么这块用传说中女娲补天的五彩神石雕刻而成的龙凤玦,则是皇后身份的代表!

然而,五彩龙凤玦不在皇后手中,却到了阿蘅的手里……

一念及此,夏风顿时不寒而栗!

南宫宸不发一语,抿着唇,霍地掀开帘子往外走。

"等等,我跟你一起去。"夏风说着,疾步追了上去。

"宸哥哥。"夏雪心中慌乱,下意识地拔腿就追。

"回你自己营帐去!"夏风喝道。

"三哥!"泪水涌上眼眶,她是真的吓到了。

夏风心一软,放柔声音道:"听话,先回帐中待着。刚才的事不可对外透露一个字,明白吗?"

转过头朝常安使了个眼色:"送四小姐回营帐,叫她好好休息,不许乱走。"

这话,竟有几分监视的意思了。

夏雪越发惊骇,双手不自觉地发着抖。

赵王正与一众亲信在帐中饮宴,丝竹器乐伴着欢声笑语,喧哗不断。

南宫宸忽然大踏步闯入,半张脸被火光照着,半张脸隐在黑暗中,带着一股肃杀的凛冽之气。

众人皆是一愣,笑语中止。

赵王斜倚在锦榻上,怀里搂着个半裸的歌姬,半是嘲讽半是惊讶:"三弟,今日如何有闲情逸致,找大哥喝酒来了?"

南宫宸径直走到他跟前,一把将她怀里的歌姬拎了起来,顺手就摔了出去:"滚!"

"啊!"歌姬魂飞魄散,连滚带爬地跑了出去。

"三弟!"赵王蓦然变色,几乎要掀桌而起。

然而,下一秒,手里已多了一样东西,他只看了一眼,整个人便呆住了。

"还不快滚?"南宫宸眸光如刀,态度凛然。

偌大一座金帐,转眼之间,只剩兄弟二人,安静得能闻到彼此的呼吸。

"母后的凤玦,如何在三弟手中?"赵王心乱如麻,仍强持镇定。

南宫宸冷笑:"正要请皇兄给我一个解释。"

"这倒是奇了,"赵王盯着玉玦,冷声嘲讽,"东西是你拿来,该解释的是你才对!"

"我以为,皇兄应该比我更清楚。"南宫宸紧紧盯着他的眼睛,反唇相讥。

赵王心中焦躁,音调不自觉地提高:"别跟我耍嘴皮!鬼才知道你是从哪里拿到的!"

南宫宸瞧他的表情不似作伪,狐疑道:"你真不知道?"

"不管你玩什么花招,休想用它嫁祸给我!"赵王一脸防备,"今天之前,我根本

没见过！我劝你，从哪里拿的，赶紧放回哪去！兄弟一场，我可以当作没这回事！"

南宫宸皱眉，只觉陷入迷雾之中："如果不是皇兄所赠，这东西怎么可能会到阿蘅手里？"

"阿蘅，哪个阿蘅？"赵王也觉莫名其妙。

当时年少，情窦初开，与府中婢妾红叶陷入热恋。浓情蜜意之时，凭着一腔热血，一时冲动从母后宫中偷了玉玦，转赠于她，誓以江山为聘，与她白首偕老。

孰知世事难料，大婚前母后棒打鸳鸯，生生将他和红叶拆散。

他也曾派人寻找，无奈人海茫茫，难觅佳人芳踪。

十七年杳无音讯，原以为与她已是天人永隔，凤玦也必然是母后的人取回。

没想到……

"你在想什么？"南宫宸不语，望着他的眼里，盛满了浓浓的怀疑。

赵王凝眉苦思，忽地想到一个可能，心中咚地一跳，蓦地抬头，屏了呼吸，"阿蘅，今年多大？"

"呃？"南宫宸错愕万分。

"多大？"赵王心生焦躁，提高了声音喝问。

"十五，"夏风及时赶到，"三月及笄，再过五个月，就十六了。"

南宫宸若有所思。

谈到阿蘅，夏风的表情变得十分柔和，连声音里都含着一丝不易察觉的温柔。

他知道，这个自小一起长大的伙伴，是真的爱上了阿蘅。

忽然间他有些羡慕。

所娶即所爱，这是多少人求也求不来的福分？

夏风何其幸运，可以光明正大地爱其所爱，倾其所有爱护心爱之人？

而他，只怕永远无法体会到那种感情吧？

赵王瞪着他，目光有些迷乱。

时光太过久远，他已经记不太清了，红叶当时怀了几个月的身孕？

这个叫杜蘅的少女，有没有可能是他的女儿？

半晌得不到回答，夏风心微微一沉："有什么问题？"

赵王不答，半瞪着眼睛，沉浸在自己的思绪中。

如今是太康二十一年十月。

杜蘅十五，明年三月才十六。换言之，她是太康六年三月出生。

红叶是在他大婚那年冬天离开，他大婚是在哪一年来着？太康五年，还是太康四年来着？

喝了太多的酒，记忆有些模糊，忍不住握拳敲了敲脑袋。

南宫宸想了想，转身，出了营帐，直接朝西区走去。

夏风大步跟了出来，两个人并着肩，默默地穿过营区。

利刃如风，悄无声息地刺破黑暗，从背后袭来。

夏风侧身，伸出两根手指敏捷地夹着剑身，含笑道："初七，不许顽皮。"

初七收了剑，声音清脆愉悦，如同咬着水萝卜，脆生生的："咦，你怎么知道是我？"

"除了你，没有人敢用剑指着燕王。"夏风笑意温和。

"为什么，"初七眨巴着眼睛，显然有些不信，"你很厉害吗？比师兄还厉害？"

夏风微愕，正要问她师兄是谁，忽见帐帘一掀，紫苏从里面走了出来："王爷，小侯爷。"

"阿蘅还没睡吧？"夏风的注意力被引走，转身走向她，"我和王爷要找她谈点事。"

紫苏把帘子挑起来："两位请。"

见南宫宸和夏风进来，杜蘅显得很吃惊，放下手中的绣绷，站了起来："这么晚了，有事吗？"

这是夏风第一次见杜蘅刺绣，忍不住多瞄了几眼。

那是一条手帕，湖蓝的轻罗上绣着一枝白色的花卉，花尚未成形，看不出是什么花，只几枝纤细的淡碧花梗，已觉清新雅致，意韵悠长。

杜蘅不动声色，把绣绷收进笸箩，随手便搁到了身后的床垫上。

夏风倒不好意思再看，俊颜微微一红。

南宫宸环顾了帐篷一眼，眉头几不可察地皱了起来："这么简陋？"

帐中铺着厚厚的地毡，挨着门的地方整齐地叠着两床被褥，明显是初七和紫苏侍夜之地。

她的床便铺在身后，除了一张矮几，几只箱笼，再无多余之物，跟他所住的大帐，完全是天壤之别。

"山居不比家中，只能一切从简。"

"王爷，请坐。"夏风拿起两只锦垫，递了一只给南宫宸。

紫苏泡了茶过来，忙把茶盘搁在长几上："这种粗活，还是让奴婢做吧。"

"举手之劳，算不得什么。"夏风说着，已盘腿坐下。

南宫宸端起茶杯，才揭开盖，一股幽香沁人心脾，不禁赞道："好茶，可是龙山雪芽？"

杜蘅脸上微微一热，含糊道："嗯。"

夏风忙把自己的茶也端过来，喝了一口："清香馥郁，嫩绿油润，汤色明亮，口感清醇淡雅，回甘无穷，果然好茶！"

南宫宸微笑，放下茶杯："二小姐，茶已品过，咱们还是谈正事吧。"

紫苏识趣地退到帘外。

"阿蘅,"夏风抢在南宫宸之前发问,"你可曾遗失了东西?"

杜蘅微愕后,立刻反应过来:"可是你捡到什么东西了?"

夏风心细,发现她问了这句,目光下意识朝一旁的地毡上瞄去。

南宫宸盯着她的眼睛,慢吞吞地道:"一块玉玦,圆形,雕着龙凤呈祥的图案。"说着,伸出手指在几上画了一下,"约摸,这么大。"

杜蘅的表情立刻变得有些不自然,她没有说话,端起茶杯,啜了一口水。

南宫宸和夏风何等样人,看这模样,已知夏雪并未撒谎,皇后的五彩凤玦果然是从她这里拿走的。

两人心中皆是一沉。

夏风尤犹甚,忍不住追问:"那块玉玦,如何会落到你的手里?"

"反正不是偷来的。"杜蘅拧眉,表情明显不悦,伸了掌讨要,"拿来。"

"东西不在这,"南宫宸摇头,神情冷峻,"即使在,也不可能还你。"

杜蘅怔住:"难道那块玉,有什么来历不成?"

南宫宸点头,语气冷硬:"玉从哪里来的,谁给你的,什么时候?"

杜蘅有些生气,却强忍着:"敢问王爷,我可是犯人?"

"别误会,"夏风忙道,"王爷也是想澄清事实,没有恶意。"

"要问话,至少该告诉我实情吧?"杜蘅着恼。

这份轻微的恼火,不禁让夏风生出几分欢喜。

他凝视着杜蘅,温柔地道:"不是要瞒你,实在是兹事体大,你不知道比知道要好。"

"那是五彩凤玦,大齐皇后的身份凭证。"南宫宸声音极冷,带着几分自己也说不清道不明的挑衅的意味,"现在,你是不是该解释一下它的来历?"

杜蘅明显吓了一跳,愣愣地看着他。

夏风:"别怕,你只要把知道的事,据实说出就行。余下的,我自会处理。"

南宫宸眸中闪过一丝嘲讽,快得来不及捕捉。

杜蘅定了定神,道:"玉是初七的。"

"初七?"夏风惊诧至极。

杜蘅淡雅的眉轻敛起来,显出几分犹豫:"其实也不能说是初七的,因为她自己不知道。"

夏风被她搞糊涂了。

杜蘅整理了一下思绪:"是这样的,昨天夜里,一位姓宋的妇人找到我,自称是初七的亲娘。这块玉,就是初七的身份证明。她还说……"

说到这里,再次犹豫了一下,翦水双瞳有些无措地来回看着二人。

"不要怕，一切有我。"夏风柔声鼓励。

杜蘅咬了咬唇，似是下定了决心："她还说，如果三天后查不出真相，赵王非要处死初七的话，就把这块玉拿出来，告诉赵王，初七是他的亲生女儿。"

夏风倒吸一口凉气："还有这种事！"

"你确定没有弄错？"南宫宸挑眉。

杜蘅淡淡道："我只是如实转述，至于有没有弄错，我并不知道。王爷如有疑问，大可亲自求证。"

"人海茫茫，本王去哪里找那位莫须有的妇人？"

"她叫宋小之，就在别院里做着浆洗之事。"

南宫宸见她说得有鼻子有眼，不禁半信半疑："她为何不直接去找赵王，却把那么重要的信物交给你？"

"她一个浆洗的妇人，不等靠近赵王的大帐，就被侍卫拉出去砍了！"夏风立刻道，"把别院管事叫来，一问即知的事，阿蘅又何必说谎？"

说着，他起身出门去找别院的管事。

南宫宸却端坐不动，深邃的黑眸里藏着谁也看不懂的心事，如同古井之波，深沉而冷漠。

杜蘅瞪他一眼，见他无动于衷，只好拿起绣绷，一针一线慢慢地绣着。

"小姐，宵夜来咯。"帐帘一晃，刹那间，香气扑鼻。

紫苏走了进来，手里端着一只填漆的托盘，盘子上搁着一只甜白瓷的长形碟子，碟子里是一只烤得金黄灿亮的兔子，切成了薄薄的片，边上放着一小碟酱料，搁着两双筷子，两只空碟。

南宫宸正觉得腹中有些饥饿，随手拿起筷子夹了一片。

就听杜蘅笑道："这么点肉，还不够初七塞牙缝呢，拿去给她吧。"

南宫宸一窒，筷子戳在酱料碟子里，进退两难。

紫苏笑道："放心吧，初七不吃兔肉，不然哪轮得到您？"

南宫宸的脸色更难看了。

杜蘅大为讶异："为什么？"

"她没说。"紫苏竖起一根手指压在唇上，轻轻摇了摇头，朝外指了指，示意她初七很不高兴，在生闷气呢。

"出什么事了？"杜蘅更惊讶了。

紫苏摇头，笑道："许是在围场待得闷了，想家了？不用理她，她小孩子心性，一会哄几句就好了。"

"嗯。"杜蘅便也没放在心上，转过头见南宫宸绷着个脸，冷冷地瞪着碟子。

她叹了口气，想也不想夹了片兔肉蘸了酱料，搁到他面前的小碟里。

动作熟稔，如行云流水，神情那么自然，像是早已为他做过数千数万遍……

南宫宸先是讶然，接着眼里露出几丝笑意，正要取用，杜蘅却忽然变色，猛地伸手打翻了他面前的小碟！

"小姐！"紫苏惊骇莫名。

南宫宸避之不及，酱汁溅到浅色的袍子上格外地扎眼，霍然而起。

杜蘅伸手从紫苏头上拔了支银簪，刺入兔肉中，再抽出来时，簪身已变得漆黑。

她将簪子小心翼翼送到鼻端嗅了嗅："是砒霜。"

"岂有此理！"南宫宸终是变了颜色，猛地掀翻了矮几。

"小姐！"

"阿蘅！"

两条身影同时疾掠而入，初七唰地拔出剑，指着南宫宸的咽喉："坏人，不许欺侮小姐！"

"不可！"夏风挡在了南宫宸的面前。

杜蘅一脸沉静："王爷只不过不小心打翻了桌子，并没有欺侮我。你乖，把剑放下。"

"哦。"初七立刻还剑入鞘，退到一旁。

恭亲王走了进来，瞧着一地的狼藉，笑道："这是怎么啦？"

"烤肉有毒。"南宫宸表情阴鸷。

恭亲王愕然后，大怒："来人！"

夏风主动请缨："王爷，请让臣去处理。"

"此事不宜张扬，须得暗中行事。"南宫宸冷静下来。

"是砒霜，"杜蘅轻声提醒，"多派些人，用银针一试即知。"

"好。"夏风看她一眼，转身出了帐篷。

紫苏蹑手蹑脚地跪在地上，把东西收拾干净，重新沏了茶送上来。

"六叔怎么来了？"南宫宸缓了脸色，问。

"听说你要传管家问话，我一时好奇，便跟过来了。"恭亲王轻描淡写。

他拍了拍手，从帐外进来个五十左右的老者，身材很瘦，嘴角生了粒黄豆大的黑色肉痣，显得有些可笑。

"小人张福，给两位王爷，二小姐请安。"那人进门，行了礼之后，恭敬地垂手立着。

"别院中浆洗房里，可有位三十左右，名唤宋小之的妇人？"南宫宸开门见山。

"有的。"

南宫宸眉一挑："张管事好记性。"

这么大一个别院，少说也有二三百人，他身为大管事，不可能事必躬亲，更不可能对所有人都有印象。

宋小之不过是个浆洗房的粗使妇人，他居然随口能答，连思考的时间都不必。

那就只有两个可能：一，他说的假话；二，他与宋小之关系十分熟稔。

张福道："王爷有所不知，宋小之来别院已有十几年，加之容貌……呃，很特别，因此小人印象深刻。"

南宫宸似笑非笑。

恭亲王啼笑皆非："张福啊，想不到你人老心不老。"

张福红了脸，连连摇手："王爷误会了，小人绝不是这个意思。"

"唤她过来，本王有几句话要问。"南宫宸道。

"是。"张福垂了手出去。

"幸得二小姐机敏，燕王才逃过一劫。"恭亲王这时才望向杜蘅，拱手道，"本王先谢过了。"

杜蘅轻抿了唇，苦笑着摇了摇头："就只怕王爷是为我所累。"

"近段时间，"恭亲王字斟句酌，唯恐伤了她自尊，"二小姐可与何人结怨？"

杜蘅沉默，半晌，轻轻摇头："我自问与世无争，不曾与人结怨。"

南宫宸轻哼一声："你倒是好心。"

杜蘅垂头，不予理会。

"有人来了。"

杜蘅抬头，已不见了初七的身影。

"放肆！"

"坏人！"

不过眨眼之间，初七已与赵王对峙了起来。

"初七，不得无礼！"杜蘅骇然，急忙走到帐外，屈膝行了一礼，"王爷，请。"

赵王看着她神情复杂，昂首走了进来，见了帐中两人，神情一僵，脸色变得很难看。

"皇兄。"

"赵王。"恭亲王含笑颔首。

赵王勉强挤了个笑容："一点小事，不想竟惊动了六叔。"

恭亲王淡淡道："我既是别院的主人，又是你的皇叔，有义务也有责任把事情查个水落石出。"

"王爷，宋小之带到。"张福在帐外，恭声禀报。

"进来。"

窸窣的脚步声起，帐外进来一个身着深蓝棉绫短袄，蓝色棉裤的女子。头盘圆髻，簪着一支梅花竹节银簪，身材高挑，纤秾合度。

她低垂着头，一双手洗得干干净净，交握着搁在膝上，模样甚是恭敬地福了一礼："小人宋小之，见过恭亲王，燕王。"

声音微微有些沙哑，却并不如何难听，细一品味，竟依稀有几分妩媚。

南宫宸略带兴味地道："抬起头来。"

"奴婢不敢，怕冲撞了王爷。"宋小之依旧垂着头，态度却是不亢不卑。

"无妨，恕你无罪。"恭亲王道。

宋小之缓缓抬头，烛光照在她的脸上，只见她眼睛很大，眼波沉静柔软，如月下平湖，五官分开来看，算不得精美绝伦，组合在一起，却有种别样的韵味。

然而，一道长长的淡粉刀疤，从左至右由颊上斜切到颌下，瞬间摧毁了所有的美感，只留下令人惊悚的震撼。

南宫宸久久无语。

这才明白，张福所说的"特别"是什么意思。

这样的伤疤，留在这样一个女子的脸上，的确让人想忘记都难。

宋小之却似习惯了这样惊骇的打量，垂眸望着脚尖，神情安静而恬然地站着。

"红叶……"赵王近乎呆愣地望着她，心中五味杂陈。

年少时血气方刚，海誓山盟，说什么非君不嫁，非伊不娶。却谁知，那些朝夕相处，耳鬓厮磨的浓情蜜意，早已被时光无情地冲淡。

再相见，竟是相顾两无言。

不料赵王也在，宋小之平静的表情瞬间龟裂。

她缓缓抬头，目光从金色的袍角一寸寸上移，最终定格在那张棱角分明的脸庞上，双手下意识地绞扭成麻花。

十七年后再相逢，他俊朗如初，而她却已是年华老去，容颜尽毁。

泪水夺眶而出，无声滑落。

"红叶，你……"赵王张了张嘴，喉间却似哽了一根骨刺，发不出任何声音。

宋小之微微弯着腰，积压了二十年的委屈和愤怒化为泪水倾盆而下。

可她不能哭出声音，只能用力强忍着，整个身子都在剧烈地颤抖着。

一时间，谁也不曾说话，大帐里安静至极，只听到一下又一下的呼吸声，沉重而纷乱，也不知是谁乱了谁的心。

良久，杜蘅打破沉寂，递了条手帕给她："别难过了。"

宋小之接过帕子，轻拭泪水，终于平复心情："奴婢失仪了。"

"初七，是你的孩子？"南宫宸并未绕弯，直奔主题。

赵王骇然变色："你说什么？"

"是。"宋小之神情平淡，垂眼望着地面。

"如何确定？"

"她左耳后面，有颗红痣。"

南宫宸望向杜蘅，见她轻轻颔首，便知所言不虚，继续盘问："既在耳后，你如何知道？"

"那日，我来给二小姐换床单，刚好初七在梳头，所以……"宋小之说着，声音哽咽起来，"本以为今生无缘，不料天可怜见，竟能在入土之前与她相见。"

南宫宸和恭亲王对视一眼，一时有些拿不定主意："就算初七真是你的女儿，也无法证明她就是皇兄的亲骨肉。"

赵王更是一时无法消化初七居然是自己的女儿的事实。

宋小之盯着赵王，眼眶通红，眸中眷念悲痛愤怒幽怨哀伤各种情绪翻涌汇聚，刹那间风起云涌，惊涛骇浪。

她双唇颤抖得厉害，却死死地咬紧了牙关，不曾替自己辩驳一个字，只决然地，悲怆地，直挺挺地跪了下去，以头叩地。

地上虽铺了厚厚的地毯，可她这样重重地叩头，几个回合下来，额上已是青紫一片，再叩得十几个，已是皮开肉绽，血肉模糊。

沉默，有时是最锋利的武器。

"咚！""咚！""咚"……

一下又一下，沉闷地撞击着各人的心房。

"别磕了！"赵王终于按捺不住，低叱一声，"我信你！"

"皇兄！"南宫宸惊讶了。

不是奇怪他轻易就相信了宋小之，而是讶异他竟然会把这份信任宣之于口。

他们生于皇室，长于皇室，悲天悯人，优柔寡断，妇人之仁……这些都是不该有的。

有些东西，心里明白是一回事，嘴上承认又是另一回事。

宋小之显然也没有料到赵王竟如此轻易便信了，错愕地瞪大了眼睛。

南宫宸轻咳一声，提醒："兹事体大，是不是该先滴血认亲？"

"不必了。"赵王摇头，半晌后，低低道，"这是我欠她的。"

宋小之眼眶一热，泪水再次滚落。

南宫宸哑然。

情之一字，果然害人不浅。

恭亲王想到冷心妍，顿时不胜唏嘘："恭喜你父女团聚。"

赵王有些茫然。

父女团聚，谈何容易？

且不说父皇母后和王妃那一关，单只论初七，要想接受彼此，都不是件容易的事。

他虽承认了父女关系，却无法光明正大地给她一个身份，更不可能把她带回家去。

至少，现在还不能。

"初七那孩子，"沉默了许久，轻声道，"以后要，请你多照顾了。"

杜蘅郑重点头："王爷放心，初七于我，从来都不是外人。"

"她，还能治好吗？"

"我没觉得初七这样有什么不好，"杜蘅委婉地道，"很多时候，反而会羡慕她的单纯。一份美食，足以令她开心一整天。快乐，唾手可得。"

"也就是说，"赵王难掩失望，"她一辈子都是这样傻乎乎了？"

"初七也许天真了些，却绝不傻。"杜蘅正色道，"你见过哪个傻子，能练成她这样的绝世武功？"

"这倒是。"南宫宸点头，"至少我手下，没有一个人能赢得了她，打成平手都难。"

这话并没有令赵王稍稍开解，反而添了不悦："女孩子家家的，成天打打杀杀，成何体统？"

夏风的到来，令僵凝的气氛有所缓解。

"查过了，所有的食物，包括水源，都没有问题，也没有发现砒霜的踪迹。"

各人心中其实早有答案，听到这个结果并不意外。

南宫宸依例问了句："所有的地方都检查过了？"

"除了各人住的帐篷，别处都查了。"夏风道。

"故意透消息给初七的人，小侯爷有没有找到呢？"杜蘅突然问。

"已经有点眉目，暂时还没有结果。"

"那就咬住这条线，继续追查。"杜蘅淡淡道，"我猜，这两起事件的背后主使，应该是同一个人。"

恭亲王饶有兴致地问："何以见得？"

"她要杀的，是初七。"杜蘅微微垂下眼，唇角带了一丝嘲讽的笑意，"可惜，人算不如天算，初七不吃兔肉，这才逃过一劫。"

南宫宸面容沉寂，双手环胸，幽黑的眼睛，闪着暧昧不明的微光。

赵王勃然大怒，额上青筋隐隐暴起："好大的狗胆！敢打初七的主意，简直是活腻了！"

凶神恶煞的模样，全忘了几个时辰之前，他还叫嚣着要初七的狗命……

恭亲王似笑非笑："敢在本王的地盘闹事，让本王抓到，非将他剥皮抽筋，让他知道死字究竟是怎么写！"

"追凶也不是一时半会能成，大伙都散了吧。"南宫宸起身，望了夏风一眼，"小侯爷若有体己话，可以多留片刻。"

夏风本想多留一会儿，被他一说，反而不好意思了，只得跟了出去："赵王怎么突然维护起初七来了呢？"

"知道啥叫护犊子吗？"南宫宸斜他一眼。

夏风一愣，待回过味来，不禁呆若木鸡："老天！这，太不可思议了！"

"你不觉得今晚的巧合，太多了吗？"南宫宸冷笑。

一切看似天衣无缝，然而细一推敲，却处处透着诡异。

他生于深宫，从小到大，看惯了各种鬼蜮伎俩，早已不相信巧合。

虽然那人手法的确高明，堪称无懈可击。

然，就是这份过分的缜密，反而令人心疑，让他闻到了某种"阴谋"的味道。

"王爷可有什么发现？"夏风追问。

"不管阴谋阳谋，横竖与我无关。"南宫宸微微一笑，"有皇兄和六叔在，我等着看好戏就是，犯不着替他们操心。"

夏风急了："事关阿蘅生死，王爷可以隔岸观火，我却决不能袖手旁观。"

南宫宸轻哼一声："你的阿蘅狡诈如狐，哪有这么容易给人算计了去？"

"这是什么话？"夏风不高兴了，"阿蘅温柔内敛，凡事隐忍退让，宁可自己吃亏，也要息事宁人，哪是奸猾狡诈之人？"

南宫宸懒得跟他辩："言尽于此，信不信由你。"

夏雪一心等着杜蘅出丑，不停派人去打探，偏偏西院被恭亲王下令封得严严实实，非经传唤，任何人不得出入，竟是什么消息都传不出来。

这时见两人并肩回来，迫不及待地迎上去，劈头就问："怎么样，赵王怎么说？有没有承认跟二小姐私相授受，眉目传情？"

夏风气蒙了，厉声喝道："闭嘴！这话岂是可胡乱说的？"

"定情信物都有了，还不算证据确凿？"夏雪从未见他如此疾言厉色，急怒之下，脱口反驳。

"你怎么知道那块玉是赵王的？"南宫宸眉目清冷，如笼薄冰。

"我……"夏雪呼吸一窒。

"雪儿？"夏风眼里升起一丝疑惑。

"好一招鹬蚌相争，渔翁得利之计！"南宫宸目光阴鸷，语气森冷，"好大的胆子，竟敢把本王当成棋子，随意糊弄！"

"我，"夏雪心中慌乱，咬着唇，美眸中泪光闪闪，益发显得楚楚可怜，"不懂王爷说什么。"

"说什么，你心知肚明。"南宫宸厌恶益增，往前踏了一步，"你明明知道玉是赵王的，苦于无法证明。于是挑唆着小侯爷找赵王对质，再借赵王之手除掉杜蘅，是也不是？"

夏雪的冷汗一下子流了下来，被迫得往后退了一步："我，我没有！"

这一退，倒是急中生智，想出了一个理由："你们拿着玉，直接去了赵王的大帐。连恭亲王都惊动了，还封了西院。若玉不是赵王的，还能是谁的？"

"你……胡闹！"夏风气得不轻，"不是让你老实地待在帐中么，谁让你四处打探！"

南宫宸仅以犀利冰冷的目光，便已将她逼上了绝路。

夏雪委屈得不行，泪水滚滚而下："我是替三哥不值！她算什么东西，竟敢这么羞辱三哥！"

"本王不管孰是孰非，更不管你们之间斗得如何死去活来！"南宫宸盯着她，唇边的一抹笑容极冷，"胆敢算计本王，拉本王下水者，绝不轻饶！"

"我……"夏雪猛地一跺足，扭身掩着脸疾奔而出。

夏风不知所措："王爷的意思，一切都是雪儿设计的？不会的！雪儿虽然刁蛮了些，却不是个心机险恶的孩子！她……"

"相信我，"南宫宸搭着他的肩，语重心长地道，"女人是这个世上最复杂，最深奥也是最狠毒的生物！永远不要自以为是地以为自己很了解女人！更不要妄想充当正义使者，搅进女人的争斗中！你唯一能做的，就是保持距离，以策安全。"

夏风不以为然："世事无绝对，不能以偏概全。"

南宫宸笑了笑："那就，拭目以待吧。"

夏风一生太过顺遂，便以为人生果然如他看到的一样歌舞升平，一团和气。

殊不知他的安稳，是许氏手上染了多少鲜血才换来的。

夏风心里生出种怪异的感觉，半信半疑："这样做，对雪儿有什么好处？"

南宫宸忍不住笑了："你果然天真！女人做事，哪里需要理由？！"

夏风恼了："你纵然瞧不上雪儿，也别把她跟那些疯妇比！"

"喂，"南宫宸啼笑皆非，"我是为你好，在教你如何正确认识女人，以免情路坎坷！"

"你那全是歪理！"夏风悻悻道。

"好好好，"南宫宸哈哈大笑，"我不误人子弟，你跟我滚回去睡觉！"

夏风一路走一路琢磨，越琢磨心里越不安。

他不是傻子，整件事由一连串的巧合组成，虽然件件都有合理解释，表面看来并无不妥，可往深里想，的确耐人寻味。

不止夏雪可疑，连杜蘅看起来，也不是那么无辜。

这两个人，一个是他的亲妹妹，打断骨头连着筋；一个是他的未婚妻，未来数十年相依相偎的枕边人。

倘若她们之间生了心结，必须趁早化解，否则误会越来越多，积怨益深到最后结了死仇，斗得死去活来，让他情何以堪？

心念电转间,脚步一顿,已经自动转往夏雪的帐篷。

四周一片漆黑,他轻唤两声,得不到回应,掀了帘子进去,里面空无一人。

他暗道一声糟糕!拔腿就往西院跑。

杜荇和杜莛整晚困在帐中,只见隔壁不时有人进进出出。想着既是连恭亲王都惊动了,杜蘅必定难逃一死,不料竟是雷声大,雨点小,安然无恙。

正诧异难安之际,夏雪已经怒冲冲地闯入帐中。

大蓟正要吹熄烛火,忽见眼前站了个人,吓得大叫一声:"四小姐!"

杜莛本已入睡,听得大蓟这一声嚷,吓得坐了起来,顾不得披外裳,急匆匆迎上去:"这么晚了,四小姐怎会……啊!"

夏雪杏眼圆睁:"贱人!"

"啪啪"两声脆响,杜莛脸上已挨了热辣辣的两巴掌,鼻子下一股热流涌动,抬手一抹,竟摸了一手黏糊糊的液体。

"啊!"大蓟瞧到血,尖叫着掩住了嘴。

"你,你怎么乱打人呢?"杜荇这时才反应过来,气得浑身都在抖。

夏雪盛气凌人,眼中怒火熊熊,随手抄起几上茶杯对着她掷了过去:"敢拿我当幌子,把我当枪使,这就是下场!"

杜荇仓皇避让,杯子擦着她的颊飞过,刮出一条血痕,她当下怒火噌地一下蹿起来,猛冲过去将她一把撞翻,骑在身上左右开弓,啪啪几个巴掌扇了下去:"侯府小姐了不起啊?我跟你拼了!"

夏雪万万料不到她竟然敢还手,等得回过神来,脸上已挨了几巴掌。

她从娘胎里出来,还不曾吃过这样的亏。

"敢打我,找死!"侯府靠军功兴家,府里男丁个个习武强身,夏雪虽不曾习练武艺,却习了弓马,身手较杜荇自然灵活十倍。

她一抬手捉了杜荇的手臂,蹬腿踹到了杜荇的腰眼。

杜荇惨叫一声,伸手揪住她的头发,两个人就变成麻花,扭在了一起。

从床毡上滚到地毡上,撞翻了矮几,撞倒了茶壶,咣当哗啦之声不绝于耳。

琉璃,大蓟,藿香几个惊呆了,竟忘了上去将两人拉开。

杜莛年纪小,有心将二人分开,却拉扯不开,混乱中反而挨了夏雪两脚,还给杜荇误打了一掌。

疼得龇牙咧嘴,气得嗷嗷直叫:"别打了,有话好好说……"

夏风还以为夏雪去找杜蘅的晦气,心急火燎地赶过来,却见杜荇所住的帐幕上鬼影幢幢,哭闹声一片。

走进去一瞧,倒吸一口冷气。

夏雪簪也掉了，鬓也散了，衣衫湿了，鼻也青了，脸也肿了，披头散发地骑在杜荇身上。

杜荇就更精彩了，连外衣也没穿，只着一件亵衣亵裤，前襟歪斜，露出大红的肚兜和一大片雪白的肌肤，上面还印着几个清晰的紫斑……

"住手！"他又惊又怒，大吼一声。

平地一声惊雷，激烈缠斗的二人齐齐扭头，瞬间石化！

夏雪爬起来，拉着他的手哭诉："三哥，她们合起伙来欺侮我！"

杜荇面红耳赤，慌乱中抱着双膝蹲在地上，羞得无脸见人。

大蓟这时才回过神，拿了件衣服裹住她，扶着她到暗处，一边整理衣裳，一边低声饮泣。

"姐夫，"杜荁仰着头，故意让自己的脸暴露在烛光下，"四小姐怕也是受了奸人挑唆，这才一时冲动，你别生她的气。"

夏风见她满脸的鲜血，惊得手脚都在颤："你干的好事！"

掏出手帕，细细替她拭去脸上血渍，满心都是歉疚："对不起，我替雪儿道歉。"

"三哥！"夏雪顿觉冤枉，不依地娇嚷，"别看她年纪小，最会装的就是她，就属她最阴险！所有的事情，都是她挑起的！要不是她，我也不会……"

"小姐。"琉璃忙轻拉她的衣袖。

夏雪掩了脸嘤嘤哭泣："三哥，你不疼雪儿！"

夏风气不打一处来："荁姐才多大，把她打成这样，我如何向伯父交代！"

"姐夫言重了，"杜荁乖巧地道，"四小姐定是有所误会，我怎会生她的气？再说，这事大姐也有错，不能全怪四小姐。"

"听听，"夏风又是欣慰，又是难过，"荁姐都比你识大体！"

杜荇穿戴整齐，怯生生地过来："小侯爷。"

夏风俊容微沉，冷声训道："雪儿任性就算了，你比她大了五岁，怎么也不知道让着她些？不从中劝解，竟然跟她一起胡闹！实在是让我失望！"

杜荇辩道："四小姐不由分说，进来就把三儿打得一脸的血。我，我实在……"

杜荁忙在身后拉了她一把。

杜荇只得把满腹的委屈咽下去："妾身错了。"

见她脸上的擦伤还未好，又添了新痕，再想着她被夏雪骑在身上的狼狈模样，夏风倒也不忍苛责，叹了口气："谁来告诉我，你们几个到底为什么事打起来？"

众人面面相觑，目光都落到夏雪身上。

杜荇是真的不知道，杜荁虽然猜到一点，却不会蠢到自暴其短，乐得看好戏。

"雪儿，"夏风表情严肃，"你说，为什么打人？"

夏雪又岂是省油的灯？

把矛头直指杜荐："她算计我！她跟二小姐不睦，又奈何不了她，就骗我说看到赵王和二小姐有染，还偷了玉来做证据！知道我跟三哥感情好，利用我来破坏三哥跟二小姐的婚事！还没嫁进门，就想着谋夺正室之位，卑鄙！"

这一招祸水东引，的确高明！

不说自己错在何处，只强调杜蘅与赵王有染，自己是出于兄妹之情，才挺身而出维护兄长名誉。

如果不是事实，那也是杜荐污蔑，她是受蒙骗挑唆，要怪也只能怪杜荐。

因为她居心叵测，觊觎正室之位！

如果是事实，那就正好借机除掉杜蘅这个眼中钉，肉中刺！

不管赵王与杜蘅是否有染，她都立于不败之地！

吃一堑长一智，吃了几次亏之后，夏雪的战斗力飙升。

杜蘅站在门外，简直想替她鼓掌喝彩！

"血口喷人！"杜荐惊怒交加，俏脸惨白一片，扑通跪倒在地上，"不错，我的确与蘅姐儿不睦，却没失心疯！莫说眼下还是妾身未明的尴尬处境，就算嫁过去了，我的命是小侯爷救的，明知小侯爷与蘅姐儿情深爱笃，怎会自不量力想要取而代之？退一万步说，就算小侯爷与蘅姐儿婚事不成，以小侯爷的身份，必有无数名门闺秀可选，正室之位哪里轮得到我？"

哟，这位也不能小瞧啊！

动之以情，晓之以理，可圈可点！

"冤枉？"夏雪立刻反唇相讥，"若不是你，赵王的玉怎会在我手中？若不是你说二小姐跟赵王鬼混了一夜，我又怎会一怒之下告到三哥面前！"

"你，你们！"夏风气得声音都在抖，"简直胡说八道！"

杜荏一看场面已经失控了，决定破釜沉舟背水一战："姐夫，荏儿有句话，不知当讲不当讲？"

夏风没好气地道："都到这个分上了，还有什么话不好讲？"

杜荏满眼都是羞愧："家丑不可外扬，身为杜家的女儿，二姐做出这等丑事，本应该替她遮掩才是。可是姐夫对二姐掏心掏肺，将她捧在掌心疼爱。我年纪虽小，却也知道易得无价宝，难得有情郎的道理。二姐却不满足，为了荣华富贵，做出这等辱没先人，背叛姐夫的无耻之事！我不知道也就罢了，既然瞧见了，又怎忍心为一己之私，任由姐夫蒙在鼓中，沦为世人的笑柄！"

夏风已见过赵王，误会澄清，自然不会再疑她与赵王有染。

但听她言之凿凿，不由得生出疑惑："你到底看到什么了？"

杜蘅走了进来："是啊，我也很想知道，三儿究竟看到什么了，摆出正义凛然的嘴脸，大义灭亲？"

夏风转过头，见了她，不禁面上一热："这么晚了，还没休息呢？"

杜蘅含笑看他："我若是睡了，错过如此好戏，岂非太可惜？"

转头望向杜荏："接着说，我等着听故事呢。"

"你不要再装无辜了！"杜荏冷声讥讽，"我全都看到了！任你巧舌如簧，也抹不掉事实！"

"无妨，"杜蘅莞尔而笑，"既然你坚持是事实，就当它是事实好了。我很想知道，我究竟怎么厚颜无耻到辱及先人的地步？"

夏风见她浑不将杜荏的指控当一回事，甚至将之当成一场笑话，又开始不确定了。

她太镇定，太坦荡，太轻松，实在不像个做了苟且之事，被人抓住的样子！

莫非，真是杜荏凭空捏造，往她身上泼脏水？

"好！"杜荏被她的语气激怒，小脸一沉，道，"这是你逼我的！可别后悔！"

杜蘅好整以暇："洗耳恭听。"

"今晨卯时初刻，我亲眼见到赵王从你的帐中走出来，两个人拉着手立在门边，卿卿我我，难舍难分！"杜荏紧紧盯着她的眼睛，语速极慢，一字一句地道，"有没有这回事？"

杜蘅愣住，笑容从脸上褪去。

半晌，轻声问："你监视我？"

30 杖打杜荏

杜荏起初还怕她又耍诡计，见了这个表情，紧绷的心弦不觉松了下来。

"笑啊，怎么不笑了，心虚了？"嘴角一扬，笑得愉悦而吐气扬眉，"你若是行得正做得端，又何必怕人监视？"

夏风的心倏地沉到谷底，嘴里一阵阵发苦。

杜蘅依然不慌不忙，表情还是那样恬静，淡淡的，并没有丑事被揭破的惊慌失措。

只微微扬起的语调里，夹着不快："你看清楚了，确定那个人是赵王？"

杜荏敏感地捕捉到了她的这份不快，并且将之判定为心虚的表现。

于是，她变得趾高气扬："看得再清楚不过！他穿着金色的外袍，整个营地除了他，再没有第二件金色的袍子！"

"原来你所谓的我与赵王有染的罪证，竟是一件袍子？"杜蘅扑地一笑。

"你们拉着手，他还给了你一块玉！"

"等等！"夏风猛地抬头，眼睛忽然亮了起来，"你真的看到那人给了阿蘅一块玉？"

"是！"杜茳看了夏雪一眼，"那块玉，已经给了四小姐……"

夏雪立刻道："三哥也见过那块玉，应该知道，那是宫中之物，就算再有钱，市井间也难觅其踪。"

夏风斜眼看她，表情很是奇怪："不错，那块玉的确是宫中之物。不过，却不是王爷所赠。"

"三哥你别傻！这种水性杨花不知羞耻的女人，值不得你为她着想，替她遮掩！"夏雪心知他去过杜蘅的帐篷，不知被她用什么话糊弄过去，很是生气，"人证物证俱在，不容抵赖！"

"真不是王爷送的，"夏风笑起来，如释重负，"恭亲王、燕王都可作证，毋需置疑。"

杜蘅似笑非笑："除了玉，三儿还有没有别的证据？"

"好！"杜茳不自觉地提高语调，"就算玉是我眼花看错！但是，赵王天不亮从你帐中出来，却是我亲眼所见！还有侍卫替他把风！这又如何解释？"

夏风把目光望向杜蘅。

"解释什么？"杜蘅冷笑一声，"从头到尾都是你在自说自话，子虚乌有的事，让我如何解释？"

"死到临头还要抵赖！"杜茳盛气凌人，"好，我再说得清楚点！那个侍卫身材壮硕如熊，脸上还有一条刀疤！还用我说出他的名字吗？"

"仇重威，仇将军！"夏雪脱口嚷道。

他是赵王府的卫队长，负责贴身保护赵王安全，形影不离。

"很好，"杜蘅含笑，"三儿既是如此肯定，何不请他前来对质？"

"你当我傻子呢？"杜茳冷笑，"你与赵王勾搭成奸，他当会背叛主子，为我作证？"

杜蘅审视了她一会，竟点了点头："说得有理。"

她顿了顿，不知怎地，杜茳的心也跟着猛地跳了几跳。

"我且问你，仇将军当时站在何处？"杜蘅忽地问了个无厘头的问题。

杜茳摸不清她心里想什么，竟有些不敢回答。

夏雪立刻道："仇将军当时站在什么位置，跟你有没有背叛三哥，有什么关系！"

杜蘅似笑非笑："她若是真的瞧见了，不会不敢答吧？"

杜茳迟疑了片刻，道："就在前坪。"

"这就奇了！"杜蘅冷笑一声，"以仇将军的眼力，竟然没有发现你在一旁监视！"

两人的帐篷相距有五六丈远，早间雾大，而且当时天色未明，躲在帐篷里根本就看不到门边的动静，更不要说她还描述得这样仔细！

两个帐篷之间是块空坪，毫无遮蔽，她如果从帐篷里出来，必然会被仇重威发现！

夏风眉心微微一跳，隐隐觉得哪里不对劲，却又说不上来是什么。

"我绕了道，躲到柏树后看到的！"杜荇气得面青唇白。

"哦，你是说那棵二人环抱的大柏树吗？"

"你帐篷外，就只有一棵大树！"

"面对面地走过来，仇将军居然没有看到你？"杜蘅惊讶了。

"他这时已换到了栅栏这边，背对着柏树！"

"那就更奇怪了，"杜蘅嘴角微勾，慢条斯理地道，"仇将军望风，还一忽儿左，一忽儿右？他闲着没事干，跟你捉迷藏呢？"

这一下，连夏雪都开始怀疑起来："你到底有没有看见？"

杜荇瞪着她，忽然有种掉入陷阱的感觉。

"对质你不敢，说个方位还颠三倒四。"杜蘅幽幽一叹，"三儿，我知道你不喜欢我，可也不能信口雌黄。污蔑我不要紧，诽谤赵王，是要砍头的！"

"我，我没有！"杜荇大声强调，"我真的看见了！虽然没看到脸，可是看到了手，还听到了男人的笑声，真的！"

"好了！"夏风皱眉，打断她，"不要说了，我相信阿蘅！"

杜蘅淡淡地笑了，无限讽刺："小侯爷的信任，来得还真及时。"

夏风浑身发烫，脸上一红，却又无话可说。

"戏看完了，我也该回去了。"杜蘅起身，施施然往外走。

她走到门边，忽然停步，弯腰盯着地毡出神，忽地伸出纤纤素指，在地毡上沾了点什么，送到鼻间轻嗅。

凛了容，转过身来，举着指尖，语气十分严厉："别告诉我，这是雄黄！"

杜荇按捺不住，怒冲冲地骂："你少在那装神弄鬼！是雄黄又怎么样，你管不着！"

时序虽已进入初冬，但营地建在深山里，今年又是大旱，天气炎热，为防蛇虫蹿入营地咬伤客人，营地四周都撒了雄黄。

杜蘅冷笑一声："若是平日，我的确管不着！可是，若是有人敢用它来谋害初七，我不但要管，还要管到底！"

"你有病啊！"杜荇怒道，"那个傻子出了事，干吗栽到我们头上！"

夏风吃了一惊："不是砒霜吗，怎么跟雄黄扯上关系了？"

"三儿，你也认为二者之间，没有关系吗？"杜蘅眼睛一眨不眨地盯着她，眸子瞬间暗如子夜，幽深不见底。

"……"杜荭被她看得发慌，张了张嘴却发不出任何声音。

"什么关系？"夏雪好奇。

杜蘅一字一顿地道："雄黄遇热变砒霜！"

"三儿，真是你做的？"夏风顿时变了脸色。

"不是！"杜荭惊得跳起来，尖叫，"我没有，不是我做的！"

"有没有做，不是凭你的嘴说。"杜蘅冰冷的眸光，像针一样扎进她的心，"查一下，立刻就能弄清楚！"

"有雄黄也不代表一定是她下的毒！"杜荇不以为然，立刻辩驳，"营地里到处都是雄黄，踩到一点也不稀奇！"

"这么巧？"杜蘅冷然一笑，"营里有上千人，每天来来去去，怎么没人踩到，偏偏给你踩到了？"

撒雄黄的目的是防蛇，自然是撒在栅栏下的排水沟里。谁吃饱了没事，往那里跑？

"我是偷看时，不小心……"为了避开侍卫，她特地绕道，从栅栏后接近，所以靴子上才会不小心沾到雄黄！

说到这里，杜荭张着嘴，声音戛然而止。

她忽然明白，自己掉进了杜蘅精心设计的圈套里！

从早上的那一幕开始，她所看到的一切，都是杜蘅故意让她看到的！包括她那些看似毫无意义的提问，都是在引她往坑里跳！

就在她以为抓到了杜蘅的把柄，为可以置她于死地而沾沾自喜时，却不知道已用绳索套住了自己的脖子，微笑着举起了屠刀……

"你最好从现在开始祈祷，"杜蘅语气平淡，不带一丝感情地道，"赵王能够接受这个理由。"

夏雪觉得莫名其妙："关赵王什么事？"

"想知道？"

夏雪点头。

"紫苏，去请赵王。"杜蘅提高了声音吩咐，末了再微微一笑，"等王爷来了，你可以直接去问他。"

夏雪恨不得掐死她。

"等一下！"夏风疾步走到帐外，想要阻止，哪里还有紫苏的身影？

杜蘅转过头来再次看向杜荭，眸色冷了下来："还需要更多的证据吗？或者，你还想听听那些侍卫的证词？又或者，你想亲自对赵王说？"

杜荭怔怔地看着眼前的杜蘅，这个一直不曾被她正视，从来不曾放在心上，不屑当

做对手的少女，激灵灵打了个寒战。

平静的表情背后，隐藏着犀利辛辣，尤其那双眼睛，射出来的光芒，仿佛能把人的灵魂刺穿！

生平第一次，杜茌感受到了被死亡的阴影笼罩的滋味，更第一次体会到真正的害怕！

"三儿，"夏风只觉头疼无比，"告诉我，这事不是你做的。"

杜茌面色惨白："我说了，姐夫会信吗？姐夫相信，有用吗？"

夏风哑然。

半晌，将求助的目光望向杜蘅："阿蘅，你看……"

"你若不能决断，不妨交给恭亲王，或是赵王处理。"杜蘅轻易便看穿了他的心思，一瓢冷水兜头淋下，将他的希望浇灭。

"别这样，"夏风苦笑，"茌姐儿是你的妹妹……"

"她污蔑我与赵王有染时，可没有想过我是她的姐姐！"

夏风张了张嘴，想说：若不是你刻意误导，她又怎会上当？

转念一想，若不是杜茌心存恶念，时时刻刻想揪她的辫子，置她于死地，又怎么会上当受骗？

而阿蘅，被逼到何等境地，才会不惜押上自己的名声？

于是，到了嘴边的话又咽了回去。

可事关杜茌的性命，又不能撒手不管！

怪不得南宫宸会说，女人是世上最复杂的生物。告诫他不要搅进女人的争斗中，唯一能做的，是保持距离，以策安全。

此时此刻，不得不佩服他的真知灼见，以及敏锐的嗅觉。

事到如今，他怎能又如何置身事外？

赵王人未到，声先至："谁有这么大的胆子，敢在太岁头上动土？"

"小侯爷！"杜荇见势不妙，猛地拉住了夏风的手，"三儿是清白的，你可不能见死不救啊！"

赵王一阵风似的闯了进来："凶手在哪？"

夏风硬着头皮："启禀王爷，事情还未查清，现在下结论还为时过早。"

夏雪很是精乖，见风使舵："既然王爷来了，当然该交由王爷处置，三哥何必置喙？"

赵王也不是个糊涂蛋，立刻听出蹊跷："那好，你把嫌凶交给本王，几军棍打下去，不信他不招！"

杜荇吓得发抖，死命握着夏风的臂："小侯爷。"

"二小姐，"赵王把目光转向杜蘅，"你说！嫌凶是谁？"

杜蘅不吭声，把眼睛稍微往杜莊的方向一转，嘴角勾起一抹冰冷诡异的笑。

杜莊立刻浑身一颤，佝偻着背，原就矮小的身子，越发小得可怜。

"是她？"赵王顺着杜蘅的视线，将目光落在杜莊身上，诧异地瞪大了眼睛，"这丫头毛都没长齐，就学会了下毒害人？"

杜莊面色苍白如纸，用力握紧了拳头，指甲深深掐进肉里。

她用力挺了挺腰："我没有，我冤枉的！她陷害我！"

自以为用尽了全身的力气发出呐喊，声音其实细得比蚊蚋还可怜。

夏风心生不忍："阿蘅只是在她帐中发现了雄黄，还没证实就是她下的毒。"

见赵王眼露迷茫之色，遂又把"雄黄遇热变砒霜"的理论说了一遍，却略过了杜莊之前污蔑他与阿蘅有染之事，只用一句"不小心掉到排水沟，不慎踩到雄黄"含糊带过。

杜蘅也不争辩，只看着他一径冷笑。

夏风犹如芒刺在背，冷汗涔涔。

赵王倒也干脆，并不追究细节，直接让人把当晚负责烤肉的侍卫传来问话。

这里还没开始问话，恭亲王收到消息，赶了过来。

紧接着，南宫宸和魏王也都赶了过来。

南宫宸挤了挤眼："二哥不在帐中好好休息，跑这凑什么热闹？"

"闲着也是闲着。"魏王哈哈一笑。

这一晚，西院好不热闹，你方唱罢我登场，如此好戏，错过岂非可惜？

七个侍卫，众口一词，一致指认杜莊当晚在烤架旁出现。

其中一个还指证她曾询问过，这些兔子烤好后，会分送给谁，并且确认其中一只是要送给初七的……

夏风越听越心惊。

要知道，买通一个人替她做证并不难，难的是买通所有人！而这些人，还分属不同的阵营，各为其主，竟然全都为她所用！

就算他亲自出马，都没有把握在一天的时间里，把事情做到这种极致的地步！她，究竟是怎么办到的？

阿蘅还是那个阿蘅，为什么，他却觉得那样的陌生？

杜莊越听越绝望，脸上的表情，又是恐惧又是愤怒。

"贱人，你可认罪？"赵王满眼暴戾。

也不知从哪里生出的勇气，杜莊猛地抬起头，豁出去地大喊："欲加之罪，何患无辞？我没做过的事，为什么要认？如果硬说有错，也是错在无意间撞破二姐的奸情，她为了灭口处心积虑要置我于死地，这才设计陷害于我！"

她不甘心！就算是死，也要拉着那贱人共赴黄泉！

"哈！"魏王抚掌大笑，"这下好玩了！三弟，你猜她的奸夫是谁？"

夏风的脸，一下黑到无以复加。

"啊，"魏王似这才瞧见他，很没诚意地摇了摇手，"对不住，没瞧见小侯爷在。哈哈。"

恭亲王同情地看了眼面无表情的杜蘅，叹了口气："小小年纪，心肠竟如此恶毒，实在让人同情不起来。"

"这种人，死有余辜！"赵王满眼厌恶，大手一挥，"来人，将她拖出去，乱棍打死！"

"是！"两个侍卫应声上前，一左一右，拎了她出门。把她按倒在春凳上，手起棍落，噼里啪啦地打了起来！

"王爷饶命！"杜荇急了，猛地跪了下来，哭着求道，"此事必有隐情，求王爷垂怜！"又哭着求夏风："小侯爷，你看着三儿长大，难道忍心见她命丧于此？"

再哭着骂杜蘅："三儿再有错，大家姐妹一场，你怎能如此冷血地置她于死地！"

杜茈的惨叫伴着怒骂传来："杜蘅！你这个毒妇，不得好死！我化做厉鬼也不饶你！"

"死到临头还嘴硬！"赵王骂道，"给本王狠狠地打，打死为止！"

手起棍落，骨头断裂的咔嚓声，在静谧的清晨显得格外的清脆。

"杜蘅水性杨花……啊！"一声极为惨厉的尖叫之后，叫骂声戛然而止。

"三儿！"杜荇踉跄着提着裙摆狂奔出去。

杜茈趴在凳上，薄得如一片凋零的枫叶。那条湘妃色的十二幅褶裙吸满了血，变成了深褐色，湿湿地贴在身上。

鲜血顺着裙角，滴滴答答地落到青石板的地面，很快形成了一小块血洼……

杜荇骇得魂飞魄散，猛地冲过去扑在杜茈身上，伸开双臂紧紧地护住她，哀声哭道："不要打了……啊！"

混乱中，高高举起的军棍，啪地一声敲在了她的背上。

杜荇痛呼出声，仰起脸，哭得梨花带雨："求求你们，别再打了！她还是个孩子啊……阿蘅，算我求你了，高抬贵手，饶三儿这一回吧！她再不好，也是你的妹妹啊，呜呜呜……"

"走开，再不走连你一起打！"

夏风越众而出，直挺挺地跪到赵王面前："王爷，请你看在微臣的分上，网开一面，饶她一命！"

"三哥！"夏雪吓了一跳，气恼不已，猛地跺脚道，"人家亲姐姐都不理，你干吗蹚这浑水？"

杜蘅恍若未闻，墨玉似的眸子没有焦距，淡淡的晨光中，像夜一样迷蒙，如古井一般深黑。

她的神思早已游离到了九天之外，眼前浮现的是漫天的飞雪。

那一天，因为某人的一句话，紫苏被活活地打死！

棍棒也是这样凶猛无情地挥落！一寸寸敲碎她的骨头，打烂她的肌肤，流干了最后一滴血！

初生婴儿风雪中微弱却又顽强的啼声，再一次回响在耳边，一声声，如同附骨之疽，激起她潜藏在心底刻骨的仇恨！

双手攥紧了裙角，骨节暴起，青筋浮凸，灰鼠皮的裙子被她揉，捏，拧，掐，搓，捻……已经皱得不成形状，淡红色的液体，从指缝间悄然渗下……

南宫宸眉心几不可察地微微一蹙，心里滑过一丝悸动。

又来了，又是这副凄厉悲怆，撕心裂肺的表情。

此刻她，那么的哀痛，脆弱得不堪一击，仿佛轻轻一触就会灰飞烟灭。

他忽然生出一种荒谬的错觉——此刻受刑的不是杜茝，而是杜蘅！仿佛她正遭受着凌迟之苦，那种噬骨锥心的痛楚，无力回天的悲哀，深深地攫住他……

心，莫名地剧痛！

这一刻忽然很想拥她入怀，宠她，爱她，哪怕手染鲜血，身披荆棘，只要能抹去她眼里深深的哀伤……

赵王没有喊停，军棍还在继续。

受刑的是个尚未成年的垂髫少女，让这些五大三粗的男儿不免生出一丝恻隐之心。行刑的节奏不由自主地渐趋缓慢，木头接触碎肉发出的沉闷的"扑""扑"之声，让所有人的心里都蒙上了一层灰色。

三十几棍打下去，杜茝已是奄奄一息，只有出气，没有进气。

杜荇被人强行拖开，跌坐在地上掩面痛哭，其音凄厉："杜蘅！你好狠的心，好狠，好狠……"

杜蘅依旧是面无表情，不发一语！

夏风着急了："不能再打了，再打下去，真的没命了！恭亲王，你说句话啊！"

恭亲王眼中闪过一丝犹豫，可看了眼浑身肃穆的杜蘅，到嘴的话终是咽了回去。

"阿蘅！"夏风恳切地道，"收手吧！别做让自己后悔的事！"

杜蘅微微仰头，似在望着满天的神佛，一抹迷离的笑在唇角绽开。

"杜蘅，你会有报应的！连亲妹妹都不肯放过，做出此等禽兽不如之事，死后必坠十八层地狱，永不超生！"杜荇最后一丝希望破灭，指着她厉声骂道。

杜蘅紧紧地盯着她，笑得宛如从地狱里爬出来的恶灵："我如去地狱，必邀你同行！"

夏雪激灵灵打个寒战，不自觉地往后退了一步，躲在了南宫宸的背后。

"啧啧啧，"魏王摇头，"最毒妇人心，古人诚不我欺！"

执刑官望着赵王，等待他的示下。

"杀！"短短一字，宣布了杜茬的命运。

"不！"杜茬眼前一黑，差点晕死过去。

一人翩若惊鸿，飘然而至，笑吟吟地道："哟，大清早的，大家都在这干吗呢？"

目光落在血肉模糊的杜茬身上："哟，这丫头犯什么事啦，用这么重的刑？还是个孩子呢，再大的错，打到这样也该够了！我说，你们一群大男人，就这么眼睁睁看着她被打死也不管？羞也不羞，我都替你们臊得慌！"

杜茬大喜过望，猛地扑到他脚下："公子，求求你救救三儿！她真的没下毒害初七，她是冤枉的！"

和瑞退了一步："啧，哭成这样怪可怜的。"

"和瑞！"看清来人，南宫宸没好气地骂道，"填你的词，唱你的曲，抱着你的歌姬一边玩去！不关你的事，少掺和！"

"话不能这么说，"和瑞唰一下展开折扇，"杀人不过头点地，何况她还没杀人！"

杜蘅咬紧了牙关，狠狠瞪着他，眼中的怒火几乎要将他烧穿！

和瑞不敢看她，硬着头皮冲赵王一礼："王爷，和三向你讨个人情，饶这孩子一命吧！"

"你跟她什么关系？"赵王浓眉一皱。

和瑞虽是个草包，他的两个兄长，一个是御史大夫，另一个是内阁大学士，颇有才名，为人清廉正直，性子又耿直，很得太康帝的倚重。

尤其是长兄和磊，隐隐有跃居内阁首辅，成百官之首之态。

赵王若想登基称帝，就必须获得和府的鼎力支持，和磊这一票，不可或缺。

"没关系。"和瑞眉尖一挑，笑得灿若桃花，"我和瑞有个毛病，见不得女人流泪，更见不得女人流血。啧，这样的美人，哭得梨花带雨，真我见犹怜。再说，你打也打了，气也出了。小丫头一条命已去了大半，最后这一棍打不打其实没差，何不卖我一个人情？"

南宫宸哧笑："和三，人家名花有主，你不会是想横刀夺爱吧？"

"非也非也，"和瑞摇头晃脑，"惜花爱花，便该精心呵护，不一定非要折下来插在瓶里，抱回家独自欣赏。小侯爷，你可别误会，我对你的新宠绝无非分之想！"

夏风脸上阵青阵红，嘴唇翕动了一下，终是未置一词。

和瑞显然也并不需要他的解释，含笑冲杜蘅福了一礼："二小姐，得饶人处且饶人。相信这次之后，她一定会洗心革面，重新做人。"

杜蘅冷冷地盯着他，眼神里没有愤怒，也没有恨意，满满的全是失望，那种被最信任的人背叛，失望到绝望的表情。

"你看，她反正也只剩一口气了，能不能活下来，还是未知数……"和瑞被她瞧得头皮发麻，大冷的天，背上爬满了冷汗。素日的伶牙俐齿全都不见踪影，一句话结结巴巴，说得七零八落："再说了，恭亲王邀大家把臂同游，图的是一乐。二小姐若一意孤行，执意要闹出人命，岂不辜负了他一番美意？"

杜蘅不发一语，转身拂袖而去。

她一走，恭亲王松了口气："放人吧。"

赵王顺水推舟，冷哼一声带着人扬长而去。

"有趣，"魏王看得津津有味，意犹未尽地起身离去，"这出戏果然精彩纷呈，跌宕起伏！尤其最后一出，更是出人意表，匪夷所思，比话本子好看多了！"

和瑞温文尔雅："无他，人生如戏，戏如人生尔。"

"三儿，三儿！"杜荇抱着杜荏喜极而泣。

夏风叹了口气，找人小心翼翼地将她抬了进去，不敢翻动，只能趴卧在软垫上，随即使了人去传太医。

"和公子饱读诗书，"南宫宸冷哼一声，"难道没听说有句话叫，斩草不除根，春风吹又生吗？"

和瑞笑得人畜无害："她侥幸捡回一条性命，若还敢对二小姐怀恨在心，兴风作浪，不必二小姐出手，我和瑞第一个不放过她！"

南宫宸打量了他几眼，意味深长地道："今日这场戏，你我都不过是他人的棋子而已。"

"呵呵，"和瑞微微一笑，淡然道，"人生本就是一盘棋，谁都免不了有被人操纵之时。"

南宫宸冷笑："人生如棋，落子无悔。公子可要谨慎思考，莫要行差踏错，一失足成千古恨！"

和瑞含笑作答："智者千虑尚有一失。不如闲云野鹤，来去随心。又何必对胜负耿耿于怀？"

南宫宸悻悻然，拂袖而去。

发生了这样的事，大家也没心情再争胜负，往年最精彩的最终决赛，今年却是草草落下帷幕，收拾行囊，乘兴而来，败兴而归。

纸包不住火，西院里弄出这么大的阵仗，被传口讯的又有七人之多。

口耳相传，结果变成，杜家大小姐和二小姐为小侯爷争风吃醋，大打出手。

三小姐出谋划策，计诱二小姐的侍卫初七跟赵王争抢猎物，结果害得燕王和赵王反目成仇，二小姐化解危机，救下初七；三小姐一计不成再生一计，在烤肉上下砒霜，意

图谋害初七，被当场抓获。

赵王大怒，当庭杖打三小姐，小侯爷义薄云天跪地求情，二小姐寒了心冷了情，袖手旁观。

最终还是和三公子怜香惜玉，救下三小姐一条小命……

流言以惊人的速度扩散，杜家三姐妹，一跃成为临安名人，风头一时无两！

外面流言蜚语传得铺天盖地，杜府里却是鸡飞狗跳，人仰马翻。

杜芷兴高采烈，活蹦乱跳地被接走，结果却是气息奄奄，命悬一线被送回来。

她伤得太重，右腿大腿骨，右臂肱骨都有不同程度骨折，夏风怕震动了伤口，特地用最好的马车，垫了四五层褥子，在路上缓缓走了三天，才回到京城。

饶是如此，回到杜府的她，已成了血人一个，只剩一口气吊着。

杜谦不敢让老太太知晓，只说是染了风寒，怕过了病给老太太，在院子里养着。

他这几日被各种流言包围，遭人指指点点，精神已近崩溃，再瞧到好好一个女儿家，无缘无故给打成了残废。因卧于凳上，小腹受到撞击造成子宫大出血，虽保住性命，却已经一辈子都不可能再生孩子。

女子不能生育，等于判了死刑。

这种气氛之下，夏风和杜荇的婚事，自然不方便提。

杜荇受了惊吓，白日呆坐，半夜惊醒，无故啼哭，更有时候穿着亵衣赤足乱跑。

杜谦又是忧心，又是气恼，猝然间老了十岁，原本乌黑的头发，变得灰白，人更是瘦得只剩一副骨架，仿佛风一吹就要倒！

杜蘅关起门来过日子，对外界的一切一概不闻不问不理。

既不去给老太太请安，也不曾去看杜荇和杜芷。

"小姐，"紫苏一脸为难，"石少爷又递了帖子，这已是他递的第十五张帖子了……"

一个打死不肯见，一个觍着脸硬往跟前凑。

从一开始的早，中，晚照三餐递，到现在居然一个时辰递一张。

她夹在中间左右为难，两边又都不能得罪，真真愁死个人。

杜蘅充耳不闻，自顾自埋头看医书。

紫苏叹了口气：“见见他，听听他的理由，实在不行把话说清楚，让他死心也是好的哇！”

"紫苏姐，"白前打了帘子进来，"又来了张拜帖……"

"以后阅微堂的帖子，谁也不许接！"紫苏俏眼一瞪，喝道。

不怪小姐生气，这事搁谁身上能不生气？

别说小姐，她的肺也快气炸了。

若是不希望小姐手上沾血，一开始就应该袖手旁观。

一开始掺和得那个劲，费尽心机布了这么个局，眼瞅着大功告成之机，他冷不丁跳出来横插一杠！

你说，这不是没事找抽吗？

"不是阅微堂，是飘香楼的谢掌柜。"白前怯生生地解释。

紫苏一愣，顺手把帖子接过来瞧了一眼，果然写着谢正坤，忙往里头送："小姐，谢掌柜求见。"

杜蘅懒洋洋地歪在迎枕上："看看他什么事。"

"没写事由，"紫苏打开来看了看，道，"只说在画屏阁备酒水一桌，恭候小姐。"

杜蘅蹙了眉，冷声道："不去。"

"小姐，还是去看看吧。"紫苏犹豫一下，压低了声音劝道，"禄米也发放了好几天了，不知道他们到底有没有按您的吩咐，把米粮备齐，我记得这次粮荒会持续到明年秋天，等秋粮上市后，才有所缓解。到时若是酒楼里无粮可卖也就算了，若是弄到最后大伙还要挨饿岂不成了笑话？"

杜蘅轻哼一声："再三警告过了，他们不听，我也没法子。"

"话不是这么说，"紫苏见她肯吱声，暗暗松了口气，笑道，"若不是事先经历过，谁能想到这次会闹这么厉害？旁人咱管不了，自己人，多救一个是一个。"

谢正坤等在画屏阁的大门外，见伙计领着杜蘅进来，抢先一步，把门推开："小姐，请。"

"嗯。"杜蘅心不在焉，胡乱点了点头，前脚跨进去，石南大大的笑脸映入眼帘："媳妇……"

她怔了一下，立刻掉头就走。

"哎，别走呀！"石南追上来。

"咣当"一声，谢正坤一把将门关了起来，眼疾手快，咔嚓上了把大锁。

初七二话不说，嗖地跃过围墙跳了进来。

身子还在半空呢，"呼"一团黑影飞了过来，石南大笑："初七乖，拿着烧鸡跟紫苏姐姐玩去。"

"哦！"初七伸手接过鸡烧，脚尖在墙面上一点，嗖地一下又蹿了出去。

杜蘅连说句话的机会都没有，只有干瞪眼的份！

紫苏见状，立刻大声呵斥："你干什么？还不把门打开！"

"嘿嘿，"谢正坤干笑两声，提高了声音隔着门板喊道，"对不住了，小姐！小人也是被逼得没有办法了！石少东亲自登门，小人若是不予合作，飘香楼就没法在临安立足啊！"

杜蘅望着门板，冷笑两声："谢正坤，你怕飘香楼在临安立不了足，就不怕你这个

掌柜做到头了？"

紫苏好气又好笑："好你个谢正坤，居然吃里扒外！说，石少爷给了你多少好处！居然卖主求荣！"

谢正坤有苦说不出，又是打拱又是作揖："紫苏姑娘，你就饶了我吧！"

"飘香楼的招牌菜是什么？"紫苏抿着嘴笑。

"本店品种齐全，浙，鲁，川，湘，应有尽有，只要紫苏姑娘说得出来，上刀山下火海也给你弄来，包你满意。"谢正坤心知今日这一宝押对了一大半，立马躬了身，领着紫苏往外走。

"谢正坤，紫苏！"杜蘅听得二人脚步声渐行渐远，竟然真的把她给撇下了，气得头顶直冒烟，双手用力掰门。

石南在一边凉凉地笑："外头上了锁的，白费劲！"

杜蘅恼了，飞起一脚用力踹在门板上，顿时疼得眼泪飙出来。

石南跳起来："踢疼了吧！你说你傻不傻？放着我这么个人肉沙包不踢，非得跟门置啥气？就你这小身板，不是自个找罪受么！"

杜蘅见离开无望，只得强忍了疼，一瘸一拐地往房里走。

"媳妇，就算犯了死罪，也得给人申辩的机会吧？"石南从身后赶上来，不由分说一把将她打横抱了起来。

杜蘅眸光森冷："再碰我一下，我立刻毒死你！"

"媳妇给的，毒药也得吃！"石南以肘推开门，将她安放在椅子上，笑嘻嘻地从兜里摸出一朵干瘪了的花瓣，"瞧，一千朵曼陀罗，我还留着，慢慢吃呢。"

杜蘅冷冷望着他，不吭一声。

"我说过的话，"石南伸手按着胸口，慢吞吞地道，"都记在这里，绝对不会食言。"

杜蘅垂首望着桌子，固执地沉默着。

"杜芷那丫头确实很阴毒，我也巴不得她死。不过，眼下还不是时机。更不值得为了她，让你背上逼死庶妹的名声。"石南苦口婆心地解释，"报仇的法子有很多，不一定非要取其性命，是不是？给她一个教训，把她打残了，以后再做不了恶，不是更好……"

他鼓起三寸不烂之舌，洋洋洒洒说了一堆大道理，无奈杜蘅根本不搭他的茬。

石南没辙了："有件事，你可能不知道。那天夏风被诱上山林，与他交手的两个人，根本不是随行的侍卫。"

一边说，一边拿眼偷偷觑着她的表情。

见她眼皮子微微滚动一下，心知她面上无动于衷，其实听进去了。

立刻心情振奋，笑嘻嘻地凑过去："这可是绝密情报，我辛辛苦苦地弄来，不求回报，你好歹赏我个笑脸？"

杜蘅把脸一扭,给他一个后脑勺。

石南摸摸鼻子:"咦,这是谁家的媳妇,背影也这么好看。"

杜蘅嘴角微抽。

"哇!"石南死皮赖脸,当即绕过去走到她正面,口若悬河地夸道,"果然是个绝世大美人!闭月羞花沉鱼落雁天生丽质冰肌玉骨白玉无瑕出水芙蓉灿若春华双眉如黛如诗如画纤秾合度增一分嫌多减一分嫌少……"

杜蘅再也绷不住,一下笑出声来。

石南眼睛一亮:"笑了!不容易啊,可算是笑了!"

杜蘅立刻敛容。

石南觍着脸往她跟前凑:"好媳妇,再笑一个,笑起来多好看,干吗绷着个脸呢?"

杜蘅眉一挑,喝道:"你有完没完?"

石南松了口气,喜滋滋地道:"我说过的,咱们这辈子注定要纠缠在一起,没完没了,嘻嘻。"

"不许叫我媳妇!"

石南一脸委屈:"不叫媳妇,叫啥?难不成叫二小姐,那多生分?叫阿蘅?那么多人叫,我怕你分不清楚!"

忽地眉开眼笑:"要不,我叫你小蘅蘅吧,怎么样?多亲切,多好听!最重要的,这种叫法全世界独一份!"

杜蘅霍地站起来往外走。

"别走啊,"石南抢上去,挡在门口,"咱这正事还没开始说呢!"

"你有功夫说,我没时间听。"

石南见她着了恼,忙收起玩笑之心:"我查了一下,那两个人身份不明。但绝对不是一般的江湖浪人,更不可能是杜茬这小丫头片子请得起的。"

"人在哪,我想见一下。"

石南两手一摊:"没有了。"

"什么意思?"

石南摸摸鼻子:"让魅影给杀了,化骨水一浇,没了。"

杜蘅无语。

"小蘅蘅……"被她眼睛一瞪,石南只好改口,"看吧,还是媳妇顺口,对不对?"

"媳妇,你别误会,我其实很正常,没那么凶残,真的!干这种事的,都是魅影。那家伙,不是个东西,最是心狠手辣,杀人如麻!"

魅影蹲在屋顶,嘴角直抽抽。

我去!最不是东西的,难道不是主子您么?

"杜荙的背后，一定有人。"石南半真半假地道，"就这么杀了，幕后之人永远也查不到。我想放长线钓大鱼，这才让和瑞出面，救了她。"

杜蘅本来垂着眼睛看着桌面，浓密的眼睫遮住了她的情绪，听了这话忽地抬起眼睛，黑润如玉的眸子，淡淡地瞅了他一眼："既是如此，一开始，为什么不说？"

石南哀叹一声。

娶个太聪明的媳妇也不是好事，撒个谎多累得慌啊！

他特地东拉西扯，就想把她弄得她眼花缭乱，结果人家压根不上当，一戳就是死穴！

"这个嘛……"石南轻咳一声，"自然是因为……"

"那两个人，其实都是神机营的刺客，对吧？"

石南这次是真的愣住，蓦地抬眸，眼中的嬉笑玩闹尽都散去，变得警惕而锐利。

"哼！"杜蘅瞧他的神色，已知所猜即便不中亦不远了，"你当真好胆！三堂的刺客也敢杀！"

为了帮自己，他连同僚都杀了，在神机营里已是步步危机。若是还同他怄气，着实有些不知好歹。

"你怎么知道神机营？"石南凛容。

杜蘅神色有些不自然："你管我听谁说的呢？"

"夏风？"石南会错意，怒道，"那小子嘴忒不严实！"

"杀了那两人，打算如何了局？"杜蘅叹了口气，有些嗔怪，"这么大的事，也不跟人商量！"

石南笑嘻嘻地道："怕什么，脑袋掉了，碗大的疤……"

杜蘅立刻闭紧了嘴巴不吭声。

"媳妇，"石南回过神来，兴奋地嚷，"你是在担心我，怕我有危险，对不对？"

"呸！"杜蘅红着脸啐道，"你自个的命自个都不当回事，我干吗替你担心？"

石南脸一垮，满眼愁苦："你以为神机营的刺客那么好杀的？当时情况紧急，脑子一热就动了手，根本没时间想那么多。这几天都在忙着应付上头的盘查，焦头烂额，偏你还跟我怄气。哎，真是度日如年，生不如死啊。"

杜蘅犹豫一下，问："那个魅影，可靠不？"

魅影猛地一个激灵，差点从屋顶上掉下来。

嘿！这话是什么意思，难道还想要灭他的口不成？

主子看中的女人，果然不是一般的狠毒！

石南还挺配合，歪头想了想，越发地忧愁了："那家伙杀人如麻，只要是上头的命令，不问对错，豁出命也要执行到底，偏生武功又高得出奇。目前为止，还从未失过手。"

杜蘅心中咚的一跳，忽地想起前世他与自己根本没有交集，外公的医书还是通过慧智的手,辗转才到自己手中。

莫非……他就是命丧在这个叫魅影的杀手手里?

慧智与她,是在太康二十二年春相识,推算起来,他岂非最多只有三四个月可活?

"我好冤!"石南觉得有趣,眨巴着眼睛,可怜巴巴地道,"媳妇都还没娶上呢,就这么死了,我不甘心!要不,你赶紧把夏家的婚给退了,陪我亡命天涯去?"

杜蘅不吭声,一想到几个月之后,他就要彻底地消失在这个世界上,永远淡出她的生活。再也没有人插科打诨,逗她发笑,就觉得心里堵得厉害。

"媳妇,"石南心里美滋滋,乘势挪了挪地,换了把椅子往她身边靠,"我攒了一点银子,应该足够咱们花个几辈子。咱们找个山明水秀的地方……咦?"

他低头瞧了瞧握在掌心里的小手,咋这么冰,这么凉,还抖得这么厉害呢?

抬了头再瞧她的脸,不得了!

原本白里透红的脸蛋,这会子全没了血色还透着点青,眼里更是充满着惊惧,害怕和茫然……

登时后悔得不得了:"好媳妇,我逗你玩呢!论杀人小爷不如魅影;论心机,十个魅影也玩不过小爷呀!杀个把人算什么……"

话一出口,觉得不妥。

立马改口:"人是魅影杀的,小爷可没动过手。他要是敢透露出去,不是自个找死么?"

杜蘅怔怔看着他,心绪混乱无比。

是魅影倒还好,大不了把魅影杀了。如若不然,他只怕活不过明年春天。

石南弄巧成拙,郁闷无比:"放心吧!媳妇!小爷我还想跟你白头到老,儿孙满堂呢,哪这么容易死翘翘?"

杜蘅的思绪还停滞在"他活不过明年春天"的念头中,怔了怔,才忽然明白他的话意。

若是平日,早就着了恼要翻脸,此时只觉心酸,猝然红了眼眶。

石南见她并不反驳,又是欢喜,又是心疼,心绪荡在半空,低低道:"阿蘅,做我媳妇吧,定不会让你后悔。"

杜蘅望着他,心里的痛漫卷到脸上,面庞轻微地抽搐起来。

缓缓把手抽出来:"我,要回去了。"

他的生命即将结束,而她的复仇刚刚开始,断不会因他或任何人而停止脚步。

他们之间不可能有未来。

石南一时有些不知所措:"我哪里做得不好?"

杜蘅不语,只加快了脚步。

石南不甘心,追在她身后:"我知道你还有夏府的婚约要解除,也不是要你即刻就

嫁我。我只想……"

"开门，快开门！"杜蘅用力拍打着门板。

石南抿着嘴站在一旁，未竟的话全数吞回肚中。

默默地伸掌，轻轻一按，二寸厚的门板，应声而碎。

他把手臂伸过去，握住铜锁，一扭再一拧，将铜锁生生扯落。

推开门，退到一旁："好了，可以走了。"

杜蘅瞪大了眼睛瞪着他。

石南苦笑："是，我骗了你。其实我随时都可以打开门，让你离开。"

"流血了！"杜蘅眼里冒着火，盯着他手掌上戳着的木刺，觉得格外碍眼。

"小意思。"石南低头瞧了一眼，漫不经心地拂了拂衣袖，木刺不但没有拔掉，反而往肉里刺得更深。

"你个疯子！"杜蘅拽了他的手，返身就往回走，一直将他拽进了雅间。

按着他的肩在椅子上坐好，把手摆在桌上，袖子捋上去。

再从贴身的荷包里，取出随身携带的针，低了头欲给他把刺挑出来。

石南却忽地伸了手，握住了她拿针的手："别动！"

"木刺入肉，得及时挑出来，时间久了会红肿溃烂。"

"不要动！"石南看着她，一瞬间的目光，黑到至深，很认真地道，"如果你不打算一辈子对我负责，就不要管我。门在那边，慢走不送。"

"怕谁不知道你是阅微堂的少东家呢！"杜蘅怒了，抬手在他额头上敲了一记，"这个时候，还想谈条件？"

石南错愕地瞪着她，竟忘了反应。

"治不治？"杜蘅没好气地喝道，"不治我走了，管你去死！"

"治，当然治！"石南那叫一个心花怒放，喜滋滋地道，"媳妇给我治伤，疼死也要治！不过，我媳妇知道疼人，定然不会让我疼的，哦？"

杜蘅白他一眼，一针狠狠扎下去："叫你再胡说八道！"

"哎哟，"石南倒吸一口冷气，大呼小叫，"痛痛痛痛！媳妇你轻点，疼死小爷了！"

"这会子知道疼了？"杜蘅气不打一处来，板着脸训斥，"谁让你自恃武功高强，瞎显摆要拿肉跟铁去碰？痛死活该！看你下回还敢不敢逞能！"

"嘿嘿，"石南笑逐颜开，"不敢了，以后再也不敢了！"

杜蘅奇怪地抬眸看他："你疼傻了吧？"

"嘿嘿，嘿嘿，嘿嘿，"石南瞅着她，龇着牙直乐，"有媳妇心疼的感觉，真好。"

挑完刺，再抹上药膏，酒菜也流水似的上了上来。

杜蘅皱眉："只两个人，干什么点这么多？"

石南笑眯眯："不知道你喜欢吃什么，只好每样都弄一些。"

"有这份闲钱，不如多买些米。"杜蘅叹了口气。

"对了，"石南半是探询，半是好奇地问，"我听说，你让手下人大事收购禄米，这是为何？"

杜蘅白他一眼："你不知道今秋大旱，粮食减产吗？"

"你那里打了井，收成不是挺好的？"

杜蘅低了头夹菜。

"我听说，"石南若有所思，"地里的稻子还没熟透，你就让人提前收割了。这样做，之前打井岂不是白瞎了？"

杜蘅迟疑了一下，道："因为蝗灾将至，不提前收了，只怕到时颗粒无收。"

"你凭什么这么确定蝗灾会来？"石南一脸深思。

"谁说确定了？只是防患于未然！"杜蘅自然不肯承认。

石南半信半疑。

其实她能认识宋小之，也是奇事一桩。

本以为宋小之曾受过顾老爷子的恩惠，抑或与顾家有某种渊源，才会把这种隐秘透露给顾氏后人。

仔细盘问过宋小之之后，却发现，她从未听过杜蘅之名，也不曾见过顾洐之，两个人完全没有交集。

难道说，顾老爷子临死还留了一手，暗地里另建了一个神秘的组织在支持着她？

可如果是这样，不可能逃得过神机营遍布各地的密探。更不可能瞒得了他！

想到她对自己的不信任，不禁有些气馁。

不愿意为这种小事破坏好不容易得来的安宁，舀了一勺蟹黄羹到她面前的小碟里："飘香楼新推出的菜式，试试看，听说味道挺不错。"

杜蘅忍不住笑："明明我的酒楼，菜式你居然比我还熟！"

石南一副邀功请赏的表情："自家媳妇开的店，哪能不上心！不只我，连我相熟的客商，我都规定谈生意必须到飘香楼来。要没我，飘香楼怕是早就关门大吉了！"

杜蘅压根就不信："你就吹吧！"

"哈哈哈！"

"小姐，"紫苏推门而入，神情略有些紧张，"二老爷来了。"

"二叔？"杜蘅一愣。

"他怎么会来？"

"他可能从白前那里得了准信，知道小姐来了飘香楼。"紫苏一脸歉然，"都怪我不好，早知道，就瞒着她们了……"

"谢正坤是干什么吃的？"石南很是窝火，"这点小事都办不好，要他何用？"

紫苏不安地道："我和初七在吃饭，被二老爷瞧见了。"

"既是如此，"杜蘅拿起帕子擦了嘴，"只好请你先回避一下，我听二叔怎么说。"

"他是什么东西，凭什么要我回避？"石南少爷脾气发作，拉长了脸。

"他不是什么东西，是我二叔。"杜蘅淡淡道。

"……"石南被噎得哑口无言。

紫苏抿了嘴强忍住笑，轻声道："二老爷已经在画屏阁外了，石少爷您看……"

石南只能忍着，推开隔壁的门，进了内室："我倒要听听，他能说出什么来。"

紫苏这才出门，去大门外把杜诚领了进来："小姐，二老爷来了。"

"请进。"

杜诚进了门，一扫桌上搁着两副碗筷，立马一愣："有客在呢？"

目光就忍不住朝一门之隔的内室瞟去。

紫苏这时才注意到，碗筷没有收拾。

面上却是丝毫不慌乱，先搬了张椅子给他，又拿起桌上的茶壶倒了杯茶递到他手里："二老爷请喝茶。"

这么一会子工夫，就给她找着了理由，笑道："哪有什么客人，不过是小姐在家里闷得慌，想吃口新鲜的。我才陪着小姐过来，哪知才吃了两口，初七就坐不住，非要闹着去大堂，看人捞鱼！小姐是什么身份，哪里能在那种地方用饭？没奈何，只好扔下小姐陪她去了。好在，这是自家的酒楼，画屏阁又清静，不怕有外人打扰。"

杜诚恍然大悟："怪不得进来的时候，大门破了个洞！我还寻思，什么人这么大的胆子，敢上飘香楼来闹事，原来是初七姑娘的杰作。难怪，难怪！"

紫苏马上顺水推舟："她孩子心性，拉都拉不住，让二老爷见笑了。"

说完，转身出去了。

"有什么事，不能在家里说，要寻到酒楼里来？"

"是这样的，"杜诚面上一红，实在是给逼到了绝境，再没脸也得张口，"二叔最近手头有点紧，想问你支借点银钱周转一下，不知你方不方便。"

他生怕杜蘅一口回绝，小心翼翼地觑着她的脸色。

"都是一家人，说借就见外了。"杜蘅嗔道，"要多少，二叔只管说个数，拿去用就是。"

杜诚登时长长松了口气："蘅姐！二叔果然没有看错你！你真是个纯良仁义的好孩子！"

他伸出一个巴掌，还没开口，杜蘅已经笑了："五百？这才多大点数，打发个人来跑一趟就成，也值得二叔亲自登门。"

杜诚瞪着她，一口气提不上来，差点憋得闭过气去！

　　石南在里面，憋笑憋得快要内伤。

　　"紫苏，让谢掌柜来一下。"杜蘅已提高了声音吩咐。

　　"等等！"杜诚好容易找回声音，挣扎地嚷了一句。

　　"二叔还有什么事要吩咐？"杜蘅瞪圆了眼睛，把诚恳装了满眼。

　　杜诚颤抖着把右掌伸到她眼底，狠狠地摊开了五指："我要五……"

　　"五百不够，还要再添五百？"杜蘅恍然大悟。

　　杜诚一口鲜血狂喷出来："五十！"

　　杜蘅更无辜了："五十两你也跟我借？"

　　石南差点笑崩。

　　这媳妇真够缺德呀！

　　可是，他就喜欢她这在纯良之外，隐隐透出的这股子狠劲！喜欢得紧！

　　杜诚嘴皮子哆嗦了半天，才挤出一句："五十万，我要借五十万！"

　　杜蘅冷笑一声，淡淡道，"二叔，你走错地了吧？这里是飘香楼，出门左拐，前面二条街才是永通钱庄。"

　　"数额是大了些，可你并不是凑不出来！"杜诚满怀希望，"若不是实在没法想了，二叔也不敢跟你开这个口！"

　　杜蘅摇头，淡淡道："对不起，恕我爱莫能助。"

31　倾家荡产

　　杜诚抬袖擦着额上密密的汗珠，语速也越来越快："上回分家，不是拿了二十万现银？加上这几个月，酒楼，铺子的进项，再抵出一两间铺子，五十万两银子只多不少。酒楼生意红火，抵出去不划算。今年大旱，田地怕也是值不了几个钱。年关将至，干果生意会旺一把，留着进现银。雍雅阁和香茗居，随便拣一间抵押都可以……"

　　杜蘅只觉透心凉，笑容依然温和，却透着股淡淡的悲哀："二叔，我真的爱莫能助。"

　　这笔账，也不知他事先算计过几千几万遍，竟是一鼓作气，连个顿也不打。

　　"为什么？"杜诚一呆，眼里升起绝望的怒意，"我是你的亲二叔，又没要你的全部财产，最赚钱的酒楼和铺子，还有以后安身立命的根本，田庄不都给你留着么？区区

五十万，你也不舍得借？"

杜蘅笑了："二叔果然财大气粗，五十万不过是区区小数，唾手可得。"

杜诚面上一红，忙又软了口气："你一个人守着偌大的财产，一辈子也花不完。以后嫁进侯府，又有享不尽的荣华富贵。这五十万，二叔也不是说白要你的，是跟你借。只要渡过眼下的难关，哪怕砸锅卖铁也会凑齐了还你。"

杜蘅脸一沉，淡淡道："何必这么麻烦，现在砸锅卖铁就是。"

杜诚被噎得说不出话，脸上红白交错，表情十分精彩。

杜蘅从袖子里摸出一张银票，搁到桌上："我只有这么多，要不要随你。"

说罢，提高声音："紫苏，送客。"

杜诚死死地瞪着那张一百两的银票，气得全身都在抖。

紫苏推了门进来："二老爷，请。"

杜诚跺了跺脚，气冲冲地冲出门去。

杜蘅气得心口发疼。

亲情不过是一张纸，轻轻一戳就破了。

"小姐，"紫苏伸手替她揉着胸口，"别跟他一般见识，气坏了身子……"

砰一声，杜诚去而复返，抓过桌上的银票，扬长而去。

紫苏给他气得笑了起来："见过不要脸的，没见过这么不要脸的！"

石南从里屋走出来，斟了杯茶顺着桌面推过来："喝口水，消消气。"

"我有什么好生气的？"杜蘅满不在乎，握着杯子的手，青筋冒起，"若不是我，他也不会被逼得山穷水尽，狗急跳墙。"

石南不敢接话，给紫苏使了个眼色。

紫苏有点不放心，却也不敢留，带了门出去了。

"别伤心，"石南轻声地道，"你有我呢！不管什么时候，我总是支持你的。"

"事情进行到哪一步了？"这几日光顾着怄气，也没心思理会这事。

"杜府账面上的五十万现银已经都给提得差不多了，估计最多只剩几百两撑门面。现在就剩绸缎铺和永通钱庄的那笔存银了。我让龚实梁再给他施点压力，让他全都吐出来。"

"一共有多少？"

"大概一百三十到一百四十万的样子。"

"那就按一百三十吧，"杜蘅也不甚在意，把手往前一伸，"老规矩，一人一半。"

石南瞪着她："钱还没到手呢。"

"那就先拿五十万。"杜蘅退了一步，"余下的，等都到手了，再算。"

"你要那么多银子做什么？"

"买米还有药材。"

石南拧了眉:"什么药材这么贵,要一百万两之多?佟文冲跟你怎么算的账?"

杜蘅忙解释:"不关佟掌柜的事,是我的主意。目前还在筹银子,暂时还没跟他提。不过到时,肯定还是交给他去办。"

"你买那么多药做什么?"石南释然的同时,更惊讶了。

"这个你就别管了,"杜蘅不愿意多说,含糊道,"等我筹够银子,自然会跟你说。"

"银子我有,你差多少?"一百万都不够,她到底想干什么?

"你有再多银子,关我什么事?"杜蘅绷着脸。

"你当我这声媳妇是叫假的?"石南两眼一瞪。

以往总是笑意微微,温暖怡人的眼睛,此刻却变得冷漠非常,极具威慑力。

大有你敢不认,要你好看的意味。

杜蘅本想反驳,不知怎地,被他一瞪,竟没有了勇气。

于是,很没骨气地红着脸默认了。

石南满意至极,那股冰寒之意散去,复又变回痞痞的样子:"这才对嘛!挣了银子不给媳妇花,难道带到棺材里去不成?要多少只管说,别说一百万,一千万小爷也给得起!"

杜蘅很不是滋味:"看不出来,眼前杵着的还是个小金人呢!"

石南微微一笑,伸手捏了捏她粉嫩的颊:"你还别不服气!小爷好歹在临安呼风唤雨这么些年,若是挣得还不如一个女人,索性一头撞死得了!"

"有几个臭钱了不起吗?"杜蘅用力拍开他的手。

"乖,"石南含笑摸摸她的头,"告诉我,买这么多药材打算干啥?"

坏了,管不住自个的手了,老忍不住想碰一碰,摸一摸……

杜蘅退后一步,道:"吹牛谁不会?真要有那么多闲钱,敢不敢拿出来屯点米?"

"成啊,媳妇有令,岂敢不从?你想要我买多少?"

"能买多少算多少,"杜蘅撇了撇嘴,"有本事,你就把京里的禄米全都买下来,让临安的烧锅都没粮酿酒!"

石南吃了一惊:"你开玩笑的吧?"

"没本事,就别吹牛。"

"小爷要是办到了呢?"石南一瞧,来劲了,"你是不是就嫁给我?"

杜蘅脸上飞起红霞:"呸!又开始发疯!"

"就这么定了!"石南不管三七二十一,"小爷负责收购京里所有的禄米,让那些烧锅都开不了锅,全都给小爷停摆!事成之后,你嫁小爷做媳妇,不许反悔!"

大不了几百万银子打了水漂,能赢回一个媳妇,小爷立于不败之地,稳赚不赔!

他两眼发光，越说越兴奋，拉着她进了内室，摊开笔墨，刷刷立了一张字据："口说无凭，立字为据！签字画押，即时生效！"

说罢，自个先摁了手印，再逼着她往上按指印。

他疯疯癫癫，杜蘅自然不肯附和，扭身就跑："你自己发疯，别拉着我！"

石南追上来，捉了她的手，非要她摁不可："小爷就算疯了，那也是你逼的！"

这几日她对他不理不睬，他见不着人，听不到她说话，当真是茶不思饭不想，吃嘛嘛不香，看谁谁不顺眼，做啥事都不顺心……

而当看到她的那一瞬间，汹涌而来的感情如此激烈，他终于明白，那总是盘桓在心里的莫名的不安与焦虑来自何方。

原来，一直弥漫在胸口的这种酸酸涩涩的感觉，就叫做心疼。

原来，那一点点的思念，一点点的牵挂，一点点不安，就叫做喜欢，叫做心动……

而他曾经以为，他会一辈子嬉笑怒骂，冷眼笑看世间丑态，孤独地走完一生。

多么神奇？

一度被他鄙夷，为他不屑，甚至唾弃的所谓的爱情，竟然也会发生在他的身上？

杜蘅被他逼到墙角，眼见逃跑无望，把手背在身后，啐道："你神经病！"

石南望着她笑了笑，忽地伸手撑在了墙上，将她圈在怀中。

"啊！"杜蘅吓了一大跳，惊呼着挣扎推拒。

他微笑着倾身，薄唇贴着她的耳畔，低语："再叫大声点，让紫苏来看。"

杜蘅一吓，立刻压低了声音，被动地仰起头，清澈的瞳仁，水汪汪地望着他："走开啦！"

石南心中一荡，再也忍不住低首在她唇上轻啄了一下："好媳妇。"

杜蘅全身僵硬，猛地伸手挡着他的胸。

急促而紊乱的心跳，一下子便跳乱了她的心绪；滚烫的体温透过衣衫传到掌心，犹如烙铁一般，烫得她一颤，她心里一慌，猛地收回了手，却令他抱得更紧。

石南低低一叹，搂着她柔软的腰肢，将头埋入她的肩颈，低声呢喃："媳妇乖，让我抱抱。"

杜蘅又羞又怕，哪里肯安静地待着任他搂抱？

握紧了拳头拼命捶他，求道："放开！你放开啊！"到最后，几乎带了一丝哭腔了。

石南咬牙切齿。

她果然知道如何打击一个男人的自信！

本该是浓情蜜意的时候，居然哭给他看！

杜蘅立刻冲到外间，很是警惕地看着他："不许过来，你再动手动脚，我发誓这辈子都不再理你！"

石南郁闷得不得了:"抱一下又不会少块肉,我还能吃了你不成?"
杜蘅满面绯红:"你还有脸说?"
石南举着那纸契约:"早点把手印按了,不是什么事都没有?"
杜蘅杏眼圆睁,气到无语。
"不行了,再待下去,真要出人命了!"石南一跺脚,嗖地一下跑了。
"色坯!"轰地一下,杜蘅浑身跟着了火似的,烧着了!
从酒楼回来,府里已经乱成了一锅粥。
白前几个见杜蘅进门,都松了口气:"阿弥陀佛,可算是回来了!老太太差人都来跑了四五趟了,赶紧瞧瞧去吧。"
"可是三儿的事,让老太太知道了?"杜蘅漫不经心地问。
白前一边伺候着她洗脸净手,一边细说缘由:"也不知哪个嚼舌根的,把大小姐的事传到老太太耳朵里去了。若是照实说也就罢了,偏生编派了许多不是。老太太动了怒,先把大小姐传了过去,接着打发了人去侯府请小侯爷,现下又催魂似的找小姐。一会儿过去了,回话时千万仔细着点,否则怕没啥好事。"
紫苏冷笑一声:"不要脸的是那两个,又碍着咱们小姐啥事?"
"老太太若是疼小姐,只揪着小侯爷问话就成,压根不该问小姐!"白前义愤填膺,"说起来,是那两个的错,咱们小姐还是个苦主呢!"
"这不是什么话都没说呢?别先自个乱了阵脚。"杜蘅换好衣服,往外走。
主仆两个到了瑞草堂,这么巧,刚好遇着匆匆赶来的夏风。
"阿蘅。"夏风望着她,温润的笑容里夹着几分歉意。
杜蘅点了点头,平淡如水:"小侯爷。"
夏风眸光淡下去:"你现在,跟我说句话都懒了吗?"
杜蘅停步回身:"你希望我怎样待你呢?欢天喜地地祝贺你跟大姐百年好合,还是不依不饶地揪着你大哭大闹?"
夏风一张脸瞬间涨得通红,在院中呆立了许久,这才慢慢往里走。
"祖母,身子一向可好?"杜蘅进了门,先给老太太请安。
"蘅丫头!"老太太见了杜蘅,气就不打一处来,冷着脸道,"你如今眼界高了,来往的都是些达官贵人,我一个穷老太婆没这福气,受不起你的礼!"
"这几天感了风寒,怕把病过给祖母,这才没来请安。"杜蘅忙跪下来,轻声解释,"祖母要责罚,我也无话可说。"
许氏青着一张脸,高声讥刺:"得了风寒的人,还成天往外走,在外边花天酒地,不晓得跟些什么人鬼混着!唬谁呢?"
杜蘅一听,就知道她是在借题发挥。

杜诚从她这里借银不成，许氏恼羞成怒了。

她这还没吭声，夏风已然走了进来，冷着脸质问："什么叫花天酒地，与人鬼混？二婶说这样的话，究竟是什么意思？莫说阿蘅是未出阁的小姐，这话就是对男子亦是一种十分严厉的指责。二婶，这是要逼死阿蘅吗？"

许氏吓了一跳："妇道人家，不会说话，一时失言，小侯爷莫怪。"

夏风神色不善："我一掌把你打残了，再说是一时失手，可好？"

许氏脸上青白交错。

老太太见许氏吃了瘪，虽恨她言语莽撞，可毕竟是自家的媳妇，没道理眼睁睁看着她给一个小辈欺侮。

脸一沉："小侯爷好威风！是不是又要拿出你的鞭子，教老身如何持家管理后院？"

这话，已说得极重，夏风如何当得起？

立即跪下来："是我的错，不该越俎代庖。有老太太在，定会还阿蘅一个公道。"

这话一说，许氏脸上越发挂不住了。

讪讪道："蘅姐儿，二婶不似你知书达礼，说话口无遮拦，有不到之处，你多包涵，别跟我一般见识。"

言下之意，她所言不虚，错在未加修饰，实则并未冤枉杜蘅。

夏风眉头一皱，还想再说。

杜蘅抢先道："上牙还难免磕到下牙，一家人哪有不磕磕碰碰的？说开了便好。"

老太太听了这话，心里这才觉得舒坦了些："都起来吧。今儿找你们来，是有件事想求证。"

杜荇满面绯红，头垂得低低的，手里的帕子几乎要绞出水来。

夏风之前已隐隐猜到几分，见她这个模样，已知所猜非虚，心中气恼，眼中便带出了几分不悦来，却只在强忍着，转了身望着杜蘅："阿蘅，你先回去。"

"这哪成？"许氏一愣，不怀好意地道，"她可是小侯爷名正言顺的未婚妻，以后侯府的当家主母，纳妾的事，非要她点头才行。"

老太太登时气得心口疼："你闭嘴！我还没死呢！"

许氏见她发怒，不敢再说。

事已揭开，杜蘅再走，反而落了痕迹。

夏风立刻道："是，我的确答应了娶杜荇过门。"

说罢，便将当日在围场的情况，原原本本地说了一遍，末了道："这事是我自做主张，阿蘅事先并不知情。杜荇也是情非得已，怪不得她。"

老太太本以为是两姐妹为一个男人争风吃醋，钩心斗角，却没想还有此等曲折。虽然依旧不成体统，到底比流言又强了十倍！

心口一颗大石放下，脸色也缓了几分："天意如此，造化弄人，的确怪不得谁。"

她看向杜蘅，劝道："男人三妻四妾原也平常，你要放宽心，切不可使小性子，给小侯爷甩脸子。"

顿了顿，又道："这也是你跟荇丫头的缘分！注定了一辈子在一起分不开。这才会在家里做了姐妹，出嫁后还守着同一个男人。你要惜缘，知道吗？"

杜蘅欠了欠身，淡淡道："知道了。"

夏风低声道："是我的错，阿蘅就算怪我，也是应当。"

"老爷知不知道？"老太太又问。

"我已跟岳父大人说过此事，"夏风尴尬得不得了，根本不敢看杜蘅，"想过些日子，再上门正式提亲。"

老太太很是满意，这时才看向站在一旁许久的杜荇："你也不要着恼，阿蘅跟小侯爷订婚在前，说明她与小侯爷夫妻缘比你和小侯爷的夫妻缘厚。这都是命，你得认！嫁了人，万不可仗着是大姐，便欺压她，明白不？"

"是。"杜荇满面娇羞，却不敢不答，声音细若蚊蚋。

她是大姐不错，然而嫁过去是妾，哪有妾室跟正室叫板的理？更不要说欺压了！

老太太分明，是想让她跟杜蘅平起平坐，当平妻！

夏风隐隐觉得不对，一时却想不到哪里有错，表情茫然。

杜蘅表情依旧不变，神眼却变得森冷："阿蘅愚钝，不知祖母何意？"

老太太活了大半辈子，看尽人情冷暖，深知姻亲故旧对家族兴衰荣辱的重要。

蘅姐儿嫁得倒是好，可惜女生外向，还没成亲已不顾父母兄弟的死活，把银子牢牢攥在手心！

指望她想着骨肉至亲的情谊，替几个庶出的兄弟姐妹谋一份好前程，只怕是痴心妄想！

原本一心指望杜荇谋桩好婚事，可惜人算不如天算！堂堂官家小姐，竟沦落到给人做姨娘的地步！

幸得夏风品行端正，心肠又软，对老太太也一直恭敬有加。

所以，明知杜荇德行有亏，仍然心存侥幸，想要替她谋个好出身。

归根结底，还是希望为杜府将来的兴旺发达，多做一些铺垫谋划！

她当然明白，以侯府的地位，荇姐要做平妻希望渺茫，但贵妾之位，还是可以谋一谋的！

许氏恨杜蘅入骨，抢着发话："老太太的意思，已是十分清楚。杜府堂堂五品太医之府，地方上的名门望族，大小姐貌若天仙，求亲的人踏破了门槛。虽比不得侯府高门深院，也断没有与人做妾之理。"

夏风这时方才会过意来，登时便有些怒了。

杜蘅眼望老太太，语气冷淡中隐含嘲讽："大姐不肯做妾，莫非是要我退位让贤，将正妻之位礼让给大姐？"

夏风脱口斥道："胡说八道！老太太明理之人，断不可行此不可理喻之事！"

郑妈妈皱了眉，道："大小姐是杜府长女，又是官家小姐，断然没有与人做妾的理！可二小姐与小侯爷自幼定亲，手心手背都是肉，断不能厚此薄彼！又怎舍得委屈二小姐？"

"这也不行，那也不是，到底什么意思？"杜蘅眸光如刀。

"二小姐平日玲珑剔透，今天怎么傻了？"许氏幸灾乐祸，"两个都是杜家的小姐，也都不能委屈做妾，最好的办法就是平妻，无大小！"

杜蘅笑了："不错，男人三妻四妾是很平常，以小侯爷的身份，也是理所应当。可他娶谁做平妻，自有侯府夫人决断，二婶凭什么越俎代庖？"

许氏神色尴尬，讪讪地道："我也是替大小姐不值，她花容月貌，竟落得为人做妾室的下场，委实可怜。"

杜荇咬紧唇瓣，楚楚可怜地望着夏风。

"婚事尚未谈成，大小姐若要反悔，现在还来得及。"夏风立刻表态。

杜荇面色惨白，站起来一言不发，一头向炕桌上撞去！

郑妈妈唬了一跳，猛地闪身挡在身前，张开双臂紧紧抱住了她。

此番变故突然，大家都吓得不轻，愣了半天没有说话。

许氏忙不迭将杜荇扶到炕沿坐下，嘴里训道："我的好小姐，这可万万使不得！纵然有天大的委屈，也有大伯和老太太替你做主，怎么能寻死！何况还当着老太太的面，这可是大不孝！"

杜荇咬着唇瓣，望着夏风只是哭，泪水如断线的珍珠淌了一脸，衬着苍白羸弱的面孔，越发地楚楚动人，柔弱可怜。

杜蘅冷眼旁观，也不作声，只是冷笑。

夏风歉然看她一眼，轻声道："杜荇若不肯委屈做妾，我也不敢强求。这一生，非阿蘅不娶。平妻，绝无可能！"

老太太心知不妙，再让许氏说下去，不止贵妾无望，只怕连姨娘都做不成了。

当即脸一沉，斥道："小侯爷身系平昌侯府的荣辱兴衰，他的婚事自有侯夫人替他筹措谋划，哪有你置喙的余地？身都没发话，谁许你自做主张，信口雌黄！"

许氏被骂得张口结舌，面色紫胀。

心道，若你真无此意，为何一开始不阻止，眼见谈崩了，婚事要泡汤，这才开口说话？

老太太看向夏风，歉然道："她一个妇道人家，没有多少见识，小侯爷勿怪。"

"不敢。"夏风神色淡然。

老太太言词恳切:"蘅姐自幼便与你定了亲,一生有了依靠。原先柳姨娘当家,总想着还有时间,偏生家里连遭变故。荇姐年纪又一天天大了,老身再不替她打算,她这一辈子就耽搁了。"

夏风沉默着,没有搭话。

老人家多是不患寡,患不均。

同是姐妹,蘅姐是嫡出,钱财、婚事都有顾老爷子一早就安排下,自个又争气,医术精湛又有县主的头衔,自然一生无忧。

杜荇是庶出,一无钱财傍身,二无显赫身份,若是连婚姻都不如意,如何不令她寝食难安?

可再如何,也不该有让杜荇做平妻的念头!

他同情杜荇的处境,却不代表会无原则地退让!

那不仅是对阿蘅不公,更是对他的不尊重,对平昌侯府的污辱!

"荇姐的命是你救的,那种情况下,小侯爷肯挺身而出,承诺娶她进门,已是仁至义尽。"老太太字斟句酌,慢慢地道,"老身十分感激,本不该再提任何要求。只是,杜府第一个女儿出嫁,就是姨娘,传了出去,总是不好听……"

说到这里,她停下来,目光在夏风和杜蘅的脸上来回扫了几遍,见两人都神情冷淡,无意给她梯子,只好朝郑妈妈使了个眼色。

郑妈妈接过话头:"大小姐是官家小姐,做姨娘确实委屈了些。便是二小姐有个做姨娘的姐姐,将来在婆家说话也不硬气不是?"

夏风眉头一皱。

"小侯爷先别忙着恼,"郑妈妈忙抢在他发怒之前,把话挑明,"老太太的意思,倒不是要大小姐做平妻,就想着小侯爷能不能瞧在二小姐的面上,以贵妾之礼,迎大小姐进门?也算是顾全了杜府和二小姐的脸面。"

所谓贵妾,最初是指妻子的随嫁侄娣或姐妹,虽然也是陪嫁,但因与正妻血脉相连,身份自然比别的妾室尊贵。

杜荇是官家小姐,又与杜蘅是亲姐妹,身家清白,正妻血亲这两项都占了,做个贵妾,倒也不算是违了祖制。

大齐风俗,娶姨娘不需任何仪式,只一乘轿子从后门抬进来便了事。

但是娶贵妾,却是要摆酒席、燃炮竹,从侧门抬进府,体面自是大大不同。

夏风强忍了怒气,淡淡道:"以贵妾之礼迎她,也不是不行……"

杜荇欣喜若狂,羞涩垂头,眼波流转间艳丽无俦。

老太太也是一喜,长长松了口气:"好孩子,不愧我疼你一场……"

夏风语气一顿，冷冷道："但是，得等到阿蘅进门，和母亲商量过后，得到首肯才可。"

一般钟鸣鼎食之家的子弟，未娶正室之前别说贵妾，连姨娘都不会娶，最多有几个通房丫头。一是为了表示对嫡妻的尊重；二则也是向世人证明自己的品行，说亲的时候，能够增加分数。

只有那些不知礼仪的暴发户，才会未成亲之前就先娶了一堆的姨娘妾室。

平昌侯府百年世家，规矩自然比杜府大得多，又岂会罔顾礼仪伦常，行此无礼之事？老太太只想着杜荇做姨娘杜谦脸上无光，却没想过以贵妾之礼迎了杜荇，其实是在打杜蘅的脸，说到底，没脸的还是杜府！

许氏一愕，脱口道："这怎么成？"

夏风与杜荇的婚事，一无媒妁之言，二无父母之命，凭的不过是夏风随口一诺。

万一到时夏风反悔，不肯娶杜荇，杜府难道还能上门理论不成？

杜荇心一颤，蓦然抬头，焦急之情溢于言表："小侯爷，你误会了！贵妾之事，我也是刚才才听说……"

夏风失了耐性，将脸一沉："老太太若怕委屈了大小姐，这桩婚事就当没有过，从此不再提起！"

还没进门就想着争宠，娶进来之后，夹在阿蘅和他之间，岂不是永无宁日？

倒不如乘这个机会，一拍两散，落个干净！

"啊！"杜荇惊叫一声，差点昏厥过去。

老太太惊愕过后，气得浑身发抖，瞪着他半天说不出一个字。

"我还有事，失陪。"夏风说着，起身就走。

许氏见势不妙，猛地站起来，挡在门前，赔着笑脸道："小侯爷，你别发火啊！老太太的意思，也不是非要抬贵妾不可，这不是正跟你商量着嘛？"

"对对对！"郑妈妈冷汗流了下来，急忙道，"都是一家人，万事都好商量！二小姐，你倒是说句话啊！"

"你不必挤对阿蘅，事已至此，我不妨把话挑明了。"夏风冷笑一声，淡淡道，"这桩婚事非我所愿，是看在阿蘅的面上，才勉为其难许诺，杜家若要反悔，尽可随便！要嫁，只能以姨娘之礼进门。老太太若同意，就跟岳父大人商量个日子，到时通知一声，我派轿子上门来抬。"

众人不禁面面相觑，相顾骇然。

自古以来，就没有男方完全不管，由女方单方面决定婚嫁日期的！

这，这比当面刮人一个巴掌，还令人难堪！

老太太一口气接不上来，差点闭过气去。

"阿蘅……"夏风看了杜蘅一眼,千言万语聚在心头,偏生一句也说不出。默了许久,终是长叹一声,怅然离去。

"二小姐,"见夏风出门,许氏疾言厉色喝道,"愣着做什么,还不快替老太太把把脉?"

"不用了。"老太太已缓过气来,挣扎着坐了起来,道,"荇丫头,祖母没用,帮不了你。"

杜荇垂着头,强抑着满腹的怨恨,眼眶含泪,感激涕零地道:"这都是阿荇的命,哪里敢怪祖母?"

许氏狠狠瞪了杜蘅一眼,道:"还是你识大体,懂得体谅长辈。不像有些人,狼心狗肺,只图自个痛快,不顾家人死活!"

"好啦!"老太太不悦地皱了眉,"多说无益,还是商量一下荇姐的婚事,该怎么操办吧。"

许氏忙道:"我这就翻黄历,挑个好日子……"

"日子留给谦儿去挑。"老太太摇手,"侯府不比寻常人家,荇丫头出嫁不能太过随便,得有个章程,到时才不会乱了手脚,失了礼数。"

许氏嘴一撇,眼里不由得带出了几分轻蔑:"小侯爷方才不是说了?只是娶姨娘,咱们挑个日子,侯府打发了轿子上门来抬人。一不宴客,二不摆酒,要什么章程?"

老太太最讳忌的便是"姨娘"二字,偏许氏还不知死活往她心口戳,一下子就让她炸了毛。

声音顿时抬高了好几度:"做姨娘怎么了?好歹也是出嫁,又是大房头一桩喜事,怎么说也要置几箱新衣裳,打几套像样的头面吧!难不成真像个破落户似的,两手空空地嫁过去?"

杜蘅不动声色地往热油里淋了一瓢冷水:"祖母这话在理,姨娘也分三六九等,侯府是勋贵之家,就算姨娘也比寻常官吏家的正室来得尊贵。再者,爹是五品太医,长女出阁不能太过寒酸。"

许氏一听,老太太竟真的摆出一副嫁孙女的姿态,不仅做新衣裳,还要打首饰,脸色立时黑得像锅底。

杜诚贪心惹大祸,几十万本钱赔光了不说,还欠了一百多万的违约金。

要债的天天上门追讨,杜诚焦头烂额,大房账上那几十万两,早已陆陆续续被提了个精光。

账面上只余几百两,支撑日常的开支尚且十分吃力,哪里还有多余的银子给杜荇置办嫁妆?

许氏脑子里飞快地盘算着,勉强挤了笑出来:"瞧老太太说的,荇姐是我的亲侄女,

我当然盼着她风光大嫁。可小侯爷已经摆明了态度，并不想太过张扬。咱们若是大张旗鼓的，只怕会弄巧成拙。到时又像今天一样，事情就无可挽回了……"

"胡说！"老太太训道，"荇丫头的嫁妆越丰厚，侯府越体面，高兴还来不及，哪有生气的道理？"

许氏讪讪地道："常理自然是这样，但小侯爷心里只有二小姐，婚事越体面，越对不起二小姐。这才一力主张要低调行事，不肯张扬。"

杜荇神色冷淡："二婶不愿意给大姐添置嫁妆，明着说就是，不必拿我做幌子！"

"你血口喷人！"许氏像被踩了尾巴的猫，一下便炸了毛，"银子走的是公中的账，又不必我自个掏腰包，我为什么不愿给大小姐置办？"

老太太眼里闪过狐疑之色："许氏所虑也不无道理。所以我才说要拟个章程，好比嫁妆抬数就要仔细斟酌着，太多了不行，太少了也不成。"

许氏松了一口气，赔着笑道，"可不就是这个理？大小姐是去做姨娘，咱们若是大张旗鼓地，岂不是徒惹笑话！"

杜荇气得脸发青，偏她们讨论的是她的嫁妆，自然没有她置喙的余地，不但作不得声，还得垂眸敛目，装出柔顺羞涩之态。

"衣裳全部现做肯定来不及，让针线房里紧赶着把嫁衣给绣了，剩下的到成衣铺里挑几箱当季的衣裳凑个四五箱就是。头面首饰到阆微堂订个五千两也就差不多……"

老太太每吩咐一句，就像往许氏心上扎了一针，疼得揪心扯肝，鲜血直滴。

冬季的衣裳离不开裘衣皮袄，料子不是白狐银鼠，就是紫貂毛。就算是最普通的成色，也得一两百一件。这要是置上四五箱，还不得花上万儿八千两啊？

这也就罢了，大不了豁出脸面不要，置几件好的摆在面上充门面，底下用夏秋的衣裳装填了，瞒天过海，省下几千两。

可是老太太要求置办五千两头面，那可是真金白银掏出去，做不得半点假的！

她脑子转得飞快，连声道："到底是老太太，见多识广，虑事周详，面面俱到。这样好是好，只不过……"

"不过什么？"老太太按捺了不快，问。

"不过，"许氏瞥一眼杜荇，小心翼翼地道，"侯府不比咱们，规矩大得很！有些首饰，衣裳是不能用的。五千两，会不会……多了？"

老太太脸一沉，斥道："夏府是勋贵之家，咱们杜家也不是蓬门小户！侯府怎么啦？上回那个李妈妈，头上戴的东珠，就有指甲盖大！一个嬷嬷都能用，没道理主子反而不能用？再说，蘅姐儿不是还没嫁过去吗？荇姐儿年纪轻轻，穿得出挑些，也碍不着别人的眼！"

许氏没见过李妈妈，忙把目光朝杜荇望来。

杜蘅嘴边一抹笑痕极淡："祖母说得对，是该趁着年轻时，尽兴地穿戴打扮，才不辜负了大姐的花容月貌。"

许氏心头火起，脸上的笑容便有几分僵："想那位李嬷嬷，必是侯府得脸的婆子，珠子定是主子所赐，感念主子恩德，这才戴上一两日……"

老太太不耐烦地打断她："好了，不过几件衣裳首饰，哪这么多啰唆？照着办就是！"

"是。"许氏肝颤了颤，咬着牙应了。

"海味干货看着给添一些，凑个两箱就成。"老太太觉得有些乏了，示意郑妈妈拿了个迎枕塞在后腰上，这才接着往下说，"侯府高门深院，纵然奴仆如云，没有银子也是寸步难行。苻姐儿又没有田庄铺子供她嚼用，只好多给些压箱银子。"

杜蘅精神一振，耐着性子陪她们干坐了这半天，等的就是这出戏！

"压，压箱银？"许氏拨高了嗓门。

老太太没有理会，闭了眼睛寻思了一会儿，道："府里眼下的光景不比从前了，苻姐底下还有好几个没成亲的弟妹，银子不能都花在她身上。给个两万两，我看也差不多了。"

"两万？！"许氏和杜苻异口同声尖嚷起来。

老太太吓了一大跳，捂住胸口斥道："嚷什么？"

"祖母，"杜苻顾不得装羞赧，扯着老太太的袖子撒娇，"我嫁的是侯府，二百五百钱的拿不出手，出手最少是三五两！两万两怎么够花？咱家又不缺钱，您好歹给我五万吧！"

"五万！你做梦呢！"许氏心惊肉跳，霍地站了起来！

杜苻俏脸一沉："这是我大房的银子，二婶凭什么扣着不给？莫不是掌了中馈，就以为那些银子都是你家的？别说我只是要五万两，就是五十万，也是大房的事，与你何干？"

许氏气得面青唇白，哆嗦着，半天挤不出一个字。

杜苻傲然昂头："怎么，我说错了？"

"啪！"老太太扬手扇了她一巴掌，怒道："别忘了，她是你二婶！以后嫁到侯府，对着家中长辈，难道也是这副嘴脸？果然如此，这桩婚事还是趁早作罢！省得嫁过去，给人在背后戳脊梁骨，败坏杜府名声！"

"祖母。"杜苻又是委屈，又是羞恼，捂着脸呜地哭出声来。

老太太眼睛一瞪，喝道："你还有脸哭？给我闭嘴！"

杜苻闭了嘴，抽抽搭搭地哭得肩膀一耸一耸。

老太太又训许氏："你也是！毛毛躁躁成什么样子，坐下！苻姐儿不懂事，不知家

中艰难，慢慢解释就是，用得着出语伤人？"

许氏心中似烈火烹油，嘴里已燎起了泡，张了张嘴，却发不出声音。

老太太转过身去，苦口婆心地道："荇丫头，你马上就要出嫁，成了亲，就是大人了！要记住，婆家不比娘家，纵有天大的委屈，也得忍着，万不可意气用事，明白不？何况，你又是在这种尴尬的境况下出嫁，越发要小心谨慎，三思而后行。须知尊敬长辈，孝敬公婆乃是天经地义之事，若敢忤逆，人家要休了你，咱们也是无话可说！"

"哦。"杜荇委委屈屈，胡乱应了一声。

老太太瞧她的神色，就知她只是虚应，又气又恨，长叹一声："罢了，儿孙自有儿孙福。我就算操碎了心，也未必有人领情！"

"祖母，二婶好像有话要说？"杜蘅见缝插针，淡淡道。

"还有什么事？"

"两万两压箱银，不能给！"许氏鼓起勇气，大声道。

"为什么？"

"二婶，把话说清楚。"杜蘅似笑非笑地扫了她一眼，"究竟是不能给，还是拿不出？"

许氏瞪着她，被她眼中刀锋般冰寒之气，惊得一个哆嗦，反驳的话在舌尖打了无数的滚，却都化成了碎片，哽在喉头！

"什么意思？"老太太惊疑不定，视线在两个人身上来回扫视，最后落在了杜蘅身上，"蘅丫头，你来说！"

杜蘅缓缓勾起了唇："二婶，你确定要我说？"

"大老爷！"杜谦从太医院下了值，刚进大门，就见一小厮从角落里蹿了出来，扑通跪在他跟前，"救救二爷吧！老太太大发雷霆，动家法要打死二老爷呢！"

杜谦："二弟犯什么错了，竟然动了家法？"

"二老爷做买卖亏空了银子？"小厮说了几遍也说不清楚，只反复强调，"快去救二老爷，他要给老太太打死了！"

杜谦扔下他，急步朝瑞草堂而去。

只见杜诚直挺挺地跪在地上，老太太拄着杖立在走廊上，怒目圆睁，嘴里高声喝道："打，给我狠狠打，打死这个孽障！"

"老太太，你索性打死我吧！"许氏死死地抱着杜诚。

"祖母！"杜芙，杜蓉两姐妹分左右跪在许氏身后，早已哭成了泪人。

杜修年纪最小，抱住了老太太的腿，奶声奶气地哭道："祖母，你饶了爹爹吧，饶了爹爹吧！"

"娘！"杜谦定了定神，走过去先把老太太的臂搀着，"二弟有什么做得不对，您骂几句打几下出出气也就是了，犯不着站在风口上跟他置气。这要是冻坏了身子，让儿子如何担待得起？"

冲行家法的家丁使了个眼色，一边搀着老太太进了屋，扶着她在炕上歪着，亲自拿了迎枕塞到她腰后，这才道："娘，二弟也是近不惑的人了。到底做了什么错事，落得搬出家法当众责打这么严重？"

这时，许氏扶了杜诚进来，夫妻俩不敢站着，双双跪倒在地上。

"孽子！"老太太指着杜诚呼呼直喘气，"你自己说，到底做了什么好事？"

杜诚死死地咬着牙关，一个字都不敢说。

"二叔败光了咱们家的财产，还欠下一屁股债！"杜荇怒不可抑。

"闭嘴！"杜谦叱道，"这轮不到你说话！"

皱了皱眉，道："做买卖本就有亏有盈，这次亏了，下回再赚回来就是。也没什么大不了的，犯不着为一点银钱动怒，伤了母子的和气。万一要是打出毛病，心疼的还是母亲，何苦来哉？"

"近百万的家财，哪里是一点银钱？"老太太光只想了下这个数字，就气得不停地抖。

杜谦不敢置信，强挤了笑出来："娘也太夸张了，哪有生意一次赔这么多？"

"大哥！"杜诚膝行上前，抓着他的衣摆，痛哭流涕，"我对不起你！"

"这，到底是怎么回事？"杜谦踉跄一下，跌坐在椅中。

杜诚一把眼泪一把鼻涕地把事情说了一遍。

他跟龚实梁签完契约，十天后，陈三如约把两千匹云罗凑齐，付完余款，高高兴兴地把货送到千金坊，龚实梁二话不说，立刻派人验收。

不料，验货时才知道上了大当！

原来，陈三的所谓云罗，只有外面包着的一层是云罗，里面全都是白夏布！

龚实梁当场翻脸，所有货款全部追回，并且索要高额违约金，口口声声说他害得千金坊失信于人，丢了一大笔生意，要把他锁拿送官。

他好话说了一箩筐，答应想方设法筹措赔款，这才脱身回来。

返回去找陈三，却哪里还找得到？

这些日子，千金坊每日都派人登门，在店里坐着不走，吓得客人都不敢上门，生意一落千丈。就算偶尔得空做了一笔生意，银子还没经他的手，当即就被要账的拿走。

"他大伯，你救救老爷吧！"许氏哭道，"若不能如数支付违约金，千金坊就要将老爷送官。大伯也不忍心眼睁睁地看着二爷进牢房吧？眼下只有蘅姐儿能救老爷，求大伯看在兄弟的情分上，拉他一把！"

老太太用力拍着炕桌："你说的这是人话吗？把杜家弄得倾家荡产还不够，还想把蘅姐儿也拖下水！一百多万的窟窿，亏你也敢张嘴！"

"媳妇也是没办法，"许氏哭哭啼啼，"二爷错得再离谱，也是我的相公！老太太狠得下心，妾身却不能扔下他不管！"

杜芙，杜蓉，杜修，跟着哭成一团："爹！"

老太太一咬着牙，道："事到如今，只好把永通钱庄的那笔存银提出来，应了急再说。"

"不能啊！"许氏惊叫，"那笔银子一动，没了进项，以后杜家就真的再无翻身之日了！"

"眼下最要紧的是救诚儿，顾不了那么多了。"

杜诚低了头，怯生生地道："我问过了，当初柳姨娘存的时候是签了契约的，提前支付，须赔付二倍的利息。未满一年，按一年计。我求了许久的情，好说歹说，也只肯答应减十万，加上去年支取的二十万，总共是三十万的利息。所以，只能拿回来四十万……"

杜蘅不紧不慢地道："二叔在杭州做了二十年的生意，如今卖了铺子房产举家入京，手边不会一点存款都没有吧？"

杜诚脸一红："只，只有十来万，早就填进去了……"

许氏号啕大哭："早知如此，当初根本不该听信柳姨娘的逸言，举家进京，投靠大伯……"

杜荇一听大怒："是二叔自己蠢，凭什么怪我娘？"

"都别吵了！"杜谦大喝一声，"你总共欠多少，到底还差多少？"

"两千匹云罗价值四十万，"杜诚不敢看他，吞吞吐吐了半天，才嗫嚅道，"要赔一百二十万，陆续支付了三十万，再加上钱庄的四十万，还有五十万的缺口……"

杜蘅一笑。

怪不得他开口问她借五十万，原来早已把这笔存银算进去了！

杜谦转过头看向她，欲言又止。

杜蘅淡淡道："我手里的现银已全部投到酒楼里去，今秋大旱，听说不久之后还有蝗灾。因此这几个月的收益除去开支，余下的银子全部购置了禄米……"

"就是说，一毛不剩了？"许氏的脸顿时很难看。

"现银，我的确没有。"

"铺子呢？"杜诚不死心，眼巴巴地看着她，"不能顶出去两间，救救二叔？"

杜蘅看他一眼，笑："莫说两间铺子凑不到五十万，就算能凑齐，凭什么要我卖？"

杜诚面如死灰。

"阿蘅，"杜谦沉吟片刻，忽然想到，"能不能请石少东出面跟千金坊的东家说项说项？若能减免一部分罚金是最好，若是不能，延迟几年也是好的啊！"

"对呀！"杜诚眼睛一亮，"石南是临安商界大佬，有他出面斡旋，也不是没有可能。"

"对对对！"许氏连声附和，"顾老爷子于他有救命之恩，必不会袖手旁观。"

"常言道：锦上添花易，雪中送炭难。上百万银两，岂是小事？"杜老太太皱眉，"别冒冒失失上门，事没办成，反倒没了脸。"

这八年来，石南与杜家全无联系。以前还可以说他因年纪尚幼，根基不稳，临安与清州相距千里，往返不便利。可是一年前杜家举家入京，以他的地位和人脉，不可能全不知情。然而他却从未登门拜访，直到顾氏病逝，才突然冒出来，帮忙协理丧事。顾氏百日后，再无踪迹。

可见，他感的是顾老爷子的恩，并没有承杜家的情。

如果只是这样倒还好，万一他认定杜家吞了顾家财产，逼死顾氏而心生怨怼，乘此机会落井下石，岂不是引狼入室？

杜诚却不肯听："石少东是个有心的人，若不然也不会帮着我盘下店铺了！去试试，不成再另设他法。"

许氏更是声泪俱下："难道在老太太心里，二爷的命还不如大伯的颜面重要吗？"

老太太拗不过，只得默许。

杜谦拿了名帖，带着杜诚去阅微堂，石南亲自至大门迎到花厅："世伯有事，差个人送封信来便是，何需亲自跑一趟？"

杜谦心中稍安，厚着脸皮把来意说了。

石南听完，一脸诧异："二叔要买云罗，何不来找我？阅微堂有自家的船行，从江南直接调货，进价比别处低一成。"

杜诚神情惶恐，冷汗涔涔而下，哪里敢说自个贪图便宜，劫了他的生意？

幸好石南并未深究，沉吟片刻，道："实不相瞒，千金坊的东家我倒是认识，只不过两家都做成衣，向来是楚河汉界，互不往来……"

"是我来得鲁莽，让石少东为难了……"杜谦脸上一热，如坐针毡。

杜诚面色如土。

石南微微一笑："既是伯父开了口，再难也要试上一试。"

杜诚眼睛一亮，蓦然抬头。

"不过，这毕竟是上百万的买卖，小侄未见得有这么大的面子。"石南话锋一转，"只能尽力而为，不敢保证。"

"那是自然，那是自然。"杜谦连连抹汗，"我原也不敢奢望减免，只望能延得三五年，留个喘息之机。"

杜诚喜出望外："石少东肯出面，已感激不尽，哪里还敢强求？"

三天之后，石南亲自上门，告之结果：他临时从库房里调了两千匹云罗给千金坊，

并拨出数间工坊并五百绣娘帮千金坊赶货。千金坊则答应将违约金下调至二倍。同时，他用两万银，收购了杜诚压在库中的两千匹"夏布云罗"。

这个结果实在太出人意料，超过了杜谦的预期太多，登时千恩万谢。

还剩八万的缺口，杜诚本打算将绸缎铺子盘出去，被杜谦制止："卖掉绸缎铺，就只剩我的俸禄，不可能维持这一大家子的花销。留着它，多少还有些进项。只是要委屈弟妹，精打细算，辛苦支撑了。"

一席话，推心置腹，说得杜诚痛哭流涕："大哥，是我对不起你！"

许氏流着泪道："说起来，大伯还是受了二爷的连累，妾身哪敢言苦？"

老太太如此刚强，也不禁红了眼眶："日子再艰难，也不会比当年我带着你们兄弟二人更苦。只要你们兄弟二人齐心协力，何愁没有家业再兴之时？"

老太太和杜谦商议后，各拿出了二万的私房钱，再变卖了库房里的一批古玩玉器，勉强凑了八万，补足缺额，这才将欠款还上。

经此一闹，杜谦已是意兴阑珊："三天后就是吉日，通知夏府来抬人吧。"

许氏惊讶万分，试探地问："时间这么紧，怕是嫁衣都来不及做了……"

杜谦神情沮丧："只怕夜长梦多。"

老太太默了一下，点头："就这么办吧。也不必另外置办什么嫁妆了。各人手里有多少，随意添点，再每人匀两套头面给她也就是了。"

杜芹不依，又哭又闹，老太太这回却是铁了心，不只没有给她加钱，反而把她严厉地训斥了一通。

眼见哭闹无用，杜芹只好悻悻地收了泪。

32 蝗虫来袭

消息传到杨柳院，杜蘅气得摔了一只斗彩缠枝荷叶茶盅："谁要他狗拿耗子，多管闲事？"

紫苏有些好笑，抿了嘴，道："小姐急什么？大不了这二十几万，着落在石少爷身上要回来就是！咱们又没损失！"

杜蘅瞪她一眼。

紫苏自然明白她为什么发怒，忙转了话题："老太太发了话，每人匀两套头面给大小姐添妆。"

"老太太送的一套点翠赤金头饰，一套嵌红宝石头面，一对赤金龙凤镯，一对玉镯……"紫苏压低了声音，把各人送的礼都报了一遍，末了道："除此之外，老太太拿了六百，老爷和二老爷都是五百，二太太拿了二百，锦绣、锦屏，孟姨娘，丁姨娘每人八十，两位少爷都是一百，芙姐、蓉姐、苓姐每人五十，三小姐随了二百，就剩小姐了……"

紫苏有点拿不定主意。

感情上，一文钱都嫌多，可考虑小姐的名声，又不得不往外掏。

头面首饰倒是好说，关键是这银子，按理不能越过老太太和许氏。

可杜蘅的情况特殊，虽未出嫁，却等于分家另过，财产还不是一般的多。

杜蘅歪在迎枕上："你看着给就是，不必问我。"

"是。"紫苏想了想，还是封了二百两银子。

"二小姐来了。"大蓟挑了帘子进来，怯生生地道。

"她来做什么？"杜荇霍地一下翻身坐起，一脸凶狠地嚷，"不见！"

杜蘅已经走了进来："大姐嫁进侯府，嚣张跋扈的性子可真要改改。否则，吃亏的是你自个。"

"要你管！"杜荇怒火攻心，抄起桌上的茶杯就扔了过去，"滚！我不想看到你！"

大蓟吓了一跳，生怕打伤了杜蘅。

"你以为我很想见你吗？若不是祖母有令，我才懒得走这一趟。"

两个仆妇抬了只精美的红漆楠木箱子进来，搁到房中，揭开盖。

箱子里，是满满一箱，各种长短大小不一的描漆木匣。

"拿走！别弄脏了……"

紫苏不声不响，走过去把面上几只盖子一一揭开，忽见光芒四射，耀花了众人的眼睛。

杜荇瞪大了眼睛，骂声戛然而止。

盒子里，是各式各样精美的头面，一望而知全是簇新的，没有戴过。

"怎么，显摆你有钱，想让我自惭形秽？"杜荇破口大骂，"呸！做你的春秋大梦！"

杜蘅淡淡道："本想给你添妆，既是你不喜欢，我带走就是。"

杜荇："……"

"紫苏，我们走。"杜蘅说着，毫不停顿，转身就走。

紫苏把封红搁在炕桌上："这是我们小姐的一点心意。"

到底是添妆还是添堵？

杜荇回过神来，勃然大怒："站住！你又想要什么奸计？"

"这是当初祖母吩咐周姨娘给我打的五千两头面，除了周姨娘拿走过一套，余下的

全在这里。柳姨娘的东西，我是不敢用。"杜蘅唇角勾出一抹淡淡的嘲讽，"你若是也不敢，不如索性交回给祖母，变卖了还能够支撑府里好几个月的嚼用。"

"滚！"杜荇气得颈间青筋暴起。

杜蘅微微一笑，转身扬长而去。

"小姐！"小蓟眼睁睁地看着两个仆妇把盒子盖上，抬了那只大楠木箱出门，急得不得了，开口劝道，"眼下不是赌气的时候！这么多头面，就算不戴，变卖了也……"

"闭嘴！"杜荇目露凶光，一掌扇得她嘴角流血，"连你也敢来埋汰我？信不信我叫人牙子来发卖了你！"

小蓟立刻掩着嘴，噤若寒蝉。

仅昨天一天，许氏就打发了二三十个仆妇。

老太太身边贴身伺候的大丫头都减得只剩两个，其余各房一律只一个一等的。松院里更是连丫头带小厮，一口气发卖了五六个。

"哈哈！"出了红蓼院，紫苏忍不住笑出声来，"看到她那张脸没有，都快滴出血来了，真是解气！"

杜蘅没有笑，淡声道："把这些首饰，抬到瑞草堂去。"

紫苏一愕："你不会，真的要把它还给老太太吧。"

杜蘅心生烦躁，低叱一声："要你送就送，哪这么啰唆？"

紫苏冲两个婆子做了手势，示意两人把东西抬走。

暗夜里，忽然传来一声低笑。

杜蘅脚步一顿。

"谁？"紫苏吓了一跳，下意识地挡到了她身前，警惕地四下张望。

"这边，笨蛋！"

杜蘅眉一皱，这才发现左侧丈许外的树影后，影影绰绰站着一抹人影。

"呸！"紫苏啐了一口，"好好的人不做，干吗扮鬼！"

石南笑嘻嘻地从树影后踱出来："我光明正大地站在这里，你们两个人四只眼睛都瞧不见，还敢怪我？"

"这个时间，石少爷怎会在这？"紫苏好气又好笑。

"我应杜二老爷之邀，来喝酒的。"石南笑着解释。

紫苏偷偷冲他比了个手势："二老爷住怜星院，你走错地了。"

"知道，我刚从那出来。"石南的目光锁在杜蘅身上。

杜蘅一脸漠然地垂下眼帘。

紫苏嘴角一抽："石少爷立了这么大的功，二老爷不只没有亲自将你送出门去，甚至连个领路的丫头都没给你配一个？"

杜蘅眉尖轻蹙:"石公子远来是客,你代我送送他。"

石南啼笑皆非:"生气了?"

杜蘅退后一步,凛容:"你做错什么,我要生气?"

"阿蘅。"石南轻唤,声音又轻又软。

紫苏满面绯红,转过头不敢看他,却又忍不住小声提醒:"石少爷,小心隔墙有耳!"

石南叹了一声,道:"你不会真的想逼得他们砸锅卖铁,露宿街头吧?"

"你怎知我不想?"杜蘅淡淡地道。

他不说话,静静地看着她,黑曜石般的眸子,灼灼如炬,看得她微微心慌。

下意识地想要避开他的视线,却又不肯示弱,长长的睫毛快速地眨了两下,目光重又变得锐利起来。

"反正这笔银子,再怎么逼也逼不出来。"石南微微一笑,眼中的光芒越发柔软,"不如,让我送他一个顺水人情!"

他就喜欢她这份柔弱中带着坚强,倔强里又透着几分犀利的模样。

杜蘅冷笑:"石少东果然财大气粗,顺水人情一做就是四十万!"

石南眉一扬,大言不惭:"你以为大齐第一富商,是叫假的?"

杜蘅嗤之以鼻:"第一奸商还差不多!"

紫苏"扑哧"笑出声来。

"你要我买米,我可是严格在执行,最近几日临安周边郡市的米价飙升了二倍!如你所愿,临安周边的烧锅庄,全都望米兴叹,坐等晚稻上市。"

"买了多少?"杜蘅一愣。

"不多。"石南伸出二根手指。

"二十万石?"紫苏吃了一惊。

"二百万石!"石南恨不得敲她一记。

紫苏倒吸一口凉气。

石南带着几分骄傲,又有点得意地笑:"我早就说过,答应过你的事,一定办到。"

杜蘅瞪着他,震惊到说不出话。

"这个数字,是不是可以让你消消气了?"石南一脸讨好地凑过去。

紫苏忍了又忍,忍了又忍,最终还是没能忍住:"花了多少银子?"

"四百多万吧?"石南耸耸肩,一副无所谓的样子,"我打算继续买,直到阿蘅认为满意,叫停为止。"

紫苏一个激灵,彻底无语。

杜蘅瞪着他,故意挑衅:"我若是一直不叫停呢?"

石南的目光忽地炽热起来,望着她邪邪一笑:"那就一直做下去啊。"

杜蘅很是困惑："你脑子坏了？"还是他真的是钱多得花不完，无聊烧得慌？

他不说话，就这么微微眯起眼睛，不怀好意地笑："嘿嘿。"

杜蘅忽地回过神来，瞬间呼吸一室，血色涌上双颊，连耳根都红透了。

"呸！"低啐一口，转身就走。

石南也不追，就这么懒洋洋地靠着树干，目送着她仓皇逃离的背影，笑得眉眼弯弯，不急不慌地回了阅微堂。

刚一进门，就觉得不对，眼中笑意隐遁："老鬼，落魄到当梁上君子了？"

"呼"地一声，有物迎面飞来："狗嘴里吐不出象牙！"

石南抬手抄中，触手温热，光滑圆润，竟是一只暖手炉，眉头微不可察地轻轻一蹙，随手将其搁在桌上，转过身："准头差了好多，果然是英雄末路了。"

萧乾拥着重裘，膝上横着一幅厚厚的羊毛毯，脚边搁着两个铜炭盆，竹炭正燃烧着，吐出蓝紫色的火苗，烘得一室暖洋洋的。

他却好像感受不到，高大的身子瑟缩成小小的一团，双手笼在袖中，一双眼睛却格外地有神："孽畜，你做的好事！"

石南心中微微一酸。

两人年纪相差无几，皇上英姿勃发，瞧上去才四十出头；他却须发皆白，形容枯槁，像个行将就木的老苍头……

他把暖手炉抛过去，漫不经心地道："我做的事可多了，你指哪件？"

"你花几百万，把京中米价推高了二倍有余，是什么意思？"萧乾抄在手里，背脊一挺，眼睛瞪得像铜铃。

石南懒洋洋地靠着桌子："小爷高兴，你管不着。"

"是不是姓杜的小丫头鼓动你做的？"

"她还没这个本事。"石南冷冷道，"我只是早就瞧那些烧锅庄子不顺眼，给他们一点教训罢了！"

"哼！"萧乾盯着他，冷笑一声，"你什么性子，我还不知道？若不是她撺掇着，你会管这闲事？"

"我早就跟老头子说过，要关闭烧锅庄。是他优柔寡断，想要粉饰太平，一拖再拖才至今日骑虎难下，不可收拾的局面。既然官府不便出面，那我就以私人名义出手，替他收拾这个烂摊子，有什么不对？"石南冷冷道。

各地方官员与烧锅庄官商勾结，倒买倒卖官粮，以次充好，将仓中稻米以"陈粮"低价售给各烧锅庄，再在新粮上市之际，用官府的名义，大量低价征收民间余粮，赚取差价，牟取高额利润。

不止朝中大员参了一脚，就连宫中的娘娘，也不乏染指其中，坐收得利的。

他掌神机营，消息来得比别人快。

临安周边三郡，五省，二十几个县市，近几日已经有小规模的蝗虫涌现。万一不幸，杜蘅的预言果然成真，旱灾之后是蝗灾，则秋粮闹不好会颗粒无收。

富户一般都存粮，支撑个一年半载尚且无虞。百姓家无余粮，完全指望着秋粮。

可恨那些官员，明知旱情严重，仍然不顾大局，各地官仓基本卖空。一旦灾情爆发，官府就算想要开仓放粮也是无粮可放！不知多少人将流离失所，暴尸荒野。

一个闹得不好，就会引发民变。

临安外的，他鞭长莫及，但至少临安周边县市，以及临安城的官粮，不能再任其落到烧锅庄的手里。

杜蘅的提议，与他不谋而合，购粮，不过顺水推舟而已。

"胡闹！"萧乾叱道，"神机营只负责监察百官，收集情报，汇集后交由皇上圣裁！偏你妄揣圣意，越俎代庖！"

石南哂然一笑："在商言商，既然大家都做粮食买卖，没道理我石南就做不得。"

"神机营行事向来低调，现在这么一闹，站在了风口浪尖，到时成了众矢之的，看你如何收场？"

石南漫不经心："有老头子罩着，怕什么？大不了把他推出去，有本事就举旗造反，弑君篡位去！"

"胡说八道！"萧乾肺都要气炸，"这种话也是随便乱说的？你就不怕诛九族！"

石南皮笑肉不笑："那也得我有九族才行！"

萧乾瞪着他，忽地弯下腰，进出一连串急而粗重的咳喘之声："咳咳咳！"

"王爷！"萧昆从暗处出来。

又是忙着拍背，又是倒了水给他喝，又是递帕子给他擦嘴，忙个不停。

石南默默望着他，目光深幽，身子挺拔。

萧乾好容易缓过劲来："这件事就算了。别院里失踪的刺客，又是怎么回事？"

石南装傻："你派了刺客去别院吗？我不知道。"

"别跟我装！"萧乾板着脸，"除了你，还有什么人敢动他们？又有谁有这个本事！"

"天外有天，人外有人。"

"是杀了还是关了？"萧乾皱了眉。

石南撇得一干二净："又不是我派的，怎么知道是生还是死？"

萧乾恨得直咬牙，偏又做不到不管他："若是杀了就算了，如果只是关押，劝你赶紧处理干净了，千万别留蛛丝马迹，以免惹祸上身。"

石南心中一紧："这么说，真是老头子的意思？"

果然不出所料，杜茬的背后，是皇上。

幸好当时觉得不妥，让和三拦了一下，留了杜莛一条命。不然……

萧乾含糊其词："这事你别管了，记住我的话，离姓杜的小丫头远点。"

"杜谦只是一个太医，老头子为什么惦记着他？居然还越过我，亲自下令？"石南摸着下巴，低喃。

萧乾狠狠剜他一眼："圣上目光如炬，就你那点小心思，还想瞒天过海？"

石南冷笑："我光明正大地喜欢阿蘅，根本就没打算瞒！"

萧乾气得胡子直翘："跟你说了这半天，全当了耳边风！"

"我也早跟你说过，她是我媳妇！"

"她是平昌侯未过门的媳妇！"

"莫说只是未过门，"石南冷道，"就算成了亲，小爷瞧中了，一样要抢！"

"你就不怕我杀了她？"萧乾怒道。

"你敢杀了她，小爷就敢让萧家灭门！"

"你！"萧乾气得发抖，忽然弓起身子，不断地发出一阵又一阵的咳嗽，终于一声巨咳后，仿佛呕吐般，咳出一口痰来。

萧昆慌忙扶着他的肩，拿了条白绢凑到他嘴边接着。

浓稠的痰呈紫红色，血丝顺着纹理化开，竟是触目惊心的红。

"少爷！"萧昆眼中含泪，转过头来，哀求道，"你，你少说一句吧！"

石南抿着唇，身子站得笔直，双臂垂在身侧，两手在袖中紧握成拳。

萧昆拿了水给萧乾漱口，又喂了他一丸药。

萧乾紧紧地闭着眼睛，眉眼如死灰。

良久，才艰难开口："我没几天好活了，你，别赌气。"

石南转过身，望着窗外，久久地沉默着。

皎洁的月光透过窗棂洒在窗台上，宛如镀了一层银。

就在萧乾以为他不会回答时，他忽然开口，声音飘忽如絮，却清晰无比："不是赌气。我，是真的喜欢她。"

杜蘅一大早起床，梳洗毕去瑞草堂给老太太请安。

院中冷冷清清，地上积满了落叶，被风吹得四处飞舞，一片萧条破败的样子。

杜蘅到了，竟连个通报的人也没有，还是紫苏帮她打的帘子。

进了门，环儿在服侍老太太梳头，喜儿端着热水立在一旁："二小姐来了。"

郑妈妈便亲自端了条锦凳过来，叹了口气："二小姐请坐，还要烦紫苏姑娘去泡茶。"

紫苏眉尖一挑，径直去了茶水间。

却见茶杯东一只西一只，不成套就算了，竟还没洗干净，杯子上残留着茶渍。桌上搁着几包点心，打开一看，又硬又涩，有一块竟还发了霉，根本就不能吃。

本想叫小丫头去烧些水来，开了门外面却是静悄悄的，不见一个人影。

只好自己去厨房，提了壶开水回来，洗了杯碟，把茶叶罐打开一瞧，里头竟只剩些茶沫了！

胡乱泡了两杯，端进去，老太太已梳洗好，靠在迎枕上跟杜蘅有一搭没一搭地说话。

又说了几句，杜蘅便辞了出来。

待马车驶出门，紫苏实在忍不住，把见到的情况说了一遍："小姐，难道那边真艰难到这种地步了？"

杜蘅唇边浮起一抹嘲讽的笑，脸上的神色却是无限悲凉："我送的首饰，起作用了。"

紫苏不明白："这跟首饰有什么关系？"

杜蘅却不说话，闭了眼睛靠在软垫上，一副疲倦至极的模样。

首饰，是试金石。

老太太见她送首饰过去，以为她心软，又打起了她的主意。

偏偏碍于脸面，不肯向她张口，怕落人口实。

于是遣散了仆妇丫头，弄成十分凄惨落魄的样子。

想让她心软，主动拿出银子来贴补。

可惜，却演过了头。

紫苏见状，也不敢多问。

到了静安寺，杜蘅一句话也没说，像个雕像一样，对着两块牌位呆坐了几个时辰。

等回到杜府，已是傍晚时分。

杜谦神情焦灼，见了她劈头就是责备："上哪去了，不知道阿荇今日出嫁么？"

杜诚做好做歹，赔了笑脸劝道："不打紧，反正也没什么事，回得早也只是干坐着。"

紫苏不忿："小姐去静安寺，给夫人上香去了。"

杜谦一窒，望着她的目光变得十分复杂："阿荇在房里，去跟她道声别。"

杜荇的哭声，隔着厚厚的门帘传了出来："没有这么欺侮人的！我是去做妾，又不是做贼！黑灯瞎火的，是什么意思？"

许氏轻声细语地劝："大小姐莫急，许是路上遇着什么事耽搁了。虽说晚了点，好在两家离得近，只两条街，不算太晚。"

杜荇又气又恨："侯府了不起？惹火了，大不了我去大闹一场，再铰了头发做姑子去！"

"快别哭了，哭花了脸，侯府的花轿来了，妆都来不及补……"许氏汗滴滴，忽见杜蘅站在门边，松了口气："二小姐来了？快劝劝大小姐。"

"我不嫁了，补什么……"杜荇的哭声戛然而止，抬了头恶狠狠地瞪着她，"你来

做什么，看我笑话？"

"你也知道是笑话？"杜蘅冷笑。

"滚！"杜荇大怒，抓起茶杯欲扔过去。

许氏一把抓住她的手："这可使不得，大喜日见了红不吉利！"

"泼妇骂街，我还懒得看呢。"杜蘅说着，掀起帘子走了出去。

"我是泼妇，那你是什么……"杜荇猛地站起来，就要冲出去跟她理论。

许氏急忙抱了她的腰，喜婆站在一旁，完全不知所措。

正闹哄哄地一团，外面不知谁嚷了一句："花轿来了！"

杜荇一呆，神色慌张了起来："镜子，给我镜子……"

重新上妆已不可能，大蓟，小蓟一个端水，一个绞帕子，帮她洗了脸，再匀了些粉扑上，拿了口脂给她抹上。

两个喜婆一左一右把杜荇扶出门外，杜仲将她背上了花轿。

杜谦目送着花轿渐行渐远，终于看不见，心里一酸，终于落下泪来。

花轿穿街过巷，悄无声息地抬进了平昌侯府后门，行至花园时，忽听得一阵沉闷的"嗡嗡……"之声响起。

声音越来越大，越来越响，引得众人停步，抬头望天。

此时，晚霞满天，灿若云锦。

却只见，天边一大团一大团的乌云，以极快的速度向这边推进，眨眼之间便到了头顶！

仔细一瞧，竟是数以千万计的蝗虫，密密麻麻铺天盖地地飞来。

如黑云压阵，吞了云，遮了霞，所过之处，留下一片黑雾！

"快跑啊！"不知谁发一声喊，众轿夫扔下花轿，四散而逃。

转眼之间，只剩下一顶花轿，孤零零地倒在院中。

杜荇在轿子里，不知发生什么事，"哎呀"一声，摔得七荤八素。

强忍了疼痛从轿子里爬出来，却见地上落了厚厚一层的蝗虫，正以惊人的速度，疯狂地吞噬着所有可以吞噬的花木！

"啊！啊！啊！啊！"她连滚带爬地钻进花轿，抱着肩发出惊天动地的惨叫！

直到夏风匆匆赶到，把三魂去了两魄的她从花轿中解救出来，送到新房中。

只见她凤冠掉了，盖头早不知扔到哪里去了，精心梳的发髻歪了，脸也青了，鼻也肿了，喉咙也叫哑了……

夏风叹了口气，吩咐一切仪式全部省略。

丫头们惊骇莫名，强忍了笑，打了水来服侍她洗漱，更衣，再扶了她回到新房中。

杜荇喝了一盏热茶，才勉强镇定下来，问："小侯爷呢？"

大蓟手一抖，小声道："小侯爷交待，小姐先休息，不用等他。"

杜荇咬了唇,大大的眼里满是倔强:"不,我等他。"

大蓟和小蓟交换了一个不安的眼神,轻声劝道:"小侯爷要进宫,一时半会怕是回不来。"

"胡说!就算等到天亮,我也要等!"杜荇的声音蓦然拔高了几度。

大蓟和小蓟哆嗦一下,不敢再劝,默默地退到一旁。

杜荇腰杆挺得笔直:"去,把我的喜服拿来,我要重新换上。"

小蓟刚要说话,大蓟轻轻摇头,示意她不要多说,直接取了搁在桌上的喜服呈给她看。

杜荇低头,见喜服撕破了几道口子,密密麻麻布满了黑点,隐隐散发着一股怪异的味道。

她不禁大怒:"这是谁弄的?"

"小姐,好像是蝗、虫屎。"小蓟战战兢兢地答。

大蓟叹了一声,把喜服拿开,劝道:"事已如此,小姐还是安歇了吧。"

府里,已经都在传,说她是扫把星转世,谁沾了谁倒霉,不然为何前脚进门,后脚蝗虫就来了呢?

侯夫人震怒非常,本来要直接把人抬回去。

几位少奶奶好容易才劝得她平了怒气,却下了死令不准夏风踏进杜荇的房间半步。

太康二十一年十月,临安城飞蝗成灾,皇上盛怒,连夜急召内阁大臣,及赵王,魏王,燕王三位皇子入宫议事。

赵王提出祭蝗神,燕王却主张灭蝗,魏王事不关己,高高挂起。五位阁老,两人倾向祭蝗神,两人倾向灭蝗,吏部尚书兼东阁大学士陈诏态度暧昧,模棱两可。

太康帝最终裁定以大皇子为首,择吉日举行祭蝗大典。

得到任命,赵王连夜召集手下谋士幕僚,布置任务。

因为灾情惨重,连御花园都受到蝗虫袭扰,无奈之下,请定圣裁,派了禁军入园,驱赶,打杀蝗虫。

各宫妃嫔,包括皇后都困在宫里,不得任意走动,也算是一大奇观。

直到两天后,蝗虫大军才出了临安城,去了周边县市。

给这一闹,御花园里已是残枝败叶,树木凋零,惨不忍睹。

南宫宸憋了一肚子火,回到王府大发雷霆,拍桌怒骂:"荒唐!蝗虫成灾,岂是搭一座祭台,上几只三牲祭品就能解决的?果然如此,还要百官何用,要将领何用?遇事皆寻求老天庇佑就是!"

邱然诺轻声劝道:"皇上向来英明果决,此举另有深意也未可知……"

南宫宸心中恼怒:"什么深意?分明是信不过我,纵着皇兄胡闹!"

邱然诺微微一笑:"王爷少安毋躁,祸兮福所倚,福兮祸所伏。说不定,这次赵王

祭蝗，倒是王爷的一个大好良机。"

"先生所言何意？"南宫宸冷静下来，问。

"今秋大旱，地里收成本已大幅减产，蝗灾一起，更是雪上加霜。处理得宜，固然是大功一件；若是处置失当，后果可大可小，端看如何运作……"说到这里，邱然诺停下来，意味深长地一笑。

南宫宸皱眉："事关民生，牵一发而动全身，岂能因一己之私，祸延百姓？"

"王爷此言差矣！"邱然诺道，"成大事者不拘小节，且蝗虫为患，祸及稼穑。怪力乱神不可信，人力扑杀方可为。任由赵王祭蝗，才是对皇上，对朝廷，对百姓极大的不负责任！何也？祭蝗神是皇上圣裁，若只是治蝗不力，最多口头斥责，于事无补；若有人再加以游说，说不定还会再宽延时限，则其害更重。唯有将害处诏示于众，方能引得圣上重视，改弦更张，另谋良策！"

南宫宸皱眉细思片刻，展眉而笑："先生言之有理，是我迂腐了。"

于是，一边命人去安排，一边则派亲信去各地收集受灾实情，为灭蝗做好前期准备，只等接到圣命，立刻便能行事。

蝗虫大军来袭，整个京都陷入混乱，街道两边花木，各家园林均遭到不同程度破坏。

石南心急如焚，连夜赶往杜府，却发现杜府风平浪静，蝗虫寥寥无几。

仔细一瞧，不禁哑然失笑。

园子里散着数百上千只鸡鸭，聂宇平领着三四十个护院，各自蹲守在墙头，手里拿着利刃，底下燃了火把，见了蝗虫过来就驱赶扑杀。

初七身上背着一个硕大的木箱，箱子里装着一整箱数万枚绣花针。

只见她在屋檐上飞来蹿去，娇呼呵叱，不时撒出一把飞针，立刻簌簌落了一大片。

底下一群仆妇，井然有序，拿着扫帚、簸箕，把地上飞蝗尸首收集起来，倾倒入坑中焚烧。

空气里弥漫着浓浓的香味，竟是十分诱人！

而那片种满了珍稀药品的园子，不知什么时候，已经用夏布做了一张厚厚的，巨大的帐幕，将其严严实实地覆盖起来，一丝缝隙也无，蝗虫不得其门而入，自然一片叶子都不曾损坏！

很显然，对于蝗虫，杜蘅早已是胸有成竹，有了万全的应对法子！

杜府精致绝伦的园林造景，得以保存完好，几乎可以说是零损失！

尤其是数日后，蝗虫大军出了临安城，飞向周边县市，再与隔壁陈国公府花园被蝗虫啃食得片叶不存，一片凋零的惨状比较起来，更是美得令人发指！

石南哂然而笑，找了个机会潜进杨柳院。

几个丫头挤在走廊下，叽叽喳喳地看热闹，欢呼笑闹声不绝于耳，哪里有半点受灾的样子？

他掩了身形，避开墙头守卫，绕到后院。

杜蘅靠在迎枕上，安安稳稳地绣着锦帕，一抹倩影映在窗纱上，恬淡而安详。

他微微一笑，悄然离去。

赵王主持祭蝗仪式，最终择定在北郊承恩寺搭建祭台，高达十数丈，直径二十余丈。

因时间紧迫，特地令工部调拨了数百名工匠，昼夜不停地赶工。

三日后，京中流言四起——此次祭蝗神，除了寻常的三牲礼品之外，另外还要分别挑选九名童男童女。

一时间，临安城凡是有六七岁适龄儿童的，皆人心惶惶，纷纷躲避。

消息传来，杜蘅扔了书本霍然而起："胡闹！"

左思右想了半天，提笔修书一封，交给初七："让聂伯伯带你去赵王府外认个门，等晚上摸进去，将信亲手交给赵王。"

"是捉迷藏吗？"初七满眼好奇。

杜蘅犹豫了一下，轻轻点头，问："你能不能找到？"

"放心吧，"初七拍着胸膛夸海口，"我最喜欢捉迷藏，师兄每次都输给我！"

杜蘅不放心："只要给人发现了，你就立刻回来，别等人抓，也别去见赵王了。"

"为什么？"初七不服气。

"捉迷藏给人发现，就算输了呀。"紫苏在一旁，笑着插了一句。

初七想了想，不情愿地点头："那我绝对不会给人发现。"

杜蘅心中惴惴，再三叮咛："记住，只要被人发现，你就跑回来。"

"我肯定能找到他！"初七不以为意，拿着信走了。

杜蘅望着她消失的方向，苦笑："不知道做得对不对。"

紫苏奇道："小姐为何不去王府求见王爷，呈明厉害？"

"说得轻巧，"杜蘅叹了口气，"我与王爷并无交情，先别说他会不会见我；就算真的看在初七的面上拨冗相见，我一个闺阁女子，跑去跟他讲朝廷之事，算什么？放着那么多的幕僚不用，怎会采纳我的意见？赵王妃又会怎么想？别人会怎么想？"

紫苏满面绯红。

是了，别人不会说小姐忧心国事，反而会传她自荐枕席……

"既然小姐亲自求见，王爷不会采纳，为何还要写信？"

杜蘅默了一会，道："有些事私下劝解，跟公开进言，还是有区别的。我其实并无把握，不过是明知不可为，也不想不做任何努力，就此放弃罢了。"

"你说，"紫苏伸出手指比了个三，悄声问，"这事，会不会是他在背后搞的鬼？"

杜蘅没有作声。

但愿不是。

紫苏铺了床，杜蘅躺在床上，惦着初七，辗转反侧，哪里睡得着？

熬到丑时，忽然吹进来一阵冷风，杜蘅睁眼一瞧，初七笑嘻嘻地立在床前，正打算吓她的样子，见她睁了眼，反而一呆："咦，你醒了？"

"姑奶奶，可算把你给盼回来了！"紫苏喜出望外，一骨碌爬起来，"饿不饿，我去给你端盘点心来。"

"不用，"初七歪着头，摸着圆溜溜的肚子，得意扬扬，"王爷赏了我好多吃的，吃得肚子都撑不下了……"

杜蘅柔声问："他有没有要你捎口信？"

"有！"初七点头，挺起胸膛，学着赵王的样子，站着三七步，一脸严肃地道，"他说，大人的事，小孩子少管！"

也就是说，劝说失败，他要一意孤行了？

紫苏难掩失望。

杜蘅只微微一笑："不早了，洗洗睡吧。"

她本来就没想过，会成功。只不过，求一个心安罢了！

第二日起来，梳洗毕，还没来得及吃饭。

白前打了帘子进来："谢掌柜有事要禀，请小姐去趟画屏阁。"

杜蘅一怔："这么早？"

紫苏惊诧莫名："该不会是出什么事了？"

"猜没用，看看就知道了。"杜蘅想了想，道，"正好有事要同佟掌柜相商，索性把他请过去。"便吩咐白前去通知佟文冲。

一行人，套了车直奔飘香楼。

"咱们手里，总共有多少银票？"路上，杜蘅盘问账目。

"原本是七十三万，买了十万石米，再刨除月例等各项开支，还剩下五十四万多一点。"

"每个月的月例要开多少？"

"四千六百四十。"

"这么多？"

"主要是护卫这一块开支多了，光聂管事每月就要二百，其余的一百到五十不等，总共有四十人。"

说话间，飘香楼已到了，初七隔着老远就冲在门边等候的谢正坤嚷："谢叔，我们来吃早饭。"

两人便打住了话题，相视一笑。

"有有有！"谢正坤笑得嘴都合不拢，"不管初七姑娘喜欢什么，谢叔这都有，包你满意。"

"我要吃肉，有肉就行！"初七兴高采烈。

"飘香楼的大肉包很有名，要不给你来两盘？"谢正坤笑眯眯，"再配上几碟酱猪肘，卤牛肉之类的冷盘，成不成？"

"你看着办，直接送进来就是。"杜蘅轻车熟路，直接朝里面走。

紫苏见谢正坤停在大堂，并无意跟随，不觉讶然："谢掌柜不进去？"

谢正坤干笑两声，含糊道："也不急在这一刻，我先安排早点。"

"哦。"紫苏不疑有他，紧走几步追上杜蘅。

等进了画屏阁，才发现石南早已等在房里。

杜蘅的脸色微微一沉："怎么又是你？"

"石少爷早。"紫苏忍了笑，施了一礼。

石南少有的严肃："你先出去。"

"哦。"紫苏惊讶地看他一眼，转身退了出去，顺便把门掩上。

"你昨天，让初七去求见赵王了？"石南也不绕弯子，开门见山。

杜蘅眼神骤冷："你找我，就为这事？"

"你是不是想救那几个童男童女，所以让初七去找赵王？"石南皱眉。

杜蘅强抑了怒气，淡淡地道："是。"

"糊涂！"石南训道，"赵王是什么人，底下谋士幕僚没有一百也有八十，既已做了决定，又岂会因你一句话改变初衷？万一要是事情生变，定会第一个怀疑到你身上。这不是没事惹一身腥么？"

杜蘅心中怒火翻腾，低头啜了口茶，杯盖轻轻撞击杯沿，发出细碎的脆响。

半响，才抬起头来，慢条斯理地道："哦，是吗？"

石南见她不当回事，心中着急，还想再说，听得紫苏在外面道："小姐，佟掌柜来了。"

"算了，一会儿再谈！"石南叹了口气，道，"进来。"

杜蘅从脸色到声音都骤然冷了下来："石少东，你不觉得太过僭越了吗？"

石南一愣，这才注意到她生气了。

偏这时佟文冲已走了进来，满面堆笑地道："少爷，大小姐，早。"

杜蘅冷着脸，并不说话。

很好，谢正坤如此，佟文冲也如此！

一个二个，竟都视石南为主子，完全没把她放在眼里！

石南不敢再乱说话，端了杯子喝茶。

佟文冲察觉气氛有异，却又不知道原因，不免向石南投去求救的目光。

杜蘅怒意更盛，面上却是不动声色，淡淡笑道："佟掌柜，请坐。"

"不敢。"佟文冲自谦。

杜蘅也不勉强，开宗明义："今日请佟掌柜来，是通知你，从下个月起，不必来了。"

石南手中杯子差点落地。

佟文冲满眼茫然："可是小人做错了什么事？"

杜蘅微笑："佟掌柜做得很好，只是不适合鹤年堂。我会吩咐账房，多算一年的月银给你。算是这么多年，你为鹤年堂所做的事的补偿。"

"大小姐，"佟文冲见她不像是玩笑，急了，"我在鹤年堂做了二十年，无缘无故要我走，总得给个理由不是？"

"听掌柜的口气，我若不请你，就是对不起你了？"杜蘅冷笑道。

"我……"佟文冲一口气憋在胸口，竟是一句话也回不了。

"阿蘅。"石南斟酌着词句，想要劝解几句。

"紫苏，送客。"杜蘅俏脸一沉，竟是理也不理。

"少爷……"佟文冲一脸无措。

"你先下去。"石南吩咐。

佟文冲心不甘，不情愿地退了下去。

杜蘅的眸光，又冷了一分。

石南又气又恼又是爱怜地望着她："跟我生气，干吗把气撒在佟掌柜身上？"

"石少东，请自重！"杜蘅眉目如冰，冷声道。

"啧啧。"石南轻咬着下唇，带着点无可奈何，宠溺的笑，"不过说了你几句，就要把几十年的掌柜辞了！好好好，以后不管你想做什么，我都依你。哪怕把天捅破了，我也替你兜着。成不成？"

杜蘅懒得理他，直接起身，拂袖而去。

"喂！"石南这才发现不对，闪身拦住她的去路，"真的生气了？赵王那个人，刚愎自用，手段酷烈。你别看他眼下对初七好像挺不错，其实是内疚，也因为初七不会碍他的事。一旦成了障碍，他绝对不会手软！我这不是怕你吃亏么！"

杜蘅一径冷笑，绕过他继续往外走。

石南急了，一把拉住她的手："你要生气也行，好歹跟我说句话啊！"

"放开！"杜蘅盯着两人交握的手，眸光更厉，明亮似雪，竟微微有杀气透出。

石南被她盯得冷汗直冒，放开了她的手。

杜蘅不再理他，俏脸冷凝，大步往外走。

"阿蘅！"石南不敢再拉她。

那边，谢正坤得了信，正在门外探头探脑，冷不防杜蘅开门走了出来，差点撞个正着，不觉大为尴尬："大小姐，早点准备好了，你看……"

"下月起，你也不用来了。"杜蘅停步，冷冷凝视着他："紫苏，去通知二掌柜，跟谢掌柜办理交接事宜。"

谢正坤冷不防被流弹射中，冷汗直流。

当着杜蘅的面，也不敢问，只好拿眼睛望向紫苏：出什么事了？

紫苏莫名其妙地猛摇头：不知道，别问我！

眼睛却下意识地瞄一眼身后，心急如焚却又同样不敢吭声的石南。

谢正坤皱眉："少爷说错话了？"

石南苦笑着摇头。

他想要追上去，被紫苏劝阻："小姐在气头上，你去了不但不解决问题，闹得不好反而闹僵了。不如等她冷静下来，我再帮你问问。"

"紫苏！"杜蘅出了门，见紫苏还在里头磨磨蹭蹭，越发恼怒，提高了声音喝道。

"来了！"紫苏急急忙忙追了上去。

回到杨柳院，杜蘅把人都打发了出去，单留下紫苏问话。

"聂管事总共招揽了多少人，要开多少银子？"

"一共四十个，十八个支一百两的，二十一个支五十的，加上聂管事，一共三千零五十。"紫苏虽有些摸不着头脑，还是照实答了。

杜蘅心中一凛，低了头沉思。

要知道，杜谦堂堂五品太医，一年的俸禄只有八十两！

一般的护院也就是五六两银子一月；五十两的，已算是一流好手了。

那个聂宇平，一年要拿二千多的月例，不知道是个什么来头。

这样的人物，凭什么甘心窝在内宅里，虚耗光阴！

"石少爷交代，护卫的开支不能省，与其请一堆十两八两的来凑数，不如花大价钱，请一批真正有功夫的，关键时候才用得上。"紫苏含笑解释，话里话外都若有似无地帮着石南，"小姐孤身一人，安全疏忽不得。"

杜蘅只气得手脚冰冷。

紫苏只当她舍不得银子，忙道："石少爷说了，若是小姐周转不来，这笔钱可以走他的账……"

杜蘅怒火中烧："他是我什么人，凭什么我请护院，要走他的账？"

紫苏悄悄吐了下舌头："这不就是一说嘛？咱们每个月有那么多进账，足够开销了，哪用得着花他的钱。"

杜蘅咬着唇："他没脸没皮，你可不许跟着浑闹！贪着那些小恩小惠，最后把咱们搭进去！"

"知道了。"

"我把话说在前头，"杜蘅越想越气，沉了脸冷声道，"你要敢瞒着我帮他做事，或是私底下跟他有什么交易，可别怪我翻脸不认人！"

紫苏见她动了怒，惊慌失措地跪在地上："小姐这是连我都信不过了么？我，我若是卖主求荣，就让我天打五雷轰……"

杜蘅叹了口气，把她拉起来："傻丫头，你要是卖主求荣倒好了。就怕你糊里糊涂，被人利用了还以为是为我好。这世上，有些人披着伪善的外衣，行着卑劣龌龊之事。付出，是为了得到回报。付出越多，希望的报酬越高，一旦落空，反噬也越厉害！"

紫苏怔怔地道："石少爷，不像这种人。"

杜蘅心中刺痛，淡淡道："知人知面不知心，你不是他，怎知他心里怎么想？"

紫苏一脸茫然。

杜蘅不想再谈，低头想着解决之法。

请神容易送神难，聂宇平既然来了，只怕轻易是不会走的了。

唯一的办法，是先削弱其力量，逐步减少护卫的人数，等过段时间再想法子辞了他。

一晃到了二十四。

祭蝗典礼定于巳时举行，天没亮已经有大批百姓纷纷赶往承恩寺，临安街头人潮涌动，万人空巷，辰时不到承恩寺已是人山人海，针插不入，水泼不进。

杜蘅想着仪式上还要活祭童男童女，便不愿去瞧那血淋淋的场面。

初七却是兴致高昂，闹腾着非要出门。

不忍拂了她的意，只好套了车，一路往北朝承恩寺走去。

离着三条街，马车已经无法行进，看了这个势头，紫苏叫停了马车，吩咐聂宇平到前头去探路，看有没有办法进去。

聂宇平走了不到一盏茶，就折返而回："前路不通，怕是挤不进去。"

初七跃跃欲试："聂叔叔背着紫苏，我背着小姐，咱们踩着人头进去！"

紫苏抹了把冷汗："这成什么样子？"

杜蘅柔声诱哄："我们不看了，去飘香楼吃烧鸡去，好不好？"

"不好！"初七摇头，"我要看祭蝗神！"

正僵持着呢，车窗上"笃笃"两声轻响。

紫苏惊喜莫名："石少爷！"

石南一身紫色长袍，外面套着件石青的鹤氅，含笑望着车内："我在六安塔上订了个位置，要不要跟我一块？"

六安塔与承恩寺隔山相望，彼此间相距不过几里许。

登塔眺望，承恩寺可尽收眼底。

"好啊！"初七欢呼。

杜蘅淡淡道："让初七跟着石少东，我们回去。"

石南上前一步，握住了车窗的木棂，轻声道："我有话对你说。"

杜蘅捏紧了手帕："大街上拉拉扯扯，成何体统？"

"好，"石南立刻放了手，"即便是死刑，也得给个机会申诉，何况我应该罪不至死吧？"

"小姐，"紫苏轻声道，"大家都在看呢！要不，咱先去六安塔再说？"

杜蘅默然，半天没有说话。

紫苏松了口气，朝石南比了个手势。

石南心中一喜，心情立刻飞扬了起来。

于是，一行人折往六安塔，到了山脚，马车不能通行，杜蘅便下了车，拾阶而上。石南始终落在她身后数步之遥，不紧不慢地跟着。

一路到了六安塔，早有人上前接应，引了他们登塔。

杜蘅这才发现，六安塔周围戒了严，等闲人根本不能靠近！

她忍了气，冷眼旁观，聂宇平对石南执礼甚恭，颇为敬畏，分明是上下属的关系，根本就不是他当初说的什么"朋友"！

从聂宇平的身价，再联想到石南的身份，她的脸色不自觉再沉冷了一分。

她真傻！

怎么会天真地以为他只是神机营一个小小的密探？

一个小小的密探，怎么可能在临安商界混得风生水起，又怎么能一掷千金，面不改色？更不可能有他那种不自觉流露出来的睥睨天下，万事在胸的气势！

最最重要的是，一个小喽啰，怎么可能知道顾家有把金钥匙？

这个秘密，前世一直到南宫宸决定拥兵自重，挟天子以令诸侯时才暴露出来！一经暴露立刻便要了她们母子的命！

她越想越心寒，脸色阵青阵白，激灵灵打了个寒战。

石南小心翼翼地观察着她的脸色，见状想也不想，立刻解了身上的鹤氅，往她肩上披："你很冷吗？"

"别碰我！"杜蘅触电似的往后退了两步，将他的大氅拂到地上，眼中是深深的恐惧和戒备！

"阿蘅……"石南愕然。

他满心以为，以她的聪慧，经过几天冷静的思考之后，会做出正确的判断。现在看来，是他太过乐观了。

杜蘅立刻发现自己的反应过激了，应该更沉稳些才对。

冷静，冷静，不能被他看出异样。

冬天的风从窗户的缝隙里灌入，吹在身上冰寒刺骨，她深吸一口冷气，调整了呼吸，很快平静下来。

弯下腰，拾起鹤氅，再望着他时，已能从容微笑："我穿得够厚了，这里风大，你还是自己披着吧。"

"我不冷。"石南眼里升起狐疑之色。

杜蘅笑而不语，态度却很坚决。

石南接过大氅，随手搭在臂弯上。

杜蘅犹豫了一下，装作无意地问了句："你很忙吗？"

问完，立刻轻咬唇瓣，一副恨不得咬掉自己的舌头，很是懊恼的样子。

石南眼睛一亮，简直是心花怒放，眉梢眼角俱是飞扬之色。

他凝视着她，极其温柔，含笑问："你，可是怪我来迟了？"声音很低，很轻，仿佛唯恐惊吓了她似的。

杜蘅心里叹了口气，转身往石阶上走："你爱来不来，干我什么事。"

"你可是我媳妇，不关你的事，关谁的事？"石南笑嘻嘻。

杜蘅身形微微一僵，随即加快脚步消失在拐角处。

望着她窈窕的背影，石南站在原处，咧开嘴，傻傻地笑了。

"紫苏姐姐，到这边来。"

"我才不要过去，那边都没有栏杆！不要，不要，啊！"

"咯咯咯。"

紫苏的尖叫，伴着初七清脆的笑声，竟是格外的悦耳。

石南精神一振，三步并作两步，上了顶楼。

顶层打扫得十分干净，中间摆了一桌四椅，桌上还搁了几碟点心，四面窗户都挂上了厚厚的窗帘，不大的空间搁了四只炭盆，红红的火苗熏得一室暖洋洋的。

其中一只炭盆上，搁了只铜壶，咕嘟咕嘟地往外冒着热气。

杜蘅坐在椅中，双手捧着茶杯，小口小口地啜着茶水。

石南满心喜悦，大踏步走过去，拉开对面的椅子坐下来："你不去瞧热闹？"

杜蘅低头又啜一口茶，这才抬头，笑："我是陪初七来的。"

不晓得是不是错觉，觉得她的笑容有点假。

以前的笑容也浅，却隐含着一丝娇羞。可是今天的笑，却是客气中带着淡淡的疏离。

石南留了心，发现她脸上虽然若无其事地在笑，坐姿却显得有些僵硬，脚尖朝着门的方向，仿佛一有风吹草动，随时要夺门而逃。

神机营的五堂，专司刑讯逼供，这种体态他太熟悉：当一个人感觉受到威胁，又不愿意多说时，通常就会是这种姿势。

面上的表情可以伪装，然而对于没有受过专门训练的人而言，身体的姿势，却很难伪装。

换言之，她在害怕？

石南心中生了疑惑，面上不动声色，笑道："上次的事，对不起。"

杜蘅放下杯子，十指交叉着搁在桌上："是我太敏感，你也是好心。"

这是一种典型的防卫姿势。

石南越发狐疑了，故意往前倾了倾身："谢掌柜的事，我可以解释。"

杜蘅身子一僵，强忍着没有躲闪，只把双手收回来，搁到膝上，无意识地来回摩挲着："我当时，太急躁了。"

她在控制自己的情绪，不在他面前流露真实的感情。

至此，他几乎已经可以确定。

杜蘅，根本不信任他。不，应该是处于高度戒备中！

再仔细地回忆当天的情景，终于搞清楚她到底为什么怕他了！

石南苦笑，却也松了口气。

这回，可是搬起石头砸了自己的脚了！

本来是好心提醒，反而令她生了警戒，好不容易才打开的心扉，又一下子关得紧紧的，不得其门而入了！

值得庆幸的是，找到了原因，就可以对症下药，不至于像无头苍蝇一样乱撞了。

33　共同灭蝗

号炮声响，鼓乐喧天，吉时已到，赵王在一众人的簇拥下，踏着猩红的地毯，缓缓地登上了祭台，祭蝗神典礼拉开了幕序。

人群鼎沸，欢呼声震耳欲聋。

石南给自己倒了杯热茶，瞧着她的杯子已经空了，又替她续了杯水，等外面的欢呼声平息下来时，已经整理好了思绪。

"有件事，我一直没有说。"他盯着她的眼睛，表情严肃真挚，语气十分诚恳，"我想，是时候告诉你了。"

杜蘅心中咚地一跳，垂眸，避开他的眼睛："要是不方便，不说也行。"

连敷衍都懒，说明她已经不想跟他说话，急于摆脱了！

石南叹了口气，越过桌面，将她的手握在掌中："你早晚要知道的。"

杜蘅吃了一惊，霍然抬头，眸中闪过怒火，却又转瞬即逝，轻声道："你做什么？快放开，初七她们都看着呢！"

她含笑娇嗔，语气柔媚，若是往日不知该有多欢喜，可是现在，却只是心如刀割。

她虚与委蛇，笑得越温柔，说明对他的忌惮越深。

石南牢牢地握住她微微颤抖的指尖，固执而坚决地道："不放，死也不放！"

杜蘅挤出来的笑容，已经十分勉强："你再这样，我可恼了。"

"恼吧，我情愿你打我一巴掌，也好过跟我装腔作势……"

"啪！"话音没落，果然挨了一巴掌。

杜蘅忍无可忍，怒目而视："别以为我真的怕了你，大不了一死！"

这一掌打得不轻，石南脸上火辣辣地烧着，心里却很高兴。

抬手摸了摸颊："啧，要你还真打，打得还不轻！这下好了，肯定肿了，让我怎么见人？我不管，你得赔我……"

杜蘅瞪目："你，有病！"

"是，我的确有病！相思病！"石南含笑，将她的手按在胸口，"看，已经病入膏肓，无可救药了！"

"胡说什么？"杜蘅面上发烧，用力抽回自己的手。

石南也不敢再逼，转了话题："事实上，自顾老爷子仙去后，他在京都的生意，一直都是我负责打理……"

"你说什么？"杜蘅吃了一惊，狐疑地眯起了眼睛，似乎在研判他说话的真伪。

"你难道没发现，佟文冲几个，一直叫我少爷吗？"石南苦笑。

杜蘅细一回想，果然如此，依旧半信半疑："八年前，你才多大？"

"你若不信，可以给你看这八年的流水账簿。"

"这不合理！"杜蘅低喃。

如果外公不信任平昌侯府，为什么会让她与夏风定亲？

"老爷子怎么想，我不知道。"石南松了口气，半是得意半是讨好地道，"可以肯定的是，他没有看错人。八年来，我帮你把产业扩大了一倍不止。张家塞本来只有四十顷地，现在变成一百顷，这可都是我的功劳！"

杜蘅默然不语，戒心并未完全解除。

且不说他的说法有很大的疑点，退一万步说，就算他说的是真的好了。佟掌柜几个的事可以不追究，聂宇平该如何解释？

他往她的院子里塞人，找人监视她的行踪，这总没有冤枉他吧？

石南这时已掌握了她的思路，自然一下子猜到她的心思，立刻道："我不该窥探你的行踪。可是，我发誓没有恶意，真的！"

杜蘅眸光冷如刀锋："窥探内宅，还敢说没有恶意？"

"除了留意你的行踪，绝对没有别的意思！"石南觉得好冤，声音不自觉地大了起来，"我又不是傻子，找人窥探自个的媳妇！你高兴，我还不乐意呢！"

杜蘅气急败坏："闭嘴！"

两人的争执，引起了塔外平台上初七的注意，她趴到窗户上，把窗帘拉开一条缝，探头进来，好奇地问："师兄，你有媳妇啦？"

杜蘅脸一热，狠狠瞪他一眼。

石南摸摸鼻子："你听错了。"

紫苏连拖带拽地把她拉开："快看，三牲抬上来了！"

"烧猪！"初七转过头一瞧，蓦地瞪大了眼睛。

紫苏吓了一跳，急忙道："那个不可以吃的。"

"我知道，是要祭蝗神的嘛！"初七一副"你好白痴"的表情。

"哇，初七好聪明。"

"蝗神好好哦，有那么多人供吃的给它。"

紫苏啼笑皆非："你可能是蝗神转世呢！"

"真的吗？"初七睁大了眼睛。

"真好，"杜蘅眼里不自觉地流露出羡慕，"她的世界，永远这么单纯。"

石南微微一笑，委婉道："也许，是你想得太多，把原本简单的事情复杂化了。"

这个世界上，真的有人会无条件地对她好吗？

杜蘅垂首望着杯中袅袅升起的热气，贝齿不自觉地轻咬着唇瓣。

她自问对他并不温柔，甚至可说有些冷淡。

为了复仇不择手段，未曾有丝毫顾念手足之情，亲手将她们推入火坑……

见识过了她的狠毒酷厉的一面，他难道就不会觉得她很可怕，不会生出厌憎和轻视？

他忍不住叹息："想问什么？"

杜蘅疑云满腹，几次话到了嘴边又咽了回去。

他只好按捺脾气，一步一步打开她的心结："还是不信我？那你想想，这么长的时间，我可曾做过对你不利的事情？"

以前没有，不代表以后也不会有，说不定是放长线钓大鱼呢？

石南好气又好笑："你长得又不是特别漂亮，手里虽有点闲钱，小爷还没放在眼里，脾气还不是一般的倔。你倒是说说，我干吗放着好好的大爷不当，非得低声下气地来求

你原谅？"

杜蘅又羞又恼："谁稀罕！"

"我稀罕啊，稀罕得紧。"石南说着，故意摸了摸红肿的脸，叹一口气，"这也就是你，换了别人敢碰我一指头，小爷非挖了他的祖坟不可！"

杜蘅一阵心虚，慌忙移开视线。

石南乘胜追击："最多我答应你，以后不再让人打探你的行踪了，成不成？"

"真的？"

"君子一言，驷马难追！"

杜蘅嘴一撇："就你这样，也配称君子？"

"嘿嘿，"石南嬉皮笑脸，"你不信去临安城打听打听，我石少东是不是出了名的说一不二，一口一唾沫一个钉？质疑我的信誉，你是头一个！"

杜蘅脸色稍霁，虽不是疑心尽去，到底又信了他几分。

独木不成林，靠她一个人把南宫宸拉下马，绝对不可能。

她总要找帮手，总得跟人合作。

石南，不论从哪个方面来看，都是最佳人选。

"好媳妇，别生气了，嗯？"他望着她，神情温柔。

杜蘅心中一凛，不自觉地挺直了背脊："男女有别，请你以后说话尊重点。"

石南微怔："我怎么不尊重你啦？当着人面，我从来都顾惜你的名声，没有乱说一个字！"

杜蘅柳眉轻蹙，不悦地看着他："你这样，很难谈下去。"

"夏风一口一个阿蘅，也不见你把他怎样！"越想越觉得气恨难平，"我叫句媳妇，就让你少块肉了？"

杜蘅气得满面绯红。

"好啦好啦！"石南怏怏不乐，"都依你还不成？"

不服气地小声嘀咕："等以后娶回去了，小爷爱怎么叫就怎么叫，谁也管不着！"

声音不大不小，刚好让她听得清清楚楚。

"我没打算嫁人。"

"知道，"石南满不在乎，"你跟夏风还有婚约在身嘛！我想个法子，包管让他知难而退，主动退婚。"

"这是我的私事，你不要乱插手。"杜蘅语气尖锐。

石南一愣："难道你真想嫁他？"

"我谁也不嫁，所以你最好不要越俎代庖，自做主张！"

"你要替夫人守孝？"石南从善如流，"没关系，三年的时间，小爷还等得起。"

"不管是三年，还是三十年后都不会嫁！"

"女人总是要嫁人的。"

"我说，我谁也不嫁！"

"好啦好啦，我知道了。"石南笑嘻嘻，"你不嫁，那我也不娶，咱俩就这么耗着……"

杜蘅一口血堵在胸中，气得口不择言："你就算耗到死，我也不会把钥匙交给你！"

石南愕然望着她。

脸上的笑容一点一点地消褪，取而代之的是一层寒霜。

他冷着脸，眼睛冷厉无情，闪着令人心悸的幽光，像一头噬血的兽，随时会扑过来将她撕得粉碎。

低沉的声音，不带一丝感情："你以为，我做这么多，是为了那把破钥匙？"

杜蘅被他瞧得头皮发麻，心里更是一阵阵发虚，可又不肯示弱，倔强地抿着唇，用力挺着腰杆，坐得笔直，摆出一副"我又没说错，干吗要怕你"的架势来。

石南气得想掐死她。

脸绷得紧紧的，心更是又冷又硬如一块坚冰。

站起来，在屋子里快速地走了十几个来回，猛然停在她身前。

杜蘅吓了一跳，身子往后一缩："你，你想干吗？"

这一缩，把石南给气笑了："不错，还知道怕！"

虽然气她的执拗和猜疑，却又不得不心疼——到底经历了怎样的磨难，把一个闺阁中的弱女子逼得步步为营，草木皆兵？

"谁，谁害怕了？"杜蘅嘴硬，脸却烧得厉害。

"知道错了？"

杜蘅抿着嘴，目光闪烁，心里隐约知道大概多半是误会了，却始终有些不大敢相信："你真的不要钥匙？"

石南见她如此顽固，心中气苦，却也莫可奈何："这是两码事，你不要混为一谈好不好？"

原来这就是她的心结，更是横亘在两人之间的障碍！

若是这道关卡迈不过去，自己只怕真的要一辈子打光棍了！

可是，他却无法否认，当初接近她，的确是为了追回这把钥匙，而且，他还不能向她承诺：以后绝不打钥匙的主意。

因为，钥匙，他志在必得！

但是，这与他对她的感情是两码事，他分得很清楚，绝对没有混淆。

杜蘅看着他如困兽般地在不大的空间里来回走动，原本热起来的心，一点点冷却，凝成冰，成了灰。

一丝自己也不曾察觉到的失望、愤怒、悲伤，悄悄地啃噬着她的心。

她垂着眸，气息不稳，轻声道："你死了这条心，钥匙，我绝不会交给你。"

"杜蘅，你给我听好了！"石南恼了，大步走到她身前，双手握着她的肩，强迫她抬起头来，弯下腰紧盯着她的眼睛，咬牙切齿地道，"钥匙我要，人，我也要定了！"

"痴心妄想！"杜蘅霍地站起来，愤怒地红了眼眶。

石南叹了口气："你信不信？只要我想要，人也好，钥匙也好，随时可以拿到手。"

杜蘅心中暗凛："有本事，你把杜府翻个底朝天。"

石南忽然欹身上前，指尖轻轻挑起她脖子上的一根红绳，危险的热气蹿进耳中："你可别告诉我，这是赝品！"

杜蘅惊怒交加，身子微微颤抖起来。

他漠然直视着她，那双总是含笑的眼眸，阴郁而冰冷："我若用强，你自问逃得掉吗？"

杜蘅刹那间万念俱灰，浑身僵冷。

石南瞧着她气愤的模样，又是心疼又是怜惜，可若不给她一点教训，她只怕永远都不会放下心防，只得硬起心肠："别以为倔强有用，我多的是法子让你心甘情愿！"

杜蘅倍感羞辱，冲口反驳："你得到我的人，得不到我的心！"

石南呵呵地低笑，声音柔若春风："我放着捷径不走，为什么大费周章，一定要得到你的心呢？"

杜蘅一愣。

是啊，为什么呢？

容不得多想，"啊！"一声凄厉的尖叫划破耳膜。

"紫苏！"杜蘅跳起来，石南化做一道闪电，冲到了平台上。

紫苏面色惨白，惊恐万状地指着对面："祭台，祭台！"

杜蘅这时已扑到窗边，只见二十多丈高的祭台，以肉眼可及的速度，缓缓地向着东面倾斜，倾斜，不断倾斜……横梁断裂发出的"吱呀"声，被风吹过来，令人心悸。

所有人都被眼前的变故惊呆了，呆若木鸡地望着那巨兽似的高塔。

不知谁发一声喊："祭台要垮了，快跑啊！"

轰地一声，数万人众蓦然惊醒，人群如潮水般开始四散奔逃，只恨爹娘少生了两条腿。可今日的承恩寺，涌进了太多的人，草坪里，通道中，假山上，甚至连围墙上都坐满了人！

这么多人堆在一起，连根针都插不进去，往哪里跑啊？

不过眨眼的工夫，只听得"轰隆隆"巨响传来，数百工匠，耗时九天，耗银十万的祭蝗台，轰然倒塌！

刹那间，烟尘四起，巨木、碎石，如暴雨般滚滚而下。

无数人被乱石砸中，倒在血泊中哀嚎。

而更多的人，则是惊慌失措地四处乱窜，人挤人，人推人，人踩人，转瞬间已造成了上百人的死伤。

满山都是人影，哭的哭，喊的喊，叫的叫，乱成了一锅粥，惨得不忍卒听！

石南神情冷峻："魅影，快去看看，怎么回事？"

只见一道黑影，倏地从头顶掠过，落在对面的树梢上，几个起落，眨眼间便不见了踪影。

"我也去！"初七大叫一声，作势欲跳。

石南手一伸，拎住了她的领子："你留下，保护小姐！"

转过头，低低嘱咐一句："在这里等着，千万不要乱跑！我去看看情况！"

"石南！"杜蘅反手握住了他的臂。

石南略感意外，转头望向她。

杜蘅讪讪放开他："小心点。"

石南龇牙一乐："放心吧，小爷还没娶媳妇，哪里舍得死？"

三个人匆匆下了塔，聂宇平上前，恭敬地道："大小姐，外边太乱了，不如在这里略坐片刻，待骚乱过后，街上恢复了秩序再走的好。"

"不，"杜蘅定了定神，道，"伤了这么多人，一定急需人救治。你护着我们，先回鹤年堂。"

鹤年堂在京都开了四家分铺，其中一家离这里只有三条街。

聂宇平领着七八个护卫，护着马车穿过混乱的人群，朝着鹤年堂行去。

街上到处都是人。痛失亲人，撕心裂肺地哀嚎的；浑水摸鱼四处乱串的；劫后余生痛哭失声的；亲人相聚喜极而泣的……

走到半路，听得蹄声"笃笃"，震得地都在摇，杜蘅心知五军营已经接到了消息，派了重骑来，明着是来维持秩序，实际的用意不言而喻！

她前脚刚到鹤年堂，后脚佟文冲就赶了过来，见了她，神情尴尬，搓着手一副不知所措的样子："大小姐。"

杜蘅看他一眼，淡淡道："去仓库看看，三七、红花、独活、鸡血藤……还有麻沸散，是否充足？不够的话，立刻从城南那几间店调过来。"

"是。"佟文冲松了口气，急匆匆地走了。

杜蘅一边快速往内院走，一边吩咐分铺的二掌柜："把所有的门板全部拆下来，用春凳架在院子里。"

二掌柜跟在她身后，茫然不知所措："哦。"

"把邻居都发动起来，多多烧些开水。再看看，白纱布够不够？不够赶紧派人去买。还有剪刀和烧酒，也要准备充足。"

杜蘅停在院中，环顾左右，眉头微微一蹙。

这个地方太窄，最多只能摆放七八张门板，怕是远远不够用。

把身上的披风解下来，交到紫苏手中："打些热水来，我先净手。"

二掌柜这时才会过意来，呆若木鸡："大小姐，这是要亲自给人诊治？"

"你若有这个本事，不妨也来操刀。"杜蘅斜睨他一眼，淡淡道。

二掌柜冷汗直流："小人哪有这个本事？"

"那就赶紧去把能够救治的人都找来。"杜蘅冷声吩咐。

"是。"二掌柜赶紧转过身去找人。

因是分店，位置又偏，平时只有一个坐堂的大夫应诊。

被杜蘅的雷厉风行给吓住，愣在门边。

听到杜蘅要人，这才走了出来，拱手施了一礼："老夫古冷禅，忝为鹤年堂的坐堂大夫。平日虽偶尔帮人接过骨，却从不曾治过重伤……"

"那就留在店里，负责给轻伤员用药。"

门外传来杂乱的脚步声，伴着惶急的呼喝："大夫，大夫！快快快，有人受伤了！"

"你们两个，"杜蘅吩咐店里的伙计，"一个负责在店堂里接待伤患，按伤势轻缓急排出顺序；另一个则负责拣药。若是轻伤就开些药，让他自行回去清洗包扎。需要包扎救治的，立刻送到后院来。"

众人先前见她年轻，还有些半信半疑，此时见她态度冷静，口齿清晰，说话条理分明，任务交待得清清楚楚，每个人都有事可做，不由得生出了敬服之心。

紫苏端来热水，杜蘅净了手，望向聂宇平："有没有锋利些的匕首？借我一用。"

"有有有！"聂宇平急忙拔出匕首，毕恭毕敬地递了过去，"大小姐，请。"

杜蘅拔出匕首，只觉一泓秋水，寒气逼人，赞了声："好刀！"

这时，前面送了伤患过来，却是手臂骨折，大腿上一根铁条，刺了个对穿，一路哀嚎着给人抬了进来。

有胆小的，已经掩了脸不敢再看。

杜蘅却是面不改色，淡定地吩咐："把人抬到门板上，小心别碰到伤口。取热水，白布，剪刀，酒，备麻沸散……"

她操起剪刀，将伤处的衣服剪开，伤口血肉模糊，已呈黑紫之色。

"啊！"众人又是一声惊呼。

紫苏这时也定下心来，把用酒消过毒的匕首递到杜蘅手中，再用白棉布蘸了酒，把伤口附近轻轻擦拭一遍，喂他喝麻沸散。

杜蘅轻轻吸了口气，手起刀落，利落地割开了肌肉……

"大小姐……"佟文冲盘点完药材，满头大汗地从仓库里出来，猛地见院子里围满了人却是鸦雀无声，分开人群进去一瞧，登时哑然。

杜蘅熟练地收起刀，走到一旁在铜盆里净手："成了，下去包扎。"

一片静寂之后，欢呼声，喝彩声伴着"噼里啪啦"的掌声，响成了一片。

紫苏抿着唇，眼里隐隐含着得意的微笑，细心地把伤口包扎好："可以了，去外面店堂里找古大夫拿药。"

家属千恩万谢，跪地"咚咚"叩了十几个响头："小姐真是华佗再世，妙手回春。"

佟文冲看着二人手脚麻利，动作娴熟，配合十分默契，心中隐隐生出一丝疑惑。

临场的这份镇定从容，面对血腥场面的淡定无惧，没有半点初次执刀的畏惧和不安，反而有份经历过无数次实践练出的，成竹在胸和自信从容！

小姐养在深闺，就算医术再高明，哪来的经验？

还有紫苏，只有十二三岁的年纪，之前从未习过医术，处理起伤口来却干净利落，显然是训练有素！

这个念头只是一闪而过，立刻便被潮涌而入的伤患给卷走，投入到紧张的抢救中。

这一天，杜蘅连着救了七个人，直到第二日晨曦微露，才拖着极度疲惫的身体，乘了马车回到杜府。

祭蝗台无故倒塌，死伤过千，赵王幸得侍卫保护得力，只受了轻伤。

太康帝震怒，下旨责令临安城，五城兵马司联合调查。

圣旨一下，工部尚书被降职做了侍郎，工部侍郎革职查办，一大批工匠被拘押入狱……也不知多少人冤死狱中，这都是后话。

与此同时，各地方灾情严重，要求朝廷拨银赈灾的奏折雪片般飞到宫中。

加上祭蝗台倒塌，引发百姓不满，群情激愤，谣言四起。

燕王上奏，细述蝗灾危害，并列举历史上灭蝗的事实，力谏组织百姓，齐心协力，扑灭蝗害。

太康帝终于准奏，命燕王主持灭蝗大计。

杜蘅睡了两个时辰，起来梳洗毕，简单地吃了点东西，又急着赶往北街。

朝廷已做出了安排，不只太医院所有太医全部出动，京中各大外科名医齐上阵，就连五军营，护军营的军医，也都赶了过来。

伤患被分批送到不同的地点治疗，鹤年堂的压力骤减。

饶是如此，仍然有大批慕"女华佗"之名者蜂拥而来，将鹤年堂围得水泄不通。

临安城里传得沸沸扬扬，杜太医之嫡女杜蘅，医术高超，堪比华佗，仁心仁术，菩萨心肠。

众人口耳相传，越传越神，传到后来，竟有人说她是观音转世！

一时间，杜蘅再次在临安名声大噪！

杜蘅这时反而不方便抛头露面了，索性躲在家里，图个耳根清净。

可挡得住外面无数好奇窥视的目光，却挡不住有心之人登门拜访。

"小姐，又有人求见。"白前掀了门帘进来，恭敬地递上一张名帖。

"不是说了吗，小姐不见外客！"紫苏不悦地斥责。

白前额上冒汗："是，是燕王。"

杜蘅走出去一瞧，南宫宸双手负在身后，玉树临风地立在院中，意态悠闲地欣赏着园中景色。

听到脚步声，他回过头来，缓缓勾起唇角，浅浅一笑："二小姐，别来无恙？"

"王爷。"杜蘅屈膝，施了一礼。

"不请我入内奉茶？"南宫宸抬起下巴，以一个倨傲的姿态注视着她。

"听闻王爷奉旨灭蝗，殿前立下军令状，二十日内蝗灾不除，罚俸一年。民女不敢耽误王爷宝贵的时间。"杜蘅不卑不亢地答。

"二小姐是关心民情呢，还是担心本王被罚俸？"南宫宸挑眉，不无嘲讽。

若说关心民情，她一个闺阁女子，未免有僭越之嫌；若说担心他，岂不更是自抬身价，往自己脸上贴金？

杜蘅索性给他来个闭口不言。

"想不到，飞蝗肆虐之后，还能看到如斯美景。"南宫宸转过头，看着满园勃勃生机的树木，似赞似讽，"我听说，这一切全仗二小姐筹谋规划，调度有方？"

"王爷此来，"杜蘅心中一动，"莫非专程请教灭蝗之计？"

南宫宸笑了，漂亮的眸子里清辉奕奕，含了几分戏谑："你倒是不笨。"

"我只是个闺阁女子，哪里懂得这些？"

"二小姐不必自谦，"南宫宸黑眸微眯，冷光乍现，"飞蝗为祸，满目疮痍，唯有杜府毫发无损，一枝独秀。如今放眼临安，已没有一家能与杜府比肩。这全都得益于二小姐蕙质兰心，措施得当。"

杜蘅背上爬满了冷汗："我不过是比别人多了一份谨慎，提早预防罢了。"

暗自后悔，不该舍不得外祖精心种植的奇花异草，被他盯上，倒有些不好脱身了。

南宫宸正色道："河北五省，自入夏以来，雨水稀少，入冬之后又受蝗虫肆虐，灾情惨重，民不聊生。二小姐既有良策，岂可藏私？"

一番话，义正词严，倒把杜蘅说得哑口无言。

默了片刻，无奈道："王爷希望我怎么做？"

南宫宸展颜一笑，刹那间风华无限："委屈二小姐暂时充做本王的幕僚，共商灭蝗大计。"

紫苏脱口嚷道："万万不可！"

南宫宸脸一黑，俊颜上像罩了一层寒霜，冷得吓人。

"放肆！"陈泰眼睛一瞪，怒斥一声，"你是什么东西，王爷说话，哪有你插嘴的份？"

紫苏双膝一软，不由自主地跪了下来。

陈泰却似还不满意，拔出刀来往她脖子上架。

唰地一声，斜刺里伸出一柄黑漆漆的长剑，将他的刀挑开，初七怒目圆睁："打架找我！"

一时间，场面骤然紧张。

"公然挑衅燕王，二小姐是要造反不成？"陈泰怒极反笑。

他手一挥，身后呼啦啦涌进一群侍卫。

聂宇平见状，不动声色地靠了过来。

南宫宸冷眼斜睨，并不作声。

"王爷是来请我出谋划策，还是专程来耍威风的？"杜蘅秀眉一扬。

"这就要看，二小姐如何抉择了。"南宫宸气定神闲，吃定了她不敢动手。

杜蘅咬牙，双手在袖中紧握成拳，黑玉的眸子里闪着两簇烈焰般的光芒。

南宫宸扫一眼聂宇平以及正不动声色朝这边靠拢的护院，眼里闪过一丝诧异。

"堂堂燕王，欺侮一个丫头算什么本事？"

南宫宸凤眸一挑，露出一丝玩味之色，像是发现了什么好玩的东西，微微点头："不过是除掉个瞧着不顺眼的奴才而已，举手之劳，不需要本事。"

杜蘅深吸了一口气，淡淡道："把刀放下，我跟你走就是。"

"二小姐果然聪明，很会审时度势。"南宫宸鼓掌，赞道。可他的表情，却并不似高兴，反倒像是有些遗憾。

好像，巴不得她继续跟他斗嘴，有点失望的样子。

南宫宸素来不喜欢纸上谈兵，从杜府出来即带了邱然诺等一干幕僚出了北门，直奔蝗灾最重的方家坡。

一路走来，满目疮痍，不但田间即将成熟的稻子被啃食殆尽，树木也都未能幸免。

沿路不断有衣衫褴褛的百姓，拖家带口，神情凄苦地跪在路旁，焚香祈祷，祭拜蝗神。

杜蘅坐在马车里，只闻得哭声不断，号泣不绝。

挑开帘子，望着那些干裂的土地，枯死的树木，满眼绝望的百姓，恻隐之心油然而生。原本因受南宫宸胁迫而生的怨怼之情渐渐消除，转而认真思索起灭蝗之计。

紫苏趴在车窗望了一段，一脸惊讶："这不是往张家塞的路吗？"

"都在北郊，本就顺路，有什么好奇怪的？"

"小姐快看，那不是罗大管事吗！"

杜蘅凑过去一看，罗旭被两个侍卫带着，从田庄里出来，跪在南宫宸的面前。

隔得远，中间又有幕僚和侍卫围着，根本看不清发生了什么事。

杜蘅急忙从马车里下来，分开人群，走了进去："请问王爷，罗管事犯了什么事？"

"大小姐！"罗旭见了杜蘅，也是一惊。

"你们认识？"南宫宸看着二人，眼里闪过一丝惊异。

"他是我的管事，替我打理着田庄的事务。"杜蘅解释。

"这么说，"南宫宸扬起马鞭，指着前方绵延的土地，绝美的脸上绽放了一个发自内心的、愉悦的笑容，"这片田庄，是杜家的？"

仔细一看，农田里的稻茬离地只有四五寸，且切口整齐，绝非蝗灾所致。很明显，蝗灾来临之前，这片地里的稻子，已经提前抢收完毕了。

再一想到她在杜家所做的那些布置，无一不是有的放矢，望着她的眸光，越发深沉了起来。

杜蘅垂下眼，做恭敬状，语气却并无半点恭敬之意："有何不对？"

"我听说，此次方家坡灾情惨重，几乎是颗粒无收。可是张家塞村却有个田庄，因措施得当，保住了大半的收成。特地领人过来取经，不料，竟是二小姐的产业。"南宫宸望着她，若有所思，"可见，方才二小姐声称不懂稼穑，委实太过自谦。"

杜蘅淡淡道："这都是罗管事经验丰富，措施得宜，我可不敢居功。"

罗旭闻音知雅，顺势道："也要东家小姐怜恤下人，肯听从小人的建议才是。"

意思是说，这些点子都是他想的，与东家小姐并无多大关系。

等于把杜蘅摘了出来。

南宫宸却只是望着她，笑而不语。

邱然诺点头，激赏之情溢于言表："罗管事精通农事，勇于建言；二小姐宅心仁厚，慧眼识人。忠仆明主，相得益彰。"

"不敢当此赞誉。"罗旭垂着手，"全靠东家小姐赏识。"

南宫宸却听出些别的意思："东家小姐？二小姐未出阁，莫非已置了私产不成？"

杜蘅微有不悦："这是家母的嫁妆，家母辞世后，交给我打理。"

南宫宸一笑，并未再深究，只命罗旭领着往田间地头行去，边看边仔细聆听，不时还与身边幕僚讨论几句。

杜蘅立在路边，望着众人簇拥着他颀长的身影在阡陌上渐行渐远，百般滋味涌上心头。

七年夫妻，她对他的性子和能力、心理，可谓了若指掌。

此人，智慧过人，冷静自持，缜密谨慎，擅于谋略，精研兵法，上阵杀敌能身先士卒；上朝议政敢直言进谏；逢权贵能虚与委蛇，遇布衣可折节下交；狠得下心，沉得住气，冷得了情，受得住辱。处事果决，雷厉风行，为达目的不择手段，是真真正正的一代枭雄。

就拿这次灭蝗一事来说吧，为了逼皇上改弦更张，他不惜手染鲜血，用上千人的性命做赌，心狠手辣，可见一斑。

然而，她心里也明白，他做这件事，并不仅仅只是图一个虚名，为争储位积累威望。

他是真的想为百姓做些实事。

所以才会放下身段，亲自登门向一个闺阁女子虚心求教，也才会不辞劳苦，亲到田间地头，融入百姓之间，聆听他们的意见。

她也可以肯定，做这件事，他心里并无丝毫愧疚。

他最常挂在嘴边的一句话就是：成大事者不拘小节。

又说：居上位者，不能有妇人之仁。

他还说：舍得舍得，有舍才有得。做任何决断之前当先权衡利弊，若利远大于弊，则无论此事如何卑劣残酷，都大有可为。

因此，虽牺牲了上千人的性命，却可以令数以百万计的百姓受益。

在他眼里，这些人，死得其所！

或许正因为如此，前世她们母子，才会在他的权衡中，成为了被舍弃的那一个！

想着刚出世，甚至没来得及抱一下孩子，她的心犹如冰浸火焚。

那些潜藏在心灵深处的恨意泛起层层涟漪，一波一波在心头汇成惊涛巨浪，却找不到出口，不断地拍打撞击着她的胸膛……

紫苏见她额上冷汗涔涔，心知她必是想起了往事，眼中浮起泪光，哽咽着道："小姐，咱们回去，不受这个罪了！"

杜蘅挺直了背，望着窗外那片荒芜的田地，轻轻摇头："他可以不仁，我却不能不义。"

"我知道小姐心软，看不得百姓流离失所，饿殍遍地！"紫苏忿忿地低囔，"可是，这些自有那些食朝廷俸禄的百官去操心，干小姐何事？"

说到这里，她停下来，小心翼翼地看了一眼窗外，见马车四周并无侍卫，这才放心接着往下说："他对小姐无情无义，小姐凭什么要为他鞠躬尽瘁？纵然做得再多，功劳也不会记在小姐头上。百姓感恩戴德的，只是燕王！小姐又何必殚精竭虑，替他人做嫁衣裳！"

"我留下来，不是为他，也不是为名，更不是为了百姓。"杜蘅眸光平静，淡淡道，"我没那么宽容无私，更没有那么伟大。"

"那？"紫苏越发不解了。

杜蘅垂下眼，双手交握在膝上，紧紧地绞扭起来："我只想，替宝儿积些福德，希

望菩萨保佑他这一世能投个好胎，别再生在帝王家。哪怕贫苦一些，只要能平平安安，一生顺遂就好。"

紫苏眼眶猝然一红，扭过头去，不忍再看……

从方家坡回来申时已过，冬天黑得早，等她洗去一身灰尘，换过干净的家常衣裳，外头已开始掌灯了。

白菽摆了饭，正要伺候杜蘅用，白前拿了帖子进来："小姐，阅微堂的石少东求见。"

"请他在花厅小坐片刻，我随后就到。"

她净了手，连衣裳也没换，直接就去了花厅。

石南端了茶正要喝，猛一抬头，只觉眼前一亮。

杜蘅穿了件纱地绣花的夹袄，湖绿色绸衬里，外罩白色细纱，绣着零散的小碎花，衣襟，领子，下摆都配着淡橘色的二指宽亮缎，粉红色线香滚了边，缀着浅紫色的盘扣。

底下是一条湖绿的马面裙，马面上绣着翻飞的蝴蝶。一头乌发随意地绾了个髻，通身一件首饰也没有。

轻松随意，却又说不出的清丽出尘。

他不由自主地站起来，屏了呼吸，愣愣地看着她。

杜蘅心中一紧："出什么事了？"

石南轻轻摇头，眼中有迷惘的温柔："没事。"

杜蘅心中暗啐，面上却装得若无其事："既无事，何以这个时间跑来了？"

石南脸上一热，却舍不得移开视线："听说，燕王今日登门拜访了？"

杜蘅不吭声，面上已有些不好看。

"燕王大张旗鼓登门求教，整个临安城已是人尽皆知。"石南半是嘲讽，半是不满地道。

杜蘅低头饮茶，不做评价。

"燕王这个人，你还是小心些为好。"石南犹豫一下，轻声提醒，"能够不去，最好推辞。他总不能每天都领着卫队上门押人。"

杜蘅不作声。

南宫宸是什么人，她比他清楚。

见她不以为然，石南有些着急："有件事，或许你还不知道。祭蝗台的一根主承重梁遭了虫蛀，不堪重负，才会导致祭台垮塌，最终死伤近千人。这还不包括那些受垮塌事件牵连，被革职下狱，惨死狱中的人。"

明面上看，这只是因工期太紧，盲目赶工，以致疏忽错漏，最终导致惨案发生。可只要稍一思量，就会发现其中猫腻。

工部奉旨督造祭蝗台，除非是不要命了，才会在如此重大的问题上出现疏忽错漏。

赵王要亲自站在二十几丈高的祭台上全程主持祭蝗大典！万一有个闪失，工部从尚书到工匠，将无人能够幸免！

承重梁乃重中之重，从进料到验收，再到安装架设，手续繁复不说，经手之人没有一百也有八十，总不会集体瞎了眼吧？

用脚趾头想也知道，这件事必有蹊跷。

赵王和燕王表面兄友弟恭，十分和气，私下里却明争暗斗，纷争从未停歇过。

赵王占了嫡和长两个优势；燕王则是文治武功，精明强干，本身实力强悍。至于皇后和梅妃，一个娘家势大，一个独得圣心，二十年来早已势成水火，拼了个势均力敌。

要说这件事，燕王没有掺一脚，他是打死也不信的。

为了争功，不惜血流成河，以数千人命做赌注，这份狠戾，着实让人心惊。

这样的人，除非不动心，一旦起了心思，绝对是不达目的誓不罢休的！

燕王虽比不得孟尝君有三千门客，但他礼贤下士，手底幕僚谋士，少说也有百八十个，哪里就真的缺懂稼穑农事之人？

他却借口灭蝗，堂而皇之地登门，连威吓带诱哄地把她放在了身边。

觊觎之心，已是昭然若揭。

他怎么放心让她待在南宫宸的身边？

"哦。"

石南瞧她的神情，竟似半点都不惊讶，不觉微微一怔："你早知道了？"

杜蘅淡淡道："新砌的祭台会垮，肯定有原因。承重梁生了蛀虫，自然不堪重负，塌了也不奇怪。不过，不管什么原因塌了，跟我都没多大关系。"

"是吗？"石南狐疑。

"你巴巴地跑来，就为这件事？"

"这事还小嘛？"石南很不喜欢她满不在乎的态度，心里跟滚油煎一样，"我自己不能出头，派人暗中保护吧，又怕你着恼……"

杜蘅不悦地打断他："我不是孩子，该怎么做，不用你来教。"

石南脸一沉，语气不自觉地尖锐起来："你要是知道处理，上回在宫里就不会任由他占便宜……"

"石南！"杜蘅低叱一声。

石南自知失言，偏又不肯道歉，拂袖而去又实在放不下心，只好绷着个脸硬扛着。

杜蘅心一软："明天起，我让罗管事在中间传话。"

"真的？"石南眼睛一亮，开心起来。

"你以为我喜欢抛头露面，受众人瞩目啊？"杜蘅白他一眼。

这近似亲昵的举止，立刻让他喜滋滋的，比吃了蜜还甜。

他咧开嘴，笑嘻嘻地道："这还差不多，我可以放心离开了。"

杜蘅惊讶了："你要离开临安？"

"嗯，"石南斜觑着她，似真似假地抱怨，"还不都怪你？撺掇着我买了那么多米，若是你签字画押了倒也还罢了，最起码是物有所值！现在好了，皇帝一句征为国有，我攒了半辈子的家当，就这么打了水漂了！"

"啊？"杜蘅吃了一惊，"又不是一百二百，几百万的家当，哪能说没收就没收了？"

"有什么办法？"石南两手一摊，叹了口气，"谁让他是皇上？率土之滨莫非王臣，整个天下都是他的，莫说只是要点浮财，就是要我的命，我也得给不是？"

"都怪我……"

"我成了穷光蛋，你得负责养我。"石南乘机耍赖。

杜蘅回过神来，啐道："又胡说八道，编了话来哄我！皇上可不是不讲理的人，无缘无故，怎么会没收你的家财？"

"嘿嘿，"石南干笑两声，把话题岔开，"上回听你说，要筹一百万两买药，可是怕大灾之后有大疫，预先备下，防患未然？"

杜蘅心中暗凛："横竖我开的是药铺，药材总是要备的。"

"你信不信我？"石南歪着头，用痞痞的笑，掩饰内心的紧张。

杜蘅低头啜了口茶，避而不答。

石南难掩失望，却很快控制好情绪，笑道："以你我的交情，我说句僭越的话，希望你别介意。"

杜蘅笑了："你向来百无禁忌，突然讲起道理来，我还真有些不习惯。"

"你若听我的劝，购买一百万药材的计划，最好还是放弃。"石南敛了容，正色道。

"为什么？"杜蘅是真的好奇。

"你可知自己成了临安的名人？"石南一脸严肃，"如今整个临安城，上至八十岁的老人，下至垂髫小童，提起杜府二小姐，都要伸出大拇指，赞一声，侠肝义胆，菩萨心肠。"

杜蘅讪讪道："不过是别人附会，胡乱吹捧出来的虚名，哪里做得准？"

"如今又帮着燕王灭蝗，更是赢得无数赞誉，名声响亮，如日中天。"石南轻声道，"试想一下，若是再来个义捐百万药材。到时百姓会怎么传？最重要的是……"

他略略停顿，黑玉似的眸子逼视着她，灼灼如炬。

薄唇微掀，勾了抹嘲讽的笑容，一字一顿地问："皇帝会怎么想？"

"他能怎么想？"杜蘅起初满眼茫然，"我只是个闺阁女子，捐药材当然是为做善事，多救几条人命。难道皇上还能疑我笼络民心，图谋不轨……"

她眨了眨眼睛，蓦地瞪圆了眸子："这怎么可能！"

"小心驶得万年船。"石南含蓄地道。

杜蘅面色苍白："你可是，收到什么风声？"

"这倒没有，你别乱想。"石南柔声安抚，"你说得也没错，你是女子，皇上未必疑你。也许是我以小人之心，度了君王之腹也未可知。"

顿了顿，又怕她听过就算，委婉劝解道："不过，人言可畏，众口铄金。咱们未雨绸缪，低调做人，总不会出错。你说是不是？"

"嗯。"杜蘅心乱如麻，命白前送他出门。

前世惨痛的经历，外祖留下的那枚神秘的金钥匙，以及杜家发生的那一连串反常的事情，无一不在告诉她：杜家的背后的确有一只神秘的翻云覆雨手！

重生后杜家发生的种种怪事，远从周姨娘离奇身死、老太太中毒、陈姨娘流产，近到杜莊设局诱骗夏风入彀……

桩桩件件，乍一看透着古怪离奇，细一想似乎又隐隐有脉络可寻。

前几件需要精通药理，而后一件则必须有出类拔萃的身手，但不管哪一件，单靠柳姨娘母女，绝对无法独立完成。

可是，如果说柳姨娘的背后是皇上，这个答案，似乎又太惊悚了一些！

顾家虽有几分薄财，祖祖辈辈都行医为生，最多出过几个秀才，从未入朝为官，是典型的乡绅地主。

虽说地方上有些名望，但放眼大齐，这种人比比皆是，怎么就引起了皇帝的忌惮呢？

重生后，她不止一次回忆过往事，也不止一次怨恨过杜谦的冷漠，顾氏的软弱。

更不止一次怀疑过，以外祖的睿智，怎么会放任柳姨娘那种奸佞小人待在母亲的身边，任由她爬到母亲的头上，占了父亲的宠爱，甚至吞了顾家的家产……

柳姨娘是母亲的陪嫁，身契在母亲的手里！莫说只是逐出去，就是打死了也没有人敢说什么！

为什么明知柳姨娘狼子野心，外祖不干脆利落地处置了她，从根本上清除隐患，却要用那样曲折隐晦的方式替自己安排退路？

金钥匙里到底藏着怎样的秘密，以致南宫宸为了它，可以置自己母子的性命于不顾呢？

两个人是在战火中建立起来的相濡以沫的感情，经历过九死一生之后，劫后余生喜极而泣，流下的泪水那么滚烫，那么真实！

为了他，她连自己的命都可以舍弃，又怎会吝啬一枚钥匙！

以南宫宸的精明和智慧，怎么会不清楚自己的为人品性，又怎么就轻信了夏雪之流的挑拨，误会自己红杏出墙？

她悲，她恨，她冤，她怨，愤怒过，锥心刺骨地痛过，却从未得到过答案。

现在，却似乎隐隐有些明白了。

当时楚王羽翼已丰，不遗余力地排除异己，在赵王兵败身死，魏王受贪墨案连累流放边疆后，矛头直指南宫宸。

南宫宸被逼得破釜沉舟，决定拥兵自重，挟天子以令诸侯。

当时，他能力，威望，民心，号召力都不缺，唯一缺的是银子！

如果，那枚钥匙代表的是一笔巨大的财富，巨大到足以建立一支军队，颠覆一个国家！

又或者，那枚钥匙本身代表的就是一支实力不容小觑的军事力量，足以支持南宫宸成就千古霸业。

那么，答案就显而易见了！

而曾经那么熟悉亲切的外公，却在这一瞬间，变得模糊了。

当年到底发生了什么事，他到底想做什么，他的真正身份又是什么？

所有的秘密，都随着顾沂之的逝去被掩埋，变得扑朔迷离！

而与顾家相交百年，一直是通家之好的夏家，是否牵涉其中？他们扮演着怎样的角色？有着怎样的目的？

想到夏雪的有恃无恐，想到南宫宸对她虚与委蛇，百般娇宠……

杜蘅娟秀的脸上，浮起一丝冷厉的笑。

夏家当然清楚内幕，否则，夏风以小侯爷之尊，怎么可能迎杜荇入门！

那种百年勋贵世家，最看重的就是门第出身，最引以为傲的，就是尊贵的身份。

柳姨娘虽然被扶正，却无法抹杀掉丫环出身，做过姨娘的事实。

这对最注重血脉传承的许太太来说，简直是奇耻大辱！

也因此，杜荇前世在侯府的日子并不好过，跟许太太关系闹得很僵。

然，不管杜荇怎么闹，以许太太的强势，竟然从不曾提出要休掉杜荇！

当时自己将这归劳功于夏风，现在才发现，只怕未必。

顾沂之已死，或许，只有通过平昌侯夏正庭的口，才能令真相大白于天下！

想通这一关节，她轻轻地摩挲着颈间贴身藏着的钥匙，整个人忽然变得疲软无力……

34　胭脂名马

"不出王爷所料，罗旭果然连夜去了杜府，见了二小姐。"陈泰神色恭谨。

南宫宸微微一笑，并不意外。

"除此之外，阅微堂的少东石南，也求见了二小姐。"陈泰犹豫了一下，道。

"石南，他去做什么？"南宫宸愕然不解。

"去辞行。"陈泰眼里有淡淡的不屑，"前段时间京都米价飙涨，原来是他在幕后推波助澜。这次灾情爆发，皇上征调他手中二百万石米入官仓，命户部山东清吏司郎中为正使，赏了他一个副使的头衔，同赴灾区勘察灾情。"

这种勘察灾情的小组是临时组建，一旦灾情勘察完毕，回京述职之后，小组就会解散。所谓副使，也就不存在了。说白了，皇帝就是用副使的头衔，糊弄他。

当然，受灾情况如何，不是地方上说了算，而是由勘灾小组的报告决定。

朝廷的恤灾款，也会根据灾情的轻重有所侧重。关键，还是要看灾情报告如何写。

换言之，这也是个肥差，是皇上给他的一种变相补偿。

南宫宸哂然一笑："这人倒也算有情有义，不枉当年顾老爷子救他一场。此人也算个人物，只手空拳，在临安商界占了一席之地。"

陈泰不以为然："不过是贱买贵卖，惯于投机取巧而已！再有能耐，也只是一介商人。"

"不要小看商贾。"南宫宸淡淡道，"陶朱公范蠡，阳翟大贾吕不韦，就是辅佐君王，成就了千秋霸业的典范。"

"姓石的怎么能跟这二位相提并论？不止不能比，只怕是连提鞋都不配！"

南宫宸正色道："他小小年纪，能在临安商界占一席之地，必有过人之处。若能善加利用，收服到本王麾下，说不定能派上大用场。"

陈泰悚然而惊，垂手恭立："王爷高瞻远瞩，小人望尘莫及。"

南宫宸却没再理他，屈指轻轻敲着桌面。

杜蘅把罗旭召到家中，摆明了是要让他做中间人，自己避而不出。

他也的确不可能每日登门，强迫她随行。

可是，他却不想就此放弃。

她就像一座蕴藏了无数宝藏的矿山，相处得越久，挖掘得越深，收获越多，越是受其吸引，被她蛊惑。

手指不由自主地摩挲着薄唇，时隔两个月，被她狠狠咬破的唇，似乎仍隐隐泛着些疼。

然，想着她泣血呼唤着他的字，晕倒在他的怀中；想着那双燃着烈焰的黑玉似的眸子；想着两人双唇相接，唇舌交融的甜美滋味，全身的血液，突然间沸腾了起来……

他微笑着，做了决定："拿我的帖子，去请平昌侯世子夏风。"

"夏风，他还有脸来？"紫苏板着脸，语气十分尖锐。

杜蘅淡声吩咐白前:"请他到花厅奉茶。"

"这种人,直接一棍子打出去就好,还奉茶!"紫苏嘟着嘴,噔噔噔跑出去,瞪着眼睛一眨不眨地盯着夏风。

夏风一开始莫名其妙,时间久了开始发怵,以为仪容不整,失了礼数。

杜蘅莞尔,也不理她,换了外出的衣服去花厅。

"阿蘅。"夏风正如坐针毡,见她出来松了口气,迎了上去。

"这么早过来,有事吗?"杜蘅态度和善。

紫苏硬邦邦插了一句:"如果是大小姐,哦,现在应该改口叫杜姨娘了吧?若是她闯了祸,想叫我们小姐帮她收拾,最好还是免谈!"

夏风满脸通红:"……"

"紫苏!"杜蘅颇为不悦,低叱一声,"这没有你说话的份,下去!"

"我又没说错!"紫苏噘着嘴。

杜蘅把脸一沉:"罚两个月的月银,自个去屋子里面壁思过!"

她看着夏风,一脸歉然:"这丫头,平日给我惯坏了,有些恃宠生娇。言语无状,冒犯之处,请多多包涵。"

夏风红着脸道:"不要紧,她还小,慢慢教就是。"

"大姐在侯府,过得还习惯吧?"杜蘅不置可否,啜了口茶,转了话题。

夏风神色尴尬,含糊道:"还……可以。"

事实上,杜荇嫁进来快半个月,两人几乎连面都不曾碰过。

当初之所以要娶杜荇进门,有一大部分是为了负起责任,不使她一生凄苦无依。

可若是娶进来不管不顾,任她自生自灭,甚至还要看人脸色,那还不如当初让她铰了头发去庙里做姑子。

他隐隐约约觉得,当初仓促之下,做了个错误的决定。

现在后悔,也已经晚了。

杜蘅客客气气地笑道:"有小侯爷在,家父家祖都很放心。"

看着她疏离的笑容,夏风心中苦涩,难过地垂下头:"放心吧,我会照顾好她。"

杜蘅低头喝茶:"那就好。"

"昨日,我收到燕王王爷的邀请,协助他灭蝗。"夏风道明来意。

据钦天监预测,十一月中旬将迎来今冬第一场雪。

到时气温骤降,蝗虫不治而灭。

南宫宸敢在御前立军令状,不能说凭恃的完全是这点,却也不能说毫无干系。

把他叫进来,实际上等于是让他来捞功劳的。

虽然他并不喜这些事情,但想到接下来至少有半个月的时间,可以光明正大地与她朝夕相伴，这才没有推辞。

"恭喜。"杜蘅淡淡道。

夏风热切地望着她，鼓起勇气："跟你在一起做事，我，我很欢喜。"

"这话什么意思？"杜蘅很不高兴，板了脸道，"难道你去灭蝗，不是替皇上分忧，为百姓解难，是为我吗？"

夏风狼狈不堪："我……我只是怕你受流言侵扰。所以，所以才会答应……"

杜蘅冷冷道："多谢小侯爷，我现在想不去都不行了！"

夏风闻言一呆："你没打算去？"

常安在外面禀道："少爷，时候不早，再不出发可就迟了。"

"走吧。"杜蘅叹了口气，不想再跟他多说。

夏风极度不安，追上去："阿蘅，你若不想去，我帮你推了王爷就是。"

杜蘅瞥他一眼，淡淡道："不必了。"

常安牵了一匹高头大马立在路旁，四肢修长，通体火红，没有一根杂色，亮丽如一匹锦缎，像一团烈焰熊熊燃烧。

杜蘅不禁多看了一眼："这马真漂亮。"

常安十分骄傲，大声道："这是胭脂马，也叫赤兔，整个临安城独一份，是燕……"

"常安。"夏风轻声喝止，从他手里接过缰绳。

常安这才察觉失言，摸摸鼻子不吭声了。

杜蘅却已经猜到，哂然一笑，弯腰钻进了马车。

此后夏风每日大清早来接，晚上亲自把她送回杜府，两人同进同出，朝夕相伴。

每到一地，都会有不同的灾情，南宫宸会根据实际情况，集思广益，想出数十条灭蝗的办法，编写成条例，颁发下去。

每日增删，不厌其烦地派出特使，往来各地州府，力求尽善尽美。

例如：蝗虫喜藏于深草之中，每日清晨露水打湿翅膀，不能飞跃，这时就用筲箕、栲栳之类，左右抄掠，装到袋中。

又如：掘深坑于地头，两边用木板，门板连接，众人齐声呼喊，或敲击铁器，把蝗虫赶进坑中，并用扫把把爬出来的蝗虫子扫进去，覆以干草，以大火焚烧。

再如：蝗虫难死，埋入坑中，第二日仍从土中爬出，宜用火烧，或用旧鞋底蹲地捆踏。

凡此种种，不胜枚举。

为鼓励百姓全员参与，还颁发了一系列的鼓励措施：如捕获蝗虫，每一斗可得十文奖励。

后来发展到，掘捕蝗虫卵的，一斗五十文，或者换米二升，以彻底将隐患消除。

杜蘅又想了个办法，把这些灭蝗的法子，用各地方言俚语编成歌谣，教了孩子们到

处传唱。

因为种地的农民，大多目不识丁，官府的文书未必能看懂，歌谣一出，不只大人明白，就连孩童都熟习于胸，效果十分显著。

半个月过去，仅临安城周边郡县，就收了十五万石蝗虫，二万石蝗卵。

夏风深感骄傲的同时，不免有些疑惑，忍不住探问："你养在深闺，本应不识稼穑，何来这许多灭蝗的点子？"

杜蘅微笑："外祖常年在外行走，到了一地见到的轶闻趣事，回来都会当成故事讲给我听。这些，都是祖父教的。"

辛苦了大半个月，总算见到了成效，杜蘅的心情很舒畅，说话也就多了些。

"其实，蝗虫虽然危害农作物，亦是治病的良药。不只可暖胃助阳，健脾消食，祛风止咳，还有治小儿惊风，发热，平喘等诸多功效。"

顿了顿，瞥一眼他龟裂的手背，补了一句："用蝗虫十只，炒存性研末，以香油调之，涂于患处，可治冻疮。"

"真的？"夏风眼睛一亮，"那我回去后，可要试试了。"

"不愧是女华佗，连蝗虫都可与医术联系起来。"邱然诺恭维道。

"蝗虫入药不算什么，"杜蘅含笑，"我听外公说，有些不开化的地方，百姓还会把蝗虫制成各种美食，用来招待贵宾呢！"

邱然诺十分惊讶："还有这种事？"

杜蘅笑了笑，道："我也只是听外祖描述，未敢亲尝。"

"这有何难？"南宫宸哂笑一声，"现成的蝗虫，取之不尽，用之不竭，不如办个蝗虫宴？"

于是请了飘香楼，香满园，俏江南等京中最负盛名的酒楼主厨，燃起篝火，架起大铁锅，就地取材，举办了一场盛大的蝗虫晚宴。

附近的村民闻讯后自发地赶来，人群越聚越多，场面越来越盛大，简直比过年还热闹！

十一月十三日晚，上驷院。

张进保最后巡视了一遍马厩，这才拖着疲惫的步伐，穿过长长的暗道，回到住处。

他地位卑微，住在后院的最偏僻，最靠近围墙的房间里。阴暗逼仄，长年见不到阳光，老旧开裂的门板根本挡不住肆虐的北风。

他伸了手，不等触及，"吱呀"一声，门却已应声而开。

张进保苦笑着咕哝了一句："明天无论如何也要把门修一修了，不然，怕是挨不过这个冬天。"

反身将门掩上，顺手取了桌上的油灯，点燃火折子。

阴暗的走廊上现出一道亮光,却很快一闪而逝。

"咦?"张进保愣了愣,随手把火折子在衣服下摆上擦了擦,再次点燃。

火苗跳了跳,再次一闪而逝。

"呸,连你也敢来欺侮老子!"张进保怒了,把火折子扔到地上,用力踩了两脚,啐道。

"哧"的一声,耳边仿佛响起一声冷笑。

"谁?"张进保顿觉毛骨悚然,惊惶地四处张望。

一只冰冷的手,悄无声息地捏住了他的喉咙,低沉而阴鸷的声音在耳畔低低响起:"敢哼一声,立刻要了你的性命!"

张进保身子蓦然离地,本能地拼命踮起脚尖,同时舞动着双手试图去掰掐在颈间的那只鬼手。

然而,无论他怎么挣扎,却始终够不到一分一毫。

"嗯?"得不到回答,那只索命的手,又加了一分劲。

张进保恐惧地瞪大了眼珠,明明想要点头,无奈身子却使不出半分力气。

幸好,身后那人忽然意识到他发不出声音,松了些力道。

张进保张大了嘴,大口大口地喘息着。

他也是个机灵的,心知凭自己这点本事,只怕连门都没摸着就会给人悄无声息地给收拾了。

因此得了些自由并不逃跑,很是乖巧地道:"好汉爷放心,小人决不嚷。小人床板下,还压着十两银子,那是小人全部的家当,权当孝敬了好汉爷。"

"哧"又是一声冷笑,张进保脖子上的压力骤减,怀中却多了一个沉甸甸,冷冰冰的包袱。

因为全无防备,他整个人被坠得往下一沉,一屁股坐在了地上。

冰冷的汗水,瞬间爬满了他的背脊,他浑身发抖,牙齿格格地发出轻响。

"这是五百两,替我给皇上带句话,办好了,事后还有五千赏银。"冷冰的声音,阴恻恻地响起,"若是办不好,或是走漏了风声,哼哼……"

张进保打了个哆嗦,结结巴巴地道:"小,小,小人人微言轻,哪有跟皇上说话的机会……"

"哼!皇上每天早上都到演武场骑马射箭,你负责替他牵马,不会连说句话的机会都找不着吧?"

张进保冷汗直流。

"你想好了,我既能悄无声息地进来,就有本事让你神不知鬼不觉地从这个世上消失。"

嫡女风华　////////// 284

张进保牙一咬："好汉请说。"

答应了，日后事情暴露固然难逃一死；不答应，连今晚都活不过！横竖都是死，不如赌一把！

"你倒是个识时务的！"那人笑吟吟地骂了一句，倾身，在他耳边低语了一句。

张进保原以为是何等天崩地裂的大事，不料竟然是句不痛不痒的话，不禁惊讶地瞪圆了眼睛："真的只要跟皇上说这句话就成了？你，你不会反悔把银子拿走吧？不会到时借口我没说，胡乱灭小人的口吧？"

他絮絮叨叨地说了一大堆，这才发现身后那人不知什么时候已经离开了。

忙点燃了油灯，打开怀里那个黑色的包袱，十锭明晃晃的银锭，顿时晃花了他的绿豆眼。

张进保喜极欲狂，捧着银子傻笑了半晚，才连夜在房里掘了个坑，把银子深深地埋入了地下……

这一晚，燕王府里访客不断，名帖雪片般飞了进来。

自十月中旬，临安突现飞蝗大军，树木粮食啃食殆尽，初有赵王祭蝗，结果先有童男童女活祭，弄得天怒人怨，后又有祭蝗台无故坍塌，造成数千人死伤，血流成河。

赵王没在第一时间展开救治，反而在侍卫的护卫下，逃之夭夭，搞得民怨沸腾，朝野上下一片指责。

危急关头，燕王挺身而出，接替赵王负责灭蝗。

半个月来，成绩斐然，临安城周边蝗虫几乎已捕杀殆尽。而各地方官员依其策行事，同样是捷报频传，纷纷上奏，给燕王请功。

皇上龙心大悦，已命钦天监择定十一月十五日，亲到太庙祭天。

明眼人都知道，祭天之后，随之而来的，就是论功行赏。

虽然王爷已贵为燕王，封无可封，但是皇上的嘉奖，代表着肯定。对于支持燕王，一心盼望他得继大统的臣子来说，绝对是鼓舞士气，值得庆贺的大事。

因为燕王的声誉水涨船高，支持率飙升的同时，意味着赵王一派被扼制。

眼瞅着还有两天就是祭天大典，那些亲燕派，便忍不住跑来提前道贺，顺便表示忠心。

"王爷，光禄寺卿，王正熙王大人来访。"陈泰满眼喜气，拿了拜帖，奔入书房。

南宫宸心中微微一跳："今儿来了多少人了？"

陈泰喜滋滋地道："怕是有十多位了吧？全是三品以上的大员。"

"就说本王偶感风寒，不便见客。"南宫宸淡声吩咐，"另外，通知门房，紧闭王府大门，凡是来道贺的大臣，一律不见。"

陈泰愕然。

"叫你去就去！"南宫宸俊颜一沉，冷声呵叱。

"是！"陈泰深知主子的脾气，向来说一不二，立刻转身出去。

王正熙在花厅等候，听到脚步声，忙整理衣冠，正要见礼，却见陈泰去而复返，身后空无一人，不由得微微一怔。

陈泰歉然道："王爷偶感风寒，不便招待。改日再请大人喝酒。"

王正熙也是个人精，一听这话，立刻便想悟到——燕王这是要避嫌了。

身为皇子，结交朝臣，不论在哪朝哪代，都是大忌。稍有差池，被御史扣上个"结党营私，图谋不轨"的帽了，参上一本，就够他喝一壶的！

当下一句话也不敢多说，唯唯诺诺地出了王府。

走出大门，抬起袖子抹了把额上的冷汗，回过头来望一眼门楣上"燕王府"三个描金绘彩的大字，苦笑一声："这一回，怕是马屁拍在了马腿上了。"

弯腰钻进轿子，灰溜溜地打道回府。

十一月十四日，晨。

太康帝下了早朝，照例去演武场练习半个时辰的骑射。

自他登基以来，这个习惯一直保持，每日勤练不辍，几位皇子受其影响，习练弓马，不敢有一日间断。

太康帝步伐轻快，下了玉辇，步入演武场。

张进保牵着一匹浑身雪白的高头大马，惴惴不安地站在马场的一侧。

"咳咳。"张炜见他呆立在一旁，竟然没把马牵过来，不禁微感诧异。

张进保霍然而醒，急急牵着马步入演武场，朝着太康帝走来。

皇帝比较偏爱乌骓，今日他特地挑了一匹照夜狮子，就是想引起皇上注意。

偏偏，太康帝此时偏着头，正跟聂寒说话，视线根本就不在马身上。

按照常理，他走过去后，就应该立刻弯下腰，跪伏在地上，让皇帝踩着他的背上马。

若是皇上没有吱声，他贸贸然开口，只怕立刻就会引来杀身大祸。

张进保有些着急，手心里不由得冒出一层细密的汗珠。

他故意磨蹭了一些时间，但是从他站的地方，跟太康帝的距离有限，又不能停下来，再慢也挨到了皇帝身边。

张进保心里跟打鼓似的，颤着身子正要不顾一切地开口。

太康帝轻"咦"一声，抬手抚了抚马颈间光滑水润，亮得如银霜的鬃毛，赞了声："这照夜狮子真漂亮。"

张进保顿时精神一振，笑着接了一句："西北马场新进贡的。奴才听说，还送了匹胭脂马给燕王，浑身赤红没有一根杂毛，是真正的赤兔。"

负责西北马场的是皇后的远房侄儿，每年孝敬几匹好马给燕王，不是什么稀奇事。

太康帝颇感兴趣："拉来给朕瞧瞧。"

"是。"张炜见皇帝心情好,自然乐得捧场,立刻便吩咐了亲信的小太监飞奔着去了燕王府牵马。

张进保任务完成,五千两银子无惊无险地收入囊中,十分高兴匍匐在地:"恭请皇上上马。"

"朕等着跟燕王的赤兔一较高低。"太康帝哈哈一笑,折向射箭场,先去练习弓箭。

射完三壶箭,派去牵马的小太监满头大汗地跑回来,脸上表情很是惶恐。

张炜一愣:"马呢?"

"回公公,燕王的胭脂马,已经在上个月送给平昌侯府的小侯爷夏风了。"

太康帝笑吟吟地过来,听了这话,当即脸一沉:"给谁了?"

"平昌侯府的小侯爷,夏,夏风。"小太监预感不妙,硬着头皮禀报。

"是这样的,"聂寒一瞧,坏了!想要补救,"上个月,小侯爷新纳了位小妾……"

话没说完,太康帝忽地抽出他腰间长剑,一剑捅进了照夜狮子的脖子!

捅完,哐当一声,将剑掷在地上,龙袍染血,扬长而去!

马儿发出一声悲鸣,鲜血如泉狂涌而出,轰然倒地!

"皇上息怒。"现场众人无不变色,呼啦啦跪了一地。

张进保更是惊得两眼一翻,瘫在地上,昏死过去!

南宫宸正在跟邱然诺说话,乍然得知消息,愣了足有十秒钟。

"怪我,这事怪我。"邱然诺满头大汗,频频自责,"当初送礼物时,应该再谨慎一些!怎么就挑了胭脂马呢?"

为什么挑胭脂马?

因为夏风酷爱马,家中养着各种名马。

既然是送礼,当然要投其所好,这又有什么错呢?

南宫宸面白如纸,淡淡道:"怎么能怪你呢?匹夫无罪,怀璧其罪。父皇已有疑我之心,不管送什么,都能找到斥责的理由吧?"

邱然诺心中恻然,心知他所言不差,心情颇为沉重,一时相顾无语。

南宫宸打起精神,笑道:"方才说到哪了?邱先生,咱们继续。"

消息一经传出,群臣哗然。

尤其昨晚入燕王府向南宫宸祝贺之人,更是如揣火炉,惴惴难安。

南宫宸与夏风自小一块长大,交情匪浅,夏风纳小,他以马匹相赠,看起来并无不妥。

皇上身为天子,却因此小事而震怒,似乎心胸过于狭窄,显得毫无道理。

然而往深了再一想。

南宫宸是皇子,平昌侯是手握十万大军,镇守一方的封疆大吏。

皇子结交外臣,已是大大不妥,若这位外臣还是驻守边关的将领,则其心可诛矣!

他即触了龙之逆鳞，天子为之震怒，也就不足为奇了！

太康帝春秋正盛，大臣们不思安邦定国，替皇上分忧，为百姓谋福祉，暗地里迫不及待地站了阵营，结党营私，鼓动几位皇子明争暗斗，是什么意思？

所以，天子动雷霆之怒，分明是醉翁之意不在马！

有能力其实并不可怕，可怕的是他那种一呼百应，群起而拥戴的号召力！

这才是皇帝深为忌惮，借题发挥的真正原因！

成年的皇子若是庸碌无为，则易为皇帝所弃，毫无疑问会被摒弃在储君人选之外。然而，若是过于优秀，则又会对帝位形成威胁，容易引起忌惮。

这是身为皇子的悲哀，又何尝不是皇帝的悲哀？

这个道理，紫苏不明白。

她只知道杜蘅今天的心情格外愉快，兴致高昂地领着一群小丫头在西梢间，打算替自己裁一件新衣裳。

紫苏开了箱笼，搬了一大堆的衣料出来。

几个丫头围在一块，叽叽喳喳地闹个不停，从挑什么衣料开始，就开始争执。

这个喜欢深红，那个喜欢浅碧，这个瞧着银蓝秀雅，那个觉得还是金黄亮眼……足足吵了刻把钟，总算选定了银红。

再来，就是图样。

这个更不得了了！

梅兰竹菊，牡丹，芍药，海棠，再到花鸟虫鱼……争得面红耳赤，把杜蘅的耳朵都吵聋了。

大喝一声："别吵了，咱们绣个春色满园，百鸟朝凰！"

"百鸟朝凰，一般不是用来绣喜服么？"白芨睁大了眼。

紫苏笑得不行："小姐想嫁了，哈哈。"

"死丫头，看我撕了你的嘴！"杜蘅不依。

"哎哟，"紫苏扭身就跑，边跑边笑着回头，"小姐，你饶了我，我再不敢啊，哎哟，哈哈哈！哎哟！"

这后一声哎哟，却是因为撞到人，发出惊叫。

还未看清是谁，已被人轻轻扶了起来，伴之而来的是温润好听的男音："小心。"

"小侯爷？"紫苏吃了一惊，下意识地回头朝身后望了一眼。

杜蘅也很意外："今天怎么有空来？"

"心里有点烦，本想随便走走，不知不觉就到这来了。"夏风俊颜一红，老老实实地道。

杜蘅眸中闪过一丝光芒，也不追问原因，微笑邀请："想走一走吗？"

夏风感激地笑道："求之不得。"

花园的小池塘，数个月前曾经遍植垂柳，如今却沿池边用细卵石砌出了一条三尺多宽的步道。

夏风望着脚下黑白相间的卵石，迟疑了片刻，道："南宫宸送了我一匹马……"

"就是你最近常骑的那匹胭脂马吧？挺漂亮的，怎么？"

夏风眼里闪过一丝狼狈，把事情的始末，原原本本说了一遍。

"皇上震怒，所以你现在左右为难了？"

夏风苦笑。

杜蘅就事论事："把马送回给王爷，已是不可能。"

"送人似乎也不妥当。"天子都已震怒了，谁还敢收？又不是活得不耐烦了！

"该不会是想学皇上，拔剑斩马，一了百了吧？"

"怎么可能！"

"杀也不行，送也不行，留下来又会惹祸。"杜蘅眼里漾起一丝忧愁，"这可怎么办好呢？"

轻轻跺了跺脚，嗔道："都怪燕王王爷，没事送什么马呢？"

夏风见她如此情态，忍不住笑了，柔声解释："匹夫无罪，怀璧其罪。送什么都是一样。"

杜蘅眼里闪过迷惑："什么意思？"

夏风叹了口气："这是朝堂之事，既乏味又龌龊，跟你说这些，真真白白污了你的耳。"

"那你要不要跟燕王保持距离？"

"那倒不至于。"

"也对。"杜蘅深表赞同，"锦上添花易，雪中送炭难。越是这种时候，方能体现真正的友谊。况且，你一直与燕王关系不错，突然间成了陌路，反而着了痕迹。人的一生哪能没有起落？倘若一个个都趋吉避凶，明哲保身，要朋友何用？"

"正是这个理。"夏风很高兴她能理解自己。

"那匹马怎么办？"杜蘅很不放心的样子。

"事已至此，只能留在府里，好好养着，等风声没这么紧了，再想法子处理掉。"

杜蘅想了想："也只能这样了。"

"阿蘅……"夏风凝望着她，万语千言在心中奔涌，然话到嘴边，却只有苍白的二字，"谢谢。"

谢谢她能包容他过去十年来对她的疏离和漠视；谢谢她能接纳他娶杜荇过门；谢谢她在他最失落茫然之际，安静倾听，软语开解，让他纷乱的心找到一处休憩的港湾。

"两家是世交，说谢就见外了。"杜蘅淡淡道，"况且，我也没帮你什么。"

夏风半晌作不得声，神色便有几分凄苦。

她的意思，只承认两家是世交，不承认彼此之间有婚约了？

默了许久，涩然道："杜荇的事，是我考虑不周。"

杜蘅正色道："男子汉大丈夫，做事最忌优柔寡断。既已做了决定，就不该后悔。"

夏风汗颜："你说得对，是我迂腐了。"

杜蘅有些意兴阑珊："我还有事要做，不陪你了。"

夏风碰了个软钉子，只得怅然而归。

送了夏风回来，杜蘅吩咐紫苏："去把聂管事请来。"

一会工夫，聂宇平在花厅外，恭敬地道："小姐，你找我？"

"请坐。"杜蘅起身，道。

聂宇平也不客气，在下首的椅子上坐了："不知小姐有什么事交代小人去办？"

"你觉得，张进保这个人怎么样？"杜蘅也不拐弯抹角。

聂宇平有些意外，认真回忆了与他见面的情形，道："乍逢变故，却能惊而不乱；遇大事时，能够审时度势，当机立断。算是有点小聪明吧。"

"这样的人，按理应该有所作为。可为什么在宫里混了二十年，还是徘徊在最下层，做最脏最苦的杂役小太监呢？"杜蘅问。

聂宇平很是奇怪地看了她一眼，道："升迁无外乎那几条路，最方便快捷的莫过于，有人提携。所谓朝中有人好做官，就是这个道理。第二嘛，就是使银子。第三条，那就靠能力和机遇了。能力尚可培养，机遇却是可遇不可求了。最后一条也是最慢的，就是论资排辈，慢慢熬下去。不过，这样熬来的位置，通常不会太高。"

"依先生之见，那张进保若是得人提携，最多能升到什么位置？"杜蘅又问。

聂宇平表情很是怪异，沉吟了一会，道："那就要看，提携他的是什么人了。"

实在忍不住，问了一句："小姐难道想提携张进保么？"

杜蘅抿着唇，笑了起来："我有这个心，也没这个力啊！不过，我的确起了将他收为己用的心思。只是不知道，怎么才能帮到他，想请先生帮我出个主意。"

聂宇平想了想，委婉地道："宫中没有助力，提携行不通。若是找对了人，使点银子，再加上他自己的能力，往上再升几级，倒也不难。问题是，小姐希望他坐到什么位置，才能对小姐有帮助呢？"

杜蘅不置可否："运用得当，即使是低贱如牵马太监，一样能成就大事。因此，坐到什么位置，其实不重要。"

见聂宇平眉心一蹙，有不以为然之态，笑着解释一句："我不过是心有所触，想着多留条后路而已。说不定哪天就用上了。当然，能不用是最好。"

聂宇平知她对自己还不算十分放心，也不点破，笑道："既然没有目标，那就好办了。他手里拿着五千多两银子，只要不傻，总会想法子往上爬吧？"

杜蘅仿佛漫不经心地道："有银子，也得保住了命才有机会花。"

聂宇平一惊，抬眸望她："我明白了！"

胭脂马一案，全因张进保在皇上面前多了一句嘴。南宫宸恃才傲物，自然不会自贬身价为了一句无心之言，去找一个小太监的麻烦。

但若是张进保突然间发了笔横财，事情的性质就截然不同了！

不止南宫宸不会放过他，怕是连皇上也会容不下他吧？

杜蘅低头啜了口茶，笑："如此，有劳聂先生再跑一趟。"

"饭好了，聂管事要不要留下来一块用点？"紫苏笑问。

"小姐慢用，我还有事，先走了。"聂宇平起身，恭恭敬敬地施了一礼。

平昌侯府，杜荇正在大发娇嗔："都午时三刻了，饭怎么还没送来？"

小蓟绞着双手："大蓟姐姐已经去厨房催了，应该一会儿就会送来了。"

杜荇骂道："拿着月例银子，这点事都做不好！岂有此理！"

小蓟不敢搭腔。

小姐嫁过来整整一个月，别说跟小侯爷圆房，连他的影子都没瞧见！

那些个仆妇子，哪个不是见高拜见低踩的？

冷眼旁观了一阵子，见小姐不得宠也不得势，一个二个便都懈怠了起来。

侯府规矩多，姨娘每餐吃多少道菜，吃什么米，喝什么茶，几碟点心……这都是有定例的。

起初倒不敢少样数，却在质量上耍些小花招。就拿菜来说，先是少盐少油，后来就是素多荤少，再后来，干脆全是素菜不说，还都是些老的，黄的，甚至烂叶子！

杜荇自小娇生惯养，哪里吃得这些苦？

就打发了她们要厨房给单做。

厨房倒是没拒绝，但是有一样，单做得另外使银子。

给就给吧，一道菜要一两银子，这不是明着欺侮人嘛？

厨房里的人会变着法子揩油，别的人也不是傻子！

你每天都得洗漱吧？这么冷的天，你得用热水吧？

要热水，有啊！你得等！府里所有人都用完了，这才轮到你！

早上卯时三刻起床，等到巳时正，热水才姗姗送来，这也就算了。晚上洗澡就更麻烦了，申时就去催了，亥时正给你送来还算早的，用手一探，还是温的！

把水倒进浴桶里，衣服还没脱完，水就先冷了！

想要舒舒服服洗个热水澡？成啊，五百钱一担！

你想洗衣裳？成，五百钱一件！

想喝杯热茶，还得跟人买滚水，一百钱一壶！

总而言之，事事费钱，件件使银，每天早上起来，睁开眼睛起就要钱，就算闭上眼睛也不能停止——你晚上得烧炕吧？屋里得搁炭盆子吧？房里的马桶，你不能不倒，也不能不洗吧……

就这么的，杜荇嫁过来的时候，统共才三千两不到的私房银，一个月的工夫，花去了五百多！

大蓟回来了，眼眶有些红，头发有些乱，衣服上还沾了水渍。

杜荇像没看见似的，劈头就是训斥："蠢货！这么点小事都做不好，要你何用！又不是白吃，花银子都要不来！废物！"

骂着还不解气，捉了她的耳朵，用力地拧。

大蓟气得直掉泪，挣扎也懒，直挺挺地站着任她拧。

杜荇见了，越发气不打一处来，啪啪顺手两个巴掌甩过去："做什么，甩脸子给我看？那些下作的东西欺侮我便算了，连你也爬到我头上来？"

小蓟胆战心惊地帮着求情："别打了，脸肿了，让大蓟姐姐怎么见人啊？"

"呸！"杜荇骂道，"贱坯一个，莫说赏她两巴掌，就是打死打残了别人也管不着！"

"嚄！好大的口气！"一声冷笑，夏雪带着一帮人气势汹汹地走了进来，"我们平昌侯府，百年勋贵之家，就算是母亲，都不敢说随意打杀奴才。你算个什么东西，敢如此嚣张跋扈！"

"四，四小姐。"小蓟战战兢兢，屈膝请安。

"滚！"上来一粗壮的仆妇，随手一扒拉，小蓟就被她推得连退了几大步，扑通一声，跌了个四脚朝天。

杜荇大怒："夏雪，你什么意思？"

夏雪眉一扬："郭嬷嬷，姨娘唤小姐的闺名，该怎么罚？"

"姨娘是奴，小姐是主。奴才唤小姐的名字，这是大不敬！"郭嬷嬷脸冷冷道，"按规矩，掌嘴十下。"

"四小姐！"大蓟一听急了，跪地求道，"我们小姐……"

夏雪杏眼一瞪："她算哪门子的小姐？别污了小姐的名分！"

大蓟立即改口："杜姨娘初来乍到，不懂侯府规矩，求嬷嬷念在姨娘初犯，又是无心之过的分上，饶了姨娘这一回。"

"初来乍到？"夏雪柳眉一扬，冷笑，"侯府家规，凡新人进门，第一件事就是学习规矩！杜姨娘进门都一个月了，连起码的规矩都没学会，眼里究竟有没有侯府？有没

有把学规矩当成一回事？"

一个眼色过去，上来几个粗壮的仆妇，一把把小蓟拉开，另一个架起杜荇的胳膊。

杜荇奋力挣扎，大声道："我是小侯爷的姨娘，就算有什么错，也该是小侯爷罚……"

郭嬷嬷板着脸，尖着嗓子道："就算小侯爷，若是犯了错，老身禀了侯夫人，一样可罚！莫说教训你一个不敬主子的姨娘了！朱嫂，给我打！"

朱嫂袖子一挽，左右开弓，狠狠扇起了耳光。

可怜杜荇细皮嫩肉，哪经得如此摧残？

十个耳光扇下来，一张脸早已是皮开肉绽，血肉模糊，连牙也掉了一颗，脸肿得不成样子。

"我问你，她为什么要杀你？"夏雪杏眼圆睁，逼问大蓟。

大蓟挤了笑出来："是奴婢做错了事，姨娘一时生气，这才骂了两句。"

事情偏就是这么巧，厨房里早不来，晚不来，偏偏这会子把午饭送了过来。

一见院子里杵着这么多人，登时就是一愣，上前请了个安："哟，四小姐今儿怎么有空上望春阁来坐坐？"

夏雪冷哼一声："这个时候，你来做什么！"

那仆妇也是个机灵的，知道夏风受了杜荇连累，失了圣宠，受了皇上猜忌。

估量着四小姐定然是气不过，带了人过来羞辱杜荇的。

她眼珠一转，睁起眼睛说起了瞎话："四小姐有所不知。咱们这个杜姨娘，是个金贵的主。好好的饭菜，硬说吃不下，非得颐指气使地让给她单做。你说，府里上上下下那么多人，正经的主子还侍候不过来呢，哪有时间单独给她做？可她倒好，打发贴身的丫环到厨房来发大小姐脾气，耍威风！也不晓得仗的是谁的势？闹得孔大娘没有办法，只好搁下正事，专门替她做了一桌子菜，打发了小人送过来。"

她颠倒黑白，噼里啪啦这一通说。

夏雪冷笑一声："果然是只母蝗虫！三哥连官位都快保不住了，她还只惦记着吃！"

抄起一盘菜，不由分说直接往她头顶上一倒："吃，我让你吃！"

幸得冬天天冷，厨房到望春阁又有些距离，菜用篮子装着又没放进食盒里，提到这里，已冷了大半。

但是那汤汁，菜叶，肉沫……就这么顺着她的脸流下来，红红绿绿，黄黄白白，煞为可观！

早有那机灵的仆妇，飞奔着去了厨房，拿了筐鸡蛋，烂白菜帮子过来。

对着杜荇，不由分说就是一通乱砸："母蝗虫，让你吃个痛快！"

"姨娘。"大蓟膝行过去，将气怒攻心，羞愤交加，软做一摊水的杜荇抱在怀里。

一时间，鸡蛋如雨，菜叶似蝗，纷纷砸到她身上。

大蓟悲从中来，泪如雨下。

"哭什么哭？好好的运道全给你哭没了！"夏雪满眼厌恶。

大蓟急急抬袖抹泪，强忍着悲痛，想要把杜荇扶进房里去上药。

"站住！"夏雪越想越气，抬手就是几鞭抽下去，"你这个丧门星！母蝗虫！害得三哥被连累，连侯府都要受皇上猜忌！几辈人的功勋，就毁在你一个人的手里！还敢赖在这里不走？滚！给我滚出侯府！"

"泥素蛇母意稀（你说谁母蝗虫）……"杜荇掉了颗牙，说话漏风，话如婴儿学语，含糊不清。

不过，侯府的规矩的确也大，这种情况下，也没人敢胡乱嬉笑，只个个脸上露出鄙视之意。

大蓟含泪辩道："冤枉啊！姨娘自嫁进侯府以来，连望春阁的门都没出过……"

"呸！"夏雪朝地上狠狠啐了一口，懒得跟她多说，直接下令，"来人，给我砸！全砸完了，我看她还怎么赖在侯府！"

众仆妇憋了一肚子火，早就在等这句话，当下蜂拥而上，冲进屋里，不管三七二十一，见东西就砸！

只得乒乒乓乓，咣当，轰隆，哗啦……响个不停。

桌子、椅子、箱子、柜子、杯子、盘子、香炉子、炭盆子、帐钩子……凡是瞧得见、扛得动的，通通都被砸了个遍！

衣服、鞋袜、棉被、褥子、披风、绸子、缎子……全撕烂了，剪碎了，扔了一院子。被一群人踩来踏去，早已辨不出原来的颜色。

末了剩一张雕花鸟纹的架子床，实在是扛不动，也不知谁出了个馊主意，抬了一桶水来，哗地淋下去，湿了个透！

大蓟、小蓟初时还求饶，后来见了这个架势，哪里还敢劝？

杜荇向来跋扈，却也从没见过这种阵仗，吓得瘫在大蓟怀里，簌簌发抖。

"限你在三哥回来之前，滚出侯府！"夏雪扔下一句，带着人扬长而去。

35 殿前退婚

夏风得了信，匆匆赶到望春阁时，杜荇主仆三个正抱成一团，坐在院子里哭。

夏风气得不行："不像话，太不像话了！"

大蓟，小蓟如获救星，猛地扑到他脚下，痛哭失声："四小姐说我们姨娘害了小侯爷……这话从何说起？姨娘自嫁给小侯爷起，便没出过望春阁的大门……"

杜荇梨花带雨，哭得伤心欲绝。

"地上凉，快起来……"夏风心中苦涩，弯腰去扶她。

杜荇却死死地勾着脑袋，不敢抬头。

夏风心生狐疑，抬了她的下巴定睛一瞧，惊得双眼圆睁，半晌才找到声音："这，这是雪儿打的？"

杜荇眼泪双流："不原四晓组，素七身本（不怨四小姐，是妾身笨）……"

夏风在屋里转了一圈，越看越生气："常安，把杜姨娘的行李整一整，接到听风轩去。"

说完，一撩袍子直奔上房而去。

听风轩是夏风自己的院子，按规矩只有正妻才能住。

杜荇因祸得福，登时喜出望外："洗洗晓猴姨（谢谢小侯爷）……"

夏雪正窝在侯夫人许太太怀里，孟氏和纪氏一左一右，分坐在许太太下首。

夏雪眉飞色舞，正说到郭嬷嬷命人掌嘴，把杜荇的门牙都打掉一颗，说话漏风，学着杜荇的语气："泥素稀母意稀……"

"你这猴精！"许太太爱怜地伸指戳上她的额。

"雪儿。"

夏雪欢呼一声："三哥，你回来了？跟你说，我帮你教训了那只母蝗虫……"

孟氏，纪氏唬得忙站起身来："三叔。"

夏风怒不可抑："看看你做了什么好事，比市井泼妇还不如！"

夏雪俏脸一沉："三哥，这是要护着那只母蝗虫了？"

"别叫我三哥，我可没你这种飞扬跋扈的妹妹！"夏风眸光沉沉，怒气逼人。

"哼！"夏雪纤腰一扭，一屁股坐到炕沿，气呼呼地道，"不叫就不叫！被女人迷得晕头转向，六亲不认的哥哥，我也不稀罕！"

"雪儿！"许太太叱道，"不许这么跟你哥哥说话！"

夏风气得发昏，双拳在袖子里握成拳，他闭眼深深吸了口气，将怒气压下去："母亲，你听听她说的这混账话！再看她的行事做派，哪里有半点侯门千金的样子？这将来要是嫁出去，非给咱们家招灾惹祸不可！"

夏雪怒道："我说错了吗？母蝗虫害得你被皇上猜忌，你屁都不放一个！我不过教训她一通，就被你骂得狗血淋头！若真是个国色天香的绝代佳人也就罢了，偏偏还是这种下三滥的货色！说我不像侯门千金，你见了个女人就腿软，又有哪里像个侯门世子爷了？"

许太太忙出声斥责:"雪儿!"

"你!"夏风气得发抖,猛地扬起了手掌。

夏雪见他动了真怒,心里发怵,扭身扑到许太太怀里,大哭:"娘,三哥打我!他为了一个姨娘,要打死自己的亲妹妹!"

孟氏,纪氏颇为尴尬,只好低了头,不说话。

"傻丫头,"许太太心疼女儿,"三哥只是吓唬你,哪里舍得真打?你也真是,以后不许这么说你三哥!快,眼泪擦擦,给三哥赔个不是。"

夏风气结:"您再这么惯下去,惯得她无法无天,只会害了她!"

许太太冷冷道:"你们兄妹几个,谁被我惯坏了?"

"可是,她……"

许太太淡淡道:"我知道你心疼杜姨娘,雪儿这么做的确过了些,有失体统。可这怪得了谁?当初娘就说了,她面相不好,八字又硬,嫁进来不只对你没有帮助,还会阻碍你的前程。可你不听,非要迎她进门!现在如何,果然出事了吧?"

"我……"

"刚进门就把蝗虫引来,闹得整个临安城都在笑咱们夏家娶了个母蝗虫!如今,你又因她的事,受了圣上猜忌!偏你不知好歹,跳出来给她出头!"

夏风苦笑:"娘,雪儿年轻不知事,您怎么也跟着瞎起哄?这根本就不关她的事,怪她岂非无理取闹?"

"好啦,"许太太不爱听,淡淡道,"无理取闹也已经做了,雪儿堂堂侯府千金,莫非还能给个姨娘低头认错不成?要怪,就怪她自甘下贱,甘愿做妾!"

"如今侯府处在风口浪尖,京里不知多少双眼睛在盯着咱们家。"夏风又气又恨,"这节骨眼上,低调还来不及!雪儿如此张扬,万一被有心人捅到圣上面前,参一个飞扬跋扈之罪,又该如何是好!"

许太太不以为然:"堂堂侯府,难道还处置不了一个姨娘?"

夏雪一脸得意,冲夏风扮了个鬼脸。

许太太瞥她一眼,道:"你也别得意!这事你的确处理得有欠妥当!堂堂侯府千金,跟一个姨娘斗,传出去是笑话一桩!"

"可是……"夏雪颇有些不服气。

"你以后肯定会嫁进高门,姨娘是免不了的。这时你怎么办,难不成一个个去斗个你死我活?"许太太乘机教育,"你是主子,她是奴才,跟她斗那是抬举她!赢了也不光彩,输了丢人现眼!"

"那,总不能要我忍气吞声吧?"

许太太恨铁不成钢:"养那么多奴才干什么吃的?"

夏雪眼睛一亮:"娘,我知道了。"

孟氏,纪氏在旁听了,各自暗暗凛然。

夏正庭长年镇守南疆,许太太在京城上事公婆,下育子女,牢牢握住中馈大权。

这些年,侯爷的姨娘通房都是许太太亲自挑选,逢年过节就会派人去南疆给侯爷送节礼和四时衣物,回来的时候,带回的除了土仪,还有边关的消息。

若是有风声哪个姨娘得了宠了,立刻便会再选一批新姨娘过去。

这些姨娘还都不是软茬,或是美貌,或是温柔,不是会唱曲,就是能做得一手好菜,每人都有一技之长。

男人都喜新厌旧,有了新的,自然丢了旧的。

许太太不声不响就把苗头给掐了……

杜荇本就娇弱,受了这么大的羞辱惊吓,又在院子里吹了一下午的冷风,病得神志不清,浑身烫得像烧红的烙铁一样。

大蓟还算镇定,拧了帕子不停地擦着杜荇的双手。

小蓟已是手足无措,满眼泪花。

"拿我的帖子,赶紧请陈太医过府。"夏风一看这样不行,拖下去只怕会得大病,吩咐常安。

"是。"

陈朝生拎了药箱进门,见了杜荇这般模样,就知根本不是偶感风寒,而是被人殴打,气怒攻心所致。

再联想到这两天的传闻,心里便隐隐猜到缘由。

只怕,这位就是传说中的,母蝗虫,胭脂马了。

但他人老成精,自然不会蠢到点破,把了脉,默默地开了几剂祛风散寒,消肿止痛,活血化瘀的药。

临走,偷偷塞了个瓷瓶到夏风手心:"这是宫里秘制养颜丹,早晚各一次,涂于患处,不留疤痕。"

夏风又羞又惭。

他在书房呆坐了一夜,直到常安来唤,这才打起精神,洗漱毕,换上朝服匆匆出门。

皇帝摆列大队仪仗,率着文武百官浩浩荡荡去向太庙。更换祭服后,在金盆内行了净手礼,这才登坛祭天。

仪式数天前已经开始筹备,太常寺安排就绪,还要由礼部全面检查一遍,确保没有疏漏。

祭天典礼,包括迎帝神,奠玉帛,进俎,行初献礼……等九个步骤。

令数万观礼百姓惊奇的是，随着祭天仪式的进程，天空开始飘起了雪花。

起初是零星的几点，倏然而来，还没落地已没了踪影。到中午的时候，已是越落越疾，越落越大，至礼毕时，已变成鹅毛大雪，大地披上一层薄薄的银妆。

吉兆涌现，百官齐齐伏地三呼万岁，称："此乃吾皇诚心，感天动地，降下瑞雪，赐福于民。"

马屁人人爱听，太康帝自然也不例外。

下了旨意，对积极灭蝗的几位官员进行了不同程度的封赏。

夏风以前只是个镇抚使，是个从五品的官职，这次调到五军营，任了个指使佥事，正四品的官职。

表面上看来，他占了大大的便宜。

然而，他以前在金吾卫，隶属皇帝的护卫亲军上十二卫，负责贴身保护皇上安全，是不扣不折的天子近臣。

五军营却是赵王所辖，夏风自小与燕王走得近，现在又因胭脂马事件，被彻底打上了燕王的烙印。

用脚趾头想也知道，他进了五军营，不被人踩死都是好的，更不要说加官晋爵，出人头地了！

夏风肚里憋屈不说，面上还得装得十分欢喜，办了交割手续，去五军营报到。

大雪降下，蝗虫尽死，百姓欢呼雀跃，一扫入秋以来，连续数月来的阴霾，一派繁华热闹景象。

"小姐，"白前挑了帘子进来，嚷道，"雪下了一夜，早上起来路都没了。外面好热闹，所有人都出来了，都跟疯了似的在庆祝呢。"

紫苏撇了撇嘴，道："雪年年都有，有什么稀奇？"

杜蘅听了，几不可闻地叹了声气。

这两天笑，再过两个月，只怕哭都来不及了。

"那我告诉你一件事，包你乐得合不拢嘴！"白前一脸神秘地道。

"切，"紫苏不信，"你又来哄我。"

"不哄你，保证大快人心！"白前附在她耳边，轻轻低语了几句。

"真的？"紫苏听得眼睛一亮，喜不自禁，"果然是件大喜事，赶紧告诉小姐，讨赏去。"

杜蘅好奇："什么喜事？"

白前和紫苏两个对视一眼，得意扬扬地大声宣布："大小姐挨打了，听说打得还不轻，气得病倒了！"

"消息准确不？"杜蘅吃了一惊。

"真真的！"白前点头，"我有个远房的姑表嫂子做得一手好菜，我听说大小姐要嫁到侯府，想着怎么也得想法子通些消息，就使了银子，把她送进去了。她今早买菜带出来的话，绝错不了。"

杜蘅满意地夸她一句："这事办得不错，回头让紫苏赏你十两银子。"

白前喜上眉梢，道了谢，把夏雪带人去望春阁大闹一通，杜荇如何凄惨，夏雪如何泼辣，说得绘声绘色，仿佛亲身经历一样。

逗得白芨几个都咧开嘴，笑得不行。

"该！"紫苏狠狠啐道，"叫她鼻孔朝天，在家里横着走，这回总算遇上克星！"

"不是不报，时候未到！"白芨拍着手笑。

几个丫头嬉笑打闹，杜蘅却沉默不语。

"小姐，"紫苏不解，"这是好事啊，干吗闷闷不乐。"

"倒是我高估了她。"杜蘅叹了口气，"本以为就算有些阻力，以她的美貌和手腕，站稳脚跟倒是不难，不想这么快就败下阵来。"

紫苏不屑地撇唇："一个不受宠的姨娘，能翻起什么浪？"

"这可不成，"杜蘅屈指，轻轻敲着桌面，"得想个法子，帮她一把，让她在侯府站稳脚跟。"

"什么？"紫苏拔高了嗓子。

"我花那么大的力气，把她送进侯府，可不单只是让夏雪出气的。"杜蘅慢条斯理地道。

白蒇满脸兴奋地冲了进来："小姐，张公公来了。"

杜蘅眉眼一弯，笑道："这不，机会来了。"

"什么意思？"紫苏不懂。

杜蘅笑而不语，出去见张怀。

不出所料，张怀果然是来宣皇帝口谕，召她进宫。

杜蘅接了旨，示意紫苏塞了一卷银票到张怀手里，恭敬地请他到花厅入座："张公公请到花厅用茶，我去换了衣服，再随公公进宫。"

"县主请自便。"张怀笑眯眯，拱着手道，"县主飞黄腾达，还请多多提携小人。"

"张公公客气了。"杜蘅与他寒暄了几句，入内匆匆更换了礼服。

白前已命人套好了车，随着张怀进了宫。

不同于前次在坤宁宫，这回召见的地点，是御书房。

"杜太医府，二小姐杜蘅觐见。"内侍特有的尖厉的嗓子，拖着长长的尾音，在空旷的大殿里回荡。

太康帝在批阅奏折，听到脚步声并未立即抬头。

杜蘅便安静地站在一旁，静静地等候，神色极自然，并无半分局促之色。

　　张炜见了，不禁暗自称奇。

　　杜谦那人未见如何出色，倒养了个好女儿。

　　良久，太康帝终于阅完手中的奏折，将折子推到一旁，转过身含笑望着她："阿蘅，好久不曾下过棋，陪朕下一盘可好？"

　　"好。"杜蘅欣然应战。

　　张炜搬出一张小几，太康帝和杜蘅便摆开架势，厮杀了起来。

　　与那天战得难解难分不同，今日的杜蘅显得有些心神不宁，很快就显了颓势败下阵来。

　　"有心事？"太康帝没能尽兴，显得有些遗憾。

　　杜蘅蹙着眉，半天没有吱声。

　　太康帝也不催促，靠在椅背上，悠闲地品着茶。

　　一盅茶饮完，见她还在挣扎，不觉莞尔："什么事这么难以启齿，说出来给朕听听？"

　　"我的确遇到一些糟心的事，"杜蘅犹犹豫豫地道，"可是，断没有拿这些琐事来烦一国之君的道理……"

　　抬起眼飞快地看了他一眼，垂下眼帘，一副很怕受责备的样子："可不可以，暂时不当您是皇上，只是疼惜晚辈的世伯，说说心事？"

　　太康帝微微一怔，指着她，冲着张炜大笑了起来："你瞧瞧，这丫头狡猾不狡猾！诓朕替她出主意，还不肯担责任。"

　　张炜弯着腰赔着笑了起来："二小姐聪明伶俐，皇上也是称赞的。"心里也不得不佩服杜蘅的机智。

　　皇帝面前说错话，闹得不好是要砍头的。

　　世伯却不然，哪有晚辈子侄说错话，世伯喊打喊杀的？

　　但是，就算是以世伯的身份私下交谈，却抹杀不了他是皇上的事实。

　　真要是什么难以决断的事，经了太康帝之口，说出来的话就是金口玉言了！

　　太康帝眼里藏了几丝锋锐，淡淡笑了笑，道："且说来听听？"

　　没答应，也没否定。

　　"南宫伯伯，"杜蘅微抬了颈，半是撒娇半是讨好地问，"当亲情和礼仪规矩相悖时，你会选择维护亲情，还是遵守规矩？"

　　太康帝淡淡道："无规矩不成方圆，老祖宗既然在律法之外，制定了这许多规矩礼仪，且历千年而流传，显见是有其道理的。若然是品行方正之人，自然该谨守礼法。然而，人活于世，若连亲情都不顾，与畜牲又有何异？因此，亦不可一概而论，得视具体事件具体分析。"

这话，说了等于没说。

张炜腹诽：小狐狸对上老狐狸，且看谁更狡猾？

"南宫伯伯，"杜蘅又问，"如果，是件世人眼中看来惊世骇俗之事，绝对不违反律法，对方也不会有大的损失，对我的亲人却大有好处，该不该做呢？"

"既是惊世骇俗，还是慎重些好吧？"太康帝不上当。

杜蘅很是泄气，噘了嘴，嗔道："南宫伯伯，人家是真的很烦恼，特地请您做参谋。您老人家却一直跟我打太极，这算哪门子的世伯？"

太康帝眼睛一瞪："到底是谁先兜圈子？一句实话都没有，朕如何帮你拿主意？"

"嘿嘿，"杜蘅干笑两声，颇不好意思地道，"因为，我真的难以启齿嘛。"

"到底什么事？说！"太康帝脸一沉，叱道。

杜蘅似是吓了一跳，脱口而出："我想退婚！"

太康帝大为意外："这是你自己的意思，还是杜太医的意思？"

杜蘅黯然垂下眼帘："是我自己的意思。"顿了顿，小声加了一句，"父亲和我，向来不亲。"

太康帝缓了脸色："为什么想退婚，是不是夏风那小子待你不好？"

"小侯爷温文尔雅，对谁都斯文有理，又怎会独对我不好？"明明是赞誉之词，听在耳里，却多了几分与她年纪不符的怆然，"我退婚，与他无关。"

多情是好事，太多情了却是大问题。

太康帝琢磨出言外之意，淡声警告："这是你的福气。"

杜蘅却似未听出他的警告，或是明明听出来了，却装聋作哑，轻声道："我是个无福之人。"

"小小年纪，何出此言？"

杜蘅苦笑，双手在膝上交握，神色安静中透着一丝凄然："小时候，外祖最喜欢我，常抱我在膝上玩耍，却在我七岁时离世。母亲是我最亲的人，却常年卧病在床。细细回忆，对母亲的记忆，竟只有药香。而大姐，因与我扯上关系，也变得处境艰难……"

说到这里，她似乎意识到不妥，立刻闭了嘴，表情很是尴尬。

张炜哂笑：来了，兜来绕去，终于还是绕到胭脂马上了。

"这是命数使然，与你有何干系？"太康帝蹙起了眉。

杜蘅摇头："她们说我命硬，克父克母。"

"胡说！"

杜蘅却似不想在这话题上多谈，笑了笑，把话题拉开："我与小侯爷退婚，却也不是因为这个，而是想让出正妻之位。"

"这更荒唐了！"太康帝斥道，"正妻之位，岂是你想让便能让的？即便你退了婚，夏家也未必就会如你所愿,让杜家大小姐坐上正妻之位!"

"所以,"杜蘅眨巴着眼睛,可怜兮兮地望着他,"我才会来求南宫伯伯嘛。"

"你!"太康帝气结。

"南宫伯伯,你就帮帮我吧?"杜蘅软语相求,"大姐只是蒲柳之质,不能与出身名门的大家闺秀可比,更没有资格坐上平昌侯府小侯爷的正妻之位。可她好歹是个官家小姐,哪怕,做个贵妾也好过做姨娘啊!"

太康帝叱道:"荒唐!"

杜蘅低了头小声嗫嚅:"有什么关系?我反正,也没打算嫁人了。"

"你说什么?"太康帝吃了一惊。

杜蘅笑了笑,半真半假地道:"女子嫁人,无非是图个终身有靠。可我现在,拿着母亲留下的嫁妆,已足够一辈子吃喝不愁。又何必非要带着八字太硬,克父克母的名声嫁人,去受婆家的腌臜气呢?倒不如成全了大姐,留在家中,侍奉祖母和父亲,不是更好?"

太康帝不由得便信了几分,瞪着她,简直不知说什么好:"糊涂!胡说!胡闹!"

"皇上,"杜蘅半蹲着身子,仰头望着他,软语相求,"我记得上次金蕊宴,您还欠我一个愿望。不如,就用这个愿望,成全了我吧。好不好,嗯?"

话音一落,张炜的脸色就变了,满脸纠结,一副便秘的样子。

太康帝的脸色就更不好看了。

君子一诺尚值千金,他一国之君,难道还能说话不算话不成?

他冷着脸道:"此乃平昌侯府内宅之事,朕不便插手。"

"您不需要插手,"杜蘅却早盘算好了,微微一笑,"您只要准我退婚就成。至于理由,随便怎么说都可以。责任当然也由我承担,总之绝对不让小侯爷的名声受损就是。"

"朕身为皇上,只有下旨赐婚的,哪有下旨逼人退婚的理?"太康帝不悦道。

杜蘅抿着唇,眉眼间俱是飞扬的喜悦:"您不需要下旨,只需点头。"

"退婚?"

晴天霹雳!

"凭什么,她算老几?就算要退,也是咱们夏家退,她有什么资格?也不怕丢人现眼,竟然求到皇上跟前!"

夏雪简直不敢相信自己的耳朵,双手握拳,愤怒得无法自抑!

"把杜家那不知廉耻的丫头给我叫来!立刻,马上!"许太太震怒了,高分贝,大频率,尖锐的嗓音充斥着偌大的上房,嗡嗡不绝于耳。

夏风一脸呆愣地跌坐在椅子上,震耳欲聋的尖叫充耳不闻,仿佛灵魂出了窍似的!

自打从御书房里出来之后,他就成了一抹游魂!

原来,阿蘅说的,都是真的。

不是矫情,不是要挟,不是撒娇,不是为了引起他注意的小花招……

为了退婚,她连名声都不顾,承诺无论夏家以什么理由提出退婚,都毫无异议。

她竟是如此迫不及待地摆脱他,视他如蛇蝎!

"愣着做什么,还不快去?"许太太见他不动,勃然大怒,打了他一掌。

"太太,"孟氏低眉顺眼,小心翼翼地道,"三叔怕是一时半会还接受不了,心里正难过着呢。不如……"

"放屁!"许太太怒喝一声,"不过是个上不得台面的丫头,退了便退了!有什么好难过的?是男子汉就给我挺起胸膛,拿出气势来!没了她杜蘅,风儿难道就娶不上媳妇了不成?"

"就是,"夏雪俏脸凝霜,怒不可抑,"她仗着有了点名声,竟敢不把平昌侯府放在眼里,妄想要攀龙附凤!"

"呸!"许太太狠狠啐道,"她一个黄毛丫头,有什么能耐?别人捧她,不过是给平昌侯几分薄面!她就真当自个是个人物!离了平昌侯府,我看她还怎么狂!"

孟氏和纪氏立在一旁,不敢搭腔。

"不要脸!"夏雪越想越生气,禁不住把气撒在夏风身上,"都怪你!在皇上身边待得好好的,偏要上赶着去灭蝗!这下好啦,那个贱人竟然在你的眼皮子底下作妖,勾搭上了燕王!"

许太太冷笑:"她若真有此意,那才是自甘下贱!燕王是什么身份,婚事得万岁爷做主,岂是她想嫁就能嫁的?她如今又被退了婚,给人做妾人家都懒得要!"

她早就说了,杜家蓬门小户出身,虽然进了太医院,有了官身,也难改那浑身散发出来的小家子穷酸气!

看看杜家做的这些事,哪件上得了台面?

夺了妻子的财产还不够,连女儿的嫁妆也想谋,这样的人,能养出什么好女儿?

杜荇没脸没皮,杜蘅飞扬跋扈,杜茳尖酸刻薄……

只苦了夏风,好好的前程,硬生生被女人毁了!

许太太越想越恨,一迭声地嚷:"来人,把杜蘅给我叫来!"

孟氏见劝不住她,只得亲自出门,把常安叫过来,低声嘱咐了几句。

常安替主子鸣不平,见了杜蘅,脸色自然也很难看:"我们夫人吩咐我,立刻带小姐见她!"

"你先在外面等等,我换件衣服,立刻就去。"杜蘅不以为忤,待他反而比之前客气有礼。

紫苏气呼呼："都已经退婚了，两家便再无干系，凭什么对小姐呼来喝去？不去！"

杜蘅微笑，不以为意："就算做不了婆婆，人家还是长辈呢！这个面子还是要给的。况且，退婚是我提出来的，躲着她算怎么回事？"

"许太太跋扈惯了，这会子又在气头上，见了面准没好事。"紫苏拿不出话反驳，瞪了她半天，嘟囔着道，"真要谈，让她上咱们家来谈。"

杜蘅冲她眨了眨眼："我若不去，怎么给大小姐撑腰？"

"你……"紫苏受到惊吓，俏眼圆睁。

"哈哈！"杜蘅哈哈大笑，得意之情溢于言表。

马车很快驶进平昌侯府，杜蘅在二门下了车，一路淡定地穿廊过榭，进了上房。

房里气氛凝重，许太太坐在炕上，夏雪紧紧挨着她，孟氏和许氏垂着手，立在一旁，夏风两眼无神，呆望着描金绘彩的承尘。

"蘅儿给侯夫人请安。"杜蘅恭敬地屈膝，福了一礼。

许太太板着脸，直愣愣地瞪着她，恨不能给她两巴掌。

夏雪跳起来，冲了过去："你还真敢来！"

"长辈请，不敢辞。"杜蘅语气平稳，竟无一丝心虚。

孟氏，纪氏瞧在眼里，暗自佩服，不约而同地打定了主意要作壁上观。

许太太目光锋锐如刀："好一张能说会道，牙尖嘴利的小嘴！"

杜蘅柳眉一扬，不卑不亢地道："我敬你是长辈，这才会顶着这样的大雪，不顾严寒地赶来。原也是想息事宁人，既然侯夫人没有诚意，那我只好告退了。"

大家都以为，她既然来了侯府，必是已服了软，是来赔礼道歉，伏低做小的。

想不到她不只毫无愧意，态度竟还如此强硬！

孟氏，纪氏双双倒吸一口冷气，看她的眼神又变了。

夏雪气冲脑门，忍不住尖叫了起来："息事宁人？你有什么资格说息事宁人？你息事宁人，已经让三哥成为笑柄？若是不息事宁人，是不是要灭了我们平昌侯府？"

杜蘅不答，只望着她无声地微笑。

笑容里，带着三分哂然，三分讥嘲和几分挑衅！

夏雪肺都气炸了，想也不想，抄起搁在炕沿上的皮鞭，狠狠抽下去："我杀了你，看你还如何嚣张？"

"啊！"孟氏心中突地一跳，掩了眼不敢瞧。

"雪儿！"

"不可！"

一声低叱，一声厉吼，夏雪的手腕被牢牢握住，红色的皮鞭高高扬在空中，似一道烈焰，一如她此刻心中狂燃的怒火！

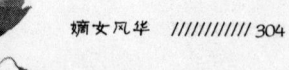

夏雪用力跺着脚，尖声怒叫道："放开我！让我教训这个不知天高地厚的贱人！"

"阿蘅，"夏风牢牢地握着夏雪的手腕，一双赤红的眼睛却紧紧地盯着杜蘅，带着锥心刺骨的痛楚，薄唇翕动着，"你一定要退婚吗？"

"三哥！"夏雪不敢置信地瞪圆了美眸瞪着他。

"我做错了什么？"夏风眼神狂乱，带了几分迫切，"你说，我改！"

杜蘅心弦微震，这一刻，说完全没有感动是骗人的。

可惜，前一世的过错，已经注定了这一世的擦肩而过。

她垂下眸，轻声道："你没有错，是我福薄。"

夏风痛苦地闭紧眸子，心似被某种利器刺穿，痛得令人窒息。

许太太气得直哆嗦，指着夏风道："好！真是我的好儿子！"

"不行！你不能进去！"外面忽地大声吵起来。

杜蘅转头，就见锦帘一晃，紫苏吱溜一下，钻了进来："小姐，你没事吧？"

李妈妈没拦得住紫苏，涨得老脸通红地走进来："来人，把这个敢藐视侯府，擅闯上房的丫头给我拉出去！"

"是！"侯府仆妇同仇敌忾，发一声喊，冲上来便要绑紫苏。

哪知紫苏经慧智易筋洗髓，这半年又得初七指点，每日勤练不辍，身手已练得十分灵活。寻常的仆妇，哪里是她的对手？

只见她游鱼似的在人堆里钻来蹿去，这个掐一爪，那个打一掌，就听得"哎哟""哎呀"尖叫惊嚷声四起。

李妈妈气急败坏："快抓住她！"

忽地眼前一花，紫苏忽地蹿到她背后，冷不丁飞起一脚踹在她腰上。

可怜她养尊处优这么多年，哪里经得起这一踹？

哎哟一声摔倒在地，另一人猝不及防，一脚踩在她身上绊得跌了一跤，后面的人避之不及，纷纷倒了下去，像叠罗汉似的堆了起来。

"哈哈哈！"紫苏扶着门框，笑得花枝乱颤。

"一群废物！滚，都给我滚！"许太太气得直打战。

那些仆妇灰头土脸从地上爬起来，灰溜溜地鱼贯而出。

许太太面黑如锅底，阴沉沉地道："杜谦就是这样教你的？登门做客，却把主人家的仆妇打一个遍？"

杜蘅微微一笑："我这丫头年纪小见识浅，侯府摆出这么大的阵仗相迎，她有点受宠若惊，以致兴奋过度，惊了太太及几位少奶奶，实在抱歉得很。"

"你！"许太太一口气哽在胸口，气得脸发白。

"杜蘅！"夏雪见许太太没占到便宜，立刻叫道，"你当侯府是什么地方，一句兴奋过度，就想把打伤人的事情轻轻揭过？"

"问得好！"杜蘅鼓掌，冷笑，"我正要请教侯夫人，四小姐将我大姐打得遍体鳞伤，一病不起，这事要怎么算？"

许太太心里一惊，面上却是波澜不兴："杜荇既嫁入夏府，就是我夏家的人，如何管教，轮不到二小姐置喙。"

夏雪的态度更加嚣张："姨娘不守规矩，挨家法，跪祠堂原就稀松平常！莫说只是伤点皮肉，就是打死了，也是活该！"

杜蘅微微一笑："可你不要忘了，杜荇是官家小姐，并不是卖身于夏府的奴才！况且，从来只有正室给姨娘立规矩，不曾听说未出阁的小姐插手兄长闺房之事的，侯府端的是好家教，好规矩！让人大开眼界！"

夏雪脸一红，强辩道："你休要胡说八道！是她不守规矩，不遵礼法，所以我才代母亲出手管教她！"

"是吗？"杜蘅脸一沉，冷冷道，"就不知到了临安城的公堂之上，四小姐是否依然能如此理直气壮？"

"你，你说什么？"夏雪惊疑不定。

"我们杜家虽比不得平昌侯府钟鸣鼎食，百年勋贵，却也是堂堂五品官身。好好的女儿嫁到侯府，不到一个月就弄得只剩半条命。今日若不能给我一个交代，说不得，只好请到公堂之上，将事情公之于众，请大家断个是非曲直！"杜蘅义正词严，语句铿锵。

"去就去！"夏雪冷笑，"我倒要看看，临安城究竟是听你的，还是听我们侯府的？"

许太太忙上前一步，把话岔开："杜姨娘违了家规，只是略施薄惩，命其闭门思过，怎么会弄得遍体鳞伤？半条命之说，更是无稽之谈！"

"是吗？"杜蘅眉眼一弯，唇边浮起一丝讥刺的笑，忽地抬手轻拍两掌。

忽听哗啦一声响，带进来一股子冷风，窗户破了个大洞，从外面滚进来一团圆球。

众人骇了一惊，原来是一个身着紫色绸缎劲装的少女，背了床棉被闯进来。

棉被外还露着一绺黑发，定睛一瞧，被卷成一条缩在被子里，张皇失措且莫名其妙，且满眼茫然的，不是杜荇是谁？

"看！"初七把棉被往炕上一扔，得意扬扬地道，"我都说了能找着，就一定能找着！我厉害吧？"

紫苏笑着冲她竖起了大拇指。

"许太太，"杜蘅指着大炕上，惊惧莫名的杜荇，微微一笑，"不愧是百年勋贵之家，果然家风严谨，令人敬畏！略施薄惩，已将人打得面目全非！不知严加惩戒，会是何等下场？"

许太太面上阵青阵白，张着嘴望着杜蘅半天说不出话。

杜蘅得理不饶人："许太太若是不能给我一个说法，那咱们就只好公堂上见了。"

纪氏听得脸都青了。

闹上公堂，不管有理没理，夏风一个"苛待妾室，耽于美色"的名声是担定了！

再加上，如今侯府正受皇上猜忌，说不定那有心之人乘机在皇上耳边叨咕几句，给他上上眼药什么的。

常言道，齐家治国平天下，一个连家事都处理不好之人，又怎能指望皇上会对他委以重任？

更不要说，夏雪还未定亲。

她若是下了决心，有事没事跟你打一下官司，县里告完上州里，州里告完去府里。这么层层地告上去，就算回回都能赢官司，夏雪的名声也早就毁得不成样子了！

到时，有哪家勋贵之家，敢冒着家宅不宁的危险，娶这样一个不守闺训，插手兄长闺房之事的刁蛮泼妇进门？

纪氏都能想明白的道理，许太太如何不知道厉害？

当下面色铁青："不要说了，你想怎样？"

杜蘅见她服了软，微微一笑："当初是小侯爷当众许诺要照顾大姐一生，后又亲自登门向父亲求娶大姐。如今不过月余，好好一个如花似玉的美人，弄成这副光景。抬个贵妾，补偿一下不为过吧？"

"想得美！"夏雪几乎是立刻跳起来反对。

杜蘅却看也不看她，只牢牢地望着许太太。

许太太狠狠地瞪着杜蘅，脸色白中泛青，青中透着黑。

按大齐律例，贵妾是要报备官衙，记上族谱的。

也就是说，不管许太太怎么折腾，想把杜荇的痕迹完全抹去，是不可能的了！

本来以平昌侯府的地位，夏风的能力，就算退了亲，再娶个勋贵之家的千金仍然绰绰有余！

可倘若把杜荇抬了贵妾，只要是稍有身份的人家，谁还会舍得让自己的宝贝女儿受这份屈辱？

如果不答应，今日之事只怕无法善了，真的闹上公堂，不止保不住夏风，还会搭上夏雪的终身！

杜蘅也不催，坦然自若，稳如泰山地望着她，微笑。

许太太脑子里飞快地盘算着对策，越想越愤怒，感觉被逼入了死胡同。

脸上的肌肉急骤地抽搐着，在烛影的映照下，变得扭曲而恐怖。

初七好奇地问了一句："紫苏姐姐，她这是要吃人么？"

杜蘅微微一笑："休得胡说。"

"贱人，找死！"夏雪满腔怒火正无处可发，一鞭抽了过去。

初七只动了两根手指。

那条红色的皮鞭就像生了根似的牢牢地粘在了她的指间，任夏雪如何用力地拨，拉，拽，都纹丝不动。

"放开，你放开！"夏雪尖叫。

初七两指轻轻一剪，只听"咔"的一声轻响，那条红色的软鞭，竟然生生断作两截！

初七自己浑然不觉，夏雪却是血液逆流，呆若木鸡！

这条皮鞭看似寻常，其实是采自高山之巅，雪山崖上的红血藤，剥去表皮，以特殊的药汁，九蒸九晒，历九年打造而成。

寻常的刀剑砍上去，连个印迹都不留！

自她十二岁生日得到这根藤鞭以来，它不知为她赢得过多少艳羡的目光！

初七，居然只用两根手指，就把它剪断了！

"是不是把杜荇抬了贵妾，就可以不退婚了？"夏风眼里燃起希冀的火花。

夏雪怒不可抑："大丈夫何患无妻？你真是丢光我们夏家的脸！"

杜荇沉默以对。

夏风神色黯然："好，我明白了。既然你坚持要抬杜荇为贵妾。那我，答应了便是！"

"不能答应！"夏雪怒叫。

"雪儿！"许太太低叱。

"我宁愿这辈子嫁不出去，也决不让她如愿！"夏雪双眼赤红。

杜荇的唇角微翘，眼里闪过一丝讥嘲。

许太太表情很是挣扎："风儿，你再考虑考虑。"

夏风心如死灰："我意已决，不必再劝。"

说到底，他们这样的人家，最后决定是否联姻的，不是看你有多少女人，甚至也无关你有多大的能力，而是看这桩婚姻能给双方的家族带来多大的利益！

许太太是个刚强果决的人，不然也不能独揽侯府中馈几十年。

想通了这一点，也就立刻有了决断。

她昂起头，冰冷的目光射向裹在棉被中的杜荇："风儿的回答，你听到了，满意了？"

杜荇微笑："小侯爷的人品，我自然是信得过的。"

话锋倏然一转："大姐已嫁了，仪式什么的可以省略，然而衙门里的手续，还是尽快办一办的好。"

"你！"夏雪几乎要吐血，红着眼睛就要上去跟她理论。

孟氏拼命地握住了她的手，把她往身后拉。

许太太好不容易令事态平息，可别再生出波澜来。

"好。"夏风心头滴血，一字一顿地道，"我明天就去衙门办手续。"

"如此，我替家父，替大姐，多谢侯夫人。"

杜蘅功成身退，头也不回地领着紫苏等人扬长而去，踏出平昌侯府，脸上绽放出一朵发自内心的微笑，似悬崖上盛开的罂粟，决然而灿烂！

前路依然坎坷，遍布着荆棘，却离目标又更近了一步。

最重要的是——她，自由了！

从此飞出樊笼，海阔天空，任她翱翔……

（第一部完）

起

春日游，杏花吹满头。

第一次见到阿蘅的时候，她穿着一身粉色衣裙，梳着双丫髻，婴儿肥的脸蛋红扑扑的，乌溜溜的大眼睛，黑白分明，粉妆玉琢的十分可爱。

那年她躲在一棵杏树下，短小的胳膊攀着树干，探出半边身子，睁着小鹿般纯净的眸子，半是羞怯半是好奇地望着他，粉白的杏花重重叠叠地开在枝头，热闹又喜庆。

他讨厌一切打量的目光，仿佛自己是个新奇的物件。

捡了颗石头用力扔过去，做龇牙咧嘴状。

"哥哥，给你吃！"她递出手中的糖人，脸上讨好的笑甜得腻人。

他一巴掌打落糖人，转身离开。

杜蘅先是一愣，继而大哭："哥哥坏！"

他装作没有听到，扔下她跑得飞快。

顾烟萝急忙搂她入怀，柔声安慰："哥哥不是故意的，囡囡乖，娘再给你买，好不好？"

他轻哼："假惺惺！"

那年他九岁。

他讨厌这个粉妆玉琢，一看就是被人捧在掌心的娇娃娃。

讨厌，其实是因为嫉妒。

他是个孤儿，无父无母，据说生出来就被弃在寺庙之外，被了然大师收养。

缁衣，麻鞋，戴着斗笠，背着灰色的褡裢，通身的晦暗，没有一丝少年人该有的朝气。

人前是乖巧听话，温和可爱的小和尚；背了人，却是个易怒暴躁，一点就着的炮仗。

他讨厌顾家，讨厌开满花的杏树，讨厌她身上那丝淡淡的奶香，更讨厌那个站在远处温柔地注视着他的病歪歪的女人。

他明明欺侮她的女儿，可她的眼里，没有愤怒，满满的全是怜悯。

很多年以后，他才知道，这个躲在杏树下偷窥她的女孩和那树粉白的杏花，是他生

命中最绚丽的色彩，深深地镌刻在他的心上，终生难以磨灭……

了然大师对他要求十分严厉，甚至可以说是苛刻。

必须每日站马步，蹲梅花桩，习弓马，练剑术，精读各类经文……他的功课，囊括了医卜星相，天文地理，经史子集……包罗万象，应有尽有。

可以说，除了吃饭和睡觉之外，没有一刻喘息。

他没有朋友，更没有所谓的玩伴。

身边来来去去的，不是僧人，就是小沙弥。

了然常常带着他，辗转在大大小小的寺庙之间，与形形色色的高僧斗法，偶尔还会把他拎出来，背诵一段经文。

他那时年纪小，自然不喜欢枯燥的经文。

但他喜欢云游，那是唯一可以见识到外面的世界，接触到形形色色的人的方式。

所以，他拼命地背诵着这些艰深晦涩的文字。

顾家成了他生命中的第一个意外。

第一次见到石南，就是在顾家的善堂。

杜家颐指气使的大小姐，就因别人夸了句他长得比她漂亮，又哭又闹，不依不饶。

他不厌其烦，躲进了善堂。

"嘻嘻，小秃驴没出息，被小媳妇追着打。"清亮的声音，明明是骂人，却带笑。

他抬头，就看到了那个少年。

初春的天气，穿着件粗葛布短褂，露出两条细瘦的胳膊，脚下的黑布鞋已经磨破，两个脚趾露在外面，顶着一头鸟窝似的乱发。

肤色微黑，轮廓分明的五官还带着几分稚气，眼睛清亮有神，正双手叉腰，岔着两条腿，咧着一口白牙，笑得痞里痞气。

"呸！瞎了你的狗眼，没看到我是出家人吗？"慧智正憋了一肚子火，玄谭又不在，自然不屑于再装乖巧。

石南的眼睛亮了亮："哟，小秃驴，脾气还不小！"

"你又没受戒，就不算正式出家，随时可以还俗啊。"冲他挤了挤眼睛，手伸过来拧他的耳朵，"怎么，大小姐给你当媳妇，还委屈了你不成？"

慧智自然不会乖乖俯首，让他得逞，微微侧身避开："喜欢就自个儿娶，扯我做什么？"

"咦？"石南一抓落空，惊讶地瞥他一眼，收起了轻视之心，"看不出来，还是个练家子！"

随即起了兴致："来，咱俩比画比画。"

歪着头上下打量他一眼，嘴角一翘，勾出个魅惑的微笑："不用怕，小爷让你十招。"

"不用你让！"慧智一脸倨傲地拒绝。

撇开别的不谈，自三岁习武以来，他已换过了七位师傅，每一个都夸他天资聪颖，根骨奇佳。

寻常的江湖好手，想要他手下讨到好处，已是大不易。

"嘿嘿！"石南眯着眼，笑得像只狐狸，"输了不许告状，还得听赢家的使唤。"

有便宜不占是傻子。

于是，两人拉开架势，在几十个小屁孩的起哄声里，拳来脚往，斗成了乌眼鸡。

毫无疑问，这一仗他输了，接下来的三天，心不甘情不愿地接受了石南的荼毒和奴役。

这一打，也打出了他生平第一个，也是唯一的一个玩伴。

石南搭着他的肩，眼珠滴溜溜地转："小秃驴，想不想报复回来？"

慧智跃跃欲试："你有法子？"

石南笑得像偷了腥的猫："走，跟我来。"

两人在田间地头捉了十几只癞蛤蟆，乘夜鬼鬼祟祟地翻墙溜进内院，扔进了杜荇的房间，听到那声凄厉的尖叫传来，两人笑得从墙上一头栽下来。

结果惊动了护院，被狗追得差点断了气……

同样是孤儿，石南的性子却比他开朗洒脱得多。

他从没见过像石南这样的孩子，聪明，大胆，肆无忌惮。

有时像一头野马，奔放不羁；有时又像狐狸，诡计多端；有时，又像头狼，阴冷狠绝。

他们在一起三天，这三天却过得比他以往的九年加起来都多姿多彩。

石南带着他上树掏鸟窝，下河捞鱼虾。

口口声声叫他小秃驴，可真有人欺侮他，第一个跳出来护着他的就是石南。

想各种稀奇古怪的法子，不把人整得手脚发软，口吐白沫不罢休。

本以为在顾家短暂的三天停留，那个穿着粉色衣裙的漂亮的小女娃娃，都是人生长河中的一朵小小的浪花，就像他曾经去过的无数的寺庙一样，转眼就消失无踪。

没想到，十一年后，命运再次将他和那小女孩联系在了一起。

太康二十二年春天，一场席卷了半个大齐的瘟疫，令生灵涂炭，民不聊生。

石南在一次例行的任务中不慎受伤，感染了时疫，不幸殒命。

他失去了唯一的童年玩伴和朋友，带着石南辗转托人送来的医书，再次见到了十一年前的那个女孩。

此时的杜蘅，已是豆蔻年华的少女，骨瘦如柴，一身素色衣裙，沉默地跪在小佛堂里，怯懦卑微，安静得如一抹影子。

他一眼就认出了她，距她数步远就驻足不前。

她太孱弱，仿佛轻轻呵口气，就会消失不见。

所以，他的脚步放得极轻，生怕惊吓到了她。

尽管他已是如此小心，她依旧受了惊吓，瑟缩着身子，微仰着头，惊惧地看着他，那双黑白分明的眼睛，全不似记忆中的清澈澄明，丝丝缕缕，盛着的全是慌乱和无助。

这一瞬间，像是有什么在心坎上轻轻一撞，一股酸涩迅速在胸腔蹿起，忍了冲动，唤道："施主。"

杜蘅没有说话，只惶然地低下了头。

"别担心，"他郑重向她许诺，"一切都过去了，以后，我会保护你。"

杜蘅眼里闪过一丝困惑，迟疑地问："你是谁？"

他合十行了一礼："我叫慧智，方丈慧能是我师兄。"

杜蘅轻吁了口气，还了一礼："慧智师傅。"

他常年在寺中修行，本就不擅长言词，她更无心攀谈，很快便无话可说。

沉默良久，他突兀地问了一句："我教你医术，可好？"

杜蘅愣住。

春寒料峭，他的脸上却布满了细细的汗珠。

慧智涨红了脸，一番劝解的话说得七零八落："我听说你是顾沂之的外孙……与其沉溺悲伤中不可自拔，不如行医济世……就算救不了人，起码可赎些罪孽。"

杜蘅很是吃惊，半天没有吭声。

他有些不知所措，讷讷地道："我只是觉得，做个有用的人，总比混吃等死要好。"

"我，还能做个有用的人？"杜蘅仿佛不可置信，声音低至不可闻。

慧智耳力过人，立刻点头："当然。"

杜蘅没有作声，陷入了长久的沉默。

他没有逼她，转身离去："我就在寺中，你不必立刻回答，若想好了，随时可来找我。"

一个月后，他见到她，她只说了一个字："好。"

也是在这一年，他终于得知了自己的身世。

从一个无父无母的孤儿，一跃成为在佛门避祸的南诏太子。

每隔一段时间，都会有大量抄录的奏折送过来，供他批阅。

通过批阅这些旧折子，他不仅学习如何处理政事，分析时弊，了解南诏的国情，更多的是熟悉南诏的文武百官。

在玄谭看来，他很快适应了新的身份，处理起政事也应付自如。

事实上，身份上巨大的落差，让他无所适从，内心很是彷徨。

杜蘅的到来，无疑是他沉闷窒息的生活中，唯一的那根枯木。

他毫不犹豫地抓住了她，花大量的时间和心血，教她医理，教她下棋，讲解经文，阐述佛理……

　　与其是教她，不如说是逃避。

　　那时的杜蘅，经历了丧母之痛，遭遇了失身之辱，连顾洐之生前替她定下的亲事也被杜荇抢走。接二连三的打击，对任何一个女人而言，都是灭顶之灾。

　　他原以为她熬不了多久，因为她看起来那么脆弱，仿佛轻轻一碰就碎了。

　　事实再一次证明，生命的强韧，远远超乎人类的想象。

　　她跟着他学习医术，时常帮着给附近的香客看病，眼瞧着精神一日比一日好，身体一天天健康，脸上恢复了红润，也渐渐有了笑容。

　　自幼的耳濡目染，为杜蘅奠定了良好的基础，过人的天赋加上刻苦的钻研，使她的医术进步神速。

　　不过两年的时间，她的医术已是青出于蓝胜于蓝，两人间亦师亦友的情分也在逐日累积，逐年增长。

　　她对他的信任和依赖，亦越来越深。

　　相处越久，相识越深，越被她身上那份独有的宁静温婉所吸引。

　　他的目光，越来越久地停驻在她的身上，越来越贪恋与她相处时的那份温馨。

　　两人一起钻研医术，兴致来时杀上一盘，偶尔相视一笑，只觉时光悠悠，岁月静好。

　　她纯净清澈的笑容，毫无保留的信任，依赖的目光，看得见，摸得着，真实而鲜活。

　　玄谭替他勾画的雄伟蓝图，那些家国天下虽然诱人，但对他而言，太大，太空，太沉重也太遥远。

　　他背负不起，也不想背。

　　他其实没什么雄心壮志，不想当什么皇帝，更没有称霸天下，一统江山的野心。

　　他只想有个温馨的家，有温婉的娘子，生几个可爱的孩子，求个现生安稳，一生足矣……

　　可惜，这份安宁和平静很快就被打破。

　　一次偶然的机会，杜蘅邂逅了来静安寺寻他下棋未果，头疾突然发作的太康帝，以金针缓解了太康帝的头疼顽疾。

　　谁也没有料到，这次的无意之举，彻底改写了他和她的命运。

　　太康帝杀了他一个措手不及。

　　三年孝满，一道圣旨，她嫁进了燕王府，成了三皇子南宫宸的正妃。

　　很多年以后，他仍然懊悔不已。

　　假如当初，他没有接受石南的请托，又或者直接把顾洐之的遗物交给她，没有收她为徒，亲自教她医术……故事的结局，是不是将完全不同？

承

太康二十五年秋。

皇家猎苑惊现不明身份刺客，燕王遇袭，身中剧毒，昏迷数日不醒，太医院群医束手无策。

杜蘅遍翻医书，不得其法，几近绝望："先生是国手，难道也没法子？"

钟翰林心情沉重："臣是太医，不是神仙。"

"难道，就这样眼睁睁地看着？"杜蘅身形微晃，几乎站立不住。

"如果有七星海棠，或许还有一线生机。可惜……"钟翰林摇头叹息，也不忍见精明干练的燕王英年早逝。

杜蘅精神一振："什么是七星海棠？"

钟翰林解释："传说，七星海棠乃解毒圣品，七朵簇生，瓣上有银斑，远望若星而得名。其枝坚硬如铁，刀剑皆不能伤，遇金才落，离枝即萎，必须以玉养着才能保持鲜活之态。"

杜蘅眼睛一亮："何处有七星海棠？"

钟翰林捋着须，干笑两声："传说，七星海棠唯有碧霄峰的摩云崖上才有。可是，那绝壁崖高千仞，终年积雪覆盖，飞鸟难渡，人力不可攀援。老夫活了五十载，从未见过七星海棠……"

"我要去碧霄峰，登摩云崖，采七星海棠！"杜蘅打断他。

钟翰林吓了一跳，急忙劝阻："六指山在云南，距此两千三百多里，就算是八百里加急，来回也要六天。且摩云崖，山势极险，人迹罕至，山上虎豹成群，山下毒虫遍地。就算武功好手，也难以登临，王妃一介弱女子，手无缚鸡之力，如何去得？"

"无妨，大不了多带些护卫。"杜蘅很是兴奋。

钟翰林深悔不该多了句嘴："传闻毕竟只是传闻，谁也不曾真正地见过七星海棠。王妃，请三思。"

杜蘅已下定了决心："求先生务必倾尽全力，保王爷一个月无事。"

钟翰林面有难色："非是微臣不肯尽力，实在是……"

若非生在皇家，有无数珍稀药材吊着，南宫宸的命可谓朝不保夕。

他自问没有本事，从阎王手里留人。

杜蘅何尝不知一个月是强人所难？一咬牙，道："二十天，不，半个月，求你了！"

钟翰林应得勉为其难："微臣，只能说尽力施为，不敢保证。"

"多谢！"杜蘅恭敬地朝钟翰林敛衽而礼。

带了三十名高手护卫，马不停蹄地疾驰出京。

慧智缁衣僧袍，立马于城外，含笑静静望着她："我陪你一起去云南。"

杜蘅冲他颔首："我赶时间，一路得急行军。"

慧智蹙眉："你行吗？"

杜蘅语气笃定："不行也得行。"

这一路上，除中途每二百里到驿站更换一次马匹，下马休息一刻钟，以及早晚各歇上半个时辰，洗漱，喝口热汤热水，解决生理需求等等，其余的时间几乎全在马上度过。

第四天清晨，一行三十余人，呼啦啦进了大理城。

杜蘅早颠得浑身散了架，大腿两侧更是磨得血肉模糊，瘫在马背上一动都动不了了。

慧智将她抱下马，抱进驿站，紫苏强忍了疼痛，一瘸一拐地进来，服侍着她更衣，再抹上伤药。

做完这一切，陈然也领了向导进门，见杜蘅面白如纸，虚弱得仿佛风一吹就会倒，犹豫一下，问："要不，在大理歇一晚，休整一下再上山？"

"不！"杜蘅咬着牙，摇了摇头，"王爷生死一线，一秒都不能耽误。扶我上车，我在车上休息也是一样。"

于是，众人复又出城，马不停蹄地朝六指山进发。当晚，歇在了六指山下的农家小院。临进山的那一刻，紫苏被杜蘅留在了农家院中。

理由很简单，队伍中有她一个累赘就够了，不能让紫苏再拖慢了行程。

进了山才发现，之前想的还是太简单，山里环境之复杂，比想象的还要艰苦十倍。

林中又闷又热，又正值雨季，尽管事先带足了药，每晚宿营必撒雄黄，蛇虫鼠蚁，蝎子蜈蚣，仍然是防不胜防。刚进山，就倒下了四五个。

抢时间，不可能停下来治疗，只得分了人手把伤者带回山下治疗，其余人继续往山上行去。

越往上走，山路越陡峭，除了应付毒虫，还得防止虎豹群狼等猛兽偷袭。

大家排了班，通宵值守，杜蘅则一边养伤，一边抓紧时间研究《毒经》。

尽管小心了再小心，每天仍然有人因瘴疠，毒虫，虎狼，高处坠伤等各种原因，不断死伤。等上到摩云崖，只剩下十个人。

想在偌大一座摩云崖，寻找小小的一株七星海棠，不啻大海捞针。且时间紧迫，也不容他们细细寻找。

杜蘅绘了七星海棠的图样，两人一组，划分了区域，大家分散了来找。

旁人都好说，杜蘅是唯一的女子，又是王妃，却是难办。

她身份尊贵，要避嫌，还得分神照顾，谁单独跟她在一起，都易招惹是非闲话。

偏此时进山已是第五日，离京九天，七星海棠还不见影子，委实没有多余的人手和时间可以浪费了。

陈然看着她，沉吟未觉。

"我和师傅一起。"杜蘅看穿了他的心意，"我是医者，医者无分男女。"

慧智微微一笑："阿弥陀佛，众生平等，空即是色，色即是空。"

陈然望着杜蘅，眸光复杂，默然半晌，终是没有反对。

"多保重，祝好运！"大家分了行李食物，相互抱拳，各自分头办事。

摩云崖终年积雪覆盖，山势险峻，杜蘅已完全无法行走，慧智一言不发，撕了衣袍，将她缚在背上，几个纵跃便消失在密林深处。

雪线上，已难寻野兽踪迹，树木也稀稀拉拉。

当夜，慧智寻了个背风的岩石，扫净了积雪，搭了个简易的帐篷。寻了半天没找到干柴，便砍了棵树，半天过去只见烟起，不见火苗。

慧智尴尬地搓着手："我，不太会生火。"

杜蘅往边上挪了挪："师傅，外面风大，进帐篷里睡吧。"

慧智摇头："没事，我受得住。"

杜蘅柔声道："师傅不是常说众生平等吗？这会儿怎么了？"

慧智脸一红，讷讷不能辩。

众生皆平等，是因为众生皆不是她。

她，不是众生。

"师傅若不肯进，那只好我出来了。"杜蘅作势欲起。

慧智望着她瘦得只有巴掌大的小脸，按捺不住："阿蘅，你这样做，值得吗？"

杜蘅怔了怔，轻声道："他是我的夫君。他有凌云之志，更有经天纬地之才，我不想看他因奸佞小人折戟沉沙。再说，别的我也帮不上忙。万幸，尚略通一点医术。"

"可是，他从未给予你应有的尊重。"

他，不知道你的好，不懂得珍惜！他，不配做你的夫！

这句话在心里翻腾着，喧嚣着，却终究不敢宣之于口。

如果，换成他……

可惜，这世上没有如果！

只能叹，造化弄人，命运捉弄！

杜蘅瑟缩一下，讷讷低声："是我的错，不能怪王爷。他，很好。是我，配不上他。"

"这怎么是你的错？"慧智悄悄握紧了拳头。

杜蘅看着他，黑白分明的瞳眸里满是茫然："不是我的错，难道是王爷的错？"

慧智张了张嘴，竟无词以对。

是啊，只要是个男人，就绝对无法容忍这种事，何况南宫宸还是天之骄子？

可失身绝非杜蘅所愿，将罪责归于她，岂不是更无辜？

两个人都没有错，错的是谁？

眼前忽地一亮，红色的火苗从浓烟里蹿了出来，响起了一阵爆豆似的声音，打破了难堪的沉默。

"是我不好，连累了师傅，在这受苦。"杜蘅深吸口气，抬头看他，眼里满满的全是歉意。

慧智望着她，想说一切是他心甘情愿，话到嘴边，改成了："睡吧，明天还要早起忙碌。"

听了这话，杜蘅更加惭愧了。

是她坚持要寻七星海棠，可自从进了碧霄峰，她就一直是他的包袱。

打不得虎，驱不得狼，逢山开不了路，遇水架不得桥，如今更是连行路都要他背着走……

欠他的越来越多，已经无以为报了！

帐篷里空间狭小，两个人近在咫尺，呼吸相闻。

杜蘅并没有她表现出来的随意轻松。

她小心翼翼地侧卧着，一动不动，连呼吸都透着谨慎。

慧智已经尽量很小心，还是避免不了偶然的肢体碰撞。

"对不起。"他像被针刺了一下，猛地往后一滚，差点把帐篷压倒。

惊慌失措的样子，令平日营造出来的温雅庄重的恩师形象瞬间坍塌。

杜蘅原本很是羞赧窘迫，见他如此紧张，掩唇"扑哧"笑出声来："师傅可得小心些，帐篷只一顶，撞破了咱们连个避风的地方都没有了。"

慧智面红耳赤。

数着她的呼吸，闻着她身上散发出来的那丝若有似无的淡淡幽香，暗自惭愧的同时，又暗暗欢喜。

明知道这样不对，仍控制不住，用眼角余光追逐着她，心头涌起莫名的躁动，渴望着拥她入怀……

疯了，一定是疯了！

她如此信任他，他怎能对她生了这样龌龊的念头？

可是，夜色深沉，喜欢的人就在身边，近在咫尺，怎不令他心猿意马，想入非非？

这一晚，他时而欢喜，时而痛苦，时而自责……情绪跌宕起伏着，反反复复地拉扯煎熬着，一点点风吹草动，都让他惊悸莫名。

默诵了无数篇经文，终究无法回复最初的心如止水。

当第一线曙光终于升起,他如释重负地钻出帐篷。

到底心中有愧,接下来的一整天都不敢正视她的视线,等到发现不对,她已烧得满脸通红。

慧智惊得手脚冰凉:"什么时候开始的?"

瘴疠毒虫可以靠药物预防,虎豹豺狼能够用武力驱逐,可是严寒冰冻却必须用身体来扛。她如此娇弱,怎经得起雪山顶的彻骨奇寒?

"只是小小风寒,不碍事。"杜蘅云淡风轻。

他气急败坏:"走,立刻下山!"

这种高山绝岭之地,一个普通的风寒,足以要了她的命!

"我不走,除非找到七星海棠。"

慧智斩钉截铁:"你想都别想!我绝不会允许你做傻事!"

杜蘅的情绪并不如何激烈,只微微地笑着,潜藏在性格深处的执拗和倔强,此时充分显露出来:"只要我还有一口气在,就决不会放弃。"

慧智很是气苦:"十一天了,就算明天找到,等送回京城也过了半月之期。且,咱们进山已经七天,外界消息断绝。说不定,此时王爷已经……"

"不会的!"杜蘅立刻打断他,平静的语气里透着丝隐隐的凄惶,"钟太医是国手,答应过的事,一定会做到!他说会倾全力保全王爷,就一定能等到我们回去!"

慧智沉默下去,良久,才轻声道:"阿蘅,你这是何苦?"

杜蘅不答,转过头,默默地看着火光。

他眼尖,看到了她眼角那一闪而逝的晶莹,心肠骤软:"一天!如果没有好转,明晚无论如何要下山。"

这一退让,就是三天。

三天里,大家几乎把摩云崖搜了个遍,把所有疑似、类似、近似、神似,甚至完全不相似的植物采集了上百种之多,始终没有发现传说中的七星海棠。

杜蘅一身高烧不退,身体一天比一天虚弱,已是奄奄一息。

这一晚,所有人都集中在了一起,沉默地围坐在篝火旁。

进山时三十二人,现在只剩下三个半。

已经十四天了,离约定的半个月,只剩最后一天,无论如何赶不回京城。

绝望,瘟疫般在众人的心中蔓延。

杜蘅虚弱地枕着慧智的膝,喃喃低语:"星星真美,好想摘一颗下来,可惜……"

慧智低头,温柔地浅笑:"这有何难?咱们到山顶去,要多少摘多少给你。"

杜蘅眼睛亮了亮:"真的?"

"当然。"慧智说着,将她打横抱起。

"不可！"陈然忙起身阻止，"山顶风大，王妃体弱万万承受不住。"

杜薇柔柔一笑："陈大人，你忍心让我死不瞑目吗？"

陈然只觉喉头热辣，瞬间红了眼眶："王妃，别说丧气话……"

慧智一言不发，替杜薇拢了拢披风，双足轻点，捷若飞鸟般向着摩云崖顶扑去。

陈然怔立半天，哑声道："我们也去，送王妃一程吧。"

陈然默然，随后跟上，一刻钟后，齐聚摩云崖。

天空高阔，像无边无际的大海，安静，广袤，神秘。更有无数繁星，似万斛珍珠，又大又亮，仿佛触手可及。

慧智盘膝坐在裸露的岩石上，杜薇倚在他的胸前，一脸满足地仰头看着星空："师傅，你看这里多美！别送我回临安了，就让我一辈子守着这座山吧！"

慧智喉头哽咽，张了张嘴，却说不出一个字。

"别难过，"到了这一步，杜薇反而比任何人都豁达，"这对我，未尝不是最好的归宿……"

陈清站在身后，肩膀一耸一耸，哭得像个孩子。

"快看！"陈然忽然指着黑黢黢的山岩，激动地嚷了起来。

慧智顺着他手指的方向看过去，依稀看到几点荧光闪烁不停，连缀如星。

"是萤火虫吗？"陈清狐疑。

"萤火虫怎么可能飞到雪线上来！"陈然低嚷。

杜薇眼睛一亮，脱口道："七星海棠！原来，远望若星，是这个意思！"

难怪把摩云崖翻遍了也找不到，原来海棠上面的银色斑痕，必须要在晚上才看得见！

这可真叫踏破铁鞋无觅处，得来全不费功夫！

陈清愣住："七星海棠？"

陈然激动得仰天大笑："苍天有眼！佑我大齐！"

忙碌了一个时辰，终于采下两朵七星海棠，杜薇验过无误，几个人连夜下山。

许是采到了七星海棠，心里又有了希望，杜薇精神大振，竟然奇迹般地撑到了山下。

陈然和陈清带着七星海棠，不眠不休地赶往临安。慧智则留下来和紫苏一起照顾杜薇。

十天后，陈然从临安传来消息，因药送得及时，南宫宸已经转危为安。

杜薇了无牵挂，自此安安心心地养病。

常言道，病来如山倒，病去如抽丝。

杜薇足足躺了三个月，临近年关才慢慢痊愈。

慧智担心她身体虚，经不住长途跋涉，提议等过完年，开了春再回临安。

杜薇这几个月闲着无事，把一本《毒经》背得滚瓜烂熟，又有现成的大量的毒虫毒

草供她研究，所以也不急着回京。

她边养病，边学医，闲时走街串巷，偶尔还给周围的邻居看看病，日子过得倒也悠闲惬意。

第二年三月末，几个人这才启程回临安，路上走走停停，五月初才回到临安。

谁也没想到，刚进京城，还没等进燕王府，听到的第一个消息，就是南宫宸要迎娶平昌侯府的嫡出四小姐夏雪为侧妃。

紫苏气得直哆嗦："太过分了！小姐还没回府呢，他就这样打小姐的脸！"

杜蘅一脸平静，淡淡道："四小姐出身名门，又是京中第一美人，听说还精通琴棋书画，是有名的才女。王爷与她，正是郎才女貌，天作之合。"

慧智未置可否，不以为然。

随着穆王府的没落，平昌侯府在军中一枝独大，南宫宸娶了夏雪，意味着平昌侯府与他坐到了同一条船上。

南宫宸必将声威日隆，如虎添翼。

所以，夏雪所有的优点加起来，也抵不过"平昌侯府嫡女"这五个字值钱。

"小姐，"紫苏愕然，"你不生气？"

杜蘅轻笑："傻丫头，我有什么好生气的？莫说他是王爷，就算是寻常的男子，难道还指望着他一辈子只守着我一个不成？"

慧智侧过头来看她，温声道："不高兴就别勉强，没有人会笑你。"

杜蘅语气十分平和："不是勉强，我是真的替他高兴。"

紫苏顿了顿，悻悻地道："至少，也该跟小姐说一声吧？"

杜蘅微微一笑，"说了，有什么不一样？"

这是他的事，本就不需要她的意见，她也无权置喙。

所以，说与不说，其实都一样。

紫苏红了眼眶："我只是，替小姐不值。"

杜蘅垂着眼，声轻如梦："我上摩云崖，是因为我愿意放手一搏，并不是要挟恩图报。而且，至少我证明了，七星海棠真的可解百毒，已经不虚此行了。而王爷，也不是个肯受人威胁的人。我只求，他别再恨我，足矣。"

她的愿望如此渺小，如此卑微。

慧智动容。

紫苏默然，这时已真的无话可说。

转

　　太康二十九年春，因不满苛捐杂税太多，层层盘剥，苗王联合一众土司揭竿而起，占了大理。

　　南诏在边境陈兵二十万，意欲乘虚而入。

　　夏正庭首尾不得兼顾，连发三道告急文书，请求朝廷派兵支援。

　　南宫宸奉命领十万大军南下，平定苗乱。

　　杜蘅因在大理住过半年，熟悉环境，兼之医术精湛，被太康帝亲自指名，随军南下。

　　大理城虽然并不大，因为是边陲重镇，城高墙厚，群山环绕，中间只有一条连接南北的交通要道。把城门一关，从城南绕到城北，需要迂回两千多里。因此，自古就有一夫当关万夫莫开之险。

　　南宫宸一路过关斩将，几乎未受到任何有效阻挡，势如破竹而来，却被拒在大理城外。

　　受地形局限，大型的攻城器械根本没办法运到城下，而苗人据险而守，又是以逸待劳。此消彼长，原本实力殊悬的两方，竟战了个旗鼓相当。

　　苍茫的暮色中，南宫宸出了中军帐，顺着山梁往前走了一大段路，浓浓的血腥气中夹着些淡淡的药香，扑面而来。

　　远处的草坪上，聚集着上百名或断臂，或折腿，或瞎眼……等等各类伤残的官兵，或坐或站或躺，咒骂声，呻吟声，哭泣声，哀号声不绝于耳。

　　这些官兵，都是在这几日的攻城战中负伤的。

　　几个男子，正在人群里穿梭着，有条不紊地替伤员进行简单的包扎和发放金创药的工作。

　　南宫宸认出是随队的军医，遂未加理睬，漫不经心地继续往前走，视线被搭建在不远处的小山坡上，孤零零的帐篷所吸引。

　　一丝怪异的感觉滑过心坎，快得无法捕捉。

　　他停步，微眯起眼看过去，终于明白那丝怪异因何而起。

　　向阳，背风，缓坡，却只搭了一座帐篷。

　　云南号称有十万大山，大理更是背靠天险，四面环山。适合安营扎寨的地方委实不多，十万大军挨挨挤挤地，连绵出数里开外，就连他的中军帐，与最近的帐篷的安全距离也被迫缩小到十五步开外。

　　这人，居然独自霸占了整个山坡？

　　虽然，这个山坡面积并不大，依然让他生出了一丝不爽。

他下意识改了方向，抬腿朝着帐篷走去。

一直低头忙碌的几个军医全都停了手，看着他的目光，崇敬、景仰中带了几分不和谐的警惕。

陈朝生上前几步，面上堆着恭谨的笑，搓了搓手，略带着几分紧张地道："王爷，那边，是休息区，没有伤员。"

南宫宸淡淡地扫了他一眼，并不理会，自顾自地往上走。

陈朝生深吸一口气，再次挡在了他的身前："王爷，请留步。"

南宫宸停步，似笑非笑地睨着他："有事？"

事到如今，他若还不知道那顶帐篷的主人是谁，未免太迟钝了。

除了他的王妃，皇上亲自点名随军南下，军中唯一的女医官，还有谁能有这么大的本事？

想不到，她倒有几分手腕，短短数个月，竟能得到陈朝生的认可。

那老家伙，是太医院里出了名的老狐狸，为人最是圆滑不过，从不会轻易得罪人。

陈朝生努力咽了咽口水，下意识地往后退了一步："没，没有。"

南宫宸："本王不需陪同，大人请自便。"

陈朝生涨红了脸，说不出话，却也不肯让开。

南宫宸失了耐性："嗯？"

"她，"陈朝生一急，憋出一句，"已经连做了十几台手术，好容易才歇了这么一会儿。王爷，您高抬贵手……"

仿佛为了证明他所言非虚，随着他的话落，站在远处观望的几个军医，也频频点头，眼里纷纷流露出乞求之意。

"放肆！"陈泰低叱。

陈朝生吓了一跳，剩下的话尽数咽了回去。

陈然张了张嘴，终是什么也没说。

南宫宸有些啼笑皆非："本王素来赏罚分明，只要她不犯军法，本王自不会罚她。"

那里面住的，好歹是他的妻，无缘无故，他干吗找她麻烦？

怎么他们一个个如临大敌，搞得好像他是蛮不讲理的昏君！

"嘿嘿，"陈朝生干笑两声，利落地退到一旁，"王爷英明。"

全大齐谁不知道燕王讨厌王妃？

这三个月来，两人明明同在军中，却形同陌路，连面都不曾见过，更不要说交谈了！

他摆出这副凶神恶煞的样子，不是兴师问罪，难不成是要夫妻夜话，诉说心曲不成？

当然，他们夫妻间的事，他无权置喙。

他要的，只是一个保证。

南宫宸察觉自己被陈朝生拿话挤对住，心头微有不悦，沉着脸几步到了帐篷之外。

紫苏抱着一大捆白纱布，歪着身子靠在帐篷前打瞌睡，听到脚步声接近，猛地一抬头，瞧见南宫宸，吓得一个激灵，跳了起来："王，王爷？"

南宫宸早就越过她，掀开帘子走了进去，浓郁的药香扑面而来，他微微眯了下眼，才适应了眼前的黑暗。

里面只燃了一支细小的蜡烛，光线极为昏暗。

与想象中的整洁、干净、一尘不染、浮着淡淡的幽香……等等场景截然不同，这间帐篷几乎可以用杂乱无章来形容。

各种乱七八糟的药材堆了一地，码得高高的，直达帐篷顶部。

这哪里是王妃的帐篷，明明就是药材仓库！

他找了一圈，竟没看到杜蘅，紫苏已回过神，亦步亦趋地跟了进来。

看得出，她十分害怕，却仍鼓起了勇气，挡在他身前，近乎哀求地小声嗫嚅："小姐，好不容易才睡着，能不能，能不能……"

说了半天，也没说出个所以然。

南宫宸打断她："人呢？"

紫苏万分不情愿，却又不敢不从，纠结着朝那堆药材指了指："在，在里面。"

南宫宸几步跨过去，就在一堆药材中间，找到了沉睡的杜蘅。

她陷在药材堆里，那堆堆到帐顶的药材危险地垒在她的四周，仿佛只要呼吸稍重一点，就会轰然倒塌，将她完全掩埋。

心头莫名一跳，竟有种想把她护在怀里的冲动。

他蹙眉，看向她的视线似乎愈加冷厉。

杜蘅小小的身子蜷成一团，双手交叉着放在胸前——那，是个防卫的姿势。

跳跃的烛光，在她苍白的脸蛋上投射出一道道凌乱的光影，散乱的黑发搭在光洁的额前，微微拧紧的眉和紧抿的嘴唇，透着股浓浓的倦意和倔强的固执。

她看起来，就像是被猎人追逐着疲于奔命，跋涉了千山万水，好不容易才安顿下来喘口气，却仍需时刻警惕着，提防着猎人来袭的小白兔。

定定地看着沉睡的她，忽然间很不是滋味。

真是讽刺！

他的妻，在他的身边，有千军万马护着，却惶惶如丧家之犬！

不知道别人会怎么想，唯一可以肯定的是，不论是作为丈夫，还是三军主帅，他做得都挺失败！

他猝然转身，大踏步出了帐篷，路过陈朝生时，冷冷扔下一句："药材已经多得没

地方放了吗？再乱堆，直接烧了！"

陈朝生愣了一下，咧开嘴笑道："是！"

惹来不明所以的紫苏好几个白眼。

杜蘅一觉醒来，发现世界突然玄幻了。

先是陈朝生趁着她做手术的空当，不声不响地领着人，把她帐篷里堆放的药材清得干干净净。

害得她晚上回来休息时，还以为进错了帐篷，心里打了个激灵。

更让她惊悚的是，睡到半夜，南宫宸居然跑了过来，一言不发地霸占了她的床……

她百思不得其解，只好归咎于他太累了，忙中出错。

为避免醒来彼此尴尬，她老老实实地抱着毯子，坐在帐篷外守了一夜。

不断地催眠自己：一定是太累了，出现幻觉，睡一觉醒来，就好了。

第二天睁开眼，却是在自己床上，南宫宸已消失不见。

对着空荡荡的帐篷，她偷偷松了口气，与此同时，心底悄然生起怅然若失之感。

强攻了两个月，双方交战了数十回，南宫宸不但没有占到便宜，反而损兵折将。

于是改变战略——将十万大军陈兵于大理城外，围而不攻，一面派人飞鸽传书给夏正庭。

夏正庭虽不能分兵支援南宫宸，与他合围大理。但是派出一支百人队伍，扼守住大理通往北方的道路，不许物资北上，还是绰绰有余的。

于是，两方联手，掐断了大理的物资供应线。

同时，南宫宸每天命人往城中射进数百封劝降信，游说、动摇城中的叛军。

双方休战，没有伤亡，杜蘅自然乐于看到，然而，令她惴惴不安的是，自那晚南宫宸毫无预兆地出现在她的小帐篷之后，他开始越来越频繁地往她那里跑。

说也奇怪，明明他的中军帐比她那顶小帐篷舒适、整洁、华丽了十倍。他偏偏喜欢跟她争抢那张小小的床；喜欢看她看到他时微红着脸那种不知所措；喜欢看她苦恼地咬着唇，满怀忐忑地猜测他的来意……

然后，在她的种种纠结、烦恼、挣扎当中，心安理得、心满意足地抱着她沉沉睡去……

他承认，一开始纯属无聊、戏弄的心理居多，当然也有几分不服气，想要看看她是否真的如她表现出来的那般云淡风轻，那么不在意。

其实会去找她，纯属意外。

他喜欢身先士卒，在攻城时被流箭擦破了皮，被人赶着去了军医处，又被陈朝生以人手不够为由，直接扔到了杜蘅的小帐篷里。

然后，他惊奇地发现，自己竟在不知不觉中放松了戒备，睡着了……

说他天性多疑也好，多思者多虑也好，这么多年，他一直习惯了随时保持警惕，连睡觉都睁着一只眼睛。毫不夸张地说，不是他熟悉的人，不是他熟悉的地方，绝不会入睡。

却，在她身边，毫无防备地睡着了！

这个认知，让他震惊，于是他一次次往她身边去，似乎是为了检验奇迹是否会再次发生。

等他终于气馁，才发现，不知从什么时候起，她已渐渐侵入了他的生活，不动声色地融入了他的骨血。

不论多烦闷，只要有她守在身边，就能奇迹般地恢复冷静；再复杂的问题，有她温柔的眼波，也能迎刃而解。

他开始贪恋与她静静相守的时光，开始无比焦灼地期盼着天黑；甚至以勤政著称的他，竟然在与众将领开会时走神，只因渴望早些看到她的身影，扔下众部将，走到军医处，美其名曰，探望伤患……

直到很久以后，他才恍然大悟。

原来，那一点点愧疚，一点点牵挂，一点点思念……加起来，就叫做心动。

原来，喜欢一个人，竟是如此简单。

大理自古就是各族杂居之地，其中以苗人最多，苗王的势力也最大。除此之外，还有大大小小二十几个土司。

这些人本是因不满汉人统治，苛捐杂税太多，被逼无奈，这才跟着苗王揭竿而起。

要的，也只是脱离汉人的统治，拥有独立的政权。他们，只想把汉人从自己的领土上赶出去，至少暂时还没想过要从祖辈生活的大山里走出去，侵略、扩张领土。

因此，对于战争形势的预估明显不足，粮草的储备严重不足。

云南多山，地势险峻，交通极为不便，生活物资的运送全靠着那条千年古道，一旦被切断，等于变成了一座困在十万大山里的孤岛。

围城三个月后，在南宫宸强大的攻心战下，这群本就是临时聚到一起的乌合之众，为了各自的利益闹起了内讧。

最终，几个小土司私下与南宫宸达成协议，趁夜偷开了北面城门，放了官军入城。

混乱之中，苗王带着数千兵马从南门逃出大理，躲进了深山中的苗王老巢之中。

南宫宸五月兵临城下，十月份终于攻入城中，收复了大理。

然而，这并不意味着战争的结束，相反，真正的战争才刚刚拉开序幕。

大理常住人口只五万，根本容不下这许多兵马。城外，也是大山连着大山，只能分散了驻扎，这就给了苗人可乘之机。

苗人仗着对地形的熟悉，白天按兵不动，夜晚结伴呼啸而来，或烧粮草，或水中投

毒，或斩杀马匹……

他们并不跟官兵缠斗，一旦事败，立刻就退入密林，四散而逃。第二天，又卷土重来。

南宫宸设了好几次圈套，抓了不少来搞破坏的苗人。可他们狡猾，每次只数十人结伴同行，且个个不畏死亡。

南宫宸精心布的局，像是重拳击在了棉花里，竟无着力之处。

骚扰仍在继续，死伤的人数不断增加，好比钝刀子割肉，每晚都要来这一刀，时间长了，不免闹得军心涣散，人心惶惶。

终于，南宫宸被挑起了怒火，决定亲自带领五千轻骑，穿越十万大山，直捣黄龙，抄了苗王的老窝，从根本上除去这颗毒瘤。

等杜蘅得到消息，南宫宸已经带着兵马，在向导的引导下，在林子里转悠了两天。

五千人马被困在了深山老林之中，身上只带了三天的口粮，前有苗兵，又有瘴疠，无奈之下，南宫宸只得兵分三路，分头寻找出路。

杜蘅每天掰着指头数日子，结果没盼来南宫宸的凯旋，却等来了慧智。

慧智艺高胆大，又熟悉地形，带着她在山里找了五天，竟真的被他寻到南宫宸。

只是，彼时南宫宸已被困在山里二十多天，所带的一千人马，死得只剩十余人。

其中，真正被苗人所伤的，十不及一，绝大部分死于饥饿和瘴疠！

南宫宸身负箭伤，又中了瘴毒，若不是陈泰拼死相护，每日以真气护他心脉，早已一命呜呼。

一行十人在林中又走了两日，途中陆续有人倒下，等终于找到苗寨时，只剩下慧智、杜蘅和南宫宸三个人。

慧智和杜蘅谎称兄妹，由京中经大理去南诏经商，遇两军交战，躲到山里避兵祸——彼时，很多人躲之不及，纷纷逃进深山。

他们三个又都是京城口音，慧智和杜蘅还刚巧在大理住过半年，熟悉当地民情民俗，苗人又多直爽率真，故而竟被他们糊弄了过去。

于是，三个人在苗寨住了下来。

慧智每天进山采挖药材，杜蘅衣不解带，悉心看护着南宫宸。

期间，不少苗医来看，甚至惊动了大巫师。无一不说他无药可救，劝她早点放弃，也省得他平白多受许多折磨。

杜蘅流着泪，默默地坚持着，固执地守着那丝微弱的希望，就像当年在摩云崖，不离不弃，坚持到最后！

从始至终，慧智没有劝过她一句放弃。

他总是默默地站在她的身后，远远地看着她，只要她一句话，立刻二话不说，甘冒奇险，为她寻来各种珍稀药材。

日子一天天滑过去，杜蘅绞尽脑汁，不断地尝试着各种方法，大半个月后，终于又一次从死神手中把南宫宸的命夺了下来。

那一刻，杜蘅喜极而泣，与他执手相看泪眼，无语凝噎。

慧智默默地转身，黯然离去。

南宫宸的身体恢复得很快，三天后已能下地走动。

杜蘅一反平日羞涩畏怯之态，围着他不停地转圈。一时捏他的手，一时摸他的额，生怕他有一丝不妥，再次被阎王请去喝茶。

南宫宸享受着她的照顾，弯着唇角，含笑看着她，终于忍不住伸手，摸了摸她的头，笑道："傻瓜！"

杜蘅眼里闪过一丝黯然，默默地收回了覆在他额上的手。

南宫宸低头吻上她的唇。

这吻立刻击溃了她。

当他结束这一吻，她仍晕晕乎乎，眼中一片茫然。

她脸上恍惚的表情，显然取悦了他，不自禁地咧嘴而笑，伸指抚上她的唇："傻瓜！"

她回过神来，垂下头，羞涩地笑了。

全然不曾发现，身后不远处，有人身子微凝，在两人忘情相拥的瞬间，转身，步履沉重地默默消失……

那是一段艰难的山居岁月，却也是杜蘅眼里最幸福的时光。

他不再是高高在上的燕王，不再是十万大军的统帅，不再是心怀社稷梦想着有朝一日称霸天下、野心勃勃的皇子。

他只是她的相公，她的夫君。这里没有储位之争，没有天下百姓，没有钩心斗角。

他的目光只为她而停驻，因她而笑，为她而恼。

他，只专属于她一个人，甚至连死神都不能从她手里将他夺走……

可惜，快乐的时光总是太过短暂。

两个月后，南宫宸恢复如常，记挂着大理城中的十万大军，催促返城。

杜蘅不知道南宫宸是怎么办到的，明明在山里的时候，他大多时候都跟她腻在一起。

可出了山，回到大理，却发现他不知何时已与苗王达成了协议，将一场战祸消弭于无形。

太康三十年四月，南宫宸班师还朝，临安百姓夹道欢迎，盛况空前！

合

大军还朝的队伍中，没有慧智的身影。

南宫宸曾说要奏请皇上，给予他应有的封赏，他拒绝了。

他去南疆，是为了杜蘅，与南宫宸无关。

而作为南诏未来的国君，接受北齐的封赏，本身就是桩天大的笑话。

所以，当南宫宸从苗寨出来重返大理的当晚，他便悄然离去了。

他的不告而别，并未引起任何人的注意——除了杜蘅。

杜蘅很是惆怅，但这份惆怅很快就淹没在了南宫宸康复，以及成功收复大理的双重喜悦之中。

太康帝率文武百官亲至城外，迎接并犒赏三军。

这对三军将士而言，是莫大的殊荣，皇恩浩荡，天威远播，将士百官三跪九叩，山呼万岁，声振朝野。

慧智混在夹道的百姓中，隔着层层叠叠的华表、仪仗，目光越过那跨着骏马，被众星拱月簇拥在人群中间的南宫宸，一眼就锁定了混在人堆里，几乎被人潮淹没的杜蘅。

他与她，近在咫尺，他的心猛地悬起，怦怦狂跳得几乎跳出胸腔。

她却一无所觉，目光自始至终追随着南宫宸，黑白分明的眼睛里，满满的全是崇拜和敬仰。

他屏着呼吸，直到两人擦肩而过，直到她渐行渐远，最终淡出他的视线……

其实，早在她嫁入燕王府的那一天，他就清楚地知道，两个人今生已是无望。

内心深处，却总隐隐盼着，会有奇迹发生。

现在，他知道，到了该说再见的时候了。

阿蘅，永远不会属于他。

然而，已经付出的感情，岂能说收回就收回？

何以解忧，唯有杜康。

为了解忧，为了忘却，他爱上了酒，更爱上了醉酒的感觉。

遍寻十八种药材，独辟蹊径，酿出了世间独一无二的菩提酒。

从此，绝了喜、怒、哀、惧、爱、恶、欲；抛却见欲、听欲、香欲、触欲、味欲、意欲。空了色蕴、受蕴、想蕴、行蕴、识蕴，以求大彻大悟，明心见性，达到涅槃，成就无上菩提。

然而，他终究是修为不够，定力不足，更跳不出红尘浊世。

所以，他注定不能成就一代高僧，只能在酒里逃避现实，寻求解脱。

师兄束手无策，只得写信告知国师。

国师千里迢迢自南诏而来，指着他叹道："痴儿！你可知，顾洐之是你生父，杜蘅是你嫡亲的外甥女，即使不嫁给南宫宸，与你也注定无缘？"

一番话，似冷水淋头，把他浇了个透心凉。

自此，彻底死心绝念。

一直到，太康三十一年元月，仁帝病重，国师发密函急召他归国。

临行之前，他去燕王府跟杜蘅告别，与之前的人生彻底做个了断！

万万没想到，那会是他与阿蘅的最后一面，从此将天人永隔！

可惜世上没有后悔药，大错已经铸成，悔之已晚！

太康三十一年，（承平二十五年冬）南诏仁帝崩，太子云起登基，改国号为天祚。

十日后，燕王嫡长子出生不到半个时辰即殁，次日凌晨，燕王府一场神秘大火，燕王妃殁。

太康三十二年夏，太康帝崩，燕王南宫宸承继大统，改国号太平，各国均遣使来贺。

南宫宸登基仪式极为简单，甚至未设封后大典。

夏雪对此极为不满，却不敢流露一丝一毫。

因为，他不再是燕王，而是足可傲视天下，睥睨群雄的九五之尊。

相比于杜蘅在南宫宸登基前一晚被莫名其妙地赐死，她起码得了个皇贵妃的称号，且南宫宸答应了她来年冬天补她一个封后大典。

太平二年冬，南诏帝凤云起收到太平帝的亲笔书函，邀请他亲赴临安，参加北齐封后大典。

一时间，南诏朝中一片哗然，反对声浪一浪高过一浪。

无非指南宫宸用心险恶，此举必包藏祸心，凤云起一国之君，绝不可以身涉险……云云。

当然，也并非所有的臣子都执这种观点。

一片反对声浪中，也有少数激进派站出来，称堂堂一国之君，连赴他国邀约都不敢，有损国体……

而作为南诏的君主，凤云起，却在朝臣的争吵声中，走神了。

他的思绪，飘到了远在数千里之外的临安，飘到住了二十几年，那个陌生又熟悉的国度。

一年半，整整五百多个日夜，他一直义无反顾地往前冲，以为可以抹掉过往，重新开始。

事实证明，他错了，错得离谱。

这段日子，强迫着自己不去听不去看不去想，以为隔段时间就会自然淡忘，可是眼睛看不见了，耳朵听不到消息，心里的愧疚却更浓。

他想，也许他欠她一个解释，欠她一份道歉。

或许，只有这样，才能让自己彻底摆脱过往。

所以，最终他力排众议，再次踏上了北齐的国土，跨过千山万水，来到了让他爱恨交织、悔恨参半的临安城。

临安依然还是他熟悉的临安，那个令他魂牵梦萦的女子，早已化作一抔黄土，天人永隔。

对于这次与南宫宸的会面，他曾预设了无数种场景，却绝没想到会如此平静而震撼。

平静的，是南宫宸的神情，安静从容，看不到一丝的仇恨，其至连一丝丝过激的表情都没有。

他其实，是该恨他的，不是吗？

杜蘅的死虽不是他一手造成，但也不能完全否认有推波助澜的嫌疑。

震撼的，是南宫宸的语言，匪夷所思，却又足以让任何人热血沸腾！

他说："敢不敢来一次豪赌？用手中的皇权，用所谓的九五之尊，为阿蘅搏一次重生的机会？"

看着面前这个俊美如谪仙，这个指点江山千万里，横贯日月纵古今的大气磅礴的男子，忽然间，他有些自惭形秽。

似乎明白为什么杜蘅会爱上南宫宸，而不是他。

尽管，在杜蘅最失落、最伤心的时候，陪伴在她身边的一直是他。

尽管，南宫宸从未对她另眼相看，其至对她的伤害远远大过怜惜。

他曾经将这一切归咎于命运，甚至归咎于杜蘅软弱的性格。

现在才发现，不是。

南宫宸俊美如仙的外表，高贵尊荣的气质下，那份与生俱来的霸气和狂妄，足以令任何女子心折。

他自诩对皇权并不热衷，走到今天，完全是被别人推着，身不由己的结果。

可是，要他放手，把一切推倒重来，却没有这样的决心和勇气。

他不禁汗颜。

南宫宸目光炯炯："你怕什么？不过是把已经走过的路重走一遍，且有了一次经验，又掌握了先机，皇权，其实唾手可得！阿蘅只有一个，你难道不想让她重新活过来吗？"

他怎么会不想？

过去的数百个日日夜夜，他无时无刻不在想！

凤云起眼中满是迷惑："人死不能复生，你是人不是神，如何让阿蘅起死回生？"

"朕敢说这样的话,自然就有把握成功。"南宫宸傲然道,"北齐国土是你南诏五倍,朕都敢赌,你难道舍不得?"

凤云起本能反感:"这不是舍不舍得,而是值不值。"

"哦?"南宫宸冷笑一声,"枉阿蘅唤你一声师傅,原来在你心里,她的命还不如区区一个皇位来得有吸引力!"

凤云起涨红了脸:"我不是这个意思!若阿蘅能活,别说只是舍了皇位,就是要我的命,又有何难?"

可是,转世重生,实在太过匪夷所思,又岂能凭他红口白牙一说,就信了?

南宫宸的目光倏地转为凌厉:"若不是你,乘人之危,毁了阿蘅清白,朕又怎会疑她,她又怎会枉送了性命?"

凤云起大惊失色:"孤没有,你,含血喷人!"

"含血喷人?"南宫宸冷笑,"朕亲眼所见,还能有错?"

凤云起愤而反驳:"欲加之罪,何患无辞?是孤做的绝不会否认,可孤没有做过的,你也休想栽赃!孤和阿蘅清清白白,孤绝不允许任何人往她身上泼脏水!"

"清清白白?"南宫宸瞳孔骤然收缩,漂亮的黑眸里燃着熊熊怒火,"凤云起,你也不需要回答朕!你只要对着阿蘅的灵位,扪心自问,有没有做过对不起阿蘅的事?是不是对得起自己的良心,就够了!"

凤云起被噎得哑口无言。

他不能!

该死的,他不能!

他没脸见阿蘅,他说不出口!

那一晚他本是去向杜蘅辞行,进了燕王府,才发觉她过得并不如意,甚至可以说是凄惨!

堂堂燕王妃,身边只余一个贴身的丫头和乳母,被几个侧室逼得缩在王府最偏僻的角落苟延残喘!

南宫宸,他怎么敢这样对她?

先不提夫妻结发之义,不提她多次舍命相护的救命之恩,单凭她对他那份全心全意的信赖和爱恋,他就该将她视若珍宝,捧在掌心!

她是那么善良柔弱,遇到再不公平的事,也只会隐忍退让,息事宁人。从来不争不抢,安静得令人心疼!

她活得已是如此卑微,南宫宸怎么忍心再去逼迫她?

只要一想到,那些他一生也无法获得,南宫宸得来不费吹灰之力的美好感情,竟这样被他轻践和糟蹋!心就像刀割般,痛不可挡!

当看着她苍白孱弱如一缕轻烟，奄奄一息地躺在病床上，南宫宸却不闻不问，任其自生自灭时，这种愤怒之情更是达到了顶点。

　　他忘了来此的目的，忘了立刻便要启程去南诏，自此除非吞并北齐，永生都不会再踏进临安城……

　　强忍了所有的愤怒，替杜蘅把了脉，开了方子，交给紫苏去抓药，熬药。

　　默默地守在床畔，沉浸在愤怒中无法自拔，竟完全没有察觉有人在薰香里动了手脚。

　　等他察觉不对，事情已经完全脱离了他的掌控。

　　看着被自己压在身下，衣衫半褪的杜蘅，如遭雷殛！

　　他只来得及在最后关头，抽身离去。

　　他逃得如此匆忙，甚至不敢对紫苏交代只字片语，更不敢回头看她一眼，只留下一个仓皇的背影。

　　谁能想到？

　　相识九年，师徒相称，这份亦师亦友亦兄亦父，相濡以沫的感情，最终竟是以如此不堪的场面惨淡收场！

　　事隔一年半，面对南宫宸的指控，他仍然无词以对。

　　他问心有愧，无法用"未遂"来替自己脱罪。

　　在他看来，亵渎就是亵渎，任何推脱的理由，都是对她更大的污辱。

　　他的沉默，令南宫宸更加愤怒，踏前一步，握住了他的衣襟："你不止欠阿蘅，还欠了朕！你必须还！"

　　凤云起胸口骤然一痛，唇边泛起苦涩的微笑。

　　南宫宸敢用帝位来赌，因为他知道阿蘅自始至终爱的是他，有希望，才会孤注一掷。以江山社稷作赌，去赌一个圆满，赌左手江山右手美人！

　　可是，自己却是阿蘅的亲舅舅。

　　不论重来多少遍，这个事实无法改变。

　　等着他的，将是循环往复，绵延不断的痛楚和永无止境的绝望。

　　他跟南宫宸不一样，南宫宸之所以能走到今天，凭的是他的聪明才智，赤手空拳奋斗而来。

　　而他的身后，却是几代人默默的牺牲，用无数的鲜血，才铺就了这样一条看似康庄，实则满是血腥的皇权之路。

　　他代表的，早就不是他一个人，是整个凤氏家族的希望。

　　他的一举一动，系着无数人的身家性命。

　　他个人的意志，从来都不重要，更容不得他有半分的差错。

　　这枚传国玉玺，承载的从来不是个人的悲喜，而是数代人的梦想。

他怎敢用南诏的未来，去赌转世重生这种虚无缥缈的虚幻之谈？

"凤云起，事到如今，已由不得你说不！"南宫宸微眯双眸，软硬兼施，郑重许诺，"你放心，朕以性命担保，即便是转世重生，朕也必倾尽全力保你登基！"

"重生，谈何容易？"良久，凤云起苦笑。

此等荒唐之事，当属志怪小说中人奇闻逸事，哪里当得真？

南宫宸一怔，眼里燃起两簇奇异的火花："朕都打听得清清楚楚，也早做好了准备！现在，可说是万事俱备，只欠东风了。"

"哦？"凤云起见他不似说笑，不禁生了好奇，"愿闻其详。"

"朕机缘巧合，得到一本奇书，上面载了转世重生之法。"南宫宸要劝他加入，自然并不隐瞒，同时也确定凤云起即使知道方法也绝不可能撇开自己独自施为，所以说得十分详细，"首先，必须有两个真龙天子为她护法；另外，还得寻一僧一道一法师，均需精通命理，八字与阿蘅相合。且这五人的命格还得分属金、木、水、火、土，五种不同属性。于阿蘅的祭日，在她殒命之地施法，转世重生之术方可实行。"

"僧，道，法。朕皆已找齐，就等你加入了。"南宫宸斜睨着他，说得云淡风轻。

好像他说的不是"转世重生"这样惊世骇俗的事，而是今天天气真好这般平淡的话题。

凤云起脸上红白交错，低头凝视着自己白皙的双手，慢慢地，脸上升起一丝决然。

他深吸了口气，抬起头来看着南宫宸时，已是一片平静："什么时候开始？"

"三天后，就是阿蘅的祭日，到时燕王府见。"南宫宸几不可察地悄悄吐了口气，微微一笑，眉梢眼角俱是飞扬之色。

"好！"凤云起点头，"三日后，清秋苑，不见不散。"

三日后，凤云起如约而至，南宫宸早已带着一僧一道一法虚席以待。

众人沐浴更衣，焚香祷告，各自盘膝而坐，眼观鼻鼻观心，闭目虔诚默诵经文。

时辰一到，眼前光芒大盛，天空中出现一个巨大的漩涡，刹那间地动山摇，飞沙走石，身体悬在了半空中，被来自天空那股巨大的吸力，吸入了空中的黑洞之中，直至失去了知觉……

再次睁开眼睛，凤云起重又穿回了僧袍，成了最初那个纯净无瑕，不曾被世俗沾染的慧智小师傅……

然而，按照南宫宸的设定，杜蘅原本应该重生到太康三十一年，不知什么地方出了偏差，结果却回到了太康二十一年。

于是，一切又回到起点，命运之轮重新开启。

这一次，杜蘅是将重续前缘，还是了断情结，展开一段完全不一样的人生之旅？